中国专业作家
小说典藏文库

中国专业作家小说典藏文库

弥天大谎

王立纯 著

中国文史出版社

目　　录

飞翔的鱼

一

许世峰正和小生子一起捉蝈蝈，听见大喇叭不是好声地喊他，就把铁丝笼子交给小生子说：庞大运这杂种，撇了人家的油花花喝，屁股就坐偏了。油鬼子有的是钱，兴别人挣就不行我挣？反正他当着支书，身上不用出汗，照样吃香喝辣！

小生子嘿嘿一笑，露出一口灰黄的大板儿牙说：狗日的庞大运搂足了，一棵大树越长越粗，怎么这些年光听见锯响，看不见锯末末？

许世峰说：支书不比村长，海选；党员就那么几个人，好维护，他又多少年不发展一个，拉屎不拉屎，那个窝窝让他占牢了！

小生子又说：许哥，你爹不死就好了，让他立正他不敢稍息！

许世峰叹了口气：我爹要是不死，穷日子大概还要过下去，我这辈子怕是没有出头之日了！

许世峰是贫困村里的贫困户，漏筲偏往石头上碰，多少年没能翻身。这次油田上的预备役进驻江湾村修防洪大堤，住他的房子，吃他的青菜，使他的东西，哪一样他都咬着牙要钱，每天就有几十元的进项。油田上的人说，真是旅店的臭虫猛叮客，趁着发大水，快快的刀薄薄的片儿，宰我们一个老实的，哪还有半点公民的觉悟？就去找村支书庞大运，让他收拾一下这个癞痢头。江湾村位于绰尔河和松花江之间，是一块柔和的隆起，河对岸就是油田上的钢铁矩阵，抽油机片刻不停地做磕头状，看不见的油流就通过地下管道源源不断送到秦皇岛和大连码头，所谓千里长龙吸东海，是一种蔚为隐蔽的壮观。

七月的阳光很暴。许世峰拐着一双仙鹤腿，从庞大运家的菜地走过，眼睛被一大片金黄的倭瓜花蜇疼了。他家的化肥都是真货，所以藤子就粗，花盘儿就大，结出来的倭瓜都像巨无霸。许世峰带着仇恨踩了几脚，又觉得不能尽意，就回头对小生子喊：到庞大运的地里来掐倭瓜花，趁人多乱糟，使劲给他造害！也让咱的蝈蝈吃饱喝足，高高兴兴，亮开嗓门，把城里人唱晕喽！带着花粉的嫩倭瓜花是蝈蝈最喜爱的食物，也是蝈蝈笼子里不可缺少的装饰，绿蝈蝈栖身在大黄花里，彼此映衬，会给人以美不胜收的观赏效果。小生子答应一声，硕大的脑壳晃了晃，又隐没在草丛里。他有碘缺乏症，光长岁数不长个儿，又大骨节儿，走路像鸭子似的，干不了重活，常应季捉一些蝈蝈蛤蟆什么的，托许世峰到城里去卖。许世峰觉得，江湾村只有小生子比他可怜，所以能帮的忙概不拒绝。

绰尔河果真在涨水，从高岗向下看去，本来细瘦的河道肥大了许多。对面的河岸，攒动如蚁的人群正在叠坝，巨型挖掘机和自卸车闪动着威武的光亮，分明是一副决战的架势。许世峰嘻一声，觉得油田上的人有些小题大做了，绰尔河也就是一泡蛤蟆尿，猛劲儿涨还能涨到哪儿去？油田和农田混在一处，要真是把油田泡了，那也绝对是好看的热闹，起码会替他出一口窝在肚里的恶气。我的爱情鸟它就飞走了。我的青春小鸟一去不回来。他眺望着看不见的市区呵呵咧咧地唱，他只会唱这两句，这两句差不多是他人生的全部写照。

村部的门大敞四开，庞大运正在和预备役的伙夫下棋，老将受到一卒一马的威胁，人也一筹莫展地蔫儿着，一个劲儿喷烟吐雾。许世峰伏在他的肩后，伸手替他挪了一个棋子，局势就好转了。庞大运咦一声，回头看到他，就掼了手里的棋子，恶着脸说：你小子想发国难财吧？雁过拔毛，比他妈地主老财还蝎虎！

许世峰哧地一笑，从他的烟盒里抽出一根红山茶，衔在嘴上，两脚一欠，屁股就坐到了办公桌上，大大咧咧地抽着烟说：我怎么敢跟地主老财比？我家又没有二层楼，又没有平头柴，贫困村里的贫困户，没用国家救济就不错了，现在油田送上门来，挣几个零花钱，有啥值得大惊小怪的！

庞大运知道是在敲打他，就避开锋芒，软下来说：就算不发扬风格，也得尽公民义务，国家有《抗洪法》，你可得弄明白！

许世峰说：国家还有《婚姻法》呢，油田上抢走了我的女人，你怎么不说话！

庞大运被噎了一下，又说：怎么也得讲个买卖公平吧？

许世峰说：商品经济就讲究个随行就市，水涨船高，市场调节，谁又没欺行霸市，哄抬物价，有啥不对的？

庞大运没话可说了，就挥挥手让他走。许世峰走到门外，庞大运长叹一声，对油田的伙夫说：他爹当了二十年支书，脑袋蒙着手巾学大寨，十里八村，没有不竖大拇指的！到了他这辈，成了个混世魔王，因为个女人，破罐子破摔了！

许世峰听了骂一句娘，拾起一块石头，发泄地朝大树底下那口老钟扔去，砸出哐的一响，惊得屋里的人都抻着脖子向外探看。那钟红锈斑斑，被砸了一下，仿佛刚从沉睡里醒来，惺忪地在微风里晃荡。

许世峰的眼睛就潮湿起来。他想起了老爹，这口老钟被他敲了二十年，现在一切随风散去，唯有这坚硬的物质还像一块碑似的遗存着，多少能引起人们对他的回忆。老爹正直无私，没有半点弯弯儿绕，最后把自己累瘫了，把家过穷了，躺在炕上，依旧想听老钟在风中的嗡鸣，让过去的日子在梦中重现。有一天，他要儿子背着出去转转，许世峰从村东走到村西，后来在一幢马赛克贴面的二层楼前停住了脚步。老爹的嘴巴一点一点张开，从喉咙深处滚出一声柔弱的惊叹。他不大相信世界变化竟会如此之大，等到庞大运披着衣服剔着牙从楼里踱出来，老爹终于明白了什么，他无声地笑笑，欷歔一声，就把一串串清冷的泪滴洒进他的脖子上。儿子，难道是爹错了么？老爹问他。许世峰辛酸地摇着头，他可怜老爹，不忍心扑灭他心中最后的火星。老爹又说，这辈子爹不欠任何人的，只是对不起自己，对不起儿子，更对不起孙子，恐怕，要几辈子当贫农了！这相当于老爹的遗嘱，回家没几天他就忧郁而死。他根本就不知道，儿子娶不起媳妇，让熟了八分的女人从自家的锅灶里飞走，孙子也就无从谈起了。

河上有了点点船影，显然是村里人看准了机会，又把闲置的船推下河了。绰尔河本来是一条挺肥美的河流，一网撒下去，都是鲜活的锦鳞，也就是几年工夫，河水变得泔水一般，既浑又浅，洗个澡都起疙瘩，娇性一点的鱼全都死光了，剩下的大半是脑袋连着尾巴的老头鱼，不死不活的，却总也长不大，顽强地神态幽默地从水下看着渔人和洗衣服的妇女，永远也没法游到更大的水面去。许世峰觉得，他和老头鱼有很多相像之处，顽强和幽默无不出于无奈。城里有四大闲之说：大款的老婆、领导的钱、下岗职工、调研员。村里人又给续了一条尾巴：许世峰的鸡巴、绰尔河的船。许世峰听了也不恼，他倒认为，这基本上概括了缤纷的世象。现在，老天爷又给江湾村注入一股活水，水肥鱼就厚，他们又可以捕鱼，又可以摆渡了。

许世峰来到河边的草地，自家的船还扣在那儿王八晒盖儿，船头深深陷入沙地里，船体干裂出道道缝隙。船边有一些杂乱的脚印，还有香烟盒和香肠皮。不知哪个孩子新写上去的“许世峰大王八，不是人，是我儿!”笔画歪歪扭扭，那个叹号却描得极胖极夸张，大有严正警告的意思。许世峰不以为然地笑笑，心想，小孩伢伢懂个球，就算我是你儿，我是大王八，逆推回来，你又是什么？一面就脱了衣服，躬下腰去，老牛顶架一般，把那船翻转过来。那船下盖着一蔸嫩草，都呈鹅黄色，很纤细脆弱的样子，旁边还有一大团卫生纸，一只用过的避孕套，一看就是有些时日的遗迹。许世峰呸一声，连骂晦气，又觉得跑到光棍的船底下来办这种事，大有讽刺的意味。就绷起一个弓形，憋足力气，把船拉到干净的地方，拂去船板上的沙土，那个飞翔的鸟形就显现出来。他用手抚摸一下，刀刻上去的凸凹已经被岁月打磨得浅淡多了。这还是那个月圆之夜，燕秀用小刀刻上去的，不知情的也许不会认出，那是一只写意的燕子。他和她就坐着这只船，在恬静的绰尔河里漂荡了一夜。那夜和风习习，月光澹澹，河水粼粼，一切都那么美好。他们呢喃着说话，却又规规矩矩谁都没碰谁一下。现在他才感到后悔，只要他轻轻一揽，她就会顺势倒在他的怀里，接下来的事情就全都顺理成章，那么他和她的命运就大不一样了。这种回忆勾起他疼痛的感觉，他仍然坚信，燕秀不是不爱他，燕秀是被一个穷字逼的。

对不起了，油鬼子们，他对那岸筑堤的人们说，既然你们伸出脖子来，我不宰一刀，就对不起弟兄了。该出手时就出手，我明明白白挣你们的钱，总比跑到油井上拆仪表卸阀门强吧？

二

江湾村十几条船在绰尔河里穿梭，向预备役叫卖种种吃的。由于抗洪的人太多，又是仓促上阵，各单位混杂，后勤供给出现了种种漏洞，有时一连几顿吃不上饭，油田上的人不管东西贵贱，只要有价就买，好歹填饱肚子再说。庞大运到河边嚷了一气，说咱穷也得有口穷志气，幸亏是发水，要是灾害再大一点儿，还不得上山当土匪？又叫警察老孙帮着吆喝，往水里投了几块土坷垃，在船周围炸起一朵朵大水花以示震慑，却还是不灵，村民照卖，预备役照买。庞大运觉得当支书的面子上过不去，就把自家仓里的大米拉来两麻袋，又在河岸上支了大锅，煮出诱人的香味，白花花热腾腾地分给油田的人吃。老孙就拿一只电喇叭沿河煽乎，说江湾村的庞支书慷慨解囊了，这是什么精神？这是白求恩精神！是江水英精神！是焦裕禄精神！预备役也有纪律，照价给钱，庞大运又拗着不要，说同志们为保国家财产吃苦受累，我作一点贡献又算得了什么？

许世峰载了一船嫩包米，还有一些油炸的老头鱼，用桨敲着船帮，故作张扬地巡岸而走，所到之处，也是一哄而抢。

包米是小生子帮他掰了煮熟的。小生子提醒说：啃青太狠，公粮就交不上了。

许世峰说：这种时候，谁还想那么远？说不定水涨上来，把地全淹了！

许世峰的包米卖到一元钱一穗，老头鱼五角钱一条，还有一些蘸酱的青菜，也都明码实价，绝无通融的余地。

预备役的人嫌贵。许世峰说：嫩包米当然要贵，黄花闺女嘛，又是一时急需，一元钱里已经包括了支前尽义务的成分！

有人在大酱里吃出活物来，就夹在筷子上嚷。许世峰笑笑说：蛆是酱里的鱼，是蜜里的蛹，老百姓叫肉芽儿，不稀罕，还很有营养，没跟你们多要钱就不错了！一手就接过那蠕动的虫子，填进嘴里嚼出一片泥泞，看得周围的人全都呕了。

又有人质疑说：老头鱼怎么能吃呢？浑身除了刺没别的，那本来是饲料厂的原料，喂鸡喂鸭的！

许世峰烦了，被引出底火来，操一声说：都啥时候了，还他妈挑三拣四的？我们农民能吃，你们咋就不能吃？腰杆粗嗓子眼细，你们把前辈人的艰苦奋斗都扔脖子后头去了！

说着就把他们剩下的炸鱼和大酱敛了，再拿到别处去卖。预备役的人骂他缺德，许世峰跳上船，痞痞地摇着桨，翻出压在肚里多年的话来说：你们石油上的人也别牛×，这世上没有石油行，没有粮食行么？再说了，哪一滴石油是你们种下去的？不过是借了老天爷的光，往地下戳个窟窿就淌，算什么大能耐？你以为我们愿意受穷啊？那是事情不公道，要是不服，咱们换过来试试，就你们这德性，兴许连西北风都喝不上！

预备役的嘴多，却被他戗住，默默看着那船荡开，一群泥猴似的塑在岸上，许久都没人说话。

不断有上游受灾的消息。河水又比昨天涨了三指，已经能看到大鱼弄出的浪花，有的甚至跃出水面，欢快地扭扭身子，看看外面的世界，又落到河里去。这就是说，上游有鱼塘被水冲开了，鱼们开始向更加广阔的水面迁移。鱼是自由的，起码比人自由，没那么多爱恨情仇的啰唆事。从小时候起，许世峰就常常幻想自己能变成一条鱼，哪怕是一条满脸皱纹的老头鱼，笑呵呵地自得其乐地在水里游啊游啊。或者说那不是游，而是飞翔，它的鳍和尾巴比鸟翅还轻盈，水是它们的空气，飞到哪儿，哪儿就是它的家了。那时候老爹还在，看着他总在河边发呆，就给了他一个脖溜儿，说，儿子，咋又胡思乱想？人怎么能跟鱼比，人都是曲蛇（蚯蚓），一辈子藏在土里，吃土睡土，在土里打洞做窝，不管外面发生了什么，都得静静地忍着。那时他只有十几岁，看着老爹凄惨地笑笑，摇头说，我不做曲蛇，曲蛇是喂鱼的！直到三十大几，他才醒悟，老爹说的没错，他的确是一条曲蛇，浑身精赤条条，没有半点腾飞的希望。曲蛇的成分是贫农，到了他这辈，已经是第四代，他不想再往下传了。

河对岸来了一车粮食，是精粉，要运到村上的伙食点。若在平时，汽车一加油门就开过河了，现在不行，这样的水势，只能化整为零一船一船地渡过去。岸上的人招呼一声，小船像一群发现了食物的秃鹫，忽地就扑了上去。开轿货车的是个白白胖胖的人，人们早已明白，油田上开车的不一定就是司机，有些人多少管一点事情，也就有车可开，这就使公车带了一点私人性质，很滋润很神仙地东跑西颠。许世峰进城几次，常能在各种吃喝玩乐的地方看到这种车和人。

船多粮少，船主都在竞相杀价。许世峰赶到，就激昂了声音说：真是屯迷糊，到了在种时候，还他妈自相残杀！一船三十块，谁压价就掀他的船！

众人不再吭声，以沉默表示了认同。

岸上的白胖子就用带芒刺的目光瞟他，说：你是什么人？

许世峰说：贫协主席。

那人说：什么级别？

许世峰说：你干不干？不干拉鸡巴倒，江湾村兔子不拉屎，谁又没请你们来！

那人吐了长长的烟头说：洪水当前，大家都得讲点良心！

许世峰说：涨不涨水的，与我们有啥关系？就是把你们的磕头机全泡了，也湿不了我们的房根土！

那人笑一笑，露一口白牙齿，软下来说：乡亲们，帮帮忙吧，一条河隔着，都是一家人，堤坝那边，不是也有你们的地嘛！

许世峰说：上头有话，舍农田保油田，我们是小妈养的！

那人又笑，说：论起来大家都沾亲带故，不瞒你们说，我老婆就是这村里的！

划船的人们愣怔了刹那，又仿佛明白了什么，一齐把眼睛睃向许世峰。许世峰的舌头粘在了上牙膛上，竟然收不回来，费了好大的劲儿，才打出一个几近无声的嗝噎。他差不多认出他来了，只是他比记忆中的那个人更白更胖，肚子微微隆起，脸上有了浅隐的褶子，可见生活的优越。

于是他的脸色变暖了，有些巴结地笑笑说：这事儿整的，大水冲了龙王庙，自家人不认自家人了！装船吧，有钱给几个，没有就算球了！

白胖子没有更多的发现，他甚至感动了一下，连声谢着，就张罗着往船上装面。精粉袋子上印着花花绿绿的图案和时髦的英文字母，手握上去，细致滑腻，感觉如在有无之间，这对于种麦子却又总吃粗粮的人们来说，无疑是一种很大的诱惑。

白胖子认真地清点着数目，然后对许世峰说：哥们儿，我们没有这方面的开支。要不，大家从我车上放点油顶账吧，怎么样？

许世峰说：干脆，给一袋子精粉吧，大家分着吃吃，也算是尝个新鲜！

白胖子笑了，不以为然地说：两袋子，我做主了！

许世峰最后一个离开彼岸。他的船上装了剩下的两袋面，还有那个面一样白的男人。他猜不出他干什么行当，但可以肯定，他很少接受阳光的直射，这种肤色加重了他的轻浮感，好像一个不三不四的公子哥。他稳稳地操着桨，看着河面上破败的涟漪，脑子里又勾画出了当年的情景：燕秀在河边洗衣服，这个姓王的男人开车从清浅的河水里蹚过，然后就不远不近地停在那里，倚着车门挺欣赏地看她。实际上他已经来过几次，早就打起了燕秀的主意，只是谁也没加提防罢了。燕秀有些慌乱，一不小心，漂走了一件红衬衣，这个男人就豪侠般跳下河去，没费什么事就把衣服捞了出来。因为那水刚刚过了他的膝盖，这种事情也就谈不上怎么感人。那时许世峰在外出打工，燕秀的妈正愁没车进城看病，事情就一路顺风做下来。燕秀没钱交住院押金，这个男人回家拿了一千元，还买了一大堆东西，燕秀当时就哭了，因为她已经预感到了命运的最后走向。燕秀妈没能回到江湾村，临死之前握着女儿的手说，你该着命里有贵人，妈死了也替你高兴！那是个河水猛涨的夜晚，他拉着她从城里回来，渡口已经没人了。就在河边的庄稼地里，这个男人终于亮出谜底。燕秀柔弱地挣扎着，泪水涟涟地喊着许世峰的名字，但该发生的一切全都发生了，等到他从外地回来，燕秀已经怀上了这男人的孩子……他像疯了似的，要拿刀子把这男人捅了，可燕秀说，世峰哥，这不能怨他，是我情愿的，他说，江湾村这薄土地不能养活我……一切一切真像一场梦。出嫁那天，燕秀是哭着走的，仍然一迭声地喊他的名字。这男人看见了他凄伤的侧影，脸上露出不屑的一笑，那绝对是一个男人对另一个男人的鄙视。那天他一个人，跑到包米地，喝下一大瓶高粱酒。他不能不承认，从那一天起，他就一直在暗中诅咒他：这个毁了他生活的男人早该死掉了。

哥们儿，抽烟吧！那男人坐在船头，抽出一支红塔山让他。

许世峰接过来，点上抽着，问：你会凫水么？

那男人摇摇头。

许世峰说：那就好，你坐稳了！

那男人没懂他的意思，或许以为他把话说错了，咝地吸进一口烟去，笑凝固在脸上，目光挺疑惑。

许世峰又说：你抬抬屁股，看自己坐着了什么？

那人看到了那只模糊的燕子，摇摇头说：像一条鱼！

许世峰说：也对，鱼也是有翅膀的，也会飞，在水里飞！

那人的嘴咧开一角，似乎在怀疑他神经有毛病。

许世峰暧昧地笑笑，躲开他的眼睛，故意昂头看高岗上的村子，有几只老水老鸹正在村舍上空飞起飞落。

小船落在了队伍后面，像它的主人一样，散散漫漫大大咧咧地向绰尔河那岸斜过去了。

三

小生子捡了几块石片，在岸边弯腰打水漂。看见许世峰划船过来，就喊：许哥，发财啦！

许世峰说：发财发财！

两个人的声音都在水面上跳荡。

小生子说：蝈蝈笼子我都编好了，就等你有工夫！

许世峰说：明天！

小生子又说：你船上装的什么？

许世峰深深一笑，说：两袋精粉，外加一个白白胖胖的龟孙子！

船上坐着的男人咦一声，说：你这人怎么骂人？

许世峰停下桨来，露一脸怪笑，盯着他说：骂你是轻的。老天爷有眼睛，今儿把你送到我的船上了！

那男人大瞪着眼睛，终于明白过来，站起身求救地张望，四处都是浑黄的河水。

许世峰说：想跑？除非你长翅膀！有手机么？信用卡什么的，把值钱的东西都放船上，免得损失过大！

那男人慌了，说：哥们儿，你坐下，有话咱们慢慢说！

许世峰说：你回老丈人家，没什么好招待的，请你吃顿灌汤包吧！

那男人说：婚姻自由，我又没怎么样你！

许世峰说：你还要怎么样？你强奸了她，你是个狗日的杂种！

那男人说：那是两相情愿，恋爱的必然结果，你懂不懂？

许世峰说：去你妈的，不就是仗着腰包里有钱嘛，裆里的家什四下乱戳，我们贫下中农又耕者无其田了！

那男人还想说什么，这时小船已经在许世峰的脚下猛烈摇晃起来，那男人钟摆似的晃了几下，一声惊叫尚未出口，就四仰八叉栽进水里。许世峰入水之前还能想到甩掉外衣，因为衣兜里有几张刚挣到的票子。水不算很深，刚刚齐到胸部，不过这足够了，那男人像水上漂萍一样脚下没跟，被许世峰揪住头发，往水里连连猛浸，只有闭着眼睛胡乱撕掳。他们像两条戏水的大鱼，激起一大片白亮的水花。小生子看呆了，过了好一会儿，才明白到底发生了什么。就大喊大叫起来，直到岸上跳下来几个人，才把两人分开。再看许世峰的小船，早被河水冲出二里地了。

事情就在众目睽睽之下，很轰动。油田的负责人来找到庞大运时，许世峰已经被警察老孙绑在大树下示众，一群人围着，嘁嘁嚓嚓地议论。

老孙说：姓许的，你小子活腻了自己跳河去，干吗非给村里添乱？弄不好今年的工农共建又要泡汤了！

许世峰不吭声。

老孙又说：你手真够狠的，把人家灌成了弥勒佛，一张嘴，吐出一条老头鱼。给你扣个破坏抗洪的帽子，看你怎么抖落！

许世峰嘿嘿地笑，笑声撞在老钟上，发出一阵悦耳的嗡鸣。

老孙睹物思人，又说：不看你爹的面子，我拿电警棍出溜你！

有人点了一支烟，夹到许世峰两片紫色的厚嘴唇上。

许世峰终于说话了：孙警察，外面的日子我过够了，看我爹的面子，把我关局子里吧，正好有地方管饭！

老孙在他脸上掴一掌，拍死了一只长脚蚊子，叹口气说：你咋二小放羊——不往好草赶！不就是差个蹲着撒尿的嘛！再说，你们俩根本不配，一个是天上的燕子，一个是水里的老头鱼！

许世峰说：这辈子，杀父夺妻之恨，都让我摊上了！

老孙惊异地看着他说：你是不是发高烧说胡话？你爹那种病，多少钱也看不好，怎么能说是谁杀的！

许世峰说：是庞大运，庞大运杀了我爹！

老孙嘘一声，压低了声音说：你别胡咧咧。庞支书护着你，让我把你绑在这儿做做样子，哄油田的人呢！

正说着话，庞大运领着预备役的连长过来了。连长还佩着中尉军衔，身上都是泥水，人还是文质彬彬的，看着许世峰，脸上露出怜悯的温情。

庞大运对连长说：他妈死得早，没人经管，日子又不顺，神经不大正常，从小就老想变鱼变鸟的！

许世峰说：你才不正常哩，嘬你儿媳妇奶子，你儿子不高兴了，你说啥？你说你嘬我媳妇奶子好几年我都没吭气，我嘬你媳妇奶子一下你就驴脸拉长，真他妈不够意思！

众人哈哈大笑，连长也笑。

庞大运闹个大红脸，就说：你听听，这正常么？就是不正常，×里的虱子转圈咬！

老孙就上前踢许世峰腚上的厚肉，呵斥道：你再敢吃饱了泔水胡吣，绑你一夜喂蚊子！

小生子追船回来，看到这场面就呜呜哭起来，上前抱住许世峰说：

许哥是个好人哪，你们把他放了吧，要喂蚊子我替他！

连长欷歔一声，就说：算了吧，正常不正常的，心里系了那么个疙瘩，动一下蛮，也可以理解！

许世峰回到家，已经是清塘冷灶，三个筑堤归来的预备役连衣服都没脱，绵软如泥地躺在炕上，用灯照照脸，已经被蚊子叮得苍起来，分明认不出谁是谁了。许世峰心里难受了一下，翻出个破被单给他们盖上。炕沿上，一块小石子压着几张票子，还有一张清单，写着他不在时他们用过蔬菜、柴草和咸盐。许世峰收起来，鼻子有种酸溜溜的滋味。

许世峰来到预备役的伙食点，拿出钱来对伙夫说：能不能卖给我几个精粉馒头？不瞒你说，长这么大，我还从来没吃过这个！

伙夫摇摇头，又吁一口气，搪住他的手，把馒头塞给他，又加上两根火腿肠，说：我认识一个大款，就你这个岁数，有七八千万，通过种种关系，空手套白狼，就靠倒腾石油……

许世峰没等他说完就走了，刚出门又折回来，把那钱放到了面案上。

许世峰一面吃馒头一面想往事。那年闹饥荒，很多人都上集体的地里偷包米，许世峰的老爹就带着儿子亲自看青，他饿得哇哇直哭，爹给他采酸浆吃，却不让他掰一穗棒子。白天轮到了庞大运，就看得稀松二五眼，故意漏一些妖俏的女人进来偷青，抓住便就地操练，以日代罚，与人方便与己方便，做了不见票子的交易。那时许世峰才上六年级，饿得撑不住，就偷偷跑到包米地里想辙，正好庞大运和一个女人刚刚入港，隔着青纱帐听到了声音，彼此只好僵住不动。庞大运听了一会儿，动静似有似无，就对女人说，许是风吧？这个恰巧的谐音让许世峰大吃一惊，还以为被发现了，扔了包米撒腿就跑，跑出二里地不敢回头。后来人们就编了顺口溜到处说：庞大运，去看青，一心为母不为公。那天逮着个女妖精，扒光了衣服练气功，龇牙咧嘴正努劲儿，忽然听见了许世峰……如果不是一个接一个的运动，如果不是乡里县里有人替庞大运说话，老爹是不会放他进党的。让人弄不懂的是，庞大运当了支书，有人说好，有人说坏；一阵子让人觉得好，一阵子让人觉得坏。谁也说不清他到底是好是坏，就像绰尔河的水，就这么不清不浑地淌下来，也竟涵养了种种生命。江湾村实际上已经脱贫了，庞大运非要带着个贫困村的帽子，不过是想多得一些接济。

从高岗向下看去，绰尔河的夜景又别有情趣。对岸的灯火照出一片起伏的流光，万头攒动的场面，分不清嘈杂喧嚷是波浪还是人的声浪。许世峰心里嘀咕，怕是真要来一场厉害的，不然这么多人没黑没白忙什么，谁又不是傻子！再走几步，又看见庞大运家的小二楼外有一伙人，来来回回奔走，皮影戏一般不甚清楚。许世峰好奇起来，三口两口吞下馒头，走近前去一看，原来是村里人，正在为庞大运家四周堆土袋，那些编织袋子，都是他用大米饭跟油田上换的。他家住在岗下，靠河最近，倘若河水出槽，两层楼起码要泡上半层。许世峰就恨这些人势利，光脚的不怕穿鞋的，把江湾村全淹了，大家也就扯平了，干吗还要给肥猪添膘口？

正在犹豫，庞大运过来了，见了他就热情地打招呼说：世峰啊，人手不少了，你还来干什么？今儿你遭罪了，早点儿歇着吧！

不知是怎么搞的，许世峰竟然感动起来，说了一个我字，下面的话就卡在了喉咙里，怎么也吐不出来了。就混进队伍里，跟着扛起了袋子。那些编织袋虽然只装了七八成，却沉得要命，几个来回，就被压得大汗淋漓。庞大运拉住他，又递烟又递矿泉水，在灯影里亲切而又怜爱地扶住他的肩膀说：我有个外甥女，寡了，带一个三岁的崽子。哪天你见见，要是愿意，钱，不用你愁……

庞大运的声音又温馨又真诚，带一种贴己人的神秘感。许世峰有些蒙了，稀里糊涂就叫了一声叔，后面又说了些什么，他自己都听不清了。他一面往家走一面画魂儿，我怎么能这样？接受了这种人的施舍，我还是爹的儿子吗……

这一夜，许世峰失眠了。

四

第二天一早，许世峰提了蝈蝈，叫小生子把他摆过河去，搭了一辆油田的车进城了。油田的车太多了，全都是新车好车进口车，琳琳琅琅停了好大一片，就像在开汽车博览会，和荒郊野地的环境极不相称，不但许世峰这样的农民感到奢侈，连油田上的人也认为不妥，却又一时没法改变现状。

正是蝈蝈生命力最旺盛的季节，蝈蝈们都在为爱情所歌唱，哪怕司机下车撒尿停上一小会儿，它们也绝不让歌喉闲着。一个个拳头大小的秫秸笼子都是小生子编的，可谓玲珑剔透，所有的气孔都一般般大，那些鞘翅丰满的铁头、关公、三叫驴和绿豆娘，就踩在粉嘟嘟的倭瓜花上，雄劲而又缠绵地唱那些金黄色的咏叹调。许世峰送给司机两只表示答谢，司机非要给钱，许世峰不要，司机就还回来一只，提了另一只兴冲冲走了。

许世峰有些转向，穿过层峦叠嶂的高楼，就觉得是一条鱼在穿越块块礁石。他一直纳闷，这片地皮底下，到底藏着多少石油？有一天采完了，这么多人干什么去？农民穷虽穷，可比他们长远；还没有油田时江湾村就存在了，将来油田空了，江湾村还在，土地还在。这就是说，农民是人类最古老最基本最长久的行当，没了粮食，满肚子都是花，又怎么能开得出来？这个万岁那个万岁的，其实真正万岁的应该是农民……

这么胡思乱想着，就被一个锐利的声音喝住，原来是个戴红箍的老太太，指着草坪上的牌子让他看，上面写着：践踏绿地者，罚款五十元！

许世峰一惊不小，赶忙检讨说：我没看见。农民，土地佬，一进城就蒙！

老太太说：这个我不管，我只管按章办事！说着就要撕票子。

许世峰说：少罚几个行不？农民挣钱不容易，再说，我还没开张！

一面说着，一面就递过两只蝈蝈笼子去。但老太太很原则，坚决不接受贿赂，而且话音越来越高，似乎赋闲已久，满腔热忱终于找到了倾泻的渠道，非要尽情表演一通，招来大批观众不可。许世峰看看不妙，撒腿就跑，老太太撵不上，就骂一些难听的。许世峰呼哧带喘的，好像一条被渔人掬在手里又蹦出去的鱼，也顾不得东西南北，一路跑一路想，谁都拿农民当垫脚石。什么绿地不绿地，也不过是些乱草，踩一脚就罚个狠实的，你们又是这个机又是那个机的，多少年来铁蹄在我们的土地上任意践踏，我们找谁说理去！

来到一个小集市，许世峰找了个角落蹲下，把蝈蝈放到面前，静了一会儿，那群歌手就合唱起来，都高亢热烈，好似一片乡间的露珠，洒在喧嚣的尘世，飘散出一片宜人的清凉。

一些家长带着孩子围上来问价。

许世峰说：平时卖十元，眼下涨大水，什么什么都要淹了，也许是最后一批蝈蝈，五元就出手了，跳楼价！

家长说：不对呀，过去都卖一元，你这不是借水抬价么！再说，乡下没楼，你哪来的跳楼价！

许世峰就涎了脸说：农民兄弟来要口饭，你能不给？这笼子，这蝈蝈配上倭瓜花，不就是工艺品嘛，五元钱是很便宜的，不买对不起孩子，更对不起自己的良心和审美观！

家长就说许世峰痞，是跑进城里来的披着羊皮受过枪伤的狼。许世峰不敢跟他们接火，就艮下来不再说话，捡块泡沫盒子坐在屁股底下，卷了又粗又大的旱烟抽起来，让蝈蝈自己做广告。他半眯着眼睛，听着喧哗而来的都市之声。哪家商档放着立体声，都是哥哥妹妹情呀爱呀那一套，好像擦身而过的绰尔河洪水跟这座城市并无关系。有人在叫卖乳罩和药物裤衩。有人在骂骂咧咧说着有关下岗的话题。有人在为灾区募捐，有人担心捐的钱到不了农民手上。有人在摸奖，随着一声欢呼，响起一阵鞭炮声，好像摸到了头筹，是一辆夏利轿车。许世峰就涌出一股妒恨来：机会都留给了有钱人，乡下人永远是下眼皮，越穷越不好翻身，越翻不了身越没人理睬，涨了洪水，也要舍农村保城市，舍农田保油田。农民的命就那么不值钱？

忽听一声稚嫩的童音，面前站了一个很俊的男孩，五六岁，穿一身洁净的海军服，张着大眼睛看着那些蝈蝈，满脸都是惊喜。他妈妈跟在后面，手里提了几个叠得方方正正的编织袋，穿一套浅蓝色坎肩连衣裙，露着雪白而丰满的膀子，显得美丽端庄，一边款款走来一边说：你等等，妈懂这个，妈给你挑！这声音如此熟悉，让许世峰吃了一惊，定睛再看，不是别人，正是梦里魂里的燕秀！身上的血就一蹿一蹿涌到头上来，耳廓哄哄乱响，雾里水中一般恍惚起来。这座城市足有上百万人口，怎么偏偏就遇上她呢？燕秀嫁出来之后，再没回过江湾村，除了乡土上再没亲人，也与那段令人伤心的往事有关系……许世峰还想躲避，但燕秀已经站到了跟前，那双杏眼爆亮一下，一声伤痛般的呻吟，就满是泪光了。

孩子浑然不觉，说：妈妈，给我买两个，南北阳台，一边挂一个，让小朋友都能听见！

许世峰挑了两个好的送给他说：拿去吧，不要你钱！

孩子望着妈妈，发现了她脸上的异常。

燕秀说：谢谢叔叔——不，别叫叔叔，叫舅舅！

孩子疑惑起来，抬眼看着他们，似乎在求证双方的关系，那双大眼睛纯净得一丝杂质都没有。许世峰很想摸摸他的头，一看到自己粗砺的手，又忍住了。

孩子说：妈，你咋哭啦？

燕秀说：这些蝈蝈是从你姥家土地上来的，它们一叫，妈就想家，就止不住眼泪！

又说：拿一边玩儿去吧，别远走，妈和舅舅说几句话！

孩子谢过，一手提一只蝈蝈笼子，乖顺地到一旁玩儿去了。

燕秀积蓄已久的泪水终于流下来，她说：你怎么比从前还……

许世峰说：整天干活，没工夫收拾，邋遢惯了，其实日子还挺不错的！

燕秀说：你一直在恨我吧？事情到了那一步，我也是没办法，也许，一切都是命中注定！

燕秀的脸又白又细，仿佛是精制的瓷器，一股淡淡的香气就在他周围氤氲。许世峰想，若是燕秀嫁了他，成年累月在野地里毒日头底下劳作，她还会是眼前这个燕秀么？肯定粗皮糙肉，脸和江湾村的土地一个颜色。作为一个女人，也许她的选择并没错。

许世峰强笑一下问：你……男人，对你好么？

燕秀点点头，凄然一笑说：还行吧。自从开始抗洪，他就一直没回家！

许世峰的心被这话蜇了一下。蝈蝈们开始了新一轮竞唱，辉煌的拖腔十分悦耳，制造出一派温馨的抒情气氛。这是他们共同熟悉的天籁之声，往事便在这声音的烘托下一幕幕重现。许世峰一阵心酸，差一点儿就要流泪了。看看周围，他又强咽下去，装出幸福的样子朗笑起来，说：我那个孩子是闺女，都三岁了，长得又俊又聪明。长大了我想让她进城工作！

燕秀的脸上掠过一丝怅惘，如同风过池塘，极隐蔽极轻微，问道：没听说你结婚。嫂子是哪的人？

许世峰说：外乡的，是庞大运的外甥女！

燕秀沉默了片刻，说：你等着我，一定等。我到单位交了编织袋，买件衣服给嫂子捎上！

看着燕秀和孩子走进人群里，许世峰赶忙收拾了蝈蝈笼子，七拐八拐地逃掉了。他心里那块伤疤又被戳破，在津津地流血。他终于发现，他并不是燕秀唯一可以指望的男人，起初她选择他，是因为江湾村太小，她的眼界太窄了。她过得不好，他心疼；她过得好，他也心疼。这么些年，他没能游出那个感情的旋涡，也许是因为，他一直没能找到一个取代他的女人。

楼区全都大同小异，许世峰不知道自己转到了什么地方，靠着蝈蝈洪亮的广告声，一路招摇地卖下去，居然很快就出手了。看看到了晌午，就找了一家小馆，要了两个小菜，二两白酒，一个人闷闷地喝起来。旁边几个桌子都是高消费，盘子摞着盘子，一边揎拳攘臂地喝酒，一边开着很荤的玩笑，还不时向窗外张望。许世峰明白，抗洪期间市里严禁吃喝玩乐，他们也是壮着胆子和官方打游击。想想和燕秀的遭遇，心里酸楚得不行，几杯酒下肚，泪就下来了。屋里的顾客全都停下杯来，偏过脸看他，还以为他是被掏包了。许世峰很想大哭一场，毕竟不是乡下野地里，一个大男人，只好把握了分寸，把剩下的泪吞进肚里，扔下几张零碎票子走人。

许世峰辨辨方向，想走一条捷径，也没打听，就从一条僻陋的小街穿过。街面上很冷清，挂着一溜“洗头房”、“泡脚屋”、“按摩室”之类招牌，一些不三不四的女人出出入入，许世峰就明白了是何种去处。他突然涌出一个念头：把过去的自己毁了，就像小时候做泥人那样，打碎旧的，再重塑一个新的！一抬头，看见一个小姐坐在窗子里向他倩笑，门楣上赫赫写着“红袖招”几个大字，许世峰壮了酒胆凑过去问：你们招什么？招不招固定工临时工啊？

小姐咯地笑出声来，说：这位先生怪有意思的。进来吧，想要什么有什么！

许世峰仗着酒力，就奋勇地闯进屋去，只见幽暗的一片光线，迎面扑出一股馊了吧唧的霉味儿来，一看就不那么光明磊落。小姐把他引到楼上的一个小间，开了一只角灯，用下巴指指那张铁床，脸上的笑就有了不言自明的内容。

许世峰问：什么价？

小姐说：抗洪，我们也是生意淡季，浮动价格，给五十就行！

许世峰想了一下说：行吧，就算践踏绿地让老太太罚款了！

小姐看出他是农民，就皱了眉头说：洗没洗啊？

许世峰嘁一声说：在河边住着，整天玩儿水，比你们干净多了！

小姐嘟囔说：反正我这儿有小夜衣！

许世峰不懂，问：小夜衣是什么玩意儿？干这个还得穿着衣服？

小姐有些不耐烦，一偏脸说：真是个土老帽，非逼着我直话直说？那衣服你穿着太小，是给你二弟预备的！

许世峰笑了：我头回来，业务不熟，你多担待！就要了一杯茶，一边喝一边和小姐搭讪。小姐的模样也不错，说话却云山雾罩，没斤没两，一听就是职业需要，编出来假话蒙人的。

小姐看看手表，催促说：别酝酿情绪慢抻筋了，快脱吧，这种地方不能拖泥带水，要的是兵贵神速，直接进入实战，要打一枪换个地方！

许世峰说：这情绪我都酝酿三十多年了，你不让我酝酿，那怎么成？

小姐狐疑地看他：你，没碰过女人？

许世峰摇头。

小姐又说：没谈过对象？

许世峰说：谈过，可我没碰过她！

小姐的脸上露出了怜悯的神色，一声不响，自己就脱了。刚脱了上衣，肩头上就显露出块块瘢痕来。

许世峰咦一声说：你是不是有艾滋病啊！

小姐黯然了神色说：买卖婚姻，让人打的！

许世峰就明白了，她也是农村跑出来的，和他同属一根藤上的苦瓜。还在为她难过，那小姐已经褪成一只白白的蚕蛹，扭翘着微笑着，在咫尺之外煽动他的欲望。许世峰瞀了一眼，呼吸就急促起来，低了头不敢再看。女人扯过他一只手，在自己身上那些明碉暗堡上轻轻滑过。许世峰手就抖起来，心里有了犯罪感，好像把手伸进了别人的钱包。又觉得这种女人太无耻，脸红都没红一下，那么这种事就和乡下的牲口配种差不多了。

许世峰赶忙收了手，回过头去说：别看我老大不小的，可还是个童男子，不想在这种地方失身，开开眼界就算了，钱我照付，你快把衣服穿上吧！

小姐欲罢不能的样子，鼓励说：别怕，主要是你见识少，头一回，紧张是难免的——总不能请了神不送神，把我热辣辣晾在这儿吧！

许世峰说：你这种神也是牛鬼蛇神的神，找个能送的送吧，我他妈的送不了！

说罢，扔下钱，跟头把式地逃了，走到街角，自己煽了两耳光，心里好不后悔，觉得自己的眼睛和手被弄脏了，仿佛带了病菌，再晚一会儿就会深入骨髓似的。

许世峰找到一个大众浴池洗起来。温热的水让他惬意无比，泡了一个透够，酒也醒了，才到公共汽车站去赶班车。车站广场上有一个募捐点，一只大喇叭在广播灾区受灾情况，一群孩子载歌载舞的，模样虔诚极了。太阳偏在头上，一只摄像机正在对着络绎不绝的捐款者，有捐几百上千的，有捐十元二十的，还有的孩子捐上了自己装分币的扑满。许世峰忽然发现一个似曾相识的女人，打扮得十分典雅，头上还梳了个很新潮的鬈儿，穿着高跟皮鞋，鹤蹈鸿翩地走过来，俨然一个贵妇人，把厚厚一沓百元大票投进了募捐箱里，既没犹豫，也没炫耀。周围的人为她热烈鼓掌。女人用手挡住摄像机镜头，不以为然地笑笑，也不留姓名，快步地决不流连地走开了。许世峰于是认出来，原来就是"红袖招"那个小姐。他的心被烫了一下，忙从口袋里摸出两张十元的票子，带着几分惭愧捏在手上。他和那小姐走了一个对头，目光一碰，那小姐竟然脸红了。他们互相点点头，谁也没说话。

捐了款，负责登记的人问许世峰姓名。许世峰笑笑说：一个农民，跟土坷垃一样，名字不名字，又有什么要紧！

那人又问：哪个村的？

许世峰说：江湾村。

那人说：江湾村也属于灾区，你就别捐了！

许世峰说：现在不是还没受灾嘛！

那人对着麦克说了一句什么，于是那群孩子唱起歌来，显然是为他唱的，挺动听的一支歌，尽管他没听懂歌词。坐上汽车他还想，那只箱子是很神圣的，尽管里面的钱有着各自不同的来历，但一经它的过滤，就全都干干净净了。

五

绰尔河一天比一天膨胀，人们的心情也一天比一天沉重。住在许世峰家的三个预备役伤了两个，病了一个，都还在一线顽强坚持。河对岸已经渗水，都不深不浅地积在附近，取土发生了困难，人们扛一个土袋，要走四五里路，个把小时才能到达。解放军也上来了，下饺子似的往水里跳，喊着令人心颤的号子，但村民们清楚，决堤只是时间问题，他们所做的一切，只不过是在往后拖延。在江湾村的高岗上可以看到，抽油机停了一大片，油田上的人开始拆卸上面的仪表和电动机，又一道临近市区的堤坝筑了起来，叫最后的防线。这就是说，如果再守不住，这场百年不遇的洪水就会进入石油城和主产区，上百万的人口将要遭难不说，连国民经济增长率都要改写了。

到了这种时候，村民们不再挣抗洪人的钱了，而是反过来拿出自家的东西，都是些地里长的土里结的，做熟了送到堤上去慰问犒劳。许世峰面子有些过不去，也想鸭子过河随大流，就和小生子核计，煮一锅小米粥，腌一些小黄瓜，送到河那岸去，叫大家饿了润润肠子。许世峰没法跟庞大运比，家里没有细粮，但意思都是一样的。没想到的是，油田上的人一看到他的船，全都埋头不理，任他把铁桶敲得山响，把粥碗端到人面前，愣是没人搭茬。

许世峰求人似的端着碗说：小米没有大米好吃，可营养丰富，乡下老娘儿们生孩子，全靠这东西补养！

油田预备役的人说：我们宁可饿着，也不吃你的东西。这么一碗小米粥，不得比娃哈哈八宝粥还贵啊！

许世峰说：过去挣钱没错，现在尽义务也没错。反正我心到佛知，你们不吃，我喂鱼啦！

说着便把那碗倒进河里，引一些鱼儿蹿跳唼喋。又去送给解放军，解放军说有纪律，也不吃。许世峰眼泪汪汪的，说：一碗小米粥能值几个钱？你们就成全我一把，让我尽尽心吧——我爹就是这村上的老支书，昨晚上他给我托梦了！解放军就感动起来，指定了一些身体差的过来吃。许世峰蹲在他们的侧畔，抽着老旱烟，几近欣赏地看着他们，竟感到了一种前所未有的舒心。

这天下午，河水猛涨起来，预备役的人全都撤到了对岸，伙食点剩一些吃到用的，都留给了庞大运，用以酬谢他的全面支持。住在许世峰家的那三个人什么都没留下，许世峰觉得这样也好，处得不尴不尬的，你不投桃我不报李，谁也不欠谁的，省得伸了嘴巴让人打。

庞大运叫人扛来一袋精粉。许世峰觉得没道理，不要。

庞大运说：这么些年，我心里明白，我欠你爹的，也欠你的。现在我向你坦白，当年油田那个姓王的看上了燕秀，找我，我接了他的东西，才打发你出民工！你别恨燕秀，也别恨姓王的，要恨就恨我吧，这事儿我做得不地道！

许世峰怔了半天，忽然哧地笑了，说：都过去那么久了，你还说这个干啥？再说，你做对了，燕秀跟他比跟我享福，他们那个孩子才乖呢，简直像画上画的，谁见了都不能不稀罕！

庞大运在屋地里转了两个圈子，又说：这场大水恐怕躲不过去了，河那岸的庄稼没了指望，你要看准门道抢先下手，赶快买几张网，好好修修船，只等洪水一退，马上捞一把肥的！

许世峰说：我哪弄那么多钱去？

庞大运说：我给你出，算在我外甥女的嫁妆里面！

许世峰说：我光棍难熬不假，可是不是就非得娶你外甥女呢？我不想借别人的光过日子！

庞大运窘了一下，说：也好，等你捕了鱼，钱再还我！

许世峰点点头：我真想快点儿结婚。你让我琢磨透了再说！

许世峰把精粉分给小生子一半，两个人却都不会使碱，就和起面来烙饼，烙了白白硬硬的几张干饼，一面晃着脑袋撕咬，一面叫好吃。刚吃到一半，就听外面人声沸嚷，跑出去一看，原来是洪峰到了。只见浑浊的洪水带一种吓人的啸声，壁立着向下推进，斜对着江湾村的那段堤坝，訇然一声，被水冲开一道口子。飞扬的水雾里，抗洪的人都影影绰绰的，纷乱了一阵，马上又恢复了镇定，把一袋袋东西投进那道口子里。庞大运的小孙子有一个三倍的玩具望远镜，大家罩在眼睛上一看，就大呼小叫起来，原来用的都是精粉——一长溜大大小小的汽车都拉着精粉，排在后面等待填堵呢！

许世峰身上打起了冷战，对小生子嘀咕说：油田上的人豁出来了，用面口袋堵决口，那得多少钱哪！

小生子惊得动弹不得，双手下垂，两腿罗圈，嘴唇向前奢着，就像个猿人标本，半晌才说：那些面说不定就是咱村地里长出的小麦磨成的！

村民们这才苏醒过来，都各自忙着呼儿唤女，归拢禽畜，跑向水边去收自家的船，免得被洪水冲跑。其实高岗上很安全，除了河对岸的庄稼，大家都不会损失什么。庞大运过来喊人，帮他把家里值钱的东西从一楼搬到二楼，喊了半天也没人靠边。许世峰看洪水已经舔到了他家楼下的编织袋，庞大运神凋气丧，一个人站在那儿，可怜兮兮的，就跳进院子帮起忙来。

庞大运灿了泪花说：世峰大侄子，这个我没想到！

许世峰说：不管你家的东西咋来的，都是世上的财富，能保住一点是一点！

庞大运说：我知道你恨我，因为你爹。其实，我也很敬重你老爹；

他是对的，我也是对的，此一时彼一时，春韭菜秋萝卜，各有各的时令！

许世峰说：你就是太顾自己了，不配当大伙的头儿！

庞大运说：我是先给你们做出个样子。用不上十年，我让全村人都住这样的楼房！

许世峰不再说话，他不知道这诺言的真假，也不知道，庞大运的土皇帝还能不能再挺上十年。

黄昏时分，河对岸长龙蜿蜒的大堤又高出一层，都是精粉袋子堆起来的，然而洪水的涨势更快，决口并没堵住，反而越来越大。很显然，这道堤坝已经没有固守的可能，抗洪的人于是大批后撤，由于形势危急，后撤的速度极快，就跟溃逃差不多了。

小生子望着那些人的狼狈相呵呵笑，对许世峰说：这一回，你该出气了！

许世峰脸上就不高兴，说：我咋那么损？自己再委屈，也犯不上拽着那么多人跟我一块儿倒霉！

小生子看到他脸上有了一些狰狞的棱角，就吓得不敢说话。

对岸拉精粉的汽车趁着水浅，一辆辆开足油门往外冲，大多数都脱落了险境，只是落在后面的几辆，被越来越大的洪水隔住。高岗上的乡亲们隔着宽阔的水面看见，两辆轿货车被洪水打翻，翻得那么轻快那么容易，就像火柴盒似的，轮子在水面上闪现了一下，就悄然沉没了，只留下一个转瞬即逝的旋涡，连司机的影子都没看到。高岗上的人异口同声地“啊”了一下，仿佛心也跟着掉进了洪水里。有人就骂起来，说司机真是死心眼，汽车又不是自家的，油田上的钱海厚，一辆车就像咱的一把铁锹，干吗舍命不舍财？许世峰听不下去，就对那些人吼：你们懂个鸡巴？人家那叫工人阶级，觉悟就是比咱老农高一截！大家看许世峰的脸色铁青，不好戗着他说话，就悄悄躲开他，站到别处去看大水。

高岗上的人默默检阅着从脚下流过的洪水。上游冲下来好多东西，有各种家具，也有死猫烂狗。令人称奇的是，一张大桌面上蹲着一只狼、一只兔子、一条青花蛇、一只鸡和一群蚂蚱，它们和谐地共处于一小块漂浮的陆地，一动也不动，互不侵犯，如雕似塑，样子极坚忍，任凭滔滔洪水起伏颠簸，把它们带向不可确知的远方。

小生子惊骇得不行，对许世峰说：它们是精灵吧？要不然怎么能……

许世峰说：这种时候，它们怎么能不空前团结？一旦靠了岸，就会恢复本来面目。一切一切，都是生存的需要！

小生子说：还是许哥有文化。你像它们哪一个？

许世峰想了想说：我只能是一只兔子，不过是想变成狼的兔子！

小生子沉默了一会儿，说：许哥我冷，我回啦！

许世峰就说：你回吧，尽管放心，洪水再大，也冲不上江湾村的高岗！

小生子转过脸去，忽然哭了。

你怎么啦？许世峰问。

小生子说：没怎么，我就是可怜兔子和小鸡——这世界让我害怕！

许世峰把他搂进怀里说：一切很快就会过去的。再说，人毕竟是人，跟动物不一样！

这天夜里，许世峰和江湾村所有的人一样睡不踏实。洪水的声音相当隆重，带着猖狂的渴意四下猛扑，仿佛连身下的高岗也跟着摇撼。毫无疑问，如果不是涨水，江湾村和绰尔河会永远寂寞下去。这场洪水带给了他生命中最宏大最深刻的阅历，随着堤坝的崩塌，大戏的高潮到了，戏也要煞尾了。这场大戏太短暂，他有些迷恋自己串演的角色，还沉浸在剧情里不能自拔。现在油田淹了一小爿，还有更大更多的产油区；可他们的庄稼大半都在河那岸，今年的日子咋过呢？他在硬石板炕上折了几个饼子，忽然想到了那些精粉，它们仍然像一条银蟒似的在水面上蜿蜒着，向他闪烁着诱惑的白光。妈的，这么便宜的事情，傻子才不干！水上水下的精粉袋子足有成千上万，白面是不怕水的，顶多湿外面的一层皮皮，这常识尽人皆知。他被这个念头鼓动得难以自制，天刚一放亮，就爬起来，朝水边的小船摸过去。绰尔河已经不见了，他面前是一片汪洋，水天相连的远处，有一线灰白的曙光——是个不阴不晴的天气。

庞大运家的一楼已经进水，这样他不得不站在二楼向下浇尿。尿柱溅落在水面上，发出放大的哗哗声，他端着脸盘子四下撒眸，朦胧的光色里，就看到了肩上扛桨的许世峰。

喂，你小子要干什么？他喊道。

许世峰没看他，晃荡着两条仙鹤腿继续走，起码他认为，瞻仰一个半老之人的家什很不礼貌。

庞大运又喊：你要到哪儿捅猫蛋去？

许世峰说：大堤开了，我去捡点“洋捞”！

庞大运说：你找死啊！缺什么吱声，我给你！

许世峰说：一火车皮精粉，你有么？

庞大运明白了他的意思，就吼：你给我站住！你以为你是一条鱼哪？

许世峰说，我就是一条鱼，老头鱼，让尿窝窝的绰尔河憋坏了，直想出去看看五湖四海。说不定一高兴，我就把船划进城里百货大楼呢！

庞大运看看许世峰越走越远，急得直拍栏杆：许世峰，你他妈穷疯啦？我代表江湾村党支部……

许世峰说：你说得对，一切都是穷的，假如……

他们已经听不到了对方的话。庞大运眼睁睁看着，许世峰推着小船，泥鳅一般滑过稀泞的坡岸，荡进茫茫的大水里。庞大运顾不上许多，光着脚跑下楼去，蹚着齐腰深的水，扑向了大树下那口老钟。

晨曦里，沉默了二十年的老钟响了。激越的金属之声穿过层层铁锈，在江湾村上空凛冽回荡。

六

天渐渐亮了，世界的轮廓也渐渐清晰起来。许世峰发现，面前的水面大虽大，毕竟比不了大海的无边无垠，他可以找到很多露出水面的参照物：电线杆、大树梢、红瓦房脊、抽油机顶……平时威武高大不可狎近的抽油机，现在变成了一个个巨大的骨骼化石，他可以自由自在地从它们之间穿行，用船桨任意敲打它们，听那种浑厚神秘联结地宫的声响。他已经找不到庄稼，所有的庄稼都成了船底的水藻，而油井是不怕水的，它们只是休眠一阵，石油封闭在地下一滴都不会少，洪水稍稍一撤，它们就会重新启动，一如既往地向世人叩拜。昔日车来人往的公路已经了无踪影，许世峰循着它的走向，仿佛又进入了城市，一片密集的楼房下，他听到了蝈蝈欢畅的鸣叫，被风拂动的窗帘后面，他看到了一个漂亮男孩和他年轻母亲鲜艳的脸。燕秀燕秀燕秀……他呢喃着，心里隐隐疼痛起来，如果大水进了市区，他们可怎么办呢……

他把船泊在自家的庄稼地上，凭吊了一会儿，就避开急流，绕到大堤的位置。水面上已经看不到土袋和面袋的鳞片，这道上万人干了多日的防线，几乎没留下什么遗迹，好像一溜垛起来的麻将牌，被一只大手随意划拉一下就抹平了。一想到那些热火朝天的场面，许世峰就觉得是梦里的一场游戏。人还是干不过老天，人不过就是个肉虫子，怎么能跟老天较劲儿？许世峰苦涩地吁叹着，顺着堤坝的走势向下游巡行，发现了一簇较浅的浪花，用船桨试探了几下，终于触到了一堆实物。用手摸摸，果然没错，是精粉。许世峰高兴起来，稳住船，把手和头扎进水里。水浑得看不清东西，许世峰就弄不懂了，鱼是怎么在水下生存的？它们的眼睛可以轻易穿透污浊，游向任何一个有水的地方，可见鱼的灵性。抓住一个袋子，轻轻一用力，船就倾斜了。船太小，又七裂八漏，虽说用棉花塞过，仍然到处渗水，他不得不用瓢把舱里的水淘干。他几乎是屏息静气，像拆炸弹上的引信，均匀地缓慢地向上提拉，第一袋精粉终于露出水面，继而被他拉进船舱。用手揣揣深部，果然还很干爽。

许世峰干得很专注，根本就听不到村里的钟声和人声。堤坝很长，能捞到精粉的地方不止一处，他已经远远离开了江湾村，离开了人们的视野。

庞大运站在大树底下，嗓音嘶哑地喊：许世峰疯了，一大清早就划船下水去捞精粉，怎么也拦不住！

小生子说：许哥水性好，就像一条鱼似的！

警察老孙说：水性好顶个屁，水耗子也游不过三丈六。早我就发现这人不正常，坐在水边上总愣神儿，眼睛直勾勾的！

众人哗哗地议论起来。小生子站到老孙面前，身子微微战栗着，歪着头看他，凄笑一下说：孙警察，我日你妈！

老孙没听懂，问：大头娃子，你说啥？

小生子说：我日你妈。谁说许哥不好，我就日他妈！

老孙恼了，根本就没想到村里最囊的人敢当众骂他，举起手，想扇他的耳光，看众人的眼神凛凛的，就在半空收住，然后塞进大盖帽里，装作挠自己的脑壳。

庞大运面容悲戚地说：不管咋着，许世峰是江湾村的人，是老支书的儿子。都跟我去找，不能出船，就沿着水边找！说着他一偏头，眼泪就刷地流了满脸。

人们拉开一个长队，跟着一串赤裸的脚印向大水的下游走去。他们已经找不见熟悉的绰尔河，酱汤一样的洪荒向他们展示了一片凄凉和凶险。他们向茫茫的水面上哭着喊着望着，此时此刻，才深刻地感到了一个穷人的可怜与悲哀。

许世峰捞起了三袋精粉，湿淋淋地装在船上。这相当一个胖子的重量，小船的吃水就到了极限。他辨别了一下方向，加倍小心地划起船，向他认定的陆岸荡去。只要一个钟点，他就会向人们证实他的成功。太阳辉煌地蒸发着水汽，水面折射出若真若幻的光斑，一切都让人欢欣鼓舞。他敞开喉咙，向广漠的水面直抒胸臆地大喊一声，那是强健男人生命力的宣泄，如同一枚打水漂的石子在水面上溅跳，越传越远，激起一个接一个的涟漪。

这时候他听到了另一种声音，这声音极微弱，如同受伤的蜜蜂，但绝不是他自己的回声。许世峰惊了一下，收了桨向四下观望，平阔的水面上，他看到一棵孤独的树，实际上是一棵柳树的三分之一，被湍急的水流冲成一张弓形，一个人正攀在树上，向他的方向招手。许世峰的心狂跳起来，操一声，把船向那人摇过去。那是洪水的主流，一股股浪涌带着蛮横和冷酷，毫无惜心地向下游流去。他很清楚，这也许是上天的安排，他费劲巴力捞出来的精粉，就因为这个人又重新付与流水了——无论如何，人命要比精粉重要。

他远远地向那人喊道：你别慌，我来了！

三朵硕大的浪花开过之后，小船变轻了，他心里一阵惋惜，对着那人，自言自语说：等到了岸上，我会要你赔的！

小船已经到了主流的边缘，许世峰这才发现，树上的男人全裸着，肯定是被洪水把身上的衣服冲跑了。那模样让他联想到猴子，只是这猴子进化得太快，白白净净的没有毛，被一整夜的蚊虫叮了满身疙瘩。那人分明已经难以支撑，浑身颤抖着，眼睛暗淡无光，随时都可能一失手落下水去。见他过来，慌忙摘了一簇树叶，把下体遮住。许世峰马上就感叹起来——毕竟是一个人哪！

哥们儿，你咋整的？许世峰嘲讽地问。

那人隔着大水说：车翻进了水里，我稀里糊涂被冲出来，从昨晚到现在，就抱着这棵树；树不行了，我人也不行了！

许世峰凄苦地笑起来，因为他发现，树上蹲着的不是别人，正是夺走燕秀的那个姓王的！

许世峰说：你半辈子太得意了，没想到能有今天吧？

那人也认出他来，默默地耷下眼睛，好半天没说话。

许世峰说：咱们俩前世有缘分，又让你落到我手上！

那人扭过脸去，抽抽搭搭哭起来。

许世峰说：表个态吧，想死想活？

那人说：当然想活。

许世峰说：那好，你向我道个歉，我救你！

那人说：我没做对不起你的事，不能道歉！

许世峰说：你承认是王八蛋，我就救你！

那人说：我不是王八蛋，不能承认！

许世峰说：煮熟的鸭子嘴还硬。既然这样，你在这儿凉快吧，我到你家报个丧信儿！

那人说：麻烦你对燕秀说，她嫁我并没嫁错，前头那个才是王八蛋！

许世峰用单桨划船，船在水里寂寞地转了个圈子，他看到了船头上那只燕子，忽然呵呵地笑了。

他说：你还算个爷们儿。我要真是见死不救，那不是王八蛋，又是什么？

许世峰看好了水势，拼着力气把船斜划过去。水的凶猛超出了他的估计，还没等靠近，船就偏离了方向，差点儿被急浪打翻，被冲出好长一段。他只好从头开始，一边鼓励树上那个人，一边淘着舱里的水。这时他才明白，他疏忽了一件至关重要的事情，那就是没吃早饭——如果肚子里有一块包米饼子老咸菜，形势可能就会好多了。

他终于靠近了他。直线距离只有两三丈，此时对于他们来说，却形同天堑，好儿次努力全都没用。

那人说：哥们儿，谢谢你啦，我命该如此，你就别冒险了，再搭上一条命，那就更不值了！

许世峰发现，那棵树弯曲得更加厉害，经过洪水长时间的冲刷和浸泡，从根到梢，它已经不能承受一个人的重量。许世峰想到了有可能出现的结果，身上一阵发冷，但还是把衣服脱了。

他说：哥们儿，你放心，我能活着，你就死不了；就是我死了，也得把你救出来。你和我不一样，你有老婆孩子，我光棍一根！

那人呜呜地哭出声来，终于说：也许，我是对不起你！

就在这时，那棵树突然连根拔起，那人喊了一声什么，就被大水卷走。许世峰想都没想，一个鱼跃跳下水去，猛蹿几下，可可地就擒住了那人的胳膊，不等他挣扎，又钩住他的脖子，奋力游向他的小船。事情发生在倏忽之间，船被大树挡了一下，恰好和人同步，他向上一举，那人就攀住了船帮，再一举，那人就落在了船舱里。那人已经懵懂，展眼四看，没能找到搭救他的人，于是撕肝裂肺地喊起来：大哥！大哥！他这么喊着，尽管许世峰比他还小五个月。

这声音许世峰完全听见了，只是他没办法回答。沉入水里那一刻，他还很清醒。他知道自己的力气不够用了，何况水流太急，他无法追赶自己的船，除非是一条鱼。他无声地笑笑，就尝到了水的滋味，腥涩里带一丝甘甜，和他某种遥远的记忆相联系。他觉得味道不错，自己饥渴已久，索性就猛猛地连喝了几口。他明白了，自己终于变成了一条鱼，在浩大的水面之下，鱼是万能之物，振动鳍尾的样子是轻灵而柔美的舞蹈。鱼是会飞的，游动是飞翔的另一种形式。他紧紧跟在那只船后面，欢畅地游动着，殷勤地护送着。他看见那个裸人一边哭一边划桨，那姿势挺笨的，远不如他开车那么熟练。而庞大运小生子他们都看到了这只船，他们对着一个陌生人，竟然呼喊许世峰的名字——他们是人，可见人真是太傻了！

他想唱支歌，像钻天的燕子那样啁啾几声。张张嘴巴，他看到了升上水面的一串气泡。他懂了，那是他透明的灵魂——仅仅就是那么纯粹那么空灵的一点东西。

岛　国

一

茂生老汉躺在草甸子上打个小盹，忽然听到了细微的响动，睁眼一看，是一只苍背老鼠，嘴上衔一根草棍，正朝他吱吱乱叫。他感到怪有意思，站起来再看，不对了，周围的草地上竟涌出密密麻麻的一层，都衔着草棍，都吱吱乱叫，就把他吓了一跳。他还以为是在梦中，掐掐手臂，也疼。太阳明晃晃挂在头上，把他和柳树的影子洇得深深浓浓，老犍牛在不远处哞哞着，因为这个异兆错乱了步子……他花白的头颅剧烈地疼痛了一下，终于明白，他最不相信也最不愿看到的事情，耐心等待他六十八年之后，到底在他眼前发生了。

完了完了！茂生老汉苍老的心脏加快了跳荡，摇摇晃晃站起身，又说，日他祖宗老天爷，完了完了完了！

这片平原上没有正儿八经的河流，有的是大大小小形态各异的泡子，雨下多了，水就流进泡子里，天旱了，人们就从泡子里往外汲水。泡子是这块土地上强健的肺，靠它的吞吐呼吸，庄稼人安然度过了一个个或丰或歉的年成，积水最多，也不过是小孩子尿床，溻上一阵自己就干了。月头上听说，松嫩两江发了大水，百年不遇，万一守不住，这儿就可能变成行洪区。可茂生老汉不信那个万一，乡亲们也都不信——两条江嫌贫爱富，只拣肥沃的土地灌溉，离马掌村这种穷乡僻壤远着呢，要灌满坑坑洼洼，漫过这么大片的土地，那得多少水啊！何况前面有拉尔大堤挡着，那可是当年日本人用刺刀逼着劳工修起来的，他爹就死在那道堤上。几十年过去，政府又加高加固，还有武警和预备役在那儿顶着，怎么会说垮就垮呢？茂生老汉想不通，这世上有很多让他想不通的事情，都实实在在地发生着，想不通又有什么用呢？

他觉得身上的血都凉了，朝老犍牛吆喝一声，竟然阉鸡打鸣一般找不准调门。就趋步上前，抓过缰绳，牵着它抄近路往回急赶。小路两边的包米全都又粗又壮高他一头，顶着好看的璎珞，披着华贵的流苏，硕大的棒子绽露着金黄的笑意。毗邻的麦地里，飞起飞落的燕雀正在呼唤开镰收割，而要不了多久，它们就会像海草一样沉入深深的水底……茂生老汉知道事情不可逆转，就鼓动老犍牛说：吃吧，平时不让你掠青，现在可劲儿造，吃一口得一口，再不吃就全没了！也许他的语气太辛酸，老犍牛不吃，一面往后挣，一面哀怜地看他。茂生老汉没办法，只好用棍子敲它的脊背，那牛就如同一个俘虏，极不情愿地跟在他身后。

一匹火红的摩托钻出来，由于是横垄地，那摩托又蹿又跳，分明是一匹急窘的赤兔。来到跟前，嘎的一声刹住，骑手还没摘头盔，茂生老汉就知道是二丫。摩托是马掌村唯一的摩托，二丫又是方圆百里唯一骑摩托的女人，常常仙袂飘飘地在野地里驰骋，蜇得人们眼睛疼。她身后带着外甥兼保镖小张才，虽说细瘦的一个干干，却十分的忠勇，人们也都知道，那不过是为了对付贼蜂野蝶的纠缠。

还没等二丫说话，小张才就跳下车来，咋咋呼呼地说：茂生爷，前面拉尔大堤垮了，洪水说到就到，再不跑就没命啦！

茂生老汉属羊，羊命杨姓，留一撮山羊胡子，老伴儿早死了，又不知道贴女人，人们就叫他老孤羯。平时不怎么合群，总是闪动着又冷又怪的眼睛看世界，也很少和人搭讪。此时躲避不及，就问：你刚从拉尔大堤上下来，见我家民吉没？

小张才眨眨眼睛，暧昧着说：没，堤上人太多，一垮就乱套了！

茂生老汉哼一声表示睥睨，心想，幸亏是预备役，正规部队上，这种临阵脱逃的孬兵说不定一枪就崩了。

二丫掀起头盔，一张粉脸涨得通红，伸手拉他说：大叔，村里人都在往外跑呢，你咋迎着洪水走？

茂生老汉挣开说：我半路上跑了家咋办？就是天塌下来，我也得先回家看看！

小张才又说：看不看又能咋样？不就是有几囤粮食嘛，你又背不走，这么大的岁数，总该知道仨多俩少！

茂生老汉有些恼恨，看着他说：刀切在谁手上谁疼，反正你家球毛没有！

小张才被撞瘪了，哑在一旁，颤着嘴唇嗔望他，茂生老汉读懂了他的口型，是在骂老孤羯顶人了。二丫眨眨灵秀的凤眼，又接过去说：茂生大叔嗳，是民吉捎信让我来接你，你上来吧，张才年轻，让他自己跑！

茂生老汉知道她在说谎，就蔑笑一下说：你二丫孝顺，咋不带上你爹跑？

二丫说：我爹随大帮走，咱先走一步，找两辆汽车来接应大家！

茂生老汉觉得，二丫越说越不圆了，再和他们纠缠就等于浪费时间——二丫存折一揣就走人，跑到哪儿都吃香喝辣，像他这样的庄稼人空手跑出去，靠喝西北风过日子？就呔一声，重重敲了牛背一下，走几步回头看看，二丫还站在那儿没动，眼睛里似有一层泪光。茂生老汉一直闹不懂二丫，这朵碱土地上滋养出来的鲜花，和民吉好来好去，突然就闹着出去打工，没干上几天，竟被老板钻了被窝，没告他强奸罪，反而就嫁过去。秦老蔫家三代贫农，借了二丫的光不但一举脱贫，还成了乡里的首富。富起来二丫就和老板离婚了。县里搞招商引资，二丫就杀回马掌村，大张旗鼓地建了一个养殖场，安排下一批人，也拉扯了一批人，总算让穷村子积攒了一点底气。报纸上称二丫是“穷窝窝里飞出的金凤凰”，二丫她爹秦老蔫，窝窝囊囊一个蔫茄子，居然也当上了董事长。有人不服气，觉得二丫的婚姻有卖肉的性质，是凤是鸡很难说清，可还是不得不恭敬，直说二丫好，二丫是马掌村的大救星。只有胡傻子常在大道上振臂高呼：招娼引妓！招娼引妓！起先人们还以为是发音有问题，后来听出了名堂，就知道有人在背后指使。乡里的刘公安前来调查，查来查去，竟然查到康秃儿头上，给弄到小黑屋里好一顿收拾，到底也没认账，还是二丫说情才放出来的，出来后秃头上平添了一堆核桃栗子。

马掌村被一条柔和的土龙三面护住，留一道缺口吐气衔珠，住在里面窝风向阳，冬暖夏凉，犹如一个环形大马掌。同治年间，茂生老汉的太爷从关里逃荒过来，看到三两头老牛卧在甸子上小憩，就撂下挑子，璨了泪花说，这叫牛眠吉地啊，土是薄些，可葬死人后辈能大富大贵，住活人能保世代平安，咱就在这儿扎根了！晃一晃几代人过去，马掌村起码膨大了十倍，还是挣不断深深的穷根。就有人说，那土围子原来是一个绳套，把人们的运道勒住了。老百姓没办法，盖房子都是就地取材，用脚下泛白的碱土打墙，再用碱土罩顶，稍稍起个拱，闭起眼睛照样在里面娶媳妇生孩子。从远处看马掌村，分明就是一堆土疙瘩，稍不留神就给漏过去。这两年日子好了些，秦老蔫家和村长家率先盖起了红砖房，再加上挺有规模的养殖场，村子总算掺进了一点鲜活的色彩。茂生老汉也想给儿子盖砖房娶媳妇——人家这个岁数都抱了重孙子，他家可好，筷子不叫筷子，光棍两根。可粮食压在仓里没卖出去，贷款还不上，一切美好的设想只好往后推延。五万斤粮食，能抵得上他老孤羯几条命？就是用大卡车装，也得满满五大车才能装走。要是扔了地里的，又扔了仓里的，他和儿子还有什么？对于他来说，房子、牲口和土地，就是生活的全部，没有了这些，整个世界也就不存在了。

茂生老汉走得恍恍惚惚，如同梦游。来到村口，村里已经乱作一团，像浇了热汤的蚂蚁窝。人们拥拥攘攘，哭着喊着，声音宏大无比，却谁也听不到谁在说些什么。有人还在抓鸡撵鸭，在屋里院里划拉值钱一点的东西。谁也没注意茂生老汉，或者说谁都不会想到有人逆着方向往村里走。刘公安杂在人群里，刚喝过酒，人很亢奋，看看吆喝不住，就做了一个威武的姿势，拔出了腚后的手枪连开三下。枪声炸出一阵奇静。刘公安嘶声大喊：还磨蹭个鸡巴？西下洼的房子都没影了，人像猴子似的，一长串儿爬上了草酸厂的大烟囱，用不了多久就淹到了这儿，再不跑就操蛋了，没有了命，三瓜俩枣坛坛罐罐还有啥用？

秦老蔫被人群挤得里倒歪斜，领带脱离了衬衣的束缚，皱皱巴巴套在了光脖子上，给人一种自杀未遂的感觉。他怀里抱个大彩电，抱又抱不动，放又放不下，就借着静场语调悲怆地说：谁要谁拿去，这可是索尼 29 寸画中画，值一万来块呢，就算我扶贫了！可没人理会他，都疯疯张张往小四轮上挤，往牛车马车上挤。号称流氓无产者的康秃儿好像刚刚睡醒，一面抠眵目糊一面看着这场面嘻嘻笑，嘴上还衔着一根粗大的旱烟，牛仔一般狂傲地喷吐着浓白，上前就要接彩电，说：淹了好淹了好，老天爷公平，这把要洗牌重来，第二次土改啦！

康秃儿离刘公安太近，分明有对台戏的意思。刘公安仗着酒力，抬腿就是一脚，厉声呵斥道：狗日的再散布反动言论，我就地正法了你！

康秃儿斜目睨视，牢牢逼定他，刘公安也是个头太小，就有些抵挡不住他凶悍的目光。康秃儿点划着秃头说：狗日的有种你朝这儿打，这儿光溜，没有毛，皮薄馅大，崩脆的一个沙瓤西瓜！说着就把秃头往刘公安身上猛撞，嘴上兀自喊着：平时总拿那块生铁吓唬人，现在这种时候没人怕你，不崩了我你就是孙子！

都知道刘公安是走门子上来的，没经过体能检测，更没经过抗击打训练，被当胸撞了一下，差点儿闷过气去。就一面扪着一面低了声音说：康秃儿同志，就算我求你啦，行不？揣上钱包，麻溜走吧！

康秃儿说：我要是有钱包，你敢跟我这么说话？可惜咱多余了四两肉，这辈子只能吃糠咽菜！

刘公安下不了台，一张红脸涨得发紫，锐了声音喝道：我再问你一句，你狗日的走不走？

康秃儿说：不走你狗日的又能咋样？

刘公安做出一个握手的姿势，还没等人们看清，突然就掣出腰后的手铐来，要了一个花，康秃儿的一只胳膊就被铐在马车后面的横栏上。众人皆大震慑，一齐向刘公安仰视。康秃儿大叫：我又没沾二丫的毛毛，凭啥铐我？要抓你们去抓胡傻子！刘公安没工夫和他理论，做了个斩截的手势，车老板就吁着牲口，把康秃儿趔趔趄趄拖走了。

忽然看见了茂生老汉，刘公安就惊得一个愣怔，大张着嘴，紫色的扁桃颤动了几下，说了一个你……下面的话就哽在了喉咙里。茂生老汉绕过他，撒开手里的牛缰绳，上前接过秦老蔫的彩电，郑重了神色说：我要了，反正扔了砸了也白瞎！

刘公安这才透过一口气来，说：原来你没走？我们都当你走了！

茂生老汉说：你们走你们的，我不走；我的家我的祖坟都在这儿，你让我上哪儿去？

刘公安咝地抽进一口气去，说：你疯了傻了？再耽误时间，插翅都难飞了！

茂生老汉说：我得等我儿子！

刘公安说：你儿子是预备役，这会儿说不定在哪儿扛土袋子呢，怎么能顾上你？

茂生老汉说：马掌村好地形，是一圈土围子，刘公安你和村长发句话，大伙儿都不走，说不定能守住！

刘公安恼了，把酒气都喷到了他脸上：做梦吧，敢情你老孤羯活了一大把年纪，死也够本了，还要拽着大家！

茂生老汉吃力地一笑，说：反正你说破大天，等不来我儿子，我是不走的！说罢抱着彩电往家走去，那头老犍牛就懵懵懂懂跟在他身后。

刘公安对他的背影吼：你个老顽固，全村撤离，这可是陈副县长的命令！

茂生老汉回过头，满不在乎地说：哪个陈副县长？不就是那个狗剩子吗，你怕他我可不怕，你让他来背我我就走！

一辆小四轮熄了火，正好卡在道口上，拖车上坐了一些老的小的，无不神色焦急。一个人正在埋头摇车，由于劲头不够，那车怎么也发动不起来。茂生老汉认出是村长，心里笑了一下，便放下彩电，上前接过摇把，转了两个圈子，那车就突突地响开了。

村长很惭愧。村长常年脱产，吃的也比一般村民好些，身上的肉就有些发囊，所谓心有余力不足，比不上一个枯干的老人，在乡亲面前很跌面子。就说：大叔你坐上去吧，咱这轱辘小虽小，总比洪水快！

茂生老汉摇摇头，用下巴指着地上的彩电：我新买了这么个玩意儿，回家点上看看！

村长转个圈子，辨别了方向，才遥指一下说：你看看你看看，水都露头了，眨眼工夫就到，你还硬逞什么干巴强！

茂生老汉放眼看去，果然，西北方向一片白亮，水线犹如一群铁甲骑兵，漫天盖地杀虐而来。风变凉了，空气里有了鱼腥味儿，飞鸟像一片片落叶从头上掠过，有几只停在他家的粮仓上，仍在张皇地跳跃。

茂生老汉凄惨地笑笑说：要走也行，你给我派几辆卡车吧，拉上我的粮食！

村长急了：你老糊涂啦？打铁烤糊卵子，也不看看火候！

茂生老汉说：卖粮那阵子火候倒好，粮库压等，你就站在跟前看，咋不放个扁屁！

村长跺跺脚，骑上座位对车上的人说：你们都看见了，不是我当村长的不管，是老孤羯太艮！你……死了也壮烈不到哪儿去！

茂生老汉咕咕怪笑。车上就有人嘀咕，老孤羯八成疯了。别为他一个耽误了大家！茂生老汉就弯腰去抱彩电，再抬头时，小四轮已经迤逦拐过篱笆，消逝在一片灿烂的葵花后面。

二

茂生老汉看着彩电，吃了几口东西。被遗弃的禽畜全都骚动不安，但没有了嘈杂的人声，村子里又别有一种清静，好像是混沌初始，这世界上只有他一个孤独的老男人。一头母猪哼哼唧唧闯进院子，抬头跟他一碰，目光就软了。茂生老汉笑了一下，抓起一个馒头，从窗子扔给它说：吃吧，许是最后一顿了，做鬼也得腆起肚子来！母猪不吃，甩着两排大奶子，挺悲壮地荡出院门。茂生老汉就觉得它想不开，猪毕竟是猪，人养活的一盘菜，想不开也是自然的。茂生的爹活了三十几，老婆活了四十几，都没他寿高，一想到这个，他就觉得赚了。用诀别的目光看看小屋，灰土土的四堵墙壁，挂着些谷穗和包米，只有民吉放大的彩照笑眯眯向他凝视。那是民吉参加军训，搂着一门小钢炮照的，身上还穿着预备役的迷彩服。其实当爹的知道，换皮换不了瓤，怎么着他都是一个农民，是农民就得种粮食，这是哪朝哪代都改变不了的事情。他把民吉调教成一个农民，而且很出色，这已经让他心满意足……去年二丫领人办养殖场，很多人家只顾挣钱，地眼看就撂荒了，二丫就撺掇民吉，让他把地接过去。茂生老汉不想让儿子再跟二丫来往，可民吉看准了门道，就干了，还跟农行贷款，在连片的地里打了一眼机井，雇了播种机康拜因往地里一开，人们就翘起了大拇指。只是万没想到，颗粒饱满的粮食收回来，却卖不出好价钱，依着民吉，送送礼或者降一个等级，也就出手了，可他不干，仗着一条犟筋坐在车头上不下来，民吉拗不过他，往后拖延了几天，回头再卖，粮食又涨库，只好囤在自家仓子里。现在他才开始后悔，早知道有今天，不如少换几张票子揣在身上，他也就不必守在这里赌老命了。

彩电里出现了一张长长的人脸，向他报告着天气和汛情。都是些吓人的数字，还在地图上蒙了一大片淡蓝色表示已经和将要被淹没。茂生老汉诧异起来，这本来是个很甜很俊的娃娃脸小妞，他在秦老蔫家见过的，想不到来到他家，脸子就拉下来，他哪儿得罪她啦？也许是嗔怪他拿了别人的东西——茂生老汉弄不懂，问题只是出在一个键钮上。就苦笑一下，拔了插销，到屋檐下扛了一把铁锹，晃晃荡荡朝村口走去。他又见到了一些乱跑乱窜的猫狗猪羊，都绝望地悲哀地大叫着，似乎无处藏身。一只大黄狗呜喑着向他走近，却又被一条链子拉住，乞望他一眼，眼神就像个孩子。茂生老汉认出，狗是村长家的，村长的家人早就转移到了城里亲戚家，却抛下这哑巴牲口等死，连链子都不给解开，真是太不仗义！茂生老汉骂村长一句，伸出手摸摸狗的耳朵，薄薄软软的有如一片荷叶。茂生老汉给它解开链子，又安慰几句。大黄狗眼睛有些湿润，摇摇尾巴，跟在他身后走了。

洪水已经很近了，水声疯牛嘶吼一般令人发瘆，天也变得乌吞吞的。茂生老汉瞄瞄那道缺口，大约三四十米模样，而且背向洪水，如果能抓紧垒出一道堤坝，马掌村也许还有救。就掂量一下力气，把褂子脱了，挂到一棵柳树上，挥锹铲起土来。暗淡下来的阳光照着老人的身子，和脚下的土地一个颜色，强健却又筋骨干瘦，被岁月榨干了所有水分，像是千年老树裸露在地表上扭扭巴巴的根节。土是暄的，干起来挺省力，垒上去却没有钢性，毛驴尥个蹶子就塌了，糊弄住阿猫阿狗，能糊弄住那么凶的洪水？茂生老汉觉得不合适，转了两个圈子，想起了秦老蔫的养殖场有装饲料的编织袋，这种时候，不用他的，还能用谁的？现在他已经明白，整个村子都是他的，一切一切，全都归他所有。

养殖场的大门洞开着，新漆过的栅栏散发着好闻的气息，傍门的办公室里，还挂着陈副县长剪彩时的大照片，用紫檀木压花框子镶着，面容和煦地照耀着整个大院。陈副县长原来也是马掌村的人，头脑比别人活络些，就从村里搬到乡里，再从乡里搬到县里，一个台阶一个台阶地攀了上去。去秋卖粮，茂生老汉想起他来，就让民吉把车拐到县政府，可把门的不让进，说有事可以逐级往上找，不能动不动就通天。茂生老汉气得胡子直撅搭，指着大楼上那一排排明亮的窗子高声喊道，狗剩子你出来，看看我的麦子够不够一等！门卫听了就笑，说老人家可得识相，这不是乡下的场院，是县政府，再喊副县长的小名，就把警察引来了！茂生老汉又嚷，狗剩子就是狗剩子，他嘣指头露鸡子的时候我就这么喊来着，官当大了，连爹起的小名都不认啦？民吉看不下去，就上来拽他。茂生老汉知道，儿子和他一样心善，心善的人总要吃亏的，就不再说话，爬上车，躺在一堆麻袋上默默看天。晴秋的天空一碧如洗，新收的麦子散发着沁人的清香，引发了茂生老汉种种思绪，不知不觉中，就流下两行老泪来，觉得农民太不容易，总是平白吃委屈，等民吉娶了媳妇，给他生了孙子，让他好好上学，当个官官，也住进县政府大院，他就故意跑去喊他的小名，看哪个狗日的再敢拦挡！

鸡和兔子还圈在棚子里，都咕咕噜噜地惊叫着扑朔着，似乎感到了大难临头。茂生老汉撒了两把饲料，鸡兔们都不吃。就去敛倒空了饲料的编织袋，上面都印着花花绿绿的图案，他拿了一些，觉得不够，又加了一些，奋勇地扛在肩上，人就被压成一个硬瘦的锐角。洪水的声音隆重起来，如同乱箭一般，向他的太阳穴攒射，抬眼再看，村子已经被洪水围住，只是那水还不很深，仅仅淹过村头的低地，汗漫一片向前方涌动。他无声地笑笑，心里说，你先别凶，杀个小鸡还要扑棱几下，谁输谁赢，得让我试巴试巴！

顺道不远，就是养殖场的草垛，被村里的牲口撕扯了，乱糟糟一片。茂生老汉只顾低头走路，一不小心，踩到了一个柔软的隆起，跟着一声劈裂的叫喊，草里就拱出一个人来。茂生老汉吓了一跳，却见那人一面摘着头上的乱草，一面四下撒眸，看看没有别人，才朝他傻傻地一笑，原来是胡傻子。

茂生老汉惊定了脚步，嗔怪地说：傻子，都啥时候了，你还在这儿藏猫猫？

胡傻子说：村长领刘公安抓我，要送我去吃大眼窝头呢！

茂生老汉不信，因为傻子不在教化之内，从来没人跟他较真。胡傻子嘿嘿傻笑着，说话有些连汤，茂生老汉还是听懂了，原来胡傻子并没有傻透腔，多少懂得一些男女之间的勾当，不知是听了谁的撺掇，趁小张才不在，就缠住二丫使蛮。二丫大喊大叫，养殖场的人闻声都出来追打，刘公安接了村长的电话，也怒气冲冲赶来捉拿。不知怎么跑了风声，胡傻子如一只急窘的鸵鸟，一头扎进草垛深处，一来二去忘了究竟，竟然美美地睡开了，全然不知道外面发生了什么。茂生老汉也就明白，原来刘公安是来捉人的，不是来转移人口的，正巧赶在了当口上，才临时改串了角色。

茂生老汉看看水势说：傻子，要跑现在还来得及，把我的老犍牛骑上，一直往东，别歇气！

胡傻子说：我不跑，跑出去刘公安抓我！

茂生老汉说：能跑你还是跑吧，这种乱套的时候，谁能顾得上你那些鸡毛蒜皮？这水来者不善，你年轻，虽说缺心眼儿，可身体还挺棒，能养活自己！

胡傻子看着浑浆浆的洪水，脸上露了恐惧，脱下鞋子，试探着向前走两步，水刚刚没了膝盖，一个趔趄，自己就栽在水里，灌了两口黄汤，又像大蛤蟆似的往岸上爬。

茂生老汉看出他是晕水，吁叹说：那就难办了，你旱鸭子过不了小河沟，命里该着躲不过这一劫！

胡傻子就有了哭腔，说：要是不跑，咱能淹死么？我见过淹死的，可惨呢，脑袋比笆斗还大……

茂生老汉摇摇头，连哄带吓唬说：这可说不准。要是听我的话好好干，把洪水憋住，兴许还能活，不然就全得死！

胡傻子摸着冥顽不灵的脑袋想了一下，就抢过那些编织袋扛在自己肩上，服膺地说：茂生大爷，我听你的，你指向哪里，我就打向哪里！

两人来到村口，无师自通地干了起来，一个装土，一个码袋，袋子口对口，中间用土填饱，人再上去踏实。茂生老汉到拉尔大堤上去过，也看了沿途的民堤，哪儿都是这一种干法……那天二丫雇了一台汽车，拉了东西上前线慰问，特意要捎上他去看看民吉。茂生老汉不想去，特别是不想沾二丫的光，村长就说，去吧去吧，你爹当年在那儿干过，如今你儿子又在那儿干，老猫梁上睡，一辈传一辈，挺有嚼头儿的，能给咱村争个镜头！就连拉带拽，把他弄到了车上。二丫身上的香气很清冽，带一种醇厚的酒力，熏得他迷迷瞪瞪。欲睡未睡的当儿，忽然二丫摸摸腰侧说，谁抠我？茂生老汉看看司机，正聚精会神双手把着方向盘，就觉得自己担了嫌疑，赶紧往一旁躲闪。不料二丫又说，谁抠我？茂生老汉就生起气来，举起双手说，我老孤羯活了小七十岁，从来就没干过猫三狗四的事，怎么能赖到我身上？二丫眨眨眼睛，咯咯地甜笑起来，拿出个小黑匣子向他展示说，大叔嗳，你不懂，我不是那个意思，是有人传呼我；要不了多久，民吉也会带上这个的！茂生老汉也笑了，窘着脸看窗外说，我们民吉是农民，本本分分，用不着什么屁驴子洋蛐蛐！二丫只笑不说话，意思好像在说，走着瞧吧。

洪水沿着斜坡缓慢上升，还没能舔到高地上的土袋，他们已经码起了两层。茂生老汉知道，这只是洪水的前锋，后劲儿还要大得多——既然能把拉尔大堤拦腰咬断，几层土袋算得了什么？胡傻子一要歇，他就虎起脸来说：不能歇，这是拼命，懂不懂？等洪水停了，咱们拉开架子好好歇！胡傻子没吃晌午饭，又喊饿。茂生老汉要回家拿馒头，胡傻子不干，说他们都穿了兔子鞋，这村子是咱爷们儿的了，省下大鱼大肉给谁去？茂生老汉说：现杀猪来不及，村里又没馆子，你让我到哪弄肉去？胡傻子嘿嘿笑，说村长家不是有肉罐头嘛，从小到大，我还没吃过那个！茂生老汉就惊异起来，觉得傻子一旦开窍，也竟出语惊人呢。就插了锹说：你先在这儿顶着，我去给你找。现在，咱这儿就是前线，一切服从前线需要！

村里的生灵都在跳闹，猪拱进了窗子，鸡飞上了屋顶，红蚂蚁抱成个大蛋蛋在草地上滚动，平时很少见到的松花蛇也爬上了矮趴趴的小柳树……所有的生命都在凭借本能极力拖延最后时刻的到来。茂生老汉的衣服都被汗水湿透了，风一吹，凉森森的。看着那些生灵就说：可惜，你们全都不中用啊，哪怕有一两的力气，捆在一块儿，保住这地盘就容易多了！忽然看到自家的老犍牛在篱笆旁边卧着，茫然无措地哞哞，就想，应该给它派个活干，比硬挺着等死强多了，有些事就是这样，越躲越害怕，越害怕越塌架子，牲口和人都不例外。想到饲养场有个除粪的大铁铲，何不让老犍牛拉上，当个小推土机用？他被这个妙想刺激得兴奋起来，一回身，一条柔软温湿的舌头就舔到了他手上，原来是大黄狗。这一舔仿佛深入了骨髓，让他的鼻子狠狠酸了一下，忽然感到，他决心告别的世界，其实很难割舍。

三

村长以老婆的名义开了一个小卖店，储备了肉罐头，招待上面一波一波的来人，回头再转到村里的账上，东西就升值了。乡亲们也很认可，村长嘛，好处就该多得一些。村长的家人早就住进城里亲戚家去了，走得从容而隐蔽，所以家里的东西没怎么动。

茂生老汉走进院门，见小卖店门上还挂着锁头，门鼻却被人撬开了，一种铮铮的打击乐正源源不断传出来。茂生老汉身上一凛，还以为闹鬼了，大黄狗却汹汹地吠着，拉弓射箭要往门里扑。茂生老汉凭窗一看，原来是康秃儿，手里提一个小布袋，腕子上还啷当着亮闪闪的铐子，桌子上摆着酒瓶子和几个打开的肉罐头，红头涨脸的，人已经半醉了。茂生老汉喝住狗，上前一盘问，原来那马车的后栏杆缩了，三挣两挣，竟被康秃儿挣开了卯榫，趁人不备就撒了丫子，刘公安也顾不得追拿，就由他去了。康秃儿不知道村里还有别人，先踅到村长家吃喝一通，没翻出钱来，却找到了村委会的大印，左看右看，情绪就膨胀起来，在自己的肥肘子上印了好几个朱红的圈圈，又一时舍不得丢下，索性揣进了衣兜里。腕子上的铐子太碍事，康秃儿就找了块石头砸起来，直砸得火星乱迸，不曾想那东西十分结实，留下一片浅淡的斑痕，竟然毫不松动。

茂生老汉堵在门口，觑定康秃儿说：你要知道，私闯民宅发国难财，是违法犯罪行为！

康秃儿打个响亮的酒嗝，不以为然地一笑：你以为拿大奶子就能吓住小孩子？这种天塌地陷的时候，还有啥法不法的，拿了用了就是赚了，要不然全得泡汤！

茂生老汉说：一个人可以没法，两个人就得有法！

康秃儿说：别以为别人一走，你就占山为王了；大印装在我兜里，横了竖了我说了算！

茂生老汉看着他胳膊上的红戳，不圆不扁有如肉摊上检疫的图章，就明白了他的意思。康秃儿他爹老康当年造反，轰轰烈烈一直干到公社革委会，到县里夺权，也是先下手为强，拿一只大簸箕，科委部办挨个收公章，乐颠颠晕乎乎地端回来，摆了满桌子满床，透透地过了一次官瘾。康秃儿得了一点遗传，睁开眼睛，屋里墙上糊的又都是老康拿回来的造反小报，耳濡目染，就依样画了一个葫芦，鹦嘴鸭巴掌，不情愿土里刨食，却总想站高枝，是村里的一摊臭狗屎，现在竟被他一脚踩上。

茂生老汉就冷笑一声说：你爹的美梦你还要做下去？这种时候来拿一颗木头疙瘩，能顶屁用？洪水眼看就进村了，要是还想活命，赶快把手里的财物交出来，乖乖跟我抗洪去！

康秃儿仰着紫红的醉脸呵呵笑，摇摇布袋，里面碰击出一片细碎的声响。茂生老汉听出来，原来是麻将。就跺跺脚，很痛心地说：你咋这么不争气，洪水都来到房根了，还有这闲心！

康秃儿说：我半辈子不痛快，好不容易得到了马掌村的天下，该痛快一把了！村长的细软都带走了，就这麻将还算个玩意儿，旧是旧点儿，可连骰子都不缺！

茂生老汉看看没办法，就咽下一口唾沫，让步说：好吧，你说了算也行，咱们叫上胡傻子，好歹有俩兵，也强似你光杆儿司令！茂生老汉引导着康秃儿来到堤前。胡傻子正握着养殖场的三角柄铁锹忙活，抬头看见康秃儿，哦操一声，很惊讶。康秃儿首长视察一般向他招手致意，右臂红戳灿烂，左手铐子丁零。

胡傻子嘿嘿笑：给我预备的银镯子，怎么戴到了你手上？刘公安真他妈损犊子！

茂生老汉郑重了神色说：康秃儿，看明白了吧？让你走你非要往回跑，这是你自投罗网，也是老天爷的安排。马掌村生死存亡，就看咱们三个，歇人不歇工，让傻子吃饭，你麻溜接着干！

康秃儿站着没动，一脚做轴，一脚踩在堤埂上抖索，痞痞地说道：三个人想挡住洪水？简直是小孩子撒尿和泥过家家。你不就是为了自家的粮食嘛，哄傻子玩儿吧，我他妈拜拜了！

茂生老汉说：你想上哪儿去？这么大的水，一下去就得喂王八！

康秃儿说：我身上绑几个空塑料桶，漂到哪是哪，流氓无产者四海为家！

茂生老汉说：你的狗命也不值几个子儿，不过看在你爹当年大半桶猪油的分上，我不能让你淹死。

康秃儿打着酒嗝，神闲气定的样子，说：要干也行，我当官你们当兵，所谓劳心者治人，劳力者治于人，我干脑力劳动，你们干体力劳动！

茂生老汉哭笑不得，跺跺脚说：都啥时候了，仨人还放一个脱产的？既然你脚踩在这块地皮上，干也得干，不干也得干，没什么好商量的！

康秃儿嘁一声，说：老孤羯还想领导我？凭啥呀？你们两个老的老傻的傻，就是组织部门来考核，头儿也是我的！

茂生老汉说：可惜，这儿没有组织部门。咱们民主吧，选上谁谁说了算！

康秃儿微微一笑，似乎胜券在握，清清喉咙说：这么多年，我蟠龙卧虎，亏大发了。我年富力强，见多识广，又有文化，比狗剩子也差不哪儿去，别说三个人的头儿，就是乡长县长，也不在话下！

茂生老汉说：你能不能为别人舍出命来？

康秃儿不吭声了。

茂生老汉说：当头儿，不能保证这条就不可信。我年不富力不强，见不多识不广，也没文化，可比你心眼儿正，比你有钢性，领着你们堵口子，需要舍命，我头一个！

胡傻子蹲在地上吃肉罐头啃饼干，看看这个，看看那个，举起手来说：我拥护茂生大爷！

康秃儿急了，说：你懂个鸡巴？你爹做你的时候偷工减料，少加了一铲子炭，连自己的手指头都查不过来，哪有你说话的份儿！

胡傻子说：我傻是傻，也知道谁好谁孬，选村长也发给我一张票票，你怎么能剥夺！

康秃儿说：你准是让老孤羯给收买了。回头我就报告刘公安，让他用电警棍出溜你！

胡傻子乐呵呵地说：发大水了，刘公安他抓不住我！

茂生老汉说：康秃儿，情况紧急，没人跟你啰唆，少数服从多数，就这么定下了！

康秃儿说：我不服从，又能怎么样？

茂生老汉说：既然你油盐不进，那就对不起了——傻子，帮他醒醒酒！

胡傻子还没醒腔，茂生老汉做了一个击打的动作，他才慢慢站起身来，翻翻厚眼皮，似乎心不在焉，忽然嗷的一声，斗牛一般朝康秃儿直扑过去。两人就在泥地上骨碌起来，大黄狗围着他们跳跟，抽冷子就叼康秃儿的裤脚。胡傻子力大，一两个回合，就把康秃儿压在身下，在肥腚上好一顿捶打。茂生老汉怕傻子没深浅，急忙喝住，又问康秃儿的口供。康秃儿爬起来，吐着血唾沫说：我撬村长的门犯法，你们合伙专我的政，犯不犯法？

茂生老汉说：现在这种时候，我就是法，法就是我！

康秃儿说：你是皇帝，还是国王？是总督，还是酋长？

茂生老汉说：这个那个我都不懂，只要堵住洪水保住村子，你说是啥就是啥——傻子，把他铐在树上，洪水上来，让这杂种死在村里，也比死在外面当野鬼强！

胡傻子就使出蛮力，扭住他那只戴铐子的手就往堤边小树那边拖。康秃儿慌了，赶忙软下来说：茂生大叔，一个村子住着，老一辈少一辈，你这是干什么？不就是筑堤嘛，我干，我干还不行吗！

康秃儿接过铁锹干起来，撮两锹土，斜茂生老汉一眼，嘴里还在磨叨别人听不见的小话，样子又消极又抵触。康秃儿让大锅饭惯坏了，一搞责任制，日子就不大好过，因为这个，老婆领孩子跟南边弹棉花的跑了，他也破罐子破摔，愈发不着调。市里来人扶贫，到康秃儿家看了，窗户上糊着破塑料布，炕上连席都没有，陶土罐子里只剩一把大粒盐，因为没油，铁锅生满了红锈……来人欷歔着扔下一张百元大票，康秃儿说，能不能给点儿零的？这么大的票子，玩儿牌也不好找啊。来人生气了，仍然做出语重心长的样子规劝。康秃儿说，流氓无产者名声差点儿，那可是革命的基本力量，马克思早就号召，全世界无产者联合起来！来人气得不行，脸上变幻出好儿种颜色，走出门去，跺跺脚说，真是狗屎扶不上墙面，就让他去当流氓无产者，死在外面算球了……要是筑堤能像责任田那样分段承包，倒也省事；可这是一扣咬一扣的活，好比一条铁索，只要一环松扣，别的再结实又有什么用呢？茂生老汉斟酌了一下，就回去牵来老犍牛，让它拉上除粪铲推土，替康秃儿省些力气，也算是将就材料。老犍牛有些腿软，一面哆嗦，一面拉稀屎。茂生老汉拍着它锋棱的脊背哄劝说：牛啊，考验你的时刻到了。豁出力气好好干，搪过这一关，我让你光荣退休，好草好料养着，日后给你个善终，不扒皮不吃肉，跟我埋在一起，也立个木头牌牌！老犍牛似懂非懂，来回走了几个趟子，听惯了水吼，居然安静下来，好像明白了恐惧的无望，只好用拼争抵抗恐惧。牛毕竟比人有力气，在堤里翻起一片黑色的波浪，再装袋子，就快得多了。

洪水淹没了大片野地，远处的包米只剩了梢头，电线在水面上迸着火花，失去巢穴的鸟儿悲鸣着掠过，只有村里的鸭子鹅，发现了一个更广阔的乐园，嘎嘎欢叫着，越过土埂，游向洪水深处。它们也许再也游不回来了，它们不会被淹死，但会永远迷失自己，离开人类成千上万一起流浪，因为翅膀的退化，最后在严酷的冬季死在北方的野外。大团的蚊子没了落脚之处，都聚集到这块唯一的陆地来，扇动出洪大的嗡嗡声，散布在每一寸空气里，表现出垂死的疯狂，拼命往脸上撞，一不小心，就会吸进嗓子。康秃儿骂骂咧咧的，手不断往脸上拍，直拍出一片黏稠的黑血来，不一会儿，脸就膨大了一圈。

康秃儿扔下铁锹，跳着脚喊：我他妈受不了了！这哪是人遭的罪？我他妈不干了！

茂生老汉说：干不干你说了不算，咱都骑老虎背上了！

康秃儿说：我家又没有几万斤粮食，凭啥给你卖命？

茂生老汉说：金窝银窝，不如自己的草窝，咱保的是整个村子！

康秃儿说：我那个破窝，老母猪一蹭痒就塌了，淹了更鸡巴好！

茂生老汉说：好歹你爹埋在村后，你就忍心让洪水把他的尸骨冲走？

康秃儿说：你不懂唯物主义。人死如灯灭，留那么个烂骷髅有啥用？冲走就冲走吧，冲进太平洋才好呢，死的自在了，活的省心了！

茂生老汉火了，摸起铁锹，要替他爹拍他。康秃儿撒腿就跑，却被胡傻子追上，一把扯住。茂生老汉提着锹跟过去，顺手就把他的另半爿手铐铐在了锹柄的三角上。

康秃儿大声抗议：你敢用私刑？我是你的奴隶啊？

茂生老汉说：小杂种，你跟我咋呼什么？这工夫我可是连眼睛都红了，再跟我犯混，我敢把你当土袋子砌到堤坝上！你不是能跑么？现在随便你，有这个铁砣砣坠着，入了水能死得利索些，省得你零遭罪！

胡傻子在一旁策应说：亏你口口声声无产者革命者，又不是坐老虎凳钉竹签子，咋呼个啥呀？刚才我解个手，老二都叮肿了，我吭一声了么？

康秃儿看看没辙，只好仰天长叹一声，哭哭唧唧地说：我真后悔，不该半路跑回来，让刘公安带走，也比落入你的魔掌强。当年日本人强迫劳工修大堤，今天老孤羯又强迫我修大堤，这叫什么事啊！

茂生老汉装作没听见，硬着心，不让两人歇着。就在周遭找了柴火，拢了一堆篝火，又扔上些青蒿，沤出浓浓的白烟，四下弥漫开来，总算消减了蚊子的猖狂。傍晚时分，他们备了二百来个土袋，正要喘口气，天又阴了上来，黑压压的云层上下翻滚，一场凶险的大雨正在它深处酝酿。康秃儿和胡傻子两个看看天色，又看看茂生老汉的脸色，有些沉不住气。茂生老汉也心里没底，怕堤坝没垮，人心先垮了，就故作从容地笑笑说：老天爷吓唬人哩，它有多少尿，能全撒到咱头上来？我去找灯，找酒，找好吃的，找防蚊油，抗过这一夜，咱都是功臣，别处都淹了，咱马掌村还留在地图上，电视上那一大片蓝色也得给咱标上个黑点点，全世界都看得到，你们想想，这有多牛气！

康秃儿说：牛气不牛气，又能怎么样？你能封我个官官？

茂生老汉说：怎么不能？你看好了什么角儿，说吧！

康秃儿想了想，说：支书村长咱当不上。这穷村子也没什么肥差了，就饲养场还挺不错，老大一摊子，你让我干吧！

茂生老汉说：行。从现在起，你就是养殖场的董事长！

康秃儿高兴了，说：从小到大，我连个组长都没当过；这次好歹让我过把瘾，尝尝资产阶级是啥滋味！

胡傻子嘻嘻笑：我要是功臣，二丫是不是就得归我？

茂生老汉骂一声傻瓜不开窍，索性不去理他，就扯开老迈的步子朝村里荡去。村里的电线还好好的，可电已经停了，茂生老汉想到放在家里那台彩电，心里就觉着好笑：人间一切看似稀罕的东西，到了危急关头全都一钱不值。早年就听过一个故事：洪水中两个人骑在相邻的树杈上，一个要用金元宝换另一个的干粮，另一个当然是不会换的，因为吞金子不能活命。现在，他拥有五万斤粮食，这是多少干粮，多少金子，多少命啊！本来为没卖出去发愁，现在可好，赶上了大灾之年，瞎子捡驴镫，套在了脚上，让他歪打正着了。

茂生老汉走过家门，望望院子里的粮囤，巍巍实实小山一般，心里不禁一阵宽慰。民吉刚生下来那年，这一带偏得了几场好雨，庄稼出息得像模像样，人们伸手就摸到了五谷丰登的好年景。哪知道世道突然就乱了，康秃儿他爹领人造反，为了献忠心争交椅，把新打的粮食都交了上去，茂生家吃上顿没下顿，女人断了奶水，民吉撂在炕上蹬腿，眼看要扔了喂狗。茂生老汉四十岁上才见儿子面，心疼得不行，就找老康求告。老康那时在公社吃小灶，四菜一汤标准，吃得脸上油光鉴亮。看茂生可怜，就从食堂拿给他半口袋馒头，大半桶猪油。茂生感动得又是鼻涕又是眼泪，跪在地上给老康磕响头，逢人就说他的好话。那一天老康回村，正撞见民吉娘抱着孩子闲转，头发刚刚洗过，脸色一时润泽非常，就凑上去钳住她的奶头逗弄说，奶子胀得这厉害，咋就不知道给孩子吃呢？民吉娘抖抖地挺着不敢出声，老康就乘胜前进，撩起衣襟猛嘬起来，直到民吉哇哇大哭才罢手。老婆回家又哭又闹，茂生只是闷着头抽烟，最终说了一句：儿子的奶是老康供下来的，嘬几口就嘬几口吧，反正他又吃不了多少！后来乾坤颠倒过来，老康现了原形，蹲在大牢里没判没放的当儿，自己觉得造孽太多，就用碗茬割了手腕。茂生老汉听说了，一个人跑到县城，几十里地，用地排车把他尸首拉回村里。很多人都说，茂生不省事，分不清狼和羊；人家夺了你粮口袋，回头给你个瘪豆豆，又戏了你的娘儿们，哪有什么恩情可言？恨还恨不够呢！茂生老汉说，老婆和儿子哪个重要？要是他连瘪豆豆都不给我，民吉就死定了！……后来老婆离他而去，他就成了一个老孤羯，守着儿子清汤寡水悄无声息地活着。他很清楚，此时此刻，他实际上又是在为儿子拼命呢。

村景如此熟悉，茂生老汉能辨认出哪一棵树是谁栽下的，哪一株花草是新长出来的。新建的养殖场几乎应有尽有，没费什么事就找了五盏提灯，灌满油，一一点着，熊熊地拎在手上。他绕着村后的土埂巡视一番，洪水果然凶猛，一浪一浪和土埂撞膀子，恨不能一口把这片仅存的土地吞掉。土埂足够壮实，顽强地横亘着，片片水沫还是越过高地飘向村边，打湿着祖先的坟墓。很显然，要是这儿决口，那就一点办法都没有了，任何挣扎都不会起作用，只能抻着脖子等死。茂生老汉面向一片坟茔跪下来，头和大地相碰的瞬间，他又闻到了乡土亲切熟稔的气息，一代代垦殖下来，依稀还看得见先辈的脚印。茂生老汉眼睛里蓄满泪水，喃喃说：祖宗啊，显显灵，保佑儿孙吧，洪水退了，我提着猪头来敬你！

四

秦老蔫家离养殖场不远，一道漂亮的石墙，水泥勾缝，围出一个挺深的院落，两扇黑漆大门还是对开的，掺在一堆碱土房里，有一种令人刺痛的对比。马掌村这穷地方，土改时用筛子筛，连一户富农都定不上，也没法吃大户分浮财，老康这样的浮头鱼只好到别处去斗地主过闲瘾。年轻的茂生戴着一顶贫农的帽子，怎么咂摸也光荣不起来，反倒觉得，几辈人的努力竟被一个贫字概括，很是让人羞辱。现在好了，马掌村终于有了真正的富人，而且还将不断涌现。譬如他家，有了租赁承包的大片土地，每年打几万斤粮食，那不是地主富农又是什么？尽管时下有五花八门避免麻烦的叫法，瓤子是一样的。要不了多久，他家也要盖这样的大房子，也要修这么气派的大院墙。

秦老蔫家没锁门，因为走得仓皇，屋里的东西凌乱不堪，桌上的酒菜都没来得及撤，一看碗筷，就知道村长和刘公安在这吃过。屋里的酒柜里琳琳琅琅的，他分不清哪好哪坏。就拣了一个瓷瓶捎上，自言自语说，这种时候，有钱出钱，有力出力，晚上凉，顶顶风寒，就算是你秦老蔫慰问前线将士了，跟吃大户并不一样！转到二丫的房间，只见满墙俊男靓女，都骚眉辣眼极尽摩登，可惜他一个都不认得。桌子上摆了一排精致的罐罐，茂生老汉拿起一个晃晃，听到了里面动听的洋溢。试着按了一下，哧地窜出一股白气，把他吓了一跳。他认不出哪个是防蚊用的，就用一只塑料袋一股脑儿敛了。忽然看到一本影集，半开半阖的，随手一翻，竟然发现了民吉的照片，跟挂在家里那张一样，只是尺寸小些罢了。他糊涂起来，抽出来装进自己口袋里，嘀咕说，儿呀，你咋跑到这样的人家来了？这屋的气味不正，别把你熏坏了！……那天在拉尔大堤，他正和民吉说话，二丫就足风满韵走过来。民吉已经连续干了三昼夜，腮都塌了，身上穿着编织袋子，弄得泥猴一般，瞥二丫一眼，装出陌生的样子。二丫明媚地笑着，全不管周围那么多眼睛，打开一瓶矿泉水，故意往民吉手里塞。民吉窘住了，因为一架摄像机正对着他们。二丫鼓动说，你喝呀！你喝呀！民吉就咕咚喝下一口。二丫笑得很幸福，又掏出一只手绢让他擦脸。茂生老汉觉得民吉太老实，简直是任人摆布，又觉得自己挺碍眼，就躲到了一边，帮人扎起土袋来，一面用眼角睄着他们。后来他们影在汽车后面，不知说了些什么，二丫再转出来，眼睛里就有了晶莹的泪光。茂生老汉很警惕，问民吉都跟二丫说了什么。民吉说，没什么，全是堤上的事。茂生老汉警告儿子说，这堤上还有你爷的魂呢。好马不吃回头草，往后离二丫远点儿，别拐带坏了咱杨家几代的名声！

五盏提灯挂在五棵小树上。天墨黑墨黑，看不到一丝星光，灯火就显得很昏昧，又被突起的大风刮得摇曳不定，三个人和一头牛的影子虚淡凌乱地浮动，彼此都看不到表情。浑黄的洪水酱汤一般，带着肮脏的泡沫叠加而来，如同猛兽的舌头恶狠狠地舔着编织袋子。水势比估计大得多，堤坝显然太单薄，茂生老汉叫胡傻子和康秃儿码袋子，他则赶着老犍牛往堤侧培土，以抵抗洪水的冲力。随着几道炸裂的闪电，天漏了，大雨直泼下来，篝火熄了，蚊子也了无踪影。三个人暴露在如瀑的暴雨中，一跐一滑，跌倒爬起，抖抖瑟瑟，泥人水人一般，连话都说不清了。那两个都看茂生老汉，目光里充满哀怨。茂生老汉说：我给你们一人做件雨衣吧！就把编织袋弄出三个窟窿，先套到胡傻子身上一个，再给康秃儿套，才发觉铁锹还锁在他手腕上。茂生老汉让胡傻子把锹柄别开，那腕子已经磨得血糊糊的。

茂生老汉很是不忍，就抚摸着那道伤痕，暖了脸说：孩子，不是我心狠，是你不该跑回来。这种时候，你让我怎么办？

康秃儿抽抽搭搭哭起来，雨水兜头浇下，看不见他的眼泪。他说：茂生大叔，我才三十多岁，跟你比，短一半的寿路！

胡傻子看看马上就要漫堤的洪水，也跟着大声哭号：我白托生一回人，闹了个傻瓜蛋子，连女人都没尝过。我他妈的冤枉啊，我日刘公安他妈妈！

茂生老汉知道，一旦守不住，自己的老命不算什么，再把别人搭上，那就太不仗义。就说：要是怕死，你们就走吧。蹲到养殖场房顶上，那是砖的，一时半晌泡不塌，会有人来救。回头告诉乡亲们，虽说我老孤羯对不起儿子，可对得起村子，死也值了！

康秃儿和胡傻子站着没动，看着茂生老汉，沉默了好半天。忽然，康秃儿笑笑，摇摇头说：这么多年，人们都不拿我当人看。赶上了这场洪水，也算是老天爷给我个试探。要是你死了，我们活着，让乡亲们咋看？我不跑了，跑也跑不掉，真到了那一步，我给你老人家收尸，也算一报还一报！

闪电亮起的瞬间，老犍牛和大黄狗都站在泥水里，雨水浇倒了身上的毛，却依然雕塑一般一动不动，样子忠诚而坚韧。茂生老汉拿过酒瓶子，自己咕咚灌一大口，又交到他们两个手里，看着他们喝下去，然后抡起巴掌，朝每人的脖子上猛掴了一掌。

茂生老汉嘶着声音说：都打起精神来。哭有屌用？老天爷又听不见，眼泪掉到地上，只会增加洪水的流量。我老孤羯并不是一只让人骟过的羯羊，是不是爷们儿，咱们脱了看！说着自己先脱得精赤条条，在如注的大雨里快意地大叫着，躬起嶙峋的身子，扛着袋子疯跑起来。康秃儿和胡傻子看了，也照样脱光，跟在后面疯跑。三个水淋淋的裸人互相看着裆下笑。

茂生老汉一面喘着，一面嘎着嗓子，唱起当年在大车店跟老车把式学来的骚胡胡调：

想当年，胃儿铁，
斤八烧酒一仰脖；
如今不行了，
一瓶汽水直嗝噎。

想当年，牙儿铁，
生吃牛肉不用切；
如今不行了，
吃块豆腐咯出血。

想当年，脚儿铁，
日走百里不坐车；
如今不行了，
三里五里歇一歇。

想当年，雀儿铁，
一宿三火连四火；
如今不行了，
看见女人赶紧躲……

康秃儿和胡傻子就哼哟嗨哟地应和着，一边唱一边笑，那歌和笑却和哭一般惨烈，弄出慷慨激昂的一片交响，雷雨声就被压低了许多。洪水涨上来，堤坝也长上来，尽管齐到了人的腰上胸下，却只能隔着袋子在几尺之外汹汹地示威。

三个人一直干到东方渐亮，才躲到大树底下来，披上编织袋子，用铁锹劈开几个肉罐头，就着白酒，哆哆嗦嗦吃出一片泥泞的声音。

康秃儿露出几分自豪，说：真可惜，要是有记者给咱录像多好，拿到电视台一播，保险盖帽！

胡傻子说：黄色录像，人家不让放！

康秃儿看着胡傻子胯间，若有发现地笑了：怪不得总惹事，原来是傻大黑粗，像他妈驴三件儿！

胡傻子赶紧不好意思地夹住，又龇牙咧嘴地说：是蚊子给叮的，你又不是不知道！

康秃儿说：应该数数多少个包包，回头好到庆功会上作报告！

说着上来就掰他的两腿。胡傻子不让，一脚把康秃儿蹬开。

康秃儿说：那就大估景儿吧，算六十八个，造假到了真实的程度，才能有说服力；村长往上报数字，都是这一套！

茂生老汉说：看来，你还真是个领导材料。不过别高兴得太早了，你们以为，这就是百年一遇么？比这个邪乎的还在后头呢！

康秃儿脸色鲜活起来，说：茂生大叔，你的曲儿唱得可真好。你行，谁说你不行了呢？比当年也差不了多少！

说着又眨眨眼睛，流里流气地笑开了。茂生老汉也笑，说：小杂种，要听粉的花的，死不了，以后我慢慢给你们讲！

正说着，就见堤坝向外渗水，先是细细的一缕，等康秃儿跑到养殖场拿来塑料布，渗水的地方已经涌流如瀑。茂生老汉往堤里扔了几个编织袋，看看不顶用，就大叫一声，光着身子跳进水里。洪水太急，茂生老汉又太瘦，根本就堵不住那个漏洞，趔趄了几下，幸好抓住堤边的小树，才终于站稳。康秃儿也要往下跳，被茂生老汉喝住，指着老犍牛高喊：快，把它赶下来！康秃儿和胡傻子两个边推边赶，把老犍牛送进水里，一只蹄子正好踩到茂生老汉的脚背，锐利地一疼，那脚就失去了知觉。他一手牵着牛鼻绳，一手搂住牛脖子，和牛亲切地蹭着脸，安抚说：你才十几岁，老虽老些，按人的岁数，还没我大，为了活命，吃点苦算什么？咱们两个说好了的，要死要活，都在一块儿！老犍牛只露着脊背和脑袋，仍然哞叫着觳觫着，却和主人紧紧靠在一起，茂生老汉分明看见，它善良的大眼睛里滚落出一串晶莹的泪滴。

来吧，你们两个小杂种，往我背后使劲垛袋子，茂生老汉说，别不忍心，我的老骨头比你们硬实。这辈子有这么一回，我知足了！

五

天大亮之后，雨终于停了，太阳穿透薄云，把暧昧的光线吝啬地洒向这块仅存的土地。马掌村的清晨显得分外宁静，仿佛大战之后的战场，剩下的只有硝烟袅袅昆虫唧唧。家畜家禽也不再惶恐，大概以为沧桑之变已经完成，它们仍然可以安居在这块陆地上，便把凌乱的蹄爪印到各处。大黄狗和几个同伴追逐嬉戏，又开始了新的一轮爱情拍拖。可怜的老犍牛皮毛还没干透，就站在草垛旁大吃大嚼起来，它困乏之极的主人躺在旁边的干草上，打起了近于呻吟的呼噜，那只受伤的脚肿得老高，涂上去的红花油又被水冲掉，只好用一只葵花叶子草草裹住，架在另一条腿上，惹一群苍蝇来回萦绕。

康秃儿领着胡傻子到养殖场敛鸡蛋，发现鸡和兔子已经开始进食，就马上进入了角色，指挥胡傻子喂水添料。胡傻子不干，说二丫用料叉打我，我不伺候她。康秃儿说，怎么是伺候二丫呢？现在我是这儿的头儿，你帮我的忙，鸡蛋鸡肉大家管够吃！胡傻子一听这个就高兴了，憋住一口气，干得一溜噔嗵。干完活拿了鸡蛋到秦老蔫家煮，发现衣服又湿又破，也该换换了，打开一只箱子，竟是花花绿绿的内衣内裤，还有女人胸上腰下用的那些玩意儿。康秃儿连叫晦气，胡傻子却喜不自胜，把那乳罩抓在手里闻来闻去，警犬缉毒一般，又躺在二丫的软床上折了几个饼子，留下一片空玄的念想和泥水的湿渍，才醉汉一般晃着步子离开。

康秃儿抱来一些衣服，茂生老汉认出，都是秦老蔫的，其中的一件湖蓝色衬衣，还是当年二丫给民吉买的，起初民吉没舍得穿，后来二丫嫁了别人，民吉又还给了她，想不到至今还簇新着放在家里，塑料封套都没打开。

茂生老汉暗着脸说：谁让你们拿别人的衣服？

康秃儿说：洪水一围上来，咱这儿就是共产主义了，还分什么你的我的？再说，打耗子还得个油纸捻儿，何况抗洪这么大的事！

茂生老汉说：要是这样干，就怕村子抗住了洪水，又毁到了你们手里，背着抱着还不是一样的？

康秃儿不以为然地瞥他说：你说话还算不算数？既然一切服从前线需要，我们又是功臣，打天下的坐天下，分分战利品，有啥不对劲儿的？

一边说着，一边美滋滋地往自己的身上套，包粽子似的一层又一层，既不合体，又不合时令，看上去滑稽透了，两人还是藏不住穷人乍富的得意，脸盘子葵花一般向上仰着。茂生老汉也知道，漏洞不是出在自己身上，而是洪水造成的，横竖左右也没法堵住。就把那件湖蓝色衬衣抓在手里，说这衣服挺受看的，我穿着太嫩，给民吉留着。

三个人就坐在干草上剥鸡蛋吃。周围是浩瀚的洪水，本来丰收在望的庄稼地里，高粱只露着穗头，电线杆被冲得东倒西歪，残存的瓷瓶上落着一两只水老鸹，原本在视野之内的西村北村，全都了无踪影，偶尔有半沉半浮的家具和家畜的尸体漂过，看上去极像海面上安闲游弋露着鳍脊的大鱼。

康秃儿感叹说：真像大海，真像！

茂生老汉没见过大海，活了一把年纪，除了县城，他还没去过更远的地方，更没见过这么大的水面。便极尽联想地附和说：大海是够大的——哪来的这大水呢？老天爷成心和咱过不去！

康秃儿说：还不都是人闹腾的。据说咱脚底下这个叫做地球的玩意儿，最多能挺一二百年，最后就得像火星似的，连蚊子这样的活物都没了！

胡傻子眨着小眼睛，吃力地运算了一下，忽然高兴起来，鼓掌说：咱没球事，到那个时候，不光茂生大爷没了，就连民吉咱这茬子也没了，地球爆炸了才好呢！

茂生老汉的心被揪得难受，大口大口抽烟，因为从他太爷到如今，正好也是一二百年光景。

康秃儿来了兴致，两眼放光，面容生动，站起身来，伸懒腰一般向着大水展开双臂，扯开叫驴嗓子，啊啊大叫着抒情。他胳膊上的红戳已经消退殆尽，手腕上的铐子依然丁零作响，那样子好像是被他刚刚挣开似的。

胡傻子说：要是就咱三个人多好啊，有好房子有好衣服，有粮食有菜有肉有鱼，还有大彩电，再给几个娘儿们，那就没治了！

茂生老汉笑笑：可是咱没电，那匣子里的小人儿猫着不出来！

康秃儿说：养殖场不是有小柴油机吗，我把它鼓捣着了，咱就是神仙的日子！

茂生老汉猛然想起，康秃儿会摆弄机器，虽说二五眼，总还算个明白人。就说：老天爷真有眼睛，把你个文化人留下了。走吧，我家院子里还有个小水泵，咱去抽水，要不然，村里的积水排不出去，低处的碱土房泡塌了，咱这道堤坝又有啥意义？

康秃儿不高兴了，说：累个死去活来，就不能让我们歇歇？

茂生老汉说：你们以为，这就万事大吉了？咱这下雨，上游也下雨，怕是更大的水头还在后边，要歇，也得把水泵开起来再歇！

两个人坐着不动，好像根本就没听见他的话。

茂生老汉说：你们不听我的啦？

康秃儿说：洪水挡住了，日子消停了，咱们也该改选了——傻子，你拥护谁？

胡傻子看看这个，又看看那个，举手说：我拥护康秃儿，跟你干光挨累不享福！

茂生老汉眯了眼睛，定定地看康秃儿，枯涩的眸子里有了痛楚的成分。康秃儿低下头，目光正好碰到茂生老汉那只伤脚，于是抻抻脖子噎下一个蛋黄，好半天没说话。

茂生老汉摇摇头，失望地长叹一声：要是那样，马掌村就没救了。我宁可抱着棺材板顺水漂流，也要远远离开你们，是死是活，省得人们骂我！

茂生老汉走了两步，又被康秃儿拉住。

康秃儿说：别忙着走啊，我还没投票呢。我拥护茂生大叔，其实从昨晚起，我就拥护你了！

胡傻子有些难堪，重新举了手说：就算我刚才一不小心放个臭屁。茂生大爷，我还是拥护你，你说啥就是啥！

茂生老汉说：既然如此，咱们得立个规矩。从现在起，第一，吃啥用啥，得先跟我说一声；第二，东西大家吃大家用，不能自己独吞私藏，谁犯了毛病，照打！

康秃儿嘟囔说：我犯了傻子打我，傻子犯了我打傻子，你犯了咋办哪？

茂生老汉说：我要是犯了，你们俩打我！

康秃儿说：谁敢哪，这块地盘上，你是爷！

茂生老汉说：该打的不打，那就要反过来挨打——要是没有王法，你们谁还能服我？凡事都积小成大，一来二去，就你死我活了！

康秃儿和胡傻子全都噤声不语。片刻之后，康秃儿站起来，扑打扑打身上的乱草说：走吧，咱抬水泵去！

柴油机和水泵都是完好的，架在堤上接了皮带，就哗哗地转动起来。三个人又把堤坝仔细检查一遍，清除了渗漏，加固了堤脚，才交给茂生老汉看着，那两个找地方睡觉去了。又有了很好的阳光，像一只神奇的手揩着村里的房屋和湿地，缕缕蜃气摇曳着向上升腾，迷茫的水面上波光粼粼，竟然别有一番风景。茂生老汉又想起了儿子，想起了村里一个个熟悉的面孔，也不知他们此时在哪，有没有吃的住的。就掏出那张照片端详，却被水浸泡得软不拉塌没了模样，只好用手抚平，仔细晾干，装进那件湖蓝色衬衣兜里……那年二丫妈病重，秦家没钱，二丫把家里的被褥都卖了，秦老蔫还敲掉了早年镶上去的一颗金牙，还是交不上住院费。民吉跑到县城，偷偷卖了两次血，好歹保住了那口气，二丫妈却在夜深人静的时刻，自己拔下了针头……也许是因为一个穷，他也常常谅解二丫，只是不能让民吉和二丫走到一起，无论如何，那是辱没祖宗的事情。那一次村长喝了几口小酒，半真半假地跟他说，要是再让二丫这只金凤凰飞走，咱马掌村损失就大了。眼下能留住她的只有民吉……茂生老汉没让他说完，就瞪起眼睛骂，你这是在掘我的祖坟哩。要提这桩事，除非我死了！再见面，村长的眼睛就带了许多毛刺，好像在说，你老灯咋还不死呢！

那以后茂生老汉托人给民吉介绍好几个对象，都没成，有的民吉干脆连面都不见。民吉说，日子刚抬头，你留给我那个贫农我不想再往下传了，等多攒些钱再说吧。二丫也回拒了一个个求婚者，却又和民吉不远不近，让人看不透究竟。其实二丫完全可以远嫁，蒙外乡人是不难的，何苦死恋着这片碱疤瘌地？茂生老汉想不通，觉得二丫也想不通，可见世上的人，都是自己迷路又怨鬼打墙哩……

茂生老汉在温润的阳光下半睡半醒，脑袋和脚都在一跳一跳地胀痛。忽然一阵大响，仰天看去，一架大蜻蜓飞临了马掌村上空。茂生老汉兴奋地爬起来，孩子一般向飞机招手呐喊，但飞机的声音太大了，连他都听不清自己喊的什么。睡觉那两个也跑出屋子，康秃儿还挥舞着一块红花被面，只看得见嘴巴大开大阖，同样听不见声音。地上的树木花草全被巨大的旋风搅得沸腾起来，禽畜们又一次大受惊扰，纷纷躲藏到角落里去。飞机找不到降落的地方，转了两个圈子，又悬在他们头上，抛下一架悠悠荡荡的软梯。茂生老汉明白了它的意思，苦笑一下，向上摆摆手。康秃儿和胡傻子看看他，踌躇一下，也跟着摇头摆手。软梯收了上去，直升飞机又盘旋了一圈，扔下个空瓶子，抖抖尾巴挺挺肚子，蝌蚪似的游走了。

三个人做梦一般，在巨响过后的静谧里呆呆地站着，一直目送飞机消逝在水天之间。胡傻子拾起那个空瓶子，里面装着一张纸条，交给康秃儿看了，上面用圆珠笔潦草地写着：二十四小时之内，最大一次洪峰即将到达，上级要求你们放弃村子，随时等待救援。他们都定在那儿不说话。大黄狗跑回来，依偎在茂生老汉身边，发出嘤嘤哼哼的哀告，似乎被天上的异象吓坏了。茂生老汉抬头寻找老犍牛，它早已踏破一道篱笆，躲进两个柴垛的缝隙里。

茂生老汉说：你们两个干吗非要攀我呢？我要是想走，当初就走了，何苦干到半路途中开小差？死，我不怕，我怕人们笑话，这张老脸没处搁！

胡傻子说：我也想坐坐大飞机，可上面的人都穿着刘公安那种衣服，要让他们逮着，我就完蛋了！

康秃儿吁叹说：这辈子，南边北边没少跑，火车轮船都坐过，还真没坐过这种带翅膀的铁玩意儿！它要是再多等一会儿，说不定我就爬上去了，可惜他们火燎毛，不给咱时间琢磨！

茂生老汉说：你们还年轻，既然上级有话，等飞机绕回来，你们就走吧。见了民吉告诉他，他爹没给他丢脸，一个人顶到最后！

康秃儿沉默片刻，惨淡地笑笑说：此时此地，哪有什么上级？我们的上级不就是你嘛。现在我想开了，一只脚抬起来，总得迈出去；人字写了一撇，剩下那一捺怎么也得写完。刚才我看见飞机上有个镜头往下晃，他们在天上照见了什么？照见了海样的大水，照见了水里一个很不起眼的小岛，岛上有仨狗不吃猪不啃的老少爷们儿，就这仨破人，守住了这么个破村子。咱是什么？咱不是孬种，咱是英雄啊，随他们怎么看，咱自己得掂足斤两！放着到手的英雄我不做到底，我可就是十足的傻子了！

胡傻子摸着脑袋嘻嘻笑：人家都说，英雄就是革命的傻子，也差不了多少！

茂生老汉被深深感动了，一手拉着一个，泪水在眼眶里打转，竟然无话可说。康秃儿索性就把手里那块红花被面拴上绳子，升到一根晾包米的长竿上，那被面随风招展起来，猎猎的竟也十分动人，映照出一派别样的庄严。

六

洪水没让他们喘息。当天下午，水涨了三指，又刮起了回头风，一浪接一浪向堤坝猛扑。养殖场的编织袋已经用完，堤内的水还没排尽，取土也发生了困难。更为糟糕的是，茂生老汉的脚已经化脓，走一步一冒水，疼得直钻心，大腿根也起了瘰疬疙瘩，又不想让那两个知道，回家找了一把药片吞了，又用布条缠住伤口，装出若无其事的样子，那两个还是看出来了。

康秃儿说：大叔，不用你干，你躺那儿别动，支个嘴儿就行！

茂生老汉摇摇头：让咱仨留在村里，那是天意。别看咱仨单抻出来不咋样，拧成劲儿也了不起，缺了哪个都不行。

康秃儿说：编织袋没了，咋办？

茂生老汉想想说：到各家的屋里仓子里去搜麻袋！

康秃儿说：麻袋肯定不够，还没到秋收，谁家能预备那么多！

茂生老汉又想了一下说：那就用被套，要不然眼眶子没了，眼珠子还有啥用？先拿我家的！

康秃儿说：好多人家都上着锁呢！

茂生老汉说：起钉锦儿！

康秃儿站着没动，眼睛里流露出质疑。

茂生老汉说：天塌下来我顶着，你去吧！

康秃儿说：你能信得过我？

茂生老汉说：过去信不过，现在信得过！

康秃儿眼睛湿漉漉的，手铐一路响着去了。被套五颜六色，有的还很新，铺到堤上，又压了土，看着很是让人心疼。茂生老汉不忍目睹，就故意躲到草垛去拧草龙，又让胡傻子拉来一些木桩，砸到水里防浪。他站在水边，向着滔滔滚滚的洪水念叨：龙王爷，你的龙口开得也太大了，喂了你这个喂那个，总没个饱时候，难道非要把这个又小又穷的村子都填进去才肯罢休么……

风浪太大，刚刚钉下的木桩像火柴梗一样，很快就被冲得七零八落。茂生老汉又要下水，被康秃儿挡住，把那身“战利品”一脱，扑通就跳了进去，冒了几个气泡，先露出一只戴手铐的胳膊，又露出黑黢黢的秃头，一张嘴，稀疏的牙齿之间就滤出一股浑水，扶定一根木桩，大声喊道：傻子，拿出傻力气来，把想女人的邪劲儿都用上，猛往深了砸，我就不信，水还能挖地三尺！胡傻子双眼圆瞪，使出生荒的蛮力，把大锤抡出风来，砸一下嗨一声，胯下那一嘟噜就随着癫狂的节奏乱颤，样子十分剽悍。茂生老汉也就越发弄不懂，人是咋样一种动物呢？平时咋看咋别扭的人，到了这种时候，全都虎威虎势让人疼爱……

蛰伏的蚊子又活跃起来，大团大团地缠绕在一起，带着自杀性的疯狂，直往人脸上撞，直往人的嘴里鼻孔里钻，气得胡傻子朝它们抡大锤。脚下都是泥水，没法拢火，茂生老汉就拿过那些铁罐罐，让康秃儿选，却都是洋文，认得几个，不过是扑克牌上的JQKA。试着往头上喷一下，刷的一声，那秃头上仅存的几根毛毛立马钢丝一般挺竖起来，原来是发胶。胡傻子大笑，拿到手上也往头上喷，那簇又脏又乱的头发就成了猪鬃刷子。还是茂生老汉找到了一瓶花露水，几个人上上下下掸了一气，总算见了一点效用。

正在忙着，那架直升飞机又来了，绕了两个圈子，停在头上用喇叭喊话，让他们赶快上飞机。三个人抬头看看，一齐大声喊起来：编织袋，我们要编织袋！也不知道飞机上的人是不是听见了，只见软梯上下来三个汉子，大声叫喊着，一个逮住一个，就往飞机上生拉硬扯。拉康秃儿的那个看到他手上的铐子，说了一声逃犯，用力一搡，康秃儿就倒在了泥地上。茂生老汉上前护住，却被另一个连拖带拽，那只伤脚就洇出鲜红的血来。胡傻子见状大吼一声，马上就变成了一头愤怒的狮子，回头在那人肩上咬一口，又抡起一根木桩，骁勇无比地冲上去，往腰胯一带猛扫，那三个汉子抵挡不住，只好返身向飞机跑去。胡傻子乘胜追击，直抵软梯底下，嘴上高喊抓俘虏。那飞机痉挛一下，赶紧爬高，那三个人还挂在软梯上，猢狲一般在半空悠荡。

胡傻子哈哈大笑：飞机让我打跑了，咱们胜利啦！

茂生老汉说：傻子，你还高兴？打了公家的人，这下惹了大麻烦。不过你们也别怕，我是头儿，要是蹲大牢，有我顶着！

康秃儿说：茂生大叔，你说颠倒了，该蹲大牢的是他们，他们是破坏抗洪！

胡傻子说：马掌村是咱的，他们来了，那就是侵略；我是打击侵略者！要是能抓他几个俘虏，让他们替咱干活，那就更好了！

茂生老汉苦笑一下，摸摸他浑圆的肩膀说：傻子，你跟着我又吃苦又挨累，说吧，想要点什么？挡住了洪水，大爷替你张罗！

胡傻子嘿嘿着不说话，那意思还是很明确的。

康秃儿说：你不就是想要个媳妇么？二丫的主意你别打，那是癞蛤蟆想吃天鹅屁。再说，她也是个苦命人，欺负她丧良心！

胡傻子说：横说竖说都是你。你那根舌头是咋鸡巴长的？

康秃儿说：我给你介绍一个合适的，咋样？

胡傻子说：你蒙我。这村里没有女的！

康秃儿说：咋没有呢？你要是同意，今晚就给你成亲！

胡傻子眼睛瞪大了：真的？

康秃儿说：是老朱家闺女，小脚大腚槌儿，走路直扭模特步，两排奶子可大呢，南边叫波霸，生崽子一窝一窝的！

胡傻子有些合不拢嘴，淌着涎水说：没事儿，咱这儿天王老子管不着，没人抓计划生育！

茂生老汉憋不住笑。康秃儿依然郑重了神色说：也不是没缺点，主要是长得黑点儿，汗毛重点儿，耳朵大点儿，嘴巴长点儿，还特别能吃能睡！

正好一头老母猪走过来，胡傻子醒悟了，左看右看，捡起一支唧筒追着他喷，这回是摩丝，浓浓白白的闹了康秃儿满脸蛋糊，站在远处呸呸乱吐。

茂生老汉说：傻子，媳妇的事包在我身上。

胡傻子摇头说：我不信。你家民吉还没媳妇，怎么能管我？

茂生老汉被戳痛了心事，闷着头铲土，好半天才说：丑妻近地家中宝，找个丑点的，和你般配，也能跟你好好过日子。那次我到前进村，见到一个闺女，一条腿残疾……

胡傻子有些不高兴：缺边少角的残次品，谁稀罕！

康秃儿走过来，一面擦着脸一面开导说：傻子，那种事闭上眼睛，都是一样的。大腿有毛病不要紧，关键是大腿根上那玩意儿……话没说完，被茂生老汉怒骂一声，兜腚一脚踢开。康秃儿嘻嘻笑，扛起一个被套往堤上铺，一边嘟囔说：三个人的天下，还没有言论自由。再说了，我说的难道不是真话？唉，人类啥时候才能彻底解放呢！

到了半夜，三个人终于在堤底用水泵清出一块干地。取土的问题解决了，可村里能用的被套也差不多用光了。他们停下来，坐在堤下抽烟，三支粗大的烟柱一骨朵一骨朵升上夜空，头上繁星点点，有如一大块晴澈碧透的琉璃，看不出任何灾难的迹象。一只红蜘蛛爬上茂生老汉的手背，三个人看着它缓缓爬过硬瘦的筋节，爬过肘弯，越爬越高，最终停在他的脸颊上。

茂生老汉小心地把它拿在手心上说：早报喜，晚报财，不早不晚有人来——半夜来红蜘蛛是啥意思？

康秃儿说：红蜘蛛主喜，这就是说，马掌村能保住！

茂生老汉摇摇头：它拿我当一棵树了。明白吗，它准是感到了什么！

一丝惶恐从康秃儿的眼里掠过。他站起来，用力把烟头扔过堤坝，嗤地一响，仿佛烧透了夜的岑静。他们都张起耳朵，细心捕捉远处的声音，那是无边的洪水细屑的絮语之中，一种隐隐而来的锐响，它超拔于音频之外，好像一群恶魔纠集在一起，驾着旋风在做蹂躏的舞蹈和欢歌。村里的狗又狂吠起来，禽畜们又开始跳闹，三个人似乎都感觉到了，脚下那一小片土地在瑟瑟战栗。

康秃儿说：完了完了完了，咱这儿成了锅底坑，只要打破一个茬口，洪水嗯嗵进来，那就等于灌耗子窟窿！

茂生老汉又卷了一支旱烟，手却抖抖的不听使唤，细碎的烟末大半都撒到了地上。他说：这也许是最后一股洪水，狗日的临了总要咬人一口！

康秃儿说：人到底拧不过老天爷。咱干了，对得起良心；现在弹尽粮绝，咱认了吧！

胡傻子说：茂生大爷，我背你跑，用肩膀扛你上房顶，让康秃儿从上面拉！

茂生老汉划着一根火柴，却没点烟，看着它一点点烧尽。红红的火光照见了绝境之中的三张脸。余烬落到他的手上，那是一只毫无肉色的大手，由于泥土和老趼的遮盖，已经感觉不到烧灼的疼痛。他伸手摸摸胡傻子的头发，他的头发刚挺如刺。他于是痛苦而辛酸地笑笑，忽然说：小杂种们，还没到最后时刻，别说丧气话。谁说咱弹尽粮绝了？我家的仓子里可是还有五万斤好粮食呢，都装在麻袋里，就等个好价钱。这一回，时候到了！

康秃儿和胡傻子都瞪大了眼睛惊愕地看他。

茂生老汉指指家里的粮仓，平静地说：你们两个，用牛车往这儿拉，全拉来，一个粒儿也别剩，往疯了干。舍不得孩子套不住狼，你康秃儿平时耍小钱，那有啥意思？这回咱赌一把大的，你看够不够劲儿！

康秃儿翻翻眼睛，大叫一声：操他妈的，拼了，光脚的不怕穿鞋的，我屌蛋精光，臭名远扬，别人死得起，我有啥死不起？

胡傻子呵呵地笑，那笑声又似浑蒙，又似彻悟，夜猫子一般让人发瘆。他跳起来，振臂高呼一声：同志们，冲啊！一个虎步，抢先扑进夜色里。

无人见证，只有无数星星用永恒的眼睛俯瞰一切：北方钴蓝色的穹窿之下，茫茫大水之中，一块仅存的弹丸之地彻夜亮着灯火。三个如癫似狂的男人往来奔跑，喊着，唱着，哭着，笑着，用土，用土里长出来的粮食，用粮食滋养出来的血肉之躯，不断填堵着大地的缺口，填堵着自己灵魂的缺口……

七

高水位洪水围困了八天，它每天都窥伺着小小的马掌村，却又无法逾越那道看似儿戏的屏障，只好无奈地叹息着喧哗着，从它周围缓慢下撤。这是个被拉得过长的守望过程，一种未卜的期待，马掌村的三个守堤人处在了痛苦的熬煎里，他们开始有闲余的时间生发困惑：村子守住好呢，还是淹了好；大水退了好呢，还是永远留驻好；乡亲们回来好呢，还是不回来好……马掌村守住了，可守住的马掌村已经不是原来意义的马掌村，有好多的意韵令人咀嚼。

茂生老汉一直在低烧，他的脚没有明显好转，洪水一撤，他也就倒下了。躺在炕上，他总在琢磨，如果大水一时半晌退不尽，今后的日子怎么过？种了几辈子庄稼，谁能猛丁变成渔把式？康秃儿歇过乏来，很想好好玩玩儿，可三个人没法打麻将，况且胡傻子这种木瓜脑袋连走五道都不会。他已经百无聊赖，自己拴了一副渔竿，蹲到水边钓鱼去了，又没有足够的耐心，很快又腻烦起来。洪水退一寸，胡傻子的热情也减一分，他的全部辉煌都失落在洪水里，似乎也明白，今后他不大可能再有表现的机会，生活一旦复原，他仍然是村里的等外之人，不会有任何实质性的改变，而且连肉罐头和饼干也吃不到了。他唯能指望的就是茂生老汉的许诺，幻想着有一个腿脚不好的女人夹着个小包包渡水而来。活得最滋润的是村里的禽畜，它们可以尽情享用四处散落的粮食，而且能大摇大摆踏进谁家的园子，随便拱刨那些没人经管的粮豆和蔬菜。

村长家的肉罐头早被吃光了，秦老蔫家的酒瓶子也扔得到处都是。

康秃儿和胡傻子腻了口味，非要吃小鸡，就从养殖场里捉了两只肥嫩的，用泥巴糊了，闷到炭火里，烧烤得外焦里嫩，香气诱人。这种别致的吃法还是康秃儿外出流浪时学来的，叫教化鸡，是叫花贼的看家本事。康秃儿说，我是养殖场的头儿，整天喂料喂水地伺候它们，下了一大堆鸡蛋，吃他一口有啥不对？再说，鸡肥不下蛋，吃了它们把饲料省给别的鸡，择优汰劣，也是明智的做法！茂生老汉很清楚，洪水一过，他这个头头也就成了空壳蟹，他们不会再听他的。而且他无法从理论上战而胜之，又病恹恹的没有精力，只好随他去了，因此还得到了他们进献的两只鸳鸯鸡腿。康秃儿又张罗杀猪，站到炕前对茂生老汉说，咱战胜了特大洪水，哪能不庆贺一下？再不抓紧吃，村里人一回来，就不再是咱的天下了。你要是不同意也没关系，我们自杀自吃，你就反腐倡廉啃你的土豆包米吧！茂生老汉想了想，就说，把猪头给我吧，我答应过祖宗的，许了愿就得兑现！康秃儿和胡傻子逮住一头百余斤重的肥猪，也不得法，用一柄刀子胡乱捌去，捅了好几个血窟窿，那猪挣扎起来又跑了一大截，才血流而尽饮恨倒地。两人就在外面架起大锅，卸了大块的猪肉咕咕嘟嘟猛煮，造成了隆重的绿林气氛，那浓厚的香味贴着水面氤氲，飘出老远老远。

茂生老汉强撑着身子转到村后坟地，回来时就看到了那只踏浪而来的乳白色汽船。那是一只江船，在明亮的阳光下，拖出一道美丽而宽阔的波痕，把平漠荒凉的洪水点染成了一幅灵动的画面。大草甸子上行船，毕竟稀罕，何况船上还坐着被洪水阻隔的亲人。茂生老汉认出来，昂立船头的是村长、乡长和那个被他称做狗剩子的陈副县长，他们的身后是刘公安、秦老蔫、小张才和一些乡亲。他们全都衣着整齐，面容新鲜，根本就看不出灾难的痕迹，好像是城里优越的一族欣逢假日，到新发现的小岛上旅游观光来了。

在狺狺狗声里，汽船靠岸了。一直守着大锅煮肉的胡傻子见势不妙，捞了半生不熟的一块提在手上，尥起蹶子就跑，一群狗就哈喇流涎地跟在后面。康秃儿看到了刘公安，二话不说，扯住他脖领子就推搡起来。这次刘公安没喝酒，而且他面对的毕竟是经过洪水洗礼的康秃儿，不但不敢还手，还一劲儿赔着笑脸哄他，待要用钥匙开铐子，才发现那孔洞早被乱泥塞住，犹如一种特殊的混凝土，不用强暴的手段很难弄开了。

突然，看热闹的人群停止了喧嚷，因为他们看见，一个恍如隔世的老人出现在树影里，他瘦骨支离，面容憔悴，胡子蓬乱，衣服都看不出本色来，一只脚严重地跛着，手里还拄了一根棍子，走一步喘一口，好像随时都可能倒下。一片哦哦的醒悟声，宛如鱼类吐出的气泡，人们终于知道他是谁了——与其说认出，不如说推断，因为这个被洪水封闭了多日的小岛上不可能再有别人。

村长本来就处在尖兵的位置上，看到茂生老汉，就快走几步，撩一眼头上飘扬的红花被面，灰暗地笑笑说：怎么，政变啦？

茂生老汉用棍子支出一个三角，满脸肮脏的皱纹里，那双眼睛又闪露出鹰隼般犀利。他说：村里的大印还在你的抽屉里。现在，我把这个村子完整地交给你了！

村长揶揄地笑笑：完整？就这么个完整法？你咋不同意民吉娶二丫呢，意思都是一样的！

茂生老汉抬起手，用棍子划出一个扇面：睁开眼睛看看吧，马掌村本来能守住，你当村长的非要带头跑，现在还有脸回来？

村长哧地一笑，脸上鄙夷起来，狠狠地盯着他说：你觉得自己干得挺不错是不是？我告诉你吧，傻子摇轳辘，你使反劲儿了。这次泡倒的碱土房，公家全给盖新的，一步到位砖瓦化；你个老顽固非要拼老命保住这些破烂，用飞机都接不走，结果咋样？活活耽误马掌村二十年进程，看你老孤羯怎么向乡亲们交代！

村长说完，重重哼了一声，抛下他，大步朝自家走去了。茂生老汉怔在那儿，大张着嘴巴，七倒八歪的残齿咯咯碰响着，却又说不出话来。他觉得，脚下的大地颠簸了一下，他差点儿就被那个意外的力量拥倒。这时候小张才走上来，很亲切地扶住他一只胳膊，一口一个爷地叫着。他神情有些诡秘，告诉他说，民吉抢险时犯了阑尾炎，在县医院做了手术，他小姨二丫守在那儿陪护，捎带检查一下身体。茂生老汉一点儿都没留意他话里的含义，他只是知道民吉没回来，这反倒让他感到宽慰，否则他不知道怎样和儿子见面。

茂生老汉的目光落在了堤坝上，因为他看到了陈副县长，他正在那段叠成三层的彩色堤坝旁来回转悠，前后左右正看反看，充满探究和鉴赏意味，一架摄像机就在他咫尺之外跟着。他朝他走过去，很慢很慢，像一只从远古走来的鬣蜥，走过了漫长的历史纪年，终于站到了现实的阳光下。

陈副县长也看到了他，脸上于是绽开了一朵平易的微笑，老远就伸出一只手来。

茂生老汉把手背了过去。他说：我这手不干净，刚刚提了猪头祭了祖宗！

陈副县长也不再坚持，提高了声音说：大叔，你领人创造了奇迹，续写了神话，堪称抗洪典范，我向你表示崇高的敬意！

茂生老汉没听懂，或者根本就没仔细听。他摇摇头说：我等你好久了。然后扔下棍子，拿过一把铁锹，噗地劈开堤上的一条麻袋，撮出一锹麦子，气呼呼地端到他的鼻子下面，撅着山羊胡子大声说：狗剩子，你当着乡亲的面说句公道话，我这麦子够不够一等！

众人惊讶的目光都聚集在那撮麦子上。摄像机镜头也在那麦子上超长停留。那是马掌村的碱土地上生长出来的麦子，被洪水浸过，被汗水泡过，被泪水打过，在北方八月骄阳的照耀之下，有的已经开始膨胀发芽，却依然能看得出，那全是沉甸甸的上好颗粒，通体还泛着深红的色泽。

陈副县长愣怔片刻，恍然醒悟，拈起一粒，放进嘴里嚼嚼，面色激动起来，高声说：大叔，这是我见到过的最好麦子！这样的麦子不够一等，哪还有一等的麦子呢？

茂生老汉呼出一口长气，当啷扔下铁锹，说：承认就好，有你这句话，我心里就痛快了！

人们吁叹着散了，三三两两朝村子的深部走去，只有秦老蔫还站在堤坝前，凄惨地向他笑着，似乎有话要说。

茂生老汉说：你的养殖场好好的，彩电放在我家里，还有一条衬衣，麻溜拿回去吧。这把多亏了养殖场的东西，要不然马掌村也守不住。用了你家的什么，拉个单子，回头我跟你细算！

秦老蔫说：茂生大哥，你把村长给得罪了。你还不知道，你和二丫上拉尔大堤看民吉那会儿，村长的房产就上了保险！

茂生老汉咧咧嘴角，一股钻心的疼痛从脚底一直升到脑门。

秦老蔫又说：彩电你就留着看吧，反正都不是外人！

茂生老汉说：我怎么能要你的东西？我老孤羯人穷志不穷，清清白白一辈子！

秦老蔫低了头，嘴唇翕动几下，忽然又抬起来，噙了眼泪说：亲家，你要当爷爷了，县医院检查说，是小子！

茂生老汉一时没能听懂这话。等他咂摸过来，就觉得世界一下子沉静了，除了自己身上的血在澎湃有声地流动，任何声息都没有。他寂寞地转了一个圈子，无声地笑笑，然后一点一点向堤坝上扑倒过去。他抚摸着那些粮食袋子，热烈酣畅地放声大哭起来——连他自己也说不清楚，那哭声里究竟包含着多少欢乐，多少辛酸。

栖息在七楼上的麻雀

一

傍晚时分，我到菜市场去找阿白，借他的三轮车给服装店搬家。我的活儿就是给人搬家，每天站在马路牙子上，翘首等待生意，俗称“戳大岗”。眼下这行当在任何城市都不鲜见，因为所有的城市都在以旧换新，除了房子，时兴更换的还有观念、思维、语汇、服饰、职业以及老婆和朋友等等。这样就涌现出一大批和我一样的苦力。我们的眼睛紧盯着每一辆过往的汽车，只要其中的一辆稍一迟疑，我们马上极尽生蛮，像一大群秃鹫和鬣狗似的围上去。活儿少人多，竞争是难免的，场面也比较残酷。抢先爬上去的人必须有效阻止企图分享果实的后来者，一般是用脚踹，照准那些扒住车厢不肯撒手的指头，稳准狠短平快，一脚踹下去，事情就解决了。汽车已经开出去老远，被踹下去的人还赖在马路上不起来，翻转扭翘，满脸痛苦，就像足球明星被人铲倒裁判却没吹哨子。生活就是这样子，大家习惯了也就认可了，被习惯和认可的东西就是法则，这没什么好说的。

阿白和我住在一起，是伙租的旧楼，同住的还有两个女的和一对夫妻。虽说比例均衡，可我们不敢造次，坚持各住各的。我们楼前的绿地上矗立着钻塔和抽油机的雕塑，这相当于城市的徽章。同样是吃资源饭，煤黑子和林大头时运不济，很快就吃露馅了，却让油老大赶上了正点儿。我们都是从周边农村跑来发财的，就像一股股浑浊的水从四面八方向这座城市渗透，怀着各自不同的目的潜伏在各个角落，建设着破坏着，等待机会改变命运。我们都做过相同的美梦，比如说，捡一个沉甸甸的大钱包啦，摸奖摸到一个六位数啦，傍上一个大款啦，嫁一个或娶一个局长处长的儿女啦……然而美梦总归是美梦，一觉醒来，我还得

“戳大岗”，阿白还得骑“狗蹬”，凤兰还得到小饭店去端盘子，倪虹还得去毛毯厂值夜班，地瓜佬和地瓜婆还得去卖烤地瓜。总之，社会分派给每个人的角色，常常在娘胎里就注定了。我们是居住在城市里的农二哥，是三国四方的松散联合体，是街道和派出所登记了的临时户，更准确地说，是栖息在七楼上的一窝麻雀，起码，我就是这样看的。

傍晚的菜市场已经收张，到处都是垃圾。城市的同义词其实就是垃圾制造厂。阿白的三轮车停在便道上，一块硬纸壳上写着：“通下水道、电钻打眼”，那字还是我写的，正宗的隶书体，很像那么一回事。他躲在一个小吃摊里，两腿岔开骑着条凳，样子就跟骑三轮一样，正在没出拉相地灌烧酒。阿白的真名不叫阿白，阿白是得了白癜风之后，套用的一个小狗的名字。阿白的白癜风不比一般人，花花搭搭像大丹犬似的；阿白白得透彻，且又大有弥漫之势，除了裆下的一块黑紫被我谑称为敌占区，浑身上下全都粉白粉白，比女人还扎眼，如果不是脑袋扁平，五官长得太像秦俑，说成老外也能唬人一气。干他那个的不算手艺，人又太多，他就抓空给菜市场拉菜，两头忙活，两头不赚钱。我搬家的活儿还是凤兰给我揽的，熬一个通宵，挣一百五十元钱，这肯定是不可抵挡的诱惑。作为农民的儿子，我深知一百五十元的意义，这相当于一亩麦子，而且那要经过春种秋收的漫长劳作。

我刚一开口，阿白就和我讨价还价。也许是穷怕了，他这人算计得太厉害，所谓雁过拔毛，拉屎捡豆吃，还常常把麻包里的菜偷回来，入股到我们的伙食里。我跟他斗智说，总共才给一百块钱，如果他肯出车，分他三十；连人带车，分他五十。阿白踌躇了好半天，做出了豁出挨宰的痛苦表情，掂着剩下的半瓶烧酒坐到三轮车上，吆喝我说：“狗蹬，走吧，一个房檐底下住着，和尚不亲帽儿亲，我不帮你谁帮你！”

天黑了，灯亮了，城市的夜幕就这么呼啦一下拉开了。这座城市比一般的城市都亮些，因为她有强大的电力支撑，又有马赛克贴面的有效反射，整个城市亚赛一只奇幻的灯箱。顺着笔直的世纪大道看去，街灯一直伸向不可确知的远方，宛如长而晶莹的省略号。透过楼房与楼房的空隙，能看到原初的荒野，在那里，夜色和历史一般迷茫。我从城市的出口看到了我父亲，那个和我一样的同龄人，他从一幢干打垒小房里钻出来，身上还穿着油渍麻花的四十八道杠杠袄，一团一团乳白的哈气从他的嘴里吐出来，就像鱼儿吐出的气泡。他倔巴巴地走着，那个我叫齐叔的人就跟在后面呼喊他的名字，可我父亲没再回头。这就是说，我父亲的目光没能穿越时空，看到今天繁华的城市，他就这样改写了自己的历史，也不经意地规定了我的命运。春天的一个上午，我躺在地头上睡着了，又梦见那个捉摸不定的声音在远处喊我，那声音带着勾魂摄魄的魔力，让我无法抗拒。醒来后我松开了老黄牛的缰绳，把剩下的种子搭在它的脊背上，拍拍它的肩胛说，你回吧，告诉爸爸，我走了，我会在那个不算太远的城市里想着你们！老黄牛听懂了，它眼泪汪汪地看着我。我码着父亲的脚印逆行而去，走过复苏的土地，踏上了黄褐色的砂土公路，一直走到城市的入口。老黄牛朝我大声哞叫，我鼻子狠狠酸了一下，然而没再回头。

三轮车夹在各式轿车中间，像一条混在热带鱼群里丑陋不堪的泥鳅。霓虹灯闪射着诡谲的光亮，给人们的富足和幸福镀上了一层暧昧神色。阿白把酒临风，人显得很亢奋，每有摩登女人从身边掠过，就赶紧抽鼻子，把稍纵即逝的香味捉住，又闭上眼睛，深深陶醉着，就像吸鸦片似的。这也难怪，他都二十八了，因为家里穷得掉底，连女人的边儿都没沾过。我住在他的上铺，夜里常常能感到他发疟疾似的熬煎。他喜欢泡厕所，如果有人提出质疑，他就会带着复仇的快意说，咱住得最高，咱可劲儿骑在城里人头上拉屎撒尿！因为人多，厕所历来是兵家必争之地，地瓜佬对他的超时占用很有意见，认定他没干好事。终于有一天，他发现这家伙蹲在里面，手上竟拿着倪虹的乳罩……这显然有淫秽的含义，倪虹不干了，大吵大闹起来，还是我从中调停，才避免了家丑外扬，他又买了好多吃的赔罪，事情总算不了了之，只是从此之后女人们不再往厕所晾任何东西，包括袜子和鞋垫。我是大家推选的户长，这当然是知识和民主的双重胜利。实际上我的大学录取通知书还镶在家中的像框里，因为穷，又因为父亲在那个当口摔折了腿，我只好顶替了跟在老黄牛后面父亲的位置。

阿白说："我发现，一到晚上，女人全都变得漂亮了。唉，真是撑死眼睛饿死鸟啊！"

我笑得不行，手扶不住车把，差点儿撞到路边的灯柱。

阿白又说："严平，我怎么看着，满大街的女人都像鸡？"

我说："听说人要饿死的时候，会梦见眼前都是猪肉大馒头！"

阿白长叹一声，借着夜色和酒力，突然摇摇晃晃站起身来，拍打着下身，像叫卖似的仰天高唱："我的那个钢鞭粗又长，我的那个电钻硬邦邦。钢鞭直通下水道，电钻刷刷钻透墙。有活的娘儿们哎你别客气，试试我的功夫强不强!”

是一种几近劈裂的嘶吼，带着滴血的颤音，像一只受伤的鸟儿在城市的夜空上飞徊。行人们全都惊怪地看着阿白，有人露出愤怒神色。我赶忙说：“对不起，花痴花痴!”阿白呵呵醉笑，说：“我还不如你，你还握过女人的手哩!”

我凄惨地笑笑。那是怎样的握手啊，简直就是生离死别。我们拿着同一所大学的录取通知书，却又不得不在人生的岔道上分手。我伫立在浩荡吹拂的秋风里，看着她从田埂上远去，一点儿一点儿，一直走出我泪水充盈的视线，隐没在大地的盲点和我的记忆深处。这，就是我的初恋，像一根潮湿的火柴，还没等擦亮，就已然熄灭了。

“牛奶面包都会有的!”我这样安慰阿白和我自己，尽管这是照抄照搬毫无新意。

我们要拉的是些塑料模特。因为那东西大可乱真，打开仓库的一刹那，我和阿白都震惊了，就像冒冒失失闯进了女浴池。阿白兴奋地大喊大叫，秦俑式的小眼睛立刻放出缭乱的绿光来。我转身出去讨老板的示下，回来就发现，阿白已经喝光了那瓶酒，酒劲儿上来，人已是癫狂状态，正抱住那些没有生命的胴体，大口喘着粗气，连五官都挪位。“女人哪，城里的女人，我多想要你们!”他抚摸着那僵硬而美妙的起伏喃喃地说着，把鼻涕和涎水都涂在了上面。

我拉起他来说：“阿白阿白，你喝多了。”

阿白打着汹涌的酒嗝：“龟孙子才喝多了。你瞧，她们多俊啊，我要抱回去一个，再用电钻打个眼眼……”

这么说着，阿白就躺倒在那堆塑料里，吐出一大摊乱七八糟，连裤子都尿了。我哭起来，为了阿白，也为了那一百五十元钱。形势是很糟糕的，我只好把肢解的模特和烂醉如泥的阿白一起装到三轮车上，用苫布一蒙，匆匆走开。就在一段昏暗的路面，一辆警车啸叫着追上来。这都怪那些塑料人太刺激，粉臂如藕，兰指翘楚，指甲都涂得红艳欲滴，无论谁看见都会心惊肉跳，误认为是一桩杀人抛尸案。

我被带到了派出所。其实他们完全可以不带我，我已经把事情说清了；只是我说话的时候口气不是太温顺，警察就认为我不老实。我心里被那一百五十元钱弄得火烧火燎，急于脱身，就说出了齐叔的名字。这相当于拉大旗做虎皮，警察一齐向我蔑笑，他们说：“你咋不提你克叔?你克叔在美国当一把手呢!”

我无话可说了。警察们沉浸在胜利的陶醉里。

如果我再克制几分钟，事情就大不一样了。这时一个警察骂骂咧咧地训我："你们这些人最操蛋，跟油耗子差不多，看城市建好了，摘桃子来了。六〇年你他妈的咋不来呢?"我实在憋不住了，回敬说："六〇年我还没出生。那么辛亥革命、五四运动、北伐战争，你他妈的又在哪呢?"

这显然是自不量力和不识时务，挨打也是不冤枉的。可是警察没打我，只是从后面搡我一下，我没防备，一个趔趄，脑袋正好磕在桌角上。警察们都认为我是装的，就我的体格而言，也的确不该发生这种事，但血是明明白白地流了出来。警察认为基本达到了教育目的，于是问我："到医院怎么说?"我说："是流氓斗殴。"警察满意了，依照宽猛相济的原则，给我擦擦头上的血，又塞了半盒红河烟和十元钱，拦了一辆出租车，把我直接送到了人民医院。

这是一座令人叹为观止的新建筑。水晶吊灯洒下璀璨的光芒，滚动电梯斜在高大敞阔的玻璃穹顶之下，虽说晚间并不开动，依然能显示出高等级医院一步到位的骄人气派。我有些犯蒙，一时找不到外科处置室。这时一个年轻女医生和我擦身而过，她白衣似羽，长发如旗，朝我姣好地一笑。一刹那我有如电击，木在那儿不能动弹。还好，我藏在一片肮脏的血污后面，她没能认出我来。我听到她嘀咽一声："你怎么啦?"我回答说："与歹徒搏斗。"她惊讶了一下，美丽的眼睛里掠过一丝钦敬和怜悯，用手往走廊那侧一指，然后翩翩离去，留下一股醒人的酒精和来苏气味。

包扎了伤口，我来到大厅的触摸屏前开始检索。屏幕上，一个久违的面庞向我微笑，简介上写着：杨帆，哈尔滨医科大学毕业，普外科主治医师……触摸屏上留下了我带血的指纹。我无声地笑笑，然后走到外面，坐在凉丝丝的花岗岩台阶上，一支接着一支，抽光了那半盒红河烟。

我想，我是麻雀，而她是城市的鸽子。

二

第二天我一直躺到很晚，甚至没能听到顶层楼板下面那窝麻雀的叫声。它们是两老四少的一窝，在嘁嘁喳喳的争吵中过着平安的日子，和我们的起居作息很同步。我们也经常争吵，制造出种种城市里的不和谐音，惹得三面邻居敲墙壁，敲暖气管子，拨打110。有人还引用革命领袖的早期语录进行口诛：严重的问题在于教育农民……这当然是最为强大永不过时的思想武器，让我们无话可说。不过我还是喜欢麻雀的，它是最平凡最低俗的鸟类，人们曾使用各种残酷的手段想让它们灭绝，可它们仍然以优势种群生存在这个世界上。

我站在阳台上，看着倪虹穿过绿地的石板甬道渐渐走近。她的松糕鞋销蚀了走路的声音，就像从水面上漂过来的。清扫工正在楼前清扫，扫把突然一横，倪虹就被拦住了。由于经常出现高空不明抛弃物，清扫工固执地认定，所有的不文明行为，包括随地大小便偷走走廊的灯泡，都是我们七楼干的。她亮开嗓门大喊大叫，颇有人赃俱获的意思。倪虹是个缺少锋芒的姑娘，一声没吭，眼睛盯着那袋垃圾，好像都要哭了。幸好那里面有一个中华烟盒，这有力的佐证使事情不辩自明了。清扫工刚刚下岗，一招一式里都带着情绪，像演武打片似的，把水泥地面扫得冒烟咕咚。我看着倪虹的脸从弥漫的烟尘里显露出来，那是一张鲜艳而疲惫的脸，惨笑一下，样子可怜兮兮的。

我赶紧躲进屋里继续装睡。倪虹对我是很在意的，这一点我能感觉到；但她的目光里总有一种雾状的东西，而且从来不和人长久对视，她又太小，刚刚二十出头，我就不敢多想。我不想招惹上男女方面的是非，因为我招惹不起，最为明智的做法就是尽量回避。然而倪虹发现了我，接着又发现了我头上的绷带，就傍着门框刨根问底，没办法，我只好骗她说，是干活不小心碰的。她回到自己的房间忙活一气，端出一大缸子热气腾腾的奶粉，还有五个煮熟的红皮鸡蛋，说是给我补补血。我道了谢，狼吞虎咽地吃着，觉得很像农村的月婆子。倪虹模样儿小巧文静，如果不开口说话，很像一个白领丽人。作为乡下的女孩，能保持姣好的形体和肌肤，实在不容易。她身上总是散发着沐浴之后那种清香的气息，又不刻意打扮，这样就更是招人怜爱。我问她厂里的情况，她腼腆地笑笑，回答说："谁知道呢？我又不是领导！"

九点多一点，我打着奶粉和鸡蛋的饱嗝，拿着父亲的来信，鼓足了勇气，去办一件蓄谋已久而又极不情愿的事情。这是个痛苦的抉择，昨夜的喋血告诉我，必须找到一条捷径，进入跑道的里圈。齐叔的住所离我们不远，一色儿是花园别墅式小楼，这基本能换算出齐叔离休前的职级。由于是琉璃瓦罩顶，老百姓都叫烈士陵园，不过，叫归叫，红眼病是没用的，住在里面的人不但活得很好，一般都很长寿。考虑到第一印象，我换了一身干净衣服，在路边小摊买了一顶稀烂贱的旅游帽，以防露出头上的绷带，太像好勇斗狠的亡命徒。我嚼着口香糖，是想保持和齐叔对话时的清新气味和从容神态。我要让齐叔明白，我进入这座城市，不是来偷马葫芦盖子的，也不是站马路牙子挣小钱的，而是怀着独特的目的，试图融入这座城市，洗刷父亲的污点来的。我在水泥马路上寻找父亲当年的足迹，马路上乱花摇曳，车流如瀑，而父亲的足迹盘绕三匝，没人能仔细辨认，无奈地消逝在一片紫色的墟烟里，很快就被后人杂沓的脚步掩盖了。

我站在漂亮的雨搭下，用恭谨的节奏按响了门铃。随着一声应答，猫眼里出现了一只变形的眼睛，隔着坚不可摧的防盗门，我感觉到了那审视中的警惕和敌意。然后房门打开一道窄逢，一条电镀锁链横在我和那人之间，闪射着高强度物质不可通融的冷光。那是一张线条硬朗的脸，几颗青春痘散布其间，稍稍嫌大的下巴，容易让人联想到那种咬肌强健的食肉兽。我做出一个自认为是礼貌的微笑，还没说话，他就漠然地回绝说："对不起，我们没有破烂卖，也没有废报纸。你到别处去吧，家里有老人，需要安静！"接着防盗门脆快地一响，就再也叫不开了。我苦笑一下，随手把嘴里的口香糖黏到了那只猫眼上。

我没再去站马路牙子，我感到手指头疼，好像扳住车厢刚要往上蹿，却被车上的人一脚踹下来。路过凤兰的小饭店，凤兰正坐在靠窗的位置上剥蒜，看见我，先来个巧笑倩焉，接着伸出猫爪，像歌星似的朝我挠了两下。我进去喝了一气热茶，是那种几块钱一大包的胀肚黄，也是凤兰职权范围之内唯一可以免费提供的东西。

凤兰看出我的神色不对，就问："严哥，你怎么啦？你怎么啦？"

我说："怎么也没怎么，我就是想我爸！"

凤兰共鸣起来，眼睛红红的，也不管我听不听，磨磨叨叨地说起琐碎的家事来。凤兰很能磨叨，就像提前进入更年期一样。相对来说，我喜欢恬静的女孩，比如倪虹，总能让我联想到清幽的月光和山间的含羞草。浑浊的蒜味随着摆头电扇在小屋里流荡，蒜皮伴随着凤兰的磨叨纷纷扬扬，我看见爸爸用残存的牙齿就着蒜瓣嚼着两掺面干粮，一瘸一拐地跟在老黄牛后面翻垧，灰色的土被犁铧分开，一点儿一点儿，他被自己熟悉的泥土埋住。

凤兰的眼睛幽幽地看着我。她穿着地摊上买来的连衣裙，那质地很脆薄，放肆发育的乳房就在里面咄咄逼人地挺翘着，具有极强的招徕效应和侵略性质。她的皮肤很黑，这和阿白形成了强烈的反差。我曾动员阿白为她植皮，就像重新塑造美国黑人歌星麦克尔·杰克逊那样。阿白说那还要动刀子，血赤呼啦的太吓人；其实只要两人在一张床上骨碌几回，保准就能传染过去。凤兰用一只高跟皮鞋砸他的脑袋，他冥顽的脑袋发出石头蛋子的声响，过后肿起好几个筋疙瘩。凤兰说阿白你把肚子楦饱就不错了，弄不好，这辈子娶不上媳妇！凤兰说完，也这样幽幽地看我，那意向性是很明确的。可这不起作用，她不大可能引动我这方面的心思。我不会重复父亲当年的错误，让眼前的干打垒房子，把本该远眺的目光挡住。

我穿行在高层楼房之间，借助那些巨大的阴影，遮挡着盛夏火辣辣的太阳。地瓜佬夫妇正在一个楼头上叫卖，声音怯怯的，就像在贩卖毒品，显然是怕市政管理人员看见不让。他们全都满脸油汗，裸露的部分被太阳和炭火烤出了深重的虾红色。他们干了三年，已经小有积蓄，本来有了一个女孩，不知从哪里听说，日后人口普查，超生的孩子也给落户，就躲在小屋里，没黑没白地折腾，弄出一片惊心动魄之声，害得我们几个如坐针毡。就摸起他们的地瓜，手雷似的投向他们的门板，总算打下了嚣张气焰。看见了受伤的户长，地瓜婆拿出一个黄盈盈的烤地瓜来进献。她长得胖墩墩的，脸上总带着傻乎乎的笑容，没让人贩子拐跑，那该算是很幸运的。我吃着香喷喷的烤地瓜，把剥下的皮拿在手上，走了一箭之地，全都扔进了一只垃圾箱里。我的意思是想让地瓜佬他们看看，什么叫文明，什么叫成熟的市民。

在一大片性病广告中间，我发现了一则招聘启事，是一家保龄球馆招员，月薪八百，需交押金一千。我怦然心动，对着那则广告默立了好一会儿，然后把它小心地揭下来，折成四叠，揣进衣兜里。做将军总要从士兵做起。我想我起码要挣到十几万，那样就能在这座城市里买上一套二手楼房，落上三个人的户口。这座移民的城市从来就没停止过移民的脚步，只不过我们来晚了。

阿白已经吃过了午饭，小锅里还给我留着面条。面条泡得又粗又囊，就像一大团还没死透的蛔虫，可我不吃它又有什么办法？虽说一个房子里住着，吃饭却是同灶分爨，我和阿白一个伙食，地瓜佬夫妇一个伙食，凤兰和倪虹各讨方便。我把那张招聘启事拿给阿白看，他为难地说：“哥们儿，我要是能帮你，那没说的；可我是啥情况你还能不知道？

一个人供养一大家子，哪弄一千块钱来借你！”阿白显然在说谎，他一直在拼命攒钱，要把三轮换成港田，虽说那也够不上多体面，毕竟是屁股冒烟的玩意儿，骑着比“狗蹬”抖神儿多了。

我把那张启事浸了清水，贴到小客厅的窗玻璃上。它薄而透明，粉嘟嘟的很像一帧剪窗花。我想，这并不是唯一的选择，我很快就会把它忘了。

三

第三天中午，我躺到床上休息，竟然在枕边的一本书里发现了一沓百元大票。我取出钱来，一张一张地照过太阳，全是真的，仿佛还带有沐浴熏香的气息。我猜出了这钱是谁的。我没声张，只是在那张启事上写道：真诚地感谢你。这是我的借据。然后，我签上了自己的名字。可到了晚上，那张粉红的纸已经被人揭下撕碎，扔进了垃圾篓里。

保龄球馆实际是一个三星级宾馆的附件，共有二十四条球道，全是上好的加拿大枫木质地。主管看过我的证件和外貌，认为我条件不错，特别是眼睛，他说我的眼睛深不可测，藏着不安分的光芒，干伺球太猛，干保安又太文。他想了想说：“要不，你到洗手间当 Boy 去吧！”我笑一笑，做出满意的样子点点头。其实我明白，他不想用我。他就是这样采用渔市买鱼的办法，打发了好多日后有可能取代他的人。

我从头到脚一拾掇，果然就不一样了，人显得挺拔俊朗，气宇轩昂，走在大街上，谁也不会怀疑我的正规市民身份。我的位置在洗手间小门厅里，手上捧着柔软洁白的纸巾躬身而立，像献哈达似的，迎候着每一个如厕的人。他们一般都给小费，五元十元不等，这样能抬高他们的身份。不过他们中间有相当一部分人解手过后不知道用水冲洗，或者认为这种事就应该留给我干，这样我必须时时拂拭，以保持厕所气味的清新。有一个妖娆的女人朝我飞了好几次媚眼，还趁着跟前没人，用不干净的手钳了我的脸蛋。“真像是发仔啊！”她这样夸我，然后扒在我耳朵上，吹气如兰地低喃，“我男人不在家，你晚上能去吗？我给你钱！”我做出兴高采烈求之不得的样子点点头，然后说：“Madam，对不起，能把你拉的臭屎冲了吗？这可不是农村的茅房！”那女子狼狈了，鼻子哼出一股凉气，刷啦一甩披肩发，抽得我脸上生疼。

球馆冷清的时刻，我有闲暇练球。我的悟性好，手感强，柔韧性和平衡力都不错，平均每局能打到二百分以上，特别是对付分瓶，我自有绝活。主管发现了这一点，更重要的是发现了厕所的隐形收入，就把我及时撤换到了伺球的岗位上，遇有形单影只的客人，就由我陪着玩玩儿。

这样，我就认识了把我拒之门外的那个人。他是齐叔的儿子，有人叫他齐老板，有人叫他齐维佳，亲切熟稔的程度就像隔壁阿二似的。他和大多数老板一样，富贵体面，慷慨大度，钱拿在手上，就像一令一令的刀切纸。他总是领着女人——不是同一个女人，而是常换常新。她们说着流行的荤话和病句，眼波似电，情欲如水，一看就是那种比较高级的家禽。齐维佳待人平易而友善，像一盆炭火向周围辐射着温暖和热情，对所有的Boy都很和蔼，从来不大声吆喝人，还懂得遍施恩惠，经常把身上带着的小玩意儿送给我们，这样就留下了广好的人缘。

那天傍晚，我跟馆里请了假，特地从街上买回一大把康乃馨，一只大蛋糕，一串玉石片穿成的小风铃，还有一大瓶红葡萄酒。这显然是一次超常消费，一进门，就让屋里的人惊了一个愣怔。

“严平，你抢银行啦?”阿白大声问道。

我说今天有人过生日，大家背井离乡，在外面混日子不容易，理应庆贺庆贺。再说，滴水之恩，当涌泉相报，我要感谢那个借给我钱的人，也借这个由头跟大家意思意思。我这么说并不奇怪，因为我是户长，为大家填写过各种表格和卡片，对每个人的底数了如指掌。这等于揭开了谜底。倪虹的脸一点儿一点儿变红了，就像电影镜头里瞬息熟透的桃子，两眼沁出细碎的泪光来。凤兰用妒忌的目光看看倪虹，马上又笑了。“那好吧，”她说，“我建议，每人出十块钱，我来张罗饭菜!”

那天晚上，大家都很尽兴，倪虹破例没上夜班，凤兰也跟饭店请了假。除了有孕在身的地瓜婆，大家全都喝了酒，当然，我们三个男人喝的是白酒，整整一瓶二锅头。地瓜佬还把他屋里那台18寸二手彩电搬到小方厅来让大家共享。也就是那个晚上，我从那个颜色偏红的小窗口里认识了齐叔，他显得那么苍老，花白的头发下面，是一张沟壑纵横毫无生气的脸，一举一动带着锈蚀的迟滞。他和另外几个年高德劭的老者一起，在为一个新开张的公司剪彩，别人的动作全都得干净利落，只有他拖泥带水，手里的剪刀钝得要命，似乎比当年的刹把还沉重。那时他已经是钻井队的指导员了，他和当钻工的父亲比肩而立，劲飕的北风吹拂着他们青春的脸，刹把上留下了他们共同的体温、汗渍和血迹。是父亲在迷漫的风雪里走失了，他再也无法看到齐叔站在台上的身影。现在，苍老的齐叔身旁站着年轻的公司经理，他温和的目光里闪烁着坚定的深栗色，不用说，那是猛禽的眼睛。

“看见那个人了么？”我说，“他当年是光着脚从农村跑出来的，现在都有上千万的资产了，被人称为第二次创业的楷模。”

大家既羡且妒地议论着，只有倪虹不说话。她静静地坐着，眉锋微微蹙起，眼睛看着某个角落，一副寄意悠远的样子。

那天夜里奇热无比，屋里空气浑浊，铁床像平底锅一样。我翻来覆去睡不着，索性就爬起来，到阳台上去纳凉。我一边抽烟一边审视城市的夜景。由于地旷人稀，她比别的城市入睡得都早，夜生活只属于少数人的，只有那些频频闪烁的霓虹灯，被厚重的窗帘遮挡着的窗口，才能宣示出某种相同的隐秘。我忽然涌动出一个有趣的假想：如果这些位于城市中心的旧楼房慢慢都被我们这些人买走，麻雀占了鸽子窝，那会是什么样的情景？我忽然又觉得这想法很没劲，说到底，跟农民起义差不多。

一股幽香飘过来，不用看，我就知道来人是谁了。闻香识女人，绝对不会错的。倪虹身上总有一种不事张扬的香味，而凤兰则有一股小饭店熏陶出来的葱花爆锅气味。地瓜婆就更惨了，她身上的炭火烤地瓜味和汗气搅和在一起，显得相当獠厉，又不大爱洗澡，离八丈远就打鼻子。

倪虹离我不到一米远，麻白色的睡衣勾勒出她娇小的轮廓，显现出一种孤独无助楚楚可怜的凄美，两只眼睛四处游移，像水钻一样荧荧发光。深夜的邂逅让我感到了不安，因为我身上还澎湃着未尽的酒意。

倪虹说：“严哥，真谢谢你，能想着给我过生日。”

我说：“应该我谢你。钱，我很快就还你！”

倪虹说：“我不要你还。你知道我对你好，这就行了！”

倪虹表现出了前所未有的大胆，这也许是夜色遮脸的缘故。她的话唤起了我蓄之既久的冲动。

我说：“我知道，我又不是木头疙瘩，一切我心里有数！”

一个东西飞进了阳台，在倪虹的头上扑棱一下，这破坏了两人之间的均势。倪虹吓得低叫一声，一下扑到我的怀里。刹那间我蒙住了，就像坐在观众席上，却猛丁接到了赛场上飞来的足球，那滋味说不清是幸福还是惶恐。

“是蝴蝶吧，”我说，“它闻到了你身上的香味儿！”

“不，是蛾子。”她纠正我，浑身开始颤抖，好像遭遇了突如其来的寒冷。

我一手搂住她，一手抚慰着她的肩头。她的肩头光滑如塑，我的手也开始颤抖，就像摸到了电门一样。

“其实蝴蝶和蛾子一样，都是虫子变的！”我说。

“不，”她固执地说：“蝴蝶是美的，蛾子是丑的，它们绝不一样！”

我没再说话，轻轻捧起她的脸来。很显然，这是个危险的动作，一般来说，事情总是这样开头的，然后一切就势如破竹地进行下去。倪虹的脸乖顺地向我仰起，两片红唇嘟着，就像一朵欲开未开的花在承接雨露的滋润。我的心剧烈地疼了一下。是的，旧船票已经作废，昨天的故事再也无法重复，虽说同在一个蓝天之下，可鸽子和麻雀已经不属于一个世界。现在，一切都在俯仰之间，我甚至闻到了她呼出的张裕红葡萄酒的气息，再回避是不可能的。于是我低下头，在她的嘴唇上轻轻摩擦了一下，那一刻如同火柴擦过磷面，炽烈的火焰立刻升腾起来，把我们完全烧结在一起。倪虹发出快活的呻吟，用顽皮的舌头历数我的牙齿，我感到了她汩汩的眼泪在两张脸之间润滑。

“我真希望，这屋子是自己的，就住着我们两个！”我借着换气的工夫抒情说。

“我也是。”倪虹的声音就像是梦呓。

就在这冗长的胶着时刻，里间的房门响了，我们赶紧分开，就像两个终止作案的小偷。我闻到了烤地瓜的气味，不用说，准是地瓜婆又起夜了——她把有限的空间让给了胎儿，起夜的间隔跟打一局保龄球差不多。

“谢谢你，严哥，从小到大，你让我过了一个最快乐的生日！”倪虹说着，又在我脸上匆匆啄了一口，游鱼似的穿过小方厅，梦一般消逝了。我站在那儿，咀嚼着满口余香，好半天没能缓过神来。悄悄爬回到床上，就像魇住了似的瞪大眼睛，再也无法入睡，竟然不敢想象到底发生了什么，一切是怎样发生的。

麻雀出窝的时候，阿白起床了，他眨着秦俑式的小眼睛，狡黠地看着我，好像早就勘破了昨晚的秘密。“咋样啊哥们儿？”他一语双关地说，“味道不错吧？”我装作莫名其妙。阿白又自拉自唱地用了一句广告词语：“味道好极了！”我想，这正是我的心里话。

我不知道这事儿是否妥当，可我知道这就是爱情，它正像汹涌的潮水那样漫涌而来，预先筑好的堤坝轻而易举就被冲垮了。我没法不爱倪虹，是老天把我们撮合在一起，哪怕就是做一辈子麻雀，也该成双成对去精心营造一个小窝。

“倪虹，倪虹，倪虹，”我默默发着誓，“我会让你幸福的！”

一天晚上，齐叔来了，是齐维佳搀着来的，说是让他长长见识散散心。他一共投了两个球，第一个球脱手落在了身后，第二个球则砸在了自己的脚面上。他实在是老了，而且得了老年痴呆症，完全在靠毅力支撑着。他看着自己扶刹把的大手，凄凉地笑笑说：“这大琉琉不好玩儿。再说，老百姓玩儿不起啊！”我知道机会来了，于是不失时机地靠到跟前，一面为他揉脚，一面对他说：“齐叔叔，你还记得严加新吗？我叫严平，是他的儿子！”齐叔惊呆了，嘴张得老大，被烟草熏黑的扁桃颤动了一下，眼睛涌出一层泪光。

那晚上是我送他回家的。齐叔的家阔大而冷清，家里只有一个土里土气的小保姆，不过齐维佳是孝顺的，隔三差五就过来看望一下。齐叔一支接一支抽烟，种种往事就在那些乳白色的烟雾里再现。他的记忆是残破的，表达是吃力的，借助小保姆笨拙的翻译，我仍然能看到那圣洁的篝火从历史中凸现出来，温暖的光亮照彻蛮荒的夜空，染红一张张和我一样年轻的脸。齐叔和我父亲紧挨着，他们的脚揣在对方的怀里，涨跳的血脉代替了彼此的语言。他们都不可能设想将来，他们在半饥半饱中尽力减少没必要的活动，以保证能把肚子里土豆和烂白菜转化成的能量用到钻井上。钻塔是他们倔犟的骨骼，这个永恒的背景变成一张老照片，至今还挂在客厅的墙上。我找到了戴狗皮帽子的父亲，裸露的面部只相当一颗锈图钉，他表情迷蒙而平静，没有愁戚也没有笑容。

“是我对不起你爸爸，”齐叔喃喃说，“那件事，我一辈子也不会原谅我自己……”

事情是这样的：奶奶病危了，电报送到了齐叔的手里，可我父亲一无所知，直到第三天凌晨，我父亲走到一个雪堆旁小解，才看到那张被雪埋住的电报纸……齐叔已经来不及解释，伤心之极的我父亲什么也没说，一头扑进风雪里，就这么永远地走出了井队，走出了这张模糊不清的老照片。他至今还不知道，齐叔忙着去指挥部开会，汽车就在钻塔下等他，他把电报交给了司钻，还有他拿给我父亲的五十块钱。可司钻还没走下钻台，就被粗大的猫头绳抽倒，他手里的电报纸被呼啸的北风卷走了……齐叔的泪水不断涌出来，又不断被眸子深处的火焰烧干。

这是一桩难以发掘的旧事，差点儿就随着昔日的泥浆沉没在深深的地质纪年里。而我父亲从来不提这事儿，这使他不光彩的历史出现了一段可疑的空白和动因。我从来不苛求父亲，因为没有他的离走也就没有我的生命，这是一枚分币的两面。无论如何，父亲并不是可耻的逃兵。现在我终于有勇气对外人说，父亲没错，齐叔也没错，错的是若干年前那场肆虐的暴风雪。

“孩子，我们欠你爸爸的，也欠你的。”齐叔说着，抬起布满老年斑的手擦擦泪水，摸起了身边的电话。“要不，你先到维佳的公司干吧，他为人仗义，不会亏待你的！”

四

我和保龄球馆清了账，带着返还的一千块钱押金和一支红玫瑰，回到七楼来找倪虹。屋里只有她一个人，正拿着几桄毛线缠线团。毛线是浅驼色的，隐含着柔和的光泽，看上去质量挺不错。她缠线的动作如此柔美娴静，带一种古韵，仿佛刚从一幅仕女图上走下来。屋里只有我们两个，我像个骑士似的单腿跪地，把玫瑰递到她手里，又忍不住把她抱起来，高高举过头顶，像冠军捧着奖杯，一边欢呼一边转圈子。毛线像粗壮的菟丝缠绕着我们，很快就乱套了。

倪虹挣扎着说：“别这样，让别人看见！”

我放下了她。听说城里有些闲人专看花花事，买个小望远镜，往别的楼上一照，在窗户洞开的夏季，一切隐秘就暴露无余了。

“你在准备嫁妆？”我逗她说。

倪虹的脸又红了，她说：“这个年龄结婚，国家让吗？再说，我跟谁结呀？”

这是个最简单的小学填空题，她在明知故问。其实正是她的简单才增加了她的可爱。我捉住她的双手，郑重地向她明确，我爱上了她；这种事其实早就发生了，只是我们谁都不大敢把那层纸戳破。倪虹的脸飞满了幸福的红晕，羞涩地笑着，眼睛躲躲闪闪，就像两只怕被捉住的蜻蜓。我掏出钱来还她，倪虹坚决不要，她幽怨地看着我说：“既然是这样，钱放在你那儿还不是一样的？我挣的比你多，我们毛毯厂的奖金高！”

我说："你就没想到调换一下工作？"

倪虹笑了，她的笑多半是无声的，就像悄然开放的花。她想了一下说："可我的合同还有半个月到期，要不然，几千块钱押金就瞎了。"

我说："总上夜班太辛苦，要是结了婚，两个人阴阳颠倒，连面都见不到，只能在家里留纸条！"

倪虹说："我听你的，不再干了。再说，我并不喜欢那份工作。"

我说："你喜欢干点什么？"

倪虹说："我又能干什么？初中都没毕业。日后要是能开个小饭店小超市，那就心满意足了！"

我说："那要很多的钱。

倪虹说："是啊，很多很多的钱。"

我说："你放心，我跟齐叔的儿子好好干，一定给你挣回来！"

倪虹感动起来，她看着我，眼睛里闪动着泪花。

她说："能让我叫你一声老公吗？"

我觉得倪虹是在模仿城里人的套路，可我还是说："当然。"

随着一声呼应，倪虹哭起来。她拱到我的怀里，如同一只幸福的小猫咪。我们又开始了新的一轮拥吻。这一次要从容多了，我们就像第二次进店的老主顾，不看菜谱就直接叫菜，把进城之后在电影电视光盘磁带里和街头巷尾见到过的种种花样生吞活剥地移植过来，有滋有味地尽情享用着。我管不住我的手，它们带着寻幽探密的渴求和贪婪，蛇一般四处钻窜。我钳住了那对小巧的乳房，它们娇不盈握，柔软而挺翘，羞怯地战栗着，不很情愿地躲避着。我的手刹不住强大的惯性，还要向下游走，但倪虹阻拦了我，她的脸上呈现出不可通融的坚贞。

"不，"她整理着衣服说，"这绝对不行！"

我认输了，嘿嘿地愧笑着，坐下来帮她择着被弄乱的毛线。我们面对面坐着，窗玻璃上映出我们虚淡的影子，这画面使整个屋子变得温馨起来。过了没一会儿，阿白回来了，看样儿是跑回来的，进门后还气喘吁吁的，看见我们，惊讶了一下，又笑了。

"多般配的一对啊，其实，我早就看出苗头来了。"阿白带着几分醋意说，"要不，咱们串开住算了，你们俩一个屋，我和凤兰一个屋，糊涂庙糊涂神吧，不超生就行呗，省得大家都苦熬干修的！"

我说："别胡扯。吐鲁番的葡萄还没熟呢！"

阿白说："可是阿娜尔罕的心儿醉了！"

倪虹狠狠瞪他一眼。我放下手上的毛线，嬉笑着走过去，给阿白拧了一个苏秦背剑。

阿白说：“严平你别跟我急，什么叫解放思想？说白了就是个想得开。大街上的标语是咋写的？观念不变蹩死牛，观念一变金不换。咱住在七楼上，可不能再拉地瓜屎！”

我搡开他说：“那好，我看你观念咋个变法！”

阿白看见了桌子上的钱，小眼睛刷地一亮，上前一把抓过去，一边点着一边说：“先把这钱借我，我下个金蛋让你们看看——老天爷真有眼睛，该着穷人翻身了。哥们儿等钱用，这就给预备上了！”

我问阿白借钱干什么，阿白秘而不宣，转身又向倪虹借钱。

倪虹征询地看着我。我说：“阿白一分钱能攥出水来，借吧，借给他保险！”

倪虹进屋又取出一沓钱来，都是板板整整的百元大票。阿白喜不自胜，眨着眼睛说：“倪虹真是个会过日子能攒钱的好女人，严平有福气啊！你们等着瞧吧，买卖做成了，港田算个屁，我开回一辆奥迪让你们看看，女人得跟我身后，一帮一帮的，要哪个不要哪个，随便我挑！”

阿白说完，风风火火地走了。倪虹说，其实阿白和凤兰挺合适，因为我在中间挡着，凤兰不知道该上哪只船，眼花缭乱了。

我在城市的边缘找到了维佳公司。这个城市的特点是长度有余厚度不足，整体布局就像一只色彩斑斓的腔肠动物，也许正因为这样，才使得她有些似城似乡，与众不同。在宏伟气派的世纪大道旁侧，多走几步就会见到旷野，能看到成群的麻雀，能听到青蛙的鼓噪，如果撞上有人在芦苇荡里扳罾子捉鱼，那也不算是新鲜事。维佳公司就处在这样的环境里，它被一圈铁栅栏围着，院子里甚至还有一口油井，一架抽油机鞠躬如仪。一幢三层小楼闪动着橄榄色的光泽，离它不远，是一大排很壮观的库房。齐维佳正在楼里等我，双脚放在大办台上，懒散地翻着一张报纸，看我进来，伸手热情地一握，觉得不能尽意，接着又热烈拥抱了一下。

“为什么不早告诉我，”他埋怨我说，“我身边多需要你这样的兄弟啊！”

我说我也想过，可生怕他不知道我们父亲当年的关系。齐维佳笑了，那笑里带点儿揶揄。

“那怎么可能呢？”他说，“老爷子心里就是当年那么点事，从小到大，我耳朵都听出趼子来了！”

在交响着都市之声和无边天籁的小楼里，齐维佳一直都在微笑，一直都在用鉴赏的目光看我。他的谈吐并不精彩，却让我感到了亲切熨帖。他对我的好感和信任超出了我的意料，说成一拍即合，是确切不过的。半个小时之后，我已经是维佳公司的公关部主任了，并且领到了两千块员工包装费。等我穿上西服，带着名片，别上 BP 机，感觉世界真的不一样了，好像太阳的光辉全都照到了我一个人身上。我晕晕乎乎，半梦半醒，来到一个电话间，用磁卡给自己打了第一个传呼，那悦耳的鸣响和奇幻的液晶显示让我激动不已。路过十字街头，那些“戳大岗”的哥们儿眼睛全都变蓝了，看我就像看阿拉伯王储一样。

我陪着齐维佳跑了几天业务。维佳公司是经营建筑和装饰材料的，由于同类的公司太多，业务不是太好，齐维佳似乎并不在意，他一如既往地笑谑着，表现出了波澜不惊的大度。那种笑似乎成了他的面具，极好地掩饰着市场竞争中的残酷和失意。我只见到他发过一次火，是什么人在公司的院子里留下一串黑糊糊的油渍，他强健有力的下巴都气歪了，脸上显露出狠巴巴的线条，痛骂了主管的副手，甚至抬腿踢了他一脚。副手诺诺而去。齐维佳又笑了，他对我说：“都是多年的哥们儿，深了浅了，谁也不会计较。”

一个周末的晚上，齐维佳呼我到金麒麟饭店陪客人吃饭。我第一次走进如此豪华的饭店，心里忐忑着，就像一只走在碎玻璃上的机警的猫。桌上都是江湖关系，没什么好客套的，不像是喝酒吃饭，倒像是华山论剑来了。齐维佳搂着我，把长着青春痘的脸贴在我脸上，骄傲地夸耀说：“这是我亲弟，怎么样？不服的尽管上！”我知道我的职责，糠麸酒培养了我，棒体格成全了我，使我在身陷重围中不辱使命，直到大获全胜鸣金收兵。齐维佳很高兴，上洗手间的当口，他用推心置腹的口气说：“上阵亲兄弟，打仗父子兵。咱们老一辈少一辈，今后就指望你啦！”我看着两个人排出的泡沫在同一个小便池里明灭闪烁，醉醺醺地宣誓说：“大哥这么信任我，我说什么都不能尽意，只想扎进你的怀里大哭一场！”

我以为这就完了，可汽车在名泉洗浴城停下，我才明白，事情刚刚开始。我知道接下来还要干什么，身不由己地颤抖起来。我说我不洗澡，我中午刚刚洗过了。齐维佳抚摸着我的肩膀说：“老弟，你以为身上的牛粪味轻易就能洗干净么？别害怕，就算是洗礼了。”我觉得无路可退，又挣扎说，我可以洗澡，但决不接受按摩。齐维佳哈哈直笑，翘着犁铧似的下巴调侃说："你是不是还想像咱们老爹那样活着？万里长征吃过糠，抗日战争扛过枪，解放战争负过伤，抗美援朝渡过江，建设时期下过乡，改革开放嫖过娼，这些都是必不可少的资历，再说，你总得陪着客人吧？这可是你的业务范围呀。"我说："可我还没结婚哪！"齐维佳说："热身吧，这跟打保龄球一样，多一局少一局，又有什么大关系！"

我就像被劫持的人质，极不情愿地跟进了水汽蒸腾的浴池。经过一系列褪猪式的折腾，我们分别被领进了一个个小包间里，里面光线幽暗，床头上赫然贴着：公安机关明令禁止一切色情活动！我知道，它的意义和烟盒上印着的"吸烟有害健康"字样一样。我趴在那张带窟窿的按摩床上，就像被绑在了刑具上，有一种死到临头的感觉。

按摩小姐进来了，包装简约，几近透明，就像开包即食的果冻。她嘻嘻笑着问我："先生，直说吧，是我给你按摩，还是你给我按摩？"

我说我是个正经人，不要那些乱七八糟。小姐笑得不行，说："看把你吓的。多大点事啊，再说，老板都交了钱的！"

小姐的按摩毫无章法，像笨厨娘揣面，带着锐意进取的态势，直奔我的要害。我感到形势危急，就撒谎说先去解手，借机溜掉了。我一个人躲在休息厅的一角，一支接着一支抽烟。倪虹娇小的身影一直在我眼前浮现。我想到了齐叔和我父亲，想到了家里那头正在毒日头底下拉犁的老黄牛，一个劲儿想哭。

齐维佳和几位客人出来了，他们的脸色全都平静如初，看不出有什么不对劲儿的地方。直到坐上汽车，齐维佳才咂着嘴巴回味说："那个小仙桃真够味儿。可她的嘴巴就像砸不开的核桃，死活不让我亲一下！"

那几个人放肆地笑着，很开心。

齐维佳问我："老弟，你那个怎么样？"

我强笑一下没吭声。我扭着头看窗外。阑珊的夜色里，一个捡破烂的人正在垃圾箱里翻着。一辆异型卡车轰鸣着驶过，车上坐着一些戴铝盔的人，他们全都油渍麻花，脸上溅满了泥浆点子。这些让我心里一阵阵蜇疼。

回到七楼，我睁着眼睛躺到天明。麻雀们就在我头上不远的地方叫着，声音琐碎而欢快。我想人不如麻雀，它们低贱，可宁死不屈，一旦被关进笼子，喂它再好的食它也不吃，直到怒气冲冲地把自己撞死。而人是不行的，为了活着，为了活得好一点儿，常常自己投进笼子里，哪怕是泔水也要喝下去。我就是这样子。

那一夜阿白没回来。听地瓜佬说，他被一伙高明的骗子给涮了，把自己的三千块钱和借来的七千块钱全都打了水漂，刚刚醒过腔来，蹬着三轮车，满世界抓骗子呢。

五

我给齐叔剥了一只香蕉。我告诉他，这是我用刚刚领到的工资买的，加上奖金，总共有两千元，是一笔挺大的收入，让我心满意足。齐叔点点头，他蠕动着塌陷的腮，和着往事缓慢地咀嚼着，枯涩的眸子里出现了两个坚硬的亮点。

"我们那时候，一个月才挣十八块，我们从来没觉得少，"他说，"可现在，十八块大概都不够齐维佳的一盒烟钱！"

我笑笑说："是时代变了！"

齐叔看着我，忽然说："严平，你是个本分的孩子，我让你跟齐维佳干，是想让你替我盯着他点儿，懂吗？他这种人，要变坏很容易！"

我慌乱地答应着，不知道应该站在哪一边。四十年的距离隔开了两代人，昔日的悲壮和雄浑已经淡远，有时候对话都难了。有一次齐叔还沉浸在金戈铁马的回忆里，齐维佳突然发问，你们那时候围着篝火学这个那个，那能看清字吗？齐叔觉察了他话里隐含的亵渎和恶毒，伸手打了他一个大耳光。

我买了两袋奶粉，两袋大枣滋补精，到人民医院去看地瓜婆。她只是跌了一跤，肚里的孩子就抗议起来。她住在妇科打黄体酮，人缩在病床上，努力躲避人们的目光，似乎认定是这幢大楼里的异己。我站在床边，代表倪虹简单安慰几句就走了。说来也巧，我又遇见了杨帆，她显然刚刚做完手术，白大褂上还沾着血点子，一个男搭档正和她嘻嘻哈哈地调笑，说她"双手沾满了人民的鲜血"。杨帆的眼睛从我身上匆遽地滑过，没做半点流连，或许在她的眼里，病人的相貌没什么意义。她还像高洁的鸽子那样翩然掠过，一个优雅的转身，隐进一扇镶着毛玻璃的门里去了。

中午时分，阿白回来了。一天不见，他苍老了许多，两眼布满了血丝，看见我和倪虹，还没说话，就哭了起来。

“我完了”他说，“我让人家给拍花了！”

阿白的哭相增加了他的丑陋，好似陶俑还没烧成，泥胚被大雨浇塌了，五官全都不在各自的位置上。他取出一块“满天星”手表，还没讲述，我就明白了——如果不是发财心切，阿白就不会搭茬，那么被骗的就可能是别人；可怜的阿白做梦都想发财，他抻着白癜风的脖子，往围观的人群里看了一眼，就钻进了别人设好的圈套。据说这种手表每块值三十万，因为贮藏地失火，才流落到了民间，官方不久就要按原价往回收购，持有人急等钱花，才忍痛低价出手。阿白起初也不相信，但他看到了铅印的报纸，那白纸黑字的佐证让他脑袋犯混了。两个托儿故意提出种种质疑，实际是在自问自答诱人上钩。现场于是又转移到了银行门外，走出来一个戴胸卡的家伙，假模假式地“鉴定”一番，又言之凿凿地予以证实，阿白就坚信不疑了。就这样，阿白悲壮地走进了一幕早就排练好了的喜剧里，而且充当了主角，神秘兮兮东挪西借，凑了一万块钱，买回来只值一百块钱的破玩意儿，还觉得自己占了老大的便宜。等到醒悟过来回头再找，那伙人早就溜之大吉了。

“那可是一万块呀，”阿白泪尽泣血地哭诉，“我这辈子再也翻不了身了！”

“也许，警察会破案的，”我这样安慰阿白，“到时候被骗走的钱，还会如数还给你。”

阿白呵呵地笑了，一笑，脸上的肌肉四分五裂，变得狰狞可怖。他把那块手表戴到腕子上，走到阳台，扬起手臂，那表被盛夏的阳光照射得熠熠生辉。他居高临下地大声呼喊：“都来看哪，这是三十万块钱的手表，你们谁有我牛×？”而后他一头扎在床上，蒙起脸来，痛烈地说道，“我真后悔，当初就不该进城！”

接连两个晚上，阿白没回来睡觉。听地瓜佬说，他魔怔了，骑着他的三轮车，没黑没白地走街串巷，希望能找到那伙骗子。我极想把他找回来，好好说说劝劝，可那两天总是被事情绑着脱不开身。齐维佳听说我和别人伙住在杂乱的七楼里，就掏出一串钥匙塞给了我。这是一套新楼房，离维佳公司不远，水电气都很完备，添一张床就能住了。他明确告诉我，这是一个单位磨账磨过来的，我可以暂时住着，也可以永久住下去。打开房门的那一刻，我都不敢相信这是真的。我两眼含泪，嗫嚅着不知该说什么是好。他抱住我的肩膀，亲切地蹭着我的脸，真挚地说道：“老弟，你结婚吧，结了婚，你才能算一个完整的男人。钱，你不用考虑，大哥给你张罗。咱们的关系和别人不一样，你说是吗?”他的脸摩擦系数很大，我的泪水终于被蹭下来。我说：“大哥，我一定要对得起你!”

就在那套崭新的空楼房里，我们倚着雪白的墙壁，一边抽烟，一边泛漫地交谈。说到齐叔，齐维佳戏谑地称他为“老八”，那是他从一部阿尔巴尼亚影片套裁下来的，取“第八个是铜像”的意思。他说他的脑子里除了往事，再没有别的东西。

他说：“一个活着就变成了铜像的人，该是多么可怕，多么可怜哪!”

我附和了一声，又觉得自己的嘴脸像个叛徒。

他又说：“人一辈子，活好了不过就是两万来天，一切都要想得开。人得活得真实一点儿，你懂我的意思吗?”

我点头称是。我承认，这是离我最近的绝对真理。

他又说：“反正水是浑的，你在这水里泡着，想让身子干净，这可能吗?”

我笑了，既没点头，也没摇头。

他又说：“你想过没有，这片地底下的石油还能采多少年?没有了石油，人们还指望什么活着?”

我没接话，因为这话很切近也很深峻，我没有能力对答。有两只麻雀在窗前萦绕，看样儿是想在新楼上做窝，它们灰暗的翅膀一剪一剪的，一边喳喳地叫着，一边疑惑地看着屋里的两个人。

中午回去，我把新楼的钥匙拿给倪虹看了，又说了一大堆齐维佳的好处。她并没有我预期的那样兴奋，反而淡淡地说道：“我们不要别人的东西，我们靠自己挣!”

我说：“你不高兴?”

倪虹说：“你别跟他们太近了，他们那种人，没几个好的!”

我说：“你怎么知道?”

倪虹说：“我也是听别人说的!”

我说：“我们端的是别人的饭碗，只要能挣钱，别的就不能太认真，你说是吗?”

倪虹不再出声。她开始织毛衣，手上飞快地绾着花儿，垂着的长睫毛忽闪忽闪的。根据腰围的轮廓可以断定，那不是给她自己织的。

我把那串钥匙揣进了衣兜，胡乱扒了几口饭，借了一辆自行车，到街上找阿白去了。市区太大，我无法搜寻每个角落。晚饭我在凤兰的小饭店里吃的，半斤水饺，没喝酒。由于我选择了倪虹，凤兰对我明显冷淡了，敷衍了两句，就趴在吧台上，专心致志地算起流水账来，再不理睬我。我把五元钱压在了酱油碟子底下，灌了一杯浓茶，又骑上车子走了。

转来转去，我转到了铁西。都说铁西东西稀烂贱——两块钱洗个澡，五块钱满街跑，十块钱吃个饱；二十块钱摸到脚；三十块钱就摁倒。这里麇集着大批外来人口，到处是小摊贩、工匠、酒鬼、卖艺者和流浪汉，橘黄的路灯下，一张张落满灰尘的面庞带着肤浅的满足，笑意盈盈地晃来晃去。一个摆棋势的缠住我，非要让我玩玩儿。我说："你以为我会上你的当么？我可是老便！"他不再吭声，蹲在那儿，极力收缩自己，像一只等待挨打的猴子。

我买了一张门票，走进了二人转小剧场。这种场合不登大雅，却总是人满为患。虽说提倡精神文明，可这儿的粉段子还是屡禁不绝，不粉就没人看。满屋都是旱烟和体臭，男女演员正在台上进行着语言和形体的挑逗，内容都离不开脐下三指，却又收张自如恰倒好处地把握着临界点。观众爆发出一阵阵野蛮的喝彩。一两个大款模样的人走到台沿，把一张张百元大票慷慨地塞进女演员两乳之间的口袋里。我沿着坐席的过道走了两个来回，没能发现一个稍稍白净的面孔。

我几乎放弃了寻找，正要掉头往回走，却发现了阿白的三轮车停在街区的边缘地带。那是个低矮昏暗的小屋，挡着肮脏的线毯，一群人正围在那儿，吵吵嚷嚷地议论什么。我挤进人群，只见一个蓬头垢面的女人正在哭泣，两个警察站在她身旁讯问。

女人说："不怨我，是他自己摸电了！"

警察说："不可能，那么大个人，怎么会平白无故就死了？"

女人说："他……不行，怎么摆弄，都稀了面软的！"

围观者有的欷歔，有的窃笑。

警察说："就为这个死了？你胡扯！"

女人说："反正不怨我，撒谎你们枪毙我！"

警察说："他给了你多少钱？"

女人说："他没有钱，他把这块手表给我了！"

女人抬起腕子，一道幽微的冷光闪过，我看到了那块"满天星"手表。我眩晕一下，一屁股坐在地上，大哭起来。

“他是我的兄弟！”我说。

阿白的尸体被人搬到了屋外，横陈于一堆垃圾旁边，那辉煌的白色像一堆熄灭的灰烬。现场勘察和尸检都做完了，警察说：“谁把他拉到医院太平房去，一百块钱！”

退到圈外的人又重新围拢过来。有人讲价说：“一百太少！”

警察说：“二百，怎么样！”

人们就有些争先恐后。

我说：“谁也不用，一分钱也不要，我送他走！”

我和一个警察搭手，把阿白放到了三轮车上。阿白的眼睛还没阖死，一线乌吞吞的光亮从中透射出来，又似绝望，又似大彻大悟。我把那块挡窗户的线毯盖在他身上，他的个子太大，或者说车子太小，两只脚还是露在了车厢外面。一个多月前，也是这样的夜晚，也是在警车的押送下，我就是这样拉着醉成一摊的阿白，他搂着那些塑料模特，满脸都是痴迷的笑容。而现在，他孤零零地躺在他自己的三轮车上，永远离开了人世间的缤纷灯火。我迎着夜风，几近麻木地蹬着车子，眼泪顺着脸颊流淌，源源不断向马路上滴落。

六

阿白的家人一直没来，据说是拿不出安葬的钱，怕砸在手里，索性就交给了社会。从太平间到火葬厂，都是我和地瓜佬操持的，丧事极简单，没有车队，没有花圈，没有仪式，没有哭声，没有丧宴，只有我们几个伙租楼房的宿友送葬，跟焚烧垃圾差不多。钱是民政部门出的，我们又凑了几个。凤兰和倪虹为他铰了一大堆纸钱，好让他在另一个世界手头宽绰些。地瓜佬想得更周到，他找了一张外国女模特的画报烧了，说是给阿白配个阴亲，好歹让他尝尝女人的滋味。这时候他的家人才终于露面，他们带走了阿白的骨灰，他混饭吃的家什，以及浸满单身汉辛酸的行李卷。我的下铺就那么空着，无论白天和黑夜，我都能看到那一团模糊的苍白色。

阿白的死使我们的七楼弥漫了一种鬼魅的气息，夜里睡觉都不敢关灯，地瓜佬夫妇已经在张罗换房子，凤兰也打算另找住处。这样，我就不得不考虑和倪虹快点儿结婚，而且齐维佳答应了，结婚证包在他身上，够不够岁数，根本就不是一回事儿。

倪虹辞了毛毯厂的工作，要领我回乡下面见父母。正赶上公司组织郊游，我脱不开身，就买了几样东西，托她带回去，表达未来佳婿的一点心意。公司的效益奇迹般看好，我从大家的目光里看到了神秘的喜悦，这种神秘是极其本位的，不便张扬的，像我这种新加盟的人无从了解，只能通过整体气氛感受到。

我们来到水蓝草碧的星星泡。这种草原上的湖泊，在西部都叫海子，听起来浩大而壮美；在北方，是不大拿这些无法归类的水域当一回事的，叫泡子，意思和农村的狗剩儿丫蛋儿差不多。这座城市没有更好的去处，在水底投放了卵石，在湖岸铺设了细沙，在水畔建造了几处亭台楼榭，就叫做公园了。齐叔和我父亲在这片水面采过菱角，那时他们饥肠辘辘，还不等菱角成熟，就及不可待地吞下肚去。当他们从浅水里走出来才发现，他们的双脚扎满了菱角刺，密密麻麻如满天繁星，已经看不到肉色。他们抱着对方的脚，用缝衣针细细地挑了起来，直到双脚布满了鲜红晶莹的血珠……那天只有他们俩，他们酣畅地哭起来，那声音热烈奔放，在苍凉的水面上久久回荡。

我游在水里的时候，齐维佳还在岸上。他兴致很好，至少喝了三罐啤酒，这使他脸上的青春痘更加彰显，红灿灿的有如山丹之花。公司里的人已经四下散开，在水里和陆上各自寻找乐趣。齐维佳不会水，他躺在一个橘黄色的气垫上，戴着墨镜在水面上优哉游哉，后来竟然睡了过去。事实上我没看到他翻沉的过程，只是在一片张皇的惊叫里，看到了他一沉一浮的头。他在深水里挣扎着，头发就像一蔸水稗草那样时隐时现。岸上的人纷纷跳下水来营救。我和他的直线距离不是最近，但我是冒死游过去的，所以能第一个赶到；还没等我抓住他的头发，他已经沉到了浑黄的水里。我一个猛子扎下去，可巧地抓住了他的胳膊。等我把他托出水面，救援的人已经赶到了。人们把他放到一只牛背上控着，他浑身软塌塌的，就像蚀本生意人的褡裢，睁开眼睛看看我，吐出一口浊水，苦笑着说了一句："老弟，多亏了你！"

我已经变成了齐维佳的影子，这一点全公司的人都能看出来。有很多事他都说："找严平去，他说怎么办就怎么办！"我谨慎地使用着他赠给我的权力，努力不出纰漏，办过的事全都及时向他汇报。他对我的工作很满意，不止一次说："老弟，以后我当董事长，总经理就是你的！"我没想到那些，我想的只是能多挣一点钱，尽快和倪虹登记结婚，连我父亲一起，堂堂正正地落上城市户口。齐维佳已经把那套新楼过户到我的名下，赭石色的带国徽的产权证已经拿在了我手上。那套楼值十六万，齐维佳说：“你舍命救我，其实，十六万也不足以表达我的心意。”这礼物显然是太重了，我只好暂时收下，并打算采用分期付款的办法，一边工作一边偿还。

那天上午，我从凤兰的小饭店路过，看见她又在里面向我挠着猫爪。她这回没剥蒜，而是在择菜，两只手绿唧唧的。

我走了进去，坐在桌子旁抽烟。

“严哥，你怎么不到毛毯厂问问，有没有个叫倪虹的人?”凤兰说，眼睛不再幽幽地看我，而是四下游移，显然是怕她的话伤害了我。

我心里一紧：“你这是什么意思？难道有冒充领导的，还有冒充工人的?”

凤兰说：“严哥，你咋不想想，她哪来的那么多钱借你？她为什么总打夜班？咱们都被倪虹骗了，她……她是个小姐!”

犹如五雷轰顶，我眼前一黑，差点儿就要扑倒。

“这不可能，”我吼起来，“你胡说八道!”

凤兰说：“前天我收拾屋子，在她床边发现了那种胶皮套子……”

“这……也许不能说明什么。”我绝望地挣扎着。

凤兰说：“其实，她从家里回来好几天了，只是没回七楼住。她偷偷进了美容院，花好几千块钱去修补那什么膜，想把你接着骗下去。没想到这些日子严打，被别的小姐咬出来，给关进局子里去了。听说，她的外号叫小仙桃，就在名泉洗浴城给人按摩……”

我听不下去了，推翻了一只凳子，匆匆走出门去。我只有一个想法，那就是找到倪虹，二话不说，立马把她掐死。穿过马路时我没看红绿灯，一辆轿车驶过，车身惊险地擦着了我的身子。司机刹着车，探出头来大骂，我也毫不含糊地对骂。如果他敢下车，肯定他要倒霉的，因为我的眼睛都红了。

我来到维佳公司，齐维佳正和几个人闲聊，看见我气色不对，就把那几个人打发走了。

我掏出钥匙和产权证，重重地扔到他的大办台上。

“老弟，你这是怎么啦?”齐维佳疑惑地问。

“养个孩子让猫叼去了。”我冷笑着说，“大哥，你知道小仙桃是谁吗?”

齐维佳懵懂地摇头。

我说："直到今天我才知道，她就是我的未婚妻；那天，就在我隔壁，你把她给×了！"

我哭起来，放开了声音，绝对的痛不欲生。

齐维佳的脸变幻了好几种颜色，终于明白发生了什么。他在地上踱了一会儿，过来搂住我的肩膀。

"原谅我，老弟，我不是故意的，这种事谁也想不到。"他歉意地说。

"我真想把她杀了！"我说。

"细想想还是怨你，真够傻的，一个屋里住着，怎么会连她的真实身份都没弄清呢？"

我说她真的不像是干那个的，至少在我面前不像，就是装，也绝对装不出来。

齐维佳又说："她把你骗得够苦的。听大哥劝，别认真，就当是闹了个大笑话。天底下好女人有的是，一脚把她蹬开就算了！"

我觉得他把感情上的事说得太轻巧了。我冷笑一声，话里有话地说："多谢你的开导。这回抓小姐，下回就该抓嫖客了，大哥，你当心点儿！"

说完，我丢下发窘的齐维佳转身离去。我觉得脑袋发烫，思路不清，沉甸甸的就像一只通电的熨斗。我破例打了一辆出租车，直接找到派出所。警察都认识我，这回他们没搡我，而是给我倒了一杯水，里面还象征性地漂着几片茶叶。

"要不要我给齐叔打个电话？"我说，"齐叔的号码是……"

警察笑了，都说不用不用。他们知道了我的来意，表示出极大的同情，安慰我几句，就开着警车，把我送到了拘押小姐的地方——老百姓都叫它"鸡笼"。这儿好像是个闲置的大仓库，一大群落网的小姐靠墙蹲着，脑袋一律下垂，看不清本来面目，只有一片散乱的黑发，披在那些姹紫嫣红的衣服上。

倪虹被警察叫了出来。她面色苍白，两眼无神，脚步沉得就像戴着镣铐。看见了我，惊讶了一下，就大哭起来。

"严哥，我对不起你，"她跪在我面前说，"千不该万不该，我不该和你发生感情，我不配，你，打我一顿吧！"

我的心软下来，本来是带着毒刺的话，一出口就变钝了。

我说："我真傻，让你骗了这么久。你在我的心目中曾经是那么美好，我怎么也没想到，你确实不是蝴蝶，而是一只蛾子！”

倪虹痛心疾首地哭着。她说：“严哥，我欺骗了你，可也没欺骗你。我对你的感情都是真的，没掺半点假。自从认识了你，我就下决心不干了，打算和你一起，到一个没人认识我的地方去过太平日子，没想到会有今天……”

我的眼泪流了下来。站在一旁的女警察也在悄悄抹眼泪。

我说：“倪虹，感谢你给我的帮助，感谢你给了我一段最美好的日子，尽管它是虚假的。可你给我的伤害太大了，我没办法原谅你！”

说完，我决绝地转过身去，快步离开。我听到倪虹的哭声陡然变大了，撕肝裂胆的，就像一头陷入绝境的小兽。我咬紧牙，不让自己回头。我想世界上的好姑娘很多很多，她们会像仪仗队一样接受我的检阅，对象是不用发愁的。走到大门外，我买了两瓶饮料，两袋饼干，几根火腿肠，托警察带给倪虹。警察说：“她们不缺吃的。再说，她和别人不一样，她已经改过自新，很快就放了。”我说：“缺不缺的，这是我的意思，拜托了！”

残夏的太阳变得冷漠了。柠檬色的夕照里，那几只麻雀还在我们七楼上飞来飞去，一如既往地欢快和睦，无忧无虑，大概正在讨论分窝的问题。它们不会知道，就在咫尺之外的屋子里，究竟发生了什么。我送给倪虹的那支玫瑰还插在窗台上的水瓶里，由于时间的原因，它已经枯萎，有如一抹黑色的讪笑凄惨地僵在那里。楼下集聚着一些趿着凉鞋的人，他们刚刚吃过晚饭，正在谈论七楼上发生的事情，看见了我，立刻缄口不语。我就在他们异样的注视下默默走过，那一小段路途非常漫长。

齐维佳正在楼上等我。他已经抽了一地烟头，那串钥匙和产权证放在了桌子上，那意思是很明确的。屋里弥漫着咸菜地瓜粥的气味，他面前摆放着一只烤地瓜，在黄昏的光影里，那只地瓜变成了一幅静物写生。

“老弟，这种地方怎么住呢？走吧，新楼里的床我给你买好了！”

我没吭声。我环顾着这间熟悉的屋子，不由得触目伤情，心里完全明白，和它告别是迟早的事。

“你的东西我都让人搬过去了。如果想了，你可以常回来看看。”

我扒在倪虹的房门往里探看，她的床依然整洁如旧，那串玉石风铃还挂在头上，随着微风发出动听的琤琮。光阴的胶片一张张叠化，昔日那个恬静凄美的女孩仿佛正坐在床头，眼睛低垂着，全神贯注地打着毛线。这景物让我的心剧烈疼痛。

齐维佳叹息一声说："我看得出来，你对倪虹动真情了。这是很幸福也是很不幸的事情。老弟，跟你相处，很愉快也很累，因为你总是太认真。"

我和齐维佳一起吃了晚饭，然后他把我送到新楼里住下。房间里摆了一张红木双人床，铺着软硬适度的席梦思垫子，连被褥都是新的。绛红色窗帘带着漂亮的流苏，隔离出一个完全独立与外界的小空间。齐维佳说得不错，人是鱼，钱是水；钱越多人就活得越滋润，活在脸盆里的鱼不可能理解活在大海里的鱼，反过来也一样。我是一条被人从脸盆里掬到大海里的鱼，我的幸福感是战栗的惶恐的。我感谢齐维佳，也害怕齐维佳，他对我真是太好了，我只怕没法回报。

不知什么时候，我在这张质感完全不同的大床上睡着了。我做了一个很奇怪的梦，梦见我变成了一只狗，跟随主人从闹市里穿过。我看不清他的身影，他是个很朦胧的人，走上一段，就回头喂我一口吃的。半梦半醒中，我碰到了一对软绵绵的东西，这东西似曾相识，和我心感身受的某种记忆相联系。我吓了一跳，借助窗外渗进来的光亮，我看到了身边有一团洁净的奶白色，原来是倪虹钻进了我被窝里。

"你……是怎么进来的?"我颤抖起来。

倪虹不说话，两只杏核眼睛里涨满泪水。她已经把自己脱光了，浑身散发着洗浴之后的清新气息，双手交叉在胸前，身子蜷缩着，就像一只等待宰剥的羔羊。我大致明白了事情的由来；这个本该以新娘角色躺到这张床上的女人，此刻却以另一类身份溜了进来，无论如何，我不能接受。我翻身下床，飞快地穿着衣服。

倪虹哭起来。

"严哥，严哥……"她低喃着，"我欠你的!"

我打开了电灯，从口袋里摸出两张票子。

"小仙桃，你的出台费是多少？这些够吗?"我说，"拿上钱，马上给我滚!"

倪虹呜呜地哭出声来。

我看看手表，时间已经是半夜。

"好吧，今晚你可以住在这儿，走的时候，请把门锁好!"

我打开房门，走下楼梯，扑进无边的夜色里。城市正在酣睡，我像夜游病人一样沿街踯躅。有两个可疑的家伙在离我不远的地方逡巡，我跺跺脚，大喝一声："过来呀，老子有气没处撒，正要找个人修理修理！"那两个人拔腿就跑，我望着他们幽灵般的身影哈哈大笑，那一刻觉得我很强大。

我走进了通宵电影院。这里相当一个入住方便的大车店，能坐到通宵的人，大都是情侣、失意者、醉汉、无处栖身的外包工，和老婆闹别扭的软蛋男人。我撩了银幕两眼，国产片，没什么意思，全是假模假式，看着身上直起鸡皮疙瘩。不过这没关系，反正大家也不是奔电影来的。我在两对情侣中间找到一个位置。情侣很投入地操练着，动作幅度很大，椅子始终共振不已，很像一张晃床。我在充满爱意的催眠里睡了过去，醒来已经是晨曦满天。我穿过惺忪的街巷，买了两份浆汁油条。回到翠园新楼，倪虹已经走了，我积攒下来的脏衣服全被洗过，正在阳台上旗帜一般招展，床上放着那二百块钱。

七

我给父亲写了一封信，邮去两千块钱。我告诉父亲，不必拽牛尾巴下地了，可以雇人收秋，我们有钱了；但地是不能扔的，我对家乡硗薄的土地有着不能割舍的感情。过些日子，我就去把他接来，让他看看城里人是怎么生活的。父亲很快回信了，他在错字连篇词不达意的信里表示，他不会到城里来的，特别是这种感情上疙疙瘩瘩的地场。他又一次提到了我的婚事，因为我先前提到过倪虹的名字，使用了很多溢美之词，还答应把她领回家去。现在，事情整个都颠倒了，我怎么跟父亲说呢？我要是说了，是让他哭呢，还是让他笑呢？

那天晚上，齐维佳喝多了，我把他送回家，就到公司去替他打理乱事。在大门口，我遇到了公司的集装箱卡车。如果司机不停车，如果我马大哈，事情就可能是另一样的。我从没关严的车门缝里看到一些 PVC 板材，这些板材下面，一滴滴黑色的原油正在滴落下来。

司机说："我原以为你知道的，你和齐老板那么铁！"

我觉得身上一冷，还是点头说："是的，我知道，我怎么可能不知道呢？你走吧，提防着点儿！"

卡车开走了，我几乎能听得到藏在里面的油罐澎湃着的原油声。真是神不知鬼不觉，有谁能知道，维佳公司的地下埋着一条管线，它一头接到仓库里，一头接到油井上，打开阀门，原油就能直接流进油罐车里……

我拿了一把铁锹，顺着院子里的油渍，一点一点仔细铲着，直到铲得干干净净。公司里还有别人，他们远远地着看，影子虚淡如梦，憧憧然晃来晃去。

隔了一天，我请齐维佳吃饭。我说总是大哥请我，不好意思，一条龙我请不起，请大哥吃个龙头吧。齐维佳很高兴，搂住我的肩膀说：“你做东，我花钱。走，吃温州菜去，那些南蛮子真他妈会吃，味道就是不一样！”

我们包了个小间，要了一瓶小糊涂仙。吃喝了一气，酒劲儿上来了。我站起身，扑通跪在他面前。

“大哥，你对我太好了，我这辈子怕是都报答不了，让我给你磕个头吧！”我说着，真的就磕了一个，再抬起头来，已经是泪流满面。

齐维佳明白了。他的脸变得生硬起来，就像一块风化的岩石，失望的神色在一块一块向下剥落。他大口大口地抽烟，好半天不说话。

我掏出钥匙放到桌子上。

“老弟，难道你非要离开我么？”齐维佳说，“你怎么不想想，离开了我，你还能干什么？你不懂任何专业，也没有任何特长！”

我说：“可是我有思想。我只是不想让我们的爸爸伤心！”

齐维佳沉默了一会儿，说：“起初我也不知道，是他们背着我搞的。如今到了这一步，想停也停不下来了。你也知道，如今生意不好做，维佳公司有很大一块靠它撑着。既然你反对，过几天我就让人把油管拆了。”

我说：“大哥，我替你自首去，你替我照顾我老爸！”

齐维佳惨淡一笑，摇摇头：“老弟，你非要一根筋？这么大个油田，谁在乎那么点原油，就像南边少数民族喝酒，一个大桶，一大堆吸管，喝多喝少，不会有人计较，只能是自己心里有数。”

我说：“反正我不干这种事。”

齐维佳说：“好吧，强扭的瓜不甜。我给你十万块钱，你躲到别处去吧，远点躲着，越远越好——你知道离开维佳公司意味着什么吗？你要得罪很多人，后果是很可怕的！”

我说：“我不要钱。我什么都没看见。行李我搬回七楼去了，想我的时候呼我，我陪你说话，陪你喝酒，陪你打保龄球！”

齐维佳叹息一声，张开衣袋，把那串钥匙扔了进去。随着一声细碎的铮音，我呼出一口长气。

“老弟，我舍不得你！”齐维佳的眼睛湿润了。他拦住一辆出租车，坐上去，又探出头来说，“位子我还给你留着。什么时候想开了，欢迎你再回去！”

就这样，我像一匹磨道上又滑稽又可怜的小毛驴，走来走去，又回到了生活的原点。我脱下西服，关掉 BP 机，销毁了名片，重新站到马路牙子上，公平而残酷地抢车、踹人与被踹。伙伴们说我是好运气烧的，没准是让钱晃花了眼睛，卖煎饼的赔本儿——贪（摊）大了。我嘿嘿一笑表示默认。地瓜佬夫妇和凤兰很高兴我回来，他们说既然我又回来了，他们也就不搬了，在一个地方住惯了，真有些舍不得。我们谁都不提阿白和倪虹，尽管心里都在想着他们。有一个白天，家里只有我一个人，我忍不住走进凤兰和倪虹的屋子，抚摸着那张空下来的铁床，轻轻躺在了上面。我又闻到了倪虹的气息，她的气息氤氲不去，让我的感官充满痛苦。油漆剥落的床头上，有一串用圆珠笔写下的小字，它们细若蚊足，却能清楚地看出，全是“老公——严平”几个字。

我每隔十天八天就到齐叔那儿去一次。齐叔的痴呆症越来越重，常常抓住我的手，什么都不说，就是一个哭，哭得人脊背凉刷刷的。我经常能看到齐维佳买回来的东西：智强核桃粉、阿拉斯加深海鱼油、美国大杏仁……都是健脑益智一类，但我看不出回天之术，感觉就像在拿筷子支撑倒塌下来的大山。

这一天终于来了。我坐在搬家的汽车上，老远就看到了，维佳公司的院子里停着三台警车。一些人在刨土，土下肯定就是那根联结着油井和仓库的油管。我很想从车上跳下去，然而汽车开得太快了，等我返回去，天已擦黑，维佳公司大门紧锁，贴着醒目的封条。我打了齐维佳的手机，但没开机。

我到凤兰的小饭店扒了几口饭。我告诉她，如果我晚上回不来，很可能就是进去了。凤兰惊愕不解，连声问：“为什么？为什么？”我走近前去，拨弄一下她的发梢说：“以后你就知道了。”她咧开嘴，打了一个朴素的饱嗝，眨眨眼睛，然后幸福哀伤毫无美感地哭了。

我来到派出所，告诉警察，我自首来了。警察们都笑了，说：“你可真能开玩笑。你自首什么？八成是来领奖金的吧？一万块，不算少了！”

我这才知道，报警的人冒用了我的名字。我坚持说报警的不是我；我知道这回事，可我一直装作不知道，属于知情不举。警察们不信，警察安抚我说这没关系，伸张正义是好事，没人说你不仁不义，你怕的什么？我急了，我说王八蛋才会报警。警察也急了，说你这个同志也太那个了，这叫什么话？你还是清醒清醒再来吧！我发出一阵狞笑，推门走了出去。我知道，就算浑身都是嘴，这事儿也说不清了。

我又一次抄了近道。我离七楼已经很近了，那熟悉的灯光从高处投射下来，在绿草地上潺湲浮动，就像一层温暖的水。我看着它没过我的脚踝，泛着涟漪向黑夜里流去。我前面就是钻塔和抽油机的雕塑，它们以抽象变形的样式引人思索。我真的不知道，石油这东西没有了，这块地盘上的人还将怎么生活。

那两个人从雕塑后面走出来，我就知道他们是在等我。他们背光站着，我看不清他们的脸，但他们手里的铁器在闪动着致命的幽光，让我感到了彻骨的寒意。如果我撒腿就跑，他们不会追上；可我觉得逃跑太丢人了，再说，我没干亏心事，该逃跑的不是我。我打算找到一块石头或木棍自卫，可草地上太干净了，连一个果核一根冰棍杆都没有。就在我犹豫不决的当口，两把刀子几乎同时插进了我的身体。我的血在草地上跳溅，像绚丽的花瓣在水面上漂旋。一刹那世界变得极静，我听到了星星上的轻风，看见了红蓝变幻流萤般飞来的警灯，我于是无声地笑笑，向着柔软的草地躺倒了。

我睡了沉沉的一觉。醒来时我发现正被鲜花和微笑包围着，而作为主刀医生的杨帆就站在我的身边，她胸前的白衣洇着两朵濡湿，这证明着她哺乳期母亲的身份。我很想说她像一只鸽子，可我没法发声，我的脸上正扣着氧气罩子。很多认识和不认识的人都来看我，他们肯定认准了我就是那个举报人，可我不是，只是我一时没法说明罢了。

一个模样俊俏的小护士坐在床头给我念报纸，那上面大概刊登着与我有关的文字。地瓜佬进来了，他拽过地瓜婆，非让我摸摸她的肚子。“地瓜纽纽就要熟了。”他说。我伸手摸了摸，地瓜婆的肚皮像旧鞋底一样又褶又糙。地瓜佬把那个被我扔在枕边当表看的BP机拿给我，说它在那天的黄昏时刻至少疯响了四次。我揿动键钮，看到了上面的文字：今晚千万不要回家，有危险！落款是齐维佳。我想，应该把它拿给警察看，否则，我更对不起我的齐叔和齐哥了。

凤兰送来一件毛衣，是我眼熟的浅驼色的，那花纹很别致。她流着眼泪说，倪虹在门外站了好半天，可她又不敢进来看你，她就那么哭着走了。我欠欠身子，伤口疼得要命。我把那件毛衣盖在脸上，因为我也哭了。

小护士排除干扰继续念道：“他是城市上空的雄鹰……”她的声音很甜润。可是我想，那和我没关系，我只不过是一只麻雀，而已而已。

我在甜润的读报声里睡着了。

甜菜进行曲

前　　奏

史书记载，原甸这地方属于苦寒绝塞，原本是清代流放实边的去处，因为有四大地方特产的支撑，人们才得以生存繁衍下来。嘉庆初年，一位进士谪窜于此，曾赋诗赞颂：

梦托黄粱不归秦，
甘饴满口忘故人。
龙鱼虽小偏安好，
膻香伴我卧白云。

四句概括得极好，具指原甸四宝——小米、萘糖、泥鳅、绵羊，都是顶呱呱的货色，广为世人称道。至今县志里还存有这诗的碑拓，不过那碑早就找不见了。

一直流脉到上世纪七八十年代，四大名牌一个接一个倒了牌子：小米因为低产，被淘汰出局了，只有小块耕种，为当地农民就地消化，一般特供月婆子。泥鳅号称水中活鹿鞭，短小精悍却很能给劲儿，得到男人们的偏爱。由于遭受了日益严重的污染，有了畸形的长势，越来越像娃娃鱼了，人们不大敢吃，贬为禽类的饲料，永世不得翻身了。人口多占地多，牧场日益萎缩，群养的羊只很少了，零零星星的剩一些，都拴着喂，吃豆毛子，品种退化，肉也走味儿了。剩下原甸萘糖一枝独秀，三年困难时期，曾为国家掮闸扛鼎，覆盖了一个很大的半径，甚至出口到古巴这样的蔗糖大国，很有叫板比拼的意思，当时叫志气糖。

萘糖即甜菜糖，原料又称甜疙瘩、甜萝卜。春夏之季，原甸一带满眼都是碧绿的缨子，是人人尽知的甜菜之乡。起初老百姓土法上马，用自家的小耳锅熬制，结晶为一些褐色的糖稀，趁热用勺子一搭，那丝能扯出二里地去。等其凝固了，深红半透明，状如玛瑙，小孩子们便拿着脆硬的坨坨，去到人前显摆，咬一口，咯嘣，一个碴儿，再嚼出很响的声音，一看，满脸都流淌着甜蜜了。后来是小型手工榨坊，榨得一些粗糙的原糖，不成气候。再后来糖厂建立，并一点一点做大，引进了国外一流的生产线，人们才吃到了真正意义的甜菜成品糖——白糖红糖砂糖皮糖水果糖，林林总总，连流经身边的松花江都跟着甜了。原甸糖厂也就成了县里的擎天一柱，是各级领导的眼珠子。

这年冬天，副省长秦为民沿着301国道巡视路过原甸，老远就发现，糖厂的烟囱不冒烟了。秦副省长之所以关注糖厂的烟囱，一是它特别高大，翘楚于各种建筑之上；二是他曾在这个糖厂干了八年厂长，把企业推向极盛，有着很特殊的感情瓜葛。他的名字是和这个厂子联系在一起的，也可以说，是踩着糖袋子一步一步干上来的。便驱车来到跟前细看，岂止是不冒烟，事情还要严重得多呢：满院子积雪足有一尺多深，竟然没有一串人脚印，简直就是废墟遗址了。老人家不禁悲从中来，也顾不得身份场合，竟然流着眼泪，用了悲怆的颤音，痛心疾首地说道："怎么会这样？这不只是拆了县里的台柱，砸了工人的饭碗，也是在挖我的祖坟哪！"

这话分量是很重的，陪同的市县领导都很忐忑，一旁围观的工人也都欷歔不已，七嘴八舌说了一些火上浇油的话。作为随行记者，我在原甸街头随便采访了一下，见到了不少糖厂流散出来的职工。一部分神情凄楚地蹬着三轮揽活计，蝼蝼蚁蚁的乱窜。这东西很原始很隔世了，总让人想起骆驼祥子，进而鲠着一股辛酸的幽默。还有一些在路边"戳大岗"，凭的是憨力气，人家一挥手，忽地围上来一小帮，狼多肉少，接下来就没什么游戏规矩了。更悲惨的是，个别不要强的女性，一时找不到别的门路，干脆转入地下，把自己拆开了零卖。当然，这些都是消极的一面，也有道听途说的成分，是不能见报的。对于我们来说，这不只是舆论导向问题，还包含着最为普通的职业常识。

报道一：原甸县糖厂处境艰难，各级领导倾情关注。

[本报讯] 副省长秦为民近日视察了原甸糖厂。这个省内最大的制糖企业，由于原料严重短缺今年没有开工，三套德国

进口的生产线被迫闲置，二千多职工长期放假，厂里只能发放最低生活费。面对皑皑白雪和冷冷清清的厂房，作为老厂长的秦副省长大有今昔之慨，止不住热泪盈眶，对在场的市县两级班子成员，作了重要指示和深沉叮咛。市县领导表示，省领导的关怀十分温暖和及时，糖厂问题说到底就是个原料问题。需要引导农民增强全局观念，提高经种甜菜的积极性。决心遵照秦副省长的指示，尽快召开专项会议，统筹规划，抓紧落实甜菜生产任务，从根本上解决糖厂长期“吃不饱”和无米之炊状况，捍卫“志气糖”的地位和尊严……

文章配发了我的一组照片，特别是秦副省长感慨挥泪那张，照得十分讲究，不像新闻照，倒像是艺术照了。可想而知，一位老人沧桑的脸上淌着两行清泪，就够煽情的了，何况他不是一般的老人，是堂堂是副省长啊。

前段式

正月将尽，年味阑珊了，原甸县一声号令，各路诸侯云集县城，参加甜菜生产三级干部会议。根据解铃系铃的原则，省报特派我前来做跟踪报道，因为我的文章还跷着一只脚，分明有“欲知后事如何，且听下回分解”的意思。原甸的气氛已经随着天气升温，糖厂也扭开了生锈的锁头，有憧憧的人影出入洒扫了。

就在原甸宾馆门前，我见到一个前来开会的村长，刚喝了酒，骑着摩托在马路上画龙，被当岗的交警截住了。交警的动作很规范，和大城市没什么两样，看上去就像卡通人似的。他喂喂喂地喊了几声，坚定地横下一只胳膊，一声呵斥还没出口，忽然又笑了。操了一声，很熟络地对那人说：“刘大哈，你不要命，我还得要奖金呢。自杀也用不着进城啊，找棵歪脖子树一撞，就天下太平了！”

被叫做刘大哈的那人掀起头盔，是一张善良朴实又不失一点小狡猾的黑红面孔，看着交警的大沿帽嘿嘿一笑，说：“怪不得，天这么暖和，爬上岸来晒盖子了！”

交警说：“刘大哈你别抖擞了，抬头看看，吓你个没脉！”

刘大哈就抬头仰望，是一幅幅张挂在两根灯柱之间的过街大标语，上写："上下齐动员，搞好甜菜生产大会战！""谁不种甜菜，就让他吃苦头！""种子不下地，纱帽就落地！"脸上那笑定格了半分钟，然后就变得苦巴溜丢的，好像被人碰了麻筋儿。

交警说："怎么样？滋味不错吧？"

刘大哈说："够鸡巴戗。劁猪割耳朵——两头遭罪；上头下头，非得罪一头不可！"

我就发现，这人挺有戏。

交警还想说话，街心已有塞车的征兆，赶紧忙活去了。由于我离得很近，交臂之际，便对刘大哈礼貌性地一笑。他瞥我一眼，小声嘟囔说："不认不识的，笑个鸡巴，神经病！"显然是迁怒于人，碰巧让我撞在枪口上了。

会议规模很大，有三五百人。市里来了一位副市长，很少壮的，站着讲话，还辅以幅度很大的动作，这样就愈加显得锋头凌厉不同凡响了。内容就是一个，要大力贯彻省政府领导的指示精神，大种特种甜菜，保证糖厂的原料供应，为"志气糖"正名。何况就要加入WTO了，总种"铁杆庄稼"大路货，那怎么行？外国的粮食比我们厉害多了，又是转基因，又是无性繁殖，一顶，我们的下场就很悲惨了。改种甜菜就不一样了，甜菜能就地消化，对于供需两方，是双赢的策略。

讲话很长，当属鸿篇巨制，听着也很雄辩。偏偏我内急得不行，只好忍痛割爱。刚一蹲下，那边的坑位就有人笃笃地敲响了板壁。我还以为是他忘记带手纸了，这可是天底下最难堪的事情，就施以人道的关怀，撕纸分润一二。那边却说："我说老王，这叫啥鸡巴事呢，牛不喝水强摁头，这鸡巴村长，没个鸡巴干了！"

我笑得不行，因为这话实在太经典了，那么短的句子，竟然嵌进了那么多的衬词儿，却又显得纯熟妥帖，听不出一点儿硌生，没有多年的修炼，肯定是不行的。那人哗哗地放水冲了，一边系着裤带一边往外溜达，又说："地归了个人，可种什么自己还说了不算；日着你还不让你叫唤。不就是副省长演了一出《游龙戏凤》嘛，老百姓就得受二遍苦遭二茬罪了！"

走了两步，忽然发现不对了，啊呀一声，很歉意地说："你看这事整的，我寻思是柳毛村的老王呢！"

原来是嘤嘤其鸣，求其友声，却不巧认错人了。此人不是别人，正是那个骑摩托的刘大哈。于是我冲他笑笑，说我也是老王，可惜并不是柳毛村的。刘大哈一拍脑袋，冲我哈哈说："我想起来了，我们是见过面的；一回生二回熟，我们也算是熟人了。"说着就在衣襟上揩手，想跟我握握。发现我还蹲着，场合也不合适，才把伸了半截的手重新缩回去，讪着脸地走了。

虽说是住宾馆吃桌饭，村长乡长们全都坐立不安，好像有无数虱子在衣服里面拱着。会议开到第三天，从务虚转入务实了，按乡分组，敲钟问响，逐个村子落实甜菜生产任务，要当众立下军令状，完不成任务，乡长少一亩罚款一元，差得太多，要给降级记过等行政处分。村长这级就更没退路了，完不成任务，立马拿下。这还不算，扣发全年津贴，砸了你的饭碗不说，连碗碴儿都不留一块。当然，完成得好要奖励，两头堵，伸脖子是一刀，缩脖子也是一刀，是很绝很损的招数，叫你怎么都跑不了。

刘大哈在甜疙瘩村当村长。甜疙瘩村是甜菜的重点产区，被人称为糖厂的第一车间，这样一来，他自然就成了焦点人物。他坐在会场的一角，低头闷脸，看不到表情，只能看到一股股烟雾从那里冒出来，像个小炭窑似的。

乡长敲敲桌子说："都精神点儿，别像让人骟了蛋似的！"

村长们蠢蠢欲动，却又没人吭声。

乡长说："甜疙瘩村先来，模范村嘛！"

刘大哈惨淡一笑，站起来，晃着身子走到桌前，拿起笔，又看看乡长。

刘大哈说："乡长，我看你还是先把我撤了吧，出卖乡亲的事，我不能干！"

乡长用怪异的目光看着他说："刘大哈，你这是什么屁话？省市两级领导讲了那么多，你不鼓舞，反倒拉松套！"

刘大哈说："你们这是屈打成招。脖子上勒着个绳套，谁还敢喘大气！"

乡长急了，一拍桌子，说："刘大哈，你妈那个……"看看我坐在一旁，赶忙刹住，"这两天的会白开了是不是？你当村长的一掉腚，我这乡长怎么干！"

下面活泛起来，坐着的村长们哧哧笑，纷说没法干没法干，刘大哈你得挺住啊，你掉腚让乡长怎么干？

乡长又拍拍桌子说："严肃点儿严肃点儿，怎么一整就整到被窝里去啦？刘大哈，发昏挡不住死，早签晚签，早晚都得签。识时务者为俊杰，不能讲价钱打折扣的！”

刘大哈有些抖了，噙着眼泪说：“好吧，我不掉腚了，我挺住；乡长，你们随便干吧，让老百姓明白明白，啥叫强奸民意！”

说罢，做了一个慷慨就义的姿势，擎着那笔，运足了腕力，在“甜疙瘩村，1550亩”的字样后面，签下了自己的名字，那字伸腿拉胯歪歪扭扭的，一看就没多少文化。然后把笔一扔，说，“武大郎服毒——吃也死，不吃也死，反正我这鸡巴村长也不是花钱买来的！”

满屋一时奇静。乡长忽然软了声音，哄孩子似的说道：“其实，咱们都是一根绳上的蚂蚱，你们跑不了，我们也跑不了。不管窝火不窝火，不管迈左脚还是迈右脚，这一步必定要走的！”

刘大哈头理解地点点头，眼泪刷地就下来了。

我大为感动。一打听，才知道他真名并不叫刘大哈，刘大哈只是他的外号；因为说话嘻嘻哈哈，总没正经的，就叫起来，渐渐把大名都湮没了。那年送他上县党校学习，看了一场电影《红高粱》，辅导老师提问，这部片子的主题是什么？刘大哈抢先举手，踊跃发言，站起来又忸怩了，欲说还休的样子。老师再三鼓励，他才一本正经而又简单扼要地说：“×他奶奶！”当时大厅里坐着上百人，愣怔片刻，突然笑成一片，直笑得人仰马翻，有人甚至背过气去。虽说他没结业就被撵了回去，而且党也没入上，人们却觉得他一语中的，也显示了足够的聪明和悟性。

中午刘大哈没吃饭，骑了摩托，噜嘟着一张苦瓜脸，就要回撤。宾馆门口聚着一大群孩子，见了他就齐声高喊：“村长骑着屁驴子，身后驮着小姨子。一头扎进麦垛里，闹了一身麦余子！”刘大哈已经戴上头盔，又掀开，朝孩子们龇牙咆哮：“小兔崽子，老师就教你们这个来着？小姨子怎么就不能驮？你们哪个不是小姨子生的？再说，沙发床有的是，我钻麦垛干什么！”孩子们撒腿跑了。那个交警走过来，看着他急赤白脸的样子直笑，说刘大哈你可真是的，那么大个人，拿小孩子撒邪火呢！

报道二：原甸县狠抓甜菜生产，板上钉钉落实六十二万亩。

[本报讯] 为了振兴原甸糖厂，彻底扭转原料供应被动局面，为“志气糖”保驾护航，原甸县召开了三级干部会议，

市县主管领导分别作了重要讲话。与会人员批判了小农意识，加强了地域经济统筹观念，勇敢面对入世挑战，及时改变作物结构，并细化量化，把任务分派到每个村，奖惩分明，和乡村干部的利益责任捆绑挂钩。甜疙瘩村曾是甜菜的重要产区，由于和糖厂方面感情上的疙疙瘩瘩，菜农的积极性受到了挫伤，发誓从此再也不种甜疙瘩了。这次村委会主任刘福运主动请缨，勇挑重担，保证播种甜菜一千五百五十亩，哪怕自己吃点亏，也要顾全大局，不能光顾了致富奔小康，忘了工人老大哥，忘了全县一盘棋……

稿子是县里报道组的人写的，前头署上了我的名字，很直率地告诉我，是想蹭我的车坐——人家要指望这个晋职称哪。我看了一遍，没有原则性的出入，又盖着县委宣传部的公章，就认可了。

报纸送到甜疙瘩村时，我已经先到两天了，想正儿八经蹲上一阵子，在前沿阵地做跟踪采访，行里叫一竿子插到底，也好见证一下会战的全过程。刘大哈拿着那张报纸，看了一遍，又看了一遍，对我有滋有味地一笑，挺佩服地说："不错不错，还是王大哥向着我呀，这么一写，就把我摘出来了。"然后把报纸折成山东煎饼模样，锁进一个老式卷柜里，是为珍藏。

我坦白说："做了一点技术处理。没帮你的倒忙就好。"

刘大哈嘿嘿坏笑一下，挺神秘地对我说："王大哥，你听说过四大虚么?"

我茫然地摇摇头。

他说："你在省城里住着，还能不知道这个？你是不好意思认账吧？——领导的报告，记者的稿，大款的腰肾，统计局的表。怎么样，是那么个意思吧？当然，王大哥例外，王大哥可不是一般的记者，你的虚是谦虚的虚。"

我也笑了，嘴咧开一角，像是被酸着了似的。

我住在村部的大炕上，是个随便闪转腾挪的大地场，做自由体操足够了，只是稍硬了一点。四周都是锦旗和奖状，还有各式图表，都是精工细作，甚至是在县城美工社花钱特制的，一看就是当之无愧的模范村。每天一大早，我还在被窝溻着焐着，就有人悄悄潜进屋来，替我把尿桶倒掉。原来是村委会的几个人——村长、会计、治保、妇女主任按照值日表轮班倒。我很是不好意思，特别是还有女的，觉得都涉嫌腐败了。刘大哈向我解释，这是甜疙瘩村的惯例，路边村，来往客人多，又不能配专人干这个，只能这样。我听到过这样的民谣："路边村，真难干，一个村代表一个县。不管多大官，检查看道边。无论多大肚，走不过十来步。"很多事都是不得已而为之。感慨再三，我把房门上的暗锁卡死，他们用钥匙捅不开，尿桶自然就倒不成了。

村里的支书老陈到河南奔丧去了，家里一切由刘大哈主事。据说刘大哈从县里回来，一个人在家里躺了两天，不吃不喝，两眼望着房笆，只是一个劲儿抽烟，抽出一个烽火戏诸侯来。乡亲们还以为他得了重病，一波一波跑去探视。到了第三天头上，他扑棱爬起来，又嘻嘻哈哈了。说是鲠在嗓子里一股闷气，总算顺下去了。想开了也是，种什么不是种，都是一样的脸朝黄土背朝天，就哄上头一个高兴吧。我很想列席他们的村委会，听听他们是怎么安排部署甜菜生产的，可刘大哈一直抻着，几个村委坐在一起，不是闲聊，就是甩扑克，完全是一副不理朝政的样子。

那天县甜菜办来了电话，询问工作进度，刘大哈还是嘻嘻哈哈地说着荤嗑："尽管放心好了，一脚踢在卵子上——没鸡巴事，我们保证船到货也到！"

那边笑，说："刘大哈，都泰山压顶了，你还打哈哈。你别顺嘴胡吣行不行？隔壁可就是扫黄打非办哪！"

刘大哈说："我是光说不练，你们是光练不说，还是你们厉害！"

那边大笑："好歹你也是个村长，管着一两千人口呢，讲点精神文明行不行？"

刘大哈说："语言不卫生，不等于精神不文明。你们倒好，白天文明不精神，晚上精神不文明！"

那边说："别胡扯了，我们这儿忙得要命！"

刘大哈说："糊弄谁呢？你们是白天瞎鸡巴忙，晚上鸡巴瞎忙！"

那边大概笑到了桌子底下，好半天才接上话茬说："反正你掂量着办，等到甜菜出齐了，秦副省长还要亲自来看呢！"

刘大哈说："又不是牡丹芍药开花，就是一片绿唧唧的苗苗，看不看又能咋样！"

那边说："听你的还是听副省长的？"

刘大哈瘪了，说："听上头的。现在的鸡巴事，公鸡压母鸡——一级（鸡）压一级，兔子大的官官都能管住农民！”

那边说：“每个村派一个甜菜监督员，这两天就到位了！”

刘大哈的脸色警惕起来，说：“什么叫监督员？是不是伪满那种拿着皮鞭子的大监工啊？”

那边又笑：“监督员就是监督员，就是代表县里和糖厂，监督甜菜生产情况的。”

刘大哈有点急了：“不就是种个甜菜疙瘩嘛，又不是种鸦片，还监督个鸡巴？以后两口子办那事，是不是也得派人监督啊？”

那边说：“就是怕个别村民操蛋，到时候不听吆喝。”

刘大哈说：“他这一监督，我们不成劳工了吗？”

那边严肃了声音说：“刘大哈你心里不痛快，这能理解；可我们也是当差的，你别露头就是一梭子，滥杀无辜啊！”

刘大哈把电话撂下，愤愤地骂道：“农民就是后娘养的？啥他妈监督员，就是一个手拿尚方宝剑的奸细，公开卧底来了！”就把锁在卷柜里的甜菜生产进度表拿出来，让人裱糊一下，一本正经地上墙了。是一张细致到琐碎程度的图表，一看就是早有准备，甚至哪天春耕哪天播种哪天出苗，都计划好了，只是不到火候不揭锅。又求我代写几张大标语，把县里那些杀气腾腾的口号趸过来，在那些低矮的土墙上到处张贴。甜疙瘩村是个贫穷而整洁的村子，砖瓦房还不多，家家房后都在一个安全的距离堆着柴草，大都是庄稼秸棵。一些村民来来回回地看那标语，都不怎么感冒，甚至流露出反感和憎恶。我很想找人仔细聊聊，却都故意闪着我，好像我是个传染病人似的。。

刘大哈睡落枕了，让妇女主任秋水仙给揉搓揉搓。秋水仙是个寡妇，男人外出打工，从脚手架上掉下来摔死了，她就一直领着孩子单过。用那几个抚恤金做本，架起一溜全光大棚，有五亩地之多，请了高人来种草莓、葡萄和细菜，几年工夫，就成了村里的首富。多次提出不再管村里的事了，可刘大哈不让，说是要傍她的大款，为路边村的小灶添加几滴答油水，秋水仙也不好坚拒。回避了严酷的地气，秋水仙在自家塑料大棚制造出来的小环境里闷得水灵灵光鲜鲜的，仿佛也变成了应时水果和细菜。特别是那一双纤长的佛手，揉搓一下，刘大哈哼唧一声，夸张其事，眼睛还一翻一翻的，很滋润很黄色的样子。又管不住自己的油嘴，没话找话地撩拨说：“秋水仙可惜了，就凭这样的一双妙手，什么样的男人能架住揉搓？早几年进城，那得有多少按摩小姐下岗？一个人能顶一个原甸糖厂了!”满屋的人都笑。秋水仙也笑，摸起扫炕的笤帚疙瘩，不管脑袋屁股一阵乱打，直打得刘大哈如一只急窘的鸵鸟，一头扎进我睡觉的行李里。

忽然有人惊呼：“死豆子来了!”屋里的人纷纷敛气收声，形容怵惕地坐下。只见一个矮人丁丁，晃着膀子走进了村部，那款式很像日本浪人，破衣服外面扎着麻绳，一副苦大仇深的样子。觑定了刘大哈，阴阳怪气地说：“村长，又给你添麻烦来了。我爹死得早，你就是我亲爹了!”

刘大哈甩了一根烟，给他点着：“你就别客气了，你是我爹；爹，你坐吧!”

死豆子大模大样地抽着烟说：“那好，给爹点零钱花花吧，爹又揭不开锅了!”

刘大哈说：“你这个爹也真欠揍，节前给你送去的米面和猪肉，还有一塑料桶烧酒，你穷吃涨喝，不只是三三见九（酒），都三四一十二了，谁能填得满你这无底洞?”

死豆子看看我：“这可有省里来的记者，你的那些‘咕咕闹’可别让我捅出来!”

刘大哈窘了一下，又满不在乎地笑笑：“我有什么‘咕咕闹’？动不动这捅那捅的，捅你妈个×！记者是我大哥，你想下蛆，能那么容易？算了吧，不就是想敲我几个钱花花嘛，扯别的干啥?”

刘大哈摸摸这个兜，又摸摸那个兜，搜出几张零碎票子，递到死豆子面前说：“你也知道，村子是个穷村，村长也是个穷村长。儿子不孝了，你先拿着花去吧!”

死豆子嘁了一声，背过手去不接，看得出来，他是嫌少。刘大哈又摸，这回摸出一张白条子，是糖厂欠下的甜菜款，盖着一枚鲜红的公章，六十元带点零头，说：“拿去兑了吧，现在的糖厂借了东风，咸鱼翻身了!”

死豆子接过去，将信将疑地看看，塞进身体深处一个隐蔽的地方，留下了意味深长的一句：“好吧，花完了再说!”撇着一双短腿，蹿跶蹿跶地走了，就像刚从脑白金广告上走下来的那老灯。

我明白“咕咕闹”的意思，东北话，偏向贬义，有道眼和阴谋诡计的含义。刘大哈有什么阴谋诡计要背着我？一片坦坦荡荡的大地，怎么可能藏着掖着？我还在狐疑，刘大哈搂着我肩膀笑了，说：“大哥，你怎么能信他呢。什么叫死豆子？就是夹在好豆子里的败类，蒸不熟煮不烂，泡到水里不发芽，上了磨盘磨不出浆子，种到地里就是一颗死硬的石头。人是怎样一个孬货，也就可想而知了。”说着又让治保主任到麻袋里找一颗来给我看，那东西果然软硬不吃，顽劣得不可思议。

死豆子的爷爷老窦头，是个烟不出火不冒的蔫人。当年村里偷着给抗联送了甜菜疙瘩，被日本人知道了，夜里就来捉人，选定老窦头带路敲门。老窦头一声不吭，走到井口，一纵身就跳了进去。村里认为他死得很英烈，就在村史上记了隆重的一笔。死豆子就捋着这根须子，闹着要革命遗属待遇，说什么叫英烈？那就是英雄加烈士。当然不能得逞，就东跑西颠这告那告，把甜疙瘩村的脸面都丢尽了。这且不说，还是个巡游夜叉，一到夜里就精神。乡下的窗帘都不怎么严密，被他窥去了不少隐秘。乡亲们都说，哪里是什么革命遗属，纯粹是遗留下来的五类分子。

饭后散步，我找到了死豆子的家。是一幢破敝不堪的土房，低矮的程度和他本人成正比，老母猪蹭痒就会倒掉似的。屋里没锁，却也没人，用一根指头粗细的木棍别着门鼻，一只纤弱的蜘蛛正在上面拉线儿。来往行人告诉我，找死豆子不容易，他是一只贼蜻蜓，落一落就飞，肯定又进县城胡闹去了。

监督员到来的那天，村里备了不少菜肴，还准备了一个像模像样的欢迎仪式。我觉得有些过甚其事了，又不好多说什么，只能客随主便，站在一旁静观默察而已。村委们都集聚在屋子里，杀鸡的杀鸡，择菜的择菜，配合默契，各司其职，好像在办一桩大喜事。也有村民来来往往看热闹，我故意用质疑的口气和他们搭讪，那些人却都说，还有哪里不在吃？只要村头屁股坐在老百姓一边，吃吃喝喝包括搞搞娘儿们，都不算球事。再说，吃喝的一大部分都是揩秋水仙的，等于一口一个大草莓。再问，就躲了，所谓虚晃一枪，拨马便走，弄得我满头雾水。

我对刘大哈说：“刘老弟，村民都躲着我，真是怪事了！”

刘大哈有些不好意思了，嘿嘿笑几声说：“王大哥，对不住了，是我告诉的。我怕他们胡咧咧，把这么大的事情搞砸了，暗里给他们贴了封条。什么事，你尽管问我！”

我说：“你不会有什么事瞒着我吧？”

刘大哈说：“有什么好瞒的？又怎么能瞒得了？要说瞒，就剩下跟老婆那点事了！”

我相信他的话。刘大哈是大家选的，当时只差了一票满票，那就是死豆子。有人把他家的门用铁丝绞上了，故意不让他出来搅和，还是刘大哈亲手给他扭开的。我确信刘大哈的人格，就闹中取静，打开手提电脑，接上话线，用“伊妹儿”给报社发回了一篇特写。

报道三：甜菜大军领头人。

原甸县甜疙瘩村因盛产甜菜而得名，当年曾经用甜菜接济过抗联。村委会主任刘福运对甜菜更是情有独钟，他生在国家三年困难时期，妈妈没奶，囤里没粮，是乡亲们找来冻在地里的甜菜疙瘩，掺着麦麸子熬成糊糊，才使他活下来。甜菜的糖分已经融入了他的生命。他有信心为甜疙瘩村正名，让甜菜重新成为本地的主打产品。记者看到，连日来他带着颈部的伤痛走东家串西家，深入动员细致落实，踏实工作又不事张扬，让人联想到“好雨知时节，当春乃发生”的动人诗句。村民“死豆子”生活上有困难，他主动资助，帮他顺利度过青黄不接的季节……

村里派了人在路边瞭哨，左等右等，过尽了小轿车吉普车半截槽子，都不是。到了正晌，才见一骑翩翩，从防风林那侧迤逦驶来。不像摩托，又不像自行车，甚嚣尘上的样子。刘大哈们张大了嘴巴呆看，好像在看天外来客。及至跟前，才看清是一种不伦不类的玩意儿，自行车装了个油锯引擎，十分的老旧，油渍麻花的，一点光泽都没有。这东西在乡下还能糊弄，到了城里，影响交通不说，都有碍观瞻了。那人戴着一副风镜，还是早年的那种四块瓦平板玻璃，看上去就像日本神风敢死队似的。看着看着，都忍俊不禁了，秋水仙一些女的就笑。实际上刘大哈已经认出他来了，或者说认出这匹坐骑来了。大概二十年前，它就在原甸街上驰骋，人们都叹为观止，说这人能耐大了，要是生在古代，造木牛流马的就该是他了。因为非驴非马，就叫它土骡子。后来这人的身后就带了个靓女，长发飘飘的，一路浪笑而去，大家就惊叹说，这分明是吕布骑着赤兔马，身后带着美貂禅，没治了。睽隔这么多年再见，感觉全拧了，简直就是一件锈迹斑斓的出土文物。

那人掀起风镜，露出本来面目，向众人龇牙一笑，是一副难得的忠厚相。忽然涌出两队孩子，挥舞着三角小旗，做夹道欢迎状，在秋水仙的指挥下，一顿一顿地喊："欢迎欢迎，热烈欢迎！"那人不好意思了，握着刘大哈的手说："用不着这个，我又不是领导！"刘大哈亦庄亦谐地说："怎么不是领导？工人阶级领导一切嘛！"我乘机抓拍了一张，那人用手遮挡着镁光，挺不情愿。我已经认出来，这人是糖厂的高级技工，省级劳模，叫李春立，在原甸是很有名的，多次上过省报。也是枯树穷枝，靠几个死工资，又朝不保夕，常常开不到手上，再一打折扣，就只能喝粥了。那个貂禅趁着还不算太老，把孩子一扔，跟人跑南边去吃蔗糖了，理论叫逃出一个是一个，他也很能理解。就骑着那匹土骡子，东一头西一头奔窜，在糖厂做留守护厂员，交警也不好意思截他，都酸楚地议论说，真是英雄末路，这哪是骑车，这分明是给糖厂做广告致悼词呢！

寒暄几句，就开席了。丰盛而不奢侈，都是农村菜，都是农村做法，爆炒咕嘟炖，切拍掺和拌，没什么新意，看着却挺真诚也挺温情的。其中有一菜是炒蛋，白白黄黄的装了半盆子，让我猜，怎么也猜不对，原来竟是乡上养殖厂分下来的鸵鸟蛋。乡里听了县里的号令，一拥而上集资养鸵鸟，种鸟一万块一只，据称一枚鸟蛋就能卖到五百元。却又卖不出去，只怕坏了砸在手里，就按五百元的价钱分给各村抵偿。刘大哈苦笑着让菜，说城里的馆子能有五百元一个的菜？来到乡下，两位偏得了！

李春立是个良人，也不管刘大哈花说柳说，把斟的满杯倒回去，只留一个杯底，一舔一舔地应付桌面。

刘大哈说："李师傅不就是监督个甜菜疙瘩嘛，又不是监督原子弹，用不着百倍警惕！"

李春立说："不是那个意思，是我酒量不行。你们能喝尽管喝，我随便！"

虽是这么说，仍能看得出，他就是这个意思，生怕喝高了误事，有辱重大使命。看看劝不下去，刘大哈就祭出撒手锏来，一使眼色，那厢秋水仙就上了，翘兰指舒玉腕，笑微微地擎起杯来。一般来说，来了比较尊贵的客人，都要秋水仙陪酒，那效果是大不一样的——谁能好意思拒绝女人的敬酒呢？偏偏李春立就能，罩住杯，冷着脸，死活不肯再倒。秋水仙下不来台阶，绯红着脸，独自把酒干了，蹾下酒杯，起身离座，带了明显的情绪说道："村长，我是妇女主任，可不是舞厅小姐。今后陪人喝酒的乱事，别再找我！"眼珠一转，就有几颗泪星挂在睫毛上，一掉头，决绝地走出去，任谁都叫不住。

刘大哈窘得不行，一劲儿打着圆场，说秋水仙忙，自己还有一摊子，大小也叫个经理。又强撑着说了两个荤段子调节气氛，桌上的人也笑，却不爽透，就像是被人胳肢出来的。

酒宴散后，村委们忙着收拾，李春立也帮着收拾，谁也没注意刘大哈的去向。倒是我积习难改，饭后又到四处闲转，发现刘大哈竟然醉倒在村边地头上，一个人像老牛那样哞哞地哭着，身旁吐了一些乱七八糟。我赶忙上前搀扶。问他什么都不说，只是以头撞地，弄得满脸都是泥土。那是一大片开阔的熟耕地，已经在春风艳阳之下完全复苏，等待着人们播种新的希望呢。

中 段 式

多了一个宿友，大炕还是很宽敞。我和李春立一头一个，中间放着一张小炕桌，有如棋盘上的楚河汉界，上面摆着我的种种什物，显得过分铺张了。李春立的眼睛里飘飘忽忽的，总有一种凄伤无助的愁绪，话很少，我问他什么说什么，就像刑讯逼供一样。

睡到半夜，突然来了电话，竟是他女儿打来的。女儿哭哭啼啼告诉他，学校催学杂费，一周交不上的，勒令停课。李春立怕惊动我，没开灯，被朦胧的月亮映出一个消瘦的剪影，握着话筒，轻声地微微颤抖着说："什么叫……勒令？他们不敢，他们那是吓唬人的。孩子，你别怕，爸一定想办法！"

那边响起一阵湍急的咳嗽。李春立又说："别忘了，叫你爷爷吃药！"放下电话，就呆坐在椅子上抽烟，好半天都没声息，只有一点红红的光亮，在暗夜里顽强地闪动。

第二天，我把李春立的情况对几个村委说了，都黯然了神色叹息不已，说坐漏水的船没有不湿裤子的，白瞎一个高级技工了。正好是三八妇女节，秋水仙张罗活动去了，刘大哈叫来一些种地大户，和李春立一起商讨种甜菜的事。一个老农赶着一辆驴车走进院子，车上拉着一台机器，是大棚的雅玛哈发电机，来找秋水仙定夺，是不是要送到县城去修理，等着急用。李春立绕着那车相看了一圈，就叫人抬下来，找来几样简单的工具，蹲在地上修起来。人们都来围观高级技工的手艺，虽说看不出名堂，嘴上都啧啧着，先自佩服起来。

忽地一阵静场，人群分开一道走廊，仪仗队一般屏立两侧，死豆子就捣蹬着一双短腿，雄赳赳气昂昂地开赴进来。见了刘大哈，鄙夷了神色说：“你想糊弄我？那鸡巴白条子，给小姐，小姐不要；给糖厂，糖厂说过期作废了!”

众人哄笑起来。

刘大哈咦了一声，看着李春立说：“不能吧？小姐不认行，糖厂怎么能不认？那么大个厂子，光是轿车就好几辆，怎么能不讲信用，说赖账就赖账?”

李春立红了脸说：“厂里的事我不知道多少，有那么多领导呢，我只是个技术工人。”

刘大哈说：“不说工人是企业的主人翁吗?”

李春立看着我，手上还在摆弄那些油糊糊的螺丝螺母，艰涩地一笑说：“文字上的事情我不懂，真的。人家说，翁就是老爷子的意思；可都说是当官做老爷，没听说当工人做老爷的，绕来绕去，都把我给绕糊涂了。记者大哥，你说，那标语是不是弄错了？掉换过来，领导是企业的主人翁，工人是领导的公仆，这还差不多!”

大家陪着涩笑。我黯然无语——这是个死球，很难接的。

死豆子从身上掏出一个纸盒子，比火柴盒略大，上面印着带翅膀的小人，看着挺精致的。表情就有了炫耀成分，说：“糖厂好歹没让我白跑，顺手给我个这玩意儿，说是哪个药厂送来顶账的，高科技新产品，整整一大纸壳箱子呢!”

说着就拆了包装，里面竟是一个精巧的唧筒。乡下人没见过此种时尚，全都引颈勾头，围着死豆子，花萼一般来看稀罕。不知是谁说，八成是西瓜霜。死豆子点点头，又摇摇头，说：“人家告诉我，这是外国货，也就是进口西瓜霜，都是给总统一级用的!”就先试为快，张大了嘴巴，对着自己的嗓子揿了两下，竟然喷射出了遒劲的粉红色烟雾。死豆子眨眨眼睛，忽然一声惨叫，扔下那劳什子捂嘴跳踉，眨眼之时，嘴唇已经肿得老厚，再伸出舌头，分明是发面馒头了。

众人皆大惊异，又憋不住笑，拾起唧筒，传来传去地细看，却都是英文字母，没人能认，只好拿给我。原来是“邱比特神箭”，性的发动引擎。一个好奇的就拿那驴做了实验，照着裆下一阵乱喷。只见驴的那货急剧抻长膨大，到了不可收拾的极致，惨烈地大叫了几声，拖着那车就往外疯跑，气得老农大骂，急忙跟在后面追赶，跟头把式的，爆出一朵朵紫色的烟尘。那只唧筒被治保主任收起来，当做危险品锁进办公桌里了。

都骂糖厂。怕李春立脸上挂不住，刘大哈急忙用眼色阻止了。李春立窘得不行，埋着头只顾干活。秋水仙坐着自家的小微型一走一过，远远见了这情景，一声没吭又离去了。没用多久，李春立完活了，用曲柄摇两下——乡下叫上弦，那机器就神奇地转起来。大家忽悠一阵，也不管他手上的油泥，争相敬烟给他。又簇拥着进屋，让他坐到炕上，如同恭敬一个长辈。李春立有些受不住，就说："工农是兄弟。大家多种甜菜，我心里就踏实了。"

农民们说话了，争着抢着，字字血声声泪，不像是来商量，倒像是来控诉。说糖厂老大自居，用鼻子说话，耷拉着眼皮看人。拿菜农当婊子，用着朝前，不用朝后；种甜菜时像孙子，收甜菜时像祖宗。多年在地秤上做手脚，压等杀价，克扣斤两，有的车七扣八扣，最后竟成了负数——就当那是拉的一车空气，也不至于此吧？常常数九寒天，送甜菜的人星夜赶车排队等着交售，抱着鞭杆子在雪地里直跺脚，糖厂的人头不抬眼不睁，照样睡觉扯犊子。一年一年的白条子，揩腚都没筋性。糖厂越弄越大，头头都成了副处级，农民还是农民，没见一个晋级的。这些都不说，最严重的问题是，甜菜这东西太伤地力，种一茬七八年缓不过劲来。过去的地姓公，现在都姓私了，就像自己老婆的肚皮，又不是那啥，谁舍得将军不下马地猛折腾？说我们种的那是甜菜吗？纯粹是他妈的苦菜呀，都"大不了提瓯"（WTO）了，还跟农民来这个？

农民们说不好那几个英文字母，说起来秃噜秃噜，就像喝热粥一样，就音译成了五个简单的汉字。李春立勾着头，一声不吭地听着，就像个挨批斗的角色。这时刘大哈敲敲桌子，开始替李春立说话了。他说："你们睁大了眼睛看看，李师傅穿的是什么衣服？骑的是什么车子？因为厂子效益不好，老婆跟人跑了。孩子交不起学费，在家里直哭。老爹病着，连好药都买不起。他可不是土里刨食的笨人，人家是高级技工，出席省的劳模，不管正着写还是倒着写，名字都得站在大拇指上。就因为咱们不种甜菜，把他给坑了！"话音还没落，李春立已经欷歔有声地哭起来。

静了一会儿，有人说，村长是我们选的，我们听村长的。不管横的竖的，我们都咬牙吞下去。听说"大不了提瓯"厉害，种地的就是个见光死，不管种什么，都得叫洋人顶了，反正吊死淹死都是一样的。刘大哈就征询地看我，见我没有插话解释的意思，就自拉自唱说：“瓯就是罐子，‘大不了提瓯’，就是大不了拎着水罐子种地。我就相信，不管啥时候，土地都是咱的根本，就是天塌下来，还有地接着呢。我琢磨着，咱不能一个劲儿傻种小麦，那东西亩产四百来斤，每斤才卖四毛钱；要是改种北光四号大豆，每亩能产三百五十斤，每斤一块五，那就有账可算了。”又转向李春立，“你们干吗不把糖厂改成大豆加工厂呢？那样咱们两家的日子就都好过了！”

会就这样不咸不淡地散了。我看出来，这场面具有演出性质，说不定是预先策划过排练过的，目的是想让李春立明白，大家都不情愿种甜菜，因为拗不过上头，因为有刘大哈别着，又因为同情李春立，才捏着鼻子答应的。刘大哈果真有“咕咕闹”，可这又能怎么样？一切不可逆转，犹如箭在弦上，想逃出如来佛掌心，那是没有可能的。

下午，刘大哈被乡里的养殖场请去开股东会。像刘大哈这样的损头村长，集资养鸵鸟的事不带头不行，带头又带不起，就咬牙拿出五百元，成了村上的大股东。村民们生怕上了窟窿桥，都很少，五十一百的，跟着坐车。趁着这个空档，我就去找死豆子透底。死豆子不在屋里，而是站在当街的障子根上，叉着两只短腿撒尿，一副挑战文明，不服天朝管的样子。我耐心地等他尿完。他转过身，把个玩意儿大了呼哧地对着我，抖一抖，才缩回去。嘴上的肿胀已经消退，只是说话还呜呜啦啦的。他大骂糖厂不仗义，兑不了白条子，还故意耍他。接着又骂刘大哈，说刘大哈替糖厂卖命种甜菜，还不是为了保住他那个小官官。

我问：“你怎么知道他有‘咕咕闹’？”

死豆子说：“我怎么能不知道？他们在秋水仙家里开黑会，挡着窗帘，蛐蛐蛐蛐的，实际上就是为了背着你和糖厂的监督员！”

我说：“你听到了什么？”

死豆子说：“听不清楚。只能听见刘大哈说，我豁出来村长不当了。那几个狗腿子就哭，像是跟遗体告别似的！”

我想起了什么，说：“你……扒秋水仙的窗户？”

死豆子涎笑一下，又黯然下来：“我这辈子，惨哪。爹妈做我的时候偷工减料，少加了一铲子炭，也就是过过眼瘾吧！”

我也就明白了，死豆子生在这片黑土地上，又应付不了那么繁重的农活，索性就破罐子破摔，靠掠食蹭饭苟活下来，真叫人恨也不是，怜也不是。看看周围没人，我掏出一张五十元的票子，塞给他说：“我钦佩你爷爷。做人，就得像他那样板板正正的！”

死豆子拿着那张票子，许久怔着不动。我已经走出老远，他突然如梦方醒，扬起那张票子，含混不清地追着我喊，那意思是说，以后发现了什么新情况，再向我报告。我哭笑不得——他肯定以为我给他的是特务津贴呢。

我在村头伫立弥望。大地平展开阔，被防风林分割成大块大块的棋盘，虽说还是一片单调的灰黑色，却看得出丝丝缕缕升腾的地气，是母性的土地孕育生机的吞吐呼吸了。刘大哈的摩托驶过阡陌，到我跟前闸住。他告诉我，大跃进的时候，这片大地上曾经堆放了附近六个村子的甜菜疙瘩，放了亩产三万斤的卫星，当时很是轰动。不过他没见到，那时候他还是个负数，像轮盘赌上的骰子一样在娘的腿肚子里转筋。他爹也是个大哈哈，上边来人，见他累得汗马流水的，形象挺可靠，就启发地问他，一颗颗的甜菜疙瘩像不像一颗颗火红的心？他爹摇头说，啥心，我看挺像牛卵子。上边的人没恼，和蔼地跟他说，这么比方就缺少诗意了，也不太文雅。他爹顽固不化，又说，还他妈诗意哩，把牛都吹死了，就剩了满地牛卵子。这样就给弄到劳改队吃了一年大眼窝头，如若不然，他刘大哈就提前一年降生了。我被这个闪回的历史镜头弄得鼻子发酸，似乎也就理解，为什么刘大哈喝醉了酒，会跑到这儿来发酒疯。

坐着刘大哈的摩托回到村部，已有一小帮妇女等在那里，都带着节日的喜气，叽叽嘎嘎说笑着，说是奉了妇女主任的旨意，来请我们几个到大棚看看。听说刘大哈到养殖厂开股东会，就问是什么精神。

刘大哈说：“什么他妈股东会，是死了一只鸵鸟，请五百元以上的大股东去吃鸵鸟肉。唉，一万块钱打了水漂，连个响都没听到！”

妇女们脸上的笑就被凝住。

刘大哈愤慨地骂：“五百元，就吃了三口鸵鸟肉，比唐僧肉还贵呢。日他祖宗，又被他们给涮了！”

妇女们的脸色很凄惨了。

刘大哈环视众人说：“哪个想品品滋味儿，跟我亲个嘴吧。”

妇女们全不笑。

刘大哈又说：“没鸡巴啥特别的，粗粗拉拉，跟马肉差不多！”

妇女们就长吁短叹起来。

刘大哈说：“过节了，别愁眉苦脸行不？鸵鸟死了，你家老爷们儿的鸟不是没死吗？都把胸脯挺起来，接受本村长的检阅！”

说着，睃着那群女人，忽然做出一副馋相说：“花红柳绿的，多带劲！真可惜呀，没让我赶上好时候。过去当村长，披着衣服梗着脖，吃完小鸡吃大鹅，喝酒搓麻不干活，南屯北屯搞破鞋。现在不行了，现在的村长，见了上级夹扁了卵子，见了村民喊破了嗓子，见了娘儿们撅弯了牛子，什么好事都捞不着了！”

妇女们又活跃起来，恣笑一阵，都骂刘大哈欠收拾了。一声吆喝，便抓猪一般，七手八脚把他放翻，扯开他的四肢打夯，直夯得嗝屁连天，直翻白眼。一个疯泼的娘儿们兴犹未尽，从灶上弄来豆浆，用手绢蘸了，袖在手上，佯装给他灌奶。解开半个黑黄的脯子，手一捏，便有奶状的汁液滴落。刘大哈挣扎扭翘不肯就范，有人就把那嘴捏成漏斗模样，淋淋漓漓，闹得他满脸都是。爬起来兀自呸呸地吐着，用袖子胡乱地擦着，说你那么寒碜的糠饽饽，还敢拿到光天化日下面来亮相？你看看人家城里，都是精粉馒头，故意穿着碎布条条，露出大半个奶胖子来，暄腾腾颤巍巍的任你参观。又问李春立是不是。李春立红着脸，只顾嘿嘿窘笑。又问我，有句文言，能看不能摸的意思是怎么说的来着？我说，可远观而不可亵玩焉，是不是这句？刘大哈一拍大腿说，就是就是，还得是文化人，耍流氓都上档次。

听说上大棚，李春立踌躇着不想去，显然是怕秋水仙记恨酒桌上的前嫌。刘大哈就向妇女们努嘴。妇女们纷说，李师傅不去不行，我们主任会生气的。李师傅怎么能不去呢？你帮了我们的大忙，谢你都谢不过来呢。说着也不忌生冷，一齐上手拉扯。李春立哪里受得了这个，只好滞滞扭扭地被女人们推着搡着，像一个悲壮的俘虏。一路上又跟妇女们渗透，家里有一台半新不旧的彩电要卖，不计多少，给钱就行。刘大哈赶忙把话题遮盖过去，叹息说：“李师傅真是忠臣良将啊。换了我，一身的本事，能可着一棵干树杈巴吊死？劳模光荣是光荣，可也不能捧着金碗要饭吃！”说得李春立脸上红一阵白一阵，咧嘴干笑，却发不出声来。

大棚排列整齐，有二三十栋，看着足够壮观。走了几个棚子，都是绿意葱茏，有些果蔬还开着淡雅的小花。进了草莓大棚，秋水仙已经笑吟吟地等在那儿了，一大篮子刚摘的草莓纤毫未损，看着都不像是真的了，倒像是精心制作的工艺品，令人不忍触摸。李春立起初还阬陧着像个中学生，看着大棚里有不少机械，就有些技痒，顺手矫正了两个喷灌头，又对刘大哈说，这种浇灌方法已经落后，既不均匀，也浪费水。应该采用滴灌，就像给人输液似的，大棚里就能实现车间化了。刘大哈指指秋水仙，说你有好点子，怎么不跟东家说去呢，她缺的就是你这样的明白人！李春立掉头看去，秋水仙也正好掉头看来，电光石火般一碰眼睛，又赶紧避开。

大家找了块空场席地而坐，边吃草莓边喝饮料，粗村的人就显得高雅起来，说话也不带脏字了。李春立象征性地吃了两颗，就蹲到一个角落，鼓捣起一个闲置的铁玩意儿来，那样子就像孩子扑到了玩具上。刘大哈端详了一会儿，眼里有了泪光，嗞哈有声地对我说："王大哥，原甸糖厂有这样的好工人，竟然干垮了，你说说，这能怨我们种甜菜的吗?"身份的原因，我不好妄加评判，只能严守中立，付之莞尔。

刘大哈随手划拉一些落地的草莓花，是洁白的素淡的小花，攒成一小把攥在手上，站起身，向秋水仙鞠一大躬，说是代表男人献给女人祝贺节日的。女人们嗷嗷起来，说狗长胡子出洋（羊）相了。哪有献白花的？分明是在致哀呢！刘大哈说："我还想献玫瑰呢，哪有啊！"嘻嘻哈哈笑着闹着，那花就交到了秋水仙的手上。李春立略一分神，被那铁刺咬了一口，站起身来，右手攥着左手的一根指头，鲜红的血滴就向下零落。秋水仙呀一声奔过去，一把攥住那根受伤的指头，下口就嘬，嘬了便吐，如是再三，那血居然就止住了。那一地凌乱的草莓花，被血溅了，竟是艳艳地动人。又急忙找来创可贴，要给李春立包上。那老实人的脸色已经紫红如桑葚，接过那东西非要自己去裹，赧笑着举手向大家示意，已经没事了。这一下大家全都笑翻了，不管不顾，满地折起元宝来——原来他碰坏的是食指，包扎的却是中指。急得秋水仙敲着铁管子大叫，小心草莓，草莓可不是甜疙瘩，那叫细果木！

报道四：糖厂派员下乡，工农携手连心，共建"甜蜜的事业"。

［本报讯］原甸县糖厂狠抓生产源头，面对卖方市场，一改过去坐等坐收的官衙企业作风，在甜菜播种之前，就派员下到各个村屯，以心换心，和农民兄弟同吃同住同劳动。糖厂特派省级劳模李春立前往甜菜之乡——甜疙瘩村，以兄弟情谊共商农事，和当地村民水乳交融，帮助菜农维修农机具，确保机械完好率达到百分之百，造成厉兵秣马千帆竞发之势。据县甜

菜办提供。此次全县一共派出甜菜监督员三百〇二人，基本实现了一村一员……

下过一场小雨，渐渐变成了霰子，把墙上的标语打得七零八落。一念，是这样的：“上下齐……搞……”“谁……种甜菜，就……吃苦头！”“种子……下地，纱帽……落……”正好乡长前来检查，看见了就不高兴，说刘大哈瘟鸡打蔫儿了，一个路边村，怎么把标语弄得灰头土脸破头齿烂的？意思全反了。刘大哈就大骂老天爷反动，又求我补写，再叫治保主任领人一处一处重贴上去。乡长本想留下陪我和李春立吃顿饭表达情意，看见死豆子总在外面逡巡，就走了。临行又再三嘱咐，一定把省报记者和监督员各方面照顾好。刘大哈就神秘兮兮地跟他咬耳朵，说是不是从县城找两个小姐啊。乡长朝他腚上踢了一脚，说刘大哈脑袋里面短路了，说话总离不开裆里这点事。刘大哈做出很委屈的样子说，什么叫各方面？这个也是很重要的一方面嘛！

乡长一走，死豆子就来了。他坐在村长的座位上，很爷态地悠着小短腿，还抓起我的茶杯，大模大样地喝起来。

刘大哈说：“活爹，又什么事？”

死豆子说：“甜菜的事。”

刘大哈看着我和李春立：“瞧瞧，县里还派监督员干什么？我们村自己有，死豆子同志就是！”

死豆子说：“我是想告诉你，今年的庄稼就不麻烦村里了！”

原来，分责任田的时候抓阄，也是一个巧，偏偏让死豆子抓了一块路边地。村里觉得不妙，怕他弄得狼撕狗啃斑秃带毛，给村里的大片庄稼上眼药，就要调换一下。死豆子死活不干，又要这告那告。为了遮掩这块脸上的疮疤，村里只好年年替他种了收了，忍气吞声当他的长工。突然这么一说，刘大哈就觉得挺新奇了。

刘大哈说：“死豆子发芽啦？是不是昨晚上梦见你爷爷啦？”

死豆子挺阴险地笑笑：“你不是要舔上头的尻子，非让乡亲们种甜菜吗，我就是不种；我种别的，让你没法交差，破皮露馅刷勺子！”

刘大哈说：“你敢，破坏甜菜大会战，我轻饶不了你！”

死豆子说：“你看我敢不敢。我就是要和你对着干！”

刘大哈朝治保主任使了个眼色。死豆子还没明白过来，门神样的治保主任已经挺进到跟前，揪住他的前襟，一提，那个小人就被他提在手上，像一捆秫秸似的。还在踢蹬着四肢挣扎，大叫："省报的记者，救命！"我怎么救他？这种搅屎棍子，不打不足以平民愤；我没下手，就够意思了。被治保主任提到门口，铆足了力气，罚点球一般，一脚射到了院子当中。死豆子爬起来，已经见到了红亮的鼻血，一边抹着，一边骂着，一边流连地回头张望，分明有不算完走着瞧的意思。刘大哈对我和李春立解嘲说："你看，这有多省事。这就叫对症下药，什么钥匙开什么锁！"

村支书老陈从关里来了电话，说爷爷的丧事办完了，该走动的人家都走动了，要赶在春耕时节回来。刘大哈有些慌乱，忙说："老陈，你别回来，千万千万，你懂我的意思吗？"老陈似乎不懂，仍然坚持。刘大哈就气哼哼地说："你是不是怕甜疙瘩村政变哪？大老远的，回去一趟不容易，不住够了，也对不起火车票钱。"老陈还以为他是客气，继续拱卒。刘大哈恼了，大声骂道："真是老头的鸡巴一根筋。跟你直说吧，甜菜大会战的事，从头到尾都是我抓的，我怕你回来摘桃子！"那边老陈沉默一阵，就撂了。

我听出来，刘大哈肯定有"咕咕闹"，而且一切都在他的运筹之下平静而隐蔽地进行着，他不希望别人从中插杠子。这期间家里来过电话，让我抽空回去一趟；县里报道组的人也有意拉着我，在大面上跑一遍，我都以种种借口回绝了。我决心屏息静气地蹲下去，以我职业的敏锐洞察一二。

就在当天夜里，李春立的女儿又来电话了，说是县里有说法，给劳模的子女免学费；可一位阿姨来到学校，已经把她的学费交了，还留下一个一千元的存折，上面是她的名字。

李春立问："是个什么样的阿姨？"

女儿说："我没见到。听老师说，她还在办公桌上留了一些草莓让大家尝尝！"

一夜李春立都没睡好。他在农村热乎乎的火炕上折着饼子，不时爬起来抽烟。他抽的是几角钱一包的黑杆金乌。刘大哈曾经对我说过，当地有四大便宜之说：抽金乌、喝糠麸、吃豆腐、娶寡妇。他还说，看来，李春立难逃此运了，四项全能，一项都逃不过。

后 段 式

李春立很少在村部腻着。他喜欢骑着那匹滑稽的土骡子，带着工具箱满村走窜，谁家的农机具有了毛病，都凑上前去帮着鼓捣，除非是需要更换零部件，保证手到病除，一副包打天下的样子。这样就赢得了很好的人缘，都夸他是徐虎下乡。一些人央我写稿子赞扬赞扬，我说再等等再等等，恐怕要赞扬的还远不止这些呢。

李春立也常到大棚去，回来时脸上带着兴奋的光彩，人也显得年轻了。一天中午，我躺在炕上假寐，李春立伏在桌子上画着一张图纸——是大棚滴灌的草图，秋水仙来了。她是精心打扮过的，看上去溜光水滑，风韵很足了。我的眼睛半开半阖的，但仍然能见证这一点。见我睡着，就压低了声音，喁喁地跟他说话。他们说的都是关于大棚的事。由于要面对同一张图纸，他们就挨得很近，有好几次，秋水仙的头发都拂着了李春立的脸庞，很好地诠注了耳鬓厮磨这个词。后来似乎需要理论联系实际，就带上图纸实地考察去了。

我已经睡得很深了，甚至做了两段没有颜色的梦，这时死豆子疯疯张张地跑进来，用他鸭蹼般的小手，拼命摇撼我的大脚。他大惊小怪地向我报告，大棚出事了，八成有人搞破坏，秋水仙正在和他殊死搏斗呢。我惺忪地说，你咋不去找村长和治保主任呢。死豆子说，我找他们？他们总对我实行专政，我恨死他们了！

我们俩一路小跑，呼哧带喘地来到了村头的大棚。由于逆光，塑料布被阳光透射了，里面的景物朦胧参差，宛然有驴皮影的效果。只见一男一女，很胶着地扭扯着，还发出了古怪含混的声音。死豆子眼里放着惊异的光亮，激动得浑身战栗，一劲儿鼓动说，上吧，上吧。我笑笑，摇头说，人家那是在切磋武功呢。只见那两个影子叠合在一起，软软地向下倒去，接着就像碌碡那样实实成成地滚开了。我拉起死豆子就走，心想，那可要毁掉不少草莓呢！

李春立回来，身上果然印着斑斑点点的草莓色，满脸濒死神色，就像一条被抛到岸上的鱼那样大口喘气。他一缸子一缸子地喝水，既像自言自语，又像跟我交代，说我犯错误了，我真的犯错误了。我佯装浑然不知。他又说，我在花花绿绿的城里都没犯错误，跑到乡下来犯错误了。我……对不起糖厂，对不起我的劳模称号！

刘大哈进来了，是哐才来才哩哏咙哏一气，唱着进来的。他眼睛放着水光，脸上红扑扑的，浑身洋溢着很冲的大葱和烧酒味儿。“我正在城头观山景，忽听得城外乱纷纷。旌旗错乱空翻影，原来是司马派来的兵……”他这样的夯汉居然能唱《失空斩》，虽说板眼全无，却也算大雅大俗了。忽然又刹住，眼睛眯得极细，像一只捕鼠的猫咪，瞟着李春立，漫不经心却又意味深多地搭讪说："李师傅，不错吧？公羊骑母羊——扬（羊）扬得意啊！"李春立慌乱起来，嘴上嗫嚅着，也不知道说的是什么。这时两只麻雀追逐着落到窗外，迅疾地一踩，又飞了。刘大哈感叹说："春天就是不一样。凡是长了零件的活物，都发情了！"李春立就像被点了穴位似的，闷下头不敢搭腔。刘大哈让我猜是用什么做的下酒菜，我当然猜不到。他说，"是两个猪卵子，跟劁猪的兽医要的。嘻，都要实行计划生育啊！"

说罢就极其幸福地摩挲着脸，怡然自得地笑。我就纳闷，他是怎么知道的？难道这种事情，秋水仙还要向他汇报？

电话响了，又是县甜菜办。说化肥马上就送到了，都是嘎嘎叫的国产二铵。

刘大哈说："还是种甜菜好，种甜菜多牛×啊；问题是牛×得不长远，到了送甜菜的时候，就母牛翻身——牛×倒过来了。"

那边说："别总是牢骚怪话的，准备卸车吧！"

刘大哈说："可你们咋不扳着手指头算算，我们全村拢共才有六千五百亩耕地，一年就播一千五百五十亩，四年轮一茬，那就等于让老娘儿们一年生两胎，哪家的老娘儿们能受得了？除非是老母猪！"

那头呵呵笑："刘大哈，少说废话吧，明天就把甜菜种子送去，种也得种，不种也得种，由不得你了！"

刘大哈犹豫了一下，说："反正挨×跑不出高粱地，种子就别送了，就那么三五麻袋，我们去个小四轮就结了！"

撂下电话，就叫治保主任通知，明天一早，春耕全面开始。说县里电视台还要录像，男女老少齐上阵，造出一个轰轰烈烈的气势。还要打扮得好一点儿，别露出老少边穷的样子来。回头又跟我解释，其实录不录像也都一样干，甜疙瘩村历来是模范村，叫一号拉一号，从来就没掉过链子。

第二天，果然是风从雷动，好一派宏大壮观的场面，人机畜全上阵，还有无数彩旗在田间地头招展。犁铧过处，黑色的土壤展示着极好的墒情，排浪一般翻涌着，画面很上镜。县电视台的女记者把刘大哈拉到一面红旗下采访，刘大哈嘻嘻哈哈地忸怩着，说受不了那东西，那东西一照，身上出汗，嘴都瓢了。女记者是那种所向披靡的靓货，擎着话筒泥求不放。刘大哈看看躲不过，就说："我们主要是四个精神。第一，骑着城墙日骆驼——大干快上。第二，打着手电日蚂蚁——严细求实。第三，老鸹鸽猪……”还没说完，记者转身就走了，脸上似哭似笑的，涨出一片红晕，掌镜喊她，竟然头也没回。

忽然有人来报，开小四轮的龟孙在县城馆子里喝高了，一脚没踩住刹车，把甜菜种子翻到了河里，人都灌成了大肚子蛤蟆，正蹲在河边发抖呢。刘大哈气得嗷嗷乱叫，喊了几个壮汉，又把我带在摩托后面，风驰电掣般赶到。哪知李春立离得更近，骑着土骡子赶在了前面，正站在齐腰深的河水里，奋勇地抢救那几只麻袋，却又力不能胜，进退两难地强撑着。初春天气，河边还有残余的冰碴儿，砭骨的寒冷可想而知。那两个龟孙早已醒酒，浑身精湿着团缩在那里，牙帮骨磕得山响。刘大哈走上前去，抡起蒲扇巴掌，一人一下，印上两面加拿大国旗。又脱下自己的衣服给他们披上，戳着额头大骂，身上要是带着手枪，什么手续都不用走，立马枪毙了狗日的们。看那李春立，脸色煞白，手指拘挛着，目光却依然坚毅，分明有与种子共存亡的架势，弄出好大一片波浪。刘大哈摇曳地叫了一声："李老弟啊!"便纵身跳下河去。跟来的人便下饺子一般，纷纷往河里跳，呼着号子，齐心合力把那几只湿淋淋的麻袋弄上来。被我抓拍下来，是个感人至深的新闻镜头。

秋水仙是坐着自家的微型客货车赶到的。见那李春立已经半僵，直挺挺放挺了，扑上去就哭，又叫人抬到车上，抱在自己的怀里用体温暖着。刘大哈咝咝哈哈地在原地蹦跳，咋呼着使坏说："傻娘儿们，都没气了，赶快做人工呼吸呀!"秋水仙不知真假，就嘴对嘴吮起来。这招果然很灵，李春立激灵就醒了，慌忙用胳膊挡开，说哪有那么严重，没冻死羞死了。刘大哈哈哈大笑起来，说这样好，这样就省事多了，也让我们心里好受些——就算是妇女主任代表村里慰问甜菜监督员了。

李春立被安放在村部炕头，下面烧火，上面加被，月婆子似的。又灌了姜汤，喝了玄驹酒，总算缓了过来。村民们缕缕行行的，都来探望，泪唧唧地表示，本来不愿意种甜菜，因为这么好个监督员，把石头人都感动了。李春立也泪唧唧的，说还是糖厂不好，大家跟着糖厂吃挂捞了，或许本来就不应该再开张。乡亲们皆大感动，说有你这句心里话，别的我们不说了，胳膊断了往袖子里缩。

刘大哈就在村部大院摆开场子，让会计主持，按每家的亩数，大张旗鼓地分配起湿种子来。又再三叮咛，回去别捂着，稍微摊晾一下就下地——掉河里坏事变好事，就当是浸种了。村民们来得都很踊跃，兴高采烈，就像斗地主分浮财一样。

报道五：酿造甘甜的人。

原甸糖厂劳动模范李春立，生在制糖世家，祖孙三代人先后在糖厂工作。他在机修岗位上刻苦钻研，练就了一身非凡的本领，一般情况下，通过听、摸、闻、看，就能诊断排查机器的故障，蒙着眼睛，能拆卸和成装设备的主脑部位。为了振兴糖厂，多出“志气糖”，他把上学的女儿和生病的老父亲留在家里，自己住到甜菜基地甜疙瘩村，为菜农义务维修机械七十六台次，确保从备耕到播种全程护送。他和当地村民建立了深厚感情，真正做到了帮人之所需，急人之所难，解人之所忧，被老百姓誉为糖厂的形象，不在籍的村民……

（图为李春立和村民冒着料峭春寒，奋力抢救意外落水的甜菜种子）

那天夜里刘大哈陪我们很晚。三个人东扯西拉，很莫逆的样子。觉得不能尽兴，正巧治保主任夜里巡查，就喊过来，问有没有能下酒的东西。治保主任找来两个肉罐头，三个咸鸭蛋，一塑料桶高粱白。就摊在炕上，夹在两胯之间，全然没了斯文，绿林般豪饮起来。刘大哈不无遗憾地咂叹说，乡下不行，天一黑就插门，文体活动都在炕上，怪不得计划生育任务吃紧。要是换在城里，这个钟点还能到街上去喝啤酒吃烤串，再去卡拉 OK 嚎上几嗓子，那该多仙儿啊。刘大哈酒走得很猛，喝来喝去，竟然眼泪汪汪的，一手拉着李春立，一手拉着我，直说缘分缘分，三生有幸啊，没有种甜菜这码事，哥仨也凑不到一起。我被他说得鼻子发酸，拿出相机，三个人搂着脖子，让治保主任拍下了弥足珍贵的一张。

县甜菜办又打来电话，说领导夜查，大会战大会战，要进入一级战备状态，责令他们询问一下各村的情况。

刘大哈说：“都他妈几点了，还打电话？真是喝酱油耍酒疯——闲（咸）的。你们坐在办公室里，就知道拨电话擢拉人。知道不知道庄稼人有多辛苦？一宿日死仨叫花子——还让不让穷人喘气了？”

那头说：“刘大哈，你别误会，这不是我们的意思，这是领导的意思。”

刘大哈说："好吧，既然如此，你替领导听好了，这就是我刘大哈的回答！"

说着，把话筒置于腚侧，扭曲着一张醉脸，运足力气，放了一个惊天动地的响屁，回手就把电话挂了。

治保主任高声叫好。我和李春立也觉得挺解气。

忽然一阵犬吠，慌慌张张跑进一个人，竟是死豆子。

刘大哈说："三更半夜你不睡，到处乱窜什么？贼眉鼠眼，像个狗特务似的！"

死豆子说："我不找记者，也不找监督员，这回我要和你好好唠唠。"

刘大哈说："我在陪客人喝酒，哪有时间听你胡扯！"

死豆子说："这回我到底知道你的'咕咕闹'了，你信不信？"

刘大哈的脸变幻了好几种颜色，忽然暖下来说："你是不是又缺钱花了？你看，天这么晚了，我身上没带着，会计也不在，明天再说，行不行？"

死豆子盯着刘大哈，惨笑着说："我亲眼看见了，你信不信？不管你怎么整，这一把你这个村长死定了！"

刘大哈说："死豆子，你给我住嘴。我看你是屁眼拔罐子——做（嘬）得紧。再胡说八道，我可就不客气了！"

死豆子急了，直喊："村长，你别误会，我服你了，真的。你反对种甜菜，我也反对种甜菜，咱们是一样的！"

刘大哈拍着桌子吼："谁他妈跟你是一样的？我就不信，甜疙瘩村反了你个小×塞子！"

话音没落，治保主任已经把那支唧筒拿出来，对着死豆子的嘴就喷，果然立竿见影，死豆子的话就再也说不囫囵了。刘大哈说，这厮到处扒窗户，看见了不少隐私，说出来很难收拾。有一次就言之凿凿地说，某某媳妇的大腿根儿上有个痦子，结果差点儿闹出人命来。又亲自下地，和治保主任一左一右挟持了，拖拖拉拉弄出大门外。怕他不走，嗾了散荡的狗咬他，果然撵出二里地不敢回头。刘大哈对我和李春立夸耀说："怎么样？得道多助，连狗都拥护我这个村长！"

刘大哈喝得不少，被治保主任搀扶着，晃晃荡荡回家了。已是后半夜时分，我和李春立又醉又乏，睡得死人一样。忽然听到有人高喊救火，隔窗看去，是一处柴垛，火苗高可数丈，把半个村子都照亮了。急忙披挂了出去，竟是刘大哈家。村民们都拿着各式工具来救，烈焰翻滚，哪里还能靠到跟前去。就变攻为守，让它自烧自灭不至于蔓延。

在场的人哄哄乱嚷，都说准是死豆子点的，除了他还能有谁？没过多久，就见治保主任用麻绳拴着死豆子过来了。其实拴与不拴，都无所谓，他的体格相当于三等残废，不存在暴力威胁。到了那堆残灰余烬跟前，来讨刘大哈的示下。死豆子嘴唇还肿着，连连喊冤，说我在被窝里睡得好好的，怎么能赖上我？刘大哈问，有谁看见是死豆子干的？周围有十来个人，一声雷作证。死豆子绝望地看着刘大哈，带着哭腔说："村长，我不是那个意思，我转过弯来了，你听我跟你说！"他一说话，治保主任就一扯手里的绳子，我这才明白，绳子其实是用来勒他脖子的。刘大哈厌烦地摆摆手说："红瓤白瓤得切开了看。你这也算是个小恐怖分子了，先关起来审查审查再说！"

我觉得事情挺蹊跷：怎么会有那么多的证人？难道那么多人夜里都没睡？这个小小的村子，到底发生了什么？回到村部和李春立嘀咕，他依照自己的理解说，除了死豆子，满村的人都拥护村长，放火的不是他还能有谁呢？因为死豆子人性太臭，老鼠过街——人人喊打，破鼓众人捶了。

第二天，刘大哈家的柴垛又长起来了，比原来的更高大，杂色纷呈，都是村民们从自家抱来的。与此同时，种子下地了。仿佛历史盛事，各个新闻单位都糊上来，从不同角度予以大力报道。李春立骑着土骡子，逐个地块检查验看，一颗颗肾形的小种子明白无误地种进了地里——甜菜种完，他的使命也就结束了。看看地头没人，他鼓了很大的勇气，才对我说："王大哥，我……不想回去了！"

我说："我知道一点点。秋水仙，是个好女人。"

他说："不光是这个。我不再指望糖厂了，想留在乡下卖手艺，跟秋水仙商量好了，她……先雇我。"

我吃了一惊。这种取舍显然需要很大的勇气。

他又说："我还欠着她的钱呢，得还上再说！"

我说："也行，反正你有这匹土骡子，两头跑吧，也不远。"

他摇摇头，又说："下次你再来，我就换摩托了！"

我心里嗟叹不已。抬头寻找刘大哈，他领着秋水仙等几个村委，正在死豆子的地里，挥汗如雨地忙活。

报道六：图片新闻：甜疙瘩村人机畜齐动员，抓住墒情适时播种甜菜。

死豆子的事被乡里知道了，派出所就派出了两个警察，驾着三轮摩托，挺威势地来了。刘大哈原本不想让外界知道，原汤化原食，自己把事情解决掉就算了。毕竟纸里包不住火，又是纵火案，上头就不能坐视不管了。

死豆子被关在村头一个机井房里，用了一种土戒具，就是那种锁地排车的链子，一头铐着脚踝，一头铐在铁管子上，脸也捂白了。警察一见，就皱着眉头说："刘大哈，你胆子够大的，怎么竟然敢用私刑？听说还用喷老二的玩意儿滋嗓子，问题严重啊。这可是甜疙瘩村，不是甜疙瘩斯坦王国！"

刘大哈嘿嘿着，看着死豆子，头上冒汗，目光有些发怯。

死豆子说："村长是怕我到处散布反动言论，破坏甜菜大会战！"

警察又问："打没打？"

死豆子活动着手脚，脸上大彻大悟的，早没了委屈神色。用指头钳着自己的脸蛋说："打什么打。一天到晚肥吃肥喝，拉屎撒尿有人伺候，都赶上住宾馆了。看看我这脸蛋子，长了二指膘，嘟噜着，就像副县长似的！"

警察们就很诧异。喝令他严肃点儿，当场进行了案情调查。死豆子供认不讳，说没别的，就是恨村长，特别是恨他为了自己保官儿，非逼着哄着乡亲们种甜菜不可。

警察说："这么说，这一次你是代表群众的利益啦？"

死豆子面露骄傲："可以这么说。"

警察就要带人，刘大哈忽然哭起来，上前抱住死豆子说："好兄弟，是我对不起你。不管怎么说，你身上还有你爷爷的东西！"

死豆子也哭了，说："村长，保留我的村籍吧，判不了大刑，我再回来！"

我全蒙了，好像走进迷魂阵里，苦思冥想，也没能琢磨出所以然来。

不过是三天五日，甜菜播完了，尘埃落定，我向刘大哈告辞。他扯住我的手，依依不舍的，眼睛被泪水包着，说："王大哥，过个十天半月，甜菜就出齐了，到时候你再来啊，我有话对你说！"

回到省城，我忙着处理积压下来的乱事，心里却依然翻腾着甜疙瘩村的种种见闻，所谓一风一雨总关情，把那张三人合影压在办公桌的玻璃板底下，也好寄托一点遥思。那天报社又通知我，再跟秦副省长走一趟，好给系列报道“锁边儿”。是一个不算小的车队，加上市里和县里陪同的人，足有一公里长。先听了原甸县领导的简要汇报，就浩浩荡荡向乡下开赴。到了甜疙瘩村的地界，刘大哈、秋水仙等村委和众多乡亲，已经迎候多时了。

展现在眼前的是一片蔚为壮观的景象：一望无际的原野，碧绿的甜菜苗已经钻出地面，不胜娇嫩地伸展着腰身。各路记者不停地拍摄拍照，大都聚焦在秦副省长身上。他在众人的簇拥下踱下路基，向甜菜地里走去，到了十几步的深度，站下了，深情凝望片刻，然后弯下腰去，掐了一茎绿叶，放在鼻子上嗅嗅，陶醉地一笑，说：“我又闻到原甸糖的甜味了！”

记者狂拍如蜂，镁光缭乱如瀑。

前后不过十来分钟，车队掉头开拔。刘大哈留我站下，他看着车队远去的烟尘，如释重负地说：“谢天谢地，一切都过去了。王大哥，我要对你说实话，我骗了你！”

我怔住了。

“你仔细看看，这是甜菜吗？”

我走到地里，俯身看看，不由得掠过一阵凉意，身上都有些抖了。

我说：“难道……是菠菜？”

刘大哈点点头：“瘸拐李，把眼挤，你糊弄我，我糊弄你。收了这茬春菠菜，回头我们就把它悔了，改种北光四号大豆，满赶趟！”

我说：“这么多人，就没有人能认出来？”

刘大哈说：“这种事就很复杂了。别看你文化比我高，可不一定有我懂得这一套；这一套我经得多了！”

“可你明明种的是甜菜呀！”

“很简单，就是那天夜里，叫人把甜菜种子煮了一下，又掺了点菠菜种子，这就是我的‘咕咕闹’。其实，我本来也不是擅长撒谎的人……”

我恍然大悟。一个一个的谜团，都如抽丝剥茧一般顺畅地解开了。

刘大哈说：“现在我就去投案自首，把死豆子换回来。柴垛，是我自己点的。”

刘大哈把衣兜里的东西掏干净，交给秋水仙，又说：“王大哥你放心，不管怎么处置，我‘大不了提瓯’，拎着水罐子下地干活。干部有正职变副职的，降级开除的，只有农民保险，真正的铁饭碗，从来就没听说过，有农民下岗，有正农民变为副农民的！”

说罢，让人用摩托驮着，向县城方向绝尘而去。望着那渐行渐远的背影，乡亲们都哭起来，我也一样。

我没见到李春立。秋水仙说，他爹别着不同意。

“是不同意婚事，还是不同意工作？”我问。

秋水仙惨淡一笑：“都有了。”

“李春立知道你们种的是菠菜么？”

“也许知道，也许不知道。不过，他是个好人，我永远不会忘记他的。”

我伤感着，转身向县报道组的汽车走去，这车一直在留下等我。秋水仙又叫住我，很神秘地对我说：“王大哥，你知道吗，一开始我就是想勾引他，可很快，我就真的爱上他了！”

“就是为了这块甜菜？”

“就是。到了急眼的时候，为了乡亲们，老窦头能豁出来，刘大哈能豁出来，我也没什么不能豁出来的！”

我觉得心里乱糟糟的，好像都要碎了。

报道七：甜菜长势喜人，糖厂翻身有望。

［本报讯］原甸县通过层层分解指标，保证优质化肥种子供应，六十二万亩甜菜大部分播种完毕，出苗率在百分之九十九点九以上。记者看到，甜菜主产区甜疙瘩村的千亩良田，已经被绿意盎然的甜菜缨子所覆盖，如果没有特大的自然灾害，丰收已成定局……

尾　　声

没过多久，秦副省长退下去了。其实论年龄他还没到点儿，因为牵涉到一件经济案件，牵涉不是太深，有些瓜田李下的意思，就让他软着陆，回家歇着去了。接替他的副省长是个经济学硕士，对甜菜糖自有主见，很文雅很谐谑地说了一句：“甜菜糖可以休矣！”原甸糖厂的大门就又锁上了。他主张重振原甸的珍珠小米，风水流转，作为富含营养的绿色食品，原甸小米行情看涨，在商贸洽谈会上很得外商青睐，价钱也一路飙升，如果形成规模经营，是很有发展前景的。

报道八：抗灾补种，生产自救。

［本报讯］原甸县遭逢了历史罕见的雹灾，最大的雹子直径可达五厘米。甜疙瘩村一千五百五十亩长势良好的甜菜悉数被打死，让辛苦耕种的农民们扼腕叹息。不过这个有着光荣传统的模范村并没有被灾害吓倒，在村党支部和村委会的带领下，全村农民不馁不怨，不等不靠，及时补种了大豆，目前秧苗已经出齐，可望变绝产为丰收。类似情况，在县内其他村屯同样有例可援……

稿子是原甸县报道组写的，又把我的名字署在了前面。我打去电话询问："你们那儿真下了雹子吗？"那边的人笑了，说："王老师，这么写你不同意？"我沉默片刻，会心地笑了，说："我怎么会不同意呢，我太同意了！"

秋后，我又见到了甜疙瘩村大豆喜获丰收的报道，还附有一张支书老陈手擎一串豆荚乐呵呵的大照片。我一直惦记着刘大哈，打了几次电话，都不通。

春节前夕，我从外地出差归来，内人对我说，甜疙瘩村来人了，是一对新婚的半路夫妻，送来了喜糖和草莓，名字她没记住。还有一纸壳箱子冻着的水豆腐和干豆腐，说是刘大哈让他们捎来的。

"你怎么单单记住了这个刘大哈呢？"我问。

"因为这名字太招笑了。"内人说，"怎么能叫刘大哈呢？这就不是个正经人的名字嘛！"

我说："你说得很对，真就不是个正经人，整天嘻嘻哈哈的没正形，还满嘴脏话！"

内人笑了。又告诉我，那两种豆腐她都已经吃过了，很好吃，是真货色；不像城里卖的，豆腐渣太多，还掺了吊白块什么的，想一想都让人害怕。

2001 年的革命

一　5 月 17 日

装空调的后生吊在墙外，拿着一杆卡宾枪样的电钻，勾一下，不来火，再勾一下，还是不来火。就扭头向我祈望。我正在楼下指挥，还在纳闷，内人从窗口探出个蓬乱的头来，对我高喊："老周，你快去看看，怎么回事？这鸡巴杏花园，赶上敌占区了，说停电就停电，说停水就停水，说停气就停气。这地方还归不归市里管，还有没有王法了！"

我内人和高秀敏像形像声，不敢说粗武，却是颇有雌威的，她的指令岂敢不听？就去了。

杏花园是首批商品楼区，位置好，腹地开花，有点儿国中之国的意思，就像梵蒂冈和莱索托。两年前，楼房刚刚盖好，外部设施还没完善，大款们就像放出笼子的野兽，饥不择食地向商品楼猛扑过来。此前住房都按行政职级分配，像我这样的一级作家，只能享受一般干部待遇，连副科级都不如，大款二款们就更不行了。感谢住房改革，使如我之辈赚回了一点面子。我把多年码字码出的细碎银两悉数贴上，包括扑满里的硬币，瘦驴拉了一泡硬屎，抢购了一套一百二十平米的房子。是四楼，宽敞亮堂，可供二三十人开 party。对于一介文人来说，简直就是一步登天了，这让我心满意足了好一阵。

还没等脸上的笑容完全绽放，我就发觉，事情不对劲儿了。转眼两年时间过去，商家承诺的"花园式小区"不但没能兑现，反而是拎着棒子叫狗——越吆喝越远。走在园区里随处可见的是，临时电缆纠结缠绕，就像一团团又黑又粗的蟒蛇。马葫芦动不动就冒漾，满院子都是臭气。楼间的空地加盖了若干非驴非马的建筑，越来越不像城市，越来越像农村生产队了，却连一花一草都没有。楼区的道路七裂八瓣，简直就像核桃酥。这且不说，就连一个干净都做不到，垃圾遍地，苍蝇哄哄，时常还有女人用过的卫生巾当道，那就更是触目惊心了。到了冬季，暖气半死不活的，睡觉都得戴棉帽子。有人狡兔三窟，干脆搬出去住了，等到开春再搬回来。如我者流不是狡兔，只有一窟，只好哆哆嗦嗦硬挨。特别是去年冬天，春节刚过，因为管线渗漏得厉害，暖气全面瘫痪了，屋里冷得不行，居民只得点电热器取暖。电热器这东西绝非暖气可比，完全是瓜菜代，萤火照明，聊胜于无罢了，弄得屋里又燥又冷，不少人家的花都冻死了。再说，家家都用，电路负荷过大，外面的电缆动不动就爆断，火花蹿出一丈多高，还噼啪作响，夜里从黑暗的房间看过去，绚丽而壮观，就像节日的焰火一样。

大家都感到是上了贼船，想下又下不去，只好硬着头皮，坐到哪是哪。找不到正头相主，就骂狗日的严金令，说这个土包子开发商哪里是在建城市，简直就是撒尿和泥玩儿呢。有些愣爹揎拳攘臂的要揍他，却总也瞄不到他的人影，只有骂，什么难听骂什么。这厮却听不见，坐镇在南边，遥控着杏花园的事，神龙见首不见尾的。有个二奶，外号叫李贵妃，也在杏花园住，还给他生了个孩子，因为裆下缺少传宗接代的零件，才没及时扶正，仍是贵妃的级别。

走到七号楼下，正巧碰见对门老葛，拿一杆墩布，在一个自来水龙头下颇有耐心地涮着。那水管还是施工时遗留下来的，一直没做处理，常年就那么滴着淌着。老葛并不是城市贫民，如果在杏花园里选举穷人，有一个名额就很可能落到我的头上；老葛干过水果批发，钱挣海了，如今歇手在家做寓公，天天下饭店找小姐都花不完。他这么做无非是要为自家省下几个水费，可见算计到了骨头里。我背地里总叫他葛朗二台，被人传出去，满院子叫开了，说葛朗一台在法国，葛朗二台是分支。我内人说他是抠那什么缩那什么，都是性器官，粗虽粗矣，却活画了。

老葛抬起头来，正好跟我对光，就不好意思地嘿嘿着。

老葛说："干吗去？"

我说："找电去！"

说着我靠拢过去，替他把还在淌水的龙头关死。这是个无言的批评。老葛脸上窘了一下，然后就做出同仇敌忾的样子，扛着水淋淋的墩布，随我找电去了。在五月的艳阳下，老葛黑黄细瘦的，俨然就是一根川味腊肠。

物业经理老沙没待在办公楼里，而是坐在楼区中间的马葫芦盖子上，和一个光脚丫子穿拖鞋的闲人走五道。此马葫芦不是污排而是雨排，味道不那么邪恶，老沙他们就玩得很投入。还赢烟，一支支大白杆烟卷整齐地排列在一旁，就像仪仗兵似的。棋子都是随手捡来的石子土坷垃，这样看上去就很本色了，所谓武大郎玩儿夜猫子——什么人玩儿什么鸟，很有相得益彰的效果。杏花园物业上的人大都是严金令带出来的屯亲，一些不会种地或不甘心种地的二五眼农民，叫做农村包围城市，第二次农民革命。因为外部设施不配套，物业交不出去，就自己下蛋自己孵，原汤化原食，利用收上来的物业经费养了一批老沙这样的人，于是整个园区就经常处于一种侉腔侉调的方言俚语笼罩之中。他们中间不少人认得我，起初以为我这个岁数的闲人是下岗买断人员，或者是刑满释放分子，后来听说是作家，就觉得比较稀罕和隔膜，暗中视为另类。

老沙他们过于专注，并没觉察我们的到来，直到发现一簇墩布在往棋盘上滴水，才惊讶地抬起头来，觑定我说："老周，你有事？"

我说："怎么又停电了？你们拉电闸就像拉门把手一样，太没规矩了。市政方面有规定，民用电是不能随便乱停的！"

老沙哧地一笑，有点儿统统不尿的意思，说："市政是市政，杏花园是杏花园，咱这儿是自拉自唱！"

话就没法往下再说了。我咽了一口唾沫，就简断截说地告诉老沙，家里正在装空调，还剩个尾子没收完，希望能尽快给电，成全则个。再说，他们完全看得见墙外吊着的人，这么干，分明就是找别扭了。

老沙耷下眼皮，用脏兮兮的指头拈起一枚石子，给对方来了个绝杀，满脸都是得意神色了。一面拿过对方的烟卷，扩编到自己那支队伍里，一面接上了我的话茬，嘴上咝了悠长的一声，表示爱莫能助，摇着头说："老周啊，实在对不起了，这回可不是说停就停说给就给；这回动了真格的，不交电费，谁也别想再用电！"

我糊涂了，说："我不欠你们电费呀，你们物业月月上门去收，哪还有欠费的道理？"

老沙说："不是点灯和走冰箱的电费，而是冬天取暖的电费，这笔钱你们哪个交了？"

我傻在了那里，都不知道该说什么是好了，这才明白，什么是《资本论》里所说的"资本家要在一只羊的身上剥下两张皮来"。事情很简单：物业收取了我们的取暖费，却又没能保证供暖，没办法，只好答应

我们用电取暖。现在，物业竟然秋后算账，跟业主要起这笔钱来

我抑制着冲动，说："老沙，现在可是办公时间，你先把这套田间地头的玩意儿收起来好不好？你可要弄明白，不是我们住着你们的房子，有求于你们；而是我们花钱养着你们，你们是为我们服务的。"

老沙嘿嘿着自顾下棋，看样子是决心不再理我，也不可能做出更多的解释。我看看老葛，老葛木在那里不动。我按捺不住了，抬起一只脚，往马葫芦盖子上残忍地一抿，那棋局立刻被扫荡殆尽，大白杆烟卷的仪仗队也顿时溃不成军了。

老沙很惊讶，或者说是没想到。他抬起黑不溜秋的脸庞，吃力地强笑一下，说："周作家，你跟我使性子没用。我端的是泥饭碗，一不小心就砸了，连碴儿都不剩一块，有能耐你往上找。"说着站起身来，用胳膊画出一个很大的半径，"你以为我不想把物业搞好么？我他妈做梦都想搞好啊，省得明里暗里总挨骂，连祖宗八辈都不得安宁。可上头不给我钱，你们又不交，让我怎么办？你是个文化人，应该理解我，理解万岁，对不对？"

我说："怎么理解？难道你们用窝头换走了我们的麻花，还得要我们掏双份的钱？这个狗日的严金令，横理竖理都听不进去，看来，非得胖揍他一顿才行！"

老沙嘿嘿笑，从腰间掣出手机来，拨了一个号码，递给我说："你不是想找狗日的严金令吗，狗日的严金令来了，有话你跟他说吧！"

那边很不耐烦地"喂"着。我第一次听到这个暴富农民的声音，很骄横。我想没必要和他戗着，只要能给电，把空调装上，能正常过日子，刺激的话就不说了。何况小区有几千号人呢，无论是年龄还是身份，都轮不到我做出头的椽子。

我压住火气，用了和缓的语调说："严经理，杏花园停电的事，你知道吧……"

严金令说："你是哪个单位的？"

我说："我是市政府的。"

严金令哼了一声说："别拿大奶子吓唬小孩子行不行？市政府的人我见得多了，还有打水扫地擦桌子的呢！你到底是干什么的？"

我又说："我是作协的。"

严金令嘁了一声，说："一个做鞋的有什么可牛×的？我没工夫答理你！"

我气得发抖了，说："是我牛×还是你牛×？我就是跟你说个事儿。你别管我是做鞋的还是掌鞋的，住在杏花园里就得叫业主，你们物业就得对业主负责任！"

严金令说："这些芝麻谷子的小事我不管，有话你跟下面说去。不过，杀人偿命，欠债还钱，这个道理你总该懂得吧？交了电费给电，不交，门儿都没有！"

我忍不住了，对着手机大声喊道："严金令，你欺人太甚，简直就是骑在我们头上拉屎了。虽然我没见过你，可我完全相信，你他妈真是个狗日的！"

但这没用，对方根本听不到，因为话没说完，那边早已关机了。我一时两眼迷蒙，差点儿就把老沙的手机摔了。我对老沙惨烈地笑了一下，说："好吧，请你转告狗日的严金令，他这么干是自取灭亡，等于在火山口上打井呢！"

我气急败坏，抛下老葛自顾往回走。走到我家楼前，那个吊在墙外的后生还在蜘蛛荡线儿，向我回望一眼，那目光凄凉而绝望。

二　5月17日晚至18日

下班的人们回来了。先是发现一、二、三号楼的灯不亮，进得屋来才发现，事态要严重得多：冰箱里稀淌哗啦，因为鱼缸输氧泵突停，名贵的热带鱼开始苟延残喘了。天一黑，该做饭的不能做饭，该学习的不能学习，甚至连上厕所解手都不能准确到位，家家碰鼻子撞屁股，都唱起《三岔口》来了。

三栋楼的居民纷纷走出家门，在楼前的空地上聚成一个大疙瘩，乱糟糟闹哄哄的，很像黄泛区的难民。这三栋楼属于一个分线闸，也许包含了物业方面各个击破分而治之的诡计。不知是谁振臂一呼，就一齐向物业办公楼涌过去。

我夹在拥挤的人群里，尽量收缩自己，意思是不想引人注意，特别是不想让人看成领袖人物，那样就很糟糕了。忽然觉得身后有一种绵软的压迫，还有香味氤氲，回头一看，竟是两片嫣红的嘴唇，抵近着朝我甜甜一笑，说："周老师来了？"

我认出来，是艺校的舞蹈教师马丽，家住在七号楼。丈夫出国就不肯回来了，不说过也不说散，多少年了，就这么抻着。早年跳独舞，很是风光了一阵，大了几岁，就撤到了二线。人极清秀，筋筋道道的，多余的肉一块都没有，真正的魔鬼身材，在楼区里一走，鹤蹈鸿翩的，很是抢人眼睛。

我就赶紧让出一个恭谨的距离，说："这杏花园太欺负人了，根本就不讲道理。看来，这回是农民逼着市民造反了！"

马丽说："这样也好，是疖子总会出头的！"

这一回把老沙堵个正着。因为群龙无首，大家就各显身手，围定老沙，七嘴八舌地声讨。老沙身陷重围，也不分辩什么，垂下了统治者的目光，铁青着脸戳在那儿，就像挨批斗似的。几个小娘儿们发现无理可讲，便开骂了，都是很牙碜的荤话，见老沙无动于衷一块老胶皮，便伸出麻姑一样的指爪，蹿跳着来挠他那张黑脸。老沙个子高，这让他捡了便宜，只在腰眼上挨了几个软拳，跟按摩差不多。一面用手遮挡着脸部，一面狼狈逃窜，拐了几拐，就利用黑夜的掩护，钻进一个单元门里不再出来。手下的喽啰们见势不妙，也都悄悄蹽了杆子。

人们找不到靶子，浊流一般来回涌动，大吵大嚷，乱乱糟糟的，就很像一群暴民了。亮着灯的那些楼上，人们都站到阳台上看热闹；在这样一个脏乱差三样齐备的小区里，这的确也是不可多得的热闹了，比扭大秧歌还招人。开小超市的小梁人矬声高，向楼上招手喊道："都下来呀，别以为与己无关，今天停我们，明天就该轮到你们了！"楼上的人嘻嘻笑，却不下来，居高临下，就像坐在戏院包厢里的贵族，很消闲很乐子地看着，还剔牙，吃瓜子，向下纷纷扬扬地吐皮，这就很是让人生气了。小梁气哼哼地骂道："什么东西，怪不得中国人总出汉奸，看看这个就知道了！"

有人指着一个窗口说，那就是李贵妃的宫寝，大概是专线，就是全小区都黑灯了，她家也是亮的，贵妃嘛。人流就漩过来，在那楼下站定，葵花向阳般朝那窗口仰望，觉得里面肯定有很多暧昧的故事，比看宫廷戏还要过瘾，可惜都被那道厚重的窗帘挡住了。有泼辣的女人就迁怒地骂阵，都是讨伐性的脏话，刀刀见血，很是不堪了。骂一句，听众笑一阵，像开联欢会似的，那窗口却毫无动静，很隐忍的样子。忽然从楼角转出一个小女子，声音超拔而摇曳，原来竟是李贵妃的亲妹妹。像斗鸡一样奓着头，接住了众人的搦战，而且力敌数人全无惧色。说你们骂我姐，那是你们眼气；有能耐也傍大款呀，你们那个死×大款还不稀罕呢！众人嗷嗷地哄着，齐喊："女流氓！女流氓！"颇有千夫所指的意思。那小女子忽然嗤嗤地笑起来，显现出几分羞涩和妩媚，说你们骂老严，我也骂老严，咱们的大方向都是一致的。求求你们别骂我姐，行不？我姐让老严坑苦了，一个良家妇女，闹得不人不鬼，其实和黄世仁白毛女的关系也差不多。人群中有人喊，这狗日的是不是顺便把你也划拉了？那小女子说，他敢，我每天都枕着刀子睡觉，他敢跟我支棱，我就敢把他的玩意儿割下来喂猫！

众人发现，原来找错了目标：李贵妃与严金令的鸟近，与电就很远了。再说，几个回合过去，看看没什么进展，有人就径自溜了。剩了稀薄的一些，形不成浩大的声势，有点儿旗倒兵散不战自溃的迹象。

小梁凑到我跟前，很忧患地说："周老师，你发现了吗，乱炝汤不行，大家一个声音，事情就好办了。你可是德高望重的人，很有影响的人，我们都听你的，你看看下一步应该怎么办？"

小梁是个边缘青年，也有几滴答墨水，因为常打抱不平，进过两次局子，我一直不怎么正眼瞧他。现在却发现他异常亢奋，好像憋在身体里的瘾劲儿上来，终于找到了发泄的渠道。这很难不让人联想起"痞子运动"、"没有贫农，便没有革命"等历史语汇。

我想了想说："杏花园又不是独立王国，总有人能管得着。先给市长热线打个电话试试，这么是非分明的事情，他们从上头发个话，肯定好使！"

小梁带着手机，立马拿出来，揿了一串号码，大声诉说了几句，又失望地收起来。

小梁说："这叫什么鸡巴市长热线？纯粹是他妈的市长凉线，说话冷冰冰的，待答不稀理。说的都是'和了话'，说了等于没说。乱扳道岔子，这边都火上房了，他还让找这个找那个的。要是能和市长直接通上话，那可就不一样了！"

我明白了小梁的意思，是想让我做一根"天线"，一步到位把事情搞掂。我无能为力地笑笑。不是我不认识市长，而是市长不认识我；我参加过市长主持的每年一度的茶话会，还亲手从市长手里接过奖牌奖状什么的，但那都是市长例行公事，并不意味着和我有什么私交。再说，停了电就找市长，就算市长体恤民情，那也过甚其事了。

我说："最好不要隔着锅台上炕，还是一级一级往上找吧！"

小梁眼睛黯然了一下，没吭声，抛开我，啸聚了几个愣头青，嘀咕一会儿，人就没了。也就是一支烟的工夫，刷地一下，整个杏花园全都黑了。这一下犯了众怒，原来还扒在阳台上看热闹的人纷纷走出来，汇入抗议的人流里，一时拥拥数百之众。来到物业公司办公楼，情绪已经酝酿足了，趁着月黑风高，先摘了那块“严氏集团杏花园物业公司”的牌子，搪在台阶上当跳板，让林林总总的鞋底竞相践踏，转瞬之间，就变成黑白斑驳凸凹不平的一块大搓衣板了。接着就砸玻璃，黑灯瞎火的，也看不清谁是谁，只见一些高高矮矮的影子，抡着顺手操起来的家什，很恣肆很快意地砸着，随着一声声清脆的破碎，人们发出一声声喝彩。

楼里有两个保安当班，人还算孔武，却木在那里大气不出。一些人围上前去，指着桌上的电话，示意让他们报警，再三敦促，那两个保安就是不肯。就有人代打了110，说杏花园出大事了，因为停电，把物业办公楼给砸了，再晚一会儿，很可能就要出人命的。这个思路很对，是想引起更大的震动，借以引起市里上层的关注并尽快插手。警方反应很快，也就是三五分钟，两辆警车啸叫着开进来了。警察都是辖区派出所的，门儿清，一看黑压压的人群，就明白七八分了。里里外外巡查了一遍，知道了事情的原委，很理解很中平地说，杏花园的事情我们也都清楚，属于冰冻三尺，玻璃也砸了，气也出了，再砸就没道理了。大家早点散了，回去候着，我们敦促物业，早点把电送上，有官司要通过正当渠道来打。

大家就散了。果然没过多久，豁然大亮，园区里一片欢呼，本来还在楼下攒堆的人纷纷上楼，去看电视里热播的辫子戏了。小梁掩饰不住胜利的喜悦，跟我透底说，是他领着几个哥们儿，偷偷摸进了配电室，使了个借刀杀人之计，把总闸拉开的。人们不知道实情，都把账记在了杏花园物业上，革命烈火就这样被煽着，并且轰轰烈烈燃烧起来。我觉得小梁足够机智，但倾向是很危险的，有点儿剑走偏锋，规束得不好，诉诸武力，就惹大乱子了。

我回到屋里坐定，刚刚打开电脑，要写那篇上头布置的纪念五·二三讲话的发言稿，电又停了。凭窗看去，这一回别的楼都是亮的，唯有我住的这栋黑着，显然是物业方面下了狠茬子，非要把这件极其愚蠢的事情干到底不可，并且调整了策略，缩小了目标，按照顺序，先拿一号楼开刀。小梁几个人又在楼下大呼小叫集合人马，可惜已经不灵，连站到阳台上看热闹的人都没了。

对门老葛打过电话来问究竟。内人素来瞧不起他，就没好气地攮搡说：“你问我，我问谁去？我们老周又不是严金令他爹！”撂下电话又骂，葛朗二台这种人没浆气，一个大男人，干扒拉不硬，脑瓜皮比卵子皮都薄，什么事都指望别人，真不明白他的钱是怎么挣的。我对着一堆没装好的空调零件，不禁生出一丝悲凉的幽默感来。我的一个哥们儿也是从碗边上省钱，不买楼，买车，说汽车是带轱辘的房子。结果倒好；汽车刚买回来，还没开到家，就撞了，至今人还躺在医院里，而且永远从文联转到残联去了。想想我花了几十万，竟然成了人家的俎上之肉，还不是一样的？

第二天一早，物业方面派出几个小打，拿着钳子和铝胶线，来到一号楼给个别人家接电了。所谓个别人家，一是手上握有实权的，比如说市计委的一个横着膀子晃的科长，管工程验收的一个一看就很腐败的胖子，据说连房子都没花钱，都是严金令得罪不起的，每年的这费那费就更不敢收缴了。再就是一冬没在杏花园住过的狡兔，从电表读数上并不体现欠费的人家。电线是直接从电缆上接出来的，再通过窗子和阳台扯进屋里，那家马上就恢复了生气，关起门自得其乐，不再掺和大家的事了。

这一招是很恶毒的，果然有人举了白旗，欠个三十二十的，图个省事，一交了之，物业立马把线接上。有人配合着用电喇叭喊话："杏花园的居民们，想用电就快交钱，交了钱马上就给电，说话算话，当场兑现。识时务者为俊杰，想滑过去是不可能的！"这样一来，就有更多的人家动摇了，犹犹豫豫的，也想走招安之路。小梁气不愤，也把当年卖冰棍用的电喇叭翻出来，对着播送说："杏花园的邻居们，千万别上严金令的当。钱不在多少，那是做人的尊严。都把脊梁骨挺直喽，交一分钱，那也是王连举！"

物业的人见小梁挺硌牙的，就踅过来给他接线。小梁的门市房是刚租的，不存在欠费问题，却坚拒不受。小梁说："你们干的鸡巴事，狗闻着都他妈的馊得慌。我小梁人样子囊巴，骨头却是硬的，豁出两个冰柜的冰点全都化成水，也要和全楼的人同生共死！"那几个接线的人就无奈地笑，放软了调子哄着说："哥们儿你别恨我们，我们端人家的饭碗，就得听人家的吆喝！"小梁说："丧家的资本家的乏走狗！"那几个就笑，直夸小梁有文采，说到了点子上。

老葛找到接线的人，和他们蔫捅，能不能行个方便，也给他家单甩一根电线，他情愿送一条大白杆意思意思。接线的人说送烟可以，但线不能接；他们得听老沙的，老沙得听严金令的。再说，你连取暖费都没交足，掐别人的电冤枉，掐你的那也是正当防卫。老葛就缩了一截，自然烟也没送，骑上一匹和自身形象很不相称的轻骑，到街上去买鱼缸输氧泵用的干电池去了。

内人也在外面游弋，听到这个话茬，就鼓足了勇气，可怜巴巴地上前央求说："我们家可是交足了电费的呀，一年六千多块，从来就没拖欠过。我男人好歹是个作家，一名二声的，难道就不如一个小科长？求求你们，把电给接上吧！"接线的人都纳头缠线，不哼不哈，分明是在晒她。内人就很伤自尊了，敞着大嗓门对楼上喊："老周，你就是写一卡车破东西，有鸡巴毛用？现在人民遭罪了，你不伸头，还躲在楼里唱幺儿幺，有什么脸叫人民作家！"

内人说得不错，我不能再躲了，何况我已经无处可躲，因为他们简直就是冲我来的。

三　5 月 18 日

没电的楼房里就像冰冷死寂的坟墓。所有的家用电器——电灯、电视、冰箱、饮水机、电脑、排风扇、加湿器、豆浆机、抽油烟机、电子门铃、电子蚊香……全都变成了僵死的东西，无论从物质到精神，都让人无所适从。人们像是热锅上的蚂蚁，惶惶不宁着，四处乱窜起来。

老葛和小梁他们都来了，还有一些闲在家里没班可上的人，众星拱月般围定我，都很服膺。谁也没说由我领头，可这已经别无选择，我不下地狱谁下地狱？一闭眼睛，就下了。

我领着大家，开了一个简单的神仙会。

小梁的眼睛一大一小，还有些斜视，但目光里却饱含着虔诚的崇拜。他说："咱们正义在手仇恨在胸，又有周老师这样的高人领头，还整不过他个包工头！"

老葛比较低调，说："也不能小看了严金令。城市里都是人尖子，他一个农民是怎么发财的？不像我，起早贪黑卖香蕉，累得鳖犊子似的；他靠的是打点银两，这就厉害了，谁知道哪个大人物让他喂饱了，在他身后戗着呢！"

我认为他们说得都对。这种事说简单也简单，说麻烦也麻烦。现在不比从前了，从前是计划经济，一切靠行政命令，孩儿哭抱给娘，娘拍几巴掌或者奶上几口就行了；现在是商品经济，买卖双方愿打愿挨，跟娘没关系了，如若不然，也不能两年来他严金令为所欲为，却没人能治得了他。只有充分发动园区群众，结成最广大的统一战线，利用舆论优势，揭露严金令者流的丑恶嘴脸，把事实真相告白于天下，赢得全社会的普遍同情和广泛支持，才能争取让市政府上层领导早些介入，不但解决电的问题，还要新账老账一起算，把积留的问题连根带梢一揽子解决掉。小梁老葛他们听了就直竖大拇指，连说高，实在是高。

小梁老葛他们就按照我的指点，分头去打电话，吁请有关部门关注杏花园动态。特别是马上向电业局反映情况，把杏花园私接乱搭的电线都掐了，大家利益一致，就能“咸于维新”了。

电业局的人很快来了。小梁又颇有创意地加进了花点，不知从哪弄来一条狮子狗，是死的，摆在那儿作秀，说杏花园姓严了，天老大他老二，扯电线就像小孩子扯猴皮筋一样，生生把个小狗给电死了，这可是全家人的精神寄托啊。那真是字字血，声声泪，痛不欲生的样子。电业局的人被煽出火来，说多亏电死的是一条狗，要是电死了人，严金令就得吃不了兜着走。严金令是哪个高干的私生子怎么着？他就敢挑战城市文明，把一个新建的小区搞得破头齿烂，连电业这么专业的部门都敢绕过去？这杏花园简直就是地主老财的土圩子了。说着就掣出腰间的老虎钳子，嘁哩咔嚓，把那些单独扯过来的电线一一掐断。几个在场的小娘儿们欢呼起来，说三个臭皮匠，合成一个诸葛亮，还是人多有办法。小梁玩起了“三突出”，说：“三个臭皮匠怎么能合成一个诸葛亮呢？A加A再加A等于3A，绝对不会等于1B。所以说，三个臭皮匠合起来还是三个臭皮匠，诸葛亮就是诸葛亮，凡事听周老师的就是了。”

我急着找到一台电脑，要写一份类似传单和战表的东西，这很重要。正在园区里转磨磨，马丽挎着个坤包走过来了，明白了我的意思，马上就说：“到我家去写吧，我家有电脑，打印机还是激光的呢！”真是大喜过望，万物皆备于我，也没多想，就去了。

马丽家的面积结构和我家差不多，只是情调更浪漫一些，屋里还流荡着一股恬淡的香水味儿，可惜被我的香港脚一中和，就显得不伦不类了。马丽却不在乎这个，脸上浮动着宽容的笑容，甚至还有点儿久违了男人气味的亲切感。我颇有自知之明地把窗子推开，让春天的空气介入，这样就自然多了。

我使用马丽的奔腾四，很趁手，思绪也随之奔腾起来。当年是个红卫兵崽子，也曾激扬文字，写过一些半通不通却又很辣很呛的文章，这为日后当作家打下了基本功。转眼三十多年过去，人已垂垂老矣，却不得不旧业重操，再一次捡起这种枪手的行当，不同的只是跟随着科技的进步，从刻钢板变为敲电脑了。从前是为着崇高的革命目标，忘我地傻干，尽管那是虚妄的；而今却是为了简单而真实的生存，在一小块泥泞里苦苦挣扎着。真是气盛文藻，那一些文字不像是用手敲出来的，倒像是冲决了喉中的骨鲠，从心里奔流出来的。

致杏花园物业的公开信

杏花园管理者：

本小区几百户居民忍辱负重，长期生活在极为恶劣的环境里，以求息事宁人，过安生日子。岂料你们不但不检讨自身的问题，反而倒打一耙，采取蛮不讲理的卑鄙手段，强行拉闸停电，并试图各个击破，分而治之。正所谓是可忍，孰不可忍，现在，终于到了我们开口说话的时候了。

起初售楼时你们采取欺骗宣传，把杏花园的硬件和物业服务说得天花乱坠，时至今日，我们越来越感到，你们压根儿就没想做文明的哪怕是规矩的开发商和物业管理者，而是骗一把是一把，骗一个是一个。你们的诚信何在？你们的许诺兑现了多少？谁家见到一滴热水了？全小区安了几扇防盗门？院子里有几棵树，几朵花，几片绿地？哪年的供暖达到了国家规定的标准？我们为入网购买的新气罐弄哪儿去了？有目共睹的是，说停电就停电，说停水就停水，到处是垃圾，在已有的楼房中间任意加盖楼房，遮住了本来属于我们的阳光。电缆一直裸露在外面，马葫芦靠抽倒，满院子臭气熏天……请问，全市乃至全国，还有没有第二家如此破烂如此混乱的小区？所有居民无不痛感到上了贼船，尽管啧有烦言，还是抱着最后的幻想，希望管理者能理智清醒地把小区带出窘境。

然而，最近的事态发展，使你们的无赖心态和霸道行径暴露得无以复加了。你们如果不存在生理障碍，不会不知道去冬的供暖情况，用户在极地般的温度里痛苦度日，而且一过春节，暖气干脆全停了，在别无选择的情况下，各家只好用电取暖，在呵气成霜的低温里艰难度日。当时的物业经理也认可了这一点，到各家收费只收日常用电。用户的苦衷是隐深的，你们是否知道，有多少老人和孩子被冻病了？有多少人不得不斥资购买电热器？我们老实厚道的居民，没谁找你们算账，姿态就够高的了。令人想不到的是，时至今日，你们又突然提出，要追缴这部分电费，没能得逞，便强行停电，引起园区大哗。天知道你们是怎么想的，是不是睡毛愣了？连弱智都不会办出这么愚蠢的事情，说出去都能让人笑掉大牙。你们把我们的麻花换成了窝头，竟然还要收双份的钱，天底下还有比这更无耻更荒谬更无知的腔调么？

现在我们可以庄严地告诉你们，如意算盘不能都由你们来打，痴人说梦的事还是不办为好。如果非要这么做不可，那好，请先把我们的取暖费退回来，哪怕三分之一也好，然后我们就如数交纳那部分用于取暖的电费，这够公平合理的吧？否则，一分钱都甭想从我们手里拿走。我们不是贫民，更不是刁民，我们是在为名誉而战，为尊严而战，为根本利益而战，因此，我们寸步不让。

杏花园长期破败不堪，混乱有加，不是都市之窗，而是都市之疮，给全市的双文明建设严重抹黑。究其根源，一是硬件建设远远不到位，二是物业服务完全不达标。管理者的资质过于低下，癞猫装老虎，未免要出洋相的。不能安居，何谈乐业？年复一年的企盼里，我们已经对你们彻底失望了。关键的问题是，你们从来就没拿我们当做上帝，而是当成了任你们宰割和蒙骗的群氓，刀把捏在你们的手里，想怎么样就怎么样，哪怕一次像模像样的对话和恳谈都没有。你们是不是以为这个小区住的都是傻子？都是不识数的二百五？如果这样想，那就大错特错了。

严重的问题在于教育农民。这是毛泽东主席当年的英明论断，现在看来，对于杏花园的管理者正好适用。你们快点让贤算了，别在城市里建设你们的村庄了。作为消费者，我们正式提出更换物业经营单位，并准备进一步采取维权措施。

杏花园全体居民
2001 年 5 月 18 日

毫无疑问，这是一篇檄文，等于向严金令公开宣战了。我又从头到尾看了一遍，在痛快淋漓的宣泄中获得了某种满足。难怪有人说，革命是一种互动游戏，残酷暴烈之中，却能给人以不熄的激情，我觉得，这比平时写那些无关痛痒挤牙膏式的文字酣畅多了。

我写稿的时候，马丽有意躲进另一间屋里看书，不过因为窗子敞开着，彼此可以通过玻璃折射的光影互相看见。她托颐而坐，寄意悠远的样子，听着键盘流畅的声音，仿佛在欣赏音乐，那情境颇有仕女图的效果。忽然闻到了咖啡的香味儿，我一回头，马丽就站在咫尺之外，笑微微地看我，手里端着一只热汽袅袅的杯子。我就很是奇怪，她是怎么走过来的？怎么连一丝声息都没有？简直就是《聊斋》里的妖魅。我们虽然同属文艺界，却是泛泛之交，一起开过几次会，见面打个招呼而已。如果没有这场乱事，我绝不可能贸然坐到一个独居女人的家里。我接过咖啡，谢了。马丽又说没有烟，对不起了。她转身走回房间，那个身转得真叫迷人，弄得我心里毛毛糙糙的。

文章快写完了，马丽又转出来，拿出一个小本本，征询地说，她记录了前年和去年冬天每一天的室内温度，要不要现在提供。我惊讶不已，说："那么多天，你……是怎么坚持下来的？"

马丽凄惨地笑笑："我没事干，我有的是时间！"

我明白了，她太孤独；她记录下的不仅是温度，也是自己孤身独处的心电图。我肯定地说，这很有用，等把电的问题解决了，我们可以联名起诉杏花园物业，这种原始记录是最权威的证据。马丽的眼睛雨雾蒙蒙的，说："周老师，我看出来了，这场斗争的背后，实际上就是你和严金令两个人的斗争，虽说你们两个不一定见面。我相信，你肯定会胜利的！"

我很惊异，因为跳舞的一般都没什么思想，就像鸟类为了飞翔要简化器官一样，像马丽这种大小脑平衡发达的人毕竟很少。我觉得听到了知音，就说："这一把牌基本是一边倒，咱们是大小王四个二，姓严的是满手杂八凑，只要裁判公正，那就没他的好果子吃！"马丽听了咯咯笑，说："那，我就情愿当一张副牌，没什么大用，可总能顶个数！"

我不大会鼓捣马丽的打印机，写好了文章，就撂给她了。马丽打印出来，又拿到街上去复印，百十来份，钱都是她花的。这还不算，也没用谁吩咐，回来就开始在园区各处张贴。春风吹拂着她那一匝瘦骨，仙袂飘飘大义凛然的一个佳丽，很像电影里的女革命党人。一些孩子和妇女皆大感动，都分了一些去贴，保安见了也不管（平时乱贴广告也从来没管过），还笑着攻火说，贴实成一点儿，撕不下来才好。我觉得马丽这小女子很仗义，和老葛正好相反。其实这档子事离她们七号楼还有八竿子远呢，她完全可以眯着，或者像别的人那样随帮唱影，跟着坐蹭车。

小梁拿着电喇叭，让哥们儿用送货的小三轮带着，在园区里往返梭行，一遍遍念着那篇稿子，真有点儿气势如虹吊民伐罪的架势。杏花园的人看了听了，无不奔走相告，都觉得挺解气，也都知道是我写的。我又让小梁送到报社、电台和市政府去一些，希望能引起广泛关注。其实杏花园的事没少在晚报上曝光，每一次都是零打碎敲，不疼不痒，从来就没能真正触动严金令他们。结果让杏花园这条贼船越开越远，逃出三界外，不在五行中了。

我给能打电话的人都打了电话，包括晚报的副主编。我说："哥们儿，有个热点新闻，关系到国计民生，最好派个硬实一点的记者来，保准震个一溜嘭嗵！"副主编答应得很慷快，也表现出了足够的热情。派来的却是个青苹果，小丫头面带微笑在园区里转悠了一圈，问了几个不疼不痒的问题，大概连边框四至都没摸到，就走了。

我们单位的孙头打来电话，说我近年来的成绩不赖，市里要隆重表彰一下，还有不菲的奖金，材料已经报上去了。又问到我那篇纪念五·二三毛主席在延安文艺座谈会上的讲话大会上的发言稿写好没有，领导要审查的。

我说："稿子没法写了。我们杏花园都停电三天了，你知道吗？"

老孙说："听说了。现在各地这种狗扯羊皮的乱事不老少，真让人挠头啊！"

我说："孙头，你认为这是狗扯羊皮？那么谁是狗，谁是羊皮？总该有个是非曲直吧！"

老孙操了一声说："干吗把我也扯进去？电又不是我停的！"

我苦笑了一下。老孙是从政工口上才调过来的，还没怎么顺过撇来，弄了几件戗茬事，背地跟我叨咕着诉苦。我就告诉他，孔子当年的话过时了，最近又做了局部修订，叫"唯小人与作家为难养也，远则怨，近则不逊"。老孙吧嗒几下嘴，笑了，说事是这么个事，可你敢说我不敢说。

我说："孙头，你能不能跟市领导说说，把电的问题快点儿解决了。”

老孙笑了，说：“市长日理万机，怎么可能给你解决电的问题？你太书生气了吧。到办公室来一趟，我帮你找一台电脑不就结了嘛，干吗非要一根筋！”

我沉默片刻，然后说：“我不用自己的电脑不会写字，你还是另请高明吧！”

老孙也沉默片刻，说了含混不清的两个字眼，就把电话挂了。

小梁猴在我家里，翻着电话簿到处打电话，明显是病急乱投医。多数回答都语焉含混，态度模棱。有的甚至不信，说你讲的是《天方夜谭》吧，这是绝不可能的事。也有的说这种事属于商业行为，不好行政干预。你们可以找消协，不行就集体联名起诉嘛，毕竟是商品经济，法制社会了。小梁憋不住火了，对着话筒大声说：“真是饱汉不知饿汉饥呀，你们灯火辉煌的，我们都停电两三天了，等到起诉判决下来，台湾都解放了。你们就不能派个人下来，到杏花园转上一圈，看看我们是怎么生活的？”当然人家嘴大他嘴小，被居高临下教训几句，就瘪了。小梁难以平衡，就用手压下叉簧，很义愤地骂一句：“去你妈的！”然后再把话筒挂上，用手揉着太阳穴，一声接一声地叹气。

四　5月19日至21日

我没敢告诉内人，那封公开信是在马丽家写的，那就很有瓜田李下的嫌疑了。内人在男女方面相当敏感，始终百倍警惕，经常用审贼的锐眼看我，把我心里那一点残存的欲念扫荡殆尽。我哄骗她说，是借用了一个朋友办公室里的电脑，她居然就信了。内人的文化阅读这类东西还是没有障碍的，看过之后肯定地说：“你写得也够损的，把严金令他们挖苦够戗。我看，他们非得恼羞成怒，回头跟你算账不可！”

果然没错，第二天一早，物业方面也回敬了一张帖子。

答公开信的公开信

杏花园各位业主：

东风吹，战鼓雷（擂），现在世界上，究竟谁怕谁。

这次停电，实在是很无耐（奈），我们深表欠（歉）意。

煤和电都是商品，你们不交钱，就买不来煤，没有煤，锅炉就烧不热。你们点电，又不交钱，我们已经欠下电业局二十多万元的电费，万般无耐（奈）的情况，只好停电。

这次带头闹事的，就是各（个）别人。以为自己挺特苏（殊），想跟我们搞特权，行不通，就在阴暗角落山（扇）风点火。你敢站出来，和我们面对面吗？我们随时躬（恭）候，亮（量）你也不敢。这种人早晚是要失败的。

杏花园物业公司
2001 年 5 月 19 日

我看着，都憋不住笑了。这样一篇狗屁不通的东西，竟然会出现在一个现代化指数蒸蒸日上的繁华城市中心，而且是用电脑郑重其事打印出来的，署着单位的名字，真是滑天下之大稽了。一些放了学在外面玩闹的孩子一边念着，一边嘻嘻哈哈地用笔改正着上面的错别字。连我内人这种半文盲，都连称跟杏花园物业丢不起人。根据字面上的意思，居民不但欠着他们的电钱，而且还欠着他们的煤钱，真是理亏大了。所谓的“个别人”一看即明，是直接冲着我来的。

我心里呼啸着正义的冲动，把手表、钱包等贵重物品都留在了家里，对内人交代说，既然他们公开叫板了，我就不能草鸡；我不是代表自己，而是代表广大群众，不去就理亏了。如果半小时之内回不来，那就是舍身取义了，套用毛主席的话说，我是为人民利益而死的，死得其所，是英雄或准英雄了，这在和平年代，也算是偏得。遗体捐献给医疗研究单位，追悼会就免了，最好能把我的作品出全集，那就真的死而无憾了。内人抱住我的大腿，嘤嘤地哭起来，说：“老周，咱豁出不用电了，行不？当年插队，点着小油灯，抱着磨杆拉磨，不也活得有滋有味嘛。杏花园这么多人，怎么就非得你出头？赶快买张车票，远点儿躲着吧，过了风头再回来！”

我说：“横了竖了都是你。不是你让我出头的么？”

内人说：“现在，我后悔了。炒豆大家吃，砸锅一个人的事，为了那些缩头缩脑的混人，不值！”

我说：“现在的问题不只是用电不用电的问题了，现在已经进入了光明与黑暗、正义与邪恶的大决战。更为重要的是，活着不能失掉做人的尊严，就是严金令提出和我决斗，我也不会退缩的！”

内人仍然嘤嘤着，说你要不早点要不晚点，这么不早不晚的把我扔下，以后的日子怎么过？再说，这空调还没装完呢。这分明带有诀别的意味了。我想了想又笑了，肯定地说，眼下他们还不敢把我怎么样，更不可能大天白日在办公室里把一个大活人解决掉。我身后有广大的人民群众，即使深入虎穴龙潭，也不过是逍遥一游，跟毛主席当年重庆谈判差不多。内人又破涕为笑了，说你那个熊样子怎么能跟毛主席比？我还不知道你，也就是爹着头皮装胆大呗！

我迈着义无反顾的步伐，昂然走向了物业办公楼。门口的保安看见我就像见了鬼一样，赶紧跑进屋里去报告。被砸碎的玻璃都重新镶好了，只是那块“严氏集团杏花园物业公司”的牌子已经不见了踪影，露出一片光搭搭的马赛克来。我把后果估计得很足，甚至设计好了挨闷棍和攮子的情景——倒地的姿势绝对不能太猥琐，得从容潇洒，有着足够的汉子气，就像我小说里那些震古烁今的壮士一样。

老沙坐在屋里，身边还有几个虾兵蟹将，全都像霜打过一样蔫头巴脑的。看见了我，老沙强笑一下，隔着桌子抛过一支白杆烟来。他那种走五道赢来的劣质烟还能叫香烟么？简直就是超标排放的大烟囱，我是从来不抽的。何况眼下如此敌对，不能说是不共戴天，起码是不共抽烟了。

我说：“既然你们都明白了，那就请便吧。遗嘱我都写好了，活过了半个世纪，死了也不算是少亡了。再说，和平年代，你们能成全我做一个烈士，那也算是助人为乐！”

老沙嘿嘿笑，说：“周作家，老周先生，你想得太严重了。虮子来例假——多大个×事啊，就是想和你聊聊，没别的意思。”

我说：“你不过就是个奴才，和你没什么好聊的。要聊就让狗日的严金令来，只要他能听懂中国话，那就好办了。”

老沙不尴不尬了好一阵，想了想就说：“好吧，既然如此，就让狗日的严金令来。你说得不错，我就是个奴才；可活在世上，能有几个人不是别人的奴才呢？”

老沙出去了，虾兵蟹将也跟着出去了。其实我也知道，由于严金令长期拖欠下面的工资，手下的也啧有烦言，活儿干得挺消极，嘴上还总是骂骂咧咧的。

不过三五分钟，门响了一下，来人是李贵妃，果然有几分颜色，还带着一个四五岁的孩子。坐在我的对面，脸上微微一红，说："周老师，老严他来不了，老严还在威海呢。他让我跟你赔个不是，他不知道你住在一号楼，要是知道，就不会从一号楼开始停电了。"

李贵妃的外表根本就不像是李贵妃，而像一个普普通通的邻家女孩，给人一种我见犹怜的感觉。那孩子自来熟，或是幽闭久了，见人亲，没等招呼，就黏糊到我身边来，一口一个爷爷地叫着，看着跟别的孩子没什么两样，很像是祖国的花朵了。严金令岁数和我相仿，这么一叫，就未免乱套了。我就慌乱地抚摸着孩子的头发，极想表现与生俱来的爱心，摸摸衣兜，摸出一盒清嘴含片来，晃出一阵动听的细琐，一股脑儿送给她了。那孩子还算聪明，竟然无师自通地滑开了盒子，取出一片填进嘴里，咂着，跑到一边玩儿去了。

我说："李贵妃同志，你错了。无论是从几号楼开始停电，我都会挺身而出的，因为严金令欺人太甚，这口气我们实在咽不下去了！"

李贵妃说："实际上老严也是被逼无奈，他也有难处……"

话没说完，那个庶出的孩子脑袋撞上了桌角，哇哇地哭起来。李贵妃忙着去揉那痛处，顺势从坤包里拿出一沓钱来，大约是一万元，撕撕巴巴地就往我的兜里塞，说是老严的意思。老严是什么意思？我怎么能拿他的钱呢？他这么做，显然是太低估我了，也过于唐突和简单，和儿戏差不多。我就弄不明白，严金令总是干这种学龄前水平的勾当，在精英遍地的城市里，是怎么承包下这么大工程的？怎么进军外地的？我警惕起来，生怕李贵妃就势往我身上一贴，再高喊一声非礼，那伙保安很配合地涌进门来，那可就跳进黄河都洗不清了。

我搪开她的手，三步两步走出门去。这才发现，小梁和马丽一直站在门外守候，像一对门神似的。小梁拿着一根墩布把，马丽却拿着一串钥匙，上面有一把精致的小折刀，刀刃打开着，晶莹闪亮的，只有牙签那么长。我心里一热，朝他们感激地一笑，鼻子竟然酸溜溜的。

晚报的文章登出来了，有一块豆腐那么大，不是鲜明犀利，而是隔靴搔痒，还有各打五十大板的意思。这样看来就不是侵权和维权的问题了，而是姑嫂勃谿，流氓火并，没什么好同情的了。我给当副主编的哥们儿打电话说："你们连毫不沾边的大歌星有几根毛毛都津津乐道，恨不能藏到人家的床底下去当狗仔队，却不关心眼皮底下老百姓的死活，连真话都不敢说，真让人失望啊！"副主编慌忙解释，说是记者嫩，严金令又背景模糊，不敢涉笔太深，稿子写得肉了一点儿，希望我能理解。

一号楼仍然是一片冷清和死寂。狡兔们并不在这死等死靠，三十六计走为上，又举家住到别的洞窟里去了。有的人家有高考的学生，只好花钱买了应急灯，上班时拿到单位去充电，下班后再带回家来给孩子照明。也有人另辟蹊径，不知从哪弄来一台柴油发电机，放到一个单元的走廊里突突起来，有三五家借光扯了电线，得过且过地苟安起来，有事找他们串联，门都叫不开了。小梁见了就骂，说这还是人吗，纯粹是一笼子鸡，杀一个，别的都缩着头木着脸，照样啄米饮水打鸣踩蛋，只有杀到自己头上才肯叫唤几声。小梁说日子越过越富，人心越来越散，要是哪国的鬼子再打进来，还能有义勇军么？我说，不要强求别人，有你，有我，有马丽这样的人，就足够了。再说，别的楼不伸头，但内心是支持我们的。我们是前线，就像百里之外的江堤，挺住了，后方就平安无事；垮掉了，后方也就完了。小梁还是用崇敬的目光看我，那斜视的眼睛竟然泪汪汪的。

我又给电视台的哥们儿打电话，说杏花园一号楼已经被无理停电一百多个小时了，这在任何一个城市里，都是不可思议的事情，你们电视台为什么到现在还按兵不动？哥们儿笑着说，投鼠忌器，自己的刀削不了自己的把儿，这个道理难道你不明白吗？我说实在不行，就得把省电视台《新闻夜航》节目请来，再说，中央电视台《焦点访谈》和《新闻调查》栏目，都有我大学同学，那样就更好了，居高临下，也就是个雷公打豆腐。哥们儿说，你是不是想连市政府都一块儿得罪了？市里又没说不管，就是早一天晚一天的事，你总不至于五十来岁，成了绝顶聪明的大傻×吧！

我冷静思考了一下，也对，无论如何，不能把市政府绕过去，这是最起码的常识。就决定以一个知名作家的身份去面见市长，而且必须拿上一篇文字，一旦不能谋面，得让文字替我把意思说清楚。

不得已，我又来到马丽家写稿子，这一回是直接写给市领导的。

紧急吁请

尊敬的市政府领导：

我们杏花园的全体居民，基本的生存权遭逢了最野蛮最粗暴的践踏，部分居民已经在黑暗里生活五天了，至今仍然看不到任何头绪，孩子哭老婆叫，一片凄惨之状。对于我们普通老百姓来说，这就是天大的事；除了这些，我们还有什么？

杏花园的问题不是一天两天了，今天的爆发，既是物业管理者胆大妄为目无法纪的结果，也是有关方面缺乏规束和有效制约的结果。有谁能想象，在今天的社会主义中国，一个小小的物业公司仅仅凭借自己的愚蠢判断和强盗逻辑，会擅自给居民停电，而且一停就是数天之久？目前双方还在对峙，冲突还在继续，并且有愈演愈烈的趋势。居民们苦于诉告无门，只好叨扰市政府领导——杏花园毕竟是市政府批准立项开发建设的，我们不找政府找谁？诚请在百忙中关注一下，哪怕派人深入园区走一遭，看看情况，听听群众的呼声也好。否则，那真是叫天天不应，叫地地不灵，连哭都找不到庙门了。

我们希望，杏花园的“灯下黑”问题能一揽子解决。当然，这是很棘手的，就目前而言，只要能尽快给电，让普通老百姓过上正常日子就行。多年的事实已经证明，目前的管理者根本就不具备相应的资质，大概平均文化连小学都不具备，而且缺乏管好小区的诚意和善心。他们以为，他们盖起了楼房，就成了那片土地上的统治者，就可以置公理和舆论于不顾，任意蹂躏园区居民，甚至可以公然藐视市政府的权威。我们保留申诉的权利，并将通过法律手段，向杏花园物业部门索赔。我们不准备接受他们道歉，原因是如此蛮横无理的行径所造成的感情伤害，是不会用几句话就能哄得住的。年复一年的企盼里，我们已经对这些人不抱任何希望，除了更换物业，再没有更好的办法。所谓长痛不如短痛，所谓当断不断必受其乱，如果还是老班底，居民就会永无宁日。

诚请市领导从速明断。

杏花园全体居民
2001 年 5 月 21 日

马丽把稿子打印出来，拿在手上看，脸上浮现出钦羡的神色，很快又变作了幸福的红晕。稿子在她的手上抖着，就像一只觳觫的鸽子。我和她离得很近，她身上好闻的香味让我很慌乱。我是典型的叶公，又好龙又怕龙，在漂亮的女性面前，总有一种临深履薄的感觉。好在我过了容易冲动的年龄，在黏滞的气氛里，总会装傻充愣混过去。我捏住稿子的一角，说是要拿出去复印，手却被马丽按住。她说：“不用，还是我去吧！”她说这话的样子很痛苦，就像要窒息似的。

就在这时，电话响了，马丽上前接起来，竟是我内人。

内人说：“你就是马丽？”

马丽说：“我是。”

内人说：“我家老周在你那儿？”

马丽慌了一下，赶忙说：“没有，我这儿没什么老周，你一定是打错了！”

内人笑了：“你就别瞒我了，早有人向我报告了。我没有别的意思，就是想告诉你，我们老周血压高，一激动很容易把血管胀破了。你正是如狼似虎的年龄，可得悠着点儿来，别像使唤公家东西那样，我们娘儿们还得指着他过日子呢！”

马丽的脸变得煞白：“大姐，你……”

内人说：“我知道，你守着活寡，也挺可怜的，就当是我们老周学雷锋做好事了。你们跳舞的能伸腿拉胯，功夫肯定好……”

马丽摔了话筒，捂着脸呜呜地哭了。她的锁骨支离着，一抖一抖的，那些晶莹的泪珠就从她的指缝里向外迸溅，看上去是那么消瘦，那么楚楚可怜。我走上前去，窘着脸向她道歉，但她走进了卧室，砰地把门碰死，无论我怎么央求，就是不肯打开。

五　5月22日

因为平时不坐班，市政府我并不常去，不是很熟。是个挺森严的彼此连通的建筑群，和市长住宅楼隔道相对。市长和相当于这一级别的干部都住在这个神秘的大院里，每家独占一幢精巧的复式楼，由于是琉璃瓦罩顶，人们都叫它烈士陵园，当然这有红眼病的成分。此时，楼房正在加顶，工人们用一种色泽鲜艳的塑钢瓦楞板材，支出漂亮的拱形，这样就好多了，既可御寒隔热，又扫荡了陵寝之气，再叫烈士陵园就不对了，应该叫童话世界或休闲别墅才贴切。院子里是葳蕤的草木，地面干净得就像星级宾馆的桌子。这不禁令我感慨系之——杏花园距此不过一站之地，竟如天上地下；这里在锦上添花，那里却是长夜难明，这太不公道了。

我在迷宫般的大楼里转了好半天，终于找到了市长办公室，碰巧又没人，只好把那份《紧急吁请》，连同前两天的那封《公开信》，放到了警卫秘书那里，还附上了我的名片，托他送达。警卫秘书处于走廊的入口，大有一夫当关万夫莫开的意思。他肯定是个爱读书看报的人，看看我的名片又看看我，哦了一声表示知道，同情地说，周老师，你放心，我一定送到。不过市长太忙了，我不知道交到他手里，要等多少天。

回到家，已经是清锅冷灶的一个空巢，内人留了一张纸条，说她回娘家了，倒不是娘家有什么急事，而是高风亮节，给我腾地方。我丈人家在乡里，也就是当年我插队的地方。尽管进城多年，内人仍然停留在人民公社的水平，这实在是很遗憾很无奈的事情。我赶紧往乡下打电话，岳母说，人是到了，可头疼得厉害，不想接电话。我对着内人的大照片看了半天，怎么看怎么像是遗像。

我风卷残云吃了一顿剩饭，又用开水顺了顺，才想起来，应该给马丽打个电话。

我说："马丽，不看僧面看佛面，你就谅解一个没多少文化的大醋缸吧！"

马丽不吭声，却也没放下听筒。

我又说："肯定是敌人使的离间计，让我们自己内乱，我们绝不能上当受骗！"

马丽还是不吭声。但能听得到她的饮泣。

我又说："马丽，通过这次，我很高兴能认识你。你是个好人，好女人。我们是好朋友，很好很好的朋友，这就足够了！"

马丽终于哭出声来。她说："周老师，我们干吗还要互相欺骗说假话呢？现在我可以告诉你，因为当面我没有这种勇气：我爱着你，很快，也很深，不可救药。正因为如此，我们今后永远不要再见面了！"

马丽挂断了电话。那一刻，我觉得心都要碎了。

下午，小梁老葛他们又来了，很恓惶很颓唐的样子，说没想到一件是非分明的事，拖到现在还没人站出来放个扁屁。这么一拖，肥的拖瘦了，瘦的拖死了，只怕是革命火种还没等燎原，就自己熄灭了。又指给我看窗外老沙他们变本加厉的嚣张，竟然在院子里张开一幅大标语，上写："照章收费，不交不对。抗拒不交，闹也没招！"周围竟多了几个生猛的面孔，都剃着崚嶒的秃头，一看就是好勇斗狠的茬儿，杀气腾腾地在周围逡巡。还用电喇叭满院子喊着“保卫杏花园物业”、“稳定压倒一切”等口号。他们不是在暗示，而是在明示，他们要反扑了，而且大有文攻武卫的架势。

我又给市长热线打了电话，报告了杏花园目前的情况。

热线说：“秃头不秃头的，不能以貌取人，咱市里那个老劳模还是秃头呢！”

我笑了，觉得这人挺有意思。

热线又说：“你们杏花园已经是第十七次来电话了。我们已经把事情反映到市长那儿了，得研究研究，等着吧。”

我说：“得研究到哪一天？”

热线说：“这种事不是那么简单的，我们得走程序，再快，也得容个空吧！”

我说：“其实就是一句话……”

热线说：“你说得倒容易。怎么能是一句话的事呢？房子是你们自己买的，又不是市里分配的，到了这种时候，你们又找市里来了！”

我说：“要是市里给我分配了局长处长那么大的房子，我也不买！”

热线笑了：“还是你有钱，换了我，砸锅卖铁也买不起！”

我说：“刀没切到你的手上，当然你不疼。假如是你，一连六天生活在没有电的楼房里，那是什么滋味？”

热线说：“我买不起杏花园的楼，所以你的假设不成立！”

我说：“假如市长他们那个‘烈士陵园’停电十分钟，那会怎么样？”

热线又笑了：“哥们儿，你也太书生气了。没听人说么，命苦不能怨政府，点背不能怪社会。你怎么能和市长攀比？哥们儿，认命吧！”

我也笑了，很开心。其实我也知道，所谓市长热线，不过是信访办的一部电话，每天轮换值班守着而已。他们没有十万火急的业务，他们得按部就班，层层申报，把梳理过的民情民意端给市领导。再说，他回答得多好啊，问题没解决，也不惹你生气，一个探头球打过来，让你接不住，还得心服口服。

住我楼上的小杜老婆正在坐月子，是双胞胎，本来就顾了吹笛顾不上捂眼儿，又摸黑操作，结果把一碗热粥扣到了一个孩子的身上。当姥姥的闻讯驰援，却因为看不清楼梯，一脚踏空，把老骨头弄劈了。人们帮着把孩子老人送往医院，小杜拉着我，扑通跪下了，哭着说，周老师，求你了……一哭，下面的话就连汤了。

那一刻我义愤填膺，环顾着那一圈祈望的眼睛，一面揉搓着沧桑疲惫胡子拉碴的老脸，长叹一声，说：“看来，所有的路都走不通，我们就剩最后一条路了！”

小梁说：“什么路？只有上市政府了！”

大家异口同声，说上市政府，上市政府，不上市政府不行了。什么叫逼上梁山？是一步一步赶到这的。要是仍旧瘸子打围坐山喊，再有一个月也要不来电。

我说：“这实在是不得已。既然如此，那就通知吧，明天早晨八点，到市政府后门广场集合，也就是对着‘烈士陵园’的那个地方！”

小梁几个人年轻的急急如律令，马上就去通知了。冒着短兵相接的危险，边走边用电喇叭喊话，和物业方面唱起了对台戏。小梁喊得很哏气，说杏花园不是杏花斯坦共和国，总会有人管得了。无论老弱病残，娘儿们爷们儿，多去一个多一份革命力量。欢迎特型演员加盟，瘸瞎鼻嘶，老天巴地，疯傻痴呆，拄拐的，坐轮椅的，淌鼻涕流哈喇子的，往那一站，不用说话就很煽情了。让市里的领导们看看，就是这些善良百姓，被严金令逼得走投无路，只得来求父母官了。

那几个来历不明的秃子听了就笑，还凑到小梁身边，夸赞他嗓子好，很哥们儿地向他甩烟。小梁接了就抽，又和他们认同地说笑。老葛隔窗看着，大为反感地说：“其实都是一路货色，有的是进去了又放出来的，有的是正要进去的，没他妈好东西！”我知道老葛和小梁正闹着别扭，因为老葛张罗要借柴油发电机，小梁警告说：“葛朗二台，你这种人真操蛋，总是狗舔蓼子各顾各。你要敢这么干，我敢把你的自来水阀门关了！”小梁家住在老葛家楼下，是自来水的上游，关阀门不过是举手之劳，老葛真的就不敢再提这个话茬了。

忽然看到了马丽，袅袅娜娜地旋过楼角，拿着一些打印过并且裁好了的纸条条，挨着单元张贴。无疑也是集会通知。我凭窗而立，久久看着这个妙人儿在地上蹁跹，直到她贴到我家楼下，朝楼上瞥了幽怨的一眼，我才像被烫着了似的缩回头来。

老葛说：“有什么任务，你就尽管吩咐，有一分热发一分光嘛！”

我看了看，身边也确实没有可用之人了，就说：“你去买一块红布吧，做横幅；我们怎么也得有一条横幅做前导！”

老葛显出了为难的样子，说："你看，我身上没带着钱！"

我盯了他五秒钟。亏得还是个大款，说这种话，怎么能好意思？就算身上没带钱，可以回家去取嘛，不过是出门槛进门槛的事；大概花他的钱比割他的肉还难受。真是拔一毛而利天下不为也，如果整个杏花园都是这样的大款，如果全中国都是这样的大款，那该是多么可怕的事情！我很想骂他几句，话到了嗓子眼儿，又忍住了。就从口袋里摸出一张五十元的票子，塞到他手上说："够不够？"老葛哈哈两声，问了尺码，没说够也没说不够，拿上钱，避着那些秃子，贼贼地走了。

我一个人留在屋里，点上烟，大动心思地拟起了标语口号。大横幅是这样的："彻底根治都市之疮——杏花园！"个人举着的标语牌上分别是："决不允许杏花园物业挑战都市文明！""杏花园不是地主老财的土圩子！""我们要生活！我们要光明！我们要用电！""物业不换，必受其乱；奸商不治，永无宁日！""正当维权，大义凛然！""擅自停电一周，全国绝无仅有！"……看看到了黄昏，肚子饿得不行，就想起每天给我做饭的内人来，尽管只会农村做法，爆炒咕嘟炖，二三十年来，却没让我饿着过。浩叹再三，趁着天没黑透，把一些馊粥烂饭热了，好歹糊弄过去。想想生活在一个繁华的城市里，住着用全部积蓄买来的大房子，却要如此委屈自己，还要干一些低三下四人所不屑遭人质疑的事情，真是黑夜踩到了牛屎上——你不找事（屎）事找你，自认倒霉吧。

老葛用胳膊夹着一块红布回来了，把一把零碎票子交还给我，一一报账说，布是几尺，花了多少钱；来回打车，花了多少钱。又再三强调，他打的不是的士，而是招手即停，就样就为革命节省了每一个铜板。老葛这副损头损脑的德行真让我讨厌透了：买红布花我的钱，怎么打车还能花我的钱？你的轻骑哪儿去了？可我又怎么能跟这种人计较？睥睨而已。就装作漫不经心的样子，道一声辛苦，放他回家吃饭去了。

小梁找到一家裁缝店，为横幅两端做了两个套库，人家一听是杏花园请愿用的，没收钱，还饶上了两块白布。又想起没有撑着的竹竿，就趁着黑夜，到一个新开张的商场外面偷了两根，还带着印有招商徽标的彩旗呢。小梁解释说，都插在地上，浩荡的一片，不是偷，是没人看见，自己拔下来的。其实就是正面商量也没什么问题，杏花园的事闹得满城风雨，有良知的人谁不同情！自己拔下来，不过省事一些。把那横幅穿到竹竿上招摇了几下，很合适。就说，什么叫揭竿而起？咱这就是。我赶忙喝住他说，不可乱讲，咱们又不是陈胜吴广，咱们就是讨个公道，把叮在咱身上的虱子抖落掉。竹竿用过之后，再给送回去，这才是君子之道。小梁看着我嘿嘿笑，说周老师可真是大好人，要是都像你一样，共产主义早就实现了！

我匍匐在一圈蜡烛当中，用广告粉刷着横幅上的大字，用的是遒劲的粗黑体。这种功底还是早年造反时练就的，多年不用，未免手生。写完之后再看，差强人意了，又没有别人可以替我，只好这样。已是夜里九点多钟，觉得肚子饿得不行，还咕咕乱叫，放一些空洞的凉屁。向外张望一下，不远处的店铺还有阑珊的灯火。就穿好衣服，想找个地场垫补垫补。

还没拐出大门，就见暗处晃着几个秃头，手里似乎还拿着家什，用了阴鸷的声音说，是他不？就是他！这回别让他跑了！从本质上讲，我还是怕死的，尤其怕死在这种人手里——一样的终结生命，喂老虎和喂蠕虫，那是大不一样的。于是就加快脚步，想往亮处走。可他们跟得很近，也是慌不择路，就拐进了一个单元，上到了三层，才突然明白，竟然是马丽的家。真是鬼使神差，也顾不得许多了，挥拳咚咚地敲门，喘息着报出了自己的名字，说有人追杀我。门就打开了。

屋里没开灯，光线是幽暗的，呈现在我面前的只是一个女人的轮廓。她穿着睡衣，长发纷乱如瀑，带着一种洁净的暗香，略一踌躇，就扑到我怀里来。马丽浑身都在颤抖，她一抖，我也跟着抖了。我拙笨地抱着她，抱得很不得法，甚至是勉强招架，这暴露了我在这方面的业务是何等生疏。她把头埋在我的肩上，放任地哭了起来，哭得酣畅淋漓，好像一个委屈的孩子，终于找到了一个可以依靠的大人诉说。我的衣服都被她的泪水打湿了。我摸到了她精致的锁骨，还有琴键般的肋骨，那对坚挺的乳房就在我的怀里勃勃活跳，这让我感到了超验的新奇。其实我可以吻她，然后再把下面的事顺理成章地办下去；可我一抖，血压就出了问题，大脑里空旷迷茫的一片，人就完全不在状态了。再说，我的清嘴含片都给了严金令的小崽子，馊粥烂饭正在我的肚子里发酵，我对自己的口气很不自信，所谓己所不欲，勿施于人，就挺着不动，拍着马丽的肩膀，像哄孩子似的安慰她说，没事没事，一切都会过去的，胜利属于人民。马丽抽噎着收声了，忽然又啼啼地笑起来，退后一步，说，周老师，你可真有意思！然后，灯就打开了。

我们都觉得挺难为情，眼睛游移着不敢对视。马丽问我，要不要报警。我想了想说，报警就不必了，一是并没有确凿的证据，二是人在她的屋子里，说不清道不明的。我没脱鞋，也没往屋里深走，只是倚着铁门喘息片刻。其实我也知道，屋子里的境况并不比外面安全。我说马丽明天见吧，我还有几幅标语没写完呢！我的手搭在了门锁的拉簧上，刚要打开，马丽从身后抱住我，像摔跤似的，把脸贴到了我的脊背上。她说你等等，让我就这样待一会儿，行吗？你是生活在我周围最让我敬佩的男人！我僵住不动，那一刻肚子里憋满了源源不断却又不便排放的气体。我喃喃说道，马丽，对不起，你还那么年轻，可我已经老了。大约过了一分钟，马丽放开了我，她透出了一口长气，说，谢谢你，周老师，我已经很幸福了——其实你一点儿也不老，只是你自己认为自己很老了。

我如蒙大赦，走出那扇防盗门便开始泄压，从楼梯走下来时，身后竟然一阶一响，跟一支小型打击乐队差不多。楼外憧憧的秃头已经了无踪影，好像刚刚只是一个不敢确定的残梦。我没敢上街，来到小梁开的小超市，本想买两包方便面，但小梁坚决不肯收钱。他说，别说是两袋方便面，就凭你对杏花园的贡献，选你当酋长我都拥护。

六　5 月 23 日

早晨八点，就在人们络绎上班办事来的时刻，市政府后门的广场上已经集聚了好几百人。起初我以为都是杏花园来的，心中不禁暗喜，及至跟前才发现，这些人的衣着打扮都很差劲，一打听，原来都是铁西的拆迁户，为费用和安置的事请愿来了。杏花园就惨了，仔细数数，不过是十几个人来七八条枪，大都是一号楼的，外援只有两个，一个是马丽，再一个是李贵妃的妹妹。马丽的眼睛躲躲闪闪的不怎么看我，似乎无视我的存在。李贵妃的妹妹则表现出了不可思议的骁勇和亢奋，撑着大横幅的一端，飒爽英姿的，嘴上还一个劲儿咋咋呼呼。铁西的人看了就很惊讶，说杏花园不是富人区吗？从来革命都是穷人的事，没见过富人闹革命的。我们是没有房子住，你们住着那么大的房子还不消停？我对他们解释，肖伯纳说过，富人的革命才是最后的革命。他们不懂，问那个姓肖的是哪个单位的，说这种屁话，肯定就是钱多烧包了。

小梁沉不住气了，对我嘀咕说，屁崩的几个人，横看竖看都是一小撮，请愿不成，都得让人笑话死。怪不得严金令可以任意胡来呢，就像动物世界里，一头狮子可以吃掉一群角马，因为角马自顾自，有了草抢着吃，有了危险跑得比谁都快。我也大感失望，骂了两句粗话，又笑了，拍拍他的肩膀说，人和动物毕竟不一样，严金令不是狮子，我们也不是角马。人就是人，动物会打着标语请愿吗？再说，我们可以借土生金呀。小梁的悟性很好，马上指挥人们往铁西的大队伍靠拢，这样一掺和，分不清哪伙是哪伙，看上去气势就够宏大了。

杏花园的人每人举着个牌牌，是写好了之后又糊在硬纸壳上的。过往行人都放缓了脚步细看，打听了原委，同情支持者甚众，有的还偷偷竖大拇指。小梁用电喇叭喊话，宣布了若干纪律，不许践踏绿地，不许随地吐痰，大小便就更不行了。还有不许乱扔烟头和果皮，不许乱起哄乱喊口号，不许这个那个，绝对的军纪严明。看看没人出面接待，队伍闲在那里，就指挥人们唱起歌来，唱《团结就是力量》，唱《国际歌》，唱“大刀，向鬼子们的头上砍去……”唱“党啊党啊，亲爱的妈妈……”一时唱得悲壮异常。马路那侧，那些加盖彩色屋顶的工人都歇了手，向这边引颈观望。

来了几个官人，都是信访办的，用守土有责的口气说，你们派个代表吧，到屋里说说清楚；这么大帮哄不好，不利于安定局面，也影响办公。人们就纷嚷起来，说用小官毛毛对付我们不行，我们要见市长；以后搞选举，市长还要不要我们杏花园几千张选票啦？官人哂笑说，选市长还能轮到你们？别指望资本主义那一套。你们选个谈判代表吧。大家就乱嚷起来，一嚷，就乱成一锅粥了。还没等我出列，老葛就从后面把我推到前面去，说这就是我们的代表，让他跟你们说吧！

小梁斥责老葛说：“那么大的岁数，尽干操蛋事。你得让人家自己走出去，不能推，懂吗？你推那属于出卖，是叛徒性质！”

老葛嘿嘿地赔笑。

我对信访办的说：“没什么好说的，该说的七天前就跟你们说过了，你们还让我怎么说？”

信访办的问：“你是哪个单位的？”

我说：“从编制上讲，算市政府的！”

信访办的惊诧莫名，说：“市政府的人还到市政府来请愿？这不是自己打自己的嘴巴么？”

我说：“我是市政府的不错，可也是市民哪。你以为我愿意这样做么？都七天了，就在市政府的眼皮底下，我们过着悲惨的日子，你们谁管了？实在没办法，才到市长的耳朵根子上来喊一嗓子。”

小梁插嘴说："当娘的孩儿太多，一时顾不过来，当孩儿只好主动来找娘，这有什么不对的？"

众人哄笑起来。信访办的人也笑了，看着我，掏出个本本来，有记录在案的意思。就在这时候，我们的孙头来了，样子有些气急败坏。

老孙把我拽到一边，那拽法很凌厉，分明有揪出来的意思。阴沉着脸子说："老周，你可是市里的名人哪，怎么摇身一变，成了民运领袖了？这一下可好，你把自己的牌子砸了！"

我看着老孙，忽然觉得他很陌生。我像哭一样笑着说："老孙，孙头，你这么看问题，我真是没想到；我还以为你会表扬我呢，因为我终于有了机会，能代表老百姓的利益，挺身而出仗义执言了！"

老孙说："杏花园住着好几千号人，又不是你一个，干吗非得你伸头？"

我说："建设中国特色的社会主义又不是你一个，十二三亿人，干吗非得你伸头？"

老孙好像被迎面吹来的风噎了一下，说："楼上有不少局长处长都认得你，都给我打电话，让我把你拽走。今天可是'五·二三'，十点钟就要开大会了，你这不是给文艺界上眼药吗！"

我说："孙头，我是不是影响你的仕途啦？"

老孙说："影响不影响我不说，起码影响你自己了。我告诉你吧，上头有话，你的'德艺双馨'，就因为这个泡汤了！"

我说："我也是一把年纪的人了，不在乎这个。可我真的闹不懂，我怎么不对啦？怎么不对的总是老百姓？我的行为没超越《宪法》吧？和法轮功不沾边吧？而是恰恰相反，属于见义勇为，惩恶扬善。也可以不说那么高，不过就是为了最基本的生活，为了一个电……"

老孙说："我不和你争论是非，我也争论不过你。就算我求你了，行不？赶快回去。要是觉得就这么走了不够意思，就弄个墨镜戴上，别让人认出来！"

我看着老孙，觉得他也挺可怜：他是行政官员，下级服从上级，还能要他怎么办？就点点头说："我听你的，化装成特务，光天化日之下，混在革命群众的队伍里，行了吧？"

老孙气哼哼地走了。我言而有信，真的就找了一副墨镜戴了，隐蔽在人丛深处。

没过多久，铁西的人发觉吃亏了，被我们暗中沾了光，就拉起他们的队伍，转移到前门去了。这样一来，杏花园的一小撮就暴露了，显得人单势孤，不成气候，很像是瞎胡闹了。小梁急得不行，问我是不是往回撤。我说不能撤，就这么虚晃一枪，拨马便走，等于前功尽弃，也看不出来我们的义愤和决心。摸摸口袋，还带着几张大票，就让小梁到附近去拉一些站马路牙子戳大岗的来壮堆儿，来的发给十块钱。小梁欣然领命，不过一支烟的工夫，带来三四十人。都是黑黢黢的面孔，龇着黄牙憨笑，一看就是假冒伪劣。我生怕让楼上的人看露了馅，赶紧用横幅和标语把他们屏在后面，又让小梁讲纪律。小梁说，怪不得毛主席要来个三湾改编呢，不改编不行啊。你们都绷住点儿，别鸡巴傻笑，规规矩矩的。戳大岗也是戳，戳在这儿也是戳，为人民立功的时刻来到了！

戳得久了，都撑不住，就席地而坐，相互说着闲话。李贵妃的妹妹从小包包里拿出两袋五香鱼皮豆，一人分几颗，填进嘴里咯嘣咯嘣地嚼着打发时间。我靠近马丽坐下，把我的鱼皮豆全都给了她，是想修补一下我们的关系。我说："话剧《茶馆》里有一句台词：过去有牙，没有花生豆；现在有了花生豆，牙没了！"马丽笑了，脸红得很透彻。她说："你不是牙口不好，你是讲究保养！"

我对身边的人说："这次最感人的不是我们这些人，而是马丽；马丽住在七号楼，从地理位置上讲，属于大后方，能和我们一号楼的同甘共苦，并肩战斗，还作了那么多默默无闻的奉献，跟她一比，我们都还是自私的。"

马丽低下头去，好半天才说："其实，我这都是应该的，就像表扬干部廉洁一样，是降低标准了。当干部的就得廉洁，同样，我们是在干我们自己的事。"

小梁说："不管怎么说，你还是好样的。"

马丽脸色绯红着，说："我可以告诉大家，我是受了一个人的感动。没事的时候，我喜欢站在楼上往下看。我们楼前有一个自来水管子，因为没人经管，经常流着滴着，人们从它跟前经过，多半都无动于衷。可我经常看到一个人，每次走过，都要拐过去把它拧紧。就是这么一个小小的举动，感动得我鼻子发酸。我就是为了这个来的，没有多么崇高的目的。我说的这个人，就是周老师！"

众人皆大感动，看着我和马丽，热烈鼓起掌来。纷说世上还是好人多，要是都像狗日的严金令就毁了，那就要倒退到万恶的旧社会了。说了又发觉失言，都偷觑李贵妃的妹妹。那小女子并不在乎，还很狐媚地笑着，说：“严金令是严金令，我是我，我姐是我姐；严金令是狗日的，我姐可不是狗日的！”小梁咦了一声，吸口气说：“你姐怎么不是狗日的？严金令是狗，你姐正桩就是狗日的！”大家笑得瘫软。小女子就笑吟吟地挥拳擂打小梁，小梁一面招架一面嘘着说：“别闹别闹，坐着也得保持好队形，不能让人看了，认为我们是一群乌合之众！”

老葛欷歔一阵，说是上厕所，溜了就没再回来。小梁鄙夷了声音说：“瞧瞧，就葛朗二台这鸡巴素质，到了战场上，枪一响，不穿兔子鞋才怪！”我赶忙用目光制止他，是怕那些拉来充数的人笑话。

忽然开来两辆大卡车，拉着满满的树栽子，停在那儿，司机找人卸去了。所谓树栽子，不是嫩树苗苗，而是那种很皮实很能活的木头橛子，都三米长短杯口粗细，一抽丝一发芽，就是成树了，是为城市绿化的首选木本。小梁看看我，说反正咱们闲着没事，卸吧。就把横幅和标语插在地上，围上前去，七手八脚卸起来。刚卸了一层，司机和一个管事的出来了，大呼住手，原来是卸错了地方，帮了倒忙。又赶忙给装上，管事的就笑，感叹说，多好的一些人哪，自己都到了这份上，还能发扬团队精神干好事，我支持你们。

刚刚回去坐定，来了一辆面包车，走下一个人来，竟是那个警卫秘书。他在人群里寻找了一圈，问道：“作家同志到哪儿去了？”

我慌乱了一下，又镇定下来，摘了墨镜，交给小梁，把两手平伸出去说：“是不是要铐上啊！”

警卫秘书笑了：“市长刚刚回来，听了有关方面的汇报，也看了你写的材料，已经把杏花园的事交办了，很快就能拿出整改方案来。电马上就给，让你们都回去，还给派个车来！”

那一刻，我都要哭出来了：整整七天，还不就是这么一句话！为了这句话，人们过的是什么日子？而我就更是死去活来，受尽了误解和屈辱。我向着市府大楼，深深鞠了一躬，觉得有些做作，却又是情不自禁的。

人们呜嗷乱叫，就像翻身农奴似的，收拾了横幅和标语牌，争着抢着上车。那些戳大岗的扭住小梁不放，连喊钱钱钱。我从口袋里掏出四张大票，交给其中的一个，让他们自己破零分去。那些人兴高采烈，说下回再有这样的好事儿，想着喊我们一声，保证随叫随到！

面包车开出市政府后大门，老葛抱着两箱纯净水，汗涔涔地赶到了。司机没停车，我们只好从窗子里探出头去，向他招手呐喊。老葛把两只箱子摞在地上，一屁股坐下去，望着远去的汽车，那样子似哭似笑，狼狈极了。小梁说："葛朗二台真是一只铁公鸡，舍命不舍财。打一辆三轮只要两块钱，那么大岁数，何必自己捧着抱着!"我说："干吗非要强求于人呢？其实，老葛已经很不错了!"小梁嘿嘿笑，手里还紧紧抓着那两根探在窗外的竹竿。

回到杏花园，已是饥肠辘辘。很想在大门外吃点烧烤，却撞见老沙和那几个秃头正围坐在烟熏火燎的小摊上，一人手里一瓶啤酒，很愚氓地吃着喝着，好像胜利的不是我们，而是他们。我心里很是瞧不起，装作没看见，径自绕了过去。回家捅开房门，不禁一惊：内人正款款地坐在沙发上看电视，是纪念"五·二三"大会的实况，已经进入尾声了。

内人疑惑地问："老周，怎么能没有你？"

我没回答她的提问，却说："你怎么回来了？我还以为，你真要给我腾地方呢!"

内人哼了一声说："拉倒吧，我还不知道你，有贼心没贼胆，有贼胆没贼款，什么都有了，贼又没了!"

我嘻嘻涎笑着，用力抽着鼻子，因为我闻到了厨房飘出来的大米饭和炖排骨的香味。

七　后来的事

事后第三天，我接到了市长的电话。他先向我道歉，说有关部门反应迟钝，责任在他。客观上说，这种事也是没有先例的，属于过渡时期出现的新课题。他邀我哪天到他家去喝茶，一起聊聊居民小区的开发建设和物业管理，这在全国也是热点。我一时受宠若惊，不禁酸着鼻子说，该道歉的是我，我没帮上领导的忙，反倒给领导添乱了。

半个月之后，好消息传来：市政府快刀斩乱麻，把杏花园交给一家很有规模和信誉的物业公司经管了，并投资五百六十万元，对园区现有的基础设施进行全面改造，确保一次达标，三年建成全省二星级模范住宅小区，真正变都市之疮为都市之窗。小区的人奔走相告，好像迎来了第二次解放。

随着推土机、挖掘机雄赳赳地开进来，老沙他们灰溜溜地卷了铺盖。那一天，杏花园放的爆竹比过年还多。很多人喝了酒，喝得整个楼区酒气袭人。我从街上回来，正碰见小梁喝潮了，裸着一张关公脸在外面的马路上飙车，骑的竟是老葛的轻骑，后面还带着李贵妃的妹妹。一辆交通现场勘察车闪烁着警灯追上来。小梁跨下车子，迈着飘浮的太空步，笑眯眯地迎着交警走过去，指着警车上“122”的字样，操了一声说：“哥们儿，不就是一公里一块两毛二嘛，写这么大干什么！”交警笑得撑不住了，也没认真处理，做了顺水人情，把他交给我带回杏花园了事。

由于翻天覆地的变化，杏花园又成了热卖园区，本来空了很多楼盘卖不动，转瞬之间，竟被抢购一空。就在这时候，马丽搬走了，确切说，是丈夫接她出国了。那天我正在电脑上写东西，内人久久伫立在阳台上看热闹，看了好半天才告诉我，八成是马丽搬家了。我急忙跑过来张望一眼，果然如此，搬家的卡车已经装满了。我顾不上拾掇，就穿着睡衣，慌慌地跑下楼去，等我赶到，那车已经开走了，帮忙装车的邻居交给我一个小本本，说是马丽特地嘱咐留给我的，打开一看，都是密密匝匝的数字，原来是这两年冬天的室温记录。我跟内人急了，埋怨她太不仗义，朋友之间，怎么也得礼貌送别吧。内人却不急，笑微微地对我说：“马丽太危险了，纯粹是个小妖精，我要是个男的，见了她也得变三条腿儿。她出国也好，让她把洋鬼子那边搅和乱套了，咱们就省事了！”我气得要命，巴掌扬得老高，却落不下去，因为内人看着我，脸上一直在笑着。

这一天，我享受着空调制造出来的宜人温度，闲在家里看电视，忽然接到一个奇怪的电话。一个陌生的声音通知我，有一位朋友请我吃饭，在阿房宫大酒店 523 房间。我一再追问是哪位朋友，对方就是不说，只是呵呵地笑，说见面你就知道了，肯定会有意外的惊喜。阿房宫是全市档次最高的大酒店，我只去过一两次，都是蹭人家的吃喝，所以不管谁请，我非但不拿搪，每次都很踊跃。我如约去了。

迎宾小姐问了我的姓名，说是有一位先生已经在恭候了。我将信将疑地走进去，突然惊得一个愣怔——原来竟是老沙。

老沙站起来，很亲切地和我握手，颇有解释前嫌的意思。我想一切都过去了，老沙又是个粗糙的奴才，干吗还要跟他计较呢，起码要表现出一个文化人的宽容和大度，何况还有个优待俘虏的惯例。就不卑不亢地坐下来，抽烟，喝茶，寒暄，唠一些无害的话题。老沙这次没抽大白杆，抽的是软中华，很殷勤地向我甩着，就像不花钱似的。老沙说马上就要离开这地方了，要到南边去混饭吃，想起杏花园的事，觉得有很多应该反省的地方，特别是那次，很是对我不起，可一切都不是他的责任，都是狗日的严金令在背后操纵。他越是这么说，我越是觉得老沙质朴，是一个深一脚浅一脚闯进城市来的农民兄弟。

四个菜，都很硬，甚至还有一个鲍鱼，这可是我头一次见识。还有一瓶五粮液，我粗略估算一下，价值得在千元以上。

我说："老沙，你捡钱包啦?"

老沙嘿嘿笑，说："要是你给面子，能看得起我，就多吃点喝点，今天我特高兴!"

我就以质朴对质朴，多吃多喝，表现得挺狼犺。酒走得很猛，一不留神，就下去了大半瓶。

老沙看着我，眼睛眯得极细，大着舌头说："周作家，你是个大好人，不但杏花园的居民这么说，连我们物业那些人也都承认。"

我连连谦虚着，说哪里哪里，也就是个鸡不伸头鸭伸头，都是叫狗日的严金令逼的。

老沙嘿嘿着又说："兄弟佩服你，可也想劝你一句，千万别小看了农民，有些时候，农民比你想的可要狡猾得多呢!"

我就有些云山雾罩了，忙说不敢不敢，我老丈人就是农民，我内人就是农民的女儿，作为农民的姑爷，我对他们不但不敢小视，甚至是很敬畏很臣服的。老沙擎起酒杯，和我撞个大响，就干了，说我出去解个手，回头再跟你细说。哪知道老沙这一出去，就再没回来，等来等去，我有些沉不住气了，心里琢磨，很可能是让这厮给涮了。这么一想，鼻子尖上就沁出汗来。摸摸口袋，只有三五张票子，完全不够开付这桌酒菜的。

我刚要喊服务员，服务员就裙裾翩翩地进来了，手里端着个精致的托盘，里面放着一封信和一个厚厚的红包。说那位先生急着赶火车，已经结账走了，让把这个交给你。

我拆开那封信，是用电脑打的：

作家周先生台鉴：

虽然未曾谋面，却早就听说过您的大名和为人。正如您所知道的那样，我是个半文盲，不敢跟您面谈，只好借助这篇别人代写的文字，表达我的敬佩与感激。

作为一个小小的开发商，我没有什么名头，能承建杏花园，是动用了多方关系，个中奥妙，想必您也能知道。这样我的资金就不够用了，做得起大襟，做不起袖子，只好咬紧牙关硬撑。结果是恶性循环，在烂泥潭里越陷越深，怎么也拔不出腿来。

我想起了一个并不高明的金蝉脱壳之计。本来并没有太大的把握，突然发现了您，无论怎么看，您做我的内应都最合适。关键时刻，多亏有您高举革命的大旗，一步一步，严丝合缝地配合着我，差不多就是跟随着我的指挥棒转，才迫使官方忍痛就范。通过这场不见面的战争，从表面上看，业主是胜利者，市政府也是胜利者，可实际上最终胜算的是谁，最大的赢家是谁，您想过吗？当然，这不干您的事，我们各得其所。杏花园这个烂摊子这样出手，我净赚了多少，作为商业秘密，就恕不公开了。我是个讲究义气的人，从不知恩不报，为了表达我真挚的谢意，特奉上一万元，还望笑纳。

狗日的严金令

2001年8月8日

我的手剧烈地抖动起来，纸上的字都变成了蠕动的虫子。我觉得天旋地转，努力地一笑，那笑声却变成了痛苦的呻吟，身子一软，就在那个豪华的包厢里，踏踏实实地醉了过去。

黑水河，白水河

一

渔人方老五正在双水河上撒网，老远就听见金银滩的女老板金美娘喊他，踮着脚尖，一只手高高扬起，就像是跳芭蕾。方老五把船荡过去，涎着脸说，是不是客房空了，拉客拉到了我头上？金美娘骂一声缺德，说哥们儿，有没有红尾鲫鱼？镇上来了客人，是上头管防汛抗洪的，点名要吃这一口呢。方老五说，我这儿有一条活泥鳅，专门给你预备的，扑扑棱棱直蹿跶，可欢实啦！金美娘憋不住笑，拾了土坷垃，凭岸投他。却被那船躲过，砸进水里，激起一柱巨大的浪花。

方老五是双水河的另类，人散淡得很，谁的吆喝也不听。同一茬的小伙伴全都混得人五人六的，他却整天荡船玩水，特立独行，真正的三天打鱼两天晒网，根本就不正经过日子，小四十了，还是个单公子。工作队把他列为扶贫对象，方老五说，你们认为我贫困，我还认为你们贫困呢。贫困不贫困，不能光看有没有钱，还得看活得自在不自在。你们整天缩脖夹卵子的，活得多费劲，我逍遥自在，天老大我老二，咱们谁帮扶谁还不一定呢。工作队没辙了，又有镇长李秋生护着，只好由他去了。

方老五和李秋生是衔着一颗奶头长大的。方老五一生下来妈就死了，他爹心疼孩子，得知李秋生妈的奶特棒，泉眼似的，完全自给有余，就时不时隔着障子递过来蹭上一口，他则回送一些鲜鱼活虾之类进补下奶，好歹把他喂养大了。方老五从小就跟着老爹打鱼摸虾，练就了一身绝好的水性，鸬鹚般蹲在船头梢看着，一个猛子扎下去，再钻出来已在数丈之外，手上就有了一条鲜活的锦鳞。那年李秋生下水摸河蚌，一不小心顺了大流，眼看就要没命，多亏方老五赶到，才把他救上岸来。后来李秋生一步三蹿，很快就当上了本地的最高行政长官。本想拉扯方老五一把，他却一个劲儿往下出溜，书没念几天，不过能认得自己的名字，加上从小没人调教，闲云野鹤的，很快就成了化外之民。学校老师教育学生，就常拿他们做例子，说同一个太阳普照，同一种乳汁哺育，结出来的却是完全不同的果子，真是“叶徒相似，其实味不同”啊。有人就唱反调，说人各有各的活法。没有李秋生就没有双水河，可没有方老五就没有李秋生；你以为当年他托起来的是一个人么？不，他那是托起了明天的太阳啊！

李秋生和方老五，就成了一道奇妙有趣的人文景观。人们都知道哥儿俩好，可又很少看到他们在一起，公正地说，总是李秋生主动接近方老五，方老五却有意躲避李秋生。这包含着既简单又复杂的心理成分。方老五的心思都在水上，对社会这一套很隔膜，一遇到稍稍复杂的问题，脑袋就转数不够，越想越乱套，直到乱成一锅糊涂粥。每次和李秋生接触，他都有既幸福又痛苦的感觉。就有人形容，方老五是水里的动物，李秋生是陆地的动物，就是手拉手，其实还是不搭界的。

方老五泊住船，让金美娘上来拣鱼。金美娘妖娆地一跳，落到船上，又打了个闪，被方老五接住。就开始在鱼堆里扒拉，一弯腰，衣服衔接的部位露出一块月牙形的嫩白，很是烫人眼睛。方老五也是贼偷方便，就伸出指头戳了一下。

金美娘咯咯笑着躲他，说方老五你该死了，再瞎胡闹，我不给你鱼钱啦！

方老五说，不给也行，反正你有别的办法。

金美娘说，再胡说我跟你急啦？

方老五说，你告南公安去，治我调戏妇女罪才好。

金美娘说，不看镇长的面子，谁答理你！

方老五说，李秋生是不是给你盖过戳啦？

金美娘的脸蓦地红了，说你胡扯什么？人家镇长当着，想要什么样的女人没有？

方老五正色说，你要嘴馋闲不住，就来找我；李秋生是官人，你祸害他就是祸害公家，老百姓不答应，我也不答应！

金美娘并没搭话，却突然推他一把，方老五没防备，一个仰八叉倒进河水里。金美娘哈哈大笑，用马甲袋网了一些鱼，扭扭摆摆地走了，好远还回望他一眼，说钱回头再算！方老五湿淋淋地爬上船，看着她迷人的背影，嘴上嘀咕说，鸡巴娘儿们，能省钱的事情不省，死心眼儿！

镇上的人都知道方老五和金美娘好。这种好法不是男女私情，是很阳光很磊落的那种，平时互相叫哥们儿。金美娘算得上七分颜色，人特豪爽；方老五则长得歪瓜裂枣，一张嘴稀松吧唧的，反差极大。正因为这样，无论两人怎么独处，人们都认为很安全。方老五这人是“流氓脱口秀”，说话不讲卫生，却也规规矩矩，起码不在双水河的地盘上给李秋生惹是生非。

看看舱底，好鱼都被那娘儿们拔了大毛，剩下的杂鱼很参差了，老少好几辈。方老五就暗自叹息，如今吃鱼的人比鱼还多，恐怕要不了多久，他的船就要倒扣过来晒底晾帮了。

方老五把船逆水划去，到上游的渔场去起早晨下的片网。

汛前的河水十分恬静。上游流来的黑白两河，一股幽黑，一股亮白，静静地归并到了一起，仍然壁立着各守各界，中间是一道很清楚的水线，经过了好长一段流程，方才混在一起，这就是双水河名字的由来了。由于山高皇帝远，各方面指标总比别处晚一个节气。有顺口溜概括说：通讯靠吼、交通靠走、治安靠狗、取暖靠抖、恋爱靠搂、娱乐靠手、交往靠酒，后来竟被好事者编成手机短信息各处发送。往下派干部，派谁谁吱扭，就像发配似的，因此基本靠就地取材，原汤化原食。直到李秋生当上了镇长，才真正实现大步跨越。特别是把省城那个亿万富翁秦文礼拉来，投资两千多万，建了一处颇有规模的休闲度假村，镇上也跟着一举脱贫，老百姓差点就喊他万岁了。实际上这些和方老五都没多大关系，可谁一夸赞李秋生，他就跟着自豪，一张稀松的嘴像海母那样蠕动着，有时还淌下淅沥的涎水。

度假村巍峨的建筑群就耸立在岸边，金碧辉煌的马赛克倒映在河水里，随着水波微微荡漾，缥缈灵动如天上之物。方老五看着自己的船从那片影子上轻盈地划过去，就想刘老根那个龙泉山庄算个球？小玩闹而已。到咱度假村来看看，不吓他一溜跟头才怪。他到那里面去过，虽说瓤子还没装完，可那种宫殿般的气势让人敬畏，还有种种他叫不出名堂的新奇玩意儿，据说是星级饭店标准，能同时接待二三百人吃喝拉撒睡。大概建成之后，他这种糙人就再也进不来了。但他还是很高兴，双水河镇的人都很高兴，高兴的情绪里，还有许多半梦半醒的不真实感。

方老五又起了两张片网，鱼不很多，却挂住了一只伸腿拉胯的大王八。不由得喜出望外，觉得今天时运真是不错，一只王八，价码能顶一大堆杂鱼了。过去的王八都被看成异类，网住了钓到了，喊一声晦气，扯住长脖子，抬手就抛进河里。如今不同了，人们的口味发生了偏移，把这种其丑无比的东西当成上佳补品，到处塘养，野生的价钱贵得吓人，市面上卖到几百块钱一只。方老五就想，这不是我有财命，而是这拨客人有口福，平时常常特意弄都弄不到呢。

方老五一手提鱼，一手提着王八，乐颠颠上得岸来。双水河小镇是一条筒子街，路上铺了水泥，很整洁。过去都是泥屋茅舍，怕倒，有的还用木头戗着，叫披头散发拄拐棍儿，阴天下雨掉眼泪儿。现在完全不同了，大都是砖瓦到顶，有的还苫着镀锌铁皮，看着银光闪闪，很有富贵气。李秋生的铁壳吉普从金银滩方向开过来，外号来温司机的小温拉着照相馆的齐长脖，显然是刚给领导合过影——镇上没有记者，一有重要事件，齐长脖就代劳了，报酬自然也不会少。看见方老五，汽车慢下来，齐长脖探出细长的脖子调笑说，还没媳妇，先当王八了！方老五却不笑，板着脸说，这么长的脖子，掐都掐不住，胎里带来的王八命！齐长脖吃了败仗，甩着从电视里照搬照抄来的长头发，窘着脸说，哪有胎生的王八？王八都是卵生的，嘁，没文化！

金银滩是一幢二层小楼，原来是镇政府，因为换了新的，就被金美娘买去，改造利用了。金美娘本来嫁到了城里，婚床上的被窝还没焐热，男人就出车祸死了。正好建设度假村的队伍开进来，金美娘发现了商机，就拿着几个抚恤金，回乡潜心经营餐饮，还聘用了几个伙计，一盆火炭似的生起来，烤得小镇暖烘烘的，币子也源源不断流进她的口袋里。因为哥们儿关系，方老五保着金银滩灶上用鱼，即使外边的鱼贩子抬高了价钱想买，他也坚决不卖。

方老五用头拱开门帘，就看见了容光焕发的女老板。金美娘刚刚洗了头，脸色十分的润泽，头发也浓黑滑顺地披散着，让他心里一动一动的。

金美娘咦了一声，很惊喜，说怎么还有王八？

方老五把王八往地上一放，高嗓大气地说，来了这么多领导，能没有王八吗，领导有王八命啊！

殊不知领导们就在一壁之隔，听了这话，就笑起来。方老五就不好意思了，窘着一张瓦刀脸，搔着乱蓬蓬的头说，你看这事整的，你看这事整的。

就听李秋生在里间喊，五弟，你进来吧，一块吃点儿，反正回了家也是清堂冷灶。

方老五是不能进的，他懂得规矩，从来不做讨人嫌的事；李秋生也不是真让，可他要是不让一让，那就是他不对了。方老五把脚停在门槛外面，向里间一扒头，看见了正副镇长和南公安，还有两位不认得，显然是上面来的。

方老五笑着退却说，不啦，我还有事，你们忙着！

刚缩回头，李秋生又说，不想上桌也行。金老板，拨点菜让他单吃吧。这个岁数不成家，都属于人道主义灾难了！

金美娘爽快地答应着，拽过一只凳子让他坐下。方老五想这样也不错，用不着四六八碟，不过就是多添一双筷子，就留下来。坐着等饭又觉得别扭，就去帮厨房择菜烧火，杀鱼宰王八。看见院子里有些树疙瘩，便掂了一把大斧，吭哧吭哧地劈起来。方老五在技能方面还是不赖的，看得懂筋络茬口，纹理走向，会使巧劲，一个时辰，就把一大堆历史遗留下来老大难解决掉了。

金美娘站在门口，笑吟吟地看着，目光挺欣赏的。

南公安走出来，即景生情说，方老五是很能干的。方老五该找个做饭的人了，这么到处吃溜达，冷一口热一口，饥一顿饱一顿，像个流浪汉似的，早晚不是一回事。再说，人家都二奶三奶了，你总不能还停留在“娱乐靠手”的阶段吧？

方老五也不抬头，依然吭哧吭哧地劈着，说我等着哩，一般的女人我不要，要娶就娶李万姬。

金美娘很惊讶，看看南公安，也是一脸茫然。就蹙起眉毛问，我怎么没听说过这个名字？不是本地人吧？

方老五说，李万姬是世界上最有名的美女，谁都知道，怎么就你不知道？

金美娘说，要说最美的女人，我就知道西施、貂蝉、杨贵妃、王昭君，啥时候冒出个李万姬来？

方老五说，报纸上电视里总在说，这个领导那个领导，官位无论大小，全都日理万机；你想啊，要是不漂亮，领导能日？今后，我也要日理万机了！

金美娘和南公安都笑得瘫软了。

金美娘说，南公安，你就不能把这样的流氓分子铐起来？

南公安说，老虎拉车——谁敢（赶）？别看身子瘦筋巴骨的，人家大腿粗啊！

二

方老五吃饱喝足，回到家里倒头便睡，人沉得石头一般。已是后半夜时分，电灯突然被人拉亮，方老五人还惺忪着，李秋生和来温司机就站在当地上。方老五的房子还是老房子，灶坑底下埋着他的胎衣呢，因为一个穷，从来就没有窗帘和门闩，对谁都不设防。

方老五啊唷一声爬起来，说这么晚了，你来干什么？

李秋生说，不干什么，就是来看看你。

方老五说，你不是刚看过了么？

李秋生说，我要在你这住一宿，和你过过同甘共苦的日子。

方老五很感动。尽管方老五的幸福观和别人不一样，他还是很感动。他的火炕又凉又硬，十天半月才烧一次，因为很少做饭，锅都锈了——他常在河边支起小耳锅，一瓢河水一把盐，煮出香喷喷的鱼汤来。李秋生动员了几次，要帮他更新换代盖房子，方老五总是推三阻四，说再等等再等等。方老五看得出李秋生没少喝酒，也许还打了麻将，是借着酒劲来的，不过这也足以证明，他对他是真感情。

李秋生打发来温司机到金银滩拿铺盖，就在地上踱来踱去的，眼睛看着房笆说，五弟啊，我知道你舍不得离开这房子。可你自己看看，大窟窿小眼子的，已经属于危房了，只要天一下雨，随时都可能倒塌。听我的话，住到金银滩去吧，正好有人管饭。

方老五不干。方老五说，那怎么行，人家是饭店旅店，我可吃住不起。

李秋生说，不用你花钱，账我跟他们算。

方老五笑着叫了一声哥，说你别难为我。我这种粗人住那个，等于金鱼缸里养泥鳅，我出洋相不说，人们就要骂你了。

李秋生也温暾地笑着，说五弟呀，这不是我帮你的忙，而是你帮我的忙。一是防汛检查有死角，上边通不过；二是这房子有损镇上的整体形象，耽误奔小康的进程了。

方老五的笑就变得苦瘆瘆的，说你看这事整的，我没招谁没惹谁呀，自食其力，遵纪守法，房子破些，那也是艰苦奋斗嘛，怎么就耽误到镇上了呢？

李秋生说，早换晚换，早晚都得换。就算我求你了，帮哥一把，行不？

方老五说，我还想娶新娘做新郎换新房，来个一气呵成呢！

李秋生说，你就是干咯嗒不下蛋。给你介绍过多少女人，你眼睛撩都不撩。别人都说你大头有病，小头也有病！

方老五急了，说这是谁放狗屁？我脑袋是差点儿，可别的不差什么呀。哥，用不用我掏出来敲敲炕沿给你看！

李秋生吓得不行，赶忙摆手说，不用不用，你不差什么，南公安到处给你做广告呢。我就是想让你过过正常人的安稳日子，省得贼公鸡乱踩蛋！

方老五嘻嘻笑，有些不好意思了。南公安跟人胡诌过，说方老五到县城玩小姐，是提着鱼进去的，出来时有些懊丧，说我数着哩，一下一条红尾鲫鱼，比他妈工商税务卫生防疫还黑哩。正好遇到扫黄打非稽查队夜查，方老五就去告状，结果耗子撞了猫鼻子，当即被逮了现行。方老五又想赖账，稽查队进屋核查，都撑不住笑了，原来小姐沾了满身鳞片，像演鱼美人似的，正在一边骂娘一边往下剥呢……后来知道了他和李秋生的关系，又知道他是个大龄光棍儿，也就不跟他认真了，还为他指点了“安全区”和“安全期”呢。南公安肯定添加了枝叶，有了戏说成分，不过也并不是一点影子都没有。

来温司机抱着雪白的被褥来了，还带来一塑料桶温水，倒在一个盆里，放到李秋生的脚下。方老五就想，还是镇长文明，镇长睡前洗脚；我不洗脚，可我天天在水里泡着，应该是文明标兵了。方老五出去撒了一泡尿，回来就见来温司机半蹲半跪在地上，正在给李秋生洗脚，把方老五给吓了一跳。李秋生是香港脚加灰趾甲，看着闻着都很狞厉，来温司机竟然满脸忠贞，掰开脚趾头，细心地揉搓着每个脚丫巴，简直就像一个爱岗敬业的老手。李秋生若无其事地抽烟，还吐了两个悠闲的烟圈，并没有半点难以消受的意思。这倒让方老五不自在起来，就像一不小心走进了别人的屋子，别着头都不敢看他们了。脚洗完揩净了，来温司机又拿出一双新袜子来往上套。李秋生皱皱眉头说，啥时候了，还穿袜子干什么？榆木脑袋死羊眼！来温司机赶紧赔笑往下脱，李秋生又收回脚去说，那就穿着吧。去把齐长脖叫来，我要和老五兄弟照张相——从小到大，我们还没合过影呢！方老五刚想阻拦，来温司机已经走到门外，只听马达一响，那车已经猎豹一般蹿了出去。

方老五就想不开了。是镇长让他给洗脚，还是他非要给镇长洗脚？

乡里乡亲的，怎么能好意思？再说，这个时辰连鬼都睡了，又把人从美梦里提溜起来照相，别人不说，换了他方老五，杀人的心都有。方老五越想不开越想想开，结果脑袋就丝丝拉拉地疼起来……那次他到金银滩送鱼，正好碰见李秋生和南公安他们打麻将。下家出了一张三条，李秋生那厢吆喝一声和了，就把牌推倒了。方老五从来不碰那玩意儿，但游戏规则还是明白的，就咦了一声说，你这也没和呀？你这是诈和了！还没等李秋生说话，南公安就把牌洗了，说和了和了，你个打鱼的懂个鸡巴，一边玩儿去！那三家的票子就纷纷落到了李秋生的面前。方老五明明看得一清二楚的，回去琢磨老半天，怎么也没琢磨出门道来。后来南公安就跟他透底说，方老五呀，多亏你散荡在河上自己打食吃，要是吃官饭，还不得饿死。水大漫不过船去，别说镇长没看清，就是他故意诈和，就是他把麻将的规矩全改了，谁又能说什么？平时送礼他又不要，不就是个玩儿嘛！方老五听了，脑袋疼得不行，就堵住耳朵说，别说了。这都是什么呀，乱七八糟的，闹死我的中国心了！

也就是一支烟的工夫，齐长脖来了，呼哧带喘的，没有一丁点抱怨，倒是面带幸福的微笑，一副受宠若惊的表情。一口一个镇长地叫着，点头哈腰身轻骨贱的，简直就是电影里的汉奸狗腿子。方老五向来看不起他，就要他一句说，齐长脖，你给镇长照相吧，我睡你家的热被窝去。

齐长脖讪笑说，你要睡我老婆也行，再让镇长给我找个好的。

方老五说，我睡你得动刀子，要是镇长睡，你得给垫床腿！

齐长脖操操的，怕方老五稀松的嘴没有把门的，不敢恋战，赶紧凑到李秋生面前，环视着屋子说，镇长，咱换个好地方照吧，这破房子，放个屁都能崩倒。

方老五不高兴了，说，你放个屁试试？我天天放屁都没崩倒，你的屁是美国炸弹哪？

李秋生说，要的就是这幢房子，这幢房子才有意义呢！

齐长脖马上掉转风向，说就是就是，这幢房子记录着你们哥儿俩当年的情义，算得上革命历史文物了。

李秋生也不高兴了，说你就会瞎忽悠。什么他妈的文物？这几天就要扒了！

齐长脖两头没够着，那笑就变得很凄惨了，好像刚刚做过结扎术一样。过来为两人摆位，怎么摆怎么不合适，就为难地说，镇长，看着咋这么别扭呢，就像是把金橘和癞瓜放在一个盘子里。

方老五嘿嘿笑，说癞瓜怎么啦？癞瓜皮癞瓤不癞，吃着败火。

李秋生皱皱眉头说，让你照你就照吧，哪来的那么多说道！

齐长脖没办法，就照了，还指挥着两人说“茄子”。李秋生连个笑容都没给他，说齐长脖，知道我为什么笑不出来吗？你这汉奸头太难看，让我心里添堵，你把它剪了吧！

齐长脖二话没说，马上把长脖子折出一个难以置信的角度，说镇长，我听你的，明天要是还不剪，你就给我薅了去！

齐长脖走了。方老五看着李秋生，嘴里竟有了一种外甜内苦的滋味，就像吃糖衣药片似的。他说，哥，你可真牛逼呀。就是皇帝又怎么样？我要不是你弟，你能不能喝几盅酒，让我五更半夜下河打鱼去？

李秋生笑了，搂住他脖子说，五弟呀，你不懂。既然不懂，就少跟着掺乎。要是半夜叫不来一个人，那还能叫镇长？当镇长的应该能叫来成千上万的人，那才叫凝集力呢。

方老五又蒙了，弄不清怎么是对怎么是不对。但从来没有人怀疑李秋生的能力和业绩，李秋生的名字一直挺立在人们的大拇指上。他又困又乏，觉得脑子又浑糨糨的了。就说，哥，搬不搬的，我脑子转得慢，你让我再想想！

想来想去，方老五就想弄几根斜木把房子戗住，那样补救一下，就不再是危房了，谁也就说不出来什么了。他往度假村溜达，一边溜达一边哼唱二人转。方老五稀松的嘴给人一种先天的幽默感，有人说是裤衩松紧带坏了，有人说是麻袋没扎口……他的乐观大都体现在这张嘴上，有人的时候就哨，没人的时候就唱，很少有闲着的时候。他唱《罗成叫关》，唱《李逵夺鱼》，唱《赵匡胤出世》……都是他所钦佩的英雄人物。他还会唱不少粉段子，不过那要有女人才唱。度假村那些建筑工人听了都啧啧地说，咱都是凡夫俗子，瞧瞧方老五，人家才叫神仙呢。

方老五来找二工头，见他以手支颐，蜷在一摞石棉瓦上假寐，就喊醒了说，那边流血流汗，这边仰蓼子晒蛋，世上真不公平啊。

二工头和方老五挺熟识，也常从他手里买鱼，见了面喜欢跟他胡诌乱侃。就坐直了身子打哈哈说，八千岁来啦！

方老五说，你见过打鱼为生的八千岁吗？好吧，八千岁求你，解决几根木头吧。

二工头说，多粗的？

方老五说，比驴鸡子粗点就行。

二工头说，别说几根木头，你要整个度假村我都给你，反正我们也要吹灯拔蜡卷狗皮了。要不要我找几个工人送去，再帮你支上？

方老五说，我可是云淡风轻的，不能白要，你算算多少钱，回头我拿鱼还你。

二工头哧地笑了，说方老五啊，你可真是死心眼儿。我怎么能要你的钱？要了你的钱，得罪了李镇长，我们还怎么在镇上干？

方老五说，汤是汤，面是面。白水河不犯黑水河。

二工头往河面上一指，说你咋睁着眼睛说瞎话？你看这黑水河白水河，开始还挺着，各守各界，流来流去，还不是混到一起了。只有这么一混，才有鱼有虾，水肥草美呀。

方老五有些词穷，努力地笑着，笑得哭咧咧的，说人是人，水是水，完全不是一码事。

如果到此刹住，事情就完美了；偏偏二工头闲得牙干口臭，好不容易逮住了一个倾诉对象，岂能轻易放过？就深入说，方老五啊，你也老大不小了，别过这种不僧不俗的生活了，还是趁早务实吧。打鱼摸虾的，下水三分险，一年到头能挣几个小钱？让你哥李镇长掰给你一块渣渣，你盖个小二楼，娶仨老婆都够了。

方老五说，你这是什么话？李秋生为人太正，他自己手里连一块渣渣都没有，怎么能掰给我？再说，我不指望别人活着，就这样吊儿啷当，做我的白发渔樵。

二工头摸出一支烟来吸，带了悲悯的腔调说，方老五啊，你识几个大字？农民，短识啊。

方老五说，我不是农民，我是渔人；人民人民，人在前民在后，渔人总比农民高出一个档次吧？

二工头的口气就很奚落了，说渔人还不如农民哩，你这种渔人，也就是一个流氓无产者！

方老五不高兴了，说哥们儿，你说我是无产者我认，说我是流氓我可不干。你在双水河访听访听，我有过猫三狗四的事么？我就是再犯混，也是兔子不吃窝边草的。

二工头笑得手舞足蹈，神形俱变，一口烟走了岔道，呛出一长串犬吠似的咳嗽。

二工头说，方老五啊，可别怪我说话难听，你这种人不是流氓也是愚氓，只懂一二三，不懂四五六。就拿这个度假村来说，你们眼巴眼望地看着，我们汗马流水地干着，可谁能保证真有人来这旅游观光开会？也许人家根本就没安好心，就打算这么半拉茬儿扔在这，拿烂尾工程糊弄人。不过这么大一片楼房也不是没有用，可以留给镇上喂鸡养兔子，当茅房也行，省得掏出家什乱刺墙根……

方老五蒙了，浑身的血全都涌到头上来。其实说他这氓那氓全都无所谓，他本来也不是特别自尊的人；他是觉得身体里一个类似鱼鳔的东西被突然弄破了。他急起来，两眼迷蒙着，浑身乱颤，戟指着二工头大声喊道，你胡说，你是眼气我们，你把话给我收回去！

二工头一看话不投机，就撤着火说，好好好，就算我没说，就算我放狗屁，行不？你把木头扛走吧。没见过你这种人，自己祖坟还哭不过来呢，哭他妈乱尸岗子！

方老五仍是不依不饶，抓住二工头袖子，非让他把话收回去。两人一吵，工人们就围过来，无论向情向理，全都向着二工头说话。方老五稀松的嘴说不过那么多人，一时气急败坏，操起一根长杆子，骁勇地横扫过去。工人们乱叫着躲开，大喊方老五疯啦！方老五痰迷心窍啦！也都操起长杆子，把他团团围住。这时南公安恰好赶到，嘴上叱骂着，做了个威武的造型，并拔出手枪震慑，可惜个子太矮，反倒显得滑稽了。

南公安说，方老五早已逃出三界之外，连狗都不咬他，你们凭什么和他过不去？

二工头咝咝哈哈的，揉着头上的大包说，都是我的错。我他妈对牛弹琴啦，好心赚个驴肝肺。怎么回事，让他自己说。

方老五看看南公安，忽然清醒过来，觉得自己没道理，便叹了口气说，不怨他，都怨我。他也是一片好心，该打该罚我顶着！

方老五掼掉了长杆子，跟着南公安走了几步，忽然落下泪来。南公安问明了究竟，笑得撑不住，说真是皇帝不急，急死太监。方老五你口口声声不管镇上的球事，怎么为一句话跟人拼命啦？你以为县里市里的人都是傻子？都是吃干饭的？反正钱让镇上挣到手了，糟损多少，碰不掉你一片鱼鳞！

方老五好半天没吭声。到了岔路口，他对南公安说，你告诉李秋生，我不搬家，死也要死在我自己的房子里。

南公安怔住了。走了几步又站住，看着方老五那张涨得发紫的瓦刀脸说，你跟李秋生是兄弟，还要我告诉？毕竟警民有别，我上面还有专线牵着哩，可不掺乎你们的乱糟事！

方老五也站住了，说你还在乎专线？上头五条禁令，哪条把你禁住了？上星期还有人说，你把枪忘在了县城的洗头房里！

南公安的笑就变得很凄惨了，说方老五，你他妈真疯了，疯狗乱咬人。下回要是有人打你，我才不管呢，我在一边递棒子！

三

事情没过几天，工程队的人果然都撤走了，也没有一个明确的说法，只留几个老弱病残看摊子。来温司机给他送过一次塑胶雨衣，说雨季就要到了，很可能要发大水，镇长让他多注意身体。方老五就问度假村的事。来温司机说，八成是要躲开连雨吧，都留在这儿又干不了活，人吃马喂的，那还不得黄摊子！

这一天方老五光脚赤膊，一个人坐在沙滩上补渔网。这个活既悠闲又腻味，可也最能修炼性情，直至身外无物的境界。此刻太阳暖暖地照着，沙滩就像热乎乎的炕头，再有微风徐徐吹过，群鸟啁啾，度假村的倒影还在粼粼的波光里浮动，互相一匹配，就有刘阮天台的况味了。方老五就想，不管度假村是做宾馆还是做茅房，戳在河边，都是很漂亮的一景呀。李秋生是没错的；只要李秋生没错，他就是快活的。

尼龙丝网细而透明，无比坚韧，在水下是看不见的，再大的鱼也很难将它弄破，却有一种铜钱大小的甲壳虫，俗称老鳖，口器十分的凶猛，附在鱼肚子上，几下就把肠子掏出来。它也咬网绳，渔人无不憎恨，有大胆的逮住，用油炸了尝试，竟然是极品的美味，因此就被捧起来，风靡了很大一个半径，并冠以“龙虱”的雅号，一只卖到好几块钱。方老五是从来不吃的，除了它形象丑恶，看着身上发瘆，还因为他是职业渔人，吃那种不登大雅的玩意儿近乎堕落，感觉跟猎人吃耗子差不多。

方老五别不旁骛，嘴上哼曲，手上摆弄着尼龙丝线。忽然有人把他的眼睛蒙住。方老五连说，别闹别闹！那手还不松开，方老五感觉到了柔软和芳香，于是就说，金美娘，不是你才怪。你狗日的骚娘儿们发情啦？

金美娘咯咯地笑着，站到他面前来，是一身旅游休闲的打扮，头上还戴着一顶凉帽。

方老五说，我还没下河，你怎么就来买鱼？

金美娘说，我不买鱼，我想搭你的船去采蒲棒。

方老五说，你敢搭我的船？鲇鱼钻须笼——自投罗网啦！

金美娘说，你就不能正经话正经说？

方老五说，你起的什么高调？想要蒲棒，我捎给你就是了，何苦抓我一趟闲差！

金美娘说，你到底答应不答应？还口口声声哥们儿呢，不答应我找别人，反正双水河上又不是你一条船！

方老五抬头看看河面上，果然还有星星点点的船影。就无奈地叹气，说自古英雄难过美人关，看来，党考验我方老五的时刻到了。

金美娘笑得花枝乱颤，径自跳上船去，选在船头坐了，一副心旷神怡陶然忘机的样子。方老五也就理解了，不在于蒲棒，而在于一个采字，那倒是挺有情趣的过程。金美娘是个水性风情的女人，又很年轻，应该常到河上玩玩儿，若是一个心眼守在金银滩里数钱，那就太没意思了。

方老五一篙支离河岸，就改用划桨了。船上双桨单篙，都是根据水深备下的。桨声咿呀着，是很抒情的韵律，小船浪涌波动，给人以飘飘忽忽的况味。

方老五说，坐船的滋味挺仙儿的吧？

金美娘说，不仙儿你能把什么都扔下，一心做渔夫吗？

方老五说，活着只有三种事最舒坦，一是飞在天上，一是漂在水上，三是……

方老五把剩下的半截话刹住。金美娘却穷追不舍，说三是个啥呀？还挺保密的，是不是吸毒啊？

方老五说，连这个你都不懂？三就是浮在女人肚皮上。

金美娘满脸红晕，笑出娇羞的媚态来，直骂方老五该死，缺德带冒烟。又郑重了神色说，镇长叫你搬到金银滩去，你咋不服从？房间都给你收拾好了。

方老五说，要我搬去也行，房间我不要，就跟你在一张床上挤挤算了！

金美娘说，美的你。下辈子吧！

方老五说，反正你又不吃亏；你都身经百战了，我可还是童男子呢！

金美娘啼啼笑，说你的松嘴就不能闭上？

方老五说，我憋不住。

金美娘说，咋憋不住，又不是憋屎憋尿！

方老五说，既然这样，我不说话，我撒尿，行不？

金美娘说，憋着吧，要不就跳进水里撒去！

方老五做出无限痛苦的样子说，载了你这娘儿们，什么什么都得憋着，比法西斯塔利班还邪乎！

河面上有几只悠然来去的小舢板，是水文站的人在搞监测。他们向方老五招手，方老五也向他们招手，还咋咋呼呼的，故意炫耀他船上的女人。忽然发现有一只船踽踽地在河边游弋，一个人峭立船头，身穿橘红色救生衣，左看右看的。方老五眼毒，说那不是镇长嘛，他好大胆子，竟敢一个人驾船出来！就把双手拢成喇叭，大声喊他，那声音在水面上跳荡，听着十分的浏亮。

果然，李秋生向他们靠拢过来。还没靠近，方老五就说，哥，就凭你那两把抓挠，想玩儿命啊。咋不叫来温司机驾船？

李秋生笑笑说，还没听说过有水陆两栖的司机呢。今年的汛情逼人，不得不防啊，亲自走一趟，也好心里有数。

方老五心里很感动，但他嘴上不说，他觉得当镇长就应该这样。他想把两船串在一起，有他保驾护航，让镇长放心办公，那是万无一失的。就在这时，金美娘大呼大叫，原来把钥匙串掉进了河里。

方老五非常生气，骂骂咧咧地说，鸡巴娘儿们，让你得瑟，坐船掏钥匙干什么，男人的鸡架门又没上锁。没人管你，自己下去摸吧！

金美娘没说话，眼睛脉脉地看他，哀怜求助的样子，眼看就要哭了。方老五也知道这串钥匙的重要，心软下来说，你换船吧，算我倒霉。好地方不叫我摸，这么深的汀子，倒叫我摸来摸去的，要是让龙虱咬坏了球，你得负责！

金美娘舔着嘴唇，温婉地一笑，就上了李秋生的船——只是这么一笑，方老五就心满意足了，他想，谁让我们是哥们儿呢，为哥们儿两肋插刀吧。

李秋生留下几句告诫，就摇着船走了。方老五锚住船，把衣服脱了，只穿一件小裤衩，水下水上地钻出钻入，俨然一只水獭。费了半天牛劲，终于摸到了那串钥匙，拿在手上一看，却是几只旧的，长年闲置，已经了无光泽，甚至还有缺齿秃边的。方老五心里就打起鼓来——

这娘儿们也忒马大哈了，怎么能拿错了钥匙？展眼寻找，河面上茫茫荡荡的，早已不见了那船的踪影。

方老五熟悉这片水面，就像熟悉自己手掌上的纹络。双水河漫漶出一块湿地，长着蒲草芦苇什么的，引来鱼类鸟类栖息繁衍。今年的芦苇太密，全都一人多高，船要硬挤进去，把碧绿的芦苇压倒，才能开辟出一条狭窄别致的水道。这时的船不是浮在水上的，而是被芦苇托起来的，一篙撑去，船底就发出神秘的轻响。清清涟涟的河水镜子般照人，芦花荡漾出一片雪白的波痕。方老五发现有一条水道是刚压的，循迹而去，就听到了种异样的声音，好像大鸟的翅膀在拍打水面。用篙拨开芦苇一看，不禁吓了一跳，那件橘红色救生衣赫然在目，李秋生伏在船上，壮硕的屁股正在狂暴地颠动，那船随着剧烈的节奏起伏着，水面激荡起巨大的涟漪……方老五僵在那里，进也不是退也不是，想想钥匙的事，这才明白，他让他们给涮了。

方老五的心剧烈跳动，情绪极其悲壮，却又不敢稍动，就背坐在船上，掰了一块鸡头米嚼着，那味道却怎么都不对劲儿，好像是一块捂馊了的干粮。那两个人也察觉了他的到来，于是慌忙收兵，整理了衣服，觍着脸把船撑出来。他们都不好意思对视了，一前一后，默默地撑着船，撑着撑着，方老五突然忍不住大笑起来，笑得那船如同野牛颠腚，眼看就要翻了。他一笑，金美娘就哭起来，用凉帽捂着脸，嗡嗡嘤嘤的。

方老五说，哥，你真是好福气，三大舒坦，你一下子占俩。只是芦苇荡里蚊子太多，你就不怕叮屁股？

李秋生说，五弟，啥也别说，给我留点面子。

方老五说，自家兄弟，用不着瞒着背着。早吱一声，我好给你们站岗放哨，省得还让我下水摸钥匙。

李秋生的脸色紫巴溜丢的，就像一枚熟透了的桑葚。

方老五晃着手里的钥匙串说，金美娘，是我扔过去，还是你过来拿？我看你还是过来吧，苇塘外面，就有水文站的船，你倒是无所谓，别给我哥造影响，他可是一镇之长！

金美娘就回到方老五的船上，仍是捂着脸哭。

方老五不再说话了，撑出苇塘，换了双桨，发疯一般划起来，很快把李秋生甩在后面。他把船靠在一个僻静的地方，命令说，金美娘你个骚娘儿们，下船吧！

金美娘磨磨蹭蹭下来了。

方老五说，镇长的蒲棒够大的吧？

金美娘哭声大起来，她说，他是镇长，我有什么办法？

方老五说，我早就告诉过你，别打镇长的主意。你跟谁都行，就是不能跟我哥，他是公共财产，这个道理你该懂！

金美娘说，不怨我，真的，我是女人，这种事你应该明白。

方老五冷笑起来，说你们就是把船底日漏了，也不干我球事；可你们不该涮我。一个兄弟，一个哥们儿，亏得你们做得出来！

金美娘说，这都是李秋生的主意，连钥匙都是他的。只是没想到你水性太好，真把钥匙摸到了，赶来得又太快！

方老五说，知道你犯下的是什么错误吗？这不是一般的错误，而是非常严重的错误，属于拉拢腐蚀革命干部，破坏镇上奔小康。组织上知道了轻饶不了你，说出去也会犯众怒的！

金美娘说，别人我不管，我只是对不起你。被你撞见，随你怎么处置吧！

方老五的脸变得狰狞起来，就像一张抽抽巴巴的旧鞋底，说那好吧，既然如此，按规矩办，见了面掰一半，你躺下吧！

金美娘惊呆了，说方老五你怎么……

方老五狠巴巴地说，躺下！

金美娘躺下了，嘤嘤地哭着，神色凄凉无助的，又用凉帽把脸蒙上。方老五离她一庹远，说骚娘儿们你用不着闭眼，你把眼睛睁开，一下一下数着吧，看看我们哥儿俩谁厉害！就趴在草地上，奋勇地做起俯卧撑来。他做得汗流浃背，气喘吁吁的。金美娘哭着哭着就笑了，笑了两声又哭了。她说，方老五，我可怜你。要想来真的，你上来吧！

方老五呵呵笑，说你可怜我，我还可怜你呢。回去你就跟李秋生说，他日理万机，我也日理万机了。

金美娘哭着，没吭声。她明白，他那是做给李秋生看的。

方老五说，就这么说！

金美娘还是没吭声，一张粉脸变幻出好几种颜色。

四

有好几天，没人到船上来取鱼。方老五就把鱼装进马甲袋里，挂到金银滩的障子上，吆喝一声就走，偷偷回望，总也不见金美娘的身影，都是伙计出来应对。方老五心里空落落的，就想，那骚娘儿们肯定没脸见我。一面恨恨的，一面又大为不忍，觉得金美娘也很为难：当镇长的，要风有风，要雨有雨，还能有什么事求到她？镇长求她，她又怎么好拒绝？这种事都是干交人儿的，反正又搭不上什么……想到乡下四大倒霉之说——解手掉茅厕、大风掀柴垛、狗咬裤腿子、撞见人起摞。就后悔不迭地啐着，觉得撞见的和被撞见的都很倒霉。其实他要是精细一些，从眉目上能看出一二来，也就不会冒冒失失闯进去了。

那天就采了一大把蒲棒和芦花，还杂着两只绿肥红瘦的菡萏，盎盎然捧了满怀，一手提鱼，来到金银滩门外，想让伙计送进去。正好南公安从里面出来，脸喝成猴腚颜色，用狐疑的目光将他照定，咦了一声，就站住了。

南公安说，狗日的方老五，金美娘是咋回事？自打那天上了你的贼船，回来就不对劲儿了，饭不思茶不饮的，好多人都猜想，是被你非礼了。

方老五涩笑着说，啥叫非礼？是不是非常礼貌的意思？

南公安说，你还装傻充愣。说你非礼是轻的，你他妈这种粗人出马一条枪，说不定一步到位了。

方老五说，金美娘怎么说，我就怎么认，好汉做事好汉当嘛。

南公安说，也不知道你是咋寻思的，癞蛤蟆想吃天鹅肉。你以为跟你撩逗几句，就是对你有意思吗？你根本就不懂得女人，女人就像案板上的面，那得细摩挲慢揉搓才行。这事儿也就是放在你身上，换了别人，我先铐上，再给几个电炮，保证能问出强奸罪来！

方老五说，那你就铐上吧，看看有没有人扒你的狗皮！

南公安压低了声音说，你哥能替你搪棒子，替不了你挨刀子。我要是你，就麻溜换地场，省得给李镇长造影响。

方老五说，你说得对，我也是这么想的。

南公安拍拍他的肩膀，又点点头，似乎包含了许多暗示和人情成分。他没说话，而是打了一个汹涌的酒嗝，一股大蒜和烧酒混合发酵的气味喷到方老五的脸上，让他半天没喘过气来。南公安里倒歪斜地走了，方老五用一只手扇着，目送他的背影说，小鸡巴样儿吧，还跟我使用生化武器哩！

方老五在原地站了几分钟。他无声地笑笑，就果决地推开院门走进去，提高了嗓音吆喝说，金美娘，娘家人慰问你来啦！没听见金美娘应声。方老五把鲫鱼放下，让伙计去熬汤，也没敲门，大了呼哧地就闯进了金美娘的房间。那小女子蒙着白布单子，也分不出哪是头哪是脚，看着就像遗体似的。方老五把手里的东西放在床头，腰折成一个雨搭，嘻嘻哈哈地说，金美娘，谁欺负你啦？告诉哥们儿，我替你出气！

金美娘一动不动。但方老五看出了她的眼泪，把白布单子浸透了一大块。方老五心疼起来，扑通跪下了，颤着声说，都是我不对，我给你赔罪了，行不？你要是不起来吃饭，我就跪在地上不起来！

方老五大约跪了两分钟，金美娘终于受不住了，掀开白布单子坐起来，就像诈尸似的，满脸病容，两眼无神，头发蓬乱，宛如被拐卖的妇女遇见了久别的亲人，搂住方老五的脖子，不管不顾地大哭起来，把鼻涕眼泪全都蹭到了他脸上。

金美娘说，方老五，要是你不嫌弃，我想嫁给你！

方老五僵得不敢动弹，连忙说下辈子！下辈子！

金美娘说，我死过去又活过来，这就是下辈子了！

方老五说，我可是活得好好的呢。咱们是好哥们儿，这就足够了！

轻柔的芦花被金美娘的大幅度动作煽动起来，在小屋浓烈如火的夕阳里飘啊飘的，如同圣洁的初雪。

傍晚，方老五把小船锚在河心，身上苫着渔网，曲肱为枕，一个人静静地躺着，随着浪涌筛来簸去的，看着头上的天空由蔚蓝转向火红，再由红火转向铁黑。他想不通，李秋生干什么去了？他应该去看看金美娘啊，男人嘛，怎么能日过了就扔在一旁不管？渐渐发现，这不是个简单的问题，这个问题比较复杂了，一复杂，他的脑子就不够用。便用拳头捶着自责说，什么鸡巴脑袋呢？简直就是个糠萝卜啊！

天已大黑，方老五从外面买了两个烧饼回家，一推门，只见一个大蛋糕摆在炕上，上面点着几根蜡烛，一旁还有菜肴和酒。李秋生端坐在烛影里，似乎等了多时。他这才想起，今天是他的生日了。

方老五说，谢谢哥，你还想着，连我自己都忘了。

李秋生说，哥儿俩好久没在一起喝酒了，请你上饭店，你又不干。

方老五呵呵笑，说龙兄鼠弟，差着好几个档次，我可不敢上你的台盘。还是家里好，再破的房子，也是自己的天下。

吹了蜡烛，打开电灯，两人就争着倒酒。方老五酒量不行，是浅斟薄饮的小酒人，跟李秋生不在一个等级线上。李秋生也不摽他，径自豪饮了几杯，脸上满不在乎地笑着，用最贴己最内部最没遮蔽的口气，零距离地对他说，五弟呀，我看你挺拿那件事当回事的。你是和尚看肉，也想也怕。殊不知这种事已经很普及很平常了，也就是个业余文体活动，别太当回事。撞上了，往脖子后一扔，就算完了。就是嚷出去，也没人太理会，别人还会咒你害眼睛。老百姓并不看重这些乱眼子事，而是看你给了他多少实惠。

方老五顽强地笑着，说哥呀，老百姓还以为你球头子老实呢，没想到你蔫捅，你骗了他们。再说，要是你家嫂子知道了，要是你家侄子知道了，又会怎么样？

李秋生说，他们怎么会知道？除非你对他们说。

方老五摇头，我不会出卖朋友，更不会出卖自家兄弟，永远不会。

李秋生说，难道你对金美娘还有什么想法？

方老五说，没有，我又配不上她。不过你也知道，我们是哥们儿。

李秋生说，我又没强迫她。人是我约的，可裤带是她自己解的。

方老五说，这不是她爱你，因为你是镇长，她不敢得罪你。

李秋生说，明里暗里，我也没少帮她，就是讲报答，她也是应该的。这就是说，我做了好事，还没侵占人的指标。其实金美娘这种女人，闲着也是闲着，别人知道了，说不定还会表扬我哩！

方老五擎起酒杯，和李秋生碰了一下，一口干掉。然后他抹抹嘴巴，怪异地笑着说，哥，你是不是喝多了？

李秋生说，没喝多。我的酒量，能顶你三个。

方老五说，求你了，你就说你喝多了，行不？

李秋生说，本来我就没喝多，我说的都的实话。

方老五说，哥，我想揍你！

李秋生说，为什么？我又没对不起你！

方老五说，不为什么，我就是想揍你！

说罢，方老五抡起巴掌，掴了李秋生一个耳光。

李秋生一动没动，沉默了片刻才说，打得好。整个双水河镇还没人敢这么跟我说话，更没人敢动手打我呢。

方老五说，哥，你走吧，我想睡了。叫推土机明天来，我说话算数，肯定腾地方！

李秋生站起身，在屋地上踟蹰了一下，无声地笑笑，就走了。方老五没送他，他倒在凉炕上，用那只打耳光的手遮着眼睛。历历往事在眼前重现，云里雾里，他们越走越远，他已经看不清那个叫做李秋生的小伙伴了。有清凉的液体从指缝里蜿蜒流出，他猛然惊觉，昏黄的灯光里，一串串雨水正从房上滴下来。

双水河的雨季就这么开始了。

方老五想，是时候了。就扛着简单的铺盖卷，冒雨来到了度假村工地。他对看摊人说，破房子要塌，他是逃难来的。看摊人说，这么大的度假村，别说一个人，就是整个双水河镇的人都来挤挤，也装得下，反正空着也是空着，你随便。方老五上上下下选了好半天，最后选中了总统套房，在粗糙的毛坯框子里，躺在一块纤维板上，当上了哆哆嗦嗦的“总统”。他是想将来和人聊起来，他可以毫不含糊地吹牛，他住过总统套房，而且没要他一分钱。

方老五在淅沥的雨声中打了一个小盹，天就亮了。居高临下凭窗看去，双水河一片迷茫，他的小船还在岸边的水面上跳荡。汛期就这么来了，每到汛期，黑白两河交界的水线就消逝了，双水河就像一把疯狂的大剪刀，拼命想铰开堤岸。过了八九月，水才渐渐瘦下来，镇上的人才能彻底松一口气。方老五想，这下好了，管他水涨水落，从此之后，双水河上再也见不到乐乐呵呵没有正形的渔人方老五了，再想吃红尾鲫鱼，找别人去啵。

他找了一把錾子，来到岸边，三下五除二凿沉了小船，砸烂了小耳锅。恍惚中还记起来，二人转里唱过的，古时候这个行为叫破釜沉舟，表达的是不再回头的决心；他方老五是两千年来第二个真正破釜沉舟的人。一切都做完了，他感到一身轻松，唯有的遗憾就是没给金美娘留下点什么做纪念，这也是没办法的事情，因为他什么什么都没有。走了几步，突然又站住，回过头来，扑通跪在沙滩上，向着双水河磕起头来，刹那间他泪流满面。

齐长脖睡懒觉睡得迷迷瞪瞪的，听见方老五敲门要照片，迎着门，目光很疑惑。

齐长脖说，你急的什么？我还想送到市里高档影楼里，用电脑精工细作呢。

方老五说，我现在就想要。我自己拿到市里去。

齐长脖不解地摇头笑着，把照片翻出来交给他。又说，方老五你怎么啦？平时总是嘻嘻哈哈的，今天脸色阴得就像这天头。

方老五忽然笑起来，看着他剪短的头发说，你自己照照镜子，短毛长杆子，什么玩意儿，好像刚从裤裆里钻出来！

齐长脖摩挲着头发苦笑说，我也知道不中看，可镇长发话，谁敢不听！

方老五说，你那个头型挺合适的嘛，镇长让剪你就剪？镇长是你爹呀？

齐长脖说，镇长是整个双水河镇的爹，要是让我一个人垄断了，镇上的人不得把我揍死！

方老五说，操你爹的，损种样儿！

齐长脖呵呵笑，说，好啊，你敢骂镇长——双水河镇也就是你敢骂，换了别人，我不答应，老百姓也不答应。

方老五看看照片上勾肩搭背亲密无间的两个人。两个人的神情都有些发木，那种由“茄子”演变成的笑也经不住推敲。他想，那毕竟不是照相的好时辰，硬撑着总是能看出来的。他把照片用塑料布仔细包好，揣进怀里，对齐长脖说，白白了。齐长脖看出名堂来，说，你什么意思？方老五说，你连这个都不懂？白白是英语，就是再见的意思。嘁，没文化！

方老五在泥地里一跐一滑，走了二三里，李秋生的铁壳吉普追上来。

来温司机把车停下，说李镇长让我送你。

方老五说，他怎么知道？我并没告诉他。

来温司机说，他一直站在高坡上看你，眼睛里都是泪，衣服都淋湿了。

方老五难受了一下，还是笑了，拉开车门，湿淋淋地坐了进去。他说，替我谢谢李镇长，这是第一次，也是最后一次。

来温司机只开车不说话，一路放着磁带，里面的男歌星用劈裂的嗓音嘶吼，听着就像劁猪似的，那歌词方老五一句都听不懂。到了县里，正好赶上通往市里的班车。来温司机这时拿出一个信封来，说是镇长送给他的，一定要他留下。方老五撕开一看，是一张龙卡，注明了密码就是他的生日。

方老五说，我要这个干什么？我长着两只手呢。你把它带回去！

来温司机说，你别难为我，我也不容易。

方老五说，里面是多少？

来温司机说，我哪知道。

方老五说，你告诉他，别太拿当年当一回事。当年我又不是舍生忘死，我就是个碰巧；就是碰巧遇到了小猫小狗，我也会救的。

来温司机说，我不掺乎你们的事。你们怎么咯唧，最后还是哥们儿；我哪行，一不小心，饭碗就砸了！

方老五伸出一根指头说，要是非要表示一下也行，那就给我一块钱吧，不在多少在那么个意思，这样就算两清了。

来温司机说，你也别说得那么难听。李镇长是一片真心，想帮帮你。他哪儿得罪你啦？犯得着你这样？

方老五想了想，惨淡一笑，接过磁卡揣进兜里，说好吧，既然这样，我收下。路不好走，要小心。

五

站到霓虹闪烁的高楼下，方老五有些傻眼，觉得是一只山细鳞鱼游进了养鱼池里，不仅呼吸不畅，分明就是异类了。很多地方都在招工，他就是找不到一份合适的工作。一个求职的下岗工人问他什么文化，他鼓起勇气谎报说初中。那人深深一笑，说初中能干什么？在城里，初中只能推着车子收破烂了。

方老五很不服气。他觉得自己文化不高，可并不是没有专业，他的优势在水上呢。可惜城市里没有活水，掘了几个泡子，不过脸盆大小，就敢起名叫这湖那湖。一群半裸的男女跳进水里胡闹，那密度简直就是下饺子。看似淹着了，刚要施救，人家就炸了，原来是藏到水里互相乱摸呢。方老五看不惯，就远远离开，心想就是真淹着了我也不救，谁让你们没事扯犊子呢。又不想去看浴池，同样是玩儿水，对于一个渔人来说，那就跟女人做小姐差不多了。

想来想去，便找到市游泳队，毛遂自荐当教练，说自己水里生水里长，曾在河里摸过钥匙抓过鱼，救人自然也没问题。游泳队目测一番，觉得形象差了点，但当个少儿辅导员还将就。就让他脱了下到池子里游几个来回看看。哪知游泳池跟大江大河根本就不是一码事，池清水浅，无波无澜，一眼看到底，流光溢彩的潋滟着，反倒让他感到挺眼晕了。他这边游，人家那边就乐，想扎个猛子露一手，深度又不够，竟把脑袋碰了个大筋包。游泳队的就说，上来吧上来吧。你这是野路子，属于土八路，什么什么都不规范，一边凉快去吧。方老五讪着脸嘟囔说，你们那种规范不过就是花架子，不服咱找个深汀子比比？到了节骨眼上，鸟事不当，还得看我这种真把式。游泳队的把他闪下不再理睬，他在池子里无望地站了一会儿，偷着撒了一泡尿权当报复。

城里花销太大，稍稍一动就要钱，方老五身上的几个小钱很快就要花光了，就想起了李秋生给的龙卡，拿到取款机上一查验，把他吓了一跳，竟然是十万元。方老五的脑袋嗡嗡响着，又乱成了一片混沌。他想他哪来的这么多钱呢？是不是为了打发他现借的？要是送他三头二百意思意思，他也不会推辞；可这么大的一笔，他就觉得不自在了。他心里直犯嘀咕，原封不动地放到贴身的口袋里，那东西却像烧红的烙铁，烫得他肉疼。

那天碰巧遇到二工头，正指挥着几个工人往一幢大楼里抬暖气片。方老五觉得有些愧对，就想低头绕过去。哪知二工头一眼就叼住了他，伸出一只手拦住说，这不是方老五么？响当当的水贼怎么窜到马路上来撑船撒网啦？方老五就惭笑着，支吾说干那个干腻了，想换个活法。二工头一阵鬼笑，说撒谎都撒不圆，还能在城里混饭吃？听说你惹了花花事，李镇长保不住你了，是逃亡来的吧？方老五没法解释，兀自嘿嘿着，偷眼看那几个干活的人，眼里那一束幽然的光亮就被二工头捕捉到。二工头说，看你一身落拓，是不是断顿了？要想打零工，就跟我干，保证一把一利索，现工给现钱！方老五觉得二工头肚量挺大的，一点儿都不记旧怨，心头热浪翻滚一阵，抓住他的手用力摇了摇，说我跟你干。你是工人阶级，我是流氓无产者，怎么说也得在你的领导下。

虽说方老五弄不懂螺丝扣反正，只能靠一点干巴劲儿干粗活，却自知端人家饭碗，干得极瓷实，又很能逗闷子，人缘挺不错。二工头就让大家多关照，一个钻水踏浪舍己救人的英雄来干这个，实在是万不得已。方老五说，我算什么舍己救人？不过是仗着水性好，那是救人不舍己。再说，我救的又不是别人，是我哥，便宜没出本家，有什么可张扬的？二工头的目光就很钦佩了，下了工非请他到小吃部吃饭不可。

方老五说，我跟你使蛮抡棒子，你怎么还要我当伙计？

二工头说，就是因为这个，我才觉得你这人特清纯，就像山里的绿色食品。

方老五说，我清纯什么，都说我是二流氓，除了脐下三指，别的话全不会说。

二工头看着他的眼睛说，你到底为什么跑出来？

方老五把眼睛垂下说，不为什么，就是感觉不对，像有一根细细的鱼刺扎在嗓子里，咽又咽不下去，吐又吐不出来。

二工头理解地点着头说，你们哥儿俩分开好，分开也就静心了，省得他总觉得欠你的，你又总怕沾他的光。

话题转到双水河度假村工程上。原来里面的猫腻太多，还没生出来就是个死胎，至今还欠着工人们的工资，二工头他们就是来这幢大楼告状的，偏巧赶上暖气维修，就从别人手里斩下一角干着，叫两不耽误。方老五把馄饨吃净，连汤都喝了，说哥们儿，咱不提双水河好不好？大丈夫四海为家，今后，我也是城里人了。

方老五认得大楼外面的牌子，再加门禁森严，知道里面住着说了就算的机构，说拽谁就拽谁，说绳谁就绳谁。如果没有这项活计，像他这样的卑微人物，怎么都混不进来。方老五生怕惹事，就怀着忐忑的敬畏感，每个寒毛孔都张着，猫儿一样蹑着脚走路，眼神规规矩矩的，咳嗽都用袖子捂着，连脏话也不敢说了。却又憋得难受，苦于没地方释放，下了工就溜到犄角旮旯，找小剧场去听二人转，正经段子就跟着哼哼，听到粉词儿就热烈鼓掌野蛮喝彩，连说好好好，真是太过瘾了！有人看出他的单公子身份，指点给他那种暧昧的去处，让他去理论联系实际。方老五嘻嘻笑，说我目前只务虚不务实。先把大哥喂饱，二哥的问题以后再解决吧。

淫雨很劲道地下着。方老五进城二十来天，愣是没见到城市的太阳。全市域内四边告急，能动员的人全都动员起来，下到抗洪前线去了，机关也大半停摆。方老五就惦记起双水河来，也不知道能不能守住大堤，保住小镇和度假村。想来想去，就拨通了金银滩的电话。偏巧是金美娘接的，一声接一声地喂着，方老五却不答话，也不知道该说什么，就红了眼圈静听着乡音。那边金美娘就哭了，说你肯定就是方老五，你喘气声我都能听出来。你为什么要走？你走为什么不告诉我？该走的是我而不是你呀。哥们儿，你倒是说话呀，哪怕跟我开一句玩笑呢！但方老五什么都没说，心一硬，就把电话挂了。

那天干完活，方老五没走，他故意煞在后面，是想利用公家的厕所打扫利索，也能省下几个冤枉钱。城里的公厕都有标价，大便五毛小便三毛，方老五算不过账来，就递上一块钱，很忸怩很蒙昧却也很诚实地说，我两掺儿！把门的老太太扑哧笑了，又白他一眼，随手找给他一块口香糖。方老五扒开那糖一看，都变质发黄了，嚼着辣丝丝的一股邪味儿。系着裤子走出来，吐了那糖就骂，说鸡巴地方，嘴上收钱，腚上也收钱，两头堵！老太太更乐了，说谢谢你随地吐痰，罚款五元！方老五死的心都有，带着哭腔说，出了大半天憨力气，累得王八二怔，还不够上一趟茅房的！

大楼里十室九空，显得特别肃静。方老五耐心地蹲着，心里还有一种隐暗的快意，是想让当官的也闻闻老百姓的臭屎，算是一种找回来的平等。就在这时，外面走进来两个人，步伐铿锵着，并肩站在小便池前撒尿。方老五立时被吓住，缩在坑位上，屁都不敢放响。那两人撒得汪洋恣肆，十分的冗长，通过小门上的百叶窗，能看到两双崭亮的皮鞋后跟，可见都是有身份的人。他们并不知道他的存在，好像在继续着办公室里的话题，说的就是双水河度假村的事。他们撒尿的声音很大，可说话的声音更大，方老五听得真真切切。他们说秦文礼是个超级大骗子，靠的是工程骗贷虚假融资。他们说双水河度假村是美丽的废墟，是崭新的遗址。这些方老五基本不懂，但李秋生的名字让他触电一般，差点儿叫出声来。他们说秦文礼腐蚀贿赂了市、县、镇三级主管领导，一根绳子拴到头，让一项没经过论证和招投标的工程顺利通过审批，给国家造成几千万元的损失，他们则从中渔利。已经查实，双水河镇镇长李秋生就捞到一二百万，这一回不是蹲不蹲的问题了，而是脑袋保得住保不住的问题。方老五听得浑身冰凉，直磕牙帮骨，怕当场晕倒，他双手拄地，像蛤蟆似的撅在厕所里，泪水哗哗涌流着，心里说，为什么这种事都让我碰上？完了完了，李秋生这回彻底完了！

方老五一夜没睡。第二天一早，也没跟二工头打招呼，就擅自离开了。除了披着李秋生送给他的塑胶雨衣，他什么都没带。长途客车早已停运，他搭了一辆大胶轮赶到县城。剩下的六十里沙土路都让雨水泡囊了，黏黏糊糊直粘脚，半天加一夜的痛苦跋涉，形同地狱里的噩梦。第二天拂晓，他终于看到了双水河大堤上的灯火，就知道人和洪水还在对峙。强撑着走到金银滩门口，想喊一声，却怎么也喊不出来了。金美娘正领人给堤上的人送饭，看见扶着障子浑身泥水的方老五，惊讶地尖叫了一声，手一松，掉了一地馒头。方老五向她绽放出一朵艰涩的微笑，便缓缓向身后的泥地上倒下去。

六

方老五在金银滩的房间里昏睡了一整天，醒来时发现头上悬着点滴瓶子，金美娘正守护在身边，拉着他一只手抹眼泪。方老五难为情了，想把手抽回来，却又身不由己，反而拉得更紧，还没开口，两眼都是泪水。他本来要喊金美娘，喊出来的却只有一个娘字，娘娘娘娘，一连叫了好几声，金美娘就知道不正常了。便摇晃他说，方老五，你醒醒，我是金美娘，你哥们儿！方老五也不管身上有针，一头扎进金美娘的怀里，像孩子似的放声大哭起来。他说，李秋生完了！这一回我再也救不了他了！

金美娘起初并不相信，还以为他是发高烧烧的。但方老五发誓诅咒，他是亲眼看到的，亲耳听到的，绝不是道听途说，而且当时音响效果很好，绝不存在听拧听蹭的可能。金美娘就不得不信了，脸色煞白，僵了半天，跺着脚骂，该！该！他这是自作自受！声音一转，也哭了起来。她说，不管怎么说，他过去是个好镇长，出了这种事，太伤老百姓的心了！

两个人正在酣畅而压抑地哭着，南公安来了。他用手扭着一个人的胳膊，咋咋呼呼地押解到金银滩来，兼有游街示众的意思。说狗日的损贼，别人都在抗洪，你却乘机偷度假村的石棉瓦，看镇长怎么收拾你！只见白光一闪，银铛一声，那人就被铐在土暖气管子上。

金美娘赶紧投了手巾，来给方老五擦脸。两人达成了共识，那就是严守秘密，不对外人泄露一个字，而且还要做出乐呵呵的样子。方老五知道这很难，特别是对于他来说，简直就是一种酷刑。在地上转了一个圈子，唱一声哩哏咙做演练，那声音凄凉而孤高，很像一根要断的琴弦，脸上一笑，竟然又落泪了。

南公安发现了方老五，惊得一个愣怔，说你咋跑回来啦？城里的饭不好混吧？谁跑你都不能跑，你方老五用鳃呼吸，离开双水河怎么活？还是老老实实张网捕食吧！方老五戗毛戗刺的，样子惨极了。他对南公安讨好地笑着，稀松的嘴开阖了好几下，竟然没说出话来。南公安用了很职业的目光上下看看，就说，是不是老大又不做老二的主了？金美娘截住说，是我让他回来的，我想他了，你有什么感冒的？南公安犹如被一口强风呛住，马上打着哈哈化解说，这就对了嘛，方老五是个好同志，就是闹起来没深没浅，看镇长的面子，你就多担待吧！

屋里的人听到了铁壳吉普的声音。这种天气道路，也只有这种皮实的汽车和坦克才能走动。方老五傻呆呆地站着看着，两只垂着的手在瑟瑟发抖，很像是练气功。李秋生关车门的声音很脆快，这显示出了他的自信和镇定。屋里的人鸦雀无声，静听着他从容的脚步缓缓走近。门打开了，他站在方老五面前，样子比方老五还疲惫还憔悴，人都脱相了——他已经在大堤上连续守了十多天，连家都没回过，是听到了方老五的消息，特地赶来的。他亲切而宽厚地笑着，就像阴雨天里的一缕阳光，向方老五张开两臂。方老五的松嘴嚅动了几下，就扑到他怀里来。

方老五还是哭了，他说，哥，我想你！

李秋生也泪花粲然的，抚摩着他的肩膀说，回来就好，回来就好。咱哥们儿打断骨头连着筋，臭死一窝，烂死一块。

方老五说，我要到堤上去陪着你！

李秋生说，等你病好了吧！

方老五说，我已经好了！

方老五回头寻找金美娘作证，她早就躲开了。

还没等南公安告状，那个铐着的人就喊起冤来。李秋生上前一问，原来是他家仓房漏雨，想拿几块石棉瓦盖仓房。李秋生笑笑，就让南公安打开，说这样的连雨天，平民百姓过日子，谁家仓房漏雨谁不闹心？也不打你也不罚你，这么棒的身板，到大堤上去抢险吧，回头我和南公安亲自给你送家去，还负责铺上。那人哭起来，跪下就要磕头，说李镇长，这辈子报答不了你，下辈子我当牛做马！李秋生赶忙搀起来说，不就是几块石棉瓦嘛，再说也不是镇上的，那东西姓秦，拿就拿了吧。大堤吃紧，一个蛤蟆四两力，我五弟这不也从城里跑回来参加抗洪嘛！

那人千恩万谢地走了。南公安的表情就有些哭笑不得，倒抽着凉气说，你看这事整的，劲儿使反了。

方老五咂摸着李秋生的话，似乎明白了一点点；也就是这么一点点，才把李秋生活活断送了。就接上了南公安上次的话茬，说你不是有专线吗，怎么瘪茄子啦？

南公安嘿嘿着解嘲说，这线那线的，还不都得在镇长的一元化领导下。

李秋生踱了几步说，南公安，也不是我说你，就能抓个小偷小摸小赌博，老头那个一根筋，连个辩证法都不会。关键时刻，哪头轻哪头重，你掂量去吧。南公安敬仰地看着李秋生，一副心服口服自愧不如受益匪浅的样子，拉着来温司机，到外面去装石棉瓦了。

李秋生说，五弟，堤上十万火急，我不能多陪你。你就在这好好歇着，只管放心，有哥在大堤上挡着，你睡的那张床就是安稳的！方老五泪眼蒙眬地看着吉普车下了主街，走在大酱缸似的稀泥里，那车走得几近挣扎，来回直扭腚。他心里一剜一剜地疼着，心想，到了这种时候，谁也抓不住那颗直飞过来的子弹，除了咬紧牙关不吭声，他还能做些什么呢？

当天下午，方老五来到了大堤上。双水河膨大了许多，很像一片汹涌的湖湾。洪水舔着大堤，大堤随之长高，险情是十分明显的。一群群泥咕千秋的人挥锹铲土的，扛麻包的，全都拼命干着。李秋生就杂在他们中间，是一种亢奋和疯狂兼而有之的状态，一边干一边高声叱咤。大堤上戳着一顶帐篷，那就是指挥中心，一面三角小旗在风中雨中猎猎飘扬，表明着人与大堤共存亡的决心。

方老五钻进帐篷里。地上全是烂泥，来温司机打着赤脚，在一只电炉子旁烤着几盒受潮的香烟，看着就像个落难公子。见了方老五，他的眼睛转泪了。

来温司机说，方老五，你劝劝镇长吧，再不休息一下，他就要累垮了！

方老五说，我不能劝。他这么做是应该的，谁让他当镇长呢。

来温司机说，天天沤着，又不能换裤衩，他的裆里都沤烂了，裤子都脱不下来。这几天他都没好好吃上一顿饭，就是抽烟，两只眼睛红红的，人都要疯了。

方老五的鼻子狠狠地酸着，抹一把脸，手一挥，那些有雨有泪的水珠就溅落到双水河里。他觉得有一个他认识的李秋生，还有一个他不认识的李秋生；他闹不懂他们到底是一个人还是两个人。看到帐篷里摆着两张简易床，明白是来温司机在陪着李秋生。他试试被褥，全都湿漉漉的。

方老五说，眼下大堤很悬了。镇长能与大堤共存亡，你能与镇长共存亡吗？

来温司机垂下头，好一会儿才说，你别为难我。我是草民，也是凡人，我有我的活法。

方老五笑了，说这就好，你是老实人，关键时刻说了老实话。从现在开始，不用你陪着他了，上阵亲兄弟，你懂我的意思吗？

来温司机点点头，涩笑着退却说，反正你是水里的动物，再大的水也淹不死你！

方老五摸出那张磁卡来，拍到来温司机的手上说，这玩意儿我不会使唤，从你手里拿的，现在还给你。

来温司机没再说什么，把那张磁卡放到一只老板包里。那是李秋生的包，通常都由来温司机拿着。方老五把那张合影拿出来，嵌到帐篷最显眼的地方。他对来温司机说，没你的事了，你把包拿走。从现在起，我伺候我哥，包括洗脚！

方老五带上香烟和打火机，提着一柄铁锹，就踅到李秋生身边来了。他也不说什么，跟大家一起干，一会儿摸出一支烟来，点着，再送到李秋生的嘴上。李秋生朝他凄惨地笑笑，说五弟，让你跟着我受苦了。是不是还在发烧？方老五也不搭茬，拉开架势，挥锹猛干，嘴上还操操的，权当是劳动号子。

李秋生发现他不高兴，就趁歇气的工夫说，五弟，从城里带回了什么荤段子，说给大家解解乏，鼓鼓劲儿。

方老五不说。方老五也没那个情绪。

李秋生说，你就说一个吧，就算是慰劳我了。

方老五想了一下，就讲了。说的是城里美术馆聘用了一个清扫女工，头天上班，一不小心，把一尊男性石膏裸像两腿之间的零件碰掉了，怕领导责怪，就凭着想当然，用胶水给粘上了。领导来了一看，又气又笑，说怎么一夜之间，这家伙的玩意儿朝上了？女工只好实话实说。领导说，你这个年龄也应该知多见广了，怎么能给安倒了？女工并不唯上，是很能固执己见的，急赤白脸地跟领导争辩说，我见过的这玩意儿多了去了，割巴割巴都能装满一箩筐，有一个算一个，全都支棱八翘，怎么就没见过一个蔫头耷拉脑的？明明是你们搞错了！堤上的人全都大笑不已，方老五却不笑，脸上的肌肉一凛一凛的，好像要哭了。

李秋生说，五弟，你怎么啦？你好像有心事！

方老五说，哥，我就是心疼你。

李秋生说，老天爷找别扭，这种节骨眼，谁又有什么办法？作为男人，就得像那尊石膏像，是死是活鸟朝上！

众人笑着哄哄着，对李秋生卓越的理解力表示服膺。

说着话，又一个洪峰到来了。大堤颤动起来，好像随时都会垮塌。来温司机害怕起来，借机献策说，实在不行，两头保一头吧，把对岸的子堤扒开，让洪水流到度假村去，反正……李秋生没让他说完，一个耳光扇过去，来温司机就淌出了红亮的鼻血。李秋生说，亏得你想得出，手心手背哪不是咱的肉？再动摇军心，让老五把你扔进河里喂王八！说着拿过镇干部手上的电喇叭，站在高处朝着人们喊话说，相信我李秋生的，跟我在这保堤；不相信的，回去带上东西往后山上跑。现在是生死关头，大家选择吧！

人们很快就镇定下来，还有参差的响应声。堤上的气氛很是壮烈了，人们投入了新一轮抢险，发出的呼号尖锐而又劈裂，已经不像是人类的声音了，听着很瘆人。李秋生扛着编织袋子，宛如一个送炸药包的壮士，一路小跑着，人们就络绎跟在他后面。

忽然镁光一闪，让人们吃一惊，原来是齐长脖在给镇长抓拍。李秋生说，这么多人都在干，你他妈的总盯着我干啥？我一个人能顶得住这么大的洪水？你照照别人，再不就把那劳什子扔了，也过来扛口袋！齐长脖答应一声，把照相机交给领人送饭的金美娘，还穿着一身西服，就欢欢实实加入了扛包的行列。

金美娘起先在外缘站着看。雨淋湿了她的鬓发和衣衫，有着凄美的效果。被眼前的场面震撼了，人仿佛塑在了那里。后来就倒了一碗姜汤，颤巍巍递到李秋生的手上。

堤上的人都注视着这场面。

金美娘仰望着他说，这不是我一个人的心意，而是代表全镇老百姓。这碗姜汤，你就当酒喝了吧。

李秋生并不看她，双手捧过来，一仰脖，把那碗喝光了。金美娘一下子就哭了，一口一个多保重，竟然大放悲声，哭得不能自制，这就很让堤上的人感到蹊跷了。

方老五追过去，低声呵斥说，鸡巴娘儿们，不是早就说好了吗？樱桃小口还不如我这松嘴严实。孟姜女哭倒万里长城，你金美娘要哭倒双水河大堤呀！

金美娘兀自抽噎着说，李秋生对不起我，可他对得起全镇的老百姓。镇上的人肯定会联名赎他。我想好了，把金银滩卖掉，把全部积蓄都拿出来，砸锅卖铁，也要帮他倒赃，怎么也要保住他一条性命！

方老五没说话，也不知道该说什么，只是像哭一样笑着。

洪峰平安过去。李秋生拉着方老五来到帐篷里歇气。他们分别躺在两张床上。

李秋生说，大堤晃悠，这床也晃悠，咱俩就像躺在卧铺车上。

方老五说，你精湿，我也精湿，咱俩就像刚打上来的两条鱼。

李秋生嘿嘿笑，说简直就是对对子呢。双水河里，你见过像人这么大的鱼吗？

方老五说，这很难说。那次我下夜钩，早晨起来一看，浮标都被拽到了河心。我划船赶到跟前用手一试，那绝对是一条大鱼，可能在几十斤以上，在水里，它的力气比我大。我明白它不是我的，如果非要得到它，我的船就得翻了。人不能太贪心，得知道取舍才对，就剪断了渔线，把那条鱼放跑了。

李秋生说，你怎么不试试看？说不定真能把它弄上来。再说，贪心的首先是鱼，它不该吞钩啊！

方老五说，哥，别看你比我能，可有些事你没我想得开。

李秋生笑了，忽然伸过手来拉住他说，五弟，你别再瞒我了，我都知道了。我当了一回镇长，上面还能没有几个朋友？我明白，你是特地回来陪我的。

方老五紧紧抓住那只手，呜呜地哭起来。他说，哥，这不是真的吧？是不是有人胡编出来诓人的？

李秋生说，是真的，一点都不假。其实，哪条鱼吃饵食的时候都没想到会被钩住。有的吃饱了，游开了，还是一条完美的鱼；有的嘴被钩破，可还能活着；有的顺便吞了一口，就注定了必死的命运。我就是最后这种鱼，看来，这次真的活不成了。

方老五呜咽着说，这么说，你骗了我，骗了家里人，也骗了全镇的老百姓——他们不仅是信任你，他们都很崇拜你呀！

李秋生说，不，我没骗谁，我这也是一种很真实的存在呀，我这种人就是这么活着的。虽说你我亲如兄弟，可鸟在天空鱼在水，你不会理解我，永远不会。

来温司机慌慌张张跑进来报告，说堤脚出现了管涌，形势万分危急。李秋生端坐着没动，点了一支烟，慢慢吞吞地说，兄弟，刚才我故意在人前打你，你可别记恨。来温司机哭哭唧唧说，我明白，你打得对。李秋生说，你别慌，管涌咱也不是没见过。马上到度假村拉几袋水泥来，剩下的事我们哥儿俩办。

天色阴黑，大堤上老早就亮起灯来。南公安踏过泥泞，拐着太空步跑来，对李秋生报告说，上面来人了，是检察院的，指名道姓让李镇长去一趟。众人的目光就很惊诧。李秋生一笑，沉稳地说，打铁烤糊卵子，也不看看火候。既然来了，想必是来抓抗洪的吧，叫他们到大堤上来，和大家一起干！南公安诺诺的，只得又拐了回去。

方老五知道，最后的时刻来到了。他浑身抖成一团，连气都喘不匀了。望望李秋生，灯光把他魁梧的身躯投射成一条巨大的黑影，看着若虚若实，时淡时浓。他站在人群里怪诞地笑着，脸色镇定，嘴唇红润，好像在操持一个盛大的仪式。又喊齐长脖给大家拍个合影，留做战地纪念，偏巧相机里没胶卷了。他还故意和金美娘搭讪说，洪水过后，金银滩要请所有的抗洪功臣吃席，费用由镇政府出。金美娘眼泪汪汪地看着他，不住地点头。

拉来的水泥装在了小船上。堤上静静的，等待李秋生的决断。李秋生看着方老五说，这回就看你我的了，谁让咱是兄弟呢！李秋生的话音很轻，口气又不容置疑。方老五想对众人的目光笑笑，表明他的愉快胜任，却怎么都笑不出来，因为他似乎觉察到了李秋生设计的悲壮结局。

小船小心地躲过急流，循着堤岸向管涌处摸索。来温司机把车灯打亮，雪亮的灯柱照着小船，逆光看去，是黑压压的人群，甚至能看到站在南公安身边的两个差人。人们似乎静止了，静止得就一大片起伏连绵以沸腾形式凝固着的火山岩。

李秋生说，五弟，哥对不起你，这么多年，没帮上你什么。这么大的岁数了，既没老婆，又没房子，现在，连个小船也没了。不过要是有来世，要是允许我选择，我也跟你做渔夫。

方老五听懂了他诀别的口气。他想开导他几句，又觉得没什么可说的，刚一张嘴，所有的话都变成了含糊不清的呜咽。他觉得他就要垮了。

李秋生笑着说，好兄弟，难道你不觉得，让鱼嘴上带着鱼钩活着，那更残忍吗？你就是把渔线剪断了，那条鱼还是要死的呀！不过都是一死，死在河里的鱼，总比死在锅里有尊严！

方老五不说话了。他知道自己的脑子不够用，到了这种时刻，已经乱成了一锅黏稠的糨子，他已经丧失了思考和判断的能力。他像个野兽似的咆哮着，用力划桨，压过一排排浪涌，终于把小船靠在管涌形成的旋涡上。李秋生用一根绳子拴住他的腰，另一头拴在船上。

李秋生说，他们都在看着。我让他们失望了，你别让他们失望。

方老五似乎听懂了，又似乎没听懂。他抱起一袋水泥，就潜到水里。凭着他多年练就的功夫，他准确地找到了那个小洞——不过二碗大小，而且借着水的抽力，顺利地将它堵住。

岸上的水花立刻消逝了，人们发出了疯狂的欢呼。李秋生把方老五拽上来，又朝那个位置扔下几袋水泥。方老五潜下去，摸索着把它们一一摆正。就在他顺着绳子再次上凫之际，他身边沉下一个模糊的影子，凭感觉他就知道，李秋生是抱着水泥袋子下来的。当年的情景在他脑子里倏忽闪现。他靠上前去，抓住他的一只胳膊，可他把他推开了。他追上去再抓，可系在船上的绳子限定了他的活动距离，他于是知道，这个被他叫做哥的人，这个从小到大陪伴他走过这么多年的人，就这样永远离他而去了。

人们一片哗然，围住游上来的方老五，大声申斥着，愤怒责骂着，有人还要动手打他。但金美娘用身子将他护住了。

金美娘说，他们是多年的兄弟呀，你们哪个能比？要是能救，他哪能不救？

方老五哭了，跪在河边，哭得撕肝裂肺的。他说，天太黑，水太浑，流太急，他又太重——他再也不是当年那个孩子了！

岸上一片呜咽，分不清是哭声还是水声。

最后的御厨

开　　篇

皇帝说，自盘古始，尤是尧舜以来，君以民为天，民以食为天。而卿等执掌朕及万众饭碗，可见普天之下，莫如卿大。

御厨叩首说，奴才不敢。奴才只是伺候人的，无论是帝王还是庶民，只要吃饭，我们就得好生伺候。

皇帝说，三年大灾，厨子死于帝王之后，你明白这道理吗?

御厨满脸流汗说，奴才浅薄，可奴才知道，那肯定是不忠不义的厨子。古有介之推割股啖君，易牙烹婴献主，都是历代为厨尊崇的榜样。只是奴才马瘦毛长，大腿肉肯定不好吃。把自己的孩子清蒸了也难做到，因为奴才还没娶亲呢。再说，让皇帝学生番吃人肉，那有多恶心，也深陷皇帝于不义，说不定就是奸佞小人了。奴才以为，厨子理应竭力事主，哪怕熬到灯尽油干，也会把最后一口能吃的留给皇帝……

皇帝大笑说，真是个忠心耿耿的好厨子啊。朕能舍得下江山社稷，就是舍不得你做的饭菜，咱们约定好，我家皇位世袭，你家厨子也世袭……

这个段子是我家祖上传下来的。其中的皇帝是光绪，御厨是我的曾祖父。到了我爷爷那辈，宣统小皇帝崽子把天下弄丢了，兜着圈子跑到东北，摇身一变，成了伪满洲国的康德皇帝，日本人手中的牵线傀儡。我爷爷虽然也当着御厨，却当得灰头土脸的，还被迫改了祖宗的口味，鼓捣了一阵日本料理。炒勺传到我叔叔马本良手上，皇帝已经在中国绝种，可人们刹不住车，仍然叫他马御厨。

我父亲兄弟几个，都很驽钝，只好猫在乡下，老老实实躬耕于垄亩。我爷爷看好了我叔叔，就从小抓起，私授密传，还伴以苛刻的体罚教育。到了能掂动马勺的年龄，我叔叔已经十分了得，一直在城里的馆子主灶。后来搞人民公社化，他又顺理成章被弄进了大食堂，当时他才十八九岁。本来说是要“跑步进入共产主义”，想不到风风火火跑了一阵，直跑得嘿儿喽气喘，上气不接下气，大食堂还没吃上几顿饱饭，光绪所说的“三年大灾”果然就来了，比瘟疫还狞厉。各处的馆子食堂伙食点纷纷撤幌子砸牌子，所有的铁锅都生了黄锈，厨师们走死逃亡，境遇十分的凄惨。我叔叔于是发现，“厨子死于帝王之后”的说法是靠不住的，他离饿死只有一步之遥了。为了活命，我叔叔于是身背炒勺走天涯，颠沛流离好一阵，最后才落脚在大油田这片碱土地上。

一

从火车上下来，就有人吹哨召集站队。那时候并不是人人都怀着多么崇高的革命目标，也不用怎么号召和发动，一说管饭，来得就很踊跃了。油田刚刚开发，急需大批劳力，只要成分好，也就萝卜快了不洗泥了。分配工作又不能太细，别说查档，就连花名册都不点，按照大小个从中间一斩，高个的上钻井，矮个的上采油，好了坏了，没人跟你啰唆。我叔叔高虽高矣，却细巴连纤的一棵青秫秸，怎么看都不带秦琼那两步走。一经目测，钻井队头头的眉头就锁起来，想把他当做赝品剔出去。

头头说，钻井玩儿的是钢铁，硬碰硬。你这塑料身板，是能扛钻杆啊，还是能扶刹把？

我叔叔也自知形体不够剽悍，忝列于石油工人队伍，有些假冒伪劣的嫌疑了。生怕被打发回去，就点头哈腰地笑着，满脸都是巴结神色，说我扛不了钻杆，也扶不了刹把，可我能给扛钻杆扶刹把的人做饭！

头头笑了，站队的人也笑了，都笑出很鄙夷的意思来。

头头是个粗人，说话操操的。说烧火做饭的活谁不能干？长卵子不长卵子都行，一线退下来的老弱病残还安排不了呢，怎么还能从外面招？

我叔叔说，我做饭和别人做饭不一样。我们马家是御厨世家，伺候皇帝的，手艺代代相传，都三辈人了。

站队的人又笑起来，因为这话离题太远，简直就是不着边际，听着就像二杆子，很是讨人烦了。我叔叔急于寻求物证，就把手伸向身后。他背着兜子，肩头上探出一个锃亮的把柄，俨然苏秦背剑。嗖地一掣，那把炒勺就显露在众目睽睽之下了——比一般的略大略长，被宫廷灶上的油水濡润出永恒的幽光。因为岁月的磨损，勺头半圆不扁的，顶端还有一个柔和的缺口，如同一轮初亏的月亮。勺柄上錾着“御厨”两个魏体字，笔画浅淡了，仍能看得很真切。

我叔叔把形势估计错了。几千人都站在冷风里蹉脚，谁能有耐心把他的陈述听完？再说，缺少足够的铺垫，底牌揭得太突兀，不但没收到他所预期的震惊效果，反而引发了更大的一波哄笑，等于陷入了人民战争的重重包围。钻井队的头头做了个拼刺动作，把那截铁器挡了回去，说你他妈有病啊，跑到油田上卖废铁来啦？全国上下都在挨饿，油田也是瓜菜代，你还在那里琢磨开小灶。再说，就算你真是御厨，皇帝都死绝了，要你有鸟用？

头头的话一剑封喉，在场的人全都笑得东倒西歪，队伍立刻溃不成军了。换了别人，也许就哑火了，可我叔叔马御厨是个犟眼子，他脸色红一阵白一阵，站直了身子，庄重着神色，以捍卫真理的坚定口气，朗声说道，皇帝是死了，可领导还在呀。想想看，天底下哪个领导不想吃香的喝辣的听甜的睡软的？

众人嗷嗷乱叫，也分不清是喝彩还是嘘声。头头愤怒得不行，伸手一拽，我叔叔这个异己分子就被揪出了队伍，再用力一搡，一个踉跄蹿出去，跟头把式的，已经到了那边采油队的阵营。我叔叔差不多已经绝望了，就在这时，采油队队长刘播趋步上前，伸出一只大手把他接住，另一只大手就拍了他的肩膀，向他眨眼一笑说，兄弟，你跟我走吧，上采油队。我要让采油工人都当一回皇帝！

就是这样，我叔叔绝处逢生，而且一步到位，进了采油大队食堂。

其实，刘播虽为队长，却比我叔叔大不了多少。他是文化人，可偏偏要装作大老粗的样子，在当时就很是厉害了，有一种深不可测的内涵在里面。他把炊事班的人叫到一起，指着我叔叔对他们说，你们都来看看这个人，和你们有什么不一样。那几个师傅都是夯货，肉眼凡胎的看来看去，没看出子午卯酉，只说他衣服干净一些，但保不住里面也生虱子。炊事班长崔大可是个聪明人，就顺着刘播的竿儿爬上来，说你们不懂得伯乐的相马术。这个人有气质，往那儿一站，未成曲调先有情，不同凡骨啊！那几个人就越发懵懂了，说啥叫气质？我咋看不着呢？气质长在哪个部位？再说，谁又不是X光机，看人怎么还能看到骨头里去？刘播又好气又好笑，也没法深入解释，就武断地宣布，从今往后，炊事班长就是他了！

炊事班的人都很意外，崔大可就更加发蒙，觉得这简直是岂有此理。就衔恨煽动说，什么鸡巴御厨？都是唬人的，钻井那边筛下来不要的货，连石油味都没闻过，怎么能直接就骑到我们的脖子上？那几个也跟着嚷嚷，大叫不公道。又不敢跟刘播顶牛，就互相挤咕挤咕眼睛，都请病假，假说闹肚子，躺在被窝里晒我叔叔的台。

采油队食堂有一二百号人吃饭，一顿光是窝头就得三大笼屉，熬汤的水就得两挑子。到了做饭的时间，几个装病的都趴在大炕上哧哧诡笑，说狗日的马御厨准得哭鼻子。哪知我叔叔一夜没睡，一个人顶了一个班，老早就把饭菜端到他们床头来，还歉意地说，可惜没有细粮，没法给你们做病号饭。那几个人惊诧不已，只见那窝头做得上锥下圆，等边等距，一个个匀称极了，就像工艺品，就像用千分尺量好的。青龙过海汤也做得极别致，葱花不是横切也不是竖切，而是从斜刺里片削而成的墩菱形，那刀工极地道。萝卜也不是往日指头粗的条条片片，竟是铜钱大小的星星瓣，在潋滟的高汤里，莲花般鲜活地绽放着，很能撩人食欲。那汤不知被什么作料提味了，喝一口，直蜇舌头，分明有一种逼人的海鲜味儿。那时候既没有鸡精味素，又没有太保十三香之类，那几个只会爆炒咕嘟炖，就大眼小眼地愣瞪着，说一样的破烂材料，怎么就能鼓捣出这么好的汤来？神了神了。行当上讲究艺高者为大，就纷纷打着赤膊跳下炕来，低首下心表示臣服。崔大可从此久久纳闷，暗中瞟着我叔叔，巴不得连秘籍带厨艺统统偷了去。

我叔叔受命于危难之时，怎么能让大家吃饱肚子，就成了他的一块心病。当时的粮食定量供应，每人每天只有可怜的半斤。油田上都是重体力，万般无奈的情况下，上头就喊出了“五两保三餐”的口号。刘播带头勒裤带，渐渐就勒成了一匝蜂腰。我叔叔看在眼里，疼在心上，虽说有知遇之恩，却又没什么好办法。刘播饿得厉害，每天吃饭就抢在前头，我叔叔也陪在一旁，为的是能借机把他的那份拨给他一点。崔大可就活络多了，私下告诉刘播，再吃饭晚点来，别像跟工人抢饭似的，到了最后，那就等于是吃大家剩下的——吃苦在前，享受在后，于细微处见精神，对不对？刘播真的就煞在后面，却发现粥也干汤也稠，差了不少成色。刘播是正人君子，所谓君子远庖厨，平时是不大进厨房的，这时方才醒悟，汤还是那个汤，粥还是那个粥，锅碗瓢盆也没毛病，就是没法克服物体悬浮和沉降原理，先吃的清汤寡水，端起碗一走三咣荡，精华部分都沉在了盆底，无论怎样搅和，自然规律是搅和不了的。刘播欷歔再三，又改回到原来的抢先吃饭，吸溜吸溜地喝粥嘬汤，而且学会了舔碗，把二大碗从里到外舔个一干二净，比猫狗毫不逊色。很快就弄得大眼愣瞪，而且眼睛向里深深地眍着，有点像欧罗巴人。

刘播就很奇怪，这种半饥半饱的日子，别人全都不可逆转地瘦下去，我叔叔整天忙忙活活的，不但没瘦，反而迅猛长膘，整个身子膨大了一圈。本来不大不小的眼睛，竟然只剩了五分硬币那么窄的一道暧昧的缝隙，看见他也是躲躲闪闪的。刘播就觉得，我叔叔肯定有名堂，近水楼台嘛，说不定是贪污私吞了。若在太平盛世，他也就糊涂庙糊涂神了；这种时候粮食贵比黄金，他必须监视每一粒的去向。那天夜深人静，刘播故意潜到食堂查看，正撞见我叔叔站在厨房的灯影里，嘴还在嚅动着，显然正在吃着什么，一见有人来了，便麻溜把手上的吃头背在了身后。

人赃俱在，刘播很生气，刘播眼睛喷火了。

我叔叔嘿嘿赔笑说，队长，你咋来了？

刘播说，我不再是君子了，我也不再远庖厨了。

我叔叔说，食堂有我，你不用操心。

刘播说，我怎么能不操心？别人都在挨饿，你倒是挺长膘的。多少斤啦？

我叔叔依然嘿嘿说，没称过，总在一百左右浮动。

刘播声音颤抖着，指头差点儿就戳到了他的鼻子尖儿，说狗日的马本良，真没想到，原来你是一只虱子！

我叔叔怔住了。因为那时日子艰苦，虱子人人皆有，属于全民普及的共有之物，甚至不叫虱子，叫光荣虫，被赋予了新潮时尚的政治含义。有一首打油诗是这样写的：抬头看见满天星，伸手摸到了光荣虫。青天是大房顶，星星是银钉；虱子是芝麻，咱们是烧饼……我叔叔马御厨就有些糊涂，虱子是好的呢，还是不好的呢？头头是在表扬呢，还是在批评呢？我叔叔不知如何回答了，再说他的嘴里还塞着没嚼完的东西，一张嘴就要暴露。情急之中，就朝刘播嘿嘿地傻笑，看着就像弱智似的。

刘播冷着脸命令，你吃的什么，把手拿过来！

我叔叔吱吱扭扭的，到底还是把手里的东西亮出来，竟然是一把野菜。刘播这才恍然大悟，原来我叔叔一直在演绎“神农尝百草”的故事，哪种能吃，哪种不能吃，他都要先行尝试，有了明确无误的结果，再采回来掺进粮食里，结果就闹得浑身浮肿。刘播伸出的指头收不回来了，就顺势对着他荧荧发光的额头戳下去，登时出现了一个苍白的深坑，而且好半天不能平复。刘播的泪水一下子就流下来了，他把我叔叔抱住，说好兄弟，让你受苦了！我叔叔这才呕出嘴里那团绿唧唧的东西，说既然你信得过我，就是豁出命来，我也得对得起你！

有一天夜里，别人都睡下了，我叔叔锁好食堂，看见刘播屋里的灯还亮着，就去找他说事。刘播光着身子，只穿一件小裤衩，嶙峋的肋条上覆盖着薄薄的肚皮，一副不折不扣的饥民形象。起初他还以为他在写材料，就屏息静气地走拢过去，到了跟前才发现，原来他正伏在灯下专注地捉虱子，逮住一个，就放到油灯盏里烹煎，直烧得吡吡啦啦，爆豆般炸响着。刘播眼睛直勾勾的，长鲸吸水一般，贪婪地向里吸气，一吸，肚皮就呼嗒呼嗒，很像当风的窗户纸，用指头一捅就要破了。刘播看见了我叔叔，没叫他的名，也没叫他的外号，而是叫他马老弟，就像谵妄的病人那样喃喃呓语，说马老弟，快闻快闻，多香的烤肉味呀，就算是我请你的客了！我叔叔呆呆地看着他，直看得泪眼蒙眬，就觉得，是他这个御厨失职了。

我想起来，不远的地方有一棵老杨树，树上垒着一只喜鹊窝，一早一晚，喜鹊一家都喳喳饶舌，像是亲善的邻居在做吉祥的祝福。想到它的时候我叔叔还有一种罪恶感，可和饥饿比起来，什么什么都不重要了。我叔叔一咬牙，就趁着月色澹澹，冒着被摔下来的危险，像一只古老的蝾螈悄悄爬了上去，将窝里的喜鹊擒住一只，另一只发出恐怖的尖叫，飞进了深沉无边的夜色里。拧断它脖子的时候，我叔叔的心还颤动不已，他叨叨咕咕说，这辈子我对不起你了，下辈子我做蛋让你孵！他采用了叫花鸡的做法，用黄泥糊住，放在文火上慢慢烧烤，那香味就缓缓释放出来。是一种无处不在的弥漫，柔和之中还带着无坚不摧的穿透力。我叔叔把那层黄泥剥开，那肉外焦里嫩，果然是好东西。他把它悄悄放到窗台上，自己就躲开了。一阵悠然的夜风吹来，刘播立刻被熏蒙了。那一刻他的眼睛发出荧荧的绿光，极像一只发现了猎物的饿狼，一声哀痛的呻吟，便猛扑上去。

刘播接二连三被我叔叔感动着。一个厨子能忍饥挨饿，还总为别人着想，这是什么精神？没有极致的人格修炼，那是很难做到的。就写了一篇人物特写，发表在油印的《油田会战报》上，题目叫《从没落御厨到人民炊事员》。采用了普遍流行且又上头认可的写法，适当上纲上线，不提人格，只提阶级觉悟。上头看见了，觉得很有典型意义，就提前来了电话，说是贾副总要亲自来搞调研。油田上的油井星罗棋布，采油队就有几百个，最高首长能亲自光临，谁都知道意味着什么。刘播就让我叔叔认真准备，盛情款待。

我叔叔为难了。

我叔叔说，盛情我有，可怎么款待？满汉全席我也能做，可食堂有什么没什么，你都知道。

刘播说，你不是御厨嘛，关键时刻见红心哪，哪怕少而精也行。

我叔叔搓着两手，愁眉不展的，好半天没说话。刘播几乎走投无路了，一面嗟叹，一面在屋地上走溜子。我叔叔这时才抬起驯顺的眼睛说，好吧，你打听打听，他最爱吃什么。刘播也不避讳，当着他的面就拨通了贾副总的秘书，回头就交代说，贾副总爱吃面条，无论如何，你想法给他做碗面条吧。

就是为了这碗面条，我叔叔马御厨忙活了大半天。食堂里没有白面，包米面又没筋性，和起来简直就是一盘散沙。怎么办呢？我叔叔就去剥榆树皮，那东西极有韧劲儿，俗称保条，磨成细粉，又把土豆焊熟捣碎，沙出淀粉来，把三样掺到一起猛揉，揉得像巴拿马橡胶一样。又让崔大可去弄麻雀代煨鸡汤。崔大可很有情绪，说我们病号都没吃上一口面条，怎么他一来就搞特殊化？领导肠子细是怎么着？我叔叔就劝解说，长官骑马，士兵走路，这都是工作需要。崔大可骂骂咧咧的，头上顶着一只大笸箩，极不情愿地去了。回来时把三只皮包骨的死麻雀扔到菜墩上，说饥荒殃及了万物，麻雀比始祖鸟还珍稀呢。我叔叔看他口袋里鼓鼓囊囊的，知道他留了后手，反正不是公共财产，就装作浑然不觉，由他去了。

这是一顿美不胜收的午饭，贾副总吃得汗马流水，一边吃一边叫好。为此他破例接见了我叔叔，握住他的手好半天舍不得撒开。就是这样一个镜头，被随员拍了黑白照片，张挂在各单位的宣传廊上。贾副总不叫马本良马御厨，而是叫小鬼，这样一叫，我叔叔就诚惶诚恐了，一口一个首长，还躬着身子，像汉奸那样点头哈腰。一席长谈，贾副总大受启发，回头就号召向刘播的采油队学习，开动脑筋，采用增量法和代食法，到大荒野上找粮食。到了下面，就演变成了一句形象而偏激的口号，叫陆海空全面出击，实行革命的三光政策。凡是能喘气的，没有毒的，只要能吃，什么都不放过，连蚂蚱蜻蜓蚯蚓也进入了食堂的食谱。有人概括当年的搜罗之状是：勘探队如梳，钻井队如篦，采油队如剃。尽管大荒野给弄得像月球一样荒凉，毕竟让几十万人马渡过了饥荒，而且为国家贡献了滚滚滔滔的石油，提起来皆大钦佩，堪称人间奇迹了。

刘播的名字乘着东风扶摇直上，很快就调到了采油指挥部当了副指挥，而我叔叔马御厨也注定要显山露水了。那位错失了我叔叔的钻井队头头，肠子都悔青了，只怪自己目光短浅，看皮看不到瓤，暗地扇了自己的耳刮子。而崔大可终于看到了我叔叔的点睛之笔，那就是当面条汤煨好之后，我叔叔躲开众人的目光，从身体某个隐蔽的地方摸出一个小纸包来，麻利地打开，抓出一撮白色的粉末撒了进去。崔大可想弄清究竟，我叔叔却把那东西锁进了箱子里。

二

本来，刘播想把我叔叔调到指挥部食堂去，这也合乎情理；可这时我叔叔跟一个采油女工偷着好上了，细心人从眉眼之间就看得出来。刘播不想做棒打鸳鸯的事，就跟我叔叔透话，意思是说，上级机关食堂的大门，时刻向他敞开着，着急吃不上热火烧。他们错开前后脚，只是为了避嫌，好像他走到哪把他带到哪，往邪了想想，就不是他舍不得御厨了，而是他梦想当皇帝了。我叔叔对刘播很钦服，恋恋不舍地为他做了送行饭。人们还以为他会掉眼泪，可他没有，因为他坚定地相信，刘播永远是他的上级，他想下来就下来，想让他上去他就能上去，两个人之间是没有距离的，不过是短暂的分手而已。

我叔叔看好的采油女工叫米新朵，模样十分的耐看，一身白白净净的肉皮，人称气死太阳，特别是长着一管希腊式的高鼻子，在一抹色的趴鼻子中间，显然就是翘楚了。这且不说，米新朵的高鼻子还非常实用，既通畅又敏感，对味道有着极强的辨别能力，一进食堂就抽抽搭搭，不用看就能判断出什么饭菜，连哪个厨师做的都说得八九不离十。我叔叔昵称她是西洋小巴儿狗。那一阵我叔叔满脑子都是米新朵了，他固执地认为，味道好与不好，其实就差那么一点点；能分清这个，肯定比凡人多一窍。还认为刘播是慧眼识荆棘，这个米新朵就是红颜知己了。而米新朵心里很清楚，嫁给了御厨，她一辈子就是女皇的待遇。

那时候追求米新朵的人不在少数，崔大可也是其中的一个。我叔叔后来居上，一把就掐了群芳谱里的花尖尖，这等于破坏了同甘共苦的规矩，而且他比我叔叔还大两岁呢，就不能不为之愤慨了。崔大可很是情绪化，整天嘟噜着脸子，把锅碗瓢盆弄得叮当山响，往菜里放盐，带着一股狠巴巴的劲儿，就像投毒似的。

采油队食堂理所当然成了先进集体，当时叫青年突击队，虽然有些圆凿方枘，都那么叫，连火葬场也一样，没法一一订正和甄别，只好将就了。上头组织巡回讲用团，也要炊事班派代表。我叔叔本来就很恋栈，又忌讳抛头露面，就让崔大可去了。哪里知道，这一下歪打正着，崔大可终于有了用武之地，上得台来，舌头翻花一般，有的没有的，什么都敢说，什么震人讲什么。那时候人们肚子里有食了，大头小头全都昂扬起来，工作又有分散、独立、野外、夜班的特点，正当和不正当的花事频仍发生。崔大可就喊出了针锋相对的口号：三年不探家，五年不谈恋爱，八年不结婚——本来是一辈子不结婚，不给组织上添麻烦，带队的觉得有些过了，婚还是要结的嘛，不结婚哪来的革命事业接班人呢？就帮助匡正了一下，作为组织认可的正式口号辐射下去，形成了对全油田的强势覆盖。

崔大可还没回来，这个口号就先到了。我叔叔马御厨一听，犹如挨了当头一棒，好几天都没精打采的。米新朵问他，我叔叔就一锅温吞水，支支吾吾地搪过去。因为他很清楚，八年的时间很难熬，抗战也不过如此；只有小火慢炖温吞水，才能熬到最后。米新朵当然不高兴，她需要的是烈火烹油，就像我叔叔马勺上的功夫。可我叔叔就是启而不发，每次一对一的场合，他都木头似的坐着，就像组织上找他谈话似的。当时有了细粮，可并不很多，米新朵和别人一样，在窝头和馒头之间，选择是明确的。可我叔叔没给她弄过一两细粮票，没往她的碗里多加过一块肉，在食堂里看见她，头不抬眼不睁，就像不认得似的。我叔叔对她说，食堂的东西，咱一丁点都不能动；等以后成了家，我要像我爷爷伺候慈禧老佛爷那样伺候你，把所有的好东西都留给你。米新朵虽然感动，但很是有限，总觉得他不是在谈恋爱，而是扔笤帚占磨盘呢。

崔大可回来时脸上吃得放光，举手投足，还派派势势的，带回来不少和领导合影的大照片，队上也对他刮目相看了。恰好缺一个食堂管理员，就叫他顶上了，没过多久，赶上大批转干，他就搬进办公室里，坐上了三屉桌。崔大可一步三蹿，却依然和大家乐乐呵呵的拉关系，对食堂的人也很宽松，哪个多抓挠一点儿，他也睁一只眼闭一只眼。我叔叔看不惯，我叔叔说，厨师怎么能随便掠青？这和金库保管员乱拿钱是一码事。长此以往，口子越开越大，你让我怎么办？掠青是骂人的话，原指牲口拴在辕套上，顺嘴偷吃路边的庄稼。崔大可听了就嘻嘻笑，说马御厨啊，你甭管那么多，只管做你的饭菜，别的事情有我呢。崔大可也真不糠，方方面面都有朋友，比别的采油队多弄了不少豆油和细粮，食堂不但能经常吃馒头，还能吃上油炸馒头，这就很奢侈了。都说崔大可是大能人，和我叔叔一主外一主内，是黄金搭档。我叔叔心里别别扭扭，也不得不承认，崔大可当干部比当厨师强多了。崔大可还亲手送给了米新朵一沓细粮票，说你敞开吃，吃完我再给你弄。米新朵就美目盼焉，巧笑倩焉，还以为他是看我叔叔的面子。

米新朵得了感冒，按照食堂的惯例，应该把病号饭送到床头。我叔叔觉得自己亲自动手，投料多少，档次高低，未免犯嫌疑，就让别的厨师做好，是面条荷包蛋，淋了香油，自己给端去。米新朵躺在被窝里，秀发蓬松，露着两个白皙的肩膀，让他心里一跳一跳的。我叔叔把那碗面条挑起来，吹啊吹的，说凉了，你吃吧，是饭强过药，不抓紧吃就要砣了。米新朵并不吃，她迫切需要的不是饭，这一点我叔叔也知道。米新朵抽抽她那卓越的鼻子，说这不是你做的。我叔叔马御厨就实话实说了。米新朵凄迷地笑了，说你不就是个做饭的吗，世界革命的重担又不是挑在你一个人肩上，干吗那么认真？怎么来个领导你费了牛劲做面条，自己心爱的人却吃不到？我叔叔说，公是公私是私。再说，现在不是提倡那什么嘛……米新朵差点就要哭了。她给了我叔叔最后一次机会，让他摸摸热不热。我叔叔战战兢兢，像蜻蜓点水一样，手在她额头上迅疾地一落，说真烫，就像是烙铁。其实米新朵一点都不烫，瓜熟蒂落，她实实在在是思春了。

那天夜里，米新朵哭着上了夜班。米新朵陷入了痛苦的思辨，她的历史知识比较浅薄，不大知道御厨和太监的根本区别，进而就怀疑到我叔叔这个人的生理功能。那时实行干部轮流值班制，正好排到了崔大可，就骑着脏兮兮的破摩托四处巡查，一看就很敬业。他是很在意米新朵的，倒不是有什么崇洋媚外倾向，而是因为我叔叔的参与竞争和最后胜出，他才开始加倍在意的，而且千方百计想收复失地。他想让米新朵明白这样一个简单的道理：哪怕马本良真是个御厨，也得听他的支使，他可是管理御厨的人啊。

崔大可发现米新朵在哭，就涌上来怜香惜玉的道义感，掏出手帕为她擦拭，还用手在她的肩头上亲切抚慰，俯在耳边，说一些令人心颤的软话。荒野无人，油井房里的灯光又很幽暗，氛围也足以令人血脉贲张，米新朵就情不自禁地向他怀里倒去。崔大可早把自己率先提出来的口号抛到九霄云外去了，何况开弓没有回头箭，就把后面的事顺风顺水地办下来。他没吻她的嘴，而是直接吻了她的鼻子，这是出奇制胜的一招，相当于攻占制高点。米新朵全身立刻瘫软下来，顷刻之间，所有的领土全部沦陷。崔大可在百忙之中还能咂嘴咋舌地品鉴，说你的鼻子比马御厨做的饭菜还香呢。

崔大可好吃不撂筷子，频繁出入米新朵的宿舍和井场，米新朵同样也是乐此不疲，来者不拒。就有人警告我叔叔，说小心捉到篓里的鱼被猫叼去。我叔叔愣是不信。我叔叔说，崔大可都是自家兄弟。再说，他都宣布做革命的和尚了，怎么能干那种缺德事？他那是从工作角度慰问病号呢。那天米新朵休白班，我叔叔就去探视，一敲门，就见崔大可从里面钻出来，红头涨脸的，衣服扣子都扣串了。我叔叔还想打招呼，却是越招呼越跑，尥了几个蹶子，人就没了踪影。米新朵栽歪在床上，头发乱乱糟糟，用床单蒙着要害部位，一看就是裸着身子。我叔叔在男女情事方面缺少灵性，可这么明显的事还是看得出来的。他站在门口，脑子里浑糨糨的，大张着嘴巴喘粗气，活脱的一个傻子。米新朵先是羞红了脸不敢看他，后来抽噎了一声，就大哭起来。她说，马本良我对不起你，可是，你也对不起我呀。你光敲梆子不卖油，我……我实在等不及了，我跟崔大可好上了！我叔叔看着一线亮亮的鼻涕从她那挺秀的鼻子里流出来，又被她擤在手里，稀溜溜地甩在了地上。

我叔叔一句话也没说，回到厨房，拿了一把锃亮的菜刀，脸上笑眯眯的，在采油大队的区域里来回游走，逢人便问，狗日的崔大可在哪。如果他不加上狗日的，人们会以为是工作上的事，也就指点给他了；他口口声声狗日的，人们就知道，要出大事了。崔大可在人们的掩护下胜利大逃亡，我叔叔则被两个虎贲按在地上，反剪双手，送到油田保卫部去了。

事情闹得亦庄亦谐，跟油田上的英雄事迹一起广为流传。崔大可不占理，我叔叔也不占理，只好各打五十大板，把两个人调开。刘播听说了，也笑得肚皮疼。刘播拉开抽屉，拿出几块糖来让他嚼着，说这糖滋味咋样？我叔叔说，挺甜的。刘播就告诉他，是崔大可送来的喜糖，人家多快好省，结婚了，大概连孩子都种上了。我叔叔如同误服了砒霜，赶紧就吐，哪里还吐得净，嘴上就呸呸着表示憎恶。刘播就像办辅导班似的，掰开揉碎地开导说，马御厨啊马御厨，你不动食堂一粒粮食，这是可嘉的；可你不动对象一指头，那就不对了。女人好比你做熟的好菜，得趁热吃，一放就凉，放久了就馊，你不吃就让别人吃了。我叔叔说，我也不是不想动，可组织上……刘播笑得不行了，说你可真是忠臣良将啊。有些事，说还是要说的，可不一定非要一根筋。花要开放，水要流动，这都是很自然的事，怎么能往死了规定？我叔叔呆呆地坐在刘播的对面，就像被霜打蔫的草，好半天才站起身来，捶着自己的脑袋，不哭不笑地说了一句：我——操！头一个字是婉转的拖腔，后一字个戛然一收，相当于一个摩擦音，就把这一页揭过去了。

我叔叔马御厨又被调到了刘播身边，还当炊事班长。油田有十多个采油指挥部，各管一片产区，叫二级单位。大机关大食堂，饭菜比基层精细，管理却比基层粗疏。干部们吃桌饭，不交钱，或者象征性交一点，伙食标准是四菜一汤，基本都是素菜，管吃管添。很多人都有家小，自己不想做饭，就浑水摸鱼，到食堂来蹭现成的，反正是半共产主义性质，不蹭白不蹭，就像吃冤家似的，把长嘴巴都伸到食堂的大锅里。我叔叔干了几天，生了一肚子气，就去找刘播反映。

刘播说，我也生气。可都是有头有脸的人物，扯耳朵腮动，惯成的脾气了，你怎么管？管谁不管谁？由俭入奢易，由奢入俭难哪。

我叔叔说，你是领导，我是工人；你怕得罪人，我不怕。谁还能把我工人正职变副职是怎么着？

刘播说，怕不怕的，你有什么好办法？

我叔叔说，必须凭票就餐，认票不认人。

刘播想了想就说，行，我支持你。

我叔叔真就这么做了。他先从自己开刀，把炊事班的三顿饭都开到了餐厅里，摆到了大家的眼皮底下，表明自己不吃昧心食。然后就贴出公告，说无论是谁，一律凭机关颁发的餐券就餐，没有餐券的可以用菜票代替。这一招针对性是很强的，果然就有人怒不可遏，找到刘播说，这个马御厨算什么东西，不就是个大师傅吗，怎么能把命革到了我们头上？吃食堂的哪级干部都有，整天手里拿着餐券，多丢面子？听说那厮刚刚为女人动了刀子，没贬下去，反倒提上来了。他这种只专不红的人，不过是封建社会的残渣余孽，怎么能像宝贝似的捧着？刘播就装出很无辜很无奈的样子，苦瘆瘆地笑着说，我也是没办法。马御厨和贾副总关系挺不一般的，没有贾副总在后面戗着，料他也不敢。要是有意见，可以直接向贾副总反映！刘播这话就等于假传了圣旨，可谁又能去检验这话的真伪呢？他把我叔叔和贾副总的合影压在写字台的玻璃板底下，那意思就跟做广告差不多了。

这一出双簧演得挺不错，指挥部机关食堂很快清净下来，有了河清海晏的新气象。大家也就渐渐认可下来，觉得马御厨这个人虽说不近人情，却难得一个认真。我叔叔经常对炊事班的人讲，做厨子的必须身上干净心里也干净，文官贪财，武将惜命，厨师偷嘴，这都是同等的性质，说小了是大不忠，说大了就是犯罪。那时风气还挺好，炊事班的人也都痛恨底漏现象，一声雷响应我叔叔。大家一起动手，腌咸菜、渍酸菜、晒干菜，还利用食堂的残汤剩饭，养了一圈壳郎猪，个把月就宰上一头，极好地润滑了伙食，把食堂搞得红红火火的。有好几次劳模会，我叔叔都得到了提名，可他死活不干，急赤白脸地说，人家前线的同志刮风当电扇，下雪当炒面。咱们好歹猫在屋子里，伸出双手比比，咱都得羞死。再说，我有前科呀！

这话是颇有玄机的。人们都以为，还是为米新朵和崔大可抡菜刀那档子事，可唯有我叔叔自己知道，他有一块致命的心病，那就是成分问题。当初我爷爷老马御厨还为土改工作队做过饭，和那拨人混得厮熟。划成分的时候，队长就跟我爷爷商量，说马御厨啊，你自己看看，划个什么成分才好。我爷爷对家族的品位很看重，他瞪着眼睛正色对队长说，我家人好歹也在皇帝身边待过，给我个贫农雇农，那等于骂我；中农富农我也不稀罕，要给就给个地主吧。工作队正愁地主富农的指标分摊不下去，当然很高兴，就顺手把一顶地主的帽子扣在了他头上，虽说那时我家连一寸土地都没有。我叔叔马御厨是从半路上报名来油田的，他绝不像爷爷那样迂腐；而且他认为爷爷死了，那就等于地主死了。便擅自把帽子的号码缩小，谎报是贫农成分。为了这个，他常常感到心虚气短，就像怀里揣着一枚定时炸弹似的。

三

动乱开始时，第一拨被揪斗的人里，就有崔大可。当时我叔叔正在和面，听到这个消息，把双手举起来狠狠拍了一下，拍出一股白色的粉尘来，说真是大快人心哪！整个当班的过程他都很亢奋，就像个翻身农奴似的。后来抽调食堂的厨师给牛棚做饭，他说，我去，我要看看，牛鬼蛇神都是什么面做的。

我叔叔就唱着哩咯儿咙去了。

我叔叔也读过一些闲书，可他完全不懂政治，根本就分不清巴黎公社和我们的人民公社有什么大区别，甚至认为，托洛斯基就是苏联一个开车的。他划分好人坏人也很笼统，那就是看看是不是被关起来了，关在里面的都是坏人，溜达在外面的都是好人。那时油田上传诵着一段顺口溜：崔大可，瞎屌扯，上头喊得响，下头胡乱戳。忽悠马御厨，偷走米新朵……我叔叔想，如果这样的人不揪出来，那就是革命的大方向出了问题。

我叔叔来到采油指挥部特地盖起来的干打垒牛棚，老远就看到崔大可在造反派的看押下撅着屁股锄地，人蔫萎得不像样子，个头明显矬了一截。我叔叔欢欣鼓舞了，张开双臂，像是要飞翔似的，故意咋咋呼呼跟他打招呼，说老伙计，你咋进来啦？

崔大可像哭一样笑着，赶紧把头低下。一垵白菜苗被他准确地锄掉了。我叔叔笑得灿烂如花，站到他跟前说，没有会不着的亲家。上次我提着菜刀，不是要杀了你，只是要劁了你。你看，要是把那件惹祸的家什弄掉，你能有今天吗？你早就成了彻底的革命派了。崔大可的脸色紫巴溜丢的，就像缸釉一样。他说，马师傅，那不是我对不起你，那是你自己对不起你自己。我和米新朵都结婚两年了，孩子都挺大了。我叔叔说了一句时尚的脏话。他说，黑五类的狗崽子是在大野地里怀上的吧？真没想到，你还是个野战军哩！

我叔叔在简陋的牛棚里开伙了。那时粗粮细粮的配供比例已经一半一半，他不蒸馒头和窝头，他蒸金银卷，层次分明，状如螺钿，看着吃着全都呱呱叫。开饭时牛鬼蛇神们不坐桌，反正天气好，就散在房前屋后，每人端一盘炒菜，用筷子穿两个卷子，随便找个地方蹲着坐着，丧着脸子光吃，一句话都没有，只听得一片泥泞的吧唧声。我叔叔也拿着饭菜来了，他蹲在崔大可的对面，大大咧咧的，满面春风地笑着，故意撩拨说，咋样啊？崔大可还能说什么呢？他装作极为满足十分受用的样子，频频点头说，好吃，真好吃。我叔叔说，你的卷子跟别人的不一样，因为咱俩的关系特别，我特意加了作料。这么说着，我叔叔还诡谲地笑，眼睛里射出异样的光来，似乎有什么阴谋在里面。崔大可受不了了，他停住筷子，俯下身干呕起来。我叔叔快活极了，他站起身，用筷子敲着盘子，迈着台步，边走边说，有人触及你们的灵魂，有人触及你们的皮肉；我专门触及你们的胃肠，你看这厉害不厉害？

实际上我叔叔马御厨没做一点手脚，他不是那种卑鄙小人，从来不做鬼魅之事；他只是想折磨一下崔大可而已。崔大可心里没底，从此就永无宁日了，总是担心我叔叔的暗算，动不动就干呕一阵，还莫名其妙跑厕所，人就一天一天瘦下去，像晒在毒日头底下的一块地瓜干。

那天我叔叔正在砧板上切菜，一个女人坐着敞篷汽车来了。其实她也穿着普通的工服，只是那张瓷白的脸辉煌地闪动了几下，离老远我叔叔就认出她是谁了。他的心乱起来，身上抖得厉害，手里的菜刀没了准头，稍一游移，便削掉了无名指的半个指甲。我叔叔指头上缠着血糊糊的绷带，忍着疼痛，做了一碗鸡蛋羹，一个烧茄子，另加一小钵青椒卤手擀面。他让别人把这些东西给崔大可端过去，说前来探视的家属是客人，是客人当须款待，狗日的娘儿们还是可以争取和教育的，跟牛鬼蛇神毕竟不一样。送饭的人知道其中的故事，送了饭还不走，兀自嘿嘿地烧火捡笑，连骂也捎过去了。米新朵的希腊鼻子抽搭两下，闻到了久违的饭菜味儿，于是像唱歌一样哭起来。她说，马御厨并没骂错，我真是个狗日的娘儿们！

当天下午，黑帮们都上工了，伙房里只有我叔叔一个人忙活，米新朵来了。她倚着门框站着，神态局促，样子就像一个形迹可疑的女贼。米新朵好像有很多话要说，又好像没什么好说的，站了片刻，便咿咿呀呀地哭起来。

我叔叔说，天塌砸大家，过河有矬子。谁又不能要了崔大可的牛黄狗宝，你哭个球啊！

米新朵说，马本良，事情全都过去了，现在我和崔大可是夫妻；看在我们好了一回的分上，求你放过我丈夫吧。

我叔叔笑了，一股暖意从他的脸上缓缓释放出来。他说，我也没怎么着他呀？老伙计了，不过就是闹着玩儿的。过去我要劁了他，那是为民除害；现在我要劁了他，你也不答应啊！

米新朵哭笑掺半的，走近前来，用软拳擂着我叔叔的胸脯。实际上这已经属于过当行为，这样就营造出一种黏滞的气氛，仿佛是往昔的时光已然重现。米新朵剧烈地颤抖起来。她峭拔的鼻子就仰在我叔叔的嘴唇下面，只要稍一俯就，我叔叔多年的夙愿就会轻易实现。可我叔叔岿然没动，他的目光越过了那些旖旎的风景，停她鼓胀的胸脯上。他看到上面有两块隐约的奶渍。

我叔叔问，姑娘小子？

米新朵说，是小子。

我叔叔兴奋起来，又说，像谁？

米新朵的脸红得很透彻，垂了头喃喃说，像我吧。

我叔叔就叹起气来，悲凉地一笑说，米新朵，你那个孩子应该是我的呀。我们那时候……

我叔叔哽咽了。米新朵就势把脸埋在我叔叔的胸前，哪管非凡的鼻子就在他胸大肌上来回摩擦，痒得他差点笑出来。我叔叔知道，这不是爱情的补白，这只是一种救急的贿赂，而且目的相当明确。我叔叔就说，别闹别闹。你放心，我不会欺负崔大可的，相反，因为他是你男人，我得好好照顾他。

我叔叔走了出去，因为他想起来，仓房里吊着一只剥好的青紫蓝兔，那还是他在野地里一路狂奔撵上的，差点儿把他累吐血。他不想让一个哺乳期的妈妈空手回去。就把那只兔子用报纸包好，又用马蔺草捆上。再回来时，只见米新朵已经脱得精光，烂银也似横陈在面案上，肤色比面还白。

我叔叔的眼睛犹如被电焊弧火灼伤了，赶紧遮住说，米新朵，你这是干什么？

米新朵说，我欠了你的，现在我全还上。

我叔叔说，情我领了。可这是厨房，很神圣的地方。你身下那不是床，是和面用的，你不在乎，我可很在乎。

我叔叔的话让米新朵笑开了，她还是头一次听到有人把厨房和神圣联系起来呢。而且这叫什么厨房？黑咕隆咚苍蝇哄哄的，又透风又漏雨，只是一个给黑帮做饭的地场而已，怎么能谈到神圣？笑着笑着她又哭了。她说，马御厨，要是一切能从头开始，我一定会嫁给你——你是个多好的男人哪！

我叔叔说，做熟的米是发不出芽来的。既然过去我没动你，现在就更不应该动你了。你，永远活在我的心里，只能是这样了！

我叔叔把那只野兔放进她的兜子里，就躲到了外面去。再转回来时，米新朵已经走了，面案上还印着她胴体的轮廓。我叔叔伸出那只受伤的手，颤颤地描摹着那一层薄面，终于还是忍不住，眼泪簌簌而落。他舍不得那些面，还是用泪和起来，连同伤心的往事一起，蒸进了金银卷里。

过了几天，我叔叔就去找看管牛棚的造反派头头，把崔大可要到伙房帮厨，正好他是厨师出身，干重活又力不能胜。崔大可到伙房报到，我叔叔正蹲在灶前点火，看着灶膛里跳动的火苗，眼神十分的迷离，好像有重重心事难以破解似的。崔大可站在地当央，两手垂在裤线上，嘴上千恩万谢的，俨然就是个奴仆了。

我叔叔说，米新朵是个好女人，你可得好好待她！

崔大可的眼睛就泛了泪光，说那是那是。

我叔叔说，米新朵本来是我的，可生生被你抢去了。所以你得赔我一个老婆！

崔大可蒙了，他说，你看，我既没有妹妹，又没有小姨子，你让我怎么赔？我又不能把米新朵翻新了再还给你！

我叔叔说，你对付女人经验丰富，得教教我，要不然，我可能要打一辈子光棍了。

崔大可见我叔叔很认真也很虚心，就坐到木凳上，拿出不吝赐教的样子，说你想听什么，尽管说。

我叔叔想了一下，就鼓起勇气说，第一次向女人发动进攻，是先摸手呢，还是先……

因为我叔叔这种学龄前水平，崔大可乐得撑不住了，他伏在锅台上，就像一只伏天的热狗，呵哧带喘的，嘴都闭不上了，一只腿差点儿就填进灶膛里。在后来那段时光里，崔大可真就成了我叔叔的启蒙老师，他从“食色，性也”讲起，强调二者紧密关联不能偏废，给我叔叔讲了很多成功经验和模范战例，只差手把手做实物演练了。我叔叔这才知道，崔大可原来是盗花的高手，早在米新朵之前，就以搞对象的名义，占过好多女人的便宜。我叔叔听得目瞪口呆，最后他满脸苦涩地站起身来，自愧弗如地说，老崔呀，我就是累死，也学不会你这一套，因为你天生就是个臊泡卵子（即公种猪）！现在，我代表那些受欺负和受迫害的阶级姐妹，向你讨还血债了！说着他舀了一瓢凉水，哗地浇到了崔大可的裤裆上。崔大可一个蛙跳蹿起老高，抖着湿裤裆，嗔怪地说，马御厨，你怎么能这么看问题？这样下去，那就不可救药了。那怎么能是欺负和迫害呢，那是急阶级姐妹之所急，帮阶级姐妹之所需呀！

我叔叔离开老家好几年了，寄过信，寄过钱，寄过照片，就是还没回去过。揭底怕老乡，他是怕成分问题弄露馅，那样他这个御厨就可能被打翻在地，再踏上千万只脚，永世不得翻身了。我父亲比他大着近二十岁，长兄为父，很为他的婚事着急。他给我叔叔回信说，咱的成分高，可也不能打一辈子光棍啊。家里的女人多得是，一个个腰腿粗壮，都是能干活会生娃的。我叔叔坚决地回答：不，我是堂堂的石油工人，怎么能搞瓜菜代，找个人民公社向阳花？

于是我叔叔想起一条线索：刘播曾经给他介绍过一个采油女工叫夏晴，长相比较朴素，可就是有一股瓷实劲儿，干什么都不走样。她老爹从老家赶来看她，她正在油井上清蜡，手摇着钢丝辘轳，一圈一圈数着。她老爹从地平线上渐行渐近，是一个很长的虚焦镜头，最后停到她跟前，身子就像一把老式折尺，汗涔涔地弯下来跟她说话。夏晴沉浸在身外无物的境界里，生怕忘了圈数，把刮蜡片掉进油井里酿成事故，就敛气收神继续数。等她终于数完，抬起头寻找老爹，老爹已经赌气离去……夏晴哭得伤心极了，为此当上了劳模，事迹被传来传去的，也难免让人说咸道淡。当时我叔叔把心思都放到了米新朵身上，这事儿也就没怎么理会。我叔叔思索良久，觉得这样一个认死理的女人和他挺对路。就用圆珠笔和流水账单，给夏晴写了一封不短不长的信，其中引用了好几段毛主席语录，都是关于革命事业接班人的论述，最后才挑明了意思，说我想做你的革命伴侣，为培养革命事业接班人而努力奋斗，你看成吗？

夏晴没回信。因为他们都是同一个采油队的人，若是她接了米新朵的茬口，那就等于吃了别人嚼过的馍，在队里很没面子了。为了表明她的贞洁与决绝，夏晴当着大家的面，把那信团成一个蛋蛋，放在嘴里猛嚼，直到嚼成烂纸糊糊，才吐到路边的阴沟里。

夏晴以为，这事就这么过去了，可我叔叔却被激起斗志来，满怀洗刷耻辱的情绪，利用串休的机会，骑车长驱三十多里，直接跑到了夏晴的油井上。夏晴的政治觉悟比我叔叔高，她既没让他喝水，也没让他擦汗，而是庄重了神色说，马本良同志，咱们先坐下斗私批修吧。我叔叔一看她真刀真枪真玩儿命，就抢先发言了。他说，夏晴同志，我的资产阶级思想很严重，晚上睡觉梦见过你，还……还和你办了那种事……夏晴愣怔了，说哪种事？是不是好人好事啊？我叔叔说，好事坏事我说不清，反正满炕骨碌，没离开培养革命事业接班人的大方向……夏晴终于醒过腔来，哇的一声就哭了。她说，马本良你这个臭流氓，怪不得没有女人嫁你，看样子老实巴交，一肚子花花肠子！觉得口头批判不能尽意，就改换了批判的武器，摸起石头土坷垃螺丝疙瘩，也不管脑袋屁股，一股脑儿排空砸来。虽说她接受过军训，还是基干民兵，可弹着点却很差劲，被我叔叔东躲西闪，之字蛇行，骗上车子，侥幸逃脱了。

我叔叔在忐忑不安中度过了十来天，可并没有被举报被揪斗的迹象，窃喜之余，就自感惭愧了。那天又去找夏晴赔不是，在路上的馆子买了一个红烧肉，尝尝味道差点儿，就独辟蹊径，掺进了几朵野玫瑰花瓣提味。偏巧夏晴不在，我叔叔把装菜的纸盒子放到油井上，盒子上面写着：请你原谅一个不懂花事却又爱做花梦的臭流氓吧！

没过多久，刘播也被网到牛棚里来了，罪名是走资本主义道路的当权派。我叔叔完全不懂，但他明白了，这种牛棚里好人居多；别的他无能为力，却能让他们吃饱吃好。于是我叔叔振奋了精神，在牛棚的一隅之地，把伙食搞得有声有色，花样迭出，无论荤素，常常每顿饭都弄好几个菜。崔大可累得昏头涨脑，觉得我叔叔过甚其事了，而且不利于黑帮改造，让黑帮们有了度假疗养的错觉。只要我叔叔一休班，小黑板上的菜谱告示马上就变成：早晨白菜炖豆腐，中午豆腐炖白菜，晚上白菜豆腐一起炖。

运动进入了清理阶级队伍阶段，有人就对我叔叔的成分提出了质疑，派人一调查，真相大白了，原来是混进贫下中农队伍里的地主子弟。我叔叔也被人看押着干活去了，握炒勺的手去握锄把，看着又凄惨又滑稽。我叔叔认罪伏法，低着头不敢看人，偷偷问管事的，今后还能不能当厨师做饭了。头头想了想说，够戗。就是你想干，人家还怕你投毒呢！

我叔叔绝望了，他觉得这跟死刑宣判差不多。那天晚饭后，趁人不备，拿着一根绳子跑到附近的杨树林里，想找一根枝杈把自己挂上去。可杨树都蹿得极高，笔直笔直的，我叔叔费了好大的劲儿，还是够不着。我叔叔有过掏喜鹊窝的经验，就脱了鞋往树上爬，可惜此一时彼一时，我叔叔一不小心滑下来，一个腚墩坐在了地上，把尾巴根儿墪得生疼，嘴上就咝咝哈哈的。一面揉着一面环顾左右，就看到了朝他走来的夏晴。当时我叔叔向她惭愧地笑着，说我闲着没事，想找个树杈巴荡荡秋千。夏晴说，你别哄我，我什么都知道了。然后她扔下手里的包包，一声啼泣，就扑到了我叔叔身上。这一回我叔叔不再迟疑了，他说，好吧，我来帮你清清油井的蜡！他没按照崔大可教授的程序，而是因势利导，一步到位，纵横恣肆，道法自然，发起了决战决胜的总攻。夏晴的身份就地发生了变化，干脆利落地成了我的婶婶。那以后好长时间里，我婶婶都坚持说，马御厨这家伙在红烧肉里下了迷幻药，我吃过之后一直迷迷瞪瞪，不但送货上门，还任他摆弄，要不然，我一个劳模怎么能顶风上，嫁他个地主狗崽子？

命运就这样峰回路转，有时都巧合得叫人难以置信，可一切都在转机中真真切切地发生发展着。

那年，欧洲的那盏社会主义明灯越拨越亮，二把手老远跑到中国来取经，还带着朝圣的情绪，非要到大油田看看。负责接待的人就发起愁来：因为一直强调艰苦奋斗，总吃粗茶淡饭，能做上四六八碟的人很少，怎么能满足异邦君王那副矫情而古怪的胃肠？贾副总硕果仅存，还在上层管事，忽然灵机一动，就想起我叔叔来。说去把马御厨找来嘛，养兵千日，用兵一时，那小鬼一定会有办法的。知情人披露说，那小鬼谎报成分，被揪出来了。贾副总说，成分算个球？成分还不是人定的吗。再说，御厨就是给人家做饭的，除了炒勺，连锅碗瓢盆都是人家的，怎么能定上地主？简直是胡闹台嘛！下面的人听得明白，于是兵分两路，一路去接我叔叔，一路上了我老家，跟当地一核计，轻易就把我家的成分改了。我父亲冲着南天门磕了三个响头，声泪俱下地告慰说，爹，你扣在自家头上的屎盔子，到底让咱家老小摘下去，和国家贫油的帽子一起，扔到太平洋去了！觉得不能尽意，又模仿领袖的语气，加上了令人激昂令人豪迈的一句：御厨老马家从此站起来了！

于是我叔叔在一片喝彩声里顺路搭车，直接调到了油田机关食堂，负责小灶。我婶婶夏晴怀了孩子，再不能去看油井了，就终结了劳模生涯，留在机关里打水扫地，还兼职为前来探亲的家属分发避孕药具。她真是爱岗敬业，干一行爱一行，一个暖瓶都没打过，也从来没往家里提过公家的开水。只是常把避孕套吹成气球，缚在我堂弟小南的摇车上，直到小南上了小学，看着游行的队伍还常向我婶婶咦咦地发问，说咦，拿什么色儿气球的都有，怎么就没有拿着那种带咂咂头白气球的呢？

四

日子荏苒而逝，我叔叔马御厨不知不觉就成了真正意义上的老师

傅，高居在众多厨师的塔尖上，从来没人敢跟他叫板。有重要客人来了，必点我叔叔亲自上灶，好了坏了，意义就大不一样了，说这可是马御厨亲自掌勺做的。吃的人就顺竿儿爬上去，咂着嘴说，可不是嘛，啧啧，这味道，不一样就是不一样啊！

贾副总家里来了客人，又不好往食堂领，那就有假公济私的嫌疑了。贾副总的夫人也是职业革命家，天生的鹦嘴鸭巴掌，基本不会做饭，就为难起来。刘播那时正管着后勤这一摊子，见机行事，就送去一些时鲜，又把我叔叔打发过去救驾。客人住了三天，我叔叔伺候了三天，每顿都七荤八素换着样做。客人吃得高兴，贾副总就更高兴，把我叔叔叫到桌子上与客人共进。我叔叔坚决不肯，他恪守着祖上的规矩，非要躲在厨房里，吃一些剩下的饭菜尾子。贾副总很不过意，那天亲自下了一碗挂面让我叔叔吃。我叔叔一感动，眼圈就红起来，说话就您您的了。在东北话里，根本就没有您这个字，这个字还是我太爷那会儿从北京趸回来，又一辈一辈嫡传下来的。他说您这么大的首长，还亲自为我下挂面，我真是……我叔叔没有足够的语言表达能力，就哽咽起来，把下面的话恰到好处地省略了。贾副总欷歔再三，说小鬼呀，家有千金，不如薄技在身。你干得挺不错嘛，真是个任劳任怨的好同志，我要让单位好好表扬你！我叔叔急忙推谢说，不用不用，我开着工资哪！

那以后贾副总两次出门，带着好几车扈从，也带着我叔叔。有一首歌是这样唱的："苏区干部好作风，自带干粮来办公……"贾副总也自带干粮，只不过这干粮的形式有了变通。每次回来，我叔叔总要给我婶婶和我堂弟带回些南边的特色礼物。我婶婶夏晴的思想不断开化，她说，老马，花钱没？我叔叔摇着头说，都是人家给的，我是兔子跟着月亮走。我婶婶喜形于色，说给就要，给多少要多少，不要白不要。我叔叔就不高兴了，说夏晴你怎么能这样？当年你可是一见我的面就要斗私批修的呀！我婶婶就嘻嘻笑，猛啄我叔叔的腮帮子，说现在我算是明白了，怎么斗私批修，人的本性是变不了的。资产阶级喜欢吃香喝辣，无产阶级也喜欢吃香喝辣；大春看上了喜儿，黄世仁也看上了喜儿。你爱上了米新朵，崔大可也……我叔叔没让她顺路跑车说下去，他伸出手来胳肢她，我婶婶痒得撑不住，就满炕乱滚，滚来滚去，两人滚到了一块。我叔叔火烧火燎的又找不到药具，情急之中，就去解缚在摇车上的白气球。不想把摇车里的小南弄醒了，他哇哇大哭起来，抱住那劳什子，以誓死捍卫的架势，说什么也不放开。

那时会议多，各种名堂的会议排得满满登登，推不开搡不开。还常有外地慕名前来参观的，缕缕行行，一拨接一拨，当然不是享受来了，是取经来了，可也不能让他们去住帐篷吃职工大食堂吧？油田就成立了一个专门的接待处，集吃喝拉撒住诸多功能于一体，也按处级单位管理。宾馆不叫宾馆，叫几号院，这样一朦胧，谁也就不好苛责了。外部都是干打垒造型，里面堂皇得很，败絮其外金玉其中，住过的人都翘大拇指，说高，实在是高。吃饭问题尤为重要。粮食自给有余，细粮敞开供应，鸡鱼肉蛋油也不再短缺，再像先前那种抠巴吃法，客人有意见不说，自己脸面也挂不住，有损特大型油田的形象了。就照搬照抄外地经验，明确规定下来，无论何种会议，无论何等人物，一律四菜一汤标准，管吃管添。

刘播顺理成章地担当了接待处主任，一把手，说了就算。觉得众多厨师里七股主事，八股当家，纷乱的一大摊子，却没有能担纲挂帅的人物，就把机关小灶并过来，还让我叔叔当班头。凭着两个人的私交，刘播和我叔叔谈话的时候，喁喁的直咬耳根子，大有面授机宜的意思。我叔叔说，到哪干我不就是个做饭的嘛。你一提再提，可我也没从副工人变成正工人哪！刘播哈哈大笑起来，抓住我叔叔的手，像绞辘轳那样用力摇晃着，说老伙计，闹情绪了咋的？要想当干部，那也容易，我去找贾副总，也就是一句话！我叔叔操了一声，说当年来油田，就是为了混一碗饭吃；现在吃饱喝足，我还求什么？都知道你是伯乐，我是千里马；人骑马那是应该的，可你啥时候见过马骑人来着？除了做饭，我啥鸟不是。刘播笑得坚韧而耐久，接着又说，我想把崔大可要来当管理员，他头脑活络道眼多，你看成吗？我叔叔就不好意思了，沉吟说，都知道我和他老婆有一腿，这么一锅搅马勺，你看好吗？刘播乐得不行，说马御厨啊马御厨，你可笑死我了。明明是你老婆被他抢去了，怎么你又给颠倒过来了？我叔叔嘿嘿着，说都是叫地主成分闹的，我放不开手脚，要不然，能轮到他崔大可？崔大可得跟在我后面舔碗刷锅捡饭渣渣！

崔大可很快就到任了。崔大可果然有很多新思维，使接待处饮食方面大有起色。南方老客来弄石油或者化肥聚乙烯，崔大可就顺路搭车，以最便宜的价钱弄这弄那。当时没有空运，也没法冷藏，就采纳了我叔叔的建议，土法上马，挖了深窖，夏天用大冰块镇着，确保各种鲜货能长久储存。四菜一汤已经不能满足餐客的口腹之欲，吃了全都眼神暗淡，流露出差强人意的意思来，还嘟囔一些三七疙瘩话，和外地如火如荼的吃法来比较。我叔叔正愁没办法，崔大可说，活人还能让尿憋死？办法总比困难多嘛。有条件要上，没有条件，创造条件也要上！就用二盆代替了盘子，一个盆里盛四个菜，各据一角，互不杂糅，四个盆子成几何基数增长，就变成了十六个菜，外加一个鲜美的羹汤，就是很硬的一桌客餐了，纠风整纪部门也说不出什么来。我叔叔心里总不自在，觉得和他隐瞒成分的性质差不多，何况美食必用美器，和他的治厨原则不相符了。

由于刘播的成全，米新朵也调进了接待处，分配在客房部做服务员。这种地方比较肥美，就成了领导家属麇集之地，随便一问，不是这个的小姨子，就是那个的小舅子。米新朵整天穿着拖鞋，仰着无与伦比的翘鼻子，拿一大串黄的白的钥匙出出进进，大有环佩叮当的效果。我叔叔故意装作视而不见，可每当她从餐饮部窗前软着身子慵懒地走过，我叔叔都要偷窥几眼，或者轻声惋叹，或者痛苦地呻吟几声，把心底波澜搅得涨涨落落。米新朵很抗老，再加家里的日子滋润，工作环境幽雅，仍然是光鲜的一个玉人。有时拿着饭盒到餐饮部打菜，眼睛飞着我叔叔，脸上那么一红，我叔叔就慌乱起来，搭讪几句，也是前言不搭后语。知情的厨师都嘻嘻窃笑，这时我叔叔就正色说，都是一个采油队里的革命同志，吃一个笼屉的窝头熬过来的，和尚不亲帽儿亲，有什么好笑的？

我堂弟马小南和崔大可的儿子崔凡一个学校，前后差着两个年级。有一天，小南跑回家来说，崔凡带的午饭里有海参和鱿鱼，都是爸爸做的。小南长到了八九岁，除了虾米，还没吃过一口海味，贪馋之状可想而知。我婶婶夏晴受不了了，就嘀咕我叔叔，说你一名二声叫御厨，可起早贪黑都为公家忙活，家里人谁吃过你做的饭菜？一样的孩子，看着人家饭碗淌涎水，你就不心疼？我叔叔不吭声了。他对炊事班依然管理严苛，稍有松动的是，在班上可以吃，就是不能往外拿，如有违反，轻者扣工资，重者马上调离。但他管不了崔大可，崔大可是科级干部，又是他的顶头上司，你让他怎么办？那天我叔叔特地和别人串了一个班，一辆老旧的破车子，前面带着小南，后面带着我婶婶，见了挂幌的就进，一连跑了好几家馆子，到底找到了海参鱿鱼。馆子的人发现是马御厨，全都毕恭毕敬，把料备好让他做。我叔叔亲手做了红烧海参和爆炒鱿鱼卷，看着老婆孩子饕餮地吃着，自己就坐在一旁看着。我叔叔讲，小时候大人训练他，就做了很香的菜肴摆在桌子上，只要他一馋，就让自己扇自己的耳光，扇来扇去，能摆脱诱惑了，也就具备了厨师的职业资质。讲着讲着，小南眼泪汪汪的了，我婶婶把筷子一撂说，你还让不让我们吃了？跟我们娘儿们忆苦思甜有啥用？我儿子就是饿死，也不能再干你那种奴才差事！我叔叔就急了，又不敢伤着我婶婶，就用手揉搓自己的脸，揉搓出一层层紫巴溜丢的褶子来，说我怎么是奴才呢？我这也是为人民服务嘛！

尽管心里有些疙疙瘩瘩，我叔叔还是尊重领导，服从上级，一切按管理员的旨意办事。崔大可也不那么独断，每有大事总要找我叔叔商议。以往开特大型会议，都要化整为零多灶分爨；那次是三千人的誓师会，刘播想出新，就提出能不能集中起来“大吃”一顿，也好营造出大场面大声势。崔大可没敢贸然接活，他对刘播说，你等等，我得跟马御厨核计一下，然后就颠巴颠巴跑到厨房来了。我叔叔低着头，在水唧唧的瓷砖地上踱了两圈，然后就说，既然刘播有话，你又没反对，我就张罗呗。

三千人，按十人一桌计算，得坐三百桌，屋里坐不下，就摆在外面大广场上。由于要求必须用小锅炒菜，人手远远不够，就从下面临时借调六十多名厨师，一百多个服务员，在外面支起煤气灶，开始了一场空前绝后的大规模野炊。那天也是老天成全，天气晴好，不冷不热，连一丝风也没有。我叔叔穿着雪白的厨师服，头上插着一根鱼标似的红筷子，挺立在一辆电瓶车上，是为宴会炊事总督统。实际上工作都是预先做好了的，我叔叔已经做了详尽布置，饭菜的标准也是中规中矩，各个厨师只要根据菜谱做好自己负责的菜就是。我叔叔就像个检阅部队的将军，在每个灶头上往返巡游，哪个厨师操作有误，跟不上全场节奏，只要他咳嗽一声，事就齐了。那场面如此宏大壮观，感染了每一个在场的人。电台播音员在大喇叭里热情洋溢地朗诵：醉里挑灯看剑，梦回吹角连营。八百里分麾下炙，五十弦翻塞外声，沙场秋点兵……我叔叔看着听着，热泪忽然夺眶而出，怕别人发现，又赶紧擦掉，对人掩饰说，油烟太呛人了。

崔大可凭借非凡的能量，经常为接待处职工办福利，家家都分鸡鱼肉蛋和瓜果梨桃，领导自然就更优厚些，大家都很高兴。有时工作忙，崔大可就住在客房部，夙兴夜寐的样子。渐渐就有人风传，崔大可睡了年轻女服务员，夜里看得绰约，服装都是一样的服装，却是很狐媚的身影，可以肯定不是他老婆。我叔叔也有耳闻，可他不信，他说，米新朵怎么就不狐媚？米新朵够狐媚的了，就凭那身白肉，那管翘鼻子，怎么也算得上出口转内销的。也有人想看热闹，那天就使了坏，捅咕我叔叔在早班四点去找管理员说事。我叔叔不知深浅，真就去了，一叫门，里面果然乱成一团。若是春夏秋三季，那女的就能跳窗逃掉了；可那正是隆冬，窗子都糊着，而且还上着冰，纵使是干打垒式平房，也只能束手就擒。崔大可打开房门，嘿嘿地干笑，那女的则像一只急窘的鸵鸟，把头拱进被子里，一只肥白的大腿却露在了外面。

我叔叔比崔大可还慌，一脚门里，一脚门外，结巴着说，对……对不起，我……我不是故意的。

崔大可像让烟让茶似的让着，说兄弟，要不你也来来？

我叔叔赶忙摆手谢绝说，不用不用，家里有家里有。

崔大可镇定下来，说我让到是礼了。这也不能怪我，是她送货上门的。女人嘴馋×受苦，古今中外都这样，没啥好说的。

崔大可只穿了一件聊胜于无的短裤，鼓鼓囊囊的，下膪已经提前凸起，整个身子就像孑遗在架上的老黄瓜种，我叔叔都不好意思看他了。他转身就往外走，刚要关门，又站住了。

崔大可说：老马，你还有事？

我叔叔嗯了一声，又折返回来，站到崔大可面前，伸手打了他一耳光。

我叔叔说，这是我替米新朵打的！

崔大可抚摩着脸颊说，打得好！

我叔叔又朝另一侧打了一下，说，这是我替刘播打的！

崔大可又说，打得好！

我叔叔一蹶趔，从那间屋子里走出去。他没回厨房，而是来到一片雪地上，抓起地上的积雪就往脸上搓，直搓得满脸都是雪水泪水。

那以后我叔叔一直装作若无其事，跟任何人都牙缝没欠，可米新朵还是知道了。那天就眼睛红红的来了，来找我叔叔做证人。我叔叔生来不会撒谎，支支吾吾遮掩了三两个回合，脸上就红了，好像坏事是他做的。米新朵看出了究竟，抽泣几声，就可着嗓子号啕起来，鼻涕眼泪汪洋恣肆的。我叔叔慌得不行，关门吧，怕别人误会，不关门吧，声音如此张扬，更怕别人误会。就把门半开半掩着，说别哭别哭，崔大可没事，真的，他能有什么鸟事？他什么鸟事都没有。

又拿出一张软纸，来给米新朵揩鼻涕，用手捏往，说擤，你使劲擤啊！米新朵扑哧就笑了，说马本良你哄孩子哪？

我叔叔嘿嘿地赔笑，说我终于摸到这根向往已久的鼻子了，我也终于明白，这根最漂亮的鼻子里装满了大鼻涕！

米新朵很痛苦地笑着，说马本良，你别再帮他瞒我了。崔大可能逃过我的眼睛，可他逃不过我的鼻子；他身上经常有别的女人的臊味儿，而且不止一个两个。

我叔叔说，米新朵，你傻那啥呀？把你男人搞臭了，你能得到什么？你什么都得不到，反而要失掉很多。再说一闹起来，刘播还要受牵连。刘播是咱的恩人，你咋不替他想想？

米新朵沉默片刻，又说，我要跟他离婚。

我叔叔说，离不离婚，不关我事。脚上的泡，都是你自己走的。

米新朵看着我叔叔的眼睛说，马本良，我心里总觉得委屈，想报复崔大可一下，难道你就不想？

我叔叔明白了她的意思。他红着脸，很激动也很阢陧。他说，米新朵，我始终没忘了你，有时连做梦都梦到你，这你知道。我要是不想和你干那事儿，那我就是一块木头。可夏晴是我的妻子，她在我最危难的时刻嫁给了我，我不能对不起她。再说，我从来不刷别人的盘子！

米新朵涩涩地笑开了，说你怎么不刷别人的盘子？当初在采油队食堂……

我叔叔说，反正我不能胡来，我要是也胡来，那跟崔大可又有什么两样？回家去吧，关起门来，好好教训他一顿，完后好好过日子！

米新朵就这么走了，样子惆怅而凄伤。我叔叔望着初恋情人的背影，是一长串破碎踉跄的脚步，忽然感到，他夹在崔大可和米新朵之间，实在不好做人了，应该调换一下单位才对。恰好贾副总要调到京城去，我叔叔做菜为他送行，贾副总就笑微微地告别说，小鬼，跟我进京去啵，到了繁华的京畿之地，你这个御厨可就大有用武之地了。我叔叔当然很高兴，说成正中下怀更合适，就说首长，我哪里还是什么小鬼，我已经是老鬼了。我不是不爱大油田，大油田毕竟还是山高皇帝远；要是能进皇城，我替孩子谢谢您了！

我叔叔就在日夜期盼里等待进京。等来等去，等来的却贾副总退居二线的消息。我叔叔又能怎么样呢？他坐在满天星斗下，望着北京的方向苦笑，心里暗说，我进不了北京，可您也永远吃不到御膳了。

这期间有一个重大转机，把我叔叔的难题轻易化解了。油田从小到大，已经拥拥攘攘几百万人众，国家批准建市，从此政企分家，崔大可米新朵和我婶婶还是油田职工，刘播和我叔叔就算市政府的人了。水到渠成，刘播当上了副市长，仍然主抓后勤接待一路，不过和我叔叔就差了更多的台阶，很难够得上了。

分手的时候，崔大可很动感情，非要张罗着两家坐在一起吃上一顿。那时他们都分到了第一批楼房，住进去形同神仙。崔大可当了总务科长，有一台轿车，自己开着，把我叔叔全家接来。灶上的事自然由我叔叔打理，崔大可当下手。我婶婶夏晴终于能从容应对老情敌米新朵了，灌了几杯啤酒，胆子大起来，就呵呵地傻笑，用很沧桑的口气反思说，米新朵，我得谢谢你呀。其实男人是很不抗逗的，要是你当年再猛一点儿，把马御厨立马拿下，咱们的日子就不是这样了，连小南和崔凡现在都不知道在哪个娘的腿肚子里转筋呢！米新朵窘了片刻，也呵呵傻笑着表示认同。她看着丈夫的脸说，谢我不对，得谢他。然后就敲着盘子，又说起了当年的顺口溜：崔大可，瞎屌扯，上头喊得响，下头胡乱戳。忽悠马御厨，偷走米新朵……崔大可窘得不行，直说傻逼娘儿们，小点声小点声，让孩子听见成什么话！都过去了这么多年，还揭旧疮疤干什么？

我叔叔和崔大可喝的是白酒，都醉到了八九分的程度，从艰苦创业瓜菜代唠起，唠出好多今昔之慨来。崔大可趁机向我叔叔讨教御膳之道，我叔叔仗着酒力，就讲了一气甜酸苦辣咸五味的平衡关系，很多微细的滋味要靠自己的理解，根据不同的原料配伍和作料增减，来发现和创造新味，靠色味香型兼全来确立美食品位。崔大可听得云山雾罩，说我也是厨师出身，咋就出息不大呢？我叔叔笑了，说你的心思根本就没在这上面。你还要咋出息？你管着御厨，吃着御厨做的四六八碟，还用得着钻研这个！崔大可又问我叔叔，当年纸包里的白粉末到底是什么调料。我叔叔告诉他，那叫龙涎霜，配方是祖上从御膳房里偷出来的，相当于今天的味精。崔大可吧嗒着嘴回味，说味精可不行，味精的味道太俗也太钝；怪不得那叫龙涎霜，那滋味香得高雅超拔，让人扶摇直上，人世间是找不到的呀。

五

那以后好长一段时间里，我叔叔在稳定安适的岗位上工作着，没有波折，没有起伏，没有轰轰烈烈。他给我父亲写信说，就像在家乡种地一样，只不过农民是年复一年，他的工作是日复一日罢了。他照例在接待处餐饮部当炊事班头，照例为那些因公吃喝的掌勺。有所不同的是，公款吃喝的人越来越多，档次越来越高，糟蹋也越来越厉害，这让他心里很别扭。

我堂弟小南考上了大学，我叔叔请了假，找了几个老朋友，就在自己家里摆了两桌以示庆贺。偏巧那天外地来了一行贵客，刘播陪着吃饭。吃着吃着，客人就提起马御厨来，说你们市里有个马御厨，远近都知道。咱吃的饭菜，是不是他做的啊？如果刘播撒个谎，说是马御厨做的，也就蒙混过去了；偏偏刘播认起真来，问了究竟，就觉得不过意，说马御厨是咱们这座城市的一道品牌，他不来哪行？人家还以为是慢客呢！就打发人到家里去找。我叔叔喝了几杯酒，人已不在状态，步子都有些飘了。回到灶上，见有一瓷钵做好的佛跳墙，就直接端了上去，为大家每人分了一碗。那一桌人也已喝得沟满壕平，一面象征性地嘬了嘬，一面夸好吃。就在要散未散之际，我叔叔憋不住了。他堵在门口，也没叫刘市长，板着脸子，直接叫刘播的名字，说刘播你别走，你把那碗跳墙给我吃了！

刘播怔住了。官当到了他这一级，很少能有凡俗人等接近，也就很少能遇到如此冒犯。见我叔叔脸上挂着酒色，就嘿嘿着对客人解嘲说，马御厨我们是老伙计，跟我开玩笑呢！

我叔叔已经刹不住车了。他说，谁跟你开玩笑？你知道这一钵佛跳墙值多少钱？那可都是人民的血汗，是一滴一滴的石油啊。难道你忘了，当年没粮食吃，你饿得那个熊样子？掉一颗饭粒，恨不得满地爬着捡。还有那只喜鹊，它还在窝里孵蛋，就被你给吃了。现在日子好了，你……你这个副市长却忘本了，还怎么去教育别人？

立时举座皆惊，刘播的脸上红一阵白一阵的，怕我叔叔没完，就服软说，马老弟，我错了，我忘本了。现在，我把这碗东西吃了！

刘播就站起身，以极其悲壮的姿态，就像服毒自尽似的，拼着命把那碗佛跳墙扒了进去。客人们见了，也都跟着强吞强咽，一个个直翻白眼，眼看就要呕了。幸亏还有别的厨师和服务员打圆场，才把这场尴尬化解了。刘播和客人一走，都说我叔叔不对，是脑袋里的一根神经短路了。我叔叔当时嘴还很硬，等到第二天醒酒一咂摸，就有了些许悔意，却又拗着脖子，不肯跟刘播做检讨。

那时我婶婶夏晴不好安排，一直在油田机关大楼里开电梯，知道了事情的原委，回家就骂我叔叔是狗咬吕洞宾，不识好赖人了。

我婶婶说，现在无论穷富，到处都在吃；咱这儿钱厚，有什么不能吃的？再说，又不要你掏腰包！

我叔叔黯然了神色说，就这么个吃法，谁能架得住？就是开个窑子，也得让这帮神仙二大爷日黄了！

我婶婶说，都有一摊子工作，都有来人去客，谁能说得清哪顿该吃哪顿不该吃？人家成立接待处，就是想把吃喝的钱拢在自己的口袋里，保证肥水不外流，肉烂在锅里，这有什么不对的？这是很高明的呀。何况眼下谁都知道，官员的嘴，小姐的×，都是管不住的。你当你的厨师做你的菜，吃吃喝喝的人越多，你的地位越抬高，管他那么多干什么！

我叔叔轻易被说服了，而且他发现，自己简直就是没道理，跟混账王八蛋差不多了。觉得不好跟刘播见面，就拨了个电话。

我叔叔说，刘市长，昨天我喝多了，你大人不见小人怪，千万别往心里去！

刘播说，怎么能是你不对？明明是我不对嘛。我应该给你赔礼道歉才对。我也一直在琢磨这事儿，可这事儿也挺挠头的……

我叔叔心里没底了，他觉得刘播的话都带着细小的芒刺，正听反听都对。那以后好长一段时间里，我叔叔都处在深深的自责里，方才明白，自己虽然号称御厨，毕竟只是一个要手艺的工人；尽管说工人阶级领导一切，那是指整体而言，具体到每个人，那就很难说了。

虽说和崔大可一家不常见面，可家里安了电话，两个女人经常煲粥，我叔叔就从米新朵的话里话外知道，崔大可还是很忙，还是不怎么回家，坚持着那个一贯的业余爱好，骚风浩荡的，却是光听得到辘轳响，找不见井在哪儿。米新朵还不算太老，所谓一朵芙蕖，开过尚盈盈，难免生出闺怨，经不起别人戳脊梁，索性就买断了工龄。她和我婶婶夏晴都是四十七岁，离规定的杠杠还有三年，一起下来，其实也不算怎么太委屈。可我婶婶毕竟是老劳模，心里就特别不平衡，整天待在家里，一照我叔叔的面就磨唧，车轱辘话来回折腾，很让我叔叔闹心。这回就轮到我叔叔劝她了。

我叔叔说，你一个老娘儿们，又没什么专长，干不干都行，别说还给你钱，就是不给，有我一个人，就够你花的了。再说，你那算什么劳模？也就是个榆木疙瘩死羊眼，连亲爹都不认！

我婶婶哭一阵笑一阵，说你倒是站着说话不腰疼。时代列车飞速前进，有人坐软卧，有人坐硬卧，可我连个座位都没了，想站着将就将就，可还没等到站，就被人给推下去了。我好惨哪！

我叔叔说，那么依你看，我坐的是什么座位？

我婶婶说，你根本就没坐在车厢里，你坐在火车头上呢。你想啊，你的命运和领导都绑在了一起，只要有领导，只要领导吃饭，你的工作就是铁板上钉钉！

我叔叔得意地笑着，一种深深的自豪感在全身洋溢。他对自己的前途非常乐观，虽说已经临近退休的年龄，可上头早就放出话来，像他这种特技人才可以适度放宽，甚至可以干到七十岁。我叔叔再没有了当年叱咤和挥洒的机会，却像佛祖一样被同行膜拜着。其实他自己也知道，世上的烹饪材料不断丰富，手段不断嬗变更新，他实际上已是过气之人，可他的身世背景和传奇经历却没有任何人能够替代。他开始用平和宽厚的目光看待一切，再也不扳硬脖颈，举手投足，都带着一种超然的慈祥的老爷子气派。老熟人的孩子结婚，都把他请去治席，上不上灶都行，只要他到场晃一晃，主人的面子就赚足了，就能对宾客炫耀说，马御厨光临啦，咱吃的是御膳，过了一把皇帝瘾！我叔叔帮场从来不收钱，主人也知道，一谈钱就未免亵渎——有谁能标定他的实际价码呢？我叔叔只吃一块糖，含在嘴里漱着，一会儿鼓在这边，一会儿鼓在那边，弄出很幸福很滋润的情调来，这就行了。这时人们还会惊讶地发现，别人为厨全都肥头大耳，而我叔叔恰恰相反，三十年来，他身材始终清癯如初，连一块赘肉都没有，这就更加令人钦佩了。我堂弟小南曾经用"官廉厨瘦"组词，被老师称为新成语。他还把《曹刿论战》里"战于长勺"的句子，和我叔叔那柄大炒勺穿凿地联系起来，说马家的御厨史是从春秋战国开始的。

一个寒冷的冬天，崔大可死在了小轿车里，是被尾气熏死的，同时熏死的还有一个女人，两人全都穿着亵衣，尽管显得拥挤，还是手脚叉别着，合躺在后座上。当时小轿车停在车库里，但车库的暖气不足，他们不得不紧闭门窗，悲剧就发生了。两个人全都面色红润，没有痛苦痕迹。那女的年轻极了，甚至比崔凡还小，长得也很漂亮，让到场的人全都欷歔不已——假如不死，穿好衣服走在大马路上，照样娉娉婷婷，抢人眼睛，很容易随行就市把自己卖出去。崔大可人缘不错，送葬的人很多，各种汽车首尾相衔，足有四五里地长。刘播也来了。我叔叔哭得很伤心，他握了握同厨老伙伴僵硬冰冷的手，说兄弟呀，你这么聪明的人，怎么能干出那么愚蠢的事情来？连厨师炒菜都知道要打开排烟罩，何况在那铁壳子里面！米新朵没露面，只有崔凡捧着爸爸的遗像，身子瑟缩着，两眼闪动着哀伤无助的光芒。

我婶婶经常到米新朵家去陪她，回来就怜悯地叹气，说米新朵真可怜。要是国家允许娶两个老婆多好，我就把米新朵接到家里来，让你左边一个右边一个……我叔叔急不得讪不得，说你个老夏婆子，岁数越大越发膘，连自家男人都让给别人了，老劳模新发展，组织上咋不奖励你呢！我婶婶说，老马，我最看不上无情无义的人。你们好了一回，别撂下不管，隔三差五你炒两个菜，我给米新朵端过去。我叔叔也很赞同，就照办不误。可惜米新朵的鼻子不那么灵光了，她得了严重的鼻炎，囔囔嗤嗤的，天天点滴鼻净。每当我婶婶带着菜肴来看她，她都泪眼吧唧的，说马御厨和夏晴两口子，是我最好最好的朋友。

一天早晨，我叔叔正在厨房抓茓，有人敲着窗户说，刘播市长有事找你。我叔叔不敢怠慢，洗了手就往市政府大楼跑。要找市长，必须经过两三道森严的门卫，因为他是公众人物，又奉命召见，倒也来得顺利。刘播坐在大班台前，那桌面比双人床还大，绝对给人以威严感。屋里一应陈设琳琳琅琅的，特别是那些办公电器，我叔叔根本就没见到过。想起当年采油队的穷酸相，我叔叔感慨系之，就局促了手脚，拣一个稍偏的座位坐了。

刘播亲切和蔼地笑着，倒给他一杯西湖龙井茶，随便聊了几句什么，就给我叔叔放了一段录像，是从《动物世界》里翻录下来的《角马过河》：一大群非洲角马没有草吃了，必须得迁徙到远处去，不然必死无疑。特别是要越过一道横亘的天堑，前面是立陡的河岸，河里水流湍急，无数鳄鱼在其间游弋，后面是紧追不舍的狮子猎豹，跳还是不跳？有的角马跳下去，被急流冲走，有的力气不逮，就再也跳不上来了，有的被鳄鱼咬死吃掉……可后面的角马还是奋勇地往河里跳，宁可用自己的尸体为别的角马做好铺垫。结果，大多数角马踩着先行者的尸体跳到了彼岸，在一大片绿地上找到了新的生机。它们重新返转回来时，是更为强大藩盛的一群……

我叔叔越看越懵懂，说刘市长，你这是什么意思？我咋心里直发毛呢！

刘播说，老伙计，现在到了角马过河的时候了。你可是领头的角马，别犹豫了！

我叔叔终于明白了。他脸色苍白，浑身颤抖，从胸腔深处发出一声撕裂般的呻吟，然后定定地看着刘播说，难道你……你们要卸磨杀驴？我可是为油田干了三十年啊！

刘播说，你看，接待处这种公办公用的饮食业，钟鸣鼎食的，已经成为一块明显的弊病。它就像个大酱碟子，你也沾（蘸）他也沾；就像个无底洞，扔进去多少都看不着。它已经完成了历史使命，不再适应今天的新形势了。过去你也提过类似意见，可见不改革不取缔不行了。

我叔叔努力做出笑容来，可那笑容惨烈之极，比哭还难看。他说，取缔是什么意思？连我马御厨也不留了？你们，太绝情了吧！

刘播说，兄弟，你别激动，这不是我一个人的意见……

我叔叔说，那次是我得罪了你。要报复，你就拿我开刀，别捎带着别的人。

刘播说，不存在报复问题，也不带任何感情色彩，大势所趋，已经不可逆转了。

我叔叔已经头晕目眩，眼前一片迷茫的雾气。他想找个东西摔在刘播面前，找了半天也没有合适的，只好把一个胶水瓶扔到地上，那是塑料的，没有迸碎的效果，软钝地跳了两下，就静止不动了。

我叔叔说，刘播你想想，你肚子里靠什么撑着才活到今天的，还步步高升，当上了副市长？是我马御厨身上的血和肉，是我的一片赤胆忠心哪。别人我不说，刘播你拍拍良心，能对得起我吗？我为你掏了一只喜鹊，可你，把整个喜鹊窝都给端了！

我叔叔哭起来。刘播也哭起来。警卫在外面敲门，刘播说，没事没事，我们是老哥们儿，狗皮袜子没反正！

我叔叔说，真是成也萧何，败也萧何。当年你收留了我，抬举了我；可三十年后，你又抛弃了我。市长大人，我谢谢你啦！

我叔叔扑通给刘播跪下了。刘播扶了几下没扶起来，也给他跪下了。他们互相跪着哭着，渐渐就搂在了一起，就像生离死别似的。我叔叔终于说，刘播，我知道不怪你，这不是你一个人的事。我马本良还是一条汉子，既然角马不过河不行，那就过河。可角马也是血肉之躯，它要嘶叫，要发疯尥蹶子，你也应该理解。

刘播说，我理解。今天我已经准备好了，让你打我一顿出气。你是油田的功臣，我们不会忘记你的。单位解散之后，在待遇上……

我叔叔没有耐心听完，他擦干眼泪，从宏伟华丽的市府大楼里走了出去。那一刻他就像个梦游者，已经辨不清东南西北。他沿着一条马路信步走着，走来走去，走到了一片繁闹的商业街区，都是两三层的小楼，两侧张挂着各式牌匾，尽管显得杂色纷呈，看着不那么规范，甚至有一种异域的感觉，可又充盈着别样的生机。我叔叔在一个凸起的马葫芦盖子上坐下，良久打量着这块陌生的地方，眼泪只在眼眶里打转，却又被无名的怒火烧干。往事像车轮隆隆响着在心头上碾过。三十年，只是一眨眼的工夫，他所有的足迹都被一场突如其来的大风给抹平了。一夜之间，他失掉的不仅仅是旱涝保收的工资和劳保，还有好多说不清的东西……

一个妖冶的女孩走过来，朝他浪笑一声说，大哥，看你一个人坐着挺愁闷的，要不要我陪你玩玩儿？

我叔叔没有这方面的经验，也不具备识别真假的火眼金睛，还以为这女孩挺有人情味的，在发扬风格扶老助残呢。心想散散心也好，这么多年来，他起早贪黑，还真没有时间玩儿一回。就认真地问，你这种地方有什么好玩儿的？

女孩先是睥睨片刻，又憋不住笑，忸怩着说，大哥你真不知道还是假不知道？不就是这样嘛！

女孩做了个搂抱的动作。我叔叔摇头说，跳舞我可不会。你知道吗，别人跳舞的时候，我正在厨房里忙活呢。

女孩失去了耐心，说这位大哥都满脸褶子了，连这个都不懂？还非得逼着我说出来？往文了说，性交；往白了说，××！

我叔叔就像被烫着了似的，嗷的一声跳起来，从地上摸起一根废弃的拖把，追着那女孩就打，嘴上骂着，小他妈崽子，刚孵出蛋壳几天，就敢跟我叫大哥，还要跟我扯那个。今天我代表人民代表党，非要教训教训你这没出息的东西！街上的人全都驻足观看。女孩毕竟年轻，像一只猫咪似的，闪转腾挪，十分的灵巧，迤逦跑过几个胡同，就摆脱了我叔叔的追击，消逝在一片简陋的民居里——那都是附近农村跑到新兴的油城来淘金的。

我叔叔扔掉拖把，大口喘着粗气，抓了一通邪火，感觉竟然好多了。回到接待处，他没露半点声色，直到忙完了晚饭，才把大家聚到一起。我叔叔没放《角马过河》，他手头也没有那个，他只是说，要是领导干部的小姨子小舅子全都一勺拿大，连我马御厨不能幸免，你们怎么办？人们的平静超出了他的预想，只是有人流泪，有人长吁短叹，说想不到当厨子的反倒没饭吃了。我叔叔说，冻死迎风站，饿死腆肚皮。有意见怎么提都行，可咱得善始善终，站好最后一班岗。

那以后的几天里，虽然都在嘀嘀咕咕，可谁都明白大势已去，一切都表现为潜在的涌动。那天早上，管理员下达了饭单，说将有省里主要领导来吃午饭，把规格标准都细化了。我叔叔就怪异地看他，管理员说马御厨你怎么意思？我叔叔说，能有什么意思，我又不能往领导的饭菜里下毒。到时候你尽管瞧好吧。管理员也是同一个生死簿上的人，叹着气跺着脚说，树倒猢狲散；覆巢之下，都完鸡巴蛋了！

午饭自然相当丰盛，十二道精菜，大都由我叔叔亲自掌勺，还有清冽的五粮液酒，潋滟地斟在了高脚杯里，只等贵客光临。从长长的车队里走下来一拨电视里常见的人物，也包括刘播等市里陪同的领导。他们缓步徐行，谈笑风生，以优越的主人心态抵近餐厅。就在这时候，只听一声呼哨，那些埋伏着的厨师纷纷冲出来，白衣白帽，整齐干净，好似银盔银甲的天兵，以迅雷不及掩耳之势，分头抢占了餐桌上的座位，谁的吆喝也不听了。就当着省市领导的面，毫无顾忌地大吃二喝起来，一看就是精心策划好了的。领导们杵在那儿，皆大尴尬，只有记者的摄像机对准了桌子猛扫。

刘播急忙走上前来，还没发问，我叔叔就擎着酒杯说，我马御厨为各级领导上灶三十年，眼看就要下岗了。三十年我没黑没白，精心烹制，无论什么情况，都保证让领导满意，可我自己几乎就没吃过一顿正儿八经的囫囵饭。今天借领导的光，就算市里和油田欢送我和这些弟兄了！说罢径自干了。厨师们呜嗷乱叫，都跟着干，喝出了一股悲壮诀别的绿林气氛来。

领导们没办法了。领导们一路咨嗟着，坐上车又到别处去了，反正是饿不着的。大领导还不吭声，小随员却极不满意，对刘播说，这么操蛋的人，就算厨艺再高，怎么能弄到领导的后院来？幸亏只是号称的御厨，要是真的，皇帝就砍他脑袋了！刘播回答说，所以我们才把皇帝推翻，实行了共和制。要说他操蛋，那就等于否定了这片土地的历史；他是最好的厨师，没评为劳模标兵，已经很委屈他了。

结　　尾

我叔叔在家里躺了一个多月，连门也不出，眼睛直勾勾的，不接电话，话也很少说。我婶婶夏晴害怕了，那天就去找米新朵，说老马恐怕要发癔症。听说有一个偏方，治好了许多植物人，就是让老情人站到床头，拉着手喊几声，十拿九稳，魂就回来了。米新朵不来，可架不住我婶婶生拉硬扯，只好跟着来了。我叔叔看见了米新朵，一个鲤鱼打挺跳起来，说米新朵，你来得正好。又是让座又是倒茶，什么异兆都没了。我婶婶就在一旁拍着巴掌说，你看这副药多灵验。要是能根治，我就躲出去，让你们俩亲热亲热，我也很能理解。

我叔叔说，夏晴，都这么大岁数了，少扯鸡巴蛋！

米新朵红了脸说，老马，你好啦？

我叔叔说，好不好的，我涅槃了。

两个采油女工都不懂涅槃是什么意思，就怔着。

我叔叔问，崔凡怎么样？

米新朵说，他们阀门厂三青两黄的，早晚够戗。

我叔叔说，让他跟我干吧，开饭店，做御厨的传人。要不然，我死不瞑目啊！

我婶婶疑惑了，说不伺候领导了，开饭店，你还叫什么御厨？

我叔叔说，现在顾客是上帝。上帝和皇帝都是帝，伺候皇帝是御厨，伺候上帝也是御厨，我马御厨不会失业的！

原来，我堂弟小南非要出国留学，把我叔叔气得半死。他说，你作为御厨的后代，怎么能跑出去吃洋面包？眼看家传的香火就要断了，你就能忍心？可小南不听那一套，小南也不认为厨师的职业有什么神圣和与众不同，凑足了钱，一抖翅膀就飞到大洋彼岸去了。我叔叔就移情到了崔凡身上，主要是看中了他从母亲那儿套裁下来的高鼻子，对各种微细的气味同样特别敏感，而且孺子可教，这就很难得了。

过了两天，崔凡就来了，先鞠日本大躬叫叔叔，又跪下磕头叫师傅。崔凡说，我妈叫我先跟你学做人，再跟你学手艺。我叔叔把他拉起来，像宝贝似的搂着，一时心事浩茫，两眼都是泪花了。

我叔叔就出面张罗，把接待处的骨干厨师重新聚在一起，用买断工龄的钱和积蓄的退休金，兑了一家挺上规模的铺面，实行的是股份制，就叫“马御厨大酒店”。别的饭店都供着财神灶王什么的，我叔叔不，他把那柄御膳房里的炒勺拿了出来，用玻璃砖匣子镶好，里面衬着绛紫色天鹅绒，垫了玉枕，用强力胶粘在正厅佛龛的位置上，以免人多失盗。每天早晨，我叔叔都领着店里人对它敬礼膜拜。白服如雪的厨师和红裙飘飘的女服务生站成整齐的方队，用屏息静气的宗教情绪齐声讴诵：天悠悠覆我，地阔阔载我。五谷嘉禾养我，六畜肥膏壮我。千秋江山，万古庖厨。星曜永恒，灶火明灭。洁身而守，凝神以炙。我为君膳食，反以食者为君，虽位卑身贱，未敢稍有懈怠……声音朗朗的向四外播撒，令人如聆佛语梵呗，平添了神圣感。

那柄炒勺显然是一件文物珍品，有人出价二十万，可我叔叔坚决不卖，因为那就是一则永不褪色的绝佳广告，和马御厨的名气相得益彰。远近的人们都慕名而来，想亲口尝尝御膳的滋味。也有人是从心理平衡的角度来的，说过去起码得局处级才能腆着肚子走进这道门槛，连科长们都战战兢兢的；现在咱口袋里有钱了，他能吃的咱也能吃，他吃不起的咱也能吃得起，咱不尿这长那长的了。

有一个星期天，酒店还没开始营业，刘播就来了。刘播是想见见我叔叔，可我叔叔躲进了里间，把门闩上，死活不肯见他。刘播只得隔着那层门板跟他说话。

刘播说，老伙计，你的上帝来了！

我叔叔说，你想让我见上帝？现在还太早，到了时候，我自己就去了！

刘播哈哈大笑。

刘播说，角马河也过了，蹶子也尥了，吃上了新草，就算我是狮子鳄鱼，你也该请请我的客吧？

我叔叔说，不是我不想见你，是我没脸见你。看来，你是对的！

刘播说，我自己花钱吃饭，不沾你的便宜，这还不行么？

我叔叔终于撑不住，就开门纳客，亲自下厨弄了两个刘播喜欢的小菜。他们坐在一个小间喝酒，嘻嘻哈哈地唠着家长里短。崔凡过来敬酒，我叔叔就拉住他，用爱怜的目光看来看去的，还伸手在那管挺拔的鼻子上摸了一下。

我叔叔说，你看像不像米新朵？

刘播就笑，说很像，特别是鼻子。不像你能摸吗？

我叔叔说，别看你当市长，可没法跟我比。市长没法往下传，我这个御厨就能，你服不服？

刘播说，服，我太服了。这次我来就是想告诉你，既然公款吃喝一时不可避免，市政府打算把你这儿作为定点饭店……

我叔叔好半天没说话。他不知道是该哭还是该笑，只是觉得，世上的事情太有意思了。

酒酣耳热之际，刘播问我叔叔，当年撒到菜里充当味精的白面面到底是什么。

我叔叔说，叫龙涎霜啊，是御厨秘方，我告诉过你的。

刘播说，我是想知道，那到底是怎么浸熬怎么焙制的。

我叔叔就笑了，笑得很诡秘，样子就像个得意的阴谋家。他说，起先我也不知道，前年回老家，我问过大哥了，说哪里是什么御膳房里偷出来的秘方，其实就是从农村山墙上刮下来到尿碱嘎巴。你信吗?

刘播作呕吐状，马上又调整好了，说我不信，是恶作剧吧?

我叔叔说，谁知道呢。可惜我没留下来一点点，拿去化验一下。

刘播笑了。他说，那又有什么必要呢?这正是劳动人民的智慧结晶啊。管他是什么玩意儿，能把味道提起来，就是好家伙——可惜，崔大可到死也没弄明白。

我叔叔沉默片刻，就举起杯来说，士为知己者死。来，咱们干一杯吧!

口　罩

一

富贵命，坐板凳；平常命，走马镫；贫贱命，钻狗洞——这是桓山一带流传着的顺口溜。一坐一走一钻，活画了三种人生状态。所谓钻狗洞，就是钻那种直不起腰来的小煤窑，国营大矿的余零，给私营老板刨煤，境况就可想而知了。大矿的工人是正规部队，那叫工人阶级，据说还是领导一切的；跟我们就不用客气了，你可以叫民工，叫地蝲蛄，叫煤黑子，随便，怎么叫都不犯毛病，没人跟你急。我们甚至把定义颠倒过来，说自己是“一切领导的阶级”。一般都是随来随走，干个一年半载的，拿上一沓沾满煤黑的票子走人。不过小煤窑上却从来没缺过人手，毕竟是哪根树枝都落鸟啊。

那天午饭过后，我们这些歇班的民工无事可干，就聚在山坡上闲扯淡。已是深秋天气，阳光还很不错，聚光灯一般照着一个扛着铺盖的大高个子。他从山下晃晃荡荡走上山来，交臂之际，竟然没跟我们说话，只是朝我们努力一笑，可又没人能看清楚，因为他脸上竟然戴着一副雪白的口罩，把所有的表情全都捂住了。

在煤矿上，戴口罩的人不在少数，矽肺病还是防不胜防，正如人们所说，小姐来一趟，回去也得撒半个月黑尿。可谁还在地面上戴那劳什子呢，每次从地下出来，等于从阴间回到了阳间，巴不得把全身的衣服都扒光，一个个对着阳光，像浮出水面的河马那样大张着嘴巴喘气。口罩是多余的，而且犹如手铐脚镣，必欲除之而后快。这人戴的口罩不是那种疲软的纱布制品，而是一个坚挺的蚌壳形，这和小煤窑黑不溜秋的环境就很不谐调了。我们就哦操哦操的，觉得这人挺稀罕。

我们在坑口挂着的小黑板上知道了，这人叫张力为。来到的当天下午，这个张力为就拿着鹤嘴镐，顶着电瓶灯下井刨煤去了。在薄薄的煤层里，我们尽量团缩着身子，就像子宫里的胎儿那样，把采到的煤用背篓背到地面上，然后过磅领钱，绝对是一把一利索，不像别处那样没完没了地拖欠，逼得民工跳楼喝药，这也是我们难得的优越之处。小煤窑出的是优质无烟煤，一色儿的麻将块，乌黑晶亮，用火柴直接就能点着，销售出一个很大的半径，富了窑主不说，也润泽了桓山县的一些人。我们都把这种奇异的煤块叫做阎王牙，可见是性命攸关的。在窄窄的巷道里，我们都用四只脚走路，碰面时张力为也打招呼，却缺少融入的热情，和谁的目光也不缠绕，隔着口罩暧昧地哼哈一声完事，大有虚晃一枪拨马便走的意思。

张力为和一般人不一样，这已经是我们大家的共同发现。特别是他的口罩，业已变成了深重的煤黑色，可他仍然舍不得丢掉，甚至还当成了全天候饰物，连吃饭都不摘，往上稍稍一推，露出红口白牙了事，这就很让人纳闷了。我们中间，小玉子是很好事的，当然，说成是具有求真务实精神也不牵强。他说，我就不信，他睡觉还能戴着口罩，我去侦察侦察。那天趁张力为歇白班，就去了。张力为睡在水房的隔壁，是个挺破烂的屋子，谁都不愿住，他就自成一统，挂起房门死睡。小玉子敲敲门，说要借指甲剪用用。里面张力为磨蹭了半天才来开门，穿着裤衩光着上身，居然真的还戴着口罩……小玉子的嘴张成一个椭圆的黑洞，好半天闭不上，神情又惊讶又张皇，还没等把指甲剪拿到手，转身就逃掉了。不到十分钟，小玉子就把这奇异的见闻传遍了那片山头。大家进一步推定，他肯定是有问题的，说不定就是个网上通缉的逃犯，如若不然，怎么就是不肯暴露本来面目？

我们中间就弥漫着强烈的被蒙蔽受熬煎的情绪，进而发展成为一种隐暗的愤怒。反正三班轮换干活，剩下的时间全都闲极无聊，大家就琢磨，有必要采取断然措施，坚决捍卫自己的知情权，否则往后的日子就没法过了。就安排了几个虎贲，扼守着从工棚到食堂的必经之路，装作逮一只孑遗的蝈蝈，张网等着张力为过来。张力为刚刚吃过午饭，那只口罩后面大概还在打着白菜豆腐的饱嗝，看见了一些聚群的人，还想绕过去，小玉子就向他打招呼了。

小玉子笑着说，张力为，你过来认认，这只蝈蝈到底是火蝈蝈还是铁蝈蝈？怎么下了霜它还活着？

张力为有可能意识到这是个阴谋，可他的一只脚已经迈进了陷阱，想转身分明来不及了。他迟疑着走过去，从小玉子合着的手掌缝隙向里探看，那双手渐渐分开，竟然是空的。张力为任何反应都来不及了，随着一声高亢的哀鸣，转眼就被扑倒，而且摁胳膊摁腿的，分工相当明确，形同一场宰剥。小玉子一把将口罩扯下来，一切就大白于天下了。原来那管鼻子基本已被夷平，只剩下一片红亮的疤痕，上面敷衍塞责地开着两个黑黢黢的孔洞，很像大猩猩一类了。众人皆大惊讶，发一声喊，四散逃去。小玉子惊定片刻，还没缓过神来，就被张力为扯住，一用力，那半爿后襟就攥在手里了。

接下来就演变成了惊心动魄的追杀。小玉子在前面跑，破衣服裙裾翩翩的样子，张力为在后面追，匆忙之中还没忘记把啷当在一只耳朵上的口罩戴好。尽管蜿蜒蛇行，终于还是被追上了。当时我们发出了声势浩大的呐喊，很像在看一场盛大的赛会。问题是张力为手里掂着一把鹤嘴镐，这样形势就很危险了。张力为把镐头抡圆了，朝小玉子头部猛刨下去，万幸被他躲过，那镐头迸出一溜火星，把一大块煤矸石敲得四分五裂。

小玉子是个活泼帅气惹人喜爱的小伙子，据说小煤窑上所有的女性都对他感兴趣，食堂做饭的李香橘就是其中之一，每次打饭，她都用相对主义的勺子向他表示向近。这就是说，他花较少的钱就能得到较多的饭菜，哪怕是大菜盆里的肉片寥若晨星，李香橘也能稳准狠地将其打捞出来，又极其隐蔽地埋在他的饭盒里。他们的关系之所以止步不前，多半是因为小玉子家里太穷，三辈人之内似乎没有翻身的希望。当时李香橘还在泉水边洗菜，见此情景，便挓挲着两只嫩葱般的湿手，嘴里发出凄厉的尖叫，好看的大眼睛湿漉漉的蓄满了泪水。她喊，往红房子跑！往红房子跑！

这是对的，因为在这一小片荒蛮的土地上，红房子就等于我们的首都了。也许小玉子听到了，也许没听到，是急中生智的自悟。他跑了一个之字闪电，就拐到了红房子跟前。它是唯一的砖瓦房，里面还设置了土暖气，兼有办公和接待功能，平时我们只能亦敬亦畏地从它旁边走过，轻易是不能进入的。此刻窑主许发正在陪县城来的客人喝酒，听到外面声音不对，就披着衣服，趿拉着一双拖鞋，款款地踱出来，一副散淡消闲的样子。窑主没说话，但山坡上顿时万籁俱寂，就像一只无形的大手按了暂停键，所有的人都定格在各自的位置上。

我们窑主是聪明的，这一点不但早被事实所证明，也被很多人所认可。桓山一带的小煤窑不止一个两个，无不遽生遽灭，陆续关停并转了，唯独我们这个得以幸免，而且还有不断做大的趋势。如果我们窑主不聪明，一切那就都不一样了。窑主搭眼一看，就知道了事情的原委本末。窑主嘿嘿地笑了，说狗日的小玉子，是不是吃了几顿饱饭撑的？知道啥叫婶可忍叔不可忍吗？你敢摘男人的口罩，也就敢扒女人的裤子，性质都是一样的。我看，还是自我了断吧，咋说也比鹤嘴镐刨出浑身血窟窿强哪！这么说着，就拾起一块煤矸石递到小玉子手里，让他自己往头上楔。

小玉子脸上本来还在讨好地笑着，这么一来，那笑就残破了，五官全部挪位，像是吃了没熟的浆果被酸着了。他很是不能理解，窑主哪能分不开里外拐呢，毕竟他是早来的，“工龄”不算短了，何况李香橘对他好，窑主对李香橘好，拐多少弯儿，都应该偏向他才对。这个张力为就不同了，刚来了两天半，又是孤独一枝，都没见他跟窑主说过几句话。窑主是不是弄反了？可他手上那块石头却是真实的存在，大小相当于一个萝卜，却又参差着，没有萝卜那么光滑称手。窑主虽然笑眯眯的，目光却一直朝他逼视，那意思已经很明确了。他知道没办法了，只好苦笑着抡起那块矸石，朝自己脑袋来了一下。我们全都清楚地看到，煤矸石化作一股飘飞的碎末，小玉子的身子像经风的小树那样摇晃了几下，然后向后软软地躺倒了。窑主笑笑说，这很好嘛，往后再有打仗斗殴欺负人的，全都照此办理就是了。

我们钦服地看着窑主，不得不承认，他很公道。

实际上张力为恨的不仅仅是小玉子一个，而是那件事的所有参与者，甚至包括我们这些看热闹的人。在黑暗狭窄的巷道里，我们像古老的鬣蜥那样爬行着，迎面碰上张力为，都感到脊背上凉飕飕的，汗毛一根一根往起立。张力为的眼睛放射出狼一样的绿光，荧荧的幽幽的，比矿灯还亮，我们谁都不敢和他对视。后来每到他的班，几乎没人敢下井了，说是跟他同在一个巷道里干活瘆得慌。窑主也看出了这一点，就把张力为从地下调到地上，让他做了保安，核验来往拉煤的车辆，盘查每一个到矿上来的人。张力为戴着不白不黑的口罩，穿一件狗屎黄棉大衣，在矿区地盘上四处游走，不哼不哈悄无声息的，就像一个影子，突然就出现在你的面前，能吓你一溜跟头。我们都避之唯恐不及，私下里议论说，这人独来独往不合群，总是躲在口罩后面看人，谁知道肚子里转的啥念头？

天冷了，外面冰天雪地待不住，我们就龟缩在小屋子里，用自己背出来的无烟煤烧出适宜的温度，靠扯闲篇来打发歇班时幸福而无聊的时光。我们听到了这样一个故事，说的是一个山里人和另一个山里人一起采山，在一蓬山葡萄架下面，遭遇了一只黑熊。其实前面这人要撒丫子跑开也就没事了，他想到了另一个人，就没好意思先跑，而是用自己的身体屏着遮着。这无疑是愚蠢之极的行为，黑熊根本就没和他过招，只是笑眯眯地伸出巴掌来，像大人爱抚孩子似的，在他鼻子上轻轻摩挲了一下。就是这么一下，他那只还很年轻的鼻子就永远跟母体告别了。我们都笑得不行，其实转身就跑，哪怕屁股上被抓挠几下，也比这样强啊。可后来知道了另一个人原来是窑主许发年近六旬的亲叔叔，又觉得不该笑，是笑得太早，或是笑错了。这个故事让我们沉默良久，熊熊的炉火照着一圈年轻的黑脸，满屋子飘荡着那种青蓝色的劲头很大的蛤蟆头旱烟。

二

我们全都熟识窑主那辆三菱吉普车，那真是一匹好坐骑，哪怕它从远处芥末籽似的行驶着，我们还是能准确地认出它来。无论走平道还是爬坡，它都胜任愉快，拖着一缕煤灰和白雪的混合尘雾，驶过县城和旷野，最后蛮霸地停在食堂门前。它一趟又一趟为我们载回鸡鱼肉蛋和时鲜果蔬，还有那种用大塑料桶装着的本地白酒。我们就是靠着这些，战胜了零下三十多度的严寒和莫名的骚动。还有那种吱吱啦啦的半导体袖珍收音机，使我们知道了离我们很远的地方，有个叫萨达姆的光棍，公开和老美叫板了。我们多希望他们能真刀真枪比画上啊，那可是大热闹，比小玉子对张力为有意思多了。

漫长的冬夜特别难挨。在我们地处荒僻一隅的原始部落里，上夜班钻狗洞的还好过，上床睡觉的就不然了，不是夜长梦多，而是长夜难眠，倘若放眼看看工棚的大通铺，都得为那些横七竖八伸腿拉胯彼此纠结的睡相感到脸红。就在这样一个夜晚里，我们的窑主突然想喝酒了。李香橘把酒菜送到了红房子，可窑主没有酒伴，所谓一人不喝酒，两人不耍钱，都是顶没意思爱出乱子的事情。就把李香橘留下陪着。

李香橘平时总是傍在锅台边上吃饭，上不得正经场面，这时能和窑主平起平坐，甚至还有点儿受宠若惊的意思。她一面和窑主碰着响杯，一边娇憨地啼笑着。李香橘虽然是柴火妞，却是比较耐看的，一喝酒，立刻面若桃花；再一笑，就是桃花烂漫；眼睛里还荡漾着迷蒙的春水，怎么看怎么就是桃花汛了。窑主也没怎么灌她，她自己就醉了。她本来是要替小玉子说情的，可话题还没怎么深入，人就软得糯米饴糖一般。窑主把她横抱起来掂掂重量，不算太轻，觉得黑灯瞎火不好往回送，反正红房子是暖炕热屋，顺势就把她平放到了自己的行李上。接下来的事情也就顺理成章了，电灯一闭，里面就传出了闹猫的声音，李香橘叫得很花哨，你听不出到底是通俗还是美声，是极度幸福还是极度痛苦，反正是极尽抒情之能事，那声音把外面尖利呼啸的大烟炮都盖住了。

那段时间里，小玉子一直蔫头耷脑的。倒不是那块煤矸石把脑袋里的哪根弦给震坏了，而是他发现得罪了张力为，也就等于把窑主得罪了；而得罪了窑主，那怎么能有好果子吃呢？虽说钻狗洞不是好活计，可毕竟不少挣钱，比在乡下顺垄沟找豆包强多了。小玉子就处处赔着小心，见了窑主老远就笑，就像个弱智似的，可窑主往往视而不见，即使见到了也不跟他笑，只是唔一声了事。小玉子很痛苦，他常常一个人在红房子周围逡巡，就像个还没下定决心去自首的罪犯。本来夜里就睡不着觉，偏偏又喝多了酽茶，就爬起来一趟一趟撒尿。起初他还以为那种声音是林子里的野兽，凑近了一听，才明白情况很不妙了。

其实小煤窑上所有的女人，无论丑的俊的，全都跟窑主睡过。这一点我们也很理解，窑主家在县城，隔着三五十里，老婆还长得猪不吃狗不啃。这且不说，如此长夜，又在麻姑都挠不到的山脊背，一时急需，怎么好苛责呢？何况窑主是个仗义汉子，不是光吃不吐的那种土鳖，关键时刻舍得花钱，遇见有人扎堆，便笑微微地慷慨甩烟。为了弄一个淋浴，他亲自当起了泥瓦匠，后来人们一冲澡，就会勾起饮水思源的情绪，不住地叨咕说，这还是窑主砌的呢。他还经常自己开着大铲车装煤，清理矸石，铲除路上的积雪，让拉煤的司机都一愣一愣的——如今的领导干部，又有几个能亲自参加生产劳动呢？小玉子娘病重，窑主塞给他五百块钱，我们都当场见证了，小玉子感动得吸溜吸溜直哭鼻子，我们也都眼泪汪汪的。被睡过的女人都认为那是偏得了阳光雨露，身价立马蹿高，跟皇帝宠幸差不多。李香橘被留到最后，大约是来的时间太短，又有小玉子他们盯着，窑主不忍下手；这下好了，这下就根绝了那些人的念想，那些人就该安心刨煤了。

小玉子浑身颤抖，一点点踅过去，想闯进屋，又没那个胆量。就傍在窗前哀怜地叫道，李香橘啊，李香橘啊。无意之中，竟然弄出了气声效果，听着如泣如诉，百爪挠心的。屋里的李香橘没法答应，这是可想而知的，就收敛了声音，变成了隐隐的低泣。窑主被扰乱了章法，就有些恼怒了，说哪个狗日的在外面叫魂呢，也不看看火候，里面正忙着，有事明天吧。小玉子伫立片刻，一回身，便看到了一圈又激动又慌乱的面孔，原来我们也都出来撒尿，齐刷刷站在雪地里，披着大衣打着哆嗦屏息静听——对于荒野之地，这无疑就是文艺演出了。小玉子恨恨地说，这叫什么事儿，这不是白毛女跟黄世仁吗？我们都没应声，有人还极不严肃，捂着嘴哧哧笑起来。小玉子彻底失望了，跺着脚大声喊道，怪不得钻狗洞，真是一群狗啊。一对狗男女连裆，一群狗围着看；狗还叫几声，你们咋一声都不叫？

我们真的谁都没叫，悄没声地又钻回被窝里。我们有什么可叫的呢？我们拿着窑主的钱，吃着窑主的饭，连脚下站着的土地都是窑主的，我们怎么能叫得出来？再说，士兵步行，长官骑马，都是工作需要。如果窑主文体生活调剂得不好，把小煤窑开黄了，那就等于砸了大家的饭碗。窑主为的是大家，大家哪能不为窑主呢？连李香橘也巴不得呢。何况李香橘是为了小玉子才搭上自己的，一举多得，是很值得的呀。我们就在这种欣赏大于批判的平衡中进入了梦乡。谁都没注意到，小玉子又爬起来，一个人啃着咸菜疙瘩喝起闷酒来。后来据值夜的保安张力为说，他是顺着雪地上一溜蜿蜒的尿道，才找到小玉子的。这时的小玉子卧倒在柞树林下的雪窠里，也不知道睡了多久，下半身都冻透了。梦中的他正坐在回家的火车上，三逛荡两逛荡，一睁眼睛，原来是伏在一个人的背上。那人也不回头，只顾蹚着积雪倔倔地走。他用手在他脸上扑撸一下，却摸到了那个蚌壳形的口罩。

小玉子哭了。

小玉子说，你背我干啥？

张力为说，我不背你，你就冻死球的了。

小玉子说，我冻死了，关你屁事？你应该高兴才对。

张力为说，你冻死了，矿上的劳力倒是不缺，马上就会有人顶上；可你娘可就少了养老送终的儿了。

小玉子说，我想死，我不想活了。

张力为说，你得想开一点儿。李香橘并不是你老婆，再说她又是自愿的，你哭个鸟啊？都啥时代了，男人女人的腰带都松得像懒驴绳套，你咋就那么看重？

小玉子半晌没吭声。后来又怪笑说，我想开了，白毛女反抗黄世仁，那是傻逼；白毛女傍上黄世仁，大方向才是正确的。跟大春能得到什么？除了烂裤裆里那点破事，什么都得不到。

张力为咕咕笑，说明白了就好，你猛挣钱吧，将来也当一把黄世仁，那就把一切损失都捞回来了。

这事儿第二天就传遍了。我们嗡嗡议论说，小玉子的尿道哪里就有那么漫长，能刺出二里地去？说不定张力为一直躲在暗处瞟着，在为窑主站岗放哨呢。由此可见，窑主是黄世仁，这个张力为就是穆人智了。可穆人智又救了大春，这是个什么故事呢……觉得荒诞而又穿凿，所有的人物关系全都乱套了，付之一笑拉倒。开饭时再看李香橘，哪里有一丁点白毛女的悲惨相，反倒神色嫣嫣盈盈的，脸上有一片飞红，就像刚刚浇过的花苞凌空怒放着。只是饭时过后，她一个人跑到山冈上发呆，在白雪地上用树枝写下了一大片“小玉子”。

后来这事谁都已经见惯不惊了。李香橘不用窑主召唤，自己就到红房子去，就像值班上岗似的，只是那种不伦不类自成一路的叫法令人心惊肉跳。不少人就条件反射，火烧火燎的，揣了钱，跟着拉煤的汽车到县城去找小姐。窑主也不管，知道了不仅默许，还鼓励说，人嘛，就是这玩意儿，忙活一辈子，为的就是上下两头。何况挖煤工四块石头夹一块肉，出生入死的，一个个那么牤实，总不能让他们整天自摸吧？我们都觉得窑主亦正亦邪挺人道的，自己吃肉，也想着让别人啃骨头喝汤。

窑主很着意矿上的伙食，他知道伙食和煤炭产量的相关性，因而三天两头就开着吉普车去采办。他不再单枪匹马，而是拉上李香橘和张力为，一软一硬，一文一武，左牵黄右擎苍的，公称最佳配置，比大公司大经理也差不哪儿去。如果忙得回不来，就在县城过夜，开两个房间，窑主和李香橘住一个，张力为自己住一个。有时很晚了，窑主临阵磨枪说，兄弟呀，快帮我买点药去，就是给劲的那种，你一说人家就知道。张力为走到门口，窑主又添了一句，还有牛马笼套，要大号的，不然出了麻烦，还要多一个分遗产的。张力为一声不响，出去买回来，悄悄放到桌子上，就回到自己的房间躺下，把电视音量开到最大，一直看到睡过去。

李香橘满面春风，走路飘飘忽忽的，眼波也比以前活泛了。她很乐于在宾馆的搪瓷浴盆里泡澡，这滋味在小煤窑是体会不到的。有时喊窑主帮着搓背，窑主正在闷头算账，就让张力为顶上。张力为很是为难，揉搓着两手说，哥呀，你看这事儿……窑主就嘻嘻笑，说你怕鸟哇，又不是你嫂子，打打秋风也没什么。张力为就直愣着眼睛走进洗手间，像一块木头似的躬下身子，只搓李香橘的后背，战战兢兢小心翼翼，不越雷池半步。李香橘的肌肤还很白嫩，搓着搓着，张力为胳膊就抖起来，发疟子一般。李香橘也很知道自身的杀伤力，咯咯笑着，故意要逗他，猛然回头，只见白光闪处，水波起时，两个勃勃活跳的宝贝带着劲劲道道的弹性甩过来，差点儿就碰到他的口罩。张力为的眼睛就像被电焊弧火击伤了，紧紧闭着，好半天也不睁开。退出门外，带着劫后余生的口气交差说，搓完了，剩下的地方她自己能解决。窑主笑得不行，说兄弟呀，你可真够瓷实的，何必呢，又不是老八路，不动老百姓一草一木。张力为说，哥用的东西，我怎么能随便动呢？为人得讲一个义字，要不就不是人了。再说，就我这熊样子跟女的扯那个，还不得把人吓死！

我们窑主乐得省心，就把采购的活儿交给张力为去干。张力为一是一二是二，一刀肉一捆菜，都用小本本记个扎实，精确到了每一分钱。然后就雇个“倒骑驴”，笃悠悠载到宾馆，再装到吉普车上。那天回来晚了，大街上华灯初上，一串一串的，看着十分的璀璨，竟然引发了张力为的无限感慨，对那个骑“倒骑驴”人说，你知道电灯咋会这么亮么？那人茫然地摇摇头，又回答了差强人意的一句，是发电厂送的电呗。张力为就自豪起来，说对呀对呀，发电厂说不定烧的就是我们的煤呢。你看，世上的光明原来是从最黑暗的地底下掏出来的呀，这多有意思！那人恍然大悟，笑了个风摆杨柳，差点就把“倒骑驴”骑到电线杆子上去。笑够了才说，你不就是个钻狗洞的嘛，还神经兮兮装诗人，跟我穷转文呢！

那天夜里，不知是谁给窑主家里透了底，他老婆领着娘家人兴师问罪来了。他们拿着钩竿铁齿，咚咚地砸门，聚在走廊乱嚷，非要捉奸在床不可。这时候张力为出来了，一口一个嫂子叫着，说我们窑主睡得正香，现在不办公，你们回吧。娘家人哪里肯听，揎拳攘臂，立马动了硬的。张力为力敌数人全无惧色，却被窑主的老婆跳着高挠到脸上，顺手一扯，那只口罩就被扯开。昏暗的灯光下，一张扭曲的鬼脸显得十分狞厉，几个人吓得魂飞魄散，差点儿就尿了裤子，回家一闭眼睛就做噩梦，从此对我们窑主撒手不管了，只要到月给钱就行。

就在这场以少胜多出奇制胜的冲突中，张力为光荣负伤了。第二天一早，我们窑主把他领到了医院，避开杂人，关好门，才敢把他的口罩取下来。接治的庞大夫是桓山的外科权威，处置了伤口，又对着他鼻子的废墟一顿欷歔。趁张力为如厕之际，就说，老许呀，这位兄弟毕竟是为了你家叔叔弄丢的鼻子，你的钱厚，拿出十万八万的，替他重新安一个吧。

我们窑主说，为谁不为谁，这就不好说了。咱先别说这个，只说鼻子。

庞大夫拿出一本整形外科杂志来，翻出形形色色的鼻子让他过目。

窑主说，是不是塑料的，用胶粘上去的？

庞大夫一笑，说这你就不懂了，这是真骨头真肉，要从人的自身取材料。我的一个同学在省医大二院，摆弄这个就像小孩子玩儿橡皮泥似的。

窑主说，那能行么？我听说一个男人没有胡子，觉得挺难看，就移植头发，结果总往下掉头皮。又从胳肢窝取毛，竟有股狐臭味。最后从女人身上取材，你猜咋样，胡子倒是挺漂亮的，就是一个月流一次鼻血……

窑主说罢哈哈大笑，很开心。

庞大夫叹着气说，老许呀，这么正经的话题，你咋总也离不开那点事？也难怪，丢了鼻子的又不是你。我就不信，你能为山神土地大把花钱，就不能为自己手下花点儿？别总当毛毛虫，化一回蝴蝶，也让咱桓山人民为你翘翘大拇指嘛。

窑主的笑就有些发窘，说我就是个自娱自乐，你咋认真了？怪不得，你当大夫浑身白，我开煤矿浑身黑，说话自然各是一路。等明年开春，我再拿着钱来找你，不就是安个鼻子嘛，十万八万的，小菜一碟！

春节临近，我们都攥着大把的票子往家里邮钱，那种有钱的充实感是难以言状的——附近的国营大矿还有好多开不出工资呢。李香橘活儿最轻，收入最少，却邮得最多，我们都明白，这除了她自身的节俭，肯定是从窑主身上揩来的。大家就嘀咕说，费劲巴力钻狗洞，还不如娘儿们欠个缝。这世界上哪里还有什么爱情？让钱一搅和，统统变味了。一不小心让她听到，就红着眼睛，惨兮兮地对我们说，我是女人，又端着人家的饭碗；你们男人都没辙，我能有什么办法？这话虽然是细语轻声，却很让我们震撼，便闷起头来抽烟，好像我们就是她的丈夫和兄长，全都对她不起似的。

小玉子也来邮钱。如果他不在街上遇到李香橘，事情就完全不一样了；正因为他遇到了李香橘，就难免心潮起伏。他看着她像城里女人那样扭扭摆摆走在大马路上，就觉得她很无耻，心里骂着婊子婊子婊子！骂完了婊子又觉得不能尽意，在馆子里喝了二两散白，就真的找婊子去了，无非就是找一个替代发泄的对象。小煤窑的人从来不上歌舞厅和洗浴中心，只上犄角旮旯的小旅店和洗头房，因为钱是用血汗换来的，也就格外吝惜。那里的小姐都是大地方筛下来的，据说也有下岗女工，无所谓年龄相貌，不过是个女人罢了，价钱便宜到两包中档烟的程度。那里面全都挡着帘子，这样就把所有的白天都变成了黑夜。小玉子稀里糊涂进去了，哆哆嗦嗦刚刚脱掉上衣，还没看清小姐是啥模样，警察就冲进来了。

警察把小玉子带回派出所，用铐子铐在暖气管子上，从他的衣服深处搜出一厚沓沾着煤黑的票子来，那都是他还没来得及邮走的，用手一篦，质地上佳的纸币就发出令人心醉的声响。

警察说，按照治安处罚条例规定，嫖娼罚款五千，没什么好说的，多退少补吧。

那边数着，这边小玉子就哭开了。他央求说，我娘有病，我家遭灾了，颗粒无收啊，还等着我的钱过年呢！

警察说，既然如此，你还嫖娼，你还是人吗？

小玉子抡起那只没戴铐子的手，狠狠扇着自己的嘴巴子，一迭声地骂着，我不是人！我是个畜生！我是狗娘养的！

可警察并没有感动和同情的意思，不是坐在椅子上，而是坐在办公桌上，悠荡着两腿，一五一十地点着，脸上还喜滋滋的，分明有斩获甚丰的意思。

小玉子开始用头撞暖气包了。反正他的头经过煤矸石的考验，具有一定的抗击打能力，把暖气包撞得咣咣直响。

警察吆喝说，你练铁头功啊。大冬天的，撞坏了想让我们挨冻？撞坏了你能赔得起？

小玉子绝望地号啕起来，又脱掉大头鞋，猛砸自己裆里的东西，说我让你惹是生非！我让你不老实！我让你不争气！幸亏穿着棉装，疼得比较肤浅，只相当于一个严重警告处分。

就在这时，我们窑主赶到了。

由于张力为和李香橘还等在车上，后来的细节就有了不同的版本。

他们能看到的情景只是窑主走下吉普车，嘴上叨咕着婶可忍叔不可忍，用脚蹴开派出所的栅栏门，甚至都没跟值班门卫打招呼，就跟逛商店似的，完全是一种昂然挺进的姿态。不知是替交了罚金，还是根本就没交罚金；是他给警察赔了不是，还是警察给他赔了不是。反正前后不过十分钟，小玉子稀里糊涂又出来了。一出派出所，小玉子就给窑主跪下了，他抱住窑主的一条腿，鼻涕眼泪地说，窑主，我爹死得早，你就是我的亲爹！窑主把他拉起来，亲切地抚摩着他的肩头说，都是自家兄弟嘛，不论啥时候，我都不能让你们吃亏。

那天我们上街的好多人，都亲眼目睹了他们四个坐在同一辆车上的情形。我们觉得这太有趣了，比鸡兔同笼还有故事。有人就接续了那个蹩脚的比附说，嘿操，整个一个《白毛女》剧组，就缺那个做豆腐的杨白劳，原来是喝卤水死掉了。

三

没事可干的时候，我们总是凑在一起，探究小玉子一案的种种蹊跷和疑点。实际上桓山一带的娼妓从来就没真正禁绝过，就如顽强的韭菜，割了一茬又生出新的一茬来，警方只得睁一只眼闭一只眼。听说有地税局泼辣的女职员为了完成年度指标，甚至深入其中按葫芦抠籽去收税，还宽打宽算，给每个小姐扣除每月一周的“休假”时间……许久以来，很少听到有谁去那种地方被活捉生擒过。小玉子到底是咋回事？稀里糊涂进门，稀里糊涂被抓，又稀里糊涂被放，整个过程都是稀里糊涂的，是谁和他过不去，特地给他“点炮”，还是小姐有意“放鹰”……有时张力为也凑过来，坐在我们的边缘地带，接过别人递给的旱烟，撩开口罩衔着，眼睛眨也不眨地静听，任凭那青蓝色的烟雾袅袅地升上去，问他什么，都说不知道。我们很难看透他，可那双露在口罩外面的眼睛里，分明有了深藏其中的忧郁，这可是前所未有的发现。

小玉子嫖娼未遂反被抓的事成了一大笑料。我们常常逗他说，到底看见没有？是横的竖的？哪怕摸上一把脯子也不冤。白瞎窑主替你花那五千块大头钱了，那得背多少篓阎王牙呀！小玉子哭不哭笑不笑的，赶紧溜掉，不大敢照我们的面。就请求和张力为一起，住到水房隔壁的破屋子来，以避众人的口舌。张力为慷快地答应了，还把热炕头让给了他。小玉子对窑主感恩戴德，对张力为说，我到底理解李香橘了。我要是个女的，肯定也会把自己献上去；可我是个男的，怎么才能报答他呢？除非他把肾累伤了，我立马把自己的割下来一个给他换上去！

小玉子换了个人似的，不哼不哈，干得比别人都猛，还跟赖秤的拉煤车争吵过。在国营单位，他这种干法肯定就被称做革命的老黄牛了，兴许还能饶上爱矿如家四个字；可我们这儿情况不同，最能干的其实也就是家里最缺钱的，爱矿则是出于对窑主的一片忠心。有几次窑主见了他都夸赞说，小玉子干得不错嘛。等你把钱攒足了，我帮你选个媳妇，摆到自家炕上，别说警察，就是多国部队来了，怎么弄谁也管不着你！

最为明显的是，张力为和小玉子的关系完全逆转过来，竟然成了很要好的兄弟。每次小玉子下坑回来，累得一身瘫软，张力为就替他把饭打回宿舍来。张力为拿着小玉子的饭盒，这个李香橘肯定是认识的，他不说话，把饭盒往她面前一蹾，眼睛眄视着，李香橘就懂了。她的相对主义的勺子麻利地翻转几下，小玉子就得到了与众不同的实惠。张力为还替小玉子洗衣服呢，我们经常遇见他坐在水房里，身下是一个大盆，盆里是一大堆明灭闪烁的泡沫，然后湿淋淋的衣服被晾到外面去，冻成一件件坚亮的铠甲……我们都能准确地认出，哪件是张力为的，哪件是小玉子的，还有张力为已经穿过，又送给了小玉子的。小玉子不叫他的名字，一张嘴就叫哥，一叫，眼睛里就湿漉漉的。大家都觉得小玉子好可怜，却又觉得可怜得没道理。

春节前夕，也是窑主最忙的时候。他的应酬太多，常常是从这个酒桌转移到那个酒桌。有时三天五日，矿上都见不到他的人影，不过一车车的阎王牙照样被我们从阎王嘴里掏出来，变成窑主账本上那些密密麻麻的数字，这些数字又变成了一沓沓的票子，分装在我们每个人的口袋里。我们并不反感窑主有应酬，相反，我们太欢迎他有应酬了，他的应酬越多，我们的腰包越鼓，这是成正比的，已经早被无数次事实所证明。

窑主要到县城送礼，不是烟酒糖茶，而是变通了形式，浓缩了体积，换成一个个厚墩墩的红包，这就很厉害了。窑主带着张力为和李香橘两个扈从，从银行取出钱来，装在大提包里，由李香橘提着，张力为则戴着墨镜和口罩，荷着鹤嘴镐紧随其后，让路人无不震慑，说这人的样子好凶，比歹徒还像歹徒呢，哪个活腻了，先销了户口，才敢来打钱的主意。到了宾馆，窑主跟李香橘去做那种温故而知新的事情，索性神仙大撒把，把分装红包的事交给张力为一个人。据我们所知，张力为并不是智性很强的人，特别是在理财上，作为一个穷人就更是勉为其难了，何况二三十万块钱，要按照不同标准分装，那是很要章程的。窑主折腾够了，又美睡了一大觉，天将拂晓，才想起隔壁还有一笔巨款。敲开房门一看，张力为还在灯下忙活着，脑袋冒着热汗，一笔一笔的极认真，却没有丝毫的懈怠……我们窑主很感动，抓起一把钱来揣进他的口袋里。可张力为不干，又把那钱抓出来，放回大堆里。

窑主说，兄弟，我这不比国营和集体，自家的买卖，肉烂了都在锅里，给你钱你尽管要，什么毛病都不犯。

张力为说，哥，该我要的我要，不该我要的我绝对不要。

窑主说，你我是屯亲，两家好了几辈子，用不着凡事那么一清二楚。再说，满锅炒豆，总有崩到外面的。屠夫杀猪，还赚一些筋头巴脑、头蹄下水呢！

张力为说，你是主，我是仆；你对我好，我对你忠，这是不能糊涂的。

窑主便大笑起来，说兄弟啊，有的人也口口声声叫人民公仆，可那才是咱的主子呢。这些钱都是弟兄们的血汗，你当我愿意送么？我也是没办法，只要能保证矿上一路顺风，就等于撒纸钱祭鬼神了。

张力为说，这些我弄不懂。我听你的，你让我咋着就咋着。

窑主沉吟着说，也好，咱们零钱凑整钱吧，等到春暖花开，不管花多少钱，我也要为你拾掇一下鼻子，把你从这该死的口罩里解放出来。

关于张力为鼻子的责任归属，我们都认为很难确定。当时大山里只有两个人，施救与被救，有谁能证明？又怎么能说得清楚？再说那一举动毬毛不挡，说成是见义勇为，实在有沾边就赖的意思了。即使一切都是铁案，那也和窑主说不着，要找找他儿子去，当侄子的没有连带义务。我们窑主把这些全都模糊化了，从不深谈，点到为止，到了关键时刻，呵呵一笑就遮掩过去，这便是他的高明和感人之处。

所有的红包全送出去了，而且无一拒收。我们窑主就像个凯旋的将军那样扬扬得意。就在这当口，一个负责安全检查的和窑主打了一个换位交叉，悄悄来到我们矿上，而且亲自钻了一次“狗洞”，出来便说，你们这是玩儿命呢。你们掰了阎王牙，那是阎王在打哈欠；阎王一闭嘴，恐怕乱子就大了。要么停产封井，要么添加安全设备，买药还是买棺材，两条道路自己选吧。

我们窑主并没选择其中的一条，而是独辟蹊径，非要和他谈谈不可，那人也没拒绝，就开谈了。把那人请到桓山县城最好的馆子，开了一个单间，好酒硬菜，整整谈了大半个晚上。张力为照例门神似的坐在外面，听着里面杯盘交响，间或杂有李香橘的脆笑，竟然还有一种爱岗敬业的满足感。那人喝着喝着，眼神就有些迷离，乜斜着李香橘，说许老板的小煤窑上什么什么都是黑的，连雪都一样，唯有女秘书是绿色的。窑主也不纠正，擎着酒杯说，来，干哪，酒逢知己千杯少啊！

三个人全都喝得沟满壕平。张力为把他们连扶带拖弄到宾馆，我们窑主却突然提出，自家那二分薄地久疏莳弄，都撂荒了，他非得回家去住不可。

张力为和李香橘都很诧异，忙问，那怎么住啊！

窑主说，怎么住，反正不能让客人和张力为住一个屋。

李香橘好像明白了一点点，可还是挣扎说，那，我和张力为在一个屋里对付一宿吧，他这人讲义气，最把握了。

窑主眼睛看着她，进一步明确说，你咋放着明白装糊涂？客人看上你了。咱三十六拜都拜了，也不差这么一哆嗦！

李香橘真的哆嗦了，乞求说，老板，你……给他找个小姐吧，我毕竟和你……

窑主哼哼地冷笑说，你和我咋着啦？难道你是我的二奶吗？可别得了阳光就灿烂，跐着坯头就上墙。跟谁睡还不是个睡，不过就是两腿一劈的事嘛！

李香橘哭起来，又把目光转向张力为。张力为又能怎么样呢？他低下头，用手掐着太阳穴，一声接一声叹气，什么都没说，也什么都说不出来。

李香橘就像一个没人救助的溺水者，绝望地叹着气说，好吧，为了大家的饭碗，我去。不过我得骂我自己一句，我这种贱女人，真是狗日的！

李香橘就这么住到另一个房间去了。出门时她还甩了甩头发，就像很多影片里慷慨就义的女英雄那样。我们赖以为生的小煤窑，就这样以最低的成本最简捷的途径最高的效率涉险过关了，起码节省了几十万安全设备款。窑主很高兴，回手给了李香橘一千块钱。李香橘也没拒绝，不过从那以后，我们谁也没再见她笑过，话也少多了，本来燃烧着的眸子，如同两块死灭的黑炭，连一寸光焰都没有。而那一夜张力为就更为痛苦，他把电视机通宵开着，人却蒙在被子里，早晨起来，枕头上全是湿的，说不清是汗是泪。

腊月二十三是农历小年，矿上全猪全羊，白酒啤酒敞开供应，大吃二喝的，弄出来一派绿林风格，有人还戏谑说，这年肥得厉害，放屁都能油了裤衩子。便纷纷赞许窑主的恩德，有人还提出，应该出板报，表达一下群星朝北斗葵花向太阳的意思。正在胡乱呛呛，忽然传来我们窑主在县城醉酒开车撞人的消息。矿上的人都慌了，就像一窝工蜂要失掉蜂王一样。小玉子在第一时间里立刻搭车赶到县城，要替窑主顶罪，可是晚了一步，这时的张力为已经在高墙里边吃完头一顿号饭了。

整个过程是李香橘陈述的，尽管她和小玉子不尴不尬，还是完整地把事情的头尾讲了出来。那一阵我们都认为，这一对悲喜冤家，还有死灰复燃的趋向，而且是绕了一个老大的圈子，凭着昨天的旧船票登上今天的破船，谁也不赔不赚。李香橘勾勒出的画面是，窑主的三菱吉普车刚刚驶到县城，斜刺里冲出一辆“倒骑驴”，谁都没看清咋回事，两车就撞到一起了。“倒骑驴”撞不过三菱吉普，这是很显然的，骑车的那人一个跟头折出去，像一口袋粮食似的甩到路边，直挺挺躺着，嘴上漾出一股鲜血来。

窑主很慌乱。窑主连声说，死了吧？死了吧？

张力为说，看样儿还有救。

窑主扯着他不让下车，就像抓住了救命稻草似的说，兄弟，这事儿你得替我兜着，懂吗？

就在这时，张力为第一次用叛逆的目光蜇了窑主一下。他口罩上面的眼睛里有一种虚淡的光焰，就像无烟煤发出的火苗。就是这种目光，在狭窄黑暗的巷道里曾经锐利地穿透我们的灵魂，让我们不寒而栗。他提高了声音说，你怎么能先想这个？怎么也得先救人吧，救人才是最要紧的。

可窑主还不撒手，他死死拽住他的衣袖，又说，兄弟，你得替我顶着，不过就是十天半月；可矿上一天都离不了我，这你知道。

张力为说，哥，这话本应该我说，可我还没说，你就说了。

窑主说，我喝酒了，酒后驾驶是严重违章的……

张力为说，我没喝酒，可我根本就不会开车呀，只怕到时候弄穿帮了，反倒不好收拾。

窑主说，就说我喝多了睡过去了，你贼大胆……

张力为让步了，或者说是全盘接受了。他绷着脸说，好吧，我是贼大胆，要不然也不能面对黑熊，让它把鼻子摩挲掉！

张力为下了车，上前试试鼻息，果然还活着，就血淋淋地抱在身上，喊了几声，那人居然醒了过来。

我们窑主这才凑到跟前去，俯下身大声问，认识我吗？

那人吃力地点头，说你是许老板。

窑主指着张力为说，是他开的车，对吗？

那人不吭声。

窑主说，你放心，我亏待不了你，明白吗？

那人明白了，便看着张力为说，是他开的车，我看清楚了……

一切就这样编排好了。实际上这事儿漏洞百出，稍稍一认真就会水落石出；可大家都在一个县城住着，低头不见抬头见的，谁能认真起来？再说，我们窑主身后没人戗着，怎么能在桓山一带横着膀子晃？难怪有人说，许发手里真是一把好牌，就像攥着大小王四个二似的。受伤的那人脾脏摘除了，庞大夫把那件紫巴溜丢血赤糊拉的东西扔到垃圾桶里，然后对手术台上那个还处在麻醉状态的人调侃说，行了，哥们儿，穷人长脾那就是奢侈品，反正放在肚子里你也用不着，卖个三万五万的，太划算了。

张力为被单独关在拘留所一个小号里，以示特殊关照。虽说不是什么好去处，可起卧行坐自如，跟我们钻狗洞一比，那就好多了。所以张力为并不存在太多的痛苦，他全部和唯一的痛苦就在于，本来是他应该说的话，却被窑主抢在前面说了。

小玉子说，哥，先说后说，都是一样的，狗皮帽子没反正。

张力为说，那怎么能一样呢，那是完全不一样的。

小玉子隔着铁栅握着他的手说，哥，窑主对咱是有恩的呀，想报答还没机会哩，别说蹲半月拘留，就是判个三年二载，咱有啥好说的？

张力为吁着气说，小玉子，咱们命贱，可身子能受屈，良心不能受屈。

小玉子惊诧莫名的，说哥你这是啥话？我咋听不懂？

张力为说，我的意思就是，凡事得多长个心眼，不能让人卖了，还去帮人数钱，那就太悲哀了。

小玉子沉默良久，似乎也没转过那个弯子来，就说，哥，你多保重，我回啦。

四

那个春节，我们小煤窑上过得很滋润，除了肥吃肥喝，窑主还花钱请来一个二人转草台班子，在矿上一连唱了三天连轴戏。所有的段子里都掺进了黄颜色——不是他们非要掺，而是不掺不行，我们这些观众不答应，说人家都是真刀真枪比画，咱整天出生入死的，听几句骚嗑算什么？一唱到节骨眼上，大家就尽情撒野，嗷嗷起哄，大叫过瘾。有一天夜里，唱着唱着，小玉子忽然发现窑主没了，大家赶忙出去找，只见他正撅在小煤窑前的冻土地上，给山神爷磕头哩，周遭是一圈点着的香烛，一块巨大的卧牛石上，还摆着一颗笑眯眯白生生的猪头……那一刻我们屏息静气，躬身肃立，虽说天气并不太冷，我们却全都战栗着，仿佛感到了来自天庭那幽深彻骨的寒意。

在云蒸霞蔚的酒气里，我们一直谈论着老美和萨达姆。我们都很着急，巴不得他们马上开战，总这么引而不发，让人太受折磨，就像早早买了门票，剧场却迟迟不开演似的。有人站在老美一边，有人站在老萨一边，也有人各打五十大板，说左脚踩窝头，右脚踩发糕，两边没一个好饼。其实无论我们干什么，心里都挂记的替窑主蹲拘留的张力为。他大概是高墙里唯一戴口罩的犯罪嫌疑人，我们聚在一起热热闹闹过年，他却被孤独地圈在一个钢筋水泥的笼子里，怎么说这也是令人痛心的事情。

我们窑主倒是三天两头去看他一趟，回来就说，好着呢，跟休假差不多，人都胖了，衣服干干净净，口罩也是雪白雪白的，根本就不像小煤窑上的人了，倒像个机关干部。我们都相信他说的是实话。而且伤者那面很容易就摆平了，家属见了我们窑主，竟然点头哈腰，满脸都是巴结的笑容，就像见到了大救星似的。

窑主去的时候照例也领李香橘，可她不干，牢牢铆在食堂里，怎么都叫不出来。窑主很生气。窑主说，李香橘你别跟我拿捏。你以为你是谁？我立刻就能炒了你！李香橘只好跟着去了。在县城宾馆，窑主又要来老一套，可李香橘坚决不肯，在大软床上闪转腾挪的，累得窑主一身大汗。

窑主吁吁地喘着说，你装什么贞洁？都是老臼旧杵子的，我又不是不给你钱。

李香橘说，可我不是小姐。再说，张力为还在替你蹲着笆篱子呢，你怎么还能有这份心思?

窑主被激起怒火来，扇着她的耳光，按着她的胳膊，干脆霸王硬上弓。

李香橘哭起来，她说，许发，你这是强奸!

窑主嘿嘿笑，说你告去，县里市里省里，随便，我给你掏路费!

李香橘说是那么说，不过她是不能告的；别说她告不赢，就是告得赢，矿上的人也不答应。她一个人悄悄来到拘留所，看着张力为，还没说话，就哭了起来。

张力为说，咋的啦？大过年的。

李香橘说，许发他不是人……

张力为看着她哀怜无助的样子，心里就明白了。他把一只手伸进口袋里掏着，掏来掏去，掏出一张软纸来，递过铁栅替她擦泪。李香橘收不住，就变成了纵情的号啕，抓住那只手，好半天不想撒开。最后还是张力为撤回手来，眼睛从高墙上望出去，叹息一声说，挺到合同期满，走人吧，哪怕少挣钱，也得做人哪!

大地上的雪悄悄融化了。混着煤黑的白雪覆盖了昨天的痕迹，又化成春水流走，山上的草木蓄势待发，分明是新一年的光景了。我们的小煤窑好像什么都没发生过，仍然是高产出高收入，有人甚至喜滋滋地跟县衙相比对，一个棒劳力，顶一个科局长了，尽管这种比法很幼稚，只知其一不知其二，分明就是不自量力。我们能发现的微妙变化就是，窑主出门不再带着李香橘了，他受不了哭哭啼啼，反正自有别的办法取代她；只有张力为还坐在他的副座上，戴着口罩，目光坚定，一副赳赳武夫的样子。我们都知道，再有个把月，窑主就要带上他，到省城去做整形手术了，而且这一慷慨善举具有广告效应，注定会把我们窑主的名字像节日礼花一样发射到我们头上的天空。最让人失望的是，老萨太不禁打了，如同一个秫秸扎成的巨人，稍稍那么一碰，就稀里哗啦了。这场一面倒的角斗跟打假球一样，几乎让我们愤怒，本来是看热闹不怕乱子大，反倒被这厮要弄了。

那天偏晌，窑主和张力为从县城回来了。除了给食堂买的菜，还带回来一大捆口罩。窑主笑嘻嘻地说，这回好了，南边发生了怪病名叫非典，打个喷嚏就能熏死人，比井下的瓦斯还厉害呢。自上而下都要求戴口罩，和尚秃子齐步走，这回张力为再也不用演单出头了。这个消息我们也从袖珍收音机里听到了。我们都很年轻，对未来还有很多憧憬，因此也都很惜命。那一阵都骂南边那些大嘴巴，四条腿的不吃板凳，两条腿的不吃死人，余下的通吃，结果吃出毛病来，让别处的人也跟着吃挂捞。知道形势日紧一日，便领了口罩戴上，看着一个个诡诡秘秘的，俨然就是特务连了。即便攒堆，彼此也保持着恭谨的距离，谁放多响的屁都无妨，倘若打个喷嚏，人群立刻分崩离析，好像遭了恐怖分子的炸弹，远远地躲着，唯恐跑得不快。

偏偏小玉子发烧了。我们都很忌讳，就让窑主送到县医院去。张力为死不同意，他说，小玉子就是个小感冒，当成非典疑似病人送到县里，又隔离又监护的，事情就麻烦了。我留下伺候他，要隔离，连我一起隔离吧。就守在小玉子身边，端水喂药，用白酒搓身子，还在他脖子上扯痧，扯得火鸡一般紫红的一片。过了三天五日，小玉子果然就好了，欢蹦乱跳的，又掂着鹤嘴镐去钻狗洞了。有人就问，跟张力为住一屋，晚上害怕不。小玉子说，感情处到了，丑也是美的；感情处不到，美也是丑的。你们光看皮不看瓤，懂个狗屁！

那一阵我们也都老老实实蛰伏着，轻易不敢下山，很多传言都是拉煤的人带来的。我们听说桓山县城除了医院，别处全都放假了，连小姐都断了财路，只靠吃方便面苟活着。大家于隐隐的快意中还带着些许遗憾，都说，这一回瓜皮真的搭到了李树上，谁能想到，南边老饕的嘴，竟然连着北边小姐的×呢！

有两个人头晕恶心。试试并不发烧，便断定跟非典并无关系，是井下缺氧所致。窑主让加大送风，果然就好了。为了保险，窑主就让张力为领人在路边设卡子，凡是到矿上来的车辆，车上的人必须先测体温再放入。我们窑主俯瞰着山下，颇为自豪地说，就算满世界都闹非典，也闹不到咱的山头来。咱这儿多像水泊梁山哪，实在不行，我就用铲车把路挖断，说不定瘟大发了，咱就是最后的革命火种呢！

我们就这样偏安于尘世的一隅，甚至有一种隔岸观火的窃喜。那天有人回来说，我们的眼睛总盯着山下的县城，殊不知山那边的风景更好，达子香都开了。还有一个鹿场，公鹿母鹿正在发情期，交配起来不止是有看头，而且特惨烈，很能开眼界的。我们潜伏的激情又被煽动起来，吃过晚饭，歇班的人一声呼哨，成群结队就去了。也叫了小玉子，可小玉子想多挣点钱，把感冒发烧的损失补回来，非要再抢一个夜班再说。月色皎好，澹澹地在我们脚下流淌，树影斑驳，很能撩人心思。我们就胡乱吼歌，把夜栖的鸟都惊动了。到了鹿场，鹿们都睡下了，谦谦君子的样子，根本就没有我们期待的场景。有人就隔着栅栏用棍子捅，希望它们能为我们加演一场。鹿群骚动起来，看鹿人手持猎枪走出屋子，朝天就是两枪，打了个飞火流星，吓得我们跟头把式，退潮一般往回跑。就在山顶上，我们看到了矿上冒出的橘黄色浓烟，滔滔滚滚的，已经蔚成老大一片。

第一个发现险情的是李香橘。当时她正在厨房淘米择菜，猛然抬头，看见坑口里冒出滚滚浓烟，手里的饭盆就掉到了地上。她赶忙去喊窑主，这时我们窑主已经发疯似的跑向了坑口，变成了一个跳蹿的黑影。她看到那个黑影麻利地关上风机，攀上了大铲车，又迅速开动起来，把一旁的煤渣烂土和矸石一股脑儿堵向坑口。这个坑口里还有三个人在上夜班，其中的一个就是小玉子。李香橘呻吟一声，便搂住一根小柞树，像春天阳光下的雪人那样一点一点瘫下去。

张力为的卡子不过一箭之遥，除了一根横在路上的木杆，还有一个木板搭成的简易小屋。因为人手不足，他经常上连班，这样一有空闲，就蜷在里面打盹，把睡眠问题化整为零解决了。他还是被大铲车的轰鸣声惊醒的，等他跑过去，坑口已经被封住，尚未散尽的浓烟还在树林上飘浮，一切都回归于先前的平静。窑主站在坑口旁边，身子瑟瑟抖着，牙齿咯咯碰响，看着他一个劲说，兄弟，完蛋了，该着我倒大霉了。

五

那几天，我们的小煤窑一片沉寂。口罩上面的眼睛无不流露着惶恐和悲痛，可谁都不知道该说什么，因为所有的话都是多余的。县城来了人，看来都是和我们窑主很铁的人，他们关在红房子里，和窑主蛐蛐再三，小玉子他们三个人的尸体就被拉走了，后来听说是拉到外县，以车祸的死因分头偷着炼的。没有家属前来吵闹，也没有记者盯上来采访，是非典的原因，还是另有猫腻，我们就不得而知了。每个死者都获得了六万元钱的赔偿，而且立马兑现。在贫困农村，这绝对是个吓人一跳的数字。窑主还发给我们每人一千元的“封口钱”，那意思就很明确了。发钱的时候他说，要奋斗就会有牺牲。留得青山在，不怕没柴烧。人死了不能复活，保住大家的饭碗才是要紧的。我们想想，每句话都很对，何况前一句话还是毛主席说过的。

我们不知道该不该拿这份钱，就都看着张力为。

张力为接过钱，说了声谢谢，竟然还点了点，直到确定无疑，才揣进自己的口袋里。

张力为说，窑主啊，有一句话你说得不对，那天进城，我问过庞大夫了。

我们窑主说，哪句话，还值得特意去问？

张力为说，那叫是可忍孰不可忍，而不是婶可忍叔不可忍。

这话很游离，我们愣了，窑主也愣了。他歪着头看他，就像不认得似的，过了一会儿才笑笑说，荤说素说，意思也都是一样的，你掰扯这个干啥。

张力为说，那怎么能一样呢？那是大不一样的，这就是说，不但叔不能忍，婶也不能忍了。包括男的女的，老的少的，广大人民群众，全都不能忍了。

我们看不到张力为的表情，却听出了话里的直刺过来的锋芒。从这时开始，我们就感到他不正常了。

窑主嘿嘿笑，他的笑声从口罩里发出来，听着干巴巴的。

窑主说，兄弟，你是不是发烧了？

张力为说，我发烧？那怎么可能呢？我手里拿着温度计，量得胳肢窝直生趼子。要么是你的血太凉，跟我们的温度不一样。

窑主说，是不是叫黄皮子给迷住了？要不我找个跳大神的来给你破一破。

张力为说，窑主啊，要说你也是对的。如果不把送风机关了，不把坑口堵住，大火就有着起来的可能，说不定把整个山头都烧了，不但国家财产受损失，你也得倾家荡产。三条人命算什么？不就是十八万块钱嘛，还没送礼的多呢。要是他们不死不活爬出来，那你可就麻烦了，你得养他们一辈子。

张力为平时很少说话，即使和小玉子同住的那些日子，也没听说他们之间有过哪怕是一次推心置腹的长谈。他的话都很简洁，而且内容从不涉猎别的，只限于眼目前的日常生活用语。如此一说，我们竟然听不出反正来。

窑主嘿嘿着，脸色很难看。他说，狗日的找死呢，说不定就是他们在地下弄的火……

张力为说，我晚上睡不着，眼前总是小玉子的身影，他从着火的巷道里往外爬呀爬呀，刚刚爬到坑口，坑口就被你堵住了……

我们皆大惊悚，甚至是如梦方醒。那天我们赶到现场时，堵住的坑口已经被张力为扒开了，他生怕碰到里面的人，后来索性就扔了工具用手扒，把两手都弄得血糊糊的。我们没能看到事件的全过程，只看到他抱着小玉子软绵绵的尸体，像野兽那样干嗥着。小玉子的身上没有一点伤痕，完全是窒息而死，满脸烟灰被揩净了，竟然孩童一般稚嫩，眼睛半睁着，好像在用疑惑不解的目光看着大千世界。这时的李香橘才把一张迟到的脸贴上去，她边哭边说，小玉子呀，我对不起你。跟我好了一回，都没让你亲一下，现在，我太后悔了……

我们窑主慌了，他像哭一样笑着说，兄弟，兄弟，咱们的心情都是一样的。我也不想让他们死，可要是我堵得不及时，说不定他们连囫囵尸首都落不下！

众人纷乱起来，七嘴八舌嚓咕着，又分明觉得智慧不够，难以分辨如此复杂的是非。如果小玉子他们还活着，一切就好说了；正因为他们死了，谁能说明白地下到底是咋回事？世界是活人的世界，如果执意站在死人一边，把自己闹得不人不鬼，那就是有病了。我们就推开张力为，打着圆场说，张力为喝多了酒，有点儿狗咬吕洞宾了。

其实我们也都知道，事情到了这一步，不只是小煤窑的，也是桓山县的了；县里决不希望把这事张扬出去，那意味着什么后果，官员们都很清楚。张力为作为唯一的知情人，嘴往哪边歪，那是至关重要的，因此他既保险又危险，成了整个事件走向的关键所在。正好那天下雨，张力为的破房子漏得不行，窑主就让人把张力为的铺盖搬到了红房子里。

关好门，窑主拿出一张十万元的存折，递给张力为说，兄弟，这是给你做手术的钱。如果这把我进去了，你就自己去吧，要不然你没法正常生活。

张力为接过来，上面赫然写着他的名字。张力为转泪了，说，哥呀，你对我的种种好处，我都记着呢。礼重人难受，这么多钱，都能买两条人命了，何况我实在没法报答你。

我们窑主把存折塞到他贴身的衣兜里，又替他把衣兜的扣子扣上，这样一来，张力为也就没再坚持往外掏，不过他很清楚，密码只有窑主知道，必须他们两个在一起，这笔钱才有真实意义。他们都戴着口罩，而且眼睛里已经蒙上了一层雾状的东西，虽说近在咫尺，却又互相看不透，仿佛在黑暗的巷道里摸索，上演当代《三岔口》呢。

张力为还像以往那样恭敬地伺候着窑主，为他打水、铺被、削苹果，干一切他所能干的琐事，可是睡到半夜，在风雨交加霹雷闪电的氛围里，他忽然发起了癔症，扑棱坐起来，大睁着眼睛，指着房门高喊，小玉子，小玉子进来了，他就站在你头上，拿着鹤嘴镐要刨你呢！

窑主吓得不行，赶紧拉灯，却是一场虚惊。接下来就不是一夜两夜的问题了，随着张力为的一惊一乍，小玉子的影子无处不在，而且无论白天黑夜，弄得我们窑主躲不开避不开。有几次小玉子还借身还魂，通过张力为的手直指着他说，你就是凶手，你还我命来！窑主哪能受得了如此折磨，精神已经濒于崩溃，没有几天，人就瘦成个干干，眼睛直勾勾的，内容空洞，光芒内敛，跟谁都不敢对接。这情绪也传染了我们，夜里都不敢出去撒尿，只好把屋里放一个大铁桶，哗哗地向里浇着，满屋都是邪恶的尿臊味儿。

有一天深夜，我们窑主接到了一个电话，手机上显示的是桓山县城一个陌生号码。一个温和的男声很有礼貌地说，许老板，你啥时候来报到啊，我们一直在等着你呢，房间都给你留好了。我们窑主确实参加过各种会议，还得过琳琅的奖牌奖状，可非典时期，又开哪门子会呢？还想细问，对方已经挂了。他立刻通过查号台查询，查号台明确无误地告诉他说，是火葬场。当时窑主呵呵地笑起来，夜猫子一般极恐怖。而张力为不明就里，还在一旁接茬说，让你去你就去吧，别人想去还没那个资格呢。

那个神秘的红房子里到底发生了什么，我们不可能全部了解。跟负责送饭的李香橘打听，她满脸愁容说，谁知道呢，反正他们两个都不对劲儿，好几天没正经吃东西了，八成真要出事。说不定真是小玉子他们阴魂不散，缠住窑主索命呢。

那天早上起来，窑主对我们说，张力为得了大邪，白日见鬼，满嘴胡话，得进城治治，实在不行，就得送精神病院过电去了。叫上我们几个人，把张力为架到车上，那车一尥蹶子，就从撒满煤灰的山路上蹿下去，搅起漫天的烟尘。

张力为目光呆滞，一路上总对我们窑主说，哥呀，你别光惦记我，你的病也得治啊。

我们窑主哼哼笑，说我有什么病？我没病，我钢钢的。

张力为说，你的病比我重。你让大伙看看，你哪里还是个人，分明就是个骷髅嘛！

我们听了身上直打冷战。窑主抖起来，两手把不住方向盘，差点把车开到沟里去。

张力为又说，哥呀，你看风挡玻璃上有什么？红赤拉鲜的。

窑主两眼迷茫，说没什么呀，挺干净的。

张力为说，我咋看着有血呢，那血一缕一缕往下淌……

我们吓得要命，直喊停车。窑主的脸色惨白，狞笑着说，兄弟呀，别装神弄鬼吓唬我了。我懂了，你不过是想告诉我，那是小玉子他们的血。

窑主有好几次找不到档位，那车在路上直扭秧歌，分明已是真魂出窍了。进了县城，他没上医院，而是直奔歌舞厅去了。我们呆鹅般等在外头，后来听那里的老板说，歌舞厅因为非典而关张多日，残存的小姐赋闲已久，我们窑主拱进包房，直奔主题而去，粗暴得就像个入侵的敌寇。整个过程相当于一顿饭的工夫，窑主急得满头大汗，却总也进不了门槛，刚见起色，手机就响了，前后一共响了三次，而一接起来就没人说话，只有清晰的喘气声。窑主垂头丧气地出来了，他苦笑着对我们说，完了，干加油门挂不上挡，玩意儿稀了面软的，看来是小玉子他们把我给劁了！

我们窑主把张力为拉到一丛花树后面抽烟。我们离得不远，能听见他们喁喁地谈话。

张力为说，哥呀，没有不透风的墙，三条人命，早晚得暴露。

我们窑主说，兄弟，我是不是活不成了？

张力为说，啥叫是可忍孰不可忍，难道你还不明白？

窑主说，你又不能替我，你根本就不会开铲车。

张力为说，哥呀，我倒是想替你，可活人不让，死人也不让。剩下的钱足够你家嫂子和侄子花的了，你还有什么放不下的？

窑主停顿片刻，才说，妈巴子的，咋不让我得非典呢。

张力为说，整个县城还没有一例，想传染一时半晌都传染不上。

窑主说，听说现在不枪毙，而是打针，有一个专门行刑的车，让我给赶上了……

张力为说，到了这一步，与其让人家像牲口似的屠宰，还不如自己选个死法，像个壮烈的汉子，也算赎罪了，省得你被鬼魂缠身，余下的日子生不如死，还会殃及家里人。

随着一阵冗长的沉默，窑主哭了，张力为也哭了。我们全都探过头去向那侧张望。窑主盯着张力为看，那目光很是缥缈，好半天才对上焦距。看着看着，他忽然呵呵地怪笑起来。

窑主说，兄弟，现在我才明白，我要是把你杀了，是不是就天下太平了？

张力为也呵呵笑。他说，哥呀，那你就杀吧，反正你已经杀了三个，也不差我一个。我一个残缺不全的人，根本就没想多活。再说，穷人是不怕死的，穷人屌蛋精光，一蹬腿一闭眼了事。可你还是保不住自己，这个案子早晚要发的。要是害怕孤独，我陪你去。

我们窑主不再说话，或是无话可说了。他扔掉烟蒂，拉着张力为的手，如同很亲昵的伙伴，径直向三菱吉普走去。张力为就坐在窑主身边的副座上，他从容地微笑着，还把车上的CD揿响。吉普车发疯一般向前冲去。我们都知道要出大事了，赶忙求了一辆微型面包跟上去，却被吉普车落下好远。

不知他们在车里说了些什么，窑主的车竟然停下了，我们看到张力为走下车来，两手撑在车后用力推起来。吉普车一向状态良好，电瓶也绝无毛病，因此突然熄火就没有道理了。我们窑主是聪明的，这不用怀疑，因此我们断定，张力为这个电瓷葫芦，在最后一刻又让窑主给玩儿了。我们赶到时，只听轻轻一响，那车又着了，窑主从车门探出头来，回眸向他一笑。然后那车就像一只愤怒的犀牛，直朝桥边的隔离墩顶过去，随着一声轰响，汽车翻过公路，一头栽进河边的浅水里。

我们窑主当时没死，被我们救起来，送到县医院时还有呼吸和心跳。经过大夫们紧急抢救，他浑身插满管子，始终处在平稳的昏冥之中。闻讯后县里很多位高权重的人物都来探看，不过呈现在病床上的完全是一个变了形的怪模怪样的躯体，即便是最熟识的人都不敢确认了。第二天我们再来时，一些警察已经封锁了现场，原来昨天夜里不知是谁把窑主的氧气和静点给拔掉了。窑主静静地躺在那儿，已然死得很透彻，回想起我们以往相处的日子，未免爱恨交加，鼻子酸溜溜的。

值班的庞大夫说，很有可能是他自己拔的。既然他知道自己活下来很痛苦，为什么不选择死亡呢？我们的救治，有可能是违背他个人意志的。

负责调查的警官狐疑地问，你认为到底是自杀还是车祸？

庞大夫说，还有必要弄清楚吗？反正都是一样的。

警官说，难道就没有他杀的可能？我是说，有人悄悄把管子拔了下来……

庞大夫说，你认为希望他死的人还少吗，包括那些得到过他好处的人。

警官说，你始终坐在隔壁的接诊室里，难道你就没发现什么可疑的人吗?

庞大夫笑了，他说，你看，来医院的人缕缕行行的，全都戴着口罩，怎么可能认出来谁可疑谁不可疑？别说你是警官学校毕业的，就是克格勃，量他也没这个锐眼。

警官不再抠了，而且他也明白，再抠下去不但没有意义，而且很愚蠢。

根据家属的要求，要“走马入殓”，不再停灵祭奠，这也许是碍于非典的特殊时期，亲朋之间人人自危地隔绝着，交通也很麻烦。火化的时候，去了不少人，除了李香橘，我们基本连窝端了。看着我们窑主化成了一股青烟，在桓山上空流连片刻，随即被风吹散，也就知道，这个曾经左右着我们命运的人，再也不复存在，我们的饭碗真的砸了。张力为哭得很伤心，他跪在地上，耐心地焚烧着自己买的冥纸说，哥呀，你西天大路好走，下辈子做个……还没说完，抬头看见了窑主的老婆，便刹住了话，凑过去叫了一声嫂子，随即把那张存折交还给她了。窑主老婆大约是旧怨未消，或者是恨屋及乌，问都没问一声，扫了存折一眼，就揣了起来，然后再不理他了。我们第一次见到窑主的老婆，果然没错，她真是丑得厉害，没有足够的勇气，是不敢正眼看的。

送葬的人四散而去。庞大夫本来走到了汽车跟前，又折回来，走到张力为的身边，拍拍他肩膀说，我跟我同学打好了招呼，他随时恭候你前去，费用可以优惠。

张力为说，这辈子恐怕攒不够那么多钱了，下辈子再说吧。

庞大夫朝他笑笑，还意味深多地眨眨眼睛，就走了。

后来我们才得知，这事儿只压在桓山县境内，根本就没立案，也没让外人知道。县里快刀斩乱麻，随着几声爆炸，小煤窑被彻底崩塌了，那台窑主开过的大铲车蛮横地走了几个来回，我们的工棚就被夷为平地。一切仿佛从来就没发生过。我们扛着铺盖卷伫立回望，那一刻眼里充满泪水。

张力为在我们之前就走了，听说他又回到了那条穷山沟里。不过这一回不一样了，是李香橘跟他去的，而且怎么撵都不走。这大大出于我们的预料，既而也一致认同，他们是很般配的——一个敢于面对猛兽的人，如果不是傻瓜，那就和英雄很接近了。张力为无疑属于后者，所以无论如何，是很值得我们钦佩的。

弥天大谎

一

阴雨中的黄昏是灰蒙蒙的，一切都像挡在毛玻璃后面。老胡牵着得加里，从这个谜一样的背景里渐渐凸显出来，随着逃难的人群往小学校疯跑。这是整个故事的开始。

老胡是我们的高中同学胡达飞，在学校时我们就这么叫他，他也是我们班上唯一还沉在乡下土里刨食的人。得加里是一只有着非凡经历的平凡奶羊，如果有人对这个名字不能理解，老胡就要解释说，是雨果老先生给起的。《巴黎圣母院》你看过吗？实际上，爱丝梅拉达和她的羊都还活着，就在咱小杨村里。当然，在尘土飞扬的农村谈这些，实在太奢侈，可我们的老胡就是这种人，要不然就没有这个故事了。

后来老胡总是说，是得加里救了他，这也并不牵强。当时老胡还在凉炕上死睡，没听到村长老盛在大喇叭的呼喊，还是得加里从窗子跳进屋里，把老胡叫醒的，这时大水已经舔到了屋后的障子。别人都挈妇将雏，携带细软，唯独老胡没有妇雏，也没有细软，这样逃起来也就容易多了。重要的细节发生在一个小小的疏忽上——得加里颈上的绳子系得太松，跑着跑着，老胡觉出了不对，回头一看，得加里不见了。

对于老胡来说，得加里就是他的全部和唯一，他是不能轻易舍弃的。我们的老胡在学校里品学兼优，可到了社会上就玩儿不转了，毕业后的十多年里，先后养过柞蚕、肉鹅、蝎子、貉子……每一次都轰轰烈烈，每一次又都大败亏输，结果越陷越深，成了真正的赤贫。特别是他还总想竞选村长，这就不自量力了。村长老盛视他为政敌，不放过任何打压的机会，他就活得很憋屈。每次同学聚会，他都想跟我们一吐为快，可每次总是那一套，我们又很厌烦，觉得他简直就是男人版的祥林嫂。得加里出现在老胡的生活里，就是缘于那天的聚会，我们十多个男同学坐在辛成的家里，一边打麻将，一边等着喝羊汤。那时还不叫得加里的奶羊就缚在一块案板上等待宰剥，大家推举的操刀者，就是从乡下赶来的老胡。

辛成已经是县城里重量级人物，住着独门独院，庭院很大，说得上是花园别墅。我们透过明亮的大玻璃窗，看到老胡晃荡着瘦高个子走进来，走到纵深地带，看到了那只觳觫的奶羊，就停住不走了。实际上对奶羊心怀恻隐的不止他一个，可奶羊的孩子已经被做了清蒸羔羊，早就变粪了，母亲活着，还有意义么？

老胡说，这羊看着我哭呢。

老胡说，它还在往外滋奶呢。

老胡又说，孕妇或者哺乳期的母亲，即使犯了死罪，还得缓期执行哩，看我的面子，饶了它吧，咱们下馆子去。

我们围拢过去，都骂他发神经。

辛成说，老胡，你娶不起媳妇，也不至于弄羊吧？那可是要判刑的。

老胡说，我们村长的老婆胃弱，喝不得牛奶，正张罗换口味哩。

辛成就很惊讶，说你这种死犟筋，也学会打溜须了？

老胡说，我溜他个鸟，我恨村长一帖老膏药。我是暗恋他妹，想来他个羊为媒呢。

我们也不知道是真是假，不过老胡已经三十大几了，还是个单公子，这倒是很痛烈的事实。这么一说，我们都很支持。老盛起初并不想接受他的羊奶特供，后来转念又想，这样也好，这样老胡就彻底沦为他的长工，或者说是变相老妈子了。老盛说是嫌他手脏，实际是怕他下毒，就让妹妹盛兰花亲自挤羊奶。老胡看到漂漂亮亮的盛兰花牵着奶羊从村子里走过，一时惊艳不已，就把奶羊叫得加里了。

此时老胡急于找回得加里，就转身往回跑，一不小心，却跟后面的老盛撞了个满怀。老胡和老盛的别扭已经年深日久，可表面上还得过得去，就没话找话说，村长，你……也逃命啊？

老盛定住脚步，站在泥泞里喘息。因为身份的关系，他不好跑得太张皇，便压住脚步疾行，明松暗紧，看着挺像田径场上那种扭捏滑稽的竞走。听了这话就很生气，匡正说，这怎么是逃命呢？这明明是战略转移嘛，说成是撤退，也比说成逃命强啊。

老胡就嘿嘿笑，说怪不得能当村长，能花说也能柳说，不一样就是不一样啊。

老胡的话里带着芒刺，老盛是听得出来的。不过老盛没时间跟他斗嘴，就抛下老胡，继续他的战略转移或者说是撤退了。可刚走了两步，就觉得事情不对头了，原来老胡竟是逆向行进的。

老盛喊住他说，胡达飞，你往哪儿去？

老胡说，我去找得加里。

老盛蒙了，连问，谁谁谁？

老胡说，就是我的奶羊啊。我的奶羊跑丢了。

老盛说，人重要还是羊重要？这个时候找什么，都等于找死呢！

老胡说，那不行，我舍不下得加里。

老盛说，你这人咋分不出仨多俩少来？你死了不打紧，村里还减少了一个贫困人口，可我咋向上头交代？

老胡的确是贫困人口，可他又最怕别人说他贫困。而且老盛说他死了不打紧，这也是他没法接受的。就说，你这人咋没人味儿？你老婆吃羊奶，奶羊就等于你老岳母。难道你只顾自己逃命，连老岳母都扔下不管了？

老盛说，难道你想煞下来不走，趁火打劫？让南公安知道，就地正法了你！

老盛的话如此尖损，就把老胡积蓄多年的底火扇旺了。老胡便口不择言说，怪不得发大水，都是你这种操蛋的家伙把老天惹恼了。这就叫做天谴，你懂不？淹了才好呢，一把稀泥全都抹平，省得第二次土改了！

老盛既没时间也没耐心，倥偬之际，看着倒运背时仍然使拗的老胡，就冷笑起来说，真是越穷越拧，越拧越穷，连好赖话你都听不懂了。反正该说的我都说了，是死是活，跟我没关系！

老盛说罢，抽身而去。老胡失去了反击的目标，心里还不平衡，就目送他的背影追骂，老盛，我日你个……话说到这，忽然看见了盛兰花走过来，用一双秀眼剜了他一下，就赶忙刹住，露出一个模糊的微笑，把后面的话咽了回去。

就是这样，我们的老胡为了一只奶羊，居然冒着生命危险，一路找到村外的大堤上。这道大堤还是一九五八年大跃进修的，意在拱卫地势稍低的大城市。其实我们县是有名的干旱区，干死鸭子渴死牛，大堤一直晾在那里，堤上的土都是干的。今年老天爷一高兴，要把拖欠多年的雨债补回来，雨多为淫，被大堤憋住，就把这一带给泡汤了。其实沧桑岁月大大改变了地理环境，附近的小煤窑星罗棋布，到处都是废弃的巷道和高耸的矸石山，水的流向早就不对了。市里并不了解这些，下了死令，要丢卒保车，这样一来，除了逃命，也实在没有别的办法了。

大堤被洪水冲得摇摇晃晃，却又韧性十足地拦在那儿，把铅色的水面分割成高低错落的两部分。昏暗的暝色里，只见一个灰白的影子在前面蠕动着，像羊又分明不是羊，老胡走到跟前一看，不由得吃了一惊，这人可不是普通的车三王二，竟然是身穿灰白衬衣的姜黎民副县长。

姜黎民不是土著，而是从两江县调过来的，人送外号小禹，可见对治水很有一套。到了我们县，却只能抓抗旱，打机井搞喷灌，就有些不对卯榫了。偏巧下来蹲点，被这场大水隔住，摇身一变，就成了这一片的抗洪前线总指挥。当时我们县已经四门告急，县领导各管一片，姜黎民已经请求上头派舟船火速前来营救，问题是附近的水面太少，舟船要从外地临时调集，根本就火速不了。此时此地见面，老胡难免有些慌乱；可姜黎民并不慌乱，他仿佛正在等待一个人，而老胡就是他所等待的人。老胡还在愣怔，他就伸出手去，和他牢牢地握在了一起。

姜黎民说，既然是辛成的同学，那还有啥好说的？自己人嘛。

就这一句话，足见姜黎民和辛成的关系有多铁。辛成和老胡原是同桌，因为眼睛斜视，常能瞥见老胡的卷子，让他占了不少便宜。老胡家穷，不能考大学；辛成家富，却又考不上。后来的事实证明，辛成比老胡厉害多了，半官半商，云里雾里，活得十分滋润，和老胡形成了鲜明的对照，在我们看来，这样的能人要是不和领导结交，或者领导不结交这样的能人，那就不正常了。

姜黎民抢先问，胡老弟，你干啥去？

老胡说，我的得加里跑丢了，我找我的得加里呢。

老胡说得加里的时候非常得意，甩的又是洋腔，好像回到了英语课堂上，这就和生存环境很不和谐了。老胡身在农村，却一直是个异己，怎么也难以融入，弄来弄去，成了一个四不像的农民，有了一大堆悲情故事，也常被学校当成高分低能的例证。姜黎民听不懂，蹙起眉毛看他，还以为他在找孩子。可他看到了老胡手上的绳子，就知道不过是一头小牲畜而已。他心情急切，干脆跳过了这个问题，伸出手臂，划出一个很大的半径，说胡老弟，这一片是多少土地，多少人口，你知道吗？

老胡哪知道这个，就蒙昧地笑着摇头，或是摇头蒙昧地笑着。

姜黎民说，上头并不知道下头的事情，还在翻老皇历。现在仓促转移人口，风险实在太大，弄不好就要死人了。我懂得地形水势，其实卒也不必丢，车也没不了。不远就有小煤窑的炸药库，只要把大堤炸开一个豁口，就万事大吉了。

老胡吓了一跳，还以为听错了。人们对身边这道大堤一向敬畏有加，从来不敢打它的主意，连一锹土都不敢擅动，现在竟然有人要给炸开，那可是胆大包天的事情，不挨枪毙，也得把牢底坐穿了。老胡就想逃走，说姜县长你忙你的，我还得找我的奶羊哩。可姜黎民不让他逃走，他的目光就像两条无形的绳索，把他死死缠住。

姜黎民切近地看着他说，你看我敢不敢？

老胡说，你一个副县长扯这个，值吗？

姜黎民说，那么你敢吗？

老胡说，你都不敢，我一个农民扯啥。

姜黎民深深地笑了。就说，我琢磨了好半天，哪头大哪头小，都想得很清楚了。为了老百姓，我豁出去了。既然你不相信，那么你走你的，就是想告发，也得等我把事情做完。

我们的老胡顿时身上发冷，不由自主地哆嗦起来。那一刻他明白了，得加里把他引进了一个惊天事件，这个事件只能有同谋，不能有见证人；现在就是他一走了之，日后也说不清了。

老胡说，姜县长，你再好好想想，可别一时犯糊涂啊。

姜黎民说，我没糊涂，我清醒得很呢。今天被你撞见，正是咱俩的缘分。兄弟呀，假如我真有了那一天，麻烦你常去看看我老爹，他八十六岁了，还一身的病，就我这一个儿子……

说到这，姜黎民的眼里突然涌出泪水，那泪水闪烁片刻，有一滴终于夺眶而出，颤颤地挂在腮上，效果就很震撼了。我们的老胡哪能受得了这个，正如《国际歌》里唱的，满腔的热血已经沸腾，要为真理而斗争。他用双手抓住他的一只手，十分感佩地说，姜县长，为了老百姓，你这么大的领导都能豁出去，我一个穷光棍，有啥豁不出去的？这种粗活不用你，小煤窑我也干过，只要你发句话就行，反正天知地知，你知我知。

姜黎民宽慰地笑了。就叮住他的话问，你能保密？

老胡说，你还信不过我？咱俩击掌吧。

姜黎民说，你有什么要求，就尽管跟我提吧。

老胡想了一下，便说，我想当村长！

应该说，老胡这个要求是很可笑的，姜黎民本不该笑，还是憋不住，就笑了一下。他说，兄弟呀，这个我说了不算。你再提一个别的吧。

老胡还能提出什么来呢？何况这也不是提要求的时候。觉得不提也不好，不提就显得不够真诚了。就拿眼目前的事搪塞说，我是出来找奶羊的，如果我的得加里找不到，你想法赔我就行。

姜黎民没说话，他激动得两眼放光，和老胡紧紧拥抱了一下，然后擎出手来，和他猛猛地击了一掌。

这天晚上，小杨村的人们麇集在小学校的教室里，提心吊胆，就像装在大笼子里生死未卜的鸡。半夜时分，猛然听得一声大响，连地都跟着颤了。当时姜黎民就坐在村民中间做着安抚工作，听了便振奋地说，雷打隔日晴，看来，洪水就快退了。而盛兰花出来小解，刚走到操场边缘，猛然见远处强光一闪，竟然吓了一跳，还以为是雷把大堤劈开了。

二

洪水迅速回落，危情终于解除，小杨村又恢复了往常的平静。大堤的豁口被洪水一再冲刷一再扩大，已然看不出任何痕迹。姜黎民负责灾后重建，第一件事就是带领民工修补大堤，水里泥里，干得一个欢实。得加里也奇迹一般被找到，它苟安在邻居的一个草垛里，吃了便睡，睡了再吃，因为多日没人挤奶，那奶囊涨得厉害，被主人乐颠颠地牵回来，竟然滴了一路奶白。

如果真像姜黎民所说，一切都很顺利，事情的走向就完全不一样了。偏偏老盛自我感觉太好，认为小杨村吉人天相，关键时刻化险为夷，没出什么大事，这和他的英明领导不无关系。就动用了很大的财力物力，杀猪宰羊，召开了一个抗洪庆功大会，会上给有功人员包括他自己发了红包，还有盖着红戳的奖状瓢子。盛大的酒宴就设在小学校的操场上，几乎把全村的成人都叫来了，摆出各家的桌子，来了一个拼圈接龙，吃出了很野蛮很豪放的绿林气氛，还招来一些柴狗等在一旁嘣骨头。

可是我们的老胡并不知道这些，锅里正馏着包米面发糕，咸菜疙瘩不用切，直接下口咬就行了。他正在等盛兰花过来捋羊奶，那是个美艳而灵动的画面，常常引发他的联想，从形而上到形而下，他想得云里雾里，巴不得也能变成一只羊。而在我们看来，老胡简直就是搭错神经，盛兰花比他小着七八岁，又是村长的亲妹子，哪能嫁给老胡这种一文不名的穷男人？何况老胡屡遭败绩，声誉一再跌落，成了全村嘲弄的对象。老盛已经委托辛成，在县城为妹妹物色人选了。老盛之所以放心放手，是觉得两个人完全绝缘，不会产生任何摩擦生电的现象。不过他忽略了重要的一点，那就是盛兰花过于娇憨，清澈的大眼睛半梦半醒的，很仰慕这个县一中的高才生。知道奶羊得加里的名字原来是因她而起的，心里就有了毛茸茸的滋味。等到老胡断断续续分章按节地把那本四五十万字的巨著一一讲完，她对他已经很崇拜了。

我们的老胡看着盛兰花的纤纤素手，心里就涌起了柔情蜜意，即景生情说，兰花，我给你破个闷儿——开口叫妈，跪着吃咂。不是谁妈，都吃它咂。

盛兰花莞尔一笑，说奶羊嘛，我又不傻。

老胡说，我也想变成一只奶羊。

盛兰花说，你要是羊，也得是一只瘦羖子，只认死理，不得好草吃。

老胡说，我只想挨到你的手……

盛兰花的脸透彻地红了。她端起奶钵，走了几步才说，你可真是个傻子。你还这在跟我扯闲篇哩，全村的人都在吃喝，就差着你一个人，你咋就不觉味儿？

老胡定在那里，好半天不能动弹。老胡的人缘不好，那是因为老盛的人缘太好了，人们对待老胡的态度，就成了站队表态。平时就很少有人跟老胡说话，老胡只得常常把话说给得加里听。此时此刻，便折下腰来，对着峻峭（不是俊俏）的羊脸说，得加里啊，常言说，宁落一村，不落一人，还有这么欺负人的么？狗日的老盛，就差骑在我脖颈上拉屎了！得加里是听不懂的，只是用善良柔弱的眼睛看着，看着这位孤独而痛苦的人，态度暧昧地叫了几声。

我们的老胡就掂着一瓶老白干，出现在了盛宴的现场，这就很不适宜，而且大有寻衅的意味了。老盛和南公安一桌，都喝到了面红耳赤的程度，看到老胡，吃惊之余还虚意地让着，说一块来嘛，多一个人多一双筷子，何况你家里太穷，铁锅都生了红锈。老胡也不答话，真就在他们中间坐下，手攥着瓶子，咕咚咕咚往下猛灌，却连那菜碰都不碰一下。

老盛看出他是负气而来，就说，胡达飞，你别驴脸呱嗒的。这可不是人民公社大食堂，人人有份；这是犒劳抗洪有功人员的。你自己咋回事，心里肯定明白。

老胡说，我咋回事，当然知道。可洪水是你们抗跑的吗？你们还美滋滋地穷吃涨喝，提着猪头上厕所，磕错庙门了吧！

老盛笑了，笑得很鄙夷。他说，洪水不是我们抗跑的，难道是你抗跑的？哪一锹哪一镐是你的功劳，说出来我们听听嘛。

老胡是不能说的，这是一个必须死守的秘密；可他不说又实在太憋屈，就乘着醉意，用了暗示和渗透的办法自卫反击说，谁干了啥没干啥，老天爷都知道。谁敢说我没功劳？我不但有功劳，我的功劳还大着呢，胜过你当村长的一百倍一千倍。

话说到这，就到了关节处。老盛掂起一只铁盆，用一根啃过的猪骨棒敲了敲，场上顿时静下来。老盛郑重了神色宣布说，大家都听好了，胡达飞说他是抗洪的功臣，还说他的功劳比我大一百倍。他的功劳在哪里？让他自己说说好不好？

大家借着酒力，就匪气十足地鼓掌叫好，就像粉丝团欢迎歌星出场一样。

我们的老胡站了起来，人们也很配合地静场了。可他的嘴嘎巴了几下，却没发出声来。嗫嚅再三，才说，功劳再大，我也不能说，我甘做无名英雄。

这一下场上的人全都笑翻了，那笑声汇成浩瀚的一片，把老胡笑得极为渺小，几乎就无地自容了。

老胡又挣扎说，我说的是真的。这么大的事，我能撒谎么？要有半句假话，天打五雷轰！

众人又笑。有人就起哄地喊着，胡达飞喝高了，要醉鬼呢！他能有什么功劳？总不能说洪水是他坐在家里用气功平掉的吧？

老盛还不罢休，依然穷追猛打，说抗洪期间，你都干啥来着？你不但消极抗洪，还盼着洪水把咱村淹了。这不但是牢骚怪话，都算得上反动言论了。没在会上批评你处罚你，追究你的反人类罪，那是给你留面子！

我们可怜的老胡已经被逼到了墙角。这就是说，抗洪期间他不但寸功未建，还成了反面典型和漏网罪犯，无论如何，这也是很难接受的。他不能正面反驳，就咕咚咕咚喝酒，那酒洒洒沥沥，瓶子很快就空了。

老盛又说，吹牛撒谎，也没见过这么不要脸的。你咋不说三大战役是你打下来的呢？真有那个能耐，随手把台湾解放了，也省得中国美国都闹心！干脆，你别叫胡达飞了，你叫胡大吹吧！

老盛利用了谐音，顺势借力，使了一个漂亮的撒手锏，就把我们的老胡彻底打趴下了。众人又哄然大笑起来，有人还跟着嗷嗷地欢呼起哄，“胡大吹”的呼号一波一波地起落，涟漪般扩散开来。现场的气氛被推到了极致，一时极为火暴。

此时的老胡已经迅速而深重地醉了，他的脸呈现出一种危险的酡红，酡红里还透着冷酷的青紫色，乜斜着老盛，一字一顿地说，老盛，我操你妈！

那一刻老盛还以为是听错了，等到明白过来，就举起他那横扫一切的大巴掌，狠狠掴了他一下。人们发出一阵巨大的哗哗声，就像秋天的劲风刮过树林一样。老胡深深地笑了，抡起手里的瓶子，就朝老盛的脑袋狠狠砸了下去。我们的老胡已经喝得手软，速度力度明显不够，被老盛一偏头躲过，那瓶子落到了他的肩上，又铿然坠地，碎成了一地晶莹。

老胡没能回家，他被铐在了小学操场的篮球架子上，那是用轻轨焊成的。南公安怕引起法律纷争，就解释说，这不叫当街示众，这就是醒酒，而且绝对行之有效。乡下的文化生活一向单调，人们没有别的乐子可看，就缕缕行行来看老胡。老胡的表演还真是大有看头，一会儿哭，一会儿笑，先是喷吐着朦胧诗般的断句，接着又喷吐出一大摊刚刚吃喝下去的乱七八糟。几只散荡的狗在他身边逡巡，凑过来吃了二馍，也都醉了，走出很卡通很招笑的模特步来。老胡撑不住，就打起了瞌睡。孩子们是不能让他睡的，那样就没有意思了，就用草棍抚弄他的脚心，还往他的脖子上放蚂蚁。老胡刺痒难禁，发出了骇人的大吼，就像被链住的猛兽一样。孩子们被吓住，就脱离了接触，躲在远处一齐高喊，胡大吹，吹牛×，吹倒了泰山来脱坯，吹得蚂蛉（蜻蜓的俗称）变飞机，吹折了秫秸当云梯……那真是纯净的天籁童音，在小杨村上空久久飘旋。

当然，我们的副县长姜黎民并不知道这些，此时此刻，他正坐在办公室的日光灯下，和秘书探讨发言稿呢。省里也要召开抗洪表彰大会，我们县是先进县，姜黎民是先进个人，这些都是没有异议的。姜黎民再三指出，不能过于突出个人，要多体现集体的作用。平时对大堤的维护，事后对大堤的抢修，这些都是大有文章可做的。写这种材料显然是很费烟的，秘书就飘移了眼神，故意磨蹭着不走。姜黎民看得明白，打开橱柜，扔给他一条软中华。秘书把烟拿在手上才说，集体的作用再大，也得靠领导的英明决策。

太阳落山之后，蚊子联翩而至，因为一只手被铐着，防卫上有死角，我们的老胡就惨了。南公安本来也不想这样，可他也喝多了欢庆胜利的喜酒，和老盛并排躺在村部的大炕上，脸上落满苍蝇，仍在肆无忌惮地打着呼噜，早把这档子事忘到脖子后头去了。盛兰花从老胡家走过，见奶羊得加里咩咩地叫得凄惨，忽然就哭了。就偷着取了南公安的手铐钥匙，把老胡放下来。

应该说，老胡的形象不错，清苦的生活反倒玉成了他，我们同学诸如辛成等人都开始减肥了，可他还很消瘦；人一消瘦，就离标致差不远了。此时他的头膨大了一圈，眼睛都被蚊子叮肿了，缝缝着，嘴唇非洲人一般肥厚，整个人就像一不小心坐到了气泵上，一下子就给灌饱了。他抚摩着腕子上的手铐印，对盛兰花呵呵地笑着说，告诉你哥，我跟他狗日的没完！

盛兰花说，是我哥不对，可谁让你吹牛来着。

老胡说，我没吹牛，我说的都是实话。

盛兰花说，既然你说你功劳大，不便说给别人，就说给我听听。

老胡说，这绝对不能，我发过誓的。

盛兰花也被蒙在鼓里，很想勘破秘密，突然红了脸说，我真心疼你。你要是跟我说实话，我让你亲一下。

可想而知，那一刻我们的老胡是多么感动啊，这正是他梦寐以求的事。可他很清楚这件事情有多么重大，而且他不想用麻木肿胀的嘴唇去碰心爱的女人。就说，我做梦都想亲你，可这事我是永远不能说的。

这让盛兰花既费解又失望，就暗淡了秀眼，起身说道，你要是不说清楚，那就是说不清楚；说不清楚，那就是吹牛，恐怕胡大吹的外号，从今往后再也抖落不掉了。

就是这样，我们的老胡一步一步走进了逻辑悖反的泥潭里，再想拔出身子，已经很难了。夏日的轻风从他家的破房子穿熏而过，仿佛还带着盛兰花的体香。他在肮脏的窗玻璃上照见了自己的脸，那张脸变得十分狞厉，竟然认不得了。他忽然抱住得加里的脖子，几近无声地号啕起来。

第二天一早，老胡坐上班车，到县政府来了。老胡穿着邋遢，脸还肿着，形象十分的不堪，一副苦大仇深的样子，立刻被保安当成上访者拦住。

老胡说，我不是上访，我是找姜黎民副县长有事。

保安说，有事可以在村里乡里逐级解决嘛。

老胡说，村里乡里要是能解决，我还干吗非要上县里来。

保安说，闹了一溜十三遭，大嫂是个母的，还不是越级上访嘛。就把老胡诱到一间小屋子里，倒了一杯茶水让他慢慢滋着，电话就打到乡上去了。对待越级上访，各级都有死杠，发现一个，不但罚款若干，评模奖励提拔等好事也就一概没有了。一听这个，乡里就派人火速赶过来。老胡左等右等，没等到姜黎民，等来的却是南公安，还没说话，就被几个人抓猪一般塞进车里。老胡还是第一次坐铁壳吉普哩，在一阵甜蜜的眩晕里，只觉得一排排楼房迅疾地向后掠去。不经意的一瞥中，他看到了姜黎民，他正坐在小轿车里，笑吟吟地和司机说着什么。老胡大喊救命，虽说两辆汽车的窗子都敞着，可汽车在一瞬间交错而过，姜黎民不可能听到。老胡还想再喊，南公安就用了一个锁喉的招式，等他透过气来，汽车已经开到城郊了。

南公安这次没铐老胡，而是把他直接拉到乡上的小饭店里，叫了四个毛菜，一壶小酒，把门一关，就弄出了推心置腹的氛围。南公安一口一个胡老弟，说点背不能怨社会，命苦不能怨政府。就因为一顿饭，差点闹出人命来，至于吗。再说，吹牛撒谎那也是艺术，你也是有文化修养的人，整的那些都不靠谱，让人笑掉大牙，叫你胡大吹难道冤枉吗？一点儿都不冤枉。

老胡说，南公安，请你相信我，我说的都是实话，有半句谎我是狗娘养的。

南公安说，你发誓诅咒都没用，把事实真相说出来嘛。

老胡说，要是能说，我还能不说么？这是高度机密，死也不能说。

南公安笑呛了，犬吠一般咳嗽起来，把手探进喉咙深处，拽出一根细长的绿豆芽来，才说，既然你做的是好事不是坏事，有啥不能说的？你神经有问题了吧？

老胡说，我神经没问题，要是不信，你问问姜县长吧。

南公安没有姜黎民的手机号，因为职位上相差太大，他想够也够不上，还是拐弯问了辛成才找到的。谦卑了几句，就把话题转到了老胡身上。姜黎民那边也在吃饭，还没等南公安说完，就恼了，说这个胡达飞，是不是睡毛愣啦？我又不是他肚子里的蛔虫，他干了什么没干什么，我咋能知道？你叫他好自为之，老实眯着吧！南公安收了电话，脸上的笑就很揶揄了，说你都听到了，姜县长发火了。你要是再这么胡闹下去，不上劳改队背砖，就得上疯人院过电，成破利害，你掂量吧。老胡叹息一声，就不再说话，只是闷头吃菜，眨眼之间，就把几只盘子扫荡得精光。

三

老胡很痛苦，没法向别人倾吐，想来想去，还得去找姜黎民，就把得加里牵到了老盛家。老盛住的是二层小楼，都用马赛克贴面，看着金碧辉煌的，据说里面的装修也很地道，只是老胡从来都没进去过。美中不足的是，取暖做饭问题没办法解决，小楼里不得不伸出一根烟囱来，常常冒出一骨朵一骨朵的黑烟，毫无例外地飘散着秸棵和煤粉味儿，这就很像地主老财了。

盛兰花夜里贪看电视，起来晚了，听见了羊叫，朝窗外羞笑了一下，就赶紧出来了。老胡没说自己到哪儿去，只说自己有要紧的事，让她经管得加里。早晨的阳光把他们的影子投在地上，长长的细细的，虚淡如梦，看着很不真实。

盛兰花用一只脚在影子上画着描着，忽然脸上一红说，胡哥，得加里我管不了多久，我很快就要嫁人了。

盛兰花从来不跟老胡叫哥，这并不是她不想叫，而是她的亲哥不让；此时叫了胡哥，就有告别的意思了。老胡似乎听懂了，又似乎没听懂，定定地看着盛兰花，连气都喘不匀了。过了一会儿，才咧嘴干笑了一下，忍着心痛故作从容地说，女大当嫁，这没什么好说的。如果你舍不下得加里，我就把它当做礼物送给你吧。

盛兰花流泪了，她说，胡哥，县城里哪有青草？还是把它留给你做个伴吧。

老胡说，只要你嫁得好，我高兴。

盛兰花说，是姜县长的三弟，离了婚的，孩子都上中学了。

老胡糊涂了，怔了好一会儿才说，不对呀，姜县长老哥一个，哪来的三弟？

盛兰花说，我都见过了，是豆制品厂管事的。

老胡眯起眼睛看太阳，脸上抽动几下，看似要打喷嚏，却演变成了一个古怪的凄笑。他说，也好，跟姜县长攀了亲，你哥兴许还能升上去。

老盛披着衣服走了出来，嘴上还衔着一支纸烟，那烟袅袅地向上升腾，熏得他闭上了一只眼睛。忽而用舌头一舔，那烟又转移到了嘴的另一边，睁着闭着的眼睛又红绿灯一般瞬间变幻了。这样看着就很蛮霸很镇人，有点儿加勒比海盗的意味。

老盛用一只眼睛瞟着老胡说，醒酒啦？

老胡说，还没醒，还醉着哩。

老盛说，那你就醉你的吧，等你醒酒，我再跟你说话。

老胡晒足了阳光，就像一节刚刚充饱的电池一样，炯着两眼，能量充沛地走近老盛，走到了可以握手的距离，这让老盛很怵惕。

老盛站住说，你要干吗？

老胡说，用酒棒子抡你，是我的不对，我是来跟你道歉的。

老盛脸色变暖了。

老盛说，你不傻不苶，不缺胳膊不少腿，还是高中毕业生，竟然成了贫困户，自己咋就不找找原因？再添了吹牛撒谎的毛病，你可就是物质和精神双重贫困了。

老胡眯起了眼睛，幽幽地看着老盛，那一刻眼睛里的光芒缭乱而锐利，就像猛兽扑食一样。老胡突然提高了声音说，老盛，你叫我胡大吹，现在满村子都叫开了，你得给我平反！

老盛说，你吹没吹？你不是一般的吹牛，你吹得太悬了。你要是不吹，用不着平反，就自消自灭了。

老盛说着要走，老胡却不让，缠住他又说，你说我贫困，这也是对我的最大污蔑。最让人抬不起头的，当年是地富反坏右，如今就是贫困户的帽子。我贫困吗？我一点都不贫困，我应该是很富裕的，说不上大款，也得是小款了。我听信了你的忽悠，养了这个那个，费了一裤兜子劲，结果都让你给诓了，要不然，我的孩子也能拎着瓶子打酱油了。

老盛说，咋能说是我诓了你？连我也是被人诓了。你有火别跟我发，找上头去，都是上头起的幺蛾子，我这个当村长的，也就是跑腿学舌。

老胡说，上头是哪？是乡里还是县里？是市里还是省里？你给我说清楚！

老盛说，我要是能说清楚，不用你找我，我就替你找去了。

老胡越说越来气，最后就咆哮起来，说打酒朝提瓶子的要钱。既然上头连你都找不上，那你就得承担后果责任。狗日的老盛，你还我青春！你赔我一个媳妇！

老盛看着他，蔑笑说，狗日的胡达飞，青春我咋还你？媳妇我咋赔你？还不是你自已不转轴，老鸹鸽猪……

老盛没说完，见妹妹戳在一边听着，就紧急刹住，把后面的脏话删掉了。然后抛下老胡，踱着外八字，很威严地走上了村道，头都没回一下。

事实上姜黎民比老胡忙多了，一摊子工作，还有各种应酬，酒喝得不胜其烦，把老胡暂时忘掉，也是不难理解的事。薄暮时分，他带着浓重的醉意回到家，看见一个人石狮子一般踞在外面，竟然吓了一跳，还以为遇到了劫匪。老胡迎上前去，还想搀扶一下，可姜黎民警惕地看着他说，你谁呀？胖头鱼似的。

老胡说，我是小杨村的胡达飞呀，辛成的同学。你忘了，在大堤上，就咱们俩……

姜黎民这才想起来，就说，几天没见，你咋胖成了这样子？

老胡说，腐败了。

老胡不会说话，这是谁都知道的。哪怕再清廉的官员，听到腐败二字也会感到刺耳，这都是社交场合的基本禁忌。可姜黎民装作没听见，或者是听见了也没在乎，呵呵地朗笑着，和老胡相互依傍着走上楼去，也不管他身上脏不脏，径直就摁到了沙发上。

姜黎民说，胡老弟，我就知道，你早晚会来找我。你肯定是后悔，当时提的要求太少了。

老胡说，你咋知道？

姜黎民说，农民兄弟嘛。

老胡说，难道你就不是农民？我早就听说，你也是农民出身嘛。

老胡这么说话，让姜黎民很尴尬。其实这也不能全怪老胡，是姜黎民自找的。为了话题的安全，姜黎民便招呼杀西瓜。正巧姜三弟来看老爹，就应声从屋里走出来，是个粗武的汉子，我们在街上常常遇到，只是老胡住得太远，信息闭塞见识短浅罢了。姜三弟切西瓜大杀大砍，样子挺狠实，老胡想到了盛兰花，心里就大不自在。

老胡核实过姜三弟的身份，就郑重了神色说，姜县长，你当时可是跟我说，你就老哥一个。

姜黎民说，当时情况紧急，说什么不得从略？再说我不想让别人知道这些，怕有人利用关系。

姜黎民的回答十分顺遂，完全合理，几乎就是无可挑剔，我们的老胡还能说什么呢？何况姜三弟递过来的西瓜已经把嘴堵住了。由于闹了水灾，县境之内的西瓜全都水了巴嚓，这西瓜还是从远道运过来的。我们的老胡又饥又渴，就吃得十分狼狁，还稀淌哗啦的，把地毯都弄湿了。可姜黎民并不怪罪，还呵呵地笑着劝进，说吃啊吃啊，多吃一点儿，听说西瓜这东西也是壮阳的。不说还好，一说老胡就不吃了。老胡说，还是你自己留着壮吧，我有杵子没臼子，壮大发了，自己遭罪不说，还容易惹乱子。姜黎民爆发出一阵大笑，笑来笑去，竟然把眼泪笑出来了。

姜黎民的老爹闻声从屋里踱了出来，精神矍铄，慈眉善目的，一问才六十八岁。老胡就咝地吸进一口凉气，好像被人诈骗了。他说姜县长，你当时可是说，你老爹八十六岁了，咋又颠倒过来，变成六十八岁了？

姜黎民说，是你听拧了吧。我爹的岁数我咋能不知道？

老胡说，那怎么可能呢，就你和我，真正的零距离，我耳朵又不背，听得一清二楚的。

姜黎民说，六十八和八十六，又差着什么呢？

老胡说，咋能不差呢？那可是差着十八岁，都差着一辈人了。

姜黎民笑得肉颤，说你咋这么较真？难得糊涂，这可是革命导师说过的。

老胡说，哪个革命导师能说这种话？说这话的，明明是清代书画家郑板桥嘛，连小孩子都知道。再说，爹的岁数能糊涂吗？那你可是不孝之子了。

这一下，老胡的拧劲儿就暴露无余了。他就这么较真，他就这么闭着眼睛说话，谁能说得清是可爱还是可恨呢？这番话后来被辛成如实搬到了酒桌上，我们又好气又好笑，都说，老胡该掌嘴了。一把年纪，连做人的常识都不懂，简直就是满嘴胡吣呢。

姜黎民的脸色青青白白了一阵，就肃了脸子说，胡老弟，咱们可是发过誓的，现在又回头跟我找后账，作为男人，太不仗义了吧？

老胡说，我不找后账，我是想让你给证实一下，我也是抗洪有功的。

姜黎民说，那咋证实？那是没法证实的。

老胡说，你不用具体证实，你就模棱一下，给我写一幅："兹证明胡达飞同志抗洪有功"，满天的云彩就都散了。

这么说着，老胡就起身去铺宣纸。姜黎民有练习书法的习惯，这也是仕途经济应知应会的，案面上就摆放着现成的文房四宝；可他是不能写的，字幅的内容不伦不类不说，这样一写，就露出了事情的端倪，扯着线头一拽，就把机关拆开了。姜黎民感到了棘手，特别害怕老胡得寸进尺，那样他就永无宁日了。就假装如厕，躲在洗手间里给辛成打了电话。

辛成来得特别赶趟，就像一直在楼下候着一样。他把老胡领进了饭店，叫了好几个硬菜，两个人不胜今昔地唠着，很快就灌进了一整瓶黑土地。我们的老胡已经有了八分醉意，就想找个小店住下，辛成却非要拉着他去洗桑拿不可。老胡真就没洗过桑拿，对这套咫尺之遥的摩登事物猜谜一般，充满了好奇和向往，况且在乡下洗浴的机会不多，既然承让，也就没客气，反正辛成有的是钱，花一花也能抑制两极分化。

老胡置身于缥缈蒸腾的雾气里，就有了半人半仙亦真亦幻的感觉，一时迷离怅恍，不知今夕何夕，身在何处。稀里糊涂中，被辛成牵引着，在八卦阵一般的帐幔间左拐右拐，走得一个迤逦。眼前突然出现了一群小姐，个个美目盼兮，看着鲜嫩可人，贱啼啼地朝他们媚笑。老胡吓坏了，说我还是真童子哩，哪能扯这个。辛成说，扯与不扯，全在自己把握——你去不成泰国，来来泰式按摩，那也是很有滋味的。老胡从来没接触过女人，也从来没被女人所接触过，就傻在那里，一时骨酥身软，口不能言，好像中了蒙汗药一般。

接下来的事就不可逆转了。老胡稀里糊涂，都不知道是怎么走进小单间的。小姐的包装都很简约，变戏法一般，很快就脱得精光。我们的老胡看着那一片陌生的旖旎，立刻哆嗦起来。当活色生香的小姐把他的手放到自己暄腾腾的乳房上说，你摸过吗？老胡差一点儿就要哭了。老胡的回答是，我没摸过人奶子，我只摸过羊奶子，肉肉透透的，我差不多每天都摸。小姐说，可怜哪可怜。老胡胆子大起来，把手放到下面那从葳蕤上说，日一回多少钱？小姐笑了，做嗔说，你咋这么俗气？就不会换个文明一点的词？老胡说，本来就不是啥文明事，干吗还要用文明词。小姐说，那你就尽管日吧，钱你同学已经付过了。老胡说，他可是国家干部啊，也敢？小姐说，有啥不敢的，这个那个，不都是人嘛。老胡说，既然这样，他日我也日，你劈开吧。

我们的老胡激情澎湃，怀着隆重的仪式感，急切地脱着衣服。哪知道刚刚退下一只裤腿，门就被撞开了。进来的是警察，捉的又是现行，老胡就没办法了。这一回他被铐在了派出所的窗把手上，窗子很高，他不得不踮起脚来站着。起初他还嘴硬，可毕竟缺少跳芭蕾的基本功，抻得骨头脱节，只得告饶了。老胡说关我一辈子都行，可五千块钱让我上哪儿弄去？你们给姜县长打电话，让他给我说句话吧。

一个电话，事情就不了了之，老胡自然很感谢姜县长，又不好意思面见他，就写了一封类似感谢信的东西，投进了邮局的信筒里。老胡的字很遒劲，文章也很漂亮。他没说自己嫖娼，只是说他看了女人的裸体，而且被小姐非礼了。他特别强调说，这里面有个主动和被动的问题，也有个既遂和未遂问题，性质是完全不一样的。事后这封信和询问笔录都到了辛成手里，而且被当众念过，我们都乐得够戗。辛成还回溯了历史，说起当年在学校看电影，影片上的革命战士刀枪不入，面对如花美眷不但毫不为动，还愤怒地叱咤和推搡。别人都没吭声，老胡就觉得太不真实了；就算真实，也实在是冒傻气。老胡的意思是说，既然临刑之前都可以肥吃肥喝一顿，那么尝尝女人的滋味也并不影响坚贞。这简直就是匪夷所思的叛徒理论，由此看来，老胡错误的产生绝非一朝一夕，是久有渊源的。辛成还主张，尽快给老胡介绍一个娘儿们，寡妇或离异者均可，只要是蹲着撒尿的都行，省得老胡大头跟着小头吃亏，这一点也得到了我们的普遍赞同。

老胡觉出了事情的蹊跷，就找到辛成的家里来。辛成的老婆不在家，说话也挺方便。老胡还没开口，辛成就以攻为守，埋怨他说，你口口声声童男子，一副守身如玉的样子，也没说要干那种事啊，哪曾想让你按摩按摩，你却动了那种念头。

老胡说，你说的是自己把握，到了那种时候，谁还能把握住？何况你是事先交了钱的。

辛成说，小姐的话你也信？小姐的嘴和×，都是没有膛线的。

老胡纠正说，是地方官员的嘴，三陪小姐的……

辛成说，反正她们的话你根本不能信。

老胡说，你干没干？冲天说话。

辛成说，我堂堂国家干部，哪能干那个？冲啥说话我也没干。

老胡说，姜县长跟你说了什么？你看着我的眼睛！

辛成用斜视的眼睛看着他，焦点却落到了另外一个地方。老胡根本捕捉不到什么，心里若明若暗的，喝了一杯茶，就起身告辞了。辛成起身送客，老胡心绪难平，就话里有话地说，谢谢老同学，更谢谢姜县长。反正一样的丢人，抓嫖娼还不如治强奸呢，嫖娼放出来，还得自己找饭辙；要是强奸，那就一步到位，关在里面的，百分之百就业，只许老老实实，不许乱说乱动，还不用自己起伙，自己省心，别人也放心了。

四

老胡在县里嫖娼被抓的消息，很快就在小杨村传遍了。人们见了他全都忍俊不禁，妇女们更是嘀嘀咕咕，还添加了许多枝叶，说老胡以抗洪功臣自居，吃馆子不给钱，逛小姐也不给钱，都赶上沙家浜里的刁小三了。

老胡很沮丧，所谓拉干屎，撒黄尿，眼起眵，嘴起泡，系列农民焦虑综合征，在他身上得以全面的体现。老胡不大敢出门，走路也拣僻静的小路，见了人不抬头，嗖地就过去了。老胡特别怕孩子，他们放假没事，满处闲转，见了他就喊胡大吹，喊大流氓。喊急了老胡就返身追赶，一边气咻咻地骂道，谁家的孩子小兔崽子没教养？我要是不被上头诓了，你们的妈还能嫁给你爸？巴不得给我铺炕呢，你们就都是我的儿子了！

南公安把老胡叫到乡上，进行了戒勉谈话，内容也是很人道的。

南公安说，你三十多岁还在苦熬干修，想尝尝女人的滋味，在青纱帐里日日野×，也是可以理解的，干吗非要跑到县城去丢人？让你一条鱼腥了满锅汤，治安指标受影响不说，你都成臭狗屎了。

老胡说，事情不是那么一回事，事情是很有玄机的。

南公安说，玩意儿长在自己身上，你还狡辩啥？再有下一次，我就是想高举轻打，恐怕也不行了。

老胡说，人家把老二都磨秃了，鸟事儿没有；我刚脱裤子，警察就到了，你说是不是怪球啦？

南公安说，那你说说是咋回事？

老胡说，不能说，我自己心里有数就行了。

南公安说，你他妈的中大邪啦？总是藏一半露一半的，来这套哑巴禅！

老胡就不出声了，默默地看着脚前的地面，那有一块被树枝筛碎的光影，和风拂动，那些奇异的斑驳明暗变幻着，万花筒一般。

盛兰花把得加里送过来，脸上红一红，没说话就要走。老胡却拦着不让，非让她把话听完不可。

老胡说，兰花，我对不起你。

盛兰花说，你是你，我是我，你的砢碜事跟我有啥关系。

老胡说，我并不想干那种事，我是被同学灌多了，一想你马上就要嫁人了，我就……

盛兰花说，再扯上我，我可急啦！

老胡说，说来也怪，在我的蒙眬醉眼里，那小姐咋看咋像你，我就……

盛兰花怔了一下，随之大哭起来。她说，该死的胡达飞，你咋能拿小姐比我？你真是个臭流氓，咋不判你十年八年的，让你死在里面才好呢！

老胡知道惹了大祸，扑通就跪下来，指天誓日说，兰花，我是真心喜欢你，你不会不知道。尽管我知道不能娶你，可我没有一天不在想着你……

这么说着，老胡就流出泪来。一个男人跪着流泪，效果很是令人刺痛。盛兰花捂着脸，哭着从他身边跑过去，说你跪给谁呢，你不怕丢人，我还怕折寿呢。我就知道，你不是那种花花肠子，你肯定又被别人给涮了！

我们的老胡就躺在炕上，蒙着脸，人像死倒一样，好久都不动一动。没有人前来探望，也没有人陪他说话，只有得加里不时从窗外探进头来朝他咩叫。班级的毕业合影挂在低矮的土墙上，我们四十多双眼睛透过脏兮兮的苍蝇屎，看着这个落寞而倒运的人。日光眼见得斜下了去，照热了他的一双赤脚。村里的大喇叭猛地响起来，呼喊的竟是胡达飞的名字，老胡这才诈尸一般跳起来。

老胡来到了村部，老盛和南公安都在，小鸡炖蘑菇的香味飘荡在鸽笼似的小屋子里，这对饥肠辘辘的他来说，简直就是一种折磨。

见了老胡，老盛打招呼说，吃了没？没吃就坐下吃点嘛。

老胡咽着唾沫说，吃是没吃，可我不能吃公家的东西，我又不是领导。

南公安笑了，说胡达飞啊，你狗日的溜光水滑，文化也够用，咋就老头那个一根筋？领导不联系群众是毛病，你不联系领导更是毛病。

老胡说，群众咋联系领导？舌头再长，也舔不到眼睛。

南公安说，都是一个老师教出来的，还是同桌，你看人家辛成，如今要风有风，要雨有雨，可你呢，还在为温饱挣扎呢！

老胡说，时不利兮骓不逝，我有啥办法？

南公安说，你总整文言文，难为谁呢？都知道你学习好，可换不成币子，满肚子东西，都是稀屎。

老盛拦住两个，告诉老胡说，姜县长刚来了电话，给他安排了工作，单位就是豆制品厂，是多年的赢利单位，工资也挺可以。

老胡一听就急了，说是不是我给村里丢人了，你们往外撵我，要开除我的村籍？再说，把我放到盛兰花丈夫的手下，那等于骂我呢！

老盛说，你自己掂量掂量，小杨村你还能不能待了。我估摸姜县长不是看你的面子，而是看辛成的面子。

老胡说，我这么走，丢不起人。

老盛说，人已经丢了，就坡下驴也好，何况是去端铁饭碗，吃国库粮，我们都为你高兴哩！

老胡怔了一会儿，便说，也好，一走了之，省得城隍土地的气都得受。

老盛说，要走的人了，随便你说，没人跟你计较。毕竟都是喝一口井的水长大的，还有啥要求，你一股脑儿都提出来吧。

我们的老胡早有准备，看看机会到了，便从兜里摸出两页纸，竟然是一张养殖损失清单：

> 余致力养殖七八年，至今尚未成功，天灾人祸，难以说清。现将各个门类损失獭祭如下，诚望各级领导明鉴。
>
> 养柞蚕，损失八万八千元。起初只是防范灰喜鹊，哪知县乡干部听说油炸蚕虫子好吃，纷纷前来解馋，村长老盛得罪不起，打发人连偷带买，把几百万条从南方引进的蚕宝宝大部分

吃光了，剩下的已经不成规模，扔在柞树林里自生自灭，连一寸蚕丝也没见到。

养肉鹅，损失一万七千元。鹅苗贵得离谱，六元五角一只，据说是少年马季放牧过、尼尔斯骑着旅行过的那种瑞典和匈牙利的杂种鹅，全由村长老盛向下硬性摊派，其实是县里某领导的亲戚搞的，村里也得罪不起。说好的秋后三十元一只收购，结果根本就没兑现，后来靠蹲市场，靠同学辛成帮忙，以低价卖出去三十多只，剩下的只好送给亲朋好友，吃了整整一冬，直吃得打嗝放屁都是鹅腥味儿。

养蝎子，损失三万三千元。事先明明说好的统一到村收购，结果又不算数了，找不到正经买主，全部砸在手里。开始还怕它不繁殖，后来又怕它繁殖得太厉害。结果闹得不可收拾，蝎子们胜利大逃亡，蜇伤无辜村民多起，赔进医疗费上千元。实在没办法，弄来一大群小鸡，一次性将其歼灭掉，为了斩草除根，还掸了一次绝后药。

养貉子，损失十一万元。主要原因是，县乡技术指导全面缺位，防疫没能及时跟进，结果得了犬瘟热，所养貉子无一幸免，还搭进了一条看家狗……

综上合计，如能不赔，本人至少已有二十多万积累；如能获利，我辈已是百万身价……

老盛看看清单又看看他，呵呵地怪笑着，脸色也随之变幻，最后稳定在一种姜黄上。

老盛说，你啥意思？

老胡说，就是想让你证明，实际上我不贫困，之所以闹到屌蛋精光，是上头瞎忽悠瞎指挥，说了不算，算了不说，并不都是我个人的原因。

老盛说，证明了又咋样？谁又不能赔你。难道你还想拿着它到处招摇撞骗？

老胡说，我就是想对老师同学有个交代。

老盛说，神经病！

老胡说，就算我是神经病，可毕竟还有神经；你们活来活去，连神经都没有了，根本觉不出痛痒来。

老盛和老胡的口水战已经持续多年，每一次基本都是平手，对此早已厌倦。再说，小灶上的老头已经把酒菜端了上来，酒肉的香味四处窜动，竟是十分的撩人。老盛便简而化之，掣出一支秃笔，把“村长老盛”改成了“村委会”，这样模糊处理一下，看着就不刺激不具体了。又在下边落款处写了：情况基本属实，特此证明。然后签了自己的名字。

我们的老胡透过一片迷雾，隐约看到了深层的东西，就又找姜黎民来了。这一次他堵窝掏鸟，直接找到了饭店。因为姜黎民要到省里开会，县里有关的要员都来饯行，辛成也在场。当时姜黎民正端着杯巡酒，和一桌人零零地碰着，刚把那杯送到嘴边，看到老胡，就定在那里，大张着的嘴巴如同一条幽深的隧道，一丝绿莹莹的菜叶还塞在牙缝中间。

老胡笑吟吟地打拱说，听说姜县长要开抗洪庆功会去？祝贺呀祝贺！

这话正听反听都行，姜黎民就不自在了，眉头蹙起一个疙瘩。辛成看得明白，就挺身救驾了。他亲密无间地骂着脏话，扯住老胡的一只胳膊，奋力往外拉他。老胡不干了，和他撕撕巴巴的，骂他是丧家的老姜家的乏走狗，还口口声声让姜黎民给摘帽。

姜黎民愣住了，说摘什么帽？地富反坏右，那都是历史了，何况你混到了今天，也还是个贫农嘛。

老胡说，我就是要摘掉贫农的帽子。农民不分正副，却分三六九等。正因为我是贫农，娶不起媳妇，心爱的女人，却要给你弟弟做填房了。事有事在，一笔一笔，我记得都很清楚，还有村长作证，我给大家念念，助助酒兴吧。

老胡也不管别人听不听，掏出那份清单就念。在学校里，老胡的朗读一直不错，排演节目，还干过领诵，何况又是自文自诵，就运足了丹田之气，读出朗朗上口抑扬顿挫的韵味来。老胡这么做，绝对有广告效应，桌上的人一波接一波地笑着，笑过之后，又欷歔再三，都把眼睛睃着姜黎民，看他如何应对。

姜黎民把手里的酒杯干掉，走过来扳住老胡的肩膀，扳了一个很大的钝角，动作粗鲁生硬，有些近于胁迫了。他把老胡搡进一架屏风后面，这就摆脱了众人的监视监听，然后压低了声音，喷着海鲜和五粮液的混合气味说，一次又一次，你到底啥意思？

老胡说，没啥意思，就是心里窝着一口气。本来想让你帮我平反正名，不但没有，还抓了我一个嫖娼。无论是作为县长还是大哥，这么做太不仁义。

姜黎民说，这不纯粹就是东郭先生和狼吗，早知道这样，我何必还要救你？你出事我也替你说话了，工作我也给你安排了，你还要咋样？你要是再蹬鼻子上脸，那就是敲诈！

老胡觑定了姜黎民说，你是说，我敲诈你？我拿啥敲诈你？你说出来嘛，反正光脚的不怕穿鞋的。

姜黎民说，我说话算数，不会说出半句的。

老胡说，我也说话算数，到了今天，我吃了那么多委屈，露过一个字么？我找你的事，哪一件不是很正当的？

姜黎民笑了，笑得有点险恶。他说，想抓我的把柄，没那么容易吧。你可以嚷出去，咋说都行，反正就咱们两个，我概不承认，看看公检法信你的还是信我的。到时候遭罪的是你，判个十年八年再放出来，你同学都快当爷爷奶奶了。

老胡说，姜县长，你千万别误会，我可是一直都很敬佩你，那件事也是在你的感召下才干的。

姜黎民缓和了语气说，胡老弟，你这个岁数，应该明白好歹。明天让辛成送你上班，你摇身一变，成了工人阶级，这有多好，不但旱涝保收，还能领导一切呢！

老胡静默了片刻，就无奈地一笑说，那好吧，我听你的，反正小杨村我也回不去了。我只是希望，刚才念的清单别当笑话听，起码别让其他农民兄弟再上这样的窟窿桥了。

五

老胡能到县里上班，这意味着终于实现了全班一片红，我们都很振奋，七八个知近的同学，喜气洋洋，簇拥着他到厂里报到，就像欢送新科状元似的。豆制品厂不大，百八十人，技术含量不是很高，设备也很普通，生产大豆制品，诸如腐竹、素鸡、豆皮、豆粉之类，竟能行销全国，效益还挺可观的，像老胡这样新上岗的工人，月薪也能达到千元以上。当着厂长的姜三弟说，要不是我哥发话，厂里哪能接受一个农民？接受下岗工人和残疾人员，还能免税减税呢。按说老胡应该说几句感谢的话才对，他不，他说，我这不是高就，我这是被流放了，精神上的折磨有谁能知道？当时有几个同学都想揍他了，说胡达飞，你说的都是啥屁话？再这么疯疯傻傻的发癔症，走一处臭一处，没人管你，让你沿街乞讨算球了。

老胡的工作是骑着三轮车到火车站发货，道路平坦，又有柳荫遮挡，一路走一路观光，活儿也是挺逍遥的。可我们的老胡发现了厂子的制胜秘诀，那就是往原料里添加吊白块和落日黄，而包装盒上却赫然印着“绿色食品”，这就让他很痛苦了。有好几次，他站到姜三弟跟前，想把这事儿说破，又想起同学们的话，只好嗫嚅了声音，躲到远处去看蚂蚁上树。后来我们才知道，从那天开始，老胡就在货件的外面偷偷用粗碳素笔标注，内含吊白块和落日黄。而且他把“绿色食品”四个大字划掉了。

有一天，老胡在马路上遇到了盛兰花，她是来相对象的，也顺便来看他。他们唠了一些很悠远的闲话，显然在成心回避什么。

盛兰花说，你咋不问问得加里，你把它给忘了？

老胡说，我得把跟你有关系的事全都忘掉。

盛兰花说，可是，有些事是忘不掉的，你说呢。

老胡说，你要嫁的那个男人管着我呢，我还没看出好坏来。以后嫁到城里，离你哥远了，我就是你哥。

盛兰花哭出声来。她说，胡哥，你的事，我好像明白了一点点。

老胡一笑说，你明白个啥？连我自己都不明白。

接下来的事就更出格了。老胡非要让盛兰花坐到三轮车上，他送她上饭店。盛兰花就坐上去了。老胡不疾不徐地蹬着，一种伤感的气息在两个人中间弥漫。行走的风吹动着盛兰花的衣衫和头发，无论谁人看来，那一刻都凄美极了。我们的老胡好半天都没说话，突然仰天嘶吼：我愿做一只小羊，守在你身旁，让那细细的皮鞭轻轻不断打在我身上……这么一唱，盛兰花哭了，老胡也哭了，不是一般的哭，而是放声大哭，差点儿就要抱头痛哭了，惹得路人纷纷为之驻足。

辛成也正巧到饭店去陪客，见了就很是嗔怪，说老胡，你整的是啥事？生离死别的，还让不让盛兰花嫁人了？老胡哽咽着不吭声。辛成说，为了安定团结的大局，我得麻溜给你掂对一个，孬了好了，你就别挑拣了。老胡用一双泪眼可怜巴巴地看着他，认可地点了头。

辛成陪着两个人吃了一顿午饭，婚事就基本订下来了。虽说姜三弟四十搭边，离异之后，老大很忙，老二也没闲着，可想嫁给他的女人还是争先恐后，能排出二里地去。他选中盛兰花的原因，是她的清纯和美貌，而且是嘎嘎新没拆封的。如今男女的事比较乱糟，人们常说，在城里找处女比找处长还难呢。

辛成大功告成，打着惬意的酒嗝先自走了。姜三弟性急，看饭店单间里有长沙发，就想把盛兰花扳倒，可扳了几次都没成功，就很是恼火。说你别以为自己是公主，你哥不就是个小村长么，在县城里啥嘛都不是。一个土包子，拿捏什么？现在哪个不是先尝后买！说着就动了硬的，把盛兰花的扣子都扯掉了。盛兰花大喊救命，可饭店的人哪敢得罪姜县长的弟弟，何况又是谈对象的。就踌躇着徘徊着，谁也不往前凑。实际上老胡一直等在外面，连饭都没吃，就像个忠实的老奴。他还想用三轮车送盛兰花上车站呢，听到了呼救，就冲进来，不容分说，一个大锅贴就扇了过去，还大骂他耍流氓。事情的结果可想而知，老胡当即就被炒了。姜三弟怒气冲冲的，给介绍人辛成打电话问责。辛成笑得撑不住，斜视的眼睛眨了几下，就说，难道胡达飞不对么？胡达飞是对的。他没送你进局子，那是看你哥的面子！

于是我们的老胡就跟着盛兰花回到了小杨村，又利用得加里的媒介交往起来。这不仅让老盛大为惊讶，也极感意外，觉得事情很麻烦了。他不能理解，这么个人人喊打走一处败一处的人物，怎么能把自己的妹妹糊弄住。也突然明白，堡垒最容易从内部攻破，这句至理名言就要在他家里真实地演绎了。

老盛很惶恐，就跟南公安透话，能不能尾随妹妹，抓老胡一个流氓现行，进而把他彻底赶出这块地盘去。南公安都要笑抽了，他说老盛亏得你想得出。别说他们没啥，就是有啥，那也是自由恋爱，谁抓扎谁满手刺。再说，那可是你亲妹妹呀，你这是往自己身上扣屎盔子呢！

老盛就愁苦下来。何以解忧，只有喝酒，就和南公安做成了一对固定的酒友，把村里的小鸡都殃及了。当然，南公安并没白喝，他正在调查一桩炸药、雷管丢失案，是被窃还是被洪水冲走的，二者皆有可能。这天他像个蹩脚侦探似的来回踱步，把此前的诸多疑点连缀起来，冥顽的脑子突然灵光一闪，就仿佛看到了事件的轮廓。南公安是没破过大案要案的，连捉贼的业绩都极为有数，于是就太平着也平庸着，老大不小了，还在乡下当着警察毛毛，多年不得提拔。此时老天成全，立马就亢奋起来，一拍脑壳说，这一回好了，这一回我逮住了他的七寸，该着我时来运转，也该着你长治久安！

南公安随便找个借口，把老胡骗到乡上，就铐在了派出所里。

南公安说，狐狸再狡猾，也斗不过好猎手。你就痛快招了吧，省得我上手段。

我们的老胡做出了很无辜的样子说，让我招啥？你提个醒嘛。

南公安说，你总说抗洪有功，功在哪里？

老胡说，不能说。别说上手段，就是来渣滓洞白公馆那一套，我也不能说，你就别费劲了。

南公安没办法了，说了声兄弟对不起，法不容情啊。就架上一千瓦的大灯泡烤他，和所里的警察换班擢弄，黑天白天不让他睡觉，还不给水喝。老胡也是血肉之躯，真就受不住，开始招供了。他说他的功劳，就是在暗地里烧香拜佛来着，祈祷洪水早点儿退下去，果然就灵验了。南公安说，你糊弄鬼呢。这明明就是谎话嘛，而且是天大的谎话。老胡被弄得魂魄游离，就开始胡说八道了，说偷过南公安的婆子，还说省里最大一起运钞车被劫案是他亲手干的，就是不提大堤一个字。

老胡被圈起来的第二天，盛兰花来了。她扑到老胡身上就哭，说什么也不走，还让南公安把她和老胡链起来。

南公安说，妹子啊，你年轻，千万可别鬼迷心窍。胡达飞除了能转文，还有啥可爱的？再说，这回属于重大刑事犯罪，轻判不了，就是不判，他都穷尿血了，哪能依靠？

盛兰花说，判多少年我也等，他那么做是值的。

南公安就倒吸了一口凉气，狐疑地看着她说，他做了什么，你咋知道的？

盛兰花说，这你别管，反正我知道。你总不能跟我来逼供信吧？

面对零口供，南公安没办法了，就想绕道走，返到小杨村来调查取证。此时的小杨村笼罩在一种神秘的喧嚣里，人们喊喊喳喳，就像在酝酿着一场集体阴谋。村长老盛完全不在状态，额头挤出了紫色的菱形，嗓子也沙哑了。他拿出一整张大白纸，上面是密密麻麻的黑红色，黑的是签名，红的是手印，竟是全村人联名打的证言，证实当晚胡达飞就在群众之中，也就是说，他根本就不在犯罪现场，跟他过去掌握的情况完全两拧。南公安登时木在那里，仿佛看不懂了。

南公安说，老盛，作伪证也是犯罪的，你知道吗？何况又是集体作伪证。

老盛说，你不立案还好，一立案，老百姓忽然明白了。

南公安说，明白什么了？

老盛说，明白了胡达飞不是胡大吹，他的确是抗洪有功的，差不多就是这一带的大救星了。

南公安沉默好半天，才叹着气说，老百姓这么看也没错，可爆炸、决水、破坏公共设施，这也明明就是犯罪呀，三项加到一起，够他喝一壶的！

老盛忽然峻了脸子说，南公安，民心民意你都清楚。你要是再对我妹夫刑讯逼供，我可饶不了你。

南公安愣住了。他看得出来，村部里清堂冷灶的，再没有小鸡可吃，酒也喝不着了，就感到十分委屈，说老盛同志，我可没动胡达飞一个指头。从正面说我是严格执法，从侧面说我是热情服务。没有你对胡达飞的刻骨仇恨，我哪能扯这个，弄不好，这一片几万人口都被我得罪了。你这人，从南极一下子跑到了北极，调理老朋友，太不仗义了！

案情传到了县局，感到非同小可，就把老胡解到县城来了。我们一帮同学得知了消息，就惶惶然跟在辛成后面，一起去探听虚实。局长对辛成也是恭敬有加的，特地多加了一把好茶，还面带微笑，向我们每个人散烟，就像接待贵宾似的。局长说，你们来晚了一步，胡达飞已经不在这了。我们全都心头一紧，以为他被转送到了市局。局长摇头苦笑说，胡达飞住进了宾馆高间。妈的，一眨眼工夫，风向全都变了。

后来我们知道，情况是这样的，抗洪报告团巡回作报告，最后来到了省城。姜黎民的稿子写得很老到，多有感人之处，不断被热烈的掌声打断。讲到了大堤决口，就有些语焉不详，逻辑上露了破绽，有了老天照应的意思。当时一位省里主要领导也在场，就插话说，我们当干部的，思维方式为什么就不能转变一下？在人民生命财产面临危亡之际，那么一道明显妨碍泄洪的旧堤坝，就没人敢碰一碰？我们口口声声唯物，其实一直是唯上。可谁是上呢？人民群众的利益才是至高无上的。如果谁能挺身而出把它炸掉，那就是功臣了。在一片暴风雨般的掌声里，姜黎民聪明的大脑急遽地运转起来，就接上说，我们本来不想披露事实真相，甘做无名英雄，可省领导高屋建瓴，为我们的行为撑腰做主，现在我终于可以坦率地承认，那道大堤就是受我的指使，一位普通农民炸开的。因为这样，我们在特大洪水面前，才取得了不伤一人一畜的完胜。这简直就是石破天惊，姜黎民立刻成了新闻焦点，只待查证核实之后，马上就爆响了。

于是省里的大会一散，我们的老胡就被请到了宾馆，省、市、县有关人等和各路记者纷至沓来，只等他尊口一开，就要大炒特炒。宾馆特地开了一间会议室，让老胡坐在主座上，面前摆满了鲜花，馥郁的香气甚至饱和到了呛人的程度。老胡坐在那儿，蔫头耷拉脑的，完全是一副神志恍惚心不在焉的样子，好像还没缓过劲儿来。人们急切而又耐心地启发诱导着，甚至把他的锦绣前程都铺展开了，可他就是不上路，回答说，能有这样的事？我咋不知道？难道是我梦游了？我可没有那个境界，更没那种胆量，是不是姜县长记错了。我就是出去找我的奶羊，我的奶羊叫得加里。看看到了吃饭的时间，老胡便站起身来，轻轻说了一句京白，此中人语云：不足与外人道也！当时我们一些同学就在宾馆外面候着，听到里面传出的消息，一个个傻眉愣眼的，直说这个老胡，咋就这么怂？简直就是不可救药了。

这样一来，姜黎民就难受了，等于放炮炸膛，很可能就要自食其果。就驱车到小杨村来找老胡。可老胡闭门不见，门从里面闩着，外面还有南公安值守。

南公安满脸愧疚，伸出手臂拦挡说，姜县长，对不起了，我错待了胡达飞，现在是自贬为犬马，给他站岗呢。他太累了，要大睡三个月，我这也是受老百姓之托，执行公务呢！

姜黎民在淅沥的阳光下站了好久，屋里始终没有动静。刚刚转身要走，盛兰花牵着得加里走进了院子。

姜黎民就说，妹子，云开日出，一切都过去了，你让胡老弟实话实说吧。

盛兰花说，当初你们俩可是发过誓的，说过的话就得算数。这么短的时间里，胡达飞三进宫（公安局），遭了那么多的罪，至今牙缝没欠；可你呢，有了诱惑就背叛了誓约，你太不是男人了。

姜黎民说，妹子，你得理解我。

盛兰花说，可你理解胡达飞么？

姜黎民沉默片刻，又说，跟胡老弟比比，我很惭愧。不过你跟他说，抓嫖的事别怨我。我就是想封住他的嘴，可辛成竟然做了那样的扣子，这就太过分了。

姜黎民讪讪地走了，从得加里身边路过，还摸了摸它的犄角。扭头离去之际，一串晶亮的眼泪从他的脸上抛下来，洒落到了乡村的泥地上。

直到最后，我们的老胡也没吐露与那件事有关的一个字。

山女阿英的罗曼史

一

阿英我们同住在一条深山沟里，不过就是前院后院，中间隔着一道障子。山沟深深深几许？举一个例子就清楚了。那一年春天，草木萌发的时节，一位山外来客带来了毛主席逝世的消息。村里的人都不信，说伟大领袖哪能死呢？他老人家已经逃出了六道轮回，是万寿无疆的，还得带领我们奔向共产主义呢！都认定这老客是人民公敌，在散布反革命言论呢，结果声讨很快就演变成了围殴，差点儿把这位老客打死。后来他抹着鼻血，从兜里找出一张包着东西的旧报纸，终于证实了这个无可改变的事实，而且是半年前发生的。

全村的人都为这迟到的噩耗痛哭起来。也许伤情过度，阿英妈提前临盆了。我妈是村里唯一的接生婆，也是第一个见到阿英的人，当时她哇（那时还没有哇噻，哇噻是后泊来的）了一声说，这娃子，粉团似的，不像是从娘肚子里爬出来的，倒像是从画上走下来的，长大肯定坑国坑城。我妈文化不高，但也绝不是文盲，只是大山里过于闭塞，说话土气，发音也不甚准确，连村支书都把左倾右倾说成是左坑右坑呢，这也实在是不好苛责的事。阿英爹听拧了，以为女儿不但要坑这个那个，还要坑到国家和城邦，就很惶悚，想把祸患扼杀在萌芽状态里，可双手环住那细嫩的脖子，又极不落忍，就说，一切都是天数，到时候我两眼一闭，她爱坑谁就坑去吧！

我和阿英差着两岁，一直以姐弟相称。前后脚上了小学中学，学校又很远，只能住读。有一次翻山回家，树上的草爬子落了一身——那东西学名叫森林蜱虱，状如芝麻，光吃不拉，叮到人肉里能膨胀到蓖麻籽大小，即使拽出来，口器还常常留下，能传染森林脑炎呢。我们都感觉到了草爬子在衣服里簌簌乱窜，正在寻找最合适的地方下口，下山后便马上来到河边沙滩上，隔着一个河湾各自翻检。我以为她也处理完了，过来跟她会合，却又惊定了脚步，原来阿英裸着雪白的身子，正对着河水顾影自怜，那一刻阳光灼烁，微风拂煦，清波涟涟，美艳的阿英有如榴花照水，宛然一幅仙女出浴图，直让我透不过气来。阿英看到我并没回避，脸上一红，反倒转过身子，正面对着我说，弟啊，姐美不？趁你我还都是小孩籴籴，好好看看姐吧，以后你想看都看不到了。我激动得快要哭了。阿英从容地穿上衣服说，你要是早生两年，姐就嫁给你；可惜，你出生得太晚了。

因为老妈有病，阿英读了初中，就下来持家了。阿英那时已经是娇艳的花骨朵，总喜欢照镜子，特别想找到一点瑕疵，可是没有，这就让她很慌乱，觉得不大真实，有点儿孤立而悬疑的妖魅味道。我们村里根本就没有男人能跟她匹配，而外人来得又少，阿英藏在深山人未识，犹如名花开在角落里，这也是令人遗憾的事情。阿英有着很多浪漫的梦想，特别是巴望着能有一天，一个骑白马的王子嘚嘚地跑过来，像玩儿叼羊那样把她掳走。

关键性的转捩发生在那一年的春耕，村上最穷的胡家到阿英家借牛来了。胡家一顺水生了七个儿子，光能吃不能干，嘴接起来一尺多长，比一般的锅炉进料口还宽阔，须得用大板锹往里填送才行。娶不起媳妇，就自力更生，土法上马，缝七只谷糠口袋，每只口袋上留个洞洞，睡觉时一个光棍搂一个，任凭去做花梦。山里的老黄牛是最老实的，都把劳模叫做革命的老黄牛；可胡家老七当日值班，不知是咋搞的，竟把牛惹恼了，挣开缰绳就跑，怎么都找不见了。胡老七自知惹下了弥天大祸，不敢回家，索性就逃到了山外，辗转来到城市，混进一个施工队，开始了赚钱赔老牛的日子。

从胡家的枝秧就能判断出，胡老七不可能太飒爽，到了施工队也不顶硬，盖楼上架子，好几次差点儿摔下来。和砂浆推小车，连“扭×晃腚”都不会，常常歪倒，有一次还被独轮车把碰破了鼻子，“血染沙场”了。工头很生气，就想开了他。胡老七团成一个蛋蛋，守在工地外面，哭天抹泪地不走，恰好被建筑公司的张老板遇见，问清是为了避难和还债才跑出来的，故事挺感人，就动了恻隐之心，说留下吧，十个和尚总得夹一个秃子，农民工，都不容易，实在不行，就打更嘛。

胡老七就打更了，虽说收入不如技工和力工，也还不错。就省吃俭用，盘算着攒到多少钱再回家去交差。当时我正在这座城市里读大学，有一天竟然在街上意外地遇到，就告诉他，阿英家那头老牛根本就没丢，三天之后，自己又跑了回来，所以根本就不存在赔与不赔的问题。胡老七漫卷行囊喜欲狂，阔别三年之后，又回到了家乡。他穿的是深蓝色造革棉夹克，戴着一把撸的红缨帽子，很像扑克牌上的杰克，这就刷新了原来的形象，让人觉得很神秘很摩登。他提着两瓶好酒，没进自家的大门，而是当着众人的面，像大禹治水那样从自家门前绕过去，径直走进了阿英的家里。阿英的老爹已经老得昏聩，贴着他的脸辨认了好半天，才认出原来是胡家的老七，此前很多人都以为他死在外面了。胡老七人在城里，却总是梦见家乡，阿英又总是梦里的女主角，这也是很好理解的。阿英从外面一进来，低矮的小屋立刻明亮了许多，那真是光彩照人哪。胡老七是不擅长表达的，他偏重务实风格，涨红着脸，从胯裆深处掣出一把大票子来，带着热烘烘的馊臊气味拍到了桌子上说，牛没丢我也赔，赔了我心里安生。阿英的老爹从来没见过那么多钱，也从来没见过这么高姿态的人，又听说他抱膀坐着就挣钱，就用仰视的目光看着这个熟悉的陌生人，眼泪汪汪地说，胡老七呀，没想到你这么有出息。你人本分，靠得住，我就把阿英交给你了，省得她将来坑这个那个。你把她领到城里去吧，咱这山高沟深的，都把人活埋了……

阿英能嫁给胡老七，也与民调倾向有关系。乡亲们对白雪公主睡美人一类不感兴趣，却喜欢听唱本，看滚地包二人转，用现成的框子一套，认定以牛为媒，那就是牛郎织女故事的重演。胡家为了回报舆论的支持，就用胡老七挣来的钱，在村里大摆宴筵。乡亲们全都吃得满嘴流油，喝得人仰马翻，纷说阿英命好，一辈子肯定吃香喝辣，再不必顺垄沟找豆包了。那时我正好放假赶上，不知怎么，心疼得直想哭，就惋叹说，真是暴殄天物啊。乡亲们不懂，就一再追问，我只好解释说，就是遭损好东西的意思。乡亲们不以为然，说吃了喝了咋是遭损？吃是全得，赌是来回，嫖是白搭——吃喝才是正经事哩。

转眼之间，胡老七和阿英的儿子小屁屁已经四岁半。阿英继续留守已经很危险，六个大伯哥看她的目光都螺丝钻一般，多厚的衣服都能钻透。况且民工们能带家属的都带，这样能两头（上头和下头）省钱，就把阿英带到城里来了。此前阿英对城市的了解，只是通过家里那台十二吋模模糊糊的黑白电视，那还是用胡老七的钱买的。

我们都临时租住在大杂院里，这就很巧合了。大杂院已是城市的落日风景，这一点是很清楚的，拆迁只是时日而已，住在这里的都是下层人，人称缸底子，箩浮子，这也是很形象的，其中有不少都是胡老七的工友，所以又被叫做第二工棚。我大学毕业之后，被建筑公司以优厚的条件挖去，其中之一就是赠与三居室楼房一套，以此把我锚定，防止跳槽，只是要等秋季竣工才能兑现。我跟阿英叫姐，跟胡老七叫哥，而阿英非让小屁屁跟我叫舅，不知道内情的人听着就有点儿乱套。

由于阿英和胡老七的反差太大，人们起初认为，要么胡老七是公子落魄，要么阿英是小姐从良，否则这桩婚姻就太离谱了。大杂院称得上闲人（贤人）七十二，大可跟孔老夫子的门徒相媲美。最有名的闲人狗卵并不认同，他说，胡老七要是公子，能吃这样的下眼食？就算老子腐败，锒铛入狱，底子也打下了，瘦死的骆驼比马大，总比咱们强哪。阿英也肯定不是小姐，眼睛里连一丝杂质都没有，而小姐的眼睛无论怎么漂亮，深处都是脏兮兮的。由于狗卵在小姐问题上具有最权威的发言权，大家不得不信，知道了他们的婚姻传奇，就愈加为阿英感到不平了。

可阿英是很满足的，一个从深山沟走来的女人，不用自己挑水劈柴，还能享受到城市的表层文明，夫复何求？阿英内心里是很感谢胡老七的，没有胡老七就没有这一切，从逻辑上讲，这也十分严密。阿英就带着满足和感恩的情绪，经常哼着歌儿从大杂院里走进走出，或者坐在夏日的水龙头下，没完没了地洗着衣物。在我看来，她洗东西的场景真是妙不可言，盆子里被搓出一大堆凸起的泡沫，精灵一般嚓嚓絮语，在阳光下明灭闪烁，她则态浓意远，身姿袅娜，十个指头鱼儿一般在水里出没游动，分明就是一幅新西施浣纱图。人们都乐于在这种时候跟她搭话，只见阿英嘟起嘴，啡地吹开垂在额前的刘海，明亮的眸子一抬一闪，似惊似恼的样子，真是可爱极了。

如果胡老七的生活起居和别人一样正常，大概就没事了。偏偏他和别人正好两拧，别人早起晚归，他晚起早归，这就有问题了。每天回来已是大天四亮，他又欲望强烈，没有别的事可干，特别是不想让阿英闲置，那样会出问题的，就猴着她非要即刻操练，借此压住她的青春浪头。起初阿英不干，阿英是很要脸面的，当然，胡老七也不是不要脸面，而是没有办法。大杂院里人来人往，既又没有障子，也没有一米线，人稍稍往墙上一贴，里面的动静就能听到七八分了。阿英的意思是，一旦让外人知道，那就太砢碜了。胡老七就挑着裤裆，憋屎憋尿一般痛苦，说我在自己家里，又没跑到大马路上；我日自己的老婆，又没日别的女人，有什么砢碜的？该日不日，那也影响安定团结。阿英被缠磨得没办法，只好把小屁屁送到我这里，神色戚然而又惶愧，鼓足了勇气才说，弟呀，帮我看一下吧。胡老七忒没出息，一回来就要爬我，真真烦死人了，叫人听到，也丢不起人。我被闹得脸红心跳，只好装着糊涂说，不过都是饮食男女，姐你忙去吧，孩子交给我了。

这么一来，被人抓住了规律，只要发现他家一挡窗帘，狗卵就去听声。狗卵大名叫勾栏，还是我告诉他，勾栏在古语里就是妓院的意思，还是改改吧。勾栏就找派出所，说这名字是爷爷闭着眼睛翻字典给起的，一不留神，涉黄了。民警说，你以为你不涉黄？你小子吃喝嫖赌抽，坑蒙拐骗偷，不但五毒俱全，都十项全能了。给你改名，日后网上通缉都难了。勾栏名没改成，还碰了一鼻子灰，就赌气说，勾栏还不如狗卵呢，你们就叫我狗卵吧。狗卵就这么叫开了。狗卵粘在墙上，壁虎似的，脸色涨成墨斗鱼颜色，听到里面的声响，自己先受不住了，发一声喊，就逃开去，站在别处大喘气，直骂狗日的胡老七太不讲究，那么漂亮的女人，被日得一个凶狠，还嘿咗嘿咗的，就像傻子打夯，这不是蹂躏阶级姐妹又是什么。再说，大白天干这事，有违公序良俗，分明是公演黄片，煽动起不良情绪，责任算谁的？

狗卵就滋生了一股仇恨情绪，觉得胡老七太操蛋，等于当着饿汉吃大餐，而且都不让一让，早该治一治了。就踅踅摸摸，想吃阿英的豆腐，也有打土豪共田产的意思。偏偏阿英很坚贞，多次当众予以怒斥，狗卵就像一只饿狗围着铁听罐头，馋涎淅沥地打转转，顶多趁大人不在跟前，指定小屁屁，日妈日娘地骂几句过过嘴瘾。小屁屁哪懂得这个那个，还以为是很亲善的话，龇着洁白的乳牙，朝他嘿嘿地傻笑呢。

狗卵思来想去，就想出一个一石二鸟的办法。那天就趁着月黑风高，着一身缁衣，戴了帽子和口罩，遮掩了本来面目，来偷工地上的电料。胡老七也不是没作殊死搏斗，只是功夫不逮，人又笨弱，还没怎么过招，就被狗卵一个电炮擂倒，又没戴安全帽，脑袋恰好磕在了木方上，立马昏了过去。狗卵还算负责任，又朝他脸上刺了一泡热尿把他激醒，才携着赃物凯旋了。而胡老七带着满头的尿臊味儿，缠了绷带，躺在床上哼哼唧唧的，还等着领导提着东西前来慰问呢。哪知事情到了张老板那里，就变得很不妙了。张老板对我说，江新，你那个老乡太囊巴，养他还不如养一条狗呢。我真后悔不该留下他，让他赶快滚犊子吧。你也别说情，说情也没用。

公司是老板的，老板说了就算，这也是尽人皆知的事。可胡老七不想滚，他一滚，一家三口就没法活了，这可是极其严重的事情。想去面见求情又不敢，就团缩在角落里，抽筋扒骨的样子，身子拿了好几道弯，很像模特摆 pose，效果又截然相反，看着就愈加不堪。阿英再三鼓动都不行，这才第一次意识到，她嫁错人了。就甩着大鼻涕说，都怨我爹，只认钱不认人，给我找了这么个囊膪。你们张老板不也是人吗，是人就得讲道理。我去找他，不信他就能把我吃了。

二

阿英真的跟着我，找到公司来了。街上被大学同学遇到，见了她无一例外地惊艳不已，然后说，江新，你对象？分明就是市花呀。我笑笑说，我姐，已婚，孩子都长到满地乱跑，谁都别空劳牵挂了。熟人就遗憾地摇着头说，她咋就不是你对象呢？郎才女貌，她太应该是你对象了。

我们的张老板当时满心烦躁，正背对着门口，站在写字楼第二十八层的落地窗前向下俯瞰。缥缈的雾霭里，城市的轮廓若明若暗，显得虚幻而神秘。张老板的老婆得了癌症，本以为是天意成全，偏偏又顽强地顶住了，大把花钱买药，还参加了抗癌俱乐部，有了起死回生的迹象，这就让他哭笑不得进退两难了。发妻是老板的最大股东，这也没什么好说的，况且他把一个绝症老婆蹬掉，肯定会千夫所指，形象太差，也拿不到工程的。就想通过别的途径补偿，却一直没找到合适的人选，这也是很好理解的。阿英悄悄站到了他的背后，张老板并没回头，他还以为是送文件来的女秘书呢。看着地上密密麻麻纷乱攒动的黑点儿，张老板有感而发地说，你看，人像不像蚂蚁？而且是热锅上的蚂蚁啊。

阿英说，很像。其实人和蚂蚁都差不多。

张老板觉得声音不对，回头一看，原来身后竟站着一个陌生的靓货，靓得直晃眼睛，就认为是哪个电视剧剧组上门拉赞助来了。

张老板说，你……是冰冰吧？

阿英说，哪个冰冰？

张老板说，不是范冰冰，就是李冰冰。

阿英说，我哪个冰冰都不是，我叫阿英。

张老板释放出一个矜持的微笑。他说，我看你就是冰冰。这个时候来到我的屋里，真是解热去暑，让人一爽啊。

阿英说，我是民工胡老七的家属……

阿英是敢说话的，而且口齿利落，话语到位，一顿喷珠吐玉，张老板就明白了。他的嘴咧开了一角，好像吃东西被硌疼了，喃喃地说道，太不像话！太不像话！阿英还以为说的是胡老七的失职，可张老板的本意并不是这个，他认得胡老七，于是就对这种荒诞的搭配表示出男人的愤慨。和许多老板一样，我们的张老板也有着同样的经历和嗜好，这也符合中国特色，要不然挣那么多钱就太可惜了。

张老板说，你是咋进来的？

阿英说，当然是从门啊，这么高的楼，窗户是没法跳进来的。

这句话说得简单而机智，张老板本来还想绷着，这时便忍不住笑了。阿英走得过于纵深，使自己完全暴露在了阳光下，实际上这是很犯忌的，因为过于强烈的阳光会使人纤毫毕现，很小的缺陷都能加倍放大。但阿英是信得过产品，她是不怕审视的。她对着阳光反射地颦蹙了一下。这本来是个不经意的细节，可阿英来做，似乎就有了放电的效果。张老板浑身刷地一颤，仿佛是在小河沟里摸泥鳅，却意外地碰到了电鳗。

张老板说，你回去吧，没什么余地了。没让他赔偿，已经很够意思了。

阿英站着没动，她想必须把话说完。就用清澈的大眼睛勇敢地跟他对视。阿英说，张老板，不管怎么说，胡老七他尽力了。听说你已经成全了他一次，你大人有大量，就再成全他一次吧！这么说着，阿英两串晶莹的泪水就从她毛茸茸的秀眼里流出来，而她的眼睛就那么睁着，眨都不眨，这效果就令人震撼了。

张老板嘴上嘶嘶地吸着气，在地上来回走溜子。实际上他见到阿英的第一眼，就放弃了原来的主张，他这么做只是欲擒故纵罢了。张老板踱过来，绕着阿英转着圈子。他的目光柔软而黏性，就像动物的舌头，在她的皮肤上一寸一寸地舔着，最后停留在胸前的隆起上。阿英穿着自己做的娃娃服，样式很简约，从张开的领口往下看去，还可以看到纵深地带那片绰约的旖旎。阿英的胸脯很发达，显露着雪白暄软的半廓，一对宝贝在里面勃勃活跳，这除了先天因素，与胡老七和小屁屁的双重开发也有关系。乳房被称做女人最公开的隐私，蕴藏着欲望的火种，而张老板又是易燃品，这就进入了化学反应过程。他朝那个地方猛蜇了几下，就和缓了口气说，你的意思是说，胡老七还可以留用？

阿英说，张老板，你发发善心，不看胡老七的面子，你看我和孩子的面子吧！

张老板笑了。他的笑就像划火柴一样，刺啦一声就没了。据说能这样笑的人都很枭雄，具有成竹在胸藐视一切的霸气。他把鼻子凑过去，像缉毒犬似的嗅嗅，又撩了撩阿英耳边的几根乱发。尽管张老板的年龄已经是叔辈，这么做也绝对是超常的造次之举。那一刻阿英仿佛被冻僵了，一动也不敢动，连气都喘不匀了。张老板戴钻戒的手轻轻从阿英的脸上滑过，如同小虫的爬搔，为她揩去了脸上的泪水，终于说，你是我见到过的最漂亮的蚂蚁。好吧，那就看你的面子，让你男人接着上班吧。

阿英一走，张老板就把我叫来，让我再发布一条消息——胡老七跟盗抢分子英勇搏斗，光荣负伤，公司决定，发给奖金三千元。那一刻我还以为是听错了，狐疑地看他一会儿，仿佛就看到了事情的大致走向。我的脑子乱哄哄的一片杂沓，就像是电脑死机。张老板笑了，他说，江新，你是搞广告和企业策划的，在地方，那就是宣传部长，相当于党委常委。这种事难道你还用我教？再说，你们都是老乡，你还跟那女的叫姐，你向着她是应该的。一种五味杂陈的滋味在我心里弥漫。我默坐片刻，就说，我懂了，所有的事情都有两面性。我这就办去。

就在工地的揭示板上，我写下了公司的新决定。民工们登时一片哗然，纷说昨天就是这块黑板上，明明写的是开除，咋一家伙就颠倒过来了？不是张老板睡毛愣了吧？我说，一样的事情要分怎么看，横看成岭侧成峰，远近高低各不同。民工们不服气，说横看侧看的，总不能黑白颠倒吧？看看实在解释不了，我就编起了故事，说原来以为是单打独斗，后来才知道，竟是力敌数人，全无惧色，这就令人钦佩了。我不想让民工看到我脸红，所谓虚晃一枪，拨马便走，还没等到下班，我就提前赶回大杂院，来向胡老七通气。

阿英正在外面洗衣服。一见她我就说，姐，张老板看上你了。

阿英怔着，脸红得一个透彻。她说，弟呀，你胡说啥呢。张老板那么大的人物，啥女人没见过，他哪能看上我呢？

我说，我觉得我没看错，不信你就等着瞧吧。

那一刻阿英的神情又幸福又慌乱，她解嘲地打着哈哈说，我可是正经人家里的正经女人，别人不知道，你还不知道？再说，真有了那一天，我不怕丢人，他还不怕丢人？

我说，这可不是大山里，这是城市。知道城里时兴啥口味么？城里人口味刁着呢，不讲究大鱼大肉，讲究返璞归真，回归自然，吃农家饭菜，吃绿色食品，你掂量掂量吧。

阿英低了头，好半天都没吭声，脸上的红霞开始缓慢褪去。她机械地揉搓着手上的衣物，偏过头去说，你可别吓唬我了。我跟胡老七过得挺好，知足常乐。再说，那么大的老板找到我头上，除非你写小说的才这么想。

虽说我没读中文系，可一直对文学心向往之，在大学里就有作品发表，也是凭这个，才被张老板看中的。他说，写小说的人就是能撒大谎的人，能撒大谎的人就是有才能的人。让他搞宣传吧。我也给张老板写过人物传记，当然，肯定是采用了一些小说笔法，他能评上十佳民营企业家，与这个不无关系。我写小说常常熬夜，阿英一看我的窗口亮着灯就说，我弟真瓷实。狗卵是咋活的？他是咋活的？真是两个极端两重天哪！

民工们收工回来，就围定胡老七抠问事情的真相。胡老七本来就嘴糯，此时就勾着头，缩着身子，就像被揪斗了似的，用蚊子般的声音，顺着我新开拓的思路嘟囔说，起初是一个人，后来又从暗处窜出来好几个，都带着钩竿铁齿……狗卵本想掼掉他的饭碗，眼看着使了反劲儿，就更加来气，杂在人群里嚷嚷说，啥他妈的社会风气，连这么囊巴的人都学会撒谎撂屁了。民工们就转向他，说你咋知道的？莫非当时你也在场？狗卵没法回答，一回答就要露馅，就用推断的口气说，就凭他那副推倒了爬不起来的熊样子，一个人就够他戗了，如果有七个八个，都能把他做成肉酱。

尽管众说纷纭，三千块钱奖金还是实实在在攥到了阿英手里。阿英喜不自胜，添置了不少吃的穿的用的，还给大家发烟散糖，当众没少说张老板的好话，当然，她略去了会面时那些让她尴尬的细节，她甚至觉得，那只是山里人少见多怪罢了。在大杂院里，阿英的人缘不错，性格好是一方面，长相更是一大优势。大家转念一想，张老板也算是比较不错的老板，从来没拖欠过工资，单讲这一条，就很值得夸赞了。人的能力有大小，能尽力就不错了，何况东西是老板的，老板的东西和国家的东西毕竟还不一样，胡老七能舍身保护，乃至光荣负伤，奖励他也是没错的。

胡老七是架不住感动的，一感动伤口就不疼了，咬牙撑着，又返回了自己的岗位。张老板是大老板，手下有大工头二工头，林林总总的工头让他尽可甩手，可他并不甩手，经常深入工地，有时还在民工的灶上吃饭，这就很像苏区干部了。初夜时分，张老板自驾，亲自来看胡老七了。当奥迪轿车亮着大灯在胡老七面前停住，他一时慌乱得不行，走路都顺拐了。满头的绷带戴不上安全帽，就提在手上，点头哈腰地做着矮子功，想谄媚一下都不会，猥琐之状就可想而知了。张老板一见到他就笑了，拍拍他的肩膀说，很好嘛，好好干，过两天我让你去疗养。张老板发给他一支好烟，牌子很硬，制作也很精良，胡老七认不得，舍不得抽，就夹在耳朵上，留着向人炫耀。

张老板并没休息，他利用便利的机动性，又转到大杂院来了。公司的下一个工地就是这个大杂院，在别人看来，这地方会长出一片高楼，在他看来，那就是一垛花花绿绿的票子，所以事先踏查一下，掌握第一手资料，也是自有道理的。他把奥迪轿车停在了胡同口，就一个人踱进来。这个时候，人们都猫在家里看电视，院子里很少有人走动，而且他还戴着墨镜，想认出他来就不容易了。隔着窗子，他甚至看到了我坐在电脑前敲字，而狗卵正在和一个小姐喝酒，那小姐坐在他大腿上咯咯地浪笑，眼神十分的邪淫。张老板显得孤独而寂寞，转了一个圈子，就敲开了胡老七的家门。

张老板摘下墨镜说，我慰问来了。

阿英吃了一惊，张开的嘴就合不拢了。事实上那天我向她泄露天机之后，阿英就有些坐卧不安了，差不多就是在一种恐惧中期待着这一天的到来。和这样一个成功的男人相比，胡老七算什么呢？胡老七只是一抔粪土罢了。现在，张老板果然明确地站到了日光灯下，反倒让她措手不及了。

小屁屁正蜷在床上熟睡，机会很好，张老板顺手一揽，阿英就像中了魔法，一下子倒在了他的怀里。

阿英无力地挣扎说，我家胡老七不在，他值班去了。

张老板说，我知道他值班去了，他要是在家，我就不来了。你懂我的意思吗？

阿英怎么可能不懂呢？那一刻她的大脑一片混乱，浑身剧烈地颤抖起来，似乎在梦中被魇住了。她慌乱地叫着老板，叫着大叔，可老板和大叔双重身份的人已经把她紧紧箍住，带着短髭的嘴巴就贴上来，在强大的负压之下，她几乎窒息了。

张老板说，阿英阿英，那天一见过你，我就再也放不下了。

张老板的声音干甜而灼热，好像含着一颗刚出锅的糖炒栗子。他握住阿英的一只手，把攥着的指头一个个掰开。虽说常干粗活，可过分的洗涮抹平了所有的毛刺，阿英的手依然柔若无骨，细嫩如荑。张老板从兜里掏出一枚金光闪闪的戒指，熟练而准确地套在了她的无名指上，尺寸相当合适，简直就是为她定制的。阿英眩晕起来，进而激动地哭了，她不知道因何而哭，仿佛眼泪是家乡菜地的蓄水池子，积得太满，自己就流出来了。

张老板说，别哭，有我呢，往后的日子会好过的。

阿英说，我怕。

张老板笑了。他说，怕球啊，都啥时代了。脱了吧，时间宝贵呀。

阿英用哆嗦的手解扣子，肯定是低效率。张老板对待女人既有耐心又有经验，就替她一一解开。他先抚摩阿英的后背，再转到前面那片景胜。阿英在触电一般的感觉里还是半梦半醒，她说，张老板，你这样的人物，啥样的女人找不到，干吗要到这种脏兮兮的地方，来找我这样的山丹丹？

张老板笑了。他说，不，你不是山丹丹。在我的眼里，你就是国色天香的芍药牡丹，比那些涂脂抹粉忸怩作态的城里女人都美。恐怕我爱上你了！然后他像小屁屁一样，把头埋在她的怀里，噙住了她的一只奶头，勇猛而贪婪地吮吸起来。

事情从始到终，快得就像一次肌肉注射。阿英只听到破铁床狂暴地咣当了几声，就戛然而止了。张老板爬起来的时候很懊丧，埋怨说，这样的床还能办事？这太影响我的正常发挥了。阿英很愧疚，好像厂家面对用户的投诉。她说，我有什么办法？我一个女人，是没有办法的。她掀开窗帘的一角，大杂院里一时空寂无人。她看着张老板走出大杂院，走到胡同口，然后殷红的汽车尾灯闪了几下，就梦幻一般消逝了。

阿英一夜没睡，始终觉得事情来得不大真实，很像一个梦。可张老板的种子已经实实在在播进了她的身体里，这是没法抵赖的。她满脑子都是张老板的身影，这个身影高大而陌生，真实而虚幻，半人半神的，像电光忽强忽弱，像雾气时聚时散。从来就没有一个男人对她说过一个爱字，而张老板说了。这个字给了她致命的震撼，让她把所有的罪恶感都兑换成了宠幸感。不过她终于明白，给胡老七的宽大和奖励，都是冲着她来的。她一会儿觉得她对不起胡老七，一会儿又觉得胡老七对不起她。她细细把玩儿着那枚戒指，心里是那么的喜爱。她把它藏进了棉被的一角，由于时令的原因，它们叠在那里，暂时用不到。早晨起来她做的第一件事就是销赃灭迹，把床单撤下来洗干净。

那天阿英早早就起来了。大杂院的早晨呈现出纷杂的世相，人们惺忪地打着哈欠，排着队上室外厕所，见了坐在水龙头跟前的阿英，如常地打着招呼，并没有一丝疑惑的目光。她甚至还看到一个小姐从狗卵的屋里走出来，把足有半打用过的避孕套顺手扔在院子里，阿英就想，狗卵是不想活了。那些套子被一个比小屁屁稍大的孩子当气球捡起来，刚要吹，听得她一声吆喝又扔下了。

阿英看见我，脸色忽然红得通透，低下头自顾洗涮，这就不大正常了。清凌凌的盆中之水照见了她美丽的容颜，小小的水面在轻轻晃动，她的倒影在微波细澜里不断变幻着，她机械地又揉又搓，好像要把自己的形象洗干净，结果反倒给洗碎了。

我走过去说，姐，你怎么啦？你好像有心事。

阿英再也忍不住了，积蓄已久的眼泪伴随着自来水喷涌而出。她站起身，一头扎进我的怀里，把我紧紧抱住。这时候已经满院子都是人，我慌了，杵在那里，一动也不敢动。阿英的身子凸凹有致，无骨般柔软，带着一种音乐般的美妙韵味，让我遐想到当年河边沙滩上的那一幕。虽说我们姐弟相称，可阿英也是我心仪的女人，在大学，有不少女生追求我，可我一想到阿英，就觉得她们全是瓜菜代水平。阿英的话已经到了嘴边，几乎就要脱口而出，突然又刹住了。她伏在我的肩膀上哭了几声便说，弟呀，没有别的，我想家了！

三

胡老七下班回来，那支烟仍然夹在他耳朵上，见了人还故意仄过脸去，想引起别人的注意，再一搭话，他就能炫耀于世了。可是没人注意，也没人搭话，人们对他保持着一贯的鄙夷和漠视，这就让他很失意。恰好狗卵从那厢走过来，见了那烟，问都没问，捕蜻蜓一般伸手一掠，那支烟就捏到了他的手里。胡老七跺着脚说，那是张老板给我的，你凭啥拿走？狗卵不理他，径直走进了厕所。片刻之后，一股淡蓝色的烟雾袅袅升上来，很快就消融在城市灰蒙蒙的天空里。胡老七怅望着，小声骂道，狗日的狗卵，咋不呛死你！

胡老七不可能知道夜里发生了什么，他的情绪很好，伤口的疼痛也轻多了，憨笑着向阿英报告说，昨晚上张老板看我去咧。张老板还给我烟抽。张老板让我去疗养呢……因为他的愚钝，阿英都要替他掉眼泪了；可是她没掉眼泪，反而凄迷地笑着说，你是不是以为真是公司的功臣了？咋回事你应该知道，别傻狗不识臭。胡老七说，我感谢江新，更感谢张老板。张老板多好啊，为这样的好老板，我情愿当牛做马。阿英说，这世界上只要有两个人，你就得是被领导者；你这种人，就是天生当牛做马的。胡老七不擅长斗嘴，便使用肢体语言，把阿英拉到跟前，还要“例行公事”。可阿英不干，阿英怕脏，她觉得那样不仅是对自身的玷污，也是对两个男人的不恭。就吓唬他说，身上带着红伤干那种事，那等于杠上开花，自找死呢。胡老七不信，胡老七说，是谁放的臭狗屁？我能坚持上工，就不能坚持日×？道理是完全一样的嘛。阿英说，不信你问江新去，江新是从书上看来的。胡老七不在乎我，却很在乎书，带着几分敬畏感，只好作罢，还悻悻地嘟囔说，大头还能影响小头，真他妈的怪球啦！

张老板说话算话，真送胡老七疗养去了，费用公司全掏，时间是半个月，就在著名的镜泊湖风景区。胡老七高兴极了，一向佝偻的身子也挺拔起来，找到了英模或准英模的感觉。临走时还用趸来的广告词逗着小屁屁说，儿子，更倌也是官。长大了你也当更倌吧，当上了更倌，就一切皆有可能了。阿英很清楚这背后的真实意图，看这着胡老七乐颠颠地爬上汽车，忽然觉得，她和胡老七都很可怜。

阿英在不断自责和不断开脱中度日如年，神情也明显恍惚，干了好几件把老张叫老李的蠢事。狗卵撩逗说，阿英，有困难你说话，胡老七不在家，他能做的我也全能做，还不用黑白颠倒。阿英说，你给我当儿子我都不稀罕，我怕跟着你挨骂。狗卵只好涎笑说，有这么漂亮的妈妈，我当儿子也行。好吧，妈，我要吃咂，你敞开怀吧！阿英正在洗涮，便端起水盆，兜头浇在了他身上。狗卵像落水狗一样抖落毛，阿英哈哈大笑，说现在不但抓流氓，也抓性骚扰，你要想进去吃大眼窝头，那就自己掂对吧。

阿英强装正常，实际上是很不正常的，一副镇日无心镇日愁的样子，大家都以为，是丈夫不在家，生活中有了缺失吧。而阿英想念的不是丈夫，而是张老板，这可是谁都想不到的。这是一种类乎烈火烹油的熬煎滋味，此前她从来就未曾有过。我们的张老板当然也在同样思念着阿英，这天就来了，为了避人耳目，他还是选择了夜晚。他带给阿英一只小灵通和一把宾馆客房钥匙，这都是情场的必需。这一回阿英不再被动，她热烈欢呼了一声，就把张老板紧紧箍住。

阿英说，死鬼，我想死你了！

在东北老话里，死鬼是对情郎的昵称，虽说早已生锈，可老少边穷一带仍在沿用。这个听似狞厉的称呼实际上具有很高的含糖量，她从来没跟胡老七叫过死鬼，这就很能说明问题了。小屁屁已经睡得黏糊，丢在家里显然是不行的。阿英这时又想到了我，就把小屁屁抱过来说，弟呀，姐跟一个姐妹去出夜市，多少挣点儿零钱，也好贴补家用。出于对阿英的一贯信任，我一点儿都没多想。我说，姐，你放心吧，小屁屁省事，实在不行，就让他住我这了。

奥迪轿车一点声息都没有，轻快地向前滑行着，就像没装引擎似的。他们有贴膜的窗玻璃掩护，穿过霓虹闪烁的街区，就像穿过敌人的封锁线一样，很巧妙地钻进了宾馆房间里。阿英还是头一次入住高级宾馆，里面豪华的陈设超出了她有限的想象力。她很吝惜地打听价钱，好奇地打听这个那个。张老板说，钱是问题吗？钱从来就不是问题。问题是为什么我没早几年见到你。阿英说，大山沟沟，离这儿太远。张老板说，真便宜了胡老七这狗屌。阿英说，要是我不嫁给胡老七，就不能进城；不能进城，就见不到你了。张老板笑起来，说感谢胡老七。咱们进入阵地吧！

善于保养而又经常使用猛药的张老板果然找回了勇猛善战的感觉。他掌握着很多花样和技巧，就像老道的厨师揉面一样，随心所欲地捏塑着阿英，这和胡老七的简单夯莽完全是两码事。阿英在弹性十足的大床上颠来簸去，犹如穿行于波峰浪谷的小舢板。密闭而自由的空间，适宜的人工气候，都给了她尽可抒情的条件，她跟随着他的节奏，哎哎地欢叫着。张老板说，你总哎什么？就不会换换花样。阿英说，死鬼死鬼，这哪是哎，这是爱呀，难道你就听不出来？张老板一面气喘吁吁地忙活，一面回应说，阿英阿英，我的种子很金贵，我想把它撒在最干净的土地上，现在，我找到了。风暴停歇的空挡，阿英把头埋在张老板的胸脯，一边抚弄他茂密的胸毛，一边谛听他急骤的心跳。阿英幸福死了，在她的心目中，张老板已经很伟大，接近于神祇，被这样一个男人所爱和爱上这样一个男人，那是相当不易的事。阿英终于明白，她意想中的白马王子终于来了，尽管这王子年岁大了点儿，而且明显来晚了。

他们不像是新识初交，倒像失散了多年的情人重新相聚，彼此都有很多话要说。张老板没进过大山，对大山里的一切都感到新奇，他甚至不知道母羊长不长胡子、奶牛有几个奶头，松明子是长在地上还是长在地下的。阿英对城市的一切也很生疏，她像一条可怜的小鲫鱼附着在城市这只巨大的舰船上，只是随着这船懵懂前行，对船上的内容却知之甚少。这种互补式的谈话让他们和谐而欢愉。张老板在阿英青春美妙的身体上找到了人间天堂，他一次又一次徜徉其中，沉醉其畔，迷花倚石，流连忘返。在甜蜜的昏蒙中，张老板说，阿英，你和胡老七离婚吧！

这话来得过于急峻，让阿英一时没法相信。张老板也处在蚀骨销魂的迷醉状态，就向阿英坦白了他的打算——他只有一个女儿，可她竟然嫁到了南半球，到澳大利亚养绵羊去了，不仅语言各路，还四季颠倒，中午太阳竟然挂在北边，这些都是他没法参透的。张老板很想生个儿子，可指标已经用没了；即使能弄到指标，可他那片土地早已荒芜不堪，怎么躬耕都没用了。他是很会算账的，也特别懂得未雨绸缪，看到阿拉伯国家都有王储，就想既然妻子已经蜡头不高，找个“妻储”先业余着，也省得到时候措手不及。特别是很想有个儿子继承家业，那才能对得起列祖列宗。这也是中国农民的惯性思维——尽管张老板很小的时候就随父母进城了，可从本质上说他还是个农民。

阿英说，我并没指望当你的大奶二奶，我看中的不是这个。

张老板说，那你看中的是什么？

阿英说，我就是爱你这个人，既然能爱，就能豁出一切。

张老板说，你怎么能把人和金钱、地位分开呢？你是没法分开的呀！

阿英说，是分不开，可我是努力分开的。

说来说去，阿英说不清了。张老板翻身上马，又发动了新一轮冲锋，他贴在阿英耳根上说，离婚的首要目的，是从卫生角度考虑，和胡老七共用一个女人，那也太恶心了……阿英笑得全身瘫软，她说死鬼啊死鬼，你可真逗，那就让江新写稿忽悠你，不但和农民工同吃同住同劳动，还在同一个坑里和泥，这才叫新型建筑商呢！

张老板把阿英送回来，已经是后半夜两三点钟。这种时辰总是鬼多人少，狗卵这类硕鼠还在悄悄啃啮这座城市。他偷了几个马葫芦盖子，想砸碎了卖废铁，这也是他诸多创收手段当中的一个。也是合该一个巧字，刚刚得手，张老板的奥迪轿车就开过来，一只轮子准确地掉进了敞开的马葫芦里，后果就可想而知了。张老板和阿英下车前看后看，还骂了损贼不得好死之类。狗卵隐在暗处窥探，本来也不认得张老板，见此情景就慧心大开，一经分析判断，就什么都明白了，自己对自己说，狗卵狗卵，从此再不用总吃泔水，你的桃花运来了！

阿英目送张老板离开，刚刚走到自家门口，就被狗卵堵住了。

狗卵说，本以为你是个贞节烈女，原来也是两张嘴吃饭的。依了我球事没有，不依我就给你嚷出去。

阿英怎么可能依他呢，就又一次予以怒斥，狗卵心急，两人就在院子里撕掳起来。在“一个响屁惊四邻”的大杂院里，这显然是不可能成功的，阿英的指甲像麻姑似的，狗卵的脸被挠出了西瓜道道，胯裆也被阿英用膝盖顶了重重的一下。被惊动的人们纷纷出门助战，而且一致向着阿英，狗卵就惨了。他用手护住脑袋喊，我偷东西，阿英偷人。我不过是想吃二馍，咋狼吃不见，狗吃撵出屎来？众人的目光就一齐向阿英攒射。阿英也是心虚，一经点破，就十分的愧怍，钻进屋里，锁起房门，蒙上被号啕大哭起来。

事情沸沸扬扬，很快就在大杂院里弥散开来。狗卵也知道张老板厉害，黑白两道都走，弄不好卸他一条腿，不过就是耗费几块砖。狗卵只说是阿英偷人，至于偷了谁，却又含而不露，这就引发了众人的悬想。就猜谜一般猜来猜去，最后几乎一致认定，那个人就是我，如若不然，阿英就没道理了。

我从众人的目光里看出名堂来，把小屁屁送回去，就站在阿英的床前不走。

我说，你欺骗了我。要想还让我跟你叫姐，你得把事情的真相告诉我。

阿英就如实交代了。她说，弟呀，难道你傻么？张老板凭什么给三千块钱奖金？又为啥让胡老七去疗养？你不但应该明白，而且是最先预见到的。

我的心剧烈地疼了几下，然后说，张老板不像话，他这是以强凌弱，吃回扣呢！

阿英说，不怪他，是我愿意的。

我说，难道你想傍大款？

阿英说，不，我爱他。你知道，我活到现在，只有婚姻，没有爱情。爱大款和傍大款是不一样的。

我说，你真是昏了头了。你对他了解多少？他那样的人，还有什么爱不爱的？他很可能就是顺手牵羊，玩弄你罢了。

阿英说，我宁可被英雄玩弄，也不想再和狗熊过日子。你是没爱过，也就不知道，爱是多么没有道理啊！

阿英对还是不对？连我也糊涂了。我想见见张老板，可上班后并没见到他。女秘书说，张老板跟人谈生意，几乎就是彻夜，上午不能上班了。女秘书和张老板也是负距离，这是公司的人都知道的。转身走开的那一刻，她还凄笑着吟诵了一句：从此君王不早朝啊。那一刻我又突然明白，见到张老板我又能说什么呢？这与我的业务无关，而且绝对是个人私密，两相情愿，我说什么都是多余的，那等于自找耳光呢。

胡老七疗养回来，是个白天。胡老七本来可以直接回家，可他想自己已经享受着英模的待遇，直接回家就不好了。就以爱岗敬业的崭新姿态，直接来到了热火朝天的工地上。他打开更夫的房门，看到了那身熟悉的工服，感觉还很亲切，可刚刚换了半截，就怔住了。他这才发现，挂在墙上的橘红色塑钢安全帽，不知被谁刷上了绿油漆。

胡老七驽笨，却也不傻，他知道这意味着什么，就大声吼道，日他个血妹子，是谁干的？

工人们全都看着他哈哈笑，却没人认账。

胡老七说，想欺负我，报告给张老板，让他治死你！

工人们都不搭茬，仍是哈哈笑，笑得更加狂放。

胡老七在浩瀚的笑声里十分狼狈，又找不到具体的发泄对象，就把绿头盔掼在地上，想不到那东西弹性极好，竟然一个高蹦起来，可可地回到了他的手上。这个细节增强了事情的戏剧性，人们笑倒了一片。胡老七也笑了，不过那笑十分恶毒，透露出几分杀机。他索性把绿头盔凑到眼前，鉴赏一般看了看，才提上它回家来寻找答案。

当时大杂院的人都在忙着做晚饭，看到怒气冲冲的胡老七，就知道要出事了，都诡秘着声音说，让江新快跑，蔫狗咬一口，疼到骨头朽。胡老七得到了这样的昭示，就用绿色安全帽兜了几块砖头，第一块砸碎了我家的玻璃，第二块砸坏了我的电脑显示器，第三块则对向了我，刚刚举过头顶，就被我擎住了。

我说，胡老七，你要干什么？

胡老七说，没想到乡里乡亲的，你一口一个姐，却偷偷摸摸日上了。

我说，要不是看小屁屁的面子，我应该把你打趴下。

胡老七说，你自己说，除了你能给我戴绿帽子，还能有谁？

我说，如果我对阿英不动心，那我不是人；如果我对阿英有非分之想，那我也不是人。

胡老七说，你翻过来掉过去的，说的这是啥话，这不是自相矛盾吗？

我说，你不懂，这正是你可怜又可恨之处。

胡老七还要挞伐，阿英出来把他拉住。

阿英说，胡老七，你要的是什么土鳖蛮？江新是我弟啊！

胡老七说，现在这么乱套，姐弟恋也不是没有可能。反正不管是谁，给我绿帽子戴，我就跟他动刀子！

阿英说，别在外面丢人现眼，有话回家说去。

胡老七说，你搞破鞋都不怕丢人现眼，我戴绿帽子怕什么丢人现眼？我就知道，你压根就没瞧得起我；自打你嫁给我那天起我心里就明白，你这个坑国坑城的女人，早晚会坑到我头上！

怯懦的胡老七变成了一头愤怒的狮子，表达上也利落多了。他反锁了房门，带着满腔悲愤，从墙脚找了一根废旧的三角带，朝那张铁床狠抡了一下。铁床发出了劈裂的铮音。

胡老七说，操手是谁？赶快交代吧。

阿英好像不认识胡老七似的，奇异地看着他，呵呵地笑开了。

阿英说，你敢！

胡老七说，你看我敢不敢！

阿英说，你打吧，随便打。你要是不打，就不是你爹做的！

胡老七把三角带举得老高，可又没法落下来。胡老七本质上是善良的，这自不待说，重要的是，阿英真是太娇美了，说成是芙蓉为面藕做肢，那也是不为过的。胡老七不忍心，胡老七也没胆量，就把三角带狠狠地抽到了枕头上。枕头被抽得皮开肉绽，荞麦皮四处飞扬。

外面还有听客看客，此时就擂着窗子喊，狗日的胡老七，家庭暴力也不行，再来这套严刑拷打，我们可要报警啦！

胡老七呵呵地怪笑。他说，都怪我，这么长时间不铲不耥，不施肥不浇水，把地都撂荒了，还得麻烦别人。现在，我把过去的亏空都补回来！

这么说着，胡老七就把窗帘拉上了。这场景早已见惯不惊，不过这次不同于以往，大家心都揪着，帮又帮不得，不帮又不是，就退到一个不远不近的位置，依然关注着屋里的动静。夫妻俩有一个殊死搏斗的过程，最后的胜利者自然是胡老七。把阿英彻底剥光，胡老七就骣骑上去。阿英哭着喊，胡老七，你这是强奸！胡老七说，我就强奸了，你告去！我就不信，和谐社会，自己日自己老婆还不行！

问题是大家没能听到以往的动静，就在关键时刻，事情发生了逆转，那条“大头管着小头”的道理终于在胡老七身上得到应验，他那件本来十分蛮霸的东西此时变得疲软之极，无论怎么摆弄也是垂头丧气，如同一截吃剩的老油条，在外围逡巡一阵，终于无功而返，彻底认输了。胡老七趴在阿英的胴体上哭着说，阿英你别忘了，是我把你领到城里来的，难道你就忍心离开我？再说，咱们可是有孩子啊……阿英把他推下去说，事已至此，我也不想再瞒你。我是跟别的男人好上了，这个男人不是别人，就是你们的张老板……

这简直就是石破天惊，把整个大杂院都震蒙了。胡老七跌坐在床上瓮声哭着，竟然说不出话来。阿英抽泣着哆嗦着，收拾了一个简单的包包，就在众目睽睽之下，领上小屁屁，昂然地走出了大杂院，仿佛是个慷慨就义的女英雄。此时的阿英已经焕然一新，戴着金戒指的手上拿着手机，另一只手上拿着客房钥匙，颇有环佩叮当的效果。她走到胡同口，拦了一辆的士，开门上车的刹那里，一掉头，忽然哭起来。她对我说，弟啊，你可以骂我是个坏女人，可我真就不是个坏女人。无论咋说，我对不起你！

四

从此之后，阿英就像一棵绚烂的花树从大杂院里消逝了，这让本来就萧条破敝的景观更加黯淡，到处充满迟暮之气。到水龙头跟前打水的人总会睹物思人，念叨阿英这个那个，揣测她还能不能回来。最明显的改变是，胡老七家的窗帘再也没挡上过，一切活动全都公开透明，置于人们的监视之下。形单影只的胡老七犹如霜打的草，蔫萎得厉害，饭也懒得做，常常买点熟食，闷在屋里喝大酒，直喝得眼睛直勾勾的，连人都认不得了。有个小姐揽不到生意，那天就凭着想当然径直钻进了他的屋里，把他擢弄醒说，行情低迷，送货上门，打折处理了。胡老七问，多少钱一斤？小姐说，不论斤，论次，或者叫一局吧。胡老七说，从新社会回到旧社会，那日子还能过么？小姐说，那没法过。胡老七又说，吃过了精粉馒头，再吃糠面饽饽，那还有法吃么？小姐明白了。小姐说，那要看你饿不饿。胡老七说，我不是饿不饿的问题，我是有没有胃口的问题。狗卵饿，你找狗卵去吧。小姐只好悻悻地离开说，没想到一个屎瓜肚子，胃口还被吊起来了。

狗卵看不到白天挡起的窗帘，就失去了视觉平衡，常到胡老七家坐坐，剑走偏锋半真半假地劝慰几句，遇上饭顿也坐下陪酒。当然狗卵自有他的想法，狗卵的意思是，既然张老板弄你老婆，你就祸害他东西，革命导师当年都说过，工人反抗资本家的方式，无外乎消极怠工、故意出废品、毁坏工具和机器、玩忽职守、监守自盗等等，这没什么好客气的，东西出手，可以五五分成。胡老七喝得很高了，眼睛里冒出了无焰之火，看上去飘飘忽忽的。他说，桥归桥，路归路；当年是当年，现在是现在。财产是老板的，也是国家的。老板垮了，工人们的饭碗也砸了。只要我有一口气，就不能让人偷走一根钉子，你就死了这份儿心吧。狗卵下了酒桌，就骂胡老七太不省事，连好赖话都听不懂，是天生的铁盖大王八。

胡老七居然还坚持顶岗上班，而且不迟到不早退，这就很难让人理解了。不过大杂院的人都注意到，胡老七白天不再潟在屋里，他在实施他的报复，知道公司混不进去，就找到张老板家来。生人想进入张老板的家，从理论上讲是完全没有可能的，不仅小区门禁森严，单元还有可视电子门，张老板的家则是加厚安全门，要想突破，除非使用炸药包和穿甲弹。胡老七很有耐心，一直在小区外转悠。所谓功夫不负有心人，那天早晨，终于看到张老板穿着运动服出来晨练，有意思的是，他不是正着走，而是倒着走，就像游在浅水里的蝼虾。听见有人喊他，一扭头，就看到了胡老七凶险的笑容。

张老板说，你带刀子啦？

胡老七说，带着呢。

张老板敞开运动服说，那你就来吧，看哪儿肉好，随便捅。

因为穿得少，胡老七根本就没带刀子，这是很容易看出来的。即使他带着刀子，敢不敢动手，能不能打赢，那还是另一码事。两个人对面站着，一个伟岸一个矮小，精神气质也完全不同，任何一个无关的观众都会有明确的判断力和倾向性。在公司，员工们就说，老板的幸福关系着公司的业绩，所以奖励胡老七是对的，他等于间接为公司作了贡献。阿英也深得宽容和谅解，大家用了类比的方法议论说，潘金莲跟了西门庆有啥不对的呢？相反，跟武大郎继续过下去才是不对的，只要后来不痛下毒手，那也是另类爱情嘛。

胡老七说，兔子急了也咬人。我不是不敢杀你，我是不想杀你。杀了你，我解了心头之恨，可对阿英没好处，对小屁屁没好处，对那么多农民工兄弟也没好处。

张老板笑了。

张老板说，你还知道哪头大哪头小。说吧，要多少钱？

胡老七说，我不要钱。我想让你把老婆孩子还给我。

张老板说，老婆归我，孩子还给你。

胡老七说，那不行，我那也是捆绑销售。

张老板说，既然是销售，我给你五十万，你有了钱，还可以去找黄花姑娘，咋样？

胡老七说，钱我不能要，那等于把阿英卖了。

张老板说，销售不就是卖吗？你这种人，连话都说不明白，那么好的老婆，跟着你也太委屈了。

胡老七说，我也知道，我配不上阿英。我来是要你一句话，你能对阿英和孩子好么？你要是能对他们好，我就放心了。

张老板蔑笑说，那关你什么事？你能填饱自己的肚子，那就不错了。你好好想想，五十万干不干，过了三个月没回话，就算你自动弃权了。

张老板把胡老七丢在一边，继续着他的“倒行逆施”。那一刻胡老七充满悲情，站在车水马龙的大街旁，连一点办法都没有了。就恨恨地骂着，咋不让狗卵把你身后的马葫芦盖子偷去，嗵嗵一声，彼此都省事了。

阿英带着小屁屁在宾馆住着，越住越不适应，感觉如同金丝笼子里的鸟，安逸奢华之中，也丧失了基本的自由。张老板的临幸不是定时的，而是随机的，可怜的阿英只能像少先队呼号那样，准备着，时刻准备着。张老板对阿英也是真心，不断送给她好东西，还要带她出席酒会。可阿英不敢。阿英说，我土得掉渣，没见过世面，肯定要给你丢人的。张老板说，只要自然，没什么土的洋的。问题是带着小屁屁这么个尾巴，这也太不方便了。

每当这时候，阿英就不吭声了。她知道张老板在要她的口供，可是她不能沿着他的思路前进——即使是尾巴，那也是连在自己身上的肉啊。实在没有办法，阿英就给我打电话说，弟呀，帮姐看看小屁屁吧。我就嘿嘿坏笑说，不管谁要爬你，都要我看孩子。干脆，把小屁屁送给我当螟蛉吧。阿英还不懂螟蛉的意思，阿英说，我知道你对小屁屁好。到了你结婚那天，让小屁屁给新娘子扯婚纱，那还是不成问题的。

这样小屁屁就成了两个大人的灯泡，根据宾馆客房的条件，只能哄着骗着，把他暂时坚壁在洗手间里。哪知避开了眼睛，却避不开耳朵，小屁屁仍能听见床上的响动，听到了妈妈惬意的呻吟，还以为是受了欺负的呼救，就掂着玻璃口杯冲出来，果然没错，妈妈被伯伯骑在了身下，看上去境况极其惨烈。小屁屁是不能容忍的，他比爸爸多了几分血性，就像个小男子汉似的，打了一场保卫母亲的遭遇战。他把口杯当成手榴弹撇出去，可可地砸中了张老板的额头，一缕鲜血就蜿蜒下来。阿英吓坏了，也不管穿没穿衣服，赶紧给张老板擦拭，还找了创可贴给贴上。

由于意外的惊吓，张老板的大头小头都受了伤害，眼睛斜着小屁屁说，这样的孬种，将来也只配打更了。阿英不高兴了，阿英说，小屁屁是我生的，你骂他就等于骂我。张老板自知走嘴，赔笑说，我哪能骂你，我稀罕你还稀罕不过来呢，我骂的是胡老七。阿英说，你占了他的媳妇还要骂他，这就不厚道了。张老板说，我就是不希望咱们俩亲热，旁边还有个人打更。阿英说，这不怨小屁屁，这怨你。用江新的话说，一切都是由生存空间引起的，宾馆住着别扭，找不到家的感觉，还常常有人把小姐带到这来，有人把我看成长期的小姐，这也难怪。张老板沉吟片刻说，忙过了这一段，我给你找个房子。阿英就把张老板抱住，往他的橘皮脸上一阵猛啄，幸福无比地说，死鬼，我要像伺候皇帝那样伺候你，给你做饭，给你沏茶，给你洗脚，给你暖被窝……

为了让中辍的美事得以接续，张老板动用了心智，拿出一只电动卡车，哄着小屁屁到走廊去玩儿，条件是不许乱走。走廊铺着地毯，会销蚀掉所有的声音，长度也足够电动玩具驰骋，哪知道小屁屁玩儿着玩儿着就明白了，原来是中了调虎离山之计，为了妈妈不再惨遭蹂躏，就折返回来。偏偏那些门都很相似，找不到究竟是哪个房间，就放开嗓门哇哇大哭起来。张老板那里正在努劲儿，已经到了巅峰状态，听了不胜其烦，嘴上操操的，一不小心，又进入了血统论的骂法。阿英急于照管孩子，想翻身起来，却被他死死压住。

两个人就在气喘吁吁的搏斗中仓促对话。

阿英说，孩子小，不懂事，你别生气。

张老板说，你就不能把他留给胡老七?

阿英说，孩子不能没有妈妈。何况胡老七也得上班。

张老板说，要不送长托吧，钱我出。

阿英说，孩子都哭差声了，再不管就要出事了。

张老板依然忙活着说，都到门口了，再坚持一会儿就完事，要不然非得回马毒不可。

就在这时候，有人敲门了，敲得十分急骤，就像捉奸似的。阿英猛然把身上的男人掀掉，这动作出其不意，使张老板大受挫折，竟然狂喷了一地。阿英哆哆嗦嗦穿上衣服，打开房门一看，竟是宾馆服务员。在短暂的惊愕里，服务员的脸上呈现出了深恶痛绝的表情，把鼻涕眼泪的小屁屁搡进屋里，骂了一句无耻，立刻摔门而去。张老板在小屁屁的抽泣中静躺了一会儿，又做出了一个划火柴般的轻笑，一句什么都没说，就起身走了。

阿英很惶恐，她知道张老板生气了，生气的最好和最坏结果是什么，她也是很清楚的。可她是母亲，一个做了母亲的女人，又能拿孩子怎么办呢?从爱情的烧灼中慢慢冷静下来，阿英渐渐明白了，她现在花的都是张老板的钱，本来不想被包养，到底还是被包养了。他进入了她的身体，但从来没进入过她的情感，这是事实，不可矫饰。他不喜欢小屁屁，因为他是胡老七的儿子；而他咋就不想想，那也是她阿英的儿子呢……她觉得有一层薄薄的塑料布一般的东西始终阻隔在两个人中间，让他们无法彼此穿透。也许她的爱只是一相情愿，可她的爱是真实的，不管不顾，热烈而痛彻。这场不合规范的爱情让她站到了悬崖边上，已然没有任何退路，事到如今，除了维护和修复关系，她还能做些什么呢?

阿英突发奇想，要给张老板换换口味，做一顿酸汤子——海鲜野味和大鱼大肉他都吃腻了。这个想法也出于她自身的生理召唤，平时都很正常的例假突然不来了，她又惊又喜，买了妊娠试纸一试，答案就明白了。她特别想吃酸东西，马上就联想到了酸汤子。她给张老板打了电话说，死鬼，我想给你做酸汤子，绝对是地方特色风味，你喜欢么?张老板说，我没吃过。有卖的，买一碗现成的吧。阿英说，哪有卖这个的？我要让你尝尝我的手艺。她的潜台词也是很明确的，那就是我在厨房里的表现，一点儿都不比床上逊色。

阿英先到超市买回几斤玉米粒，放在宾馆浸泡，泡出一股浓烈的酸味。阿英从来不叫服务员打扫卫生，可那天服务员就打扫来了，来了又立刻逃了出去，掩着鼻子，大呼小叫，就像中了毒瓦斯一样。因为那次把小屁屁关在走廊的事，服务员已经把阿英妖魔化，这么一咋呼，满世界都知道了。阿英说，我住在这里，就是你们的上帝；上帝弄出啥味儿来你们都得受着，何况我把味儿关在自家屋里，碍别人什么事？服务员们就用白眼看她，说她山梨蛋子土老帽，说小姐零卖她整卖，还说她是女陈世美。阿英一再忍着，忍不住就回敬说，你们随便说去，除了我的不是，剩下的都是嫉妒。

阿英事先给我打了电话。她说她要回大杂院一趟，小屁屁想爸爸想舅舅，哭闹了好几回。此外，她要用我的锅灶把酸汤子做了。我还有什么好说的呢？跟公司打个招呼，就老早回去候着了。阿英一走进大杂院，眼圈就是红的，好像阔别已久，重返故居了。人们见了她不好顺着说，也不好逆着说，就含混了意思，说挺好把？阿英也含混了意思说，挺好挺好。你们也挺好吧？阿英走到自家门口，就粘连了脚步，脸色也感伤起来。小屁屁爸爸爸爸地乱喊一气，可胡老七并不在家，门是锁着的，阿英扒着窗户往里一看，乱七八糟的一片，眼泪就泫然欲滴了，说胡老七这是过的啥日子？简直就是猪絮窝呢！阿英手里还有钥匙，就打开房门，麻利地收拾起来，不消片刻，已经整洁如初了。

阿英点着炉灶，系上围裙，开始攮汤子。锅里的水滚沸着，还未操作，热闹的气氛就烘托出来了。阿英十分投入，她回到了锅灶旁边，就像回到了自己的岗位，满脸兴奋，神采飞扬的。她把汤子套夹在右手的食指和中指之间，那物件还是她从老家带出来的，用薄铁皮砸成，呈漏斗状。磨好的酸面子捧在手上，一捏，一甩，筷子粗细一尺来长的条条就黄鳝一般游进锅里。我站她的身后，看着她腰肢优美地扭动，那简直就是一种舞蹈，给人以至美的享受，把我的心搅得乱七八糟。

酸汤子做好了，盛在碗里，金黄崭亮，再浇上蒜泥、瘦肉丝、大酱做成的调料，已然酸甜苦辣咸，五味俱全的人生滋味都不缺了。阿英顾不得擦汗，就给张老板打电话说，你能来吃吗？我可是费了九牛二虎之力啊。要不要我给你送过去？让人来取也行。张老板当时正在家里应付妻子，大概也是很不方便，冷淡地推诿了几声，就把手机关掉了。阿英被泼了一头冷水，叹息一声说，我明白了，我在跟别的女人分享同一个男人，难免要偷偷摸摸，像作贼似的。而且我完全属于他，他并不完全属于我，这是很不平等的——弟呀，咱们吃吧。

这是我第一次和阿英同桌吃饭，加上小屁屁，家庭的氛围就很足了。桌上除了酸汤子，辅菜还有一个切香肠、一个黄瓜拉皮。阿英吃了几口，就嚷着要喝酒。我从来没见过她喝酒，知道她情绪不好，无非是想借酒浇愁，就骗她家里没酒。可她稍一搜检，就从电脑桌下找出半瓶白酒来，便分开斟了。阿英自己灌自己，酒走得很猛，不消片刻，已经两颊飞红，有了七八分醉意，看着我咯咯地怪笑，那笑到了极致，忽然又演变成了哭。

阿英说，弟呀，人为啥要长大？小时候多好，你还记得吗，咱俩结伴上学，一起走山道……

我说，姐，人不可能不长大。人为了长大，都要付出代价的，这也很正常。

阿英说，你给评判一下，是我对不起胡老七，还是胡老七对不起我？我和张老板，到底能走多远？

我说，我怎么评判，何况这种事是谁都说不清的。

阿英说，我知道，直到今天，我还活在梦里。我就怕哪一天突然醒过来，连梦都没了。

阿英说着，哭出一个高潮来，惹得大杂院的人都朝我家的窗户窥探。我知道这样很糟糕，只怕日后在张老板面前说不清了。就给他打了电话，告知了阿英的情况，让他马上赶到宾馆。我半扶半拖把阿英弄上出租车，她醉得一塌糊涂，手里竟然还死死抓着保温桶，那里面是给张老板留的酸汤子。

五

胡老七并没轻易放弃努力，只是转换了进攻目标，要找张老板的夫人，实施统一阵线方略。他锲而不舍的精神和妻离子散的境遇把本小区的居民都感动了，发现他并没有暴力倾向，就把张老板的夫人指点给他了。老板娘提着一篮子青菜，很苍老也很憔悴地走过来，模样十分的不堪，那一刻连胡老七都想，如果我是张老板，不找阿英才怪呢。

胡老七就迎上去，剪径一般将她拦住，先叫大婶，又叫阿姨，脸上的笑花里胡哨的。

老板娘说，你要干什么？

胡老七说，这事儿很严重，要到你家说去。

老板娘说，不认不识的，怎么可能？有话就在外面说吧。

作为弱势一方，胡老七也有着匪夷所思的路数，他想既然正面强攻不行，那就迂回一下，最好也是最精彩的报复，就是赚开张老板的家门，审时度势，利用年龄上的差异，勾引老板娘上床，实在不行就动硬的，那样一还一报，把绿帽子戴到张老板这样的大人物头上，效果就很轰动了。可老板娘如此警惕，根本就没有半点实施的可能，胡老七只好放弃了原来的设计。他用了挑拨离间分化瓦解的口气说，你家张老板找二奶了，你知道不？

老板娘却不买账，她说，找二奶找三奶，那关你屁事？

胡老七说，怎么不关我的屁事，这太关我的屁事了，你男人找的是我老婆，还拐走了我的儿子小屁屁。大婶，咱们俩可是一根藤上的苦瓜呀！

老板娘看看他，立刻大笑起来。她说，就你这副猪不吃狗不啃的模样，能找到老婆就不错了；就算找到了老婆，还能好到哪儿去？能把我男人迷住，那可就太不靠谱了。

胡老七说，好汉无好妻，赖汉娶花枝。我就是赖汉娶了花枝的那一类，不信我带你看去，我老婆就在宾馆住着，连捉奸都有了。

老板娘有点儿信了，可她还是嘴上硬着说，好汉占九妻，这个你听说过么？

胡老七说，既然你不管你男人，想必你男人也不管你。我有一个两全其美的提议，仅供你参考。现在时兴换妻，他俩好，那么咱俩也好，互相掉换一下，也很不错。尽管咱俩岁数差了这么多，可我也不会嫌弃你。

老板娘愣怔了片刻，又爆发出一阵大笑，扔下菜篮子，眼泪都笑出来了。她说，你这个主意挺不错的。我明白，你是想恶心死他；我就怕到头来没把他恶心死，反倒把咱俩恶心死了。你赶快给我滚，滚慢了我就叫保安了。

他们离大门不远，两个保安都在虎视眈眈地注视着，感情倾向也是显而易见的。胡老七赶快就滚了，滚了几步又回头骂，怪不得男人晒你的床，没人日的老×，看着都闹眼睛，扒光了四仰八叉摆到工地上，农民工都得躲着走！

实际上老板娘对丈夫的监控也是很严的，因为有过共同的患难经历，她不想让别的女人摘桃子，这也是入情入理的。她把菜篮子放到门卫，又叫上一个保安，就打车追踪去了。果然没怎么费劲，就在胡老七提供的宾馆门前发现了丈夫的轿车。老板娘冷笑起来，她告诉保安，只要她一声令下，就朝那狐狸精动手，重点打击脐下一带，留一口活气就行，价码是一千元。报酬可观，打击部位也丰美，保安就很踊跃，他说阿姨你放心，你指向哪里，我就打向哪里。

当时张老板和阿英正在为那桶酸汤子龃龉。阿英的酒已经醒了一半，脸上还挂着鲜桃样的残红，我几次告辞，阿英不让，张老板也不让，我就明白，这种时候他们需要一个人从中调停。张老板认为，为了一顿屯子饭，竟然费了这么大的劲儿，还惹恼了宾馆，有些过甚其事，太不值得了。阿英说，你咋能这么看，白费我一片心意了。张老板打开盖子嗅嗅，眉头就皱起来，原来那酸汤子楂条已经被泡囊，变成了一桶糊涂粥。张老板说，我吃，我全吃，连汤都喝了，行不？这么说着，张老板走进了洗手间，嚯啷一声，把那东西全都倒进了马桶里，又压下揿钮，一股脑儿冲跑了。阿英大哭起来。阿英说你还不如胡老七，胡老七吃东西像猪一样，可他知道感谢我；可你呢，你太让我伤心了。张老板似乎也感到了不对，他坐到她身边，扳着肩膀，脸贴脸哄她，那种亲昵既让我痛苦，也让我难堪。我果断地摆脱了小屁屁的纠缠，抬腿就走，可一打开门，碰到的正是老板娘古怪而阴鸷的笑脸。

我们的张老板不止是绝顶聪明，反应也极其敏锐，还具有相当的表演才能，这都是早就被无数事实验证了的。他绝对不会让妻子抓住把柄，那样离婚时财产分配，他就连一半都拿不到了。他腾地站起身来，追到门口，扯住我，抡起胳膊就扇了我一耳光。我还在懵懂，他就点指我的鼻子愤愤地骂道，你胆敢日弄农民工的老婆，还领到宾馆来过神仙日子，影响有多坏，你知道么？你要是不认错，我不管你白骨精还是牛魔王，公司立马开除你！

实际上老板娘我从未谋面，可我的脑袋急遽地转动了一下，刹那间就明白了。我捂着热辣辣的脸，随之把戏接了下去。我检讨说，都是我的不对。可事情到了这一步，我就得继续走下去。我是真心爱阿英疼孩子，回头就和阿英登记结婚，保证不再给公司添麻烦了……

事情在转瞬之间化险为夷，这时候张老板才做出惊愕的表情，仿佛刚刚发现门口站着的是他夫人。他神情自若地笑着，搂着她的一只胳膊，把她亲切地拥出门去。老板娘狐疑地回望了一眼。房门关上的那一刻，阿英把一只矿泉水瓶子扔了过去，瓶子在门板上敲出一声软钝的大响。阿英随即大哭起来。那一刻我也很想哭，为阿英，为胡老七，为我自己，甚至也为张老板。大概是事情一开始就错了，一步一步，才势如破竹，错到了今天这种悲哀而不可收拾的地步。我已经清醒地预见到，阿英的罗曼史不会很长远，它遽生遽灭，很快就要成为历史了。

更严重的事情发生在那一天的下午。狗卵看看打不通胡老七的关节，突然来了灵感，想绕过小鬼，从阎王爷身上直接弄钱。就瞄着张老板的行踪，一直跟到了宾馆。当然，敲诈张老板是很难的。他不怕纪检委，就活得很恣肆，很多事都能用钱摆平，这早就不是什么秘密了。狗卵的意思是，拍下几张情景暧昧的照片，拿他老婆吓唬他，或者以发布到互联网上相要挟，几万块钱还是能拿到的。不过他在走廊里遇到正在玩儿电动卡车的小屁屁，马上就改变了方案——他抱住了小屁屁，就以为抱住了后半辈子的钱袋子。小屁屁跟他也厮熟，还叔叔叔叔地乱叫哩。狗卵说叔叔带你去玩儿，外面的世界很精彩，外面的世界很无奈。走出大厅的时候，宾馆服务员也看到了小屁屁，因为有大人带着，又因为她们对阿英很有成见，也就没人在意。

阿英和张老板激情过后，这才发现，小屁屁丢了。他们找遍了宾馆的每一个角落，也没发现小屁屁的踪影，这可是不得了的事情。阿英主张报警，张老板认为，一报警就很麻烦，所有的底细就非暴露不可了，还是私下找找再说。阿英不停地哭着，她说，要是小屁屁被人拐卖了，我也不活了。张老板说，你认为会有人拐卖小屁屁？除非是猪脑子。阿英用泪眼睇着他说，你啥意思？小屁屁没人买呗。张老板说，我不是那个意思，我的意思就是说，小屁屁大了，懂事了，不适合拐卖了。

小屁屁丢失三个小时之后，就在我们分头寻找的时候，狗卵把电话打到了张老板的手机上。他们彼此是不认识的，这样连声音都不用化装了。狗卵说，阿英是你二奶还是你相好？张老板说，随便你咋说吧，就那么回事。狗卵说，她的孩子就在我手上，你要不要听听他的声音？张老板说，不要听。狗卵说，多了不要你的，拿一百万吧。张老板冷笑说，你认为他值那么多钱？错翻眼皮了吧。狗卵也感到了不妥，就压价说，那就拦腰打折，五十万，少了一分，我就撕票。狗卵把电话挂了，张老板继续开着车在大街小巷转着找着，他并没把这话告诉任何一个人。

实际上狗卵把小屁屁抱走，就等于两手捧了一个热山芋，一个是小屁屁需要照顾，他得经管他的吃喝拉撒，再一个小屁屁是胡老七的儿子，而不是张老板的儿子，这就有问题了。狗卵把小屁屁藏到建筑工地一个高层房框子里，据险凭高，能攻易守，说起来也真是别具匠心，眼光独到。他给小屁屁买了一大堆吃的喝的，还耐着性子，装猫装狗地哄他，跟他做各种童稚游戏。一开始小屁屁还很高兴，时间一长就不行了，小屁屁想妈妈，扯开嗓子大哭，防空警报一般。居高临下，声音肯定会传得很远，幸亏被工地上的汽锤、塔吊、搅拌机、震捣棒、卷扬机等机械制造出来的喧嚣掩盖了。狗卵更怕夜晚来临，夜里太静，声音掩盖不住，工地上还有胡老七打更，事情就不妙了。狗卵没想过撕票，他还不是那样歹毒的人，何况一撕票钱就没了。所谓盗亦有道，他哄着小屁屁吃了半片安眠药，这样就万事大吉了。狗卵越等心里越没底，隔一段打一个电话，把勒索的价码向下猛杀，一直落到五千，都已经到了很可怜的地步，可张老板还是牙口不欠。

整个一夜狗卵没睡，他把小屁屁抱在怀里，生怕他冻着。向下俯瞰的时刻，他甚至看到了水裆尿裤的胡老七，虽说一箭之隔，可他并不知道儿子被绑架，阿英也没敢告诉他，他还像往常那样兢兢业业地巡查呢。狗卵似乎明白了，他打错了算盘，张老板是不会给小屁屁拿赎金的，小屁屁死了，说不定他会更高兴。想来想去，就把电话打到了阿英的小灵通上，害怕露马脚，是用一只手捏着鼻子打的。

狗卵说，阿英同志，为你儿子张老板连五千块钱都舍不出来，你还跟他睡?

阿英说，你是谁?

狗卵说，这你别管。我先后给张老板打了十多次电话，狗日的总是装聋作哑。

阿英颤抖了，她带着哭腔说，大兄弟，我求你，千万别伤害我孩子，要多少钱我都给。

狗卵很得意。狗卵说，听说你长得可漂亮呢，跟我睡一觉，孩子肯定囫囵着交给你。

阿英说，只要你把儿子还我，怎么都依你。

接下来，张老板就遭罪了。阿英扔下电话，发疯地扑上来，伸展出她的柔荑细指，兜头盖脸地挠他，虽说张老板很会躲闪，我又在一旁拉着，张老板的脸上还是被挠出了血道道。张老板的脸不同于城市马路，是不能有斑马线的，他要保持公众形象，要参加社交活动，要进行商务谈判，更要回家见老婆，这个样子肯定是不行的。他气急败坏，一面用纸巾按着脸上的血，一面发泄积蓄了已久的恼怒，先骂泼妇，又骂贱货，一直骂到山梨蛋子，如此追根溯源，我就不干了。我用力搡了他一下，把他搡了一个趔趄。

我说，你不让报警，又不拿赎金，连绑匪的电话都隐瞒了，到底安的是什么心？

张老板这才腾出空来为自己辩解。他说，我这么做是不想怂恿坏人犯罪。绑匪一点点撤价，这说明了什么？是他心虚了，嚣张气焰被打了下去，离缴械投降差不多远了。

阿英说，张老板我日你八辈祖宗！

张老板蔑笑说，你拿什么日？你长那家什了么？

阿英说，我用精神日，用品质日。我是女人，可也不缺阳刚之气，比你强多了。

张老板推开门，又站住了，眼睛看着我，欲说还休的样子。我猜出他要说什么，便抢先说，不用你炒我，我把你炒了，你另请高明吧，猪八戒摔耙子——我不伺候（猴）了！

当天晚上，我就带着阿英报警了。我主诉，阿英用哭声伴奏，当然，我利用能编造故事的优势，略去了那些令人蒙羞的细节，只是说孩子自己跑到走廊去玩儿，转眼之间就不见了，后来一个男子打来勒索电话，才知道竟然被绑架了。警察一时还摸不清边框四至，看看我又看看阿英，误判说，这么精明的两口子能把孩子弄丢了，简直就没道理嘛！

惊心动魄的一幕出现在第二天早上，对此事一无所知的胡老七下班走了，狗卵发现这大概是一场持久战，需要丰富完备的后勤支持才行，就趁小屁屁还睡着，从半成品高层上攀下来，到商场去买吃的喝的用的，甚至包括遮雨用的塑料布。没过多久，小屁屁醒过来了。这一次他没哭，他看着阳光普照的大千世界，胆子就大了，先是放出小鸡子，居高临下浇了一泡童子尿，然后就拿着电动卡车，无师自通地寻找下来的通道。他毕竟太小了，一把没抓住，就滑跌下来，衣服被一根伸出的钢筋挂住，酒幌一般在高空中晃荡着。起初人们并没看到他，甚至连他的哭声都没听到，还是他的电动卡车掉到了砂浆里，人们这才探询地举头看去，并且情不自禁地发出了惊叫。

当时我正在办公室里收拾东西，张老板也过来了。为了掩盖脸上的血道道，大热的天他还戴着口罩，这就不那么舒服了，看着就像特工或非典患者。他从口罩后面发出了呜暗。老弟，我待你不错，你知道的。再有两三个月，那套房子就是你的了。他这么说着，眼睛有了泪光。我伸出手来和他握一握说，道不同，不与之谋。祝你财源茂盛吧。那一刻我觉得自己十分强大。

不知是谁在走廊一声咋呼，公司的人都知道工地出事了。大家纷纷往工地跑过去。离得老远，我就看到了吊在半空中的小屁屁，他的衣服正像旗帜一样招展着。消防队的人忙着在下面铺设气垫，阿英捂着眼睛只哭却不敢看，而张老板振臂疾呼，已经把悬赏价码开到了五万元。实际上消防队员已经从正常通道爬上去了，可我心里着急，想独辟捷径，就猴子一般，直接从脚手架上攀上去，嘴里还喊着，小屁屁别怕，舅来啦！我的攀爬能力不错，这是很多人都知道的，小时候在家乡爬树采松塔，把本事都练出来了。可事情的结果一点儿都不理想，我还没够到小屁屁，脚下的松木杆子就断了，我从上面悲惨地滑落下来，被脚手架挡了几下，虽说性命无虞，一条腿却骨折了。小屁屁还是消防队员救下来的，而这时狗卵提着大包小包的转了过来，一看到这场景，吓得半晕，当场就向警方投案自首了。

我在医院住了十多天，一直是阿英伺候。有记者前来采访，想往见义勇为方面贴靠，我坚决不同意，因为这里面包含着太多的感情因素。张老板也来看望过，当时正好赶上。记者追到走廊，让他说说这件事。张老板脸上的血痂还没完全褪掉，就暧昧地笑笑说，没有三分利，谁起五更早？他们的关系，也不是一天两天了。这话说得很阴险也很艺术，怎么理解都是对的。因为开发商拿工程，也有一个人格资质问题，本来正好有竞争对手反映他偷娶外室，这么一来，顺手找了替罪羊，他轻易就摆脱了干系。

阿英不可能再住宾馆，也不可能再回大杂院了，她感到很失败也很丢人，就在附近租了一处楼房，挺窄巴的，价钱也便宜，带着小屁屁，过上了柴米油盐的日子。我出院之后还要将养一段，也被她接了过去照料着，我也知道这样很担嫌疑，可也实在是没办法的办法。

胡老七知道了事情的来龙去脉，那天就喝了半斤烧酒，真的揣了刀子，去找张老板理论。张老板恰好来到工地查看工程进度，见了酒气熏天的胡老七，就想逃掉。可胡老七不想让他逃，一面紧跟一面讨伐说，姓张的，你还是不是人？玩儿腻了阿英，又把她给甩了。自己的屎盔子，还要戴到别人头上！张老板说，都是她自愿的，不就是想傍大款嘛！胡老七说，你放狗屁哩。她想傍你？傍了多少钱去？她还以为找到了爱情，结果你把她给骗了。张老板说，起初我是想娶她，可后来是她没经受住考验。胡老七的笑声很狰狞，甚至有了追魂摄魄的效果。他把张老板逼到一个死角，用刀子指定他说，今天我也做一回爷们儿，卸你一个肘子顶我的工钱，反正我也不想在你手下干了！

这时地面上的农民工已经撂了活计，纷纷围拢过来看热闹，却没人靠到跟前劝解。胡老七掣出刀子，慢慢朝张老板走过去。就在这千钧一发之际，意外发生了——一块水泥砖从高层楼房上掉下来，准确地朝张老板头上落下去。一向笨拙的胡老七突然扔下手里的刀子，像一头愤怒的犀牛，直朝张老板顶过去。张老板一个腚墩跌倒了，胡老七却被水泥砖砸中，那颗冥顽的脑袋溅出一朵殷红的血花，就再也不动了。

胡老七到底是杀人凶手，还是救人英雄，一直众说纷纭，争执不下，官方就按照正负相抵的数学运算方式，暂时搁置下了。人们都惋惜说，哪怕把那只刷了绿漆的安全帽戴上，也不至于此了。我架着双拐，来为胡老七送行。火化的胡老七变成一股青烟，升腾到了城市的上空，又氤氲四散，走入了永恒的虚无，除了鸿蒙未开的小屁屁，除了一段毁多誉少的评价，他什么都没留下。

结　　局

阿英去医院做人工流产，让我在丈夫一栏里签字。签过之后，阿英说，弟呀，一次又一次，麻烦你了。我说，如果你不想麻烦，就别再跟我叫弟，让我住到你身边，随用随到，那就方便了。阿英明白了我的意思，她哭了，说江新，我是很脏的，走在大街上，说不定有多少人戳我的脊梁骨呢。而你不一样，你是嘎嘎新的。我说，你在我的眼里，永远都是当年的样子，也就是说，你还是个纯洁的处女呢。阿英哭得更加伤心，她说，江新你是个好人，能人，前途无量，可千万别冲动，得好好想想，说不定你家里不会同意，我这个女人，可是坑国坑城的，光是男人就让我坑了两个了。我心里登时烈焰翻滚，像情景剧里那样宣誓说，那么，我就前仆后继，当第三个吧。

张老板知道了阿英做人流的消息，火速赶了过来，一出口就答应给阿英一百万，以求保住那个属于他的孩子，可是已经晚了，那个孽缘的苦果变成了一摊血污，被丢进了医用垃圾桶里。张老板望着被毁灭的生命雏形，忽然落泪了。他说，阿英你别记恨我，当时我要不是真心，天打五雷轰！

后来我和阿英回大杂院收拾东西，也顺便给邻居们散糖，又撞见了张老板的奥迪轿车。大杂院里人声嘈杂，人们揎拳攘臂，我们还以为是在为动迁闹事，走到跟前才明白，因为这一段故事，农民工们罢工了，都在另找工作，张老板是前来说服大家复工的。他并没发现我们的到来，当众为自己开脱说，怎么样，事情真相大白了吧，阿英跟江新住在了一起，这说明了什么？江新看着老实巴交，实际上早就跟阿英有一腿，胡老七非往我身上赖，真是眼睛蹿稀了。你们想想，我这样一个大老板，什么样的女人找不到，怎么能找到一个农民工的老婆头上！

阿英听了一声没吭，她拾起一块砖头，走近奥迪轿车，拼足了力气扔过去，嚯啷一声，就把挡风玻璃砸了。然后她从兜里摸出那枚戒指，从那个黑洞洞的窟窿里扔进车去。

从此之后，阿英就叫我死鬼了。回想起当年的青梅竹马，两小无猜，才明白我们俩其实一直在暗暗相爱着，只是两岁的差距和姐弟的名分，才让我们久久疏离，结果把一条障子的距离，扩展为千里万里了。当然，我和小屁屁一向感情缱绻，从舅舅变爸爸，这个角色的转换也很容易。阿英让小屁屁坐在怀里，为他翻讲着童话故事说，从前有一个睡美人，一睡睡了五百年，有一天被一个王子吻了一下，她就醒了。小屁屁并不愚钝，相反，他是很聪明的，马上就联系到了眼前的现实，他说，我明白了，妈妈就是睡美人，爸爸就是王子，他一吻你就醒了。

雾村故事

一

那天我们正在学校操场上跑操，村长老莫和油坊刘过来了，脸色都很阴沉。老师把队伍刹住，等两位尊长训话。老莫向齐连成伸出一根指头，把他从队伍里勾出来，说连成你得挺得住，往后的日子还长呢。齐连成木在那里，懵懂着看村长，颈上的红领巾还忽撩忽撩地飘拂。老莫眨眨眼睛，眼泪就下来了，走近几步，把手放在他头上，摩顶受戒般说，从今以后，你就是孤儿了。你爹你妈，一块儿都走了……齐连成明白了，可还不相信，他把脸转向油坊刘，似笑非笑地说，不可能，绝对不可能，我妈还在河边洗衣服呢，刘叔叔你知道的。油坊刘说，孩子，别犯傻了，村长说的是真的。齐连成这才哇的一声哭出来，撒开腿朝野马河跑去。

野马河是松花江的一条支汊，因为不大驯服，就叫野马河了。有道是水腾为汽，汽凝为雾，除非冰封时节，总是氤氤氲氲，罩在一片小盆地上，如同一只沸腾的蒸锅，我们村就叫雾村了。齐连成的妈妈到河边洗衣服，因为雾气阻隔，没看到上游涨水，就被卷了进去。他爸爸正好到河边挑水，伸过扁担去救，结果也被带了进去。我们刚看过《雾都孤儿》的电影，从此就把齐连成叫做雾村孤儿了。

村长老莫觉得可怜，就想把齐连成送到县福利院去。油坊刘不干了，说你这是打我的脸呢。平时亲友善邻地住着，哪能不伸手拉帮？一个孩子，不过就是多双筷子多只碗，积德行善的事我干吗不做？总比往庙里捐款实成吧。老莫想了想就说，也好，干脆当儿子养着，倒插门也挺合适嘛。

老莫说到了事情的实质。刘齐两家只隔着一条村道，可谓门当户对，只是一幢马赛克贴面的三层小楼，一幢摇摇欲坠的坯草房，对比之下，两极的效果就令人刺痛了。油坊刘虽说富得流油，家里却比较闹心，创业初期，他老婆——我们从金猫那儿倒推，都叫她老猫，跟着男人们一起扛麻袋走跳板，用力过猛，结果给累成了伤痨，塌在床上，多少年都不见出屋。女儿金猫本来粉雕玉琢的模样，偏偏得了小儿麻痹，一条腿粗，一条腿细，站在那儿就像个大写的 R，走起路来一撇一撇的，如同两根鸳鸯筷子。所以油坊刘的善心里包含着一己私利，这也是很好理解的。从此我们常能看到金猫站在楼上，红巾翠袖地向下召唤说，连成哥，过来吃饭呀，再等就凉了。

当然，齐连成并不吃闲饭，他也是很能干的，对缺少主妇的刘家多有帮衬。金猫上学曾经是我们的一大景观，步子蹶踏蹶踏的，文具盒里的铅笔格尺都跟着乱响一气。我们年少讨嫌，老远就喊，远看像做操，近看栽楞腰，侧看折叠刀。雾散了一看，哦操，刘金猫！这显然是很恶毒的，金猫就哭，就不上学。后来齐连成就和她一路走，在书包里藏了一根捶衣棒，闻声便掣出来，红着眼睛乱砸。虽说警示意义大于讨伐性质，我们也吓得要命，撒丫子猛跑，跑到远处惴惴地站着，说齐连成真够恶的，齐连成帮着他老婆呢！

齐连成会水，而且功夫练得十分了得。他的理论是，既然我爸我妈死在水里，我绝不能再死在水里，那就太砢碜了。他常常摸了鱼给餐桌上添菜，还从河里挑水供金猫洗头。有一次金猫打水漂，竟然把金镯子甩了出去，兀自对着那片涟漪发愣，齐连成就脱巴脱巴潜到河里，那超长的等待几乎让我们窒息。忽然顶着一个涌花冒出来，嘴上像海豹似的啡啡吹水，那镯子就举在他手上了。金猫眼睛幽幽地看着他说，连成哥，你是用鳃呼吸的吧？我们嫉妒得不行，就站在岸边高喊，刘金猫，你真行，一把抓住齐连成。齐连成，真能干，一下子得了几百万。驸（副）马当成正马骑，油坊刘早晚得姓齐……金猫咯咯地笑了，很幸福很受用的样子。齐连成却没笑，峻着脸走向一边。齐连成的性格挺孤僻，这大概跟他的身世有关系，我们学过一些唐诗宋词，就把“孤舟蓑笠翁，独钓寒江雪”、“时见幽人独往来，缥缈孤鸿影”这一些用在他身上，想一想倒很贴切。

如果齐连成直线前行，考大学肯定不成问题，他的聪明劲儿我们都很认可；问题是油坊刘警惕起来，生怕鸡飞蛋打，人前人后总念三七，齐连成就不能不调整路数了。我们都以为，他要到油坊刘的那一摊子里练手把，准备接准岳父的班了，可事情并没按照我们的思路发展，他弄了一条小船，干脆当起了渔民。油坊刘当然不满意，看着他舞篙撑船，就嘲讽说，连成真行啊，这下子一竿子插到底了。齐连成从来不和油坊刘顶嘴，呵呵地笑着说，叔啊，这多逍遥自在，还能供你鱼吃，两全其美呢！

油坊刘糟糠之妻不下堂，这一点很是为人称道，我们常能看到他守着瓦罐啡啡地吹火，给老猫熬煎中药，就像太上老君炼丹一样。还从来不在外面打野食，对于他这样的大款而言，这就难能可贵了。遇有机能亢进的客户非要快活一下，他又不便得罪，就在门外守着，里面忙活完了，他照单付账。村长老莫觉得已经很感人了，还很有时代特点，就作为模范事迹汇报上去，说他致富路上永不变“色”。县领导听了半截，就给封杀了，说这叫什么模范事迹？这本来就是他应该做的嘛。说罢觉出了纰漏，又补救说，这也不是他应该做的。别人嫖娼他买单，这叫什么事？我看，你这个村长脑袋进水了！老莫就很懊恼。他一直在村长的位置上趴着，很想弄出点业绩来好往上走走，可惜天不助人，我们雾村一直老和尚帽子平塌塌，除了油坊刘还值得一说，真就没什么值得一说的。

油坊刘的买卖越做越大，还在县里建了豆粕厂、制酒厂、酱菜厂等等厂子，常常自驾一辆巡洋舰大吉普，梭行于雾村和县城之间，生怕遭人算计，就起用了本村的冯蛮牛做保镖。冯蛮牛是个七分熟，都说他爹妈做他的时候偷工减料，少加了一铲子炭。有一次在大雾里挑水，懵懵懂懂多走了一小步，结果就给掉进井里。冯蛮牛是旱牛不是水牛，就是水牛也没办法，拔着井绳爬上来，竟然嘻嘻笑着说，井里凉快，还没风，就是太窄巴。油坊刘废物利用，便让他跟着收账，使个眼色，冯蛮牛就脱了衣服，像参加健美比赛似的，绷出一身疙瘩溜秋的蛮肉，藏獒般的眼睛一瞪，欠债的立马堆碎，二话不说，乖乖就把钱还了。我们都叫他穆仁智，冯蛮牛嘿嘿傻笑说，谁是穆仁智？刘总说了，他是列宁，我就是瓦西里！

每逢雨季，齐连成家的房子都有趴架的危险，他动手收拾，油坊刘就说，收拾个鸟啊，早晚那么回事，搬过去算球了。老莫也说，这破房子，放个响屁就崩倒了，干吗还要负隅顽抗，这岁数也不算早婚了，住三层小楼去嘛。齐连成一概不应声，只是甩着两手稀泥，回以无声的一笑。我们当然不能看着，就啸聚起来帮忙。齐连成给我们置酒弄菜，金猫也过来帮厨，我们就有些看不懂了。如果有谁夸他人中吕布马中赤兔，他就认真起来，说吕布算什么东西？三姓家奴，光有肉没有骨头，我是最瞧不起的。金猫站在一旁不说话，只是很欣赏地看他，颦笑之间，那一口碎玉般的小白牙一开一阖，像是咬着齐连成的肉了。

二

由于村里有人在油坊和酒厂务工，土地就撂荒了，外村前来包种的甚多。有一天，我们等在一幢旧房子跟前帮忙卸车，齐连成也在其中。这一家姓文，女儿叫文香兰，这都是我们后来知道的。当时雾气浓白浓白的，就像炼乳一样。汽车刹住，车上一大堆破烂东西之间，一朵裙裾像荷花那样开放着，很轻盈地跳下来一位佳丽，或者说很袅娜地下凡了一位仙女，朝我们明眸皓齿地一笑。我们都感觉被强光晃了一下。从此之后，齐连成拎到刘家的鱼就少了，而匀下的那部分，都被他挂到了文家的障子上。

事情的走向让我们大吃一惊，也感到问题要严重了。不过仔细想想，这都是自有道理的。过去雾村还没有真正的村花，蔓蔓一片，都是荒蒿野草；如今文香兰一来，就相当于芍药牡丹了。齐连成的优点我们也不可企及，第一，相貌俊朗，这叫帅；第二，神情忧郁，这叫酷；第三，水性出众，这叫侠；第四，居然还会写诗，合得上一个儒字，四位一体，这就厉害了。齐连成把突击写成的爱情诗作装订成小饭店菜谱那么厚薄的一小册，偷偷送给了文香兰，称她为花儿朵儿蓝闪蝶和绶带鸟，特别还比喻成月亮，这就更煽情了。

遗憾的是，那本诗集很快就被文老爹撕成了细条条，卷了那种劲头很大的蛤蟆头旱烟。文家已经是三代老贫农，至今仍然看不到出头之日，还指望着女儿的婚嫁改变全家命运呢，是不会轻易将宝贝出手的。文老爹一边抽着烟一边说，诗能顶吃顶喝？诗这玩意儿都不顶个狗屁。要想娶你，起码他得捧上铁饭碗。为防止生米做成熟饭，文家老爹老妈还实行了轮班看守，亦步亦趋地跟踪盯梢，那样子很像又狡猾又笨拙的老特务，我们都不止一次碰见过。文香兰想见齐连成，只能借洗衣服的机会。他们的距离总是水上和陆地的距离，就那么静静地待着感受彼此，似乎这样共享同一个时空，就已经很幸福了。老两口百倍警惕，手握卵石守卫在女儿的旁侧，眼睛瞄着水里，一看齐连成有靠近的企图，便装作无意的玩儿闹，随便丢下一个，在船前爆起一朵吓阻的水柱。

油坊刘的摊牌则是在一天晚上，两个男人对着金猫做的四个菜借酒说话。这显然有鸿门宴的性质，我们当中有人路过，便傍在刘家的大门外听动静。油坊刘从头说起，像痛说革命家史似的，从他失去父母开始，回忆了很多动人的往事，包括背他到县医院看病，用吉普车拉他到县里上学，而且从初中到高中，大部分生活费（学费全免）都是他给掏的。齐连成眼泪汪汪地慢慢道来，他表述的大意是，金猫是妹妹他是哥哥，他想的做的，从来就没超过兄妹的界限。屋里很快就由文戏转为武戏，除了油坊刘的怒吼，还伴有杯盘破碎的脆响。齐连成是被撵出来的，只穿了一只鞋子，样子十分狼狈，而另一只鞋紧随他飞出了大门。站在院子里的油坊刘暴跳如雷，气咻咻地骂道，你这个忘恩负义的东西，还没怎么样就成了陈世美，拉帮你还不如喂一条狗呢……齐连成一声没吭，拾起那只鞋，一头扎进了自己的屋里，很久都没露面。

从此之后，齐连成就不再到刘家去了。不是他不想去，而是叫不开门，金猫把大门一插，有时还用脊背抵住，任他怎么敲打，坚决不予通融，他一说软话，她就嘤嘤地哭。有一次，她还一撇一撇地踱到文香兰家，埋伏在障子外面，看着她蹁跹着从屋里走出来，这才迎上前去。文香兰当然也认得这位一条半腿的百万财产女继承人，屏住呼吸，战战兢兢地看着她，生怕吃耳光。可金猫没动手，她把眼睛贴到了文香兰的身上，就像个无比敬业的质检员，审视了好一阵，才吁出一口长气，凄然笑笑说，真是漂亮啊。做我嫂子吧，你们很般配。说完一转身，就一撇一撇地走开了。

毫无疑问，这是一出很热闹的地方戏，台前幕后，有好多精彩的细节，可惜观众的身份限定了我们的视角，我们只能通过雾气样的幕布或者幕布样的雾气，隐约看到剧情的梗概。就当时而言，油坊刘肯定想过釜底抽薪的一招，那就是立即驱逐文家，从根本上断绝齐连成的念想。可文家是签过土地合同的，这就不好办了，何况财神爷必拜土地爷，村里的事还是老莫说了算。油坊刘对老莫说，齐连成是一条狼，吃红肉拉白屎。我就不信羊蹄子能上树，就算他不娶金猫，金猫也照样嫁得出去；而他那样的穷小子，不但娶不上文香兰，就是娶一个平头正脸的也很难。老莫良久无语，沧桑的老脸上愁苦无比，只有一声接一声叹气。

由于齐连成的缺位，刘家的粗活重活就没人干了，油坊刘看冯蛮牛闲得难受，就把他临时打发来。冯蛮牛干活跟齐连成很不一样，他不是一般的能干，而是太能干了，一干起来就刹不住车，总是过甚其事，超额完成任务。譬如说，金猫要用河水洗头，他二话不说，立马就去挑，挑满了水缸，又弄得钵满盆满，差点儿就水漫金山了。扫院子，哪怕飘落一片树叶，也要从头扫起，实际上捡起来就没事了。油坊刘为了保护他的积极性，就顺毛摩挲说，蛮牛真能干，蛮牛都快成革命的傻子，也就是人民的老黄牛了。这都是很双关的话语，可冯蛮牛听不懂，还以为主人很赏识，就晃着肥粗扁胖的身子，很骄傲地傻笑。

有一天，齐连成掮着渔网下河，半路上被冯蛮牛拦住了。

冯蛮牛说，疯子厉害还是傻子厉害？

齐连成蒙了，说你是不是傻子我不知道，可我不是疯子；谁认为我是疯子，那么他就是傻子。

冯蛮牛就嘿嘿笑，说写诗的就是精神病，精神病就是疯子，你当我不知道？咱俩比画比画，你就明白谁厉害了。

这么说着，冯蛮牛用力一搡，齐连成就跌坐在地上。还没等他缓过神来，跟着就是一顿拳脚。冯蛮牛力大如牛，齐连成根本就没法抵挡，裹着渔网满地乱滚，血涎顺着嘴角直淌，门牙也松动了。就在这危急时刻，油坊刘驾着巡洋舰来到了。油坊刘比冯蛮牛矮半头，可伸出手还是能够到他的脸。他一下又一下地扇着，噼啪噼啪的，在雾气飘浮的早晨，音响效果很脆快。由于踮着脚很累，他就喝令冯蛮牛跪下，这样就方便多了。油坊刘打得手疼，这才罢休，返身把齐连成抱住，瘰了泪花说，连成，这傻东西咋能这么对你？快上车，我拉你去看伤！齐连成坐上了汽车，可他并不去，何况他的伤都在表层，看不看都无所谓。窄小密闭的空间给了他们久违的缱绻感，如同往日时光依稀重现。齐连成说，叔啊，你的恩情我永远……然后就哽住了，呜呜地哭起来。油坊刘抚摩着他那簇倔犟的头发，也落泪了。他说，叔不勉强你，叔是希望你幸福。你慢慢琢磨去吧，只要你认为咋样是幸福，叔也为你高兴！

这一段折子戏没有目击者，都是后来冯蛮牛不打自招的，尽管他的复述一锅糊涂粥，我们还是把它重新连缀起来了。冯蛮牛的脸皮糙肉厚，具有很强的抗击打能力，看不出饱挨耳光的痕迹。我们说，冯蛮牛你狗日的凭什么打人？齐连成是雾村孤儿，本来就够可怜的，你还敢欺负他，真是主多大奴多大了。冯蛮牛就嘻嘻笑，说我是替金猫出气哩。齐连成可怜，金猫就不可怜？金猫比齐连成可怜多了！

三

的确如此，我们都觉得金猫可怜。都说残缺有多大，幻想就有多大，金猫是很想跑很想跳很想远足的，上学的时候还挽着齐连成的胳膊，喝喝咧咧似懂非懂地唱着：你是风儿我是沙，缠缠绵绵绕天涯……从小到大，她一直固执地认为，只要坚持常遛，就会有所改善；如果遛得两腿同样粗细，那就接近完美了。过去遛腿都是齐连成陪着，如今还想再陪，可金猫不干了，她让冯蛮牛跟着，形同扈从和马弁。油坊刘也没明确表示反对，反倒认为，这样才能彰显她的公主身份。这样我们常能在河边沙滩上看到两行奇异的脚印，一双人如熊掌，一双小巧却明显偏仄，还带着那只残腿划出的柔和浪线。

这天金猫出去很久都没回来，过了饭时，油坊刘沉不住气，就亲自出去找了。油坊刘轻易是不到河边来的，偶尔一来，也是洗刷他的大吉普。当时我们几个人正好过河采蘑菇，搭的就是齐连成的船。看到油坊刘走过来，就皆大恭敬地打招呼。油坊刘回应得也很热情，然后就问金猫的去向。我们向他泛指了一个方向。当着我们的面，油坊刘特地关照齐连成说，给你送过去一桶豆油。还缺什么你吱声，我到县里给你捎回来。齐连成并没吱声，我们都觉得他很愧对，说亲爸爸还能咋样？无论如何，你不能对不起人家。齐连成深深地勾着头，默默地划着桨，在欸乃的桨声里，他的眼睛里有了稀薄的泪光。

接下来的场景有些不堪入目，个别细节也显然是经过加工的。油坊刘冒着大雾走了一气，终于在一个僻静的地方找见了冯蛮牛，他俯在沙地里，汗马流水的，正在一上一下地努劲儿，把周围的雾气搅得乱飞。油坊刘还以为他在做俯卧撑，走近前去，拍拍他的脊背说，蛮牛，悠着点儿，别累着！冯蛮牛一边忙着，一边抬头说，不累。就是再累我也情愿！油坊刘觉得他有进步，兴许慧心顿开，今后就跟常人一样了。刚想进一步夸他，透过迷雾这才发现，原来他身下垫着一个人哩，那人不是别人，正是他女儿金猫。油坊刘急了，一个扁踹把冯蛮牛踢下来，口口声声要治他的强奸罪。冯蛮牛还没怎么样，金猫啼啼地哭开了，满脸赧色说，爹啊，你咋不为我想一想，有哪个好人肯要我？整个村子，我只能嫁给冯蛮牛了。油坊刘痛心疾首，就地直转磨磨，指定了女儿狠狠骂道，有几百万跟着，还愁嫁不出去？没想到你这么不争气，破罐子破摔，人都让你丢尽了！

骂归骂，可事已至此，油坊刘又有什么办法呢？他也是没有任何办法的，只怪自己疏于防范，甚至是引狼入室了——由于天热，冯蛮牛干活就得脱衣服，甚至光了上身，只兜着一截短裤，很孔武地在院子里转悠，尽情接受楼上女主人的检阅。这厮大头萎缩小头发达，在前裆弄出一大团冗余，蠢蠢欲动呼之欲出的，肯定对金猫构成了极大骚扰，以至造成了随之而来的严重后果。油坊刘只好随弯就弯，捏着鼻子把女儿嫁出去。

结婚那天很热闹，村长老莫亲自主持婚礼，雾村的乡亲们都来随份子，酒筵的排场可想而知，大家吃得满嘴流油，喝得沟满壕平。齐连成一半客人一半主人，找了几枚二踢脚，站在刘家大门外，很嚣张很陶醉地燃放着，脸上的笑怎么也收不住了。油坊刘陪老莫喝了几杯喜酒，已经带了七八分醉意，趁着解手踱出大门，觑定齐连成说，连成，你咋这高兴？我看你比冯蛮牛还高兴呢！齐连成说，我这是为金猫妹妹高兴。油坊刘呵呵地笑了，不阴不阳地说，你应该高兴，你太应该高兴了。等到你结婚那天，我也照这样给你办置！

婚礼之后，金猫就跟他爹要财产，这是油坊刘绝对没想到的。油坊刘说，我两眼一闭，什么什么都是你的，你着的什么急？金猫说这你别管，反正我有急用。再说，你两眼啥时候能闭上？我看，你的眼睛比谁睁得都圆，锃亮锃亮的，我可等不及。油坊刘锃亮的眼珠转了几转，突然醒悟了。他说，你要帮齐连成娶媳妇？金猫说，恭喜你答对了，就这么回事。油坊刘说，你这个傻东西，比冯蛮牛还傻呢。人家甩了你，你还帮他，这不是真正的大傻那啥吗？再说，你们两个傻子分我的钱，我死也闭不上眼睛！金猫说，你还支使冯蛮牛打人，真够缺德的。油坊刘说，打他是为你出气，他这号人，不打不足以平民愤。金猫就给她爹跪下了，说连成是我哥，也相当于你儿子，你干吗非要强扭瓜，跟他过不去？就算闺女求你，帮他一把吧。就呜呜地猛哭。可这不顶用，油坊刘一边走开一边跺脚说，想让我割肉喂狼？门都没有！

刘家深院高墙，大门坚固而严实，是红漆加兽环的那种，容易让人联想起旧社会的地主老财，没有炸药包或是穿甲弹，想进去是很难的。偶尔有虚掩的空子，我们都禁不住往里窥探，是想知道这个富贵而不美满的家庭到底是怎样维持的。第三天早上，忽然听得金猫一阵号啕，就知道事情不妙。原来按照本地风俗，新娘子三天回门，姑爷必须拜见丈母娘。病入膏肓的老猫躺在病床上，还等着齐连成过来叫妈呢，可进来的却是个陌生人，就让她很诧异了。老猫连声说，连成呢？连成呢？连成咋不来见我？冯蛮牛把一张傻脸深俯下去，一面直呼老丈母娘，一面嘻嘻傻笑说，哪来的什么连成，我就是你姑爷！老猫觑着昏花的眼睛，好半天才对准焦距，看不清还好，一看清就大惊失色了。如果冯蛮牛不笑，也许后果还不会那么严重；他一笑，嘴里的口水就包不住了，刷啦一下子，全都落到了老岳母的脸上……可怜的老猫眼睛一翻，登时就晕了过去。这相当于压垮骆驼的最后一根干草，老猫终于彻底崩溃了。闻声后大家都帮着往县医院送。齐连成哭得够戗，他跺着脚说，婶啊，婶啊，我对不住你！

在县医院的走廊里，齐连成和金猫相遇了。这注定是一次尴尬的见面，两个人都不知道说什么是好，我们也在一旁跟着难受。金猫眼里噙泪，把冯蛮牛叫过来说，叫哥！冯蛮牛不叫。冯蛮牛说，我比他大，咋能跟他叫哥？美的他吧。金猫说，我叫哥，你就得跟着叫。冯蛮牛不敢拗着，就叫了。金猫的眼泪纷纷而落，似乎有很多话欲说还休。齐连成窘着脸走了，走了几步又站住，回头对冯蛮牛说，你要是待我妹不好，我敢杀了你！冯蛮牛嘻嘻笑，说你咋能杀我？你又打不过。齐连成说，陆地上不行咱们水上见。冯蛮牛就不敢吭声了，凭借齐连成的水性，这是完全有可能的事。

四

县医院宣布了老猫的病不可救治，只是等着咽气而已。消息传回雾村，噩耗竟然变成了喜讯，尚未婚嫁的姑娘和已经婚嫁但还年轻的寡妇，简直都要疯了，也不顾年龄和辈分，纷纷托媒上门，要扔笤帚占碾盘，来给油坊刘填房，竞争态势十分火暴，差点儿就打起罗圈儿仗来，这对我们一些找不到对象的小青年来说，简直是极大的讽刺。油坊刘一个都不见，推拒说，大家都是好意，可眼下我不能扯这个，让人笑话不说，也对不住我老婆。这期间他差不多天天都往县城跑，处理了业务，便静坐在老婆的病床边，眷恋地牵着她的手，叨咕着一些琐碎的往事，还弄出了眼泪汪汪的效果。这就很让我们感动了，都说这样的大款有情有义，嫁给他肯定没错。

齐连成和文香兰的爱情在“老特务”的严密监控下，只能以地下的方式艰难地进行着。他们不能幽会，只能明会，地点就是河边，不过互相看上一眼，也就很知足了。虽说洗衣机早已普及，可我们这一带还恪守着古老的浆洗传统，洗衣用棒槌，每逢天好，就有众多妇女麇集在河边，一边嬉笑一边捶洗，重现了万户捣衣声的悠悠古风。文老妈像个笨手笨脚的老丫鬟，紧跟在女儿身边寸步不离，还当着别人的面念叨三字玉女经：养闺女，别撒手；一撒手，就丢丑。后来觉出似有影射金猫之嫌，也就缄口不谈了。

这时候老莫从县里带回一个好消息——国营企业红锦鸡三轮摩托车厂招工，月薪一千二打底，另有奖金，当然，要通过考试排名录用。红锦鸡其实就是摩的的一种，在经济欠发达的乡镇风行一时。牛逼不牛逼，看看红锦鸡，这话在小半径里被普遍认可，红锦鸡的人走路都拔着腰杆，找对象也很抢手。这真是天赐良机，齐连成激动得都要哭了。我们也认为齐连成势在必得，以他的底子，考这个不过是小菜一碟。

那些日子我们很少看到齐连成，他把自己关在屋子里，拉开了决战的架势，朝铁饭碗也就是朝文香兰迅猛冲刺，连吃饭都是乡亲们给送过来。他家没有可丢的东西，大门二门从来不插，是真正意义上的门户开放，何况他自小就吃百家饭，送饭的不用声张，直接放到他家锅台或窗台上就行了。考试这天清晨，齐连成还在炕上翻烧饼，送饭的人就来了，雾很大，他甚至都没看清这人的背影。饭也很普通，分不清出自哪家的锅灶。齐连成什么都没想，也什么都想不到，稀里呼噜就吃了。送他上车的人很多，相当于一场非正规的仪仗，我们还看到了躲在人群里秋波渺渺的文香兰，她那样子像笑又像哭，因为这是决定性的时刻，命运的骰子就要露出最后的点数了。齐连成就像上刑场似的，凄迷地笑笑，还向周遭抱拳稽首，而后就搭着油坊刘伸出来的巨大的小手，纵身跨上了巡洋舰大吉普。那车尥了一个蹶子，眨眼间就跑进了浓重的雾气里。

考试的场面我们无缘见到，等到齐连成垂头丧气铩羽归来，我们才得知竟然出了意外。齐连成坐到考场上还不到十分钟，感觉就不对了，一阵剧痛不期而至，经过急遽的分解化合，肚里那顿早餐很快就形成了一股邪恶的怒潮，以翻江倒海势不可当的凶猛冲决着闸门，很快就以大爆发的形式喷薄而出了。结果不必细说，齐连成只有狼狈逃窜，没把人丢在屋子里，那还算有面子。就是这样，雾村孤儿齐连成稀里糊涂掉进了别人的陷阱，所有的美好期待，全都随着几泡稀屎化作了一枕黄粱。

这么阴损的事会是谁干的呢？齐连成不知道，我们更不知道。村里还有人散布说，根本就不是那么一回事，是齐连成啥嘛不是，生怕露馅，装作拉稀，给自己找台阶下呢。形单影只的齐连成面带古怪的笑容，沿着野马河信步胡走。我们生怕这个会写诗的人学习屈原抱着石头跳河，就远远地跟着。可是他并没跳河，却选了一个僻静的地方，坐在卧牛石上大哭起来。这是中午时分，阳光已经把雾气驱散，河面上浮动着柔美的涟漪，他的眼泪就像一群透明的蝌蚪游进了清澈的流水里，转瞬即逝，连一丁点儿痕迹都没留下。

接下来的事更让我们绝倒，油坊刘的老婆也就是我们称之为老猫的那个女人，在阴阳之界徘徊良久，终于呼出最后一口浊气，跟这个无法把握的世界白白了。几乎同时，一个石破天惊的消息传开来，油坊刘竟然和文香兰订婚了。

这件事的轰动相当于野马河决堤，整个雾村都乱套了，乡亲们竟然有了受骗上当的滋味，连一向跟油坊刘交好的老莫也十分憎恶，他说，没想到翻身解放这么多年，白毛女的故事又在咱村重演了。整整差着一辈人，咋好意思亮家伙？这还不如嫖娼呢。金猫更是寻死觅活的，说你找谁都行，咋能找到文香兰头上？她是齐连成的对象，娶她就等于乱伦，对连成哥的伤害也太大了。油坊刘说，都啥时代了，你还这么看问题。年龄是问题吗？年龄早就不是问题了，古往今来，伟人名人有钱人，老夫少妻多的是，有的都是爷爷孙女辈的。文香兰跟齐连成也就是个干巴好，连嘴都没亲过，如今彻底黄瓜菜了，我找她咋就不行？唐明皇娶的还是儿媳妇呢，到现在还不是千古佳话？再说，你眼睁睁找个二傻子，再造出个瘸瞎鼻嘶，痴呆茶傻，我的班交给谁去？既然你们让我失望，我就得自力更生了。油坊刘嘴上滔滔滚滚，理论也很强势，金猫拗不过，就号啕大哭，用头撞墙，撞出一缕殷红的血道子，口口声声要撵她妈去，亏得冯蛮牛拦腰抱住，才没把事情闹大。

下聘礼那天，我们好多人都看到了，不是直接的目击，而是隔着障子的缝隙，透过迷蒙的雾气，从敞开的窗子绰约看到的，而且后来也得到了文家人的再三印证。聘礼是成套的，有摩托罗拉手机、代尔手提电脑、MP3、劳力士坤表、铂金镶钻项链、纯金麻花手镯、猫眼戒指、祖母绿耳坠……甚至连冬天才能派上用场的貂皮大衣都买来了，还有一张三十万元的存折，专供文家更新房子用的。面对如此重礼，文家父母目瞪口呆，没当场休克，那多亏一生的辛勤劳作，把底子攒好了。油坊刘窘着一张老脸，先叫大哥大嫂，马上又说，从此之后，我可就改口了。就运足了底气，朗声叫了爸、妈，这一叫，就把文家老爹老妈叫哭了，那哭声毫无乐感，干干涩涩的，还带着摇曳粗荒的拖腔，怎么听都不像是人类的声音。

我们谁都没看到文香兰，或许那场面不忍目睹，她故意躲在小屋里不露面。而这时的齐连成如梦初醒，也似乎看清了所有事件的幕后黑手，就攥了石头去砸油坊刘家的大门。这无疑是很有意思的事，招致好多人看热闹。齐连成高叫，狗日的刘叔叔你出来！我们都憋不住笑，因为把狗日的和叔叔连在一起，这实在太新颖了。结果油坊刘没出来，狗出来了，那狗本来和齐连成厮熟，还接受过他的喂饲，此时也随着主人翻了狗脸，狺狺地朝他扑过来。由于慌乱，齐连成手里的石头无一命中，却被狗咬住裤脚，差点儿扯个跟头。

五

轰动归轰动，不过就是一阵子，婚期在即，不可逆转，村里人也认可下来，反而又觉得，郎“财”女貌，与时代接轨，天平的两头并不倾斜，也没什么不合适的。准新娘文香兰很少露面，偶尔也出来洗洗衣服，身后却总是跟着“尾巴”，不是老爹老妈，就是冯蛮牛或油坊刘——他们要保证她的绝对贞洁，让她像新摘的黄瓜那样顶花带刺露珠晶莹地端上餐桌。文香兰的脸上挂着无助的凄伤，就像被人拐卖了，眼睛透过迷雾，试图在河面上搜寻曾经的恋人，不过这也是不可能的。齐连成太失败了，几乎就是完败而归，连一分都没得到。他真的没脸见人了，捕鱼时总是远远离开村子，把船泊在河心，躺在船上看天，好久都一动不动。可他往往看不到天空，飘荡的雾把人的视线完全遮挡了。

有一天，我们在河里洗澡，发现上游流过来一些纸船，一只接着一只，简直就是个庞大的舰队。捡到手上拆开展平，才明白这些被水洇湿的文字都是齐连成写给文香兰的爱情诗。当时文香兰不在场，而金猫在场，她把这些解体的纸船全部收敛到一起，看了几篇，忽然泪流满面。她说，连成哥并没骂错，我爹真是个狗日的！

金猫趁文香兰洗衣服，也拿了棒槌，凑到跟前坐下。文香兰十分的怵惕，生怕那根棒槌敲到头上来，可金猫并没有敌意，朋友似的跟她嘀咕着什么，尽管她们从来就不是朋友。我们还以为这对继母继女提前进入了预热阶段，可事情似乎又不怎么对劲儿。文香兰娇嫩的粉脸变幻了好几个颜色，然后匆匆收起衣物，扔下金猫就走了。这样我们只能认为，这是她们的第一次交锋，而且完全能预见到，这两个女人之间的争斗会没完没了地进行下去。

过了三天，她们谈话的内容才终于暴露，原来金猫鼓动并策划了文香兰和齐连成私奔。金猫说，假如你真爱我哥，千里万里，还有什么能阻拦得了的呢？我们很难猜想金猫的真实目的，因为她和文香兰之间存在着几百万的财产瓜葛，她当然不想有人和她平分。文香兰不能痛下决心，是因为她不能抛离父母，就在这犹犹豫豫举止失当的细节当中，这事儿终于失密，油坊刘已经早有准备，差不多就是张网以待了。

这天的雾仍然很大，雾气造成的间离效应，使我们雾村总是人物模糊，表情暧昧，即使凡俗的生活，也带上了间谍片和悬疑剧的背景特征。齐连成听到了河边的捶衣声，这是他和文香兰约定的暗号，就带着可怜的行囊和三千块钱，到河边碰头来了。钱是金猫给的，而金猫手上没有多少钱，她的钱只是平日积攒下来的零花钱和压岁钱。金猫还怂恿文香兰把能带的聘礼都带上，为难着窄的时候一变卖，也好应付外面的生活。不过这一切都没能得以实施，此时捶洗衣服的人不是文香兰，而是文老妈，分明是个精心布置的骗局，云里雾里，这绝对是齐连成既看不清也想不到的。

齐连成径直奔向了他的渔船，这也是出逃的关键，否则无法摆脱巡洋舰大吉普的快速追击。及至跟前，就惊定在那里，因为他发现冯蛮牛撅在他的船上，手拿一把凿子，正在凿船呢。

齐连成喝住说，冯蛮牛，你要干什么？

冯蛮牛说，刘总心疼你，不想让你再打鱼摸虾了，他要让你当秘书呢！

齐连成明白了，他说，你不过就是油坊刘豢养的一条狗！

冯蛮牛嘻嘻笑，说难道你不是狗？还是刘总打小喂大的呢，你反过来还回头咬他！

齐连成说，你下来。你要是不下来，我让你吃灌汤包！

这么说着，齐连成就涉着浅水，朝那船蹚过去。冯蛮牛生怕他靠近，就操起船上的竹篙连连猛捅，齐连成躲闪不及，被可可地戳着了胸口，差点儿窝过气去。情急之中，就顺手抓住了那篙，和他拔河一般抢夺起来。哪想冯蛮牛力大，齐连成拽不过，只好松手。悲剧就发生在这短短的一瞬，失去平衡的冯蛮牛丢了那篙，轮着两手，在浪荡的船上摇晃了几下，身子终于倾斜到了无法扳回的角度，扑通一声掉进河里。齐连成反射地扎进水里，也摸索到了冯蛮牛，可那厮力大坨沉，死死地勒住他的脖子，拖住他一齐往深水里沉下去。水下肯定有一场不得已的搏斗，两个人互有抓伤，等到倒换过来再拖，上岸的冯蛮牛已经是尸体了。

我们闻讯赶到，河边已经聚拢了一大群人。齐连成坐在沙滩上捶胸大哭，痛不欲生的，无论怎么问，就是不吭声——人命关天，他是说不清的，即使能说清，不进局子，大额赔款也要他的命。冯蛮牛就老实多了，静静地躺在那儿，脸上似乎还带着大彻大悟的笑容。他老爹看看怎么都喊不醒他，便疯了似的跑过来，扯住齐连成就打，口口声声说儿子是被他灌死的。看到金猫也在场，就策动她声援。金猫没哭，反而笑了，她说，该着河里死，井里死不了。像冯蛮牛和我这样的残次品，多一个少一个，都是无所谓的。跟你们说实话吧，当初是冯蛮牛强奸了我，我怕丢人，就顺从了他。我妈是咋死的？还不是被他吓死的。现在他被淹死，那是我妈把他抓走了！

金猫真是出语惊人，我们都张大眼睛看她，仿佛不认得了。冯老爹还要说话，亲家油坊刘走过来了。他有可能是整个事件的唯一知情者，凿船显然就是他支使的。他扯开冯老爹，站到齐连成跟前，颤颤地伸出一只手。我们都以为他会打他，可他没有，那手轻轻落到他头上，抚摩了他湿漉漉的头发。油坊刘说，孩子，你别哭。你哭是什么意思？弄不好就被别人误会了。再大的事，身后还有刘叔叔呢。你婶也在这，让她发句话吧！

我们都蒙了，一时弄不清指代关系；当文香兰哭着从混沌的雾气里走出来，我们这才明白，这位齐连成昔日的恋人，已经摇身变成他婶了。她认可了这个身份，显然有很大的无奈。油坊刘话里有话，又似要挟又似送人情，我们都能感到他的毒辣和老谋深算。根据当时的场景，文香兰完全能判断出究竟发生了什么，她咿咿地哭着说，齐连成绝对不是故意的，他这样的人，哪能干缺德做损的事？这事儿顶多就是个意外，千万别难为他。

众人纷嚷起来，场面乱哄哄的。就在这时，随着雾气的浮动，村长老莫的身姿凸显出来了。无数事实证明，老莫是雾村的灵魂，每有大事，都是他在关键时刻一掌擎天。他打扫了一下嗓子，众人立刻静下来，葵花向阳一般朝他仰视。老莫的一番话让我们大感意外，他告诉大家，他才是整个事件的唯一见证人。他一直蹲在河边的草窠里出恭，由于最近上火，这个过程变得痛苦而冗长，所有的情况就一览无余了。他看到的情况是，冯蛮牛偷着使了别人的船，一不小心，船走了横水，摇晃了几下，就把他摇晃下去了。正巧被齐连成看到，连衣服都没脱，就下水施救。结果被冯蛮牛搂定，差点儿搭进一个去。老莫强调说，齐连成这是一般的行为么？不是，他这是见义勇为，是舍己救人，是英雄或准英雄了。我们雾村出过尖子傻子，出过大款和穷光蛋，还就是没出过英雄；从现在开始，雾村就是英雄的故乡了。如果我不是蹲麻了脚杆动弹不得晚来了一会儿，早就由不得这个那个牛后蝇子瞎哄哄了。

村长老莫一锤定音，别人就不敢再说别的了。他搀起齐连成，手捏在肉上，一拘挛一拘挛地使劲儿，不过这种肢体语言别人是很难察觉的。聪明的齐连成自然心领神会，可一时收不住眼泪，顺着惯性哭道，我对不起金猫妹妹，我没把冯蛮牛救活！老莫说，狗日的冯蛮牛一身傻膘，体重相当于一麻袋黄豆，还是泡胀了准备发豆芽或做豆腐的那种。甭管活的死的，能把他捞上来，就已经感人至深了。

六

我们不得不佩服老莫，是他在关键时刻力挽狂澜，动用机智给齐连成铺设了一个台阶，不仅让他安全着陆，还让他光荣起飞，这实在太高明了。其实我们一开始就发现了其中的蹊跷，还像蹩脚的侦探那样到河边去搜寻老莫的屎堆，却是了无痕迹，最后的解释，只能是让狗给吃了。我们也全都顺着老莫说，向活不向死，这是普遍原则，何况齐连成还是我们的同学，我们没道理不加入这个善意的骗局。

这样一来，事件的大致轮廓就被拓清了。老莫乘胜前进，把大手笔顺势做下去。雾村孤儿齐连成舍己救人的英雄事迹被报到县里市里，接着就糊上来一大批记者和宣传干部。他们一致认为，事迹还不错，只是太单一。伟大来自平凡，齐连成在日常生活中肯定还有种种闪光的小事，集萤成炬，需要聚思凝智加以发掘。老莫就召集大家开会，大会连着小会，弄得满屋子冒烟咕咚。经过好一顿搜肠刮肚，终于回忆起许多感人的往事，比如说，背老猫上车啦，搀扶孕妇过冰面啦，不但自己不打鸟，还和打鸟的人作斗争啦，做环保卫士，从来不往河里撒尿啦……

我们一帮同学则采用了堆雪人的方法，你糊一块我糊一块，从童年开始，事迹越搜集越多，甚至连冯蛮牛那次掉井，也说成是齐连成救上来的。记者和宣传干部找齐连成核实，齐连成不是说忘记了，就是说这是我应该做的。村里伙食好，来的人笔头子都很硬，围绕着从雾村孤儿到平民英雄这一主题线索，大块小块的文章连弩箭一般发表出来，齐连成的名字就响了。

没有人为冯蛮牛惋惜，他老爹甚至说，给我一头大牛的钱，这事儿就揭过去了。老莫说，凭什么给你钱？你儿子因私溺水，应该给救他的人拿钱才对。冯老爹就蔫回去，说俺哪来的钱？要钱朝他老丈人要去。油坊刘也算慷慨，扔给他相当十头大牛的钱，不胜欷歔说，你家的二傻子可把我闺女坑苦啦！

招待记者是要花钱的，村里的钱紧，老莫就向油坊刘伸手。油坊刘说，连成的事就是我自己的事，该吃吃，该喝喝，只要野马河的水不干，我的烧锅里就有酒。有一天晚上陪记者吃饭，老莫喝高了，油坊刘也喝高了。他们肩并肩站在黑暗里撒尿，刺出了夸张的喧嚣，也不看周围有没有人，就一边打酒嗝一边过招。

油坊刘敲打说，你以为是井掉进了水桶里？根本不是，还是水桶掉进了井里，这个你可别看错了。

老莫早有准备，就反制说，雾村出个英雄不容易。现在谁想说齐连成不是英雄，别说我不答应，全雾村的老百姓都不答应，这个你也应该明白。

油坊刘像夜枭那样笑着，抖着最后的尿滴说，英雄所尿略同。

老莫借着酒力，俯下身看了看他那个东西，哈哈大笑着，散着脚杀回纷乱的酒场，一边走一边说，真是月朦胧鸟朦胧啊。狗日的油坊刘，一截软不拉蹋的老油条，还要愣充硬杵子去配新臼子，我倒要看看，你是能舂米还是能打年糕！

也就是几天的工夫，我们雾村稍好一点的大墙都被刷上了“学英雄、见行动”一类的大标语，这些标语和“要想富，少生孩子多种树”相映成趣，标注着村子的时政中心，并引导着村子的精神走向。齐连成家的外墙不能刷标语，但里墙上却挂了一大溜锦旗和奖状。他受到了县领导的亲切接见，还按照宣传干部写成的材料，在大会上作了报告，听的人报以热烈掌声，这都是可以想象的。由此滥觞开来，县城里的中小学都请他作报告，日程排得很满，我们想见一面都很难。几乎同时，油坊刘和文香兰的婚礼也在县城隆重举行了。县领导也出席了婚礼庆典，还即席讲了话，忽悠说，夕阳和朝霞交晖，白发和红颜共枕。这是一个成功的私营企业家和一个绝代佳人跨世纪的紫水晶之恋。这时候，由新娘变成新寡的金猫突然号啕大哭起来，她说，这么隆重的场面，只可惜我妈和我男人都没赶上；他们才死了没几天，正好方便，就利用这个现成的礼堂，给他们开个追悼会吧。当然，这是完全没有可能的，金猫被认为是撒癔症，由几个虎贲架着抬着，塞进一辆婚车里，直接送回雾村了。

说来也怪，我们平时看齐连成也很平凡，此时再看，就真的很不平凡了。成了英雄的齐连成神情黯然着，很少有笑脸，这和过去的庄严又很不一样。他仍像往常那样给刘家扫院子挑水，遇有雨天，必给行人撑伞，还背上学的孩子们过水坑，把捕到的鱼分送到村里的五保户家里，当然，这还是过去的叫法。作为老同学和秘密守护者，我们有些绷不住，悄悄向他暗示几句什么。齐连成说，英雄的事迹太感人了，你们学英雄，难道我就不学英雄？咱们都得向英雄学习嘛。在迷雾漫卷的氛围里，我们常常聚在一起，回忆那些亦真亦幻的往事，觉得眼前的齐连成和材料里的齐连成有分有合，若即若离，一切都是或许真是莫须有的，怪只怪我们的记忆发生了问题。有一天老莫喝多了酒，就站在野马河边的雾岚里，把头仰向天空，很狂放地大骂，狗日的雾啊，你真是一块狗日的橡皮，我狗日的眼睛和脑袋啊，都被你狗日的给擦模糊了。这种骂法空前绝后，我们都觉得富有楚辞汉赋的韵味——狗日的三个当代俗字，尽可代替古汉语中的兮了。

红锦鸡的领导来到雾村，想请齐连成去当红领。他们找到村长老莫说，齐连成已经是英雄了，他上红锦鸡还用得着考试么？根本用不着考试，他已经用英雄行为说明一切了。然而此一时彼一时，齐连成上不上红锦鸡已经意义不大了，何况老莫还指望着齐连成把村子搞红呢，是不会轻易放他走的。齐连成本人也是这个意思，他说，我这个英雄还不彻底，应该让被救的人活着，我死去，那才叫彻底呢。现在我离不开雾村，我欠父老乡亲的太多了。他的话让红锦鸡的领导脊背发凉，可也不得不翘起大拇指，承认他的境界高，实在是高。临走时还留话说，红锦鸡的大门，随时都向英雄敞开着。

老莫叫人在村口竖了一个高大的木牌坊，上面写着：英雄的故乡欢迎您。这为雾村增色不少，来的人见了无不肃然起敬。油坊刘的动作更快，已经把广告做到了国道两旁，大牌子上赫然写着：来自英雄土地的大豆精髓——雾村牌豆油。而过去的广告词是：来自云雾之乡的北国神油。因为语焉不详，涉嫌色情业，申报了几次都没获得批准。

其实这些都不是我们关注的，我们关注的是刘家大院里的那几个人，因为这颇有鸡兔同笼的意味了。新婚的前几个夜晚，金猫就在洞房的门前逡巡，静夜时分，橐橐的脚步声就很讨嫌了，何况还是一只脚轻，一只脚重，严重地折磨着人的听觉神经平衡。油坊刘实在受不了，就从窗子里探出一张紫巴溜丢的老脸说，闺女啊，爸老了几岁不假，可也是人哪。你干吗非要和爸过不去？金猫一脸正色说，我是为你们守夜值班呢，要不然我妈和冯蛮牛回来，你们的觉还咋睡？话说得如此瘆人，里面就传出了文香兰野猫样的喵叫，继而演变为呜呜的哭泣声。在白天，金猫要为夜里的付出补觉，油坊刘和文香兰这对新婚伉俪同时出现在大院里的机会就多了。很多路过的人都听到了扇耳光的声音，起初还以为是家庭暴力，扒着门缝一看，不对了，是文香兰自己扇自己的耳光呢。油坊刘岂能舍得，就上前捉住那一对柔荑小手，嘿嘿赔笑说，这是干吗，要扇就扇我，我的脸毕竟比你扛扇。文香兰也不客气，转而就扇向他，那嫩手在他的老脸上噼啪作响，浏阳花炮一般，一边扇着一边还咻咻地骂。等她扇累了骂够了，油坊刘才涎着老脸赔着笑，为她揉手呵气说，疼不疼？疼不疼？要疼，就戴上手套嘛。

到了这种时候，我们才明白了事情的谜底——油坊刘真是一截吃剩的老油条了，这也是他长久不近女色的真正原因，何况还有金猫的精神阉割。从此之后，刘家大院里又飘出了煎中药的气味，那气味和雾气杂糅在一起，弥漫于整个村子上空，让我们回想起老猫和以往的日子。凡是有助功力的丸散膏丹，油坊刘一概尝试，在他家门前的垃圾堆里，甚至还发现了进口伟哥的包装纸盒，对于孤陋寡闻的乡下人来说，这绝对是稀罕东西，被小青年们拿在手上争相传看。老莫知道了，就酸酸地叹气说，咋他妈搞的呢，让几个臭钱一闹，螺杆螺帽全他妈弄乱套了，竟还有人占着茅坑不拉屎！小青年就接茬调侃说，怪不得你总往河边跑呢！

七

无论感情和关系多么复杂，齐连成必须进入刘家大院，因为他得对冯蛮牛的死负责，这也是没办法回避的。他给金猫挑水洗头，也得给文香兰挑水洗头，一对初恋情人的碰面就不可避免了。齐连成低着头，并不认真看她，尽管她曾是他的花儿朵儿蝶儿鸟儿和月亮。齐连成涩涩地说，婶，你……挺好吧？文香兰就咕咕地笑了，又似极大幸福，又似极大痛苦，鲜嫩的脸闪过几分憔悴，仿佛被油坊刘的酱菜厂腌过了。她说，我一半为爹妈，一半为了你，你可别装作没感觉。齐连成的肩上还挑着担子，此时云开雾散，桶里的河水在难得的艳阳下波光潋滟着。他说，别提这个好不好？咱俩认识了没几天，什么事都没有。文香兰又笑，笑得花里胡哨的，看着他说，我得恭喜你，现在你是英雄了；假如你不是英雄，麻烦可就大了。这一下点到了他的死穴，齐连成一下子就蔫了。他起步要走，扁担钩却被扯住，文香兰的眼睛爆发出奇异的光亮，就像断了钨丝又重新接上的灯泡。她说，连成大侄子，本婶子热得受不住，本婶子想跳河！这么说着，就把灵秀的脑袋扎进水桶里，再拔出来，但见长发纷乱，水流如瀑，分明就是落汤鸡了。齐连成忙说，凉啊，凉啊。文香兰哈哈大笑，就那么披沥着头发走上楼去，桶装的河水滴到地上，就像一长串省略号。这是很有视觉冲击力的场面，金猫住在三楼，居高临下，不可能看不到。她先说可怜哪可怜，然后又说，不这样又能咋样呢？要是热得厉害，也只能这样了——在乡下，遇有母鸡发情或者想孵蛋，偏偏公鸡不配合或主人不允许，最简便易行的消解办法，就是把它浸到凉水里降体温。

对于油坊刘来说，这些剧情都很危险，他绝对不会听之任之。他找到村长老莫说，老英雄不能没有新发展，现在一切都挺不错，只差一个角色没到位了。老莫诧异片刻，马上就明白了。老莫说，狗日的油坊刘，你拿我当傻子？让冯蛮牛打人，给齐连成下药，让冯蛮牛凿船……哪件事不是你干的？你睡着齐连成的对象，还想让他睡你的瘸闺女，这合适吗？你要明白，世界不是你一个人的。油坊刘说，狗日的老莫，你跟别人豪横，跟我别豪横。你花过我多少钱？我每年给你的豆油，都够你全家洗澡了。一听这个，老莫就软了，嘿嘿笑着，用两只糙手揉脸，揉出一波一波的老褶来。油坊刘说，不管咋说，冯蛮牛死在齐连成手上，让他接冯蛮牛的班，也不是没道理。老莫说，这不是讹人么？油坊刘说，这咋能是讹人呢，损坏东西要赔，这也是三大纪律八项注意里面讲过的。

这话到了金猫的耳朵里，那天就找到齐连成说，我可怜你，因为你是我哥。过去你看不上我，这我知道；可现在我也看不上你，你知道吗？你这个“人造模”，不但事迹是假的，说话是假的，连笑都是假的了。一个整天戴着假面具的人，那有多难受。齐连成说，到底是咋回事，你都知道，本来我也不想这样，可事情一步一步把我逼到这了，我也没办法，只能走一步是一步。金猫说，反正不管谁撺掇，我也不能再帮你续写英雄事迹了。何况死的人坟土未干，我不能像我爸那样卑鄙！这些话后来老莫也知道了，老莫叹气说，金猫，莫叔叔敬佩你！

由于齐连成只是“地方粮票”而不是“全国粮票”，一阵旋风刮过去，就归于平静了。我们常能看到齐连成躬腰驼背，替哪家背着庄稼或猪草，如牛负重地走过村道，也就明白，其中既有自责、补救和赎罪的成分，也是有人牵着他的鼻觓走呢。对此老莫很生气，跟我们说，齐连成就是英雄，这没什么好说的；维护英雄形象也就是捍卫雾村的最大利益。要有小鬼龇牙，就砸他家玻璃！虽然话没说破，我们也都明白，这也是他此生唯一和最大的政绩工程，无论如何，他绝对不能退让。

我们就攥了石头满大道溜达，借以震慑那些刺刺挠挠总想捅漏核心机密的人。没人敢说这个那个，倒是有一天，冯老爹回过味来，喝了几杯本地小烧，就在大道上耍起尿泥来，扯住齐连成，哭哭咧咧地乱嚷，我儿子死得不明白，他是替油坊刘凿船，被你给浸死了，想不到杀人凶手竟成了英雄……齐连成惨白着脸，衣服扣子都掉了，却垂着两手任打任骂，不做任何反抗。

我们刚想上前拉开，就见巡洋舰从那厢驰过来，哧地刹住，油坊刘跳下车来，不容分说，就扇起了冯老爹的耳光，似乎要把文香兰扇给他的耳光转嫁出去。冯老爹被扇蒙了，抬头想寻找太阳，却是满天的迷雾。第一轮打击过后，有一个短暂的间歇，冯老爹吐出一口血唾沫，这才回过神来，拉开架势就要反扑。这时金猫从车上下来了，她脸色苍白，娇弱无力，想说什么，可刚一开口，就哇地吐出来，那是一些尚未消化的五颜六色，一看就是县城馆子的饭食。

油坊刘说，狗日的冯二傻子他爹，这回你明白了吧？你傻儿子的孽种，在我闺女身上生根发芽开花结果了。

冯蛮牛傻，可冯老爹并不傻，他眨眨眼睛，立刻满脸狂喜，扑通就给油坊刘和金猫跪下了，老泪纵横地说，老天爷有眼，给我儿子留后了！

油坊刘说，想得美。没问你儿子的强奸罪，已经够便宜的了，再替你家生出个傻子，我闺女就没有出头之日了。

冯老爹膝行而至，抱住油坊刘的一条大腿，把鼻涕眼泪都涂到了他的裤脚上。油坊刘甩了几下没甩开，就用另一只脚踢他。冯老爹受不住，就转向了金猫。金猫的残腿不扛抱，由于重心不稳，挣了几下没挣开，只好老老实实接受了。

冯老爹说，金猫啊，满村的人都知道，你是菩萨心肠，你就把孩子留下吧，孬好也是一条命……

金猫哭了。她说，不是冯蛮牛强奸了我，是我勾引了他。我是残疾，可我也是一条命，我妈不生我，也就没我了。不管肚子里的孩子是跛子还是傻子，我也得把他生下来，因为我想做妈妈……

油坊刘恼羞成怒，也不管冯老爹了，粗暴地抓起女儿的胳膊，像扔行李一样把她塞进汽车里。这让我们心疼起来，因为她是女人，是孕妇，而且还是残疾。我们都把手里的石头朝汽车砸去，当然，汽车已经跑远，我们砸的是那片空气。齐连成就站在村道上，两朵硕大的泪花只在眼里打转，却一直没能掉下来。我们也由此恍然明白，事情原来是这样的，金猫的一切作为，并不是破罐子破摔，而是一种明明白白的玉碎，差不多就是舍己救人了。

八

雾季如此漫长，这是老天的旨意。或许也可以不这么认为，只是为了剧情的连贯和叙述的方便，我们删除了没雾的季节，把隔年的雾季串接起来了。总之，金猫的肚子一天天见大，这让她的身姿步态愈加艰难而丑陋。她还常常到野马河边去遛腿，当然，这时候她已经不再为自己，而是为了肚子里的孩子。我们遇到她，总是礼貌地打招呼说，金猫，小心点儿！金猫说，小心着呢！一颦一笑中，我们发现她不但很美，甚至都光彩照人了。金猫走累了，就坐在石头上歇气，看奔流如斯的野马河，看那些都很一样又都不一样的波痕和旋涡。如果齐连成正好在雾里下网起网，她就抚摩着肚子轻声说，看你舅舅有多能，舅舅给你逮鱼吃呢！

齐连成不再往刘家送鱼了，他逮了鱼，亲自做好，直接送到金猫的屋里，这就别有心思了。他进刘家大院，也完全是为金猫去的，跟男女主人再无关系。金猫的怀孕引起了家庭的激荡，因为这影响金猫的再嫁，也意味着要有一个智商不足或撇拉着腿的财产继承人呱呱坠地，无论是油坊刘还是文香兰，都得为自己想想了。

于是，文香兰摸着空空的肚子说，油坊刘，我操你瞎妈！

在我们乡下，由青涩女孩变成黄花姑娘，再由黄花姑娘变成贤淑少妇，最后定格于泼悍的大老娘儿们，这是一个漫长的渐变过程，可被村民普遍看好的文香兰三步并作两步，这种变化就属于超常规了。油坊刘还不相信那动人的朱唇会清脆流畅地迸出脏字，人还在犯傻，可文香兰又骂了一遍，就让他不得不信了。不过他一直坚持打不还手骂不还口的原则，就低首小心地赔笑说，又生气啦？我又没惹你。

文香兰娥眉倒竖，星眼圆瞪，说你他妈的总拿那根吃剩的老油条糊弄我，这也太不人道了。跟你睡了这么久，我究竟算是姑娘还是媳妇？

油坊刘说，我又没偷懒，不但尽力，都透支了。一个人的能力有大小，只要有这点精神，那就是好同志。

文香兰说，傻牛犊就要出生了，你管不管？你以为她那是生孩子吗？不是，她是跟我争财产呢。你费劲巴力，总撒秕谷，白瞎我这块肥地了。你一转眼就是熟透的瓜，到时候两眼一闭，我没孩没崽，两手空空，指望谁去？怕是连一只油漏子都分不到了。

我们不能苛责文香兰，实际上她也很无奈。当初她连私奔的包包都准备好了，可老爹老妈闹着要跳河，她就没办法了。不过她很快就明白了诗和现实之间的真正距离，所以迅速调整自己，以彻底唯物的观点面对生活——如果她在这场轰轰烈烈的婚姻里颗粒无收，那可就彻底失败了。

油坊刘狡辩说，谁说我要熟透了？饭后百步走，活到九十九，到那时候，你也七十来岁了。

文香兰笑了，笑得很悲悯。她说，老婆长得丑，活到九十九。你找了我这朵盛开的村花，那就是找死呢，从今往后，你不骚扰我，我骚扰你，你就别想睡囫囵觉了！

油坊刘说，吃饭留一口，活到九十九，起码三条我占两条……

如此节节败退却又步步为营，文香兰终于不能容忍了，她大哭大闹，把能抓到的东西全都抓到手上，一件一件向他扔过去。油坊刘双手护头，身子收缩，以极大的毅力扛住了各种攒射，直到文香兰操起桌子上的暖瓶，他才一把将她抱住，因为这已经不是常规武器，相当于一枚热效炸弹了。

油坊刘说，乖乖宝贝，别着急嘛，想办法让她流了就是了。

话虽这么说，毕竟极难操作，油坊刘试探几次，只差把女儿按到引产床上了。可金猫做母亲的意愿十分坚定，简直就是个宁死不屈的女英烈。她说，这辈子我不打算再嫁人了，我只跟我的孩子过。院子里的两个女人没能逃出同类家庭的老版本，平时尽量互相回避，一旦碰面，不看脸只盯对方的肚子，就好像县里下乡的计生队，吃饭也是各吃各的。我们常能听到金猫的歌声从院子里飘出来，不是小白菜地里黄，就是世上只有妈妈好。渐渐膨胀的敌意已经弥漫在大院里，这让我们回溯起以往的温馨细节——在野马河的涛声里，她们并坐在一起，细语涓涓地说着什么，那画面曾经是很感人的。

事情的大起底发生在这天早晨，油坊刘到河边洗车去了，村长老莫并不知道，见院门大敞四开，就提着一瓶鹿鞭酒昂然挺进，这也是油坊刘急来抱佛脚，多次拜托过，他从别处好不容易淘弄来的。老莫觉出了油坊刘的不善，他想回送一些东西，双方一平乎，他就不欠什么了，省得他动不动咬一口。老莫循阶而上，在二楼和三楼之间的楼梯上，他看到了亮汪汪的一片，可跟进来的雾气混淆了他的视线，还没看清到底是什么，脚下一滑，就悲惨地跌倒了，而且顺着楼梯直滚下去。老莫躺在一片碎玻璃碴子里哎哟哎哟直叫唤，那枝粗树根样的鹿鞭丑陋地横陈在楼梯上，宣示着人间的无度、无奈和无耻。金猫是习惯起早的，可妊娠使她不便坚持，正在屋里听音乐做胎教呢，听到声音，赶忙走出来。弄清了究竟，就站在三楼上喊起来。

这事儿很容易就被勘破了，是有人故意把豆油洒在楼梯上，针对的人也就不言而喻了。文香兰急于洗清自己，就真哭真练，说我不希望金猫怀孕，可我绝对没那么恶毒，因为我也是个女人。这样油坊刘就不得不承认下来，说是他不小心，把送礼的豆油桶逛荡洒了，着急出门，一时没来得及收拾。金猫始终在笑，那笑很鄙夷，她从房间里端出一个搪瓷缸子，晃一晃，里面的残液淙淙作响。金猫说，这就是她爸亲手熬制的祛暑消夏汤，她假装太热当时没喝，后来拿到卫生所一问，才知道是榆白皮水，竟是用来堕胎的验方……铁证如山，这一回油坊刘就无话可说了。当时来看热闹的人很多，众声喧哗的，都把受伤的老莫给忘了。老莫还躺在酒和油的混合物里，有如新蘸成的糖葫芦，有意无意中，竟然使用了京剧的颤指，翘起脑袋，觑定油坊刘说，狗日的油坊刘，你把事都做绝了。你让我不得好活，我让你不得好死！

老莫摔掉了大胯，走路拖拉拖拉的，不得不拄着棍子。他领着我们几个粗通木工的人，在刘家的小楼外面搭建了一个木楼梯，直接通到三楼，说这样好，各走各的，省得金猫遭人算计。这等于一个超级大广告，被人用手机拍下来，捅到地方小报上去了。油坊刘面子过不去，那天故意多灌了几杯酒，把家里赋闲已久的捶衣棒掂在手上，跑到村部来砸玻璃。老莫命令治保主任说，给我拿下！可治保主任不敢拿下，他的弟弟和小舅子都在油坊刘的手下干着呢，何况村部的玻璃还是油坊刘花钱镶的。油坊刘砸得痛快淋漓，还要扩大战果，这时候齐连成来了。

齐连成说，刘叔叔，你太过分了。是可忍孰不可忍，如果你再这样，我很难抑制正义的冲动。

这话说得何其文雅，在乡下，远不如狗日的之类赶劲。油坊刘歪着脑袋，用迷离的醉眼轻蔑地看着他，呵呵地笑起来。齐连成是他看着长大的，这一点儿都不错；小时候的齐连成和大起来的齐连成排成一列纵队，从雾气里若虚若实地走出来，仿佛让他认不得了。油坊刘说，少他妈跟我转词儿。你咋不想想，事到今天，这一切都是谁造成的？都是你个狗日的小杂种。今天我倒要看看，你这个假英雄是啥面做的！这么说着，手起棒落，就砸到了齐连成肩上。齐连成疼得咧咧嘴，然后低下头来，好像要认错了，可突然变成一只愤怒的犀牛，当胸一顶，油坊刘猝不及防，一个腚墩就坐在了地上。齐连成一边走开一边说，他动手我没动手，大家都看到了。油坊刘在一片洪大的笑声中狼狈不堪，抚膺片刻，才拔上气来说，一斗米养个恩人，一石米养个仇人。既然你不仗义，那就别怪我不仗义了。

九

实际上金猫从木楼梯上走了没几天，出于全面安全考虑，就决定不走了。她简单收拾了东西，坐了县里的线车，住到二姨——老猫的姐姐家去了。油坊刘知道了，开着巡洋舰追上，说孩子孩子，爸做的一切，都是为你考虑，能眼看你上窟窿桥么？这个世界上，就你我两个亲人哪。油坊刘边说边流泪，车上的人也跟着难受起来。可金猫不为所动，她甚至都不正眼看他，说我的亲人多的是，连成哥哥，老莫叔叔，老冯一家，还有雾村的乡亲，哪个不是我的亲人？不是亲人的只有你一个了。油坊刘大放悲声，可汽车很快转过山弯，什么都听不见了。车上的人这才发现，伏在前面座位上的金猫，脚下已经被泪水洇湿了一大片。

我们这一带雨量充沛，三天两头就下，不过，像那天晚上的鞭杆子雨却是很少见的，那雨被风刮横了，很刁钻地从门缝和窗棂挤进屋里，很少有人家不进水的。老莫拄着棍子，在我们的簇拥下一步一蹒跚，非要把全村巡查一便不可。齐连成家也是当然的重点，只见床上头张着塑料布，雨水正像小溪一样向下流淌。老莫叹气说，我们不能妨碍英雄艰苦奋斗，也不能看着英雄活遭罪。连成，你的安全绝不是你个人的事，跟叔走吧，住到村部去。可齐连成不干，他说，越是这样我越不能离开，一离开人，屋子就毁了。看看拗不过，我们帮他简单弄了弄，就撤离了。完全迥异的是，对面的刘家华灯齐放，处之安然，就像在举行盛大宴会似的。

大约八九点钟，有人敲门，齐连成开门一看，不由得惊呆了，来人竟然是文香兰。她撑着雨伞，可那伞被强风吹翻背了，看着就像一朵残败的喇叭花。她浑身差不多湿透了，雨水顺着头发滴答，一股微微的寒战电流般从身上掠过，迈过门槛，咧一咧嘴，凄惨地笑了。齐连成还以为，是油坊刘打发来请他过去避雨的，可她告诉他，事情恰好相反，他已经驾车进城，去告发他了，也就是说，他要彻底揭穿他假英雄真肇事者的本来面目，她想了好久，才决定来通知他。

齐连成定在那里，足足半分钟没说话。由于不能现场介入，我们在还原这些场面的时候，很难绝对准确，丝丝入扣，所以当时齐连成叫的是香兰还是刘婶子，这就弄不很清了。他的神情几近绝望，那笑容也有了恶毒的成分，说了一声谢谢，可文香兰不走；又说了一声谢谢，文香兰还是不走，说忘了带钥匙，回不去家了。文香兰的眼睛像可控灯那样一点点变亮，脸色像盛开的桃花那样渐次洇红，在一对一的场面里，这种暗示的确是很要命的。刘家的大门是碰锁，风一吹就会自动闩死，除了搭梯子跳墙，再没别的办法。外面迅雷大雨，要送客是很难的，而且也显得不够礼貌，齐连成就顺势谦让了一下。也许是天意如此，雷电造成了电线的短路，白炽灯泡闪了几闪，文香兰的眼睛也闪了几闪。灯光灭掉的刹那里，文香兰一下子扑过来，把他紧紧抱住说，我怕！

这样一来，齐连成就不好办了——他怎么可能让昔日的恋人，楚楚可怜的美女害怕呢？那就太不男人了。况且他已经身陷绝境，有今天没明天，没什么好顾忌的。他们什么都没说，也没什么可说的。在零度光线里，齐连成就像开足马力的打夯机，尽情施展着强大的建设性和破坏力，嘴里还随着狂暴的节奏呼号着。头上的雨水在塑料布上敲打出一片杂沓，有着拉拉队的效果，而他的硬板床坚实可靠，那还是他父母用经年的老柞木做成的。文香兰很好奇，就问，你喊的是什么？我咋听不明白？齐连成这才告诉她，我日油坊刘他老婆！文香兰哈哈大笑，笑过又哭了。她说，日子咋过成了这样子？齐连成说，你问我，我还要问你呢！

其实文香兰并没忘记带钥匙，这只是一个女人的小狡猾而已。当老莫带我们转遍了整个村子，检查了所有的危房漏房水泡房，回来已经是下半夜。闪电耀亮的瞬间里，我们看到一个窈窕的身影，猫鼬一般窜过大道，又熟练地捅开了刘家大门，不是文香兰又是谁呢？老莫感慨说，真是孝女啊，准是惦记着娘家，冒雨跑回去，又冒雨跑回来的。文家的房子是够破的，可有三十万的投资翻建，一应材料已经备齐，破房子很快就要变成新房子，而且是庭院式园林建筑，率先在村里使用彩钢瓦，不但嘎嘎漂亮，分明就是划时代了。

十

油坊刘告密的事，第二天老莫也知道了。老莫对齐连成说，再响的屁也压不过齐唱的歌。全村人都站在你一边。我们说你是真的，你就是真的，只要你心里也这么认为，那就是真的了。齐连成说，我也这么想过，我也这么讲过，可那的的确确不是真的啊。老莫说，人生如梦，人生也如戏，每个人都在扮演着别人；现在你就是个演员，让你扮英雄你能不扮？台词背久了，滚瓜烂熟的，也就成真事了。齐连成说，莫叔叔，你在关键时刻搭救了我，我永远忘不了。可这种日子我再也受不了了，我都快要崩溃了。老莫说，你可不能崩溃，你一定得撑住；你一崩溃，我就跟着崩溃了。再说，雾村走到今天这一步不容易，我们还指望着借你一光，来他个山里点灯，山外点明子呢！齐连成嗒然无语，跋涉着泥泞，又到河边玩儿他的孤独去了。

过了几天，还是没有什么动静，我们最不愿意看到的警车也没在村里出现。因为大雨过后野马河水系发生了汛情，县里忙着开会，我们完全有理由认为，是上面无暇顾及，往后拖延呢。

那天油坊刘到河边刷车，正巧碰上我们坐在石头上起腻，就主动打招呼，可我们谁都不想理睬他。齐连成就在不远的地方摆弄船，朝这边看都不看，完全无视油坊刘的存在。就在这种尴尬的气氛里，油坊刘拾掇完毕，开始发动汽车，那车干吼了一阵，哪知车轮陷在暄暄的河沙里，怎么都开不出来了。

我们都暗怀了刻毒的快意看热闹。

油坊刘从浓雾里露出一朵巴结的笑容，朝我们喊，小爷们儿，帮帮忙！

我们说，你跟谁叫爷们儿？文香兰我们可是平辈的。

油坊刘窘着脸说，我平素待你们不错，你们哪一家的锅里，没有我的油星？再说，我又没得罪你们。

我们就挤咕挤咕眼睛，嘻嘻哈哈地围拢过去。我们假装推车，实际上都在暗中使虚劲儿，或者干脆使反劲儿，结果车轮越陷越深了。

我们说，你这不是巡洋舰么？干脆走水路吧。

油坊刘看明白了究竟，就恼了，骂道，小鸡巴崽子，玩儿我呢。你们不就是想闹几个钱花吗？帮我推出来，一人一百！

我们假意欢呼着，又推，那车拘挛一阵，彻底趴窝了。

油坊刘几乎发疯了，嘴上磨叨着什么，抛开我们，从车上拿出一把挖耳勺似的军用锹，前轮后轮地掘起来，那样子极像卡通片里的鼹鼠。其实他这么做已经很不理智，如果没有外力牵引，一切都是徒劳的。我们远远地看着，齐声高喊，加油！加油！油坊刘朝我们愤怒地叱骂，由于离得远，谁都听不清什么。

忽然有人高喊，涨水啦！涨水啦！声音来自上游，听不出是齐连成还是别的什么人。在伏雨天里，野马河忽涨忽落是寻常事，不过洪汛总是循序渐进的，留有足够的过渡，只要留神，一般不会出事。比如说坐在河边洗衣服，水浸到屁股再撤也来得及。而当年齐连成的妈妈只是要捞出一件被河水冲走的衣服，悲剧就在这个被疏忽的细节里酿成了。我们传接并放大了这个警报，呼喊声十分的浩大。油坊刘好像没听见，或许明明听见了，又不想放弃最后的努力。他疯狂地挖了一阵，又坐到了汽车上。巡洋舰大吉普果真向前蠕动了一小段，可奇迹并没出现，河水已经明显变浑，很快就漫过车轮，汽车也随之熄火了。

野马河完成了舒缓的前奏，立刻变得暴戾起来，上游的水吼就像牤牛似的，或者说成野马嘶鸣才恰好对位。激起的水沫和雾气搅作一团，使河面上昏暗了许多，连河岸都跟着颤动了。时空仿佛发生了褶皱，好像过了很久，也好像倏忽之间，巡洋舰大吉普竟然变成了一块岛礁。油坊刘不知怎么爬上车顶的，他叉腿站着，张着两臂呼救，可我们已经被洪水赶到了远处，何况水势如此凶猛，根本就没有人敢下河。汽车摇晃了几下，就被河水掀翻了，我们啊了一声，眼看着油坊刘的身躯划出一条短暂的弧线，被抛进滚滚的浊流里。

没人能看见施救和被救的细致过程，我们只看到了齐连成的空船被浪头举起来，重重地撞碎在大石头上。我们在下游一里多地才找到油坊刘，他颓然地坐在岸上，哇哇大哭着，嘴里还在不断向外哕着黄汤。在后来的文章里，这个过程是这样抽象、变形和诗化的："慨然一跃，天地低昂。燃烧的青春化作辉煌的一瞬，溅起的浪花凝固在永恒的时空里。雾村孤儿，以平凡的反哺和壮烈的献身，谱就了一曲舍己救人的英雄浩歌，它将随同滚滚野马河水，流播到祖国的四面八方……"这文章被播音员激昂悲怆的声音一播诵，我们凡俗的心灵无不为之震颤，而且每个人都禁不住流下了共鸣的热泪。

齐连成就这样走了，走得让我们心疼不已，又错愕至极。由于没能找到他的尸体，埋的是衣冠冢，文章里那些闪光的话也被镌刻到了墓碑上。英雄墓地建在野马河对岸的山坡上，比批建的规模还大，有一大半钱是油坊刘掏的。为了瞻仰的方便，县里批了特款，建了一座跨河彩虹桥。很多商家看好雾村胜地加圣地的发展前景，投资兴建的旅游观光配套设施也纷纷上马，野马河漂流也成了旅游一大品牌，当然，是在它安谧的时日里。游客都喜欢"红色山乡的绿色之旅"，因为这样可以用思想教育的名义公款走账。报纸上和电视里的广告词是这样的：想尝试神仙滋味吗？上雾村去；想培养浪漫情操吗？上雾村去；想聆听英雄传奇吗？上雾村去；想见证山乡新貌吗？上雾村去……总之，过去无人问津的雾村，如今竟成香饽饽，乡亲们也借旅游的光，挣了一把又一把的俏钱，日子比先前好过多了。

老莫仍然当着村长，不过终于爬出了二十多年的泥坑，同时兼任了副乡长，说话办事也比原来腰杆硬了。只有油坊刘感觉不好，经过那次洪水的"洗礼"，脑袋有些乱套，一天天丧胆游魂，加减乘除都算不过来，后来只好把厂子卖掉，搬到一个又远又僻静的地方做寓公去了。文香兰生了个儿子，见过的人都说很像齐连成。油坊刘说，像齐连成好啊，我就喜欢齐连成，巴不得有他那样的儿子呢。他发誓诅咒地向我们剖白，说那次他说要告发齐连成，实际上并没告发，因为他先去看了女儿金猫，金猫说，他要是这样，她就从楼上跳下去。他的话早已被证实了，我们不得不信。其实他告发不告发，又有什么意义呢？齐连成就是英雄，是英雄的平方，而且不折不扣，没有人不认可的。

当然，我们也不能不关照一下最该关照的金猫。孩子足月满天生出来，也是男孩，没有任何缺陷，交叉遗传，模样很像妈妈，这都是可以料想到的。让人料想不到的是，她没要油坊刘的任何财产，突然有一天就带着孩子从人间蒸发了。谁也不知道她的下落，连油坊刘都不知道。直到若干年之后，我们当中的一个到沿海某城市出差，在路过斑马线的时候，突然发现一辆等红灯的轿车里坐着一对男女，男的很像齐连成，不过戴着墨镜，不好确认，而女的毫厘不差，就是金猫本人了。我们这个人大喊了一声金猫，那女人惊鸿一瞥，做出了愕然的口型，就在这时，红灯变绿，那车就开走了，转瞬之间就汇入了滚滚车流里。

我们这个人回来跟老莫说了。老莫的脸变幻了好几个颜色，最后稳定在一种铁青上。他把县领导的话移植过来，呵斥说，胡扯淡！瞎造谣！金猫的腿脚不好，那人跑得那么快，怎么可能是她呢？你这不是眼睛蹿稀，你这是脑袋进水了！

从此，再没人提起这个话茬。

那年搞校庆，星散四处的同学都回来了，独独缺少齐连成和金猫两个。我们原来的教室正在上课，小学生们捧着课本，在朗朗诵读白居易的诗：花非花，雾非雾，夜半来，天明去。来如春梦几多时？去似朝云无觅处……

那真是纯净无瑕的天籁之声。听着听着，我们的眼睛都转泪了。

一路同行

一

我和张建设是同村发小。老爹种地瓜我们吃地瓜，年复一年，种的吃的都很烦厌，就相跟着跑了盲流，一头扎进东北林区，这才发现，原来人间天堂就在这里。

我们的老爹开月薪，吃公粮，穿小帆布工服，坐森林小火车，据说还能领导一切，起初那一阵十分的亢奋，不顾侉腔侉调，整天高唱那首《采伐歌》：嘿哟嘿，嘿哟嘿！嘿哟嘿哟！嘿！嘿！片片树叶飞啊，锯末随风扬啊，在那高高的山上，我们采伐忙……这还是大名鼎鼎的郑律成创作的。可是没过多久，人就有些发蔫，嗓子也喑哑起来，因为当工人苦累脏险，待遇根本没法和干部相比。就启发诱导我们说，嘿哟嘿不管用，好好学习吧，将来能唱哩咯儿哝，那可就吃香喝辣了。

为了这个既低俗又切实的目标，我们在学校努力学习，很快就显山露水了。班上的二混混是剿匪小分队的后代，可他不佩服杨子荣，他佩服坐山雕，这就拧了轴子。他看我傻眉愣眼的，就想收拾收拾。那天结伙拾柴，二混混一再炫耀他的弯把子锯，说是他爹从土匪老巢威虎厅缴获的，真正的德国钢，舔一舔极甜。我没有严冬的生活经验，将信将疑中，就舔了一下，深寒酷冷的天气，舌头当即粘在了锯板上。二混混发出了胜利的大笑，看我步步喋血，又慌了，就大喊走在后面的人。张建设从后面快步赶上，果断地掏出小鸡子，向焦点部位撒了一泡热尿，立马将危机化解了。

这相当于司马光砸缸，张建设格物致知的本事，让小伙伴们深为折服，也让我无比惭愧——我喝了别人的尿还得说谢谢，人就丢大了。这鼓舞了二混混的欺软怕硬，还想进一步扩大战果。那天在半路遇上，就掼了我的棉帽子，看着我新剃的沙弥头呵呵怪笑，说李登科，你这脑袋真就不像个脑袋，咋四棱八鼓的？我来试试，这里面装的是啥玩意儿！就用疑似兰花指，挑拣西瓜一般，在我头上弹出梆梆磬磬的声响。他经常玩儿琉琉，练就了非凡的指力，击打力度可想而知。我疼得龇牙咧嘴，用眼睛翻着他说，俺反抗啦！俺反抗啦！二混混不相信我会反抗，索性把我的脑袋压低，这样更便于操作。接下来的一轮势大力沉，不再是挑西瓜，而是凿椰子。这时候张建设出手了，他并没从正面出击，而是从身后猛推一把，我借势而发，如同愤怒的犀牛，可可地顶到了二混混的胸口，他当即跌坐在地上，以手扪胸，呕出一摊黏痰吐沫。刚爬起来，我又是一顶，如是者三，他就受不住了，连腰都不敢伸直，跌跌撞撞撒腿就跑，跑出好远都没敢回头。

就这样，我和张建设经过长期预热，在新环境里迅速炽烈起来。若问我们好到了什么程度？是扳脖子搂腰的程度，是吃虱子劈大腿的程度，是多个脑袋差个姓的程度。在林场的极限半径里，人们常能看到我们俩结伴而行的身影。林区的景色太美了，不单是诗是画，而且是万花筒，以瞬息万变的斑斓让我们迷醉其中。我们俩把名字刻在大树上、石头上、集材拖拉机上。觉得还不能尽意，那天就制作了一只漂流瓶，用道林纸画了两个手牵手的小人儿，密封后再虔诚地流放进白练河里。白练河流得缠绵而坚韧，曲曲折折，一直注入明镜湖，而掌控周边林场的林业局就设在湖畔，我们是想让更多的人见证我们的友谊。当时二混混几个人正在下游打水漂，见了就全力狙击，一时乱石如雨，溅起了沸腾的水柱，那瓶子却诡谲地左突右拐，蹿上跳下，竟然冲破了强大的火力网，一直漂向不可确知的远方。二混混十分沮丧，扔了石头说，这鸡巴瓶子，真鸡巴神了，就鸡巴一胯子远，愣鸡巴弄不住！随同的人都笑得撑不住，能如此密集而熟练地使用脏话，想不佩服都不行了。

我们就像移植的小树，经历了一段水土不服，很快就扎下根来。我们改变了口音，刷新了形象，了无痕迹地融入了班级，没人再敢欺负我们。有一天，我俩爬上后山采搞李子，那东西含有醇质，吃多了容易犯醉，林涛一澎湃，我们的热血也跟着澎湃了。就俯瞰着苍茫高喊：世界是我们的！声音涟漪般扩散开去，传出很远很远。二混混正蹲在草棵里拉屎，觉得敌情很严重，见场长老崔领着小女儿三丫从那厢荡过来，就屁颠屁颠地跟上说，场长场长你听听，这两个小盲流有多狂性。毛主席是那么说的么？毛主席根本就不是那么说的。毛主席先说世界是你们的，完后又说也是我们的。毛主席其实就是让一让，他们还当真了。崔场长外号崔三爷，崔三爷就是坐山雕，这是谁都知道的。他用犀利的雕眼乜着二混混说，小他妈的兔崽子，这么大点儿就知道打小报告，要是日本鬼子来了，还不得当汉奸走狗啊！二混混嘻嘻笑，点头哈腰说，哪能呢。你不是场长嘛。你要真是日本鬼子，我就是放牛娃王二小，就是小英雄雨来了。

也许是林区的山水让我慧心大开，不经意中，几个箭步就蹿到了前头。第一次考第一，有人认为是撞大运；后来接二连三考第一，而且牢牢占据着第一的位置，这就不好小觑了。特别是有一次全林区会考，我竟把上千名同届压在了身下，以绝对优势无可争议地当上了状元郎，把整条山沟都轰动了。二混混认为，兴许是弹脑崩造成的奇效，也对着镜子自虐，直弹得榛子栗子的，居然毫无起色。我们的班花陈佳馨本来还是一枝蓓蕾，这时也提前绽放了，有没有难题，也靠到我身边求教，美目盼兮，巧笑倩兮，还咔咔地吹着刘海儿，把通俗而淡雅的雪花膏味源源不断输送到我的鼻子里。可惜我还没开蒙呢，只好推说花粉过敏，保持着恭谨的距离，一般以一根学生尺为度。崔场长一向很爷态，终于也坐不住皮椅子了，带领一干人马，敲锣打鼓地往我家送喜报。我老爹见不得大场面，面对那么多眼睛，挓挲着两只糙手直说，这狗日的，这狗日的，想不到地瓜秧上结仙桃了！

这么一来，张建设就不自在了。过去走路，我俩肩并肩，如今他故意错后半步，造成主机和僚机的效果，借以突出我的当红地位。我当然也不好受，好像欠了他什么，想跟他道歉，又不是那么一回事。张建设也很大度，回慰我说，再好的朋友也不能总跑二人三足。我能给你牵马坠镫，已经很知足了。有一次开理想班会，大家都按照惯有的套路，纷说将来要当科学家当工程师。二混混更绝，干脆抄了近道，说将来要当这长那长，直接领导科学家工程师，这就吹大了。别人都还绷着，我却没绷住，扑哧一笑，犹如热包子撒气，轻蔑成分很是明显。二混混就恼了，说光是一个学习干巴好，也保不住日后掏大粪，臭得直背气，也不知道站上风头。我也恼了，说我怎么可能掏大粪？那除非太阳从西边出来，你这样的掏大粪还差不多！一片纷乱里，张建设说话了。他说，理想并不等于梦想，得明白自己是咋回事。我看白练河里都是泥鳅，就李登科是一条大鱼，日后跳过龙门，那就厉害了。这话很伤人，可也很在理。看看戗起来，老师就打圆场说，干什么都是为人民服务。革命工作只有分工不同，没有高低贵贱之分。二混混马上大踏步后撤，说我不当这长那长了，我掏大粪，这行了吧？时传祥就是掏大粪的，人家还是全国劳模呢！

从此之后，张建设就很少和我摽着玩儿了，他说怕耽误我学习，我也说怕耽误他学习，双方的理由都很充分，较量是在暗中进行的。我很清楚，他是想超过我，不过这实在很有难度，学生拼的就是学习，又不能送炸药包堵枪眼，他还能怎么办？我的学习游刃有余，没事就往老师家里跑；我们的老师伪满国高毕业，家里的书多，我是奔着书去的。张建设则一个人坐在白练河边，看着周围的山水发呆，如果被同学撞见，就掩饰说，我背题呢，我背题呢。

一个闷热的中午，我们热得受不住，就啸聚起来，到白练河里去洗澡。大家洗得都很投入，张建设却像涮羊肉似的，匆匆沾了点儿凉水就上岸了。大家都问，咋啦？咋啦？张建设也不说咋啦，闷着头疾走。大家感到事情很严重，也就跟着走了。张建设没回学校，而是径直走向了场部，让我们很是发蒙。当门的大员怕影响崔场长午休，把板凳横在门口，用腿做成鹿砦实施拦挡。张建设说，你家烟囱蹿火了！大员信以为真，僵白了脸拔腿便走，待到明白上了一当，张建设已经夺门而入，汗涔涔地站到了崔场长面前。崔场长雕眼惺忪地看他，好不容易才对准了焦距，说你有事？张建设也不吭声，伸出一根指头，胆大妄为地蘸到场长的茶杯里。我们在外面扒窗户，不明白张建设意欲何为，睁大眼睛看着，气都喘不匀了。就见他用那根淋漓的指头，在桌子上画了蜿蜒的一道，刚说了几句，崔场长突然拍起了桌子，拍得很重，连茶杯都跟着跳起来。我们都以为张建设惹了大祸，两股战战的要逃，却见崔场长折下腰，想把他抱起来，又觉得不大合适，就顺势改成了成人的拥抱，用手抚摸着他的脑袋说，好小子，你可真有两下子啊！

张建设的建议是革命性的，当时省林业报都登了。他打的是白练河的主意，那就是把河水分段憋起来，积蓄了足够的水量和势能，把采伐的木材滚到河里，再依次开闸放水，迢遥传递到明镜湖去，叫流送，叫水运，不但能借自然之力为我所用，取代日俄时期的森林小火车，还能节省一大笔生产成本，成倍提高采运效率。白练河亿万斯年地流淌，谁都熟视无睹，竟被张建设看出了门道。同学们皆大钦佩，都说他以后很可能就是牛顿、爱迪生。这一回又轮到我不自在了，我说不出好，可也说不出不好，因为这已经超出了所有课程的范围，而且张建设大动心智干这事，连一个字都没露过，作为一个半大孩子，这实在藏得太深。我们的老师不隐瞒一己之见，那天站在河边，就来了个子在川上曰，说张建设顶多是一剑在手，而李登科才是万人敌。二混混弄不懂，就说，啥叫万人敌？是不是万众的敌人哪？真要有那一天，咱们就把他打翻在地，再踏上亿万只脚，让他永世不得翻身！

由于河水清浅，材料方便，白练河的水运系统很快就建好了，开闸仪式也很空前。那场面很难说是惨烈还是壮观，只听得一阵天崩地裂的轰响，上游升腾起一片褐色的水雾，水头壁立着向下推进，无数的木头在里面疯狂蹿跳，互相倾轧碰撞着，极像一群嗜血的鲨鱼。清澈见底的河水变成了浑浊的酱汤，被呛死撞死的鱼比比皆是。我们惊骇无比，全都睁大眼睛呆呆地看着，仿佛不认得这条熟悉的河了。有一些机巧的大人，不再等到冬天拉爬犁上山拾柴了，而是手持鹰嘴刨钩，站在河岸上静等，如有被撞坏的半拉瓜漂过来，就审时度势地一钩子搭住，拽上河岸，扔在一旁晾干，再弄回家去烧火，绝对是好家伙。后来半拉瓜就成了不成材者的谑称。二混混也照猫画虎，不妙的是，有一次太贪大，跟一个超级半拉瓜较起劲来，分明拽不过，又舍不得刨钩，被拖进白练河里灌了一肚子黄汤，如果不是被大人撞见捞上来，肯定就被冲到明镜湖去喂老鳖了。

二

崔场长驾着这股水头，理所当然地当上了林业局的副局长，而我们也考取了林业中学，在学校住读，这就等于会师明镜湖了。正是三年困难时期，我们的老师饿得受不住，把一堆闲书扔给我，跑到南边去找饭辙。更为悲惨的是，我娘吃错了野菜，还那么年轻，就睡到了白练河边的乱草堆里。崔局长不管教育，却经常深入学生宿舍，说是看望家乡子弟，主要是奔张建设和我来的，这一点大家都很清楚。我们上顿下顿喝稀粥，喝出了稀里咣当的屎瓜肚子，却不扛饿，几泡尿就没了。陈佳馨那么漂亮的姑娘，也憔悴得不行，遭霜的花儿一般，眼看就要零落。崔局长因地制宜，组织了狩猎大队，几欲把山里的獐狍野鹿斩尽杀绝。还有扒榆树皮大队、采浆果坚果大队、挖野菜大队、掏耗子洞大队……总之，崔局长有效利用了上苍的赏赐，靠山吃山，救灾民于水火，在历史关头作出了巨大贡献，这都是有目共睹传为佳话的。

崔局长动不动就把张建设和我叫到家里打牙祭，荤腥不一定能保证，大米饭却随便管够，是明镜湖特产的珍珠贡米，白里泛青，吃一顿能香半个月。他自己则用牛眼小盅斟着老白干酒，吱儿吱儿地抿着，喝得差不多了，便迷离着醉眼，一手拉着一个，仿佛捉到了未来的左膀右臂。张建设总是说，我不行，我的脑子太简单。今后得看李登科的，他那里边装老鼻子玩意儿了。我的自我感觉也很良好，说请局长放心，革命自有后来人嘛。崔局长的丑闺女三丫在一旁看着听着，就频做莞尔，一张脸四分五裂，就像一颗绽开的石榴。

我还是总考第一，这已经不新鲜了。新鲜的是，张建设的人气越来越旺，还是个初中生，就被学校擢拔起来，当了学生会副主席，还常有机会站在操场前面，很风光很潇洒地指挥叱咤，就把我的光焰分去不老少。这些还都不严重，严重的事情是，既是班花也是校花的陈佳馨，过去两只眼睛秋波淼淼只盯我一个，如今一只眼睛盯一个，这种移情也是很伤人的。何况二混混没当过土匪，却很懂得“拉杆子”，把班里的基本盘都拉到了张建设的旗下。陈佳馨过生日，同一条山沟的同学送这个那个，我觉得太俗气，就把屈原的辞赋献给她，想出奇制胜，既表达同学情谊，也表达我的心仪，对早熟的陈佳馨做做迟到的回应。我摇头晃脑地朗诵：若有人兮山之阿，被薜荔兮带女罗。既含睇兮又宜笑，子慕予兮善窈窕。乘赤豹兮从文狸，辛荑车兮结桂旗。被石兰兮带杜衡，折芳馨兮遗所思……陈佳馨听不懂，多数人都听不懂，说什么呀，稀呀干的。我说，是赞美山鬼的。大家看着陈佳馨，一齐嘿嘿哈哈地诡笑。陈佳馨生气了，说你糟践谁呢？我看，你才真是鬼，是恶鬼上身了。我赶忙解释，山鬼就是山林女神的意思，可陈佳馨却不听我的解释，当即哭起来，捂着脸跑出去。我傻愣愣地望着她远去的倩影，大张着嘴巴，却发不出一丝声来。

这事儿被人当做笑话讲来讲去的，都认为非常可笑，等于拍马屁拍到了马蹄子上。接下来的事情更为严重，上头分给班上一个入团指标而不是两个，这就惹事了。老师不想得罪人，让大家民主，大家就一声雷选张建设。尽管我装作没感觉，其实是相当有感觉的，因为这关乎到了最基本的是非曲直，公平正义。我的脑子里发出了杂沓的轰鸣，脸也烧得厉害，眼里噙着泪水，差点儿就落下来。老师让陈佳馨表态，她像风中的美人蕉那样摇曳了好一阵才说，他们两个我都同意。同学们哄笑起来，因为这和一女二许差不多了。眼看大局已定，张建设站了起来。他说，李登科是最优秀的，比我强，我同意李登科！不说还好，一说就引起了强烈的反弹，愈加彰显了张建设形象的高大。同学们就变成了一边倒的拉拉队，一波一波地喊着张建设。老师不好定夺，报告给学校。学校很清楚谁是大学苗子——他们还指望着我增光添彩呢，哪头都不想伤害，就撂在那里，想跟上头再要指标。

我这时有些明白了，尽管明白得还不彻底，却仿佛找到了朦胧中的一线之路。就怀着一腔悲情低姿行进，甚至不惜泥泥水水，干脆匍匐在地，积极参与各种喜欢与不喜欢的群体活动，抢着扫地擦黑板，主动而谦卑地和同学搭话，哪怕人家刚从厕所出来，我也要挤出生硬的笑容问道，吃啦？甚至还给二混混这种等外品打洗脚水，想突击改变卓立不群的孤立局面，尽快挽回一些印象分。有一天下晚自习，我在一个僻静的角落和陈佳馨碰面了，点头哈腰地打着招呼，还问她需不需要辅导。陈佳馨掩笑不已，说我是鬼，你干吗还要理我？本来已经擦身走过，又站住了。她说，李登科，你学习好，这就够了，干吗还要这个那个？能舍弃，才能得到，这道理不是很简单嘛。再说，你弄这一套有多假，就像汉奸狗腿子，一看就是装出来的。我当时就杵在了那儿，似懂非懂地琢磨着，回头再看，漂亮的陈佳馨已经消逝在夜色里，仿佛一个亦真亦幻的聊斋故事。

那一阵我很苦闷，常常踅到明镜湖边去散心，也想看看那只不知所终的漂流瓶。可明镜湖已经不再波平如镜，河口处变得浑浆浆的，成群的木头游弋其中，被工人们小心打捞上来，再装上火车，运到祖国的四面八方去。溯流回望，两个一般般大的孩子定格在远去的时空里，我很清楚，那一段天真无邪的日子已经一去不复返了。一只大喇叭在反复播放儿歌：小松树，快长大，绿树叶，新枝芽，阳光雨露哺育它，快快长大，快快长大……可我的惶惑正是，人不是松树，为什么要长大？长大了有什么好处？长大的代价实在是太大了。

我想这种事得相信组织，组织站得高看得准，总会通情达理的。那一天就鼓足了勇气，敲开了林业局团委的大门。团委的人听着我的陈情直吸凉气，好像怀疑我精神有问题，倒给我一杯白开水说，谦虚使人进步，骄傲使人落后，给不给是组织的事，你不应该伸手要。我说，谦虚不等于虚伪。再说，总不能再搞二桃杀三士的荒唐事吧？团委的人显然没读过列国故事，都懵着，说入团归入团，咋整出人命来啦？团员的标准并不单纯看学习，无论早入晚入，入与不入，你都得经受住组织的长期考验。我刚刚走出屋子，就听见里面的人大声说，什么人呢，这么轻狂。听说还是张建设的好朋友，天底下哪有这么做朋友的？白眼狼啊！

那一阵我真的度日如年。我知道考验就是等待，等待就是考验，就像熬鹰，就像两个对坐着相面的人，谁先笑谁就出局。我害怕见到张建设，尽管我装作心地坦荡，若无其事，表情的尴尬是没法掩饰的。张建设就不同了，和我勾肩搭背，说着贴己的话，还爽朗地大笑，就像做广告似的，相形之下，我就有些灰溜溜，很像舞台上被幽光罩定的反面人物。那天看见陈佳馨从操场上蹁跹走过，张建设就说，你看，馨丫头有多美，你的眼光真不错！他说这个意思，是想指出我的早恋倾向，把自己摘干净。我的心被陈佳馨踩疼了，就用谈判的口吻说，鱼和熊掌，不能同时夹到一个人的碗里。要团员还是要馨丫头，你挑吧！张建设用诧异的目光看着我，突然哈哈大笑起来，他说，登科，你咋能这么想？我可是既没想吃鱼也没想吃熊掌，窝头咸菜能管够，那就不错了。

那一阵子崔局长出远门了，好久没有大米饭可吃，我枯萎的肠子都要打结了。周六上半天课，中午一放学，二混混就拉着我到乡下姨妈家蹭饭吃。我一向把二混混视为异端，本来不想理他，又明白这样的人不好得罪，就装出尽释前嫌的样子跟他去了。他姨妈家离镇上足有三四里路，中间经过一片萝卜地，因为有好饭好菜诱着，我们都没多想；可碰到了铁将军把门，再折返回来，直饿得有气无力，步子黏连起来，吃不吃萝卜，就成了不可回避的重大抉择。我的心理障碍比他大，因为我是优等生，他是差等生，白纸怕染黑，黑纸却不怕染黑，这道理是很简单的。何况我们从小就学习小英雄刘文学，人家为保卫公社的海椒英勇献身了，我们怎么能反过来偷公家的萝卜？二混混却不这么看，他说，萝卜是公家的，可咱也是公家的，而且还是革命事业的接班人；用公家的萝卜给公家的人解饿，有什么不对的？就率先垂范，果决而准确地拔了一颗，比二碗还大。这时候我就不能再说什么了，照样拔了一颗。哪知我根本不谙此道，看那一簇缨子绿意盎然，就以为地下的果实也相应的好，结果拔到手上，才发现作物也会撒谎，那萝卜只有鸭蛋大小，还没开砟呢！

就在这个当口，随着一声劈裂的断喝，看地人从草丛里蹿出来，手上挥舞着一柄锃亮的镰刀，老当益壮且又骁勇无比地扑过来。二混混反应极快，扔下了萝卜就跑。我就不行了，惊定在那里，变成了一只觳觫的猎物。就在行将就擒的刹那里，我还心存一丝侥幸，以为不跑是很君子的，还有很大的申辩余地；一跑就说明做贼心虚，我一贯的好学生形象就彻底完蛋了。就提着那颗十分可笑的罪证，很驯顺也很愚蠢地等在那里。形势根本没按照我的逻辑发展，那人看似偷海椒的老地主，却比刘文学还执拗，任我鞠躬如仪，叔叔大爷地乱叫，就是不放我走，公家人吃公家萝卜那一套也不灵了。接下来的事情更加残忍，那人按照校徽的指引，死死将我扭住，不惜超长距离的押解，把一个偷萝卜的贼伢子带到镇上来了。

那一刻我都不想活了，因为我没脸再活下去，一个公认并自认的好学生，人赃俱获地被人押解着游街示众，如果还能有脸活着，那就太无耻了。中午的阳光是那么惨淡，明镜湖的水汽被回旋的风吹来吹去，一切如同梦幻，我手上的小萝卜头幽默而滑稽。其实一路上我有很多机会跑掉，我没跑是想感动逮住我的那个老灯。可那老灯并没被感动，他鹰鸷般抓住我，我一挣扎，他就用脚踢我，不但踢我的腚瓜，有时候脚尖还探过胯裆，类乎足球场上的倒勾，触及到了我日臻成熟的命根。最要命的是，陈佳馨从那厢走过来，大张着一双凤眼凝睇，似哭似笑的，怎么都看不懂了。那一刻我脑袋里发出了巨大的轰响，好像一颗被点燃的地雷，引信刺刺地冒着白烟，眼看就要爆炸。我期待着能有一辆汽车驶过，我抱住他往车轮下一滚，那就很省事很省事了。

就在这最后时刻，救星来了——张建设突然出现在大街上，他身后还跟着几个人，有初中的也有高中的，其中也有二混混，揎拳攘臂，俨然一个打头阵的急先锋。

张建设横住我们说，咋回事？咋回事？

老灯说，他偷生产队的萝卜，被我逮住了。

张建设说，怎么可能呢？他是我们学校最好的学生，在马路边捡到一分钱，都把它交到警察叔叔手里边。你以为那唱的是谁？就是他呀！

老灯说，我这么大岁数，还能撒谎？

张建设把目光投向了我。我明白，这对我的人格和智慧是极大的考验。我的脑袋急遽地运转着，突然开窍了，指定他说，这老灯赖我偷萝卜，我根本就没偷，是他自己拔的，他栽赃陷害！

看地人还想分辩，不过已经没机会了。张建设使个眼色，二混混就冲了上去，后续部队也迅速跟进。只见上头电炮下头飞脚，一阵眼花缭乱的操作，就把看地人打进了路边的壕沟，像抓茓的肉段那样沾了一身稀泥，鼻子眼睛都分不清了，镰刀也被扭成了麦芽糖模样。那老灯也是见硬就回的孬种，扁屁都没放一声，挣扎着爬上来，一瘸一拐地颠儿了。

这事儿虽说没惊动学校，学校还是知道了，却又装出并不知道的样子绝口不提，一枚闪闪发光的红珐琅团徽戴到了张建设胸前，这就说明一切了。我不但心服口服，也彻底蔫掉了，凡事就像黄花鱼似的溜边沉底。同学们又转而同情我，说那老灯实在该打，不就是一个萝卜吗，非要把事做得那么绝，连阿Q都不如，顶多是阿Q他孙子。不过我很快就听说，二混混的姨妈并不住在乡下，也就是说，他这个姨妈其实是虚构出来的，我被他这个王二小带进埋伏圈了。那天晚上，我就把二混混堵在角落里，拿出鱼死网破的姿态，想跟他算总账。

我说，二混混，如果你不说实话，我不打你也不骂你，就用我的脑袋顶你，是啥滋味，你也不是没领教过。

二混混说，你让我说啥实话？我要是说实话，你不被开除，也得记大过。

我说，你别揣着明白装糊涂。是有人背后指使，还是你自己设的圈套？咋回事，你趁早交代了好。

二混混说，咋回事还用我说么？我拔了萝卜，你也拔了萝卜；关键时刻我撒腿跑了，而你四平八稳拿台步，反应慢半拍，还像个傻子似的在那儿愣怔着，被人逮住，咋能怨我？是你活该倒霉。要不是我找人救你，那你可就更惨了。

我说，都是一个林场的，我认得哥们儿，我的脑袋可不认得！

二混混发出了轻蔑的冷笑。他说，少跟我再来这个。别说你个四棱八鼓的地瓜头，就是来渣滓洞白公馆那一套，也休想从我嘴里抠出一个字……

我已经被他逼到了悬崖上，想后退都没有路了，就一头撞过去。不过此一时彼一时，二混混早有防备，机敏地一躲闪，结果他没倒下，我却倒下了。我一头撞到了砖墙上，墙很结实，是那种火候过大带着琉璃泡的老窑底红砖砌就，还是水泥勾缝，它岿然不动，我的脑袋却大受挫伤，里面的精密零件复杂线路都有些乱套，眼前的金星像节日的礼花那样缤纷绽放着。二混混在不远不近的夜色里哈哈大笑，他说，都说不撞南墙不回头，这回撞了南墙，看你还回不回头！

这一次的自伤由表及里，有好几天，我躺在宿舍里没去上课。张建设对我关照如旧，好几次要拉我上医院，还特意到食堂叫了病号饭，一勺一勺地喂我，把我的眼泪喂得溅跳如珠，枕头都给打湿了。陈佳馨趁宿舍没人，偷偷塞给我一顶大号帽子，说你多保重，脑袋要紧！羞红着脸慌慌地跑了。我真是太失败了，不但一分未得，还把底分倒搭进去许多。我就像个有前科的罪人，很难在这个班级混下去了。我找老师要求调班，老师说，干脆，你跳级吧。于是我就跳级了，跳了级还是总考第一，这也超出了我的自我估计。我一次都没回过原来的班级，见了原来的同学也尽可能回避，不过进门同一幢大楼，出门同一块操场，无论怎么回避都得碰面，这是没有任何办法的。

三

光阴水一般流逝，我们则像白练河里的木头，无论情愿不情愿，都被带往了同一个时间向度。我身不由己地生长着小胡子和青春痘，显现出了马瘦毛长的生理特征。虽说偷萝卜的事渐渐被人淡忘，可我仍是惊弓之鸟，变得孤僻而木讷，崔局长找我几次，我都一躲再躲，实在是害怕他那双蜇人的雕眼，当然，生活已然好转，大米饭的问题也能自己解决了。我入团的事被长久地搁置起来，再也没人提起，我学习越好，越显得很白专。最要命的是，我夜里梦到过陈佳馨好几次，导致的后果相当严重，跑冒滴漏现象时有发生，白天在操场上食堂里遇到她，总觉得做了坏事，惶惶然赶忙避开，好像生怕被她当场指认出来。

最让我受不了的是，二混混居然也入团了。他的团入得极俏，那天大家结伙到明镜湖洗澡，张建设的腿肚子突然抽筋了，人已没顶，只有一只手在水面上乱抓。我的水量不行，还想呼救，二混混毫不犹豫就跳了下去，眨眼工夫，就把张建设拖上岸来。二混混舍己救人的事迹很快就在林业局的山山水水传开了，他顽劣的形象竟然有了改头换面的新解读，说是活泼奔放的个性青年，是道法自然的大森林之子，而且还是剿匪小分队的后代，这就很震人了。我觉得事情蹊跷，因为他们俩的水性我最清楚，二混混不过只会几下狗刨，在白练河里，还是别人救起来的呢。

我憋不住，那天就到二混混的宿舍去找他。

我说，恭喜恭喜，你现在已经是准英雄，成了人们的榜样，我也应该向你学习了。

二混混正坐在二层铺上，很投入地捉虱子，撩我一眼说，你最好的朋友落水了，你能见死不救，可我不能。事情就是这么简单，你还有什么可感冒的?

我说，你们的双簧演得挺不错，应该去当演员了。

二混混说，你眼气了是不是?不过你也不是没有希望，只要好好改造世界观，早日回归到群众中来，组织的大门时刻向你敞开着。

我说，少跟我来这套，唬得了别人唬不了我。

二混混咕咕笑，笑出了很阴骘的成人效果，当然，我们都十七八岁了，说成政治上的早熟也没错。他在衣服缝里拈出一个肉眼看不到的东西，捏在两指之间说，有容乃大。人家张建设有容，那就是大哥；你没有容，只能乃小。看见了么?你的心眼就这么大!

我虚眯起眼睛，却什么都看不到。

二混混索性解密说，如今我已经是团员了，不能再说脏话。我拐个弯儿，用文词儿跟你说吧，就是母虮子的生殖器!

屋里的人都笑得岔气，这么一来，我就狼狈了。气极之中，想动手又够不到他，就摸起一只臭鞋子，朝上铺扔过去，却被他居高临下轻轻一挡，竟和那只虮子一起落到了我头上。我在一阵哄笑里悻悻离开，那一刻两眼迷茫，人都要疯了。

嫉恨的火焰就像引燃的木炭，虚淡而又旺烈，怎么想这事儿都和张建设有关系。那天一冲动，就写了一首顺口溜：一泡蛙尿顺山流，里面漂着火柴头。名为建设实破坏，牛顿早晚变钝牛。字很稚拙，很像小孩子涂鸦，那是我用左手写的，内中的指向也很明确。趁着半夜解手，我把它贴到了学校的大墙上。一觉醒来，忽然感到不妥，再想揭下来，已经被人抢先了一步。这事儿闹出了很大的响动，因为这不但关乎到企业的效益，也涉及到了领导的业绩，跟反标差不多了。局里极为震怒，下令追查到底。张建设非要亲自辨认，看着看着，脸上浮现出了恬淡的微笑，一声没吭，就把那纸填进嘴里，嚼啊嚼的，直到嚼成了糨糊糊，才借着如厕，吐到了学校那臭不可当深不可测的粪坑里。办案人找他讨说法，他笑一笑说，这有什么呢?不过就是闹着玩儿的。如果从天上看，白练河就是一泡蛤蟆尿，河里的原木就是火柴头嘛。

一场虚惊就这么过去了。我侥幸逃脱，心里感谢着张建设，可嘴里总有一股尿臊味儿。而且我很不会掩饰，一见到张建设就脸红心跳，为了不露馅，我就以攻为守，主动找他洗刷自己，发誓诅咒说，那东西不是我写的，绝对不是。天底下的人谁都能写，就我不能写，咱俩是啥关系，还有几个人不知道的？这么说着，我自己也觉得很无耻，而且此地无银，等于不打自招了。张建设却装着糊涂，哈哈地笑着，搂住我的肩膀说，登科，你可真有意思。干吗非要往自己头上扣屎盔子？我做梦都梦不到你头上，你是啥样的人，我心里最有数！

有一天，我在大街上遇到了三丫，她提着一大网兜青包米，力不能胜的样子，我就不能不帮忙了。三丫很兴奋，故意跟我走得很近，提着另外的一边，还灿烂地笑着，主动和认识不认识的人打招呼，极力炫耀对我的暂时占有。我说，三丫，你收着点儿。我就是感谢崔局长，也是学雷锋做好事。三丫说，咋不常到我家去啦？我爸总夸你，还让你将来给他做秘书呢！我笑了一下，是那种硬挤出来的强笑，心里却想，我怎么能给他做秘书？一个山大王，给我洗脚都不配！这么想着，又觉得自己很像是忘恩负义的小人，朝面前的黑影猛踩几脚，那黑影却十分的缥缈，怎么都踩不到。

没过多久，我老爹被调到了山下。我娘死后，我老爹本该再娶，可他固执地认为，守着一个争脸的儿子已经足够了。我老爹过去抬大木头装小火车，如今小火车寿终正寝，又来装大火车，也是自有道理的。问题是想调到山下照顾孩子上学的家长极多，那么稀疏的雨点，怎么会淋到他头上？事情很快明了，原来是崔局长钦点的，而且连房子都安排好了。他熬上了林业局的一把手，说了就算，调动一个工人，嘴一歪就行了。我老爹很鲁直，还以为是领导体恤人才，为我考大学铺路搭桥。我说，要是三丫做你的儿媳妇，你干吗？我老爹沉吟良久才说，丑妻近地家中宝。都知道地瓜干子吃着烧心，那要看你是不是饿急了。

我再也不用吃食堂了，食堂的饭菜早已让我深恶痛绝，而我的特立独行也不适合宿舍生活。搬家的时候，张建设不请自来，还带着几个牤实的男生，七手八脚，事就齐了。陈佳馨的贡献是做了一锅大米饭，淘米的时候，我发现水面上落了一只小飞虫，上前一拈，竟然捏到了她的指头。我俩都像摸到了高压电，通红着脸不敢对视。陈佳馨真是太漂亮了，漂亮得晃人眼睛，她一进来，我家昏暗的小屋立刻明亮了许多。我老爹半真半假地说，馨丫头啊，做俺儿媳妇吧。陈佳馨咯咯脆笑，澄澈的目光里就有了秋天明镜湖的潋滟。她从不明确表示同意，也不明确表示反对，依我理解，那就是默许了。而这时张建设就说，还早还早。叔你总提这个，影响登科的学习。等到考上了大学，不用你说，馨丫头自己就找上门了。

没过多久，我就发现不对了，张建设这么说，纯粹是麻痹战术，他也在奔着陈佳馨使劲，而且隐蔽而高明，细致而具体。他们读着同一个班级，住着同一栋宿舍，还有机会在白练河和明镜湖之间一同往返，这些都是我比不了的。有一次二混混送给张建设一把大白兔奶糖，可转眼之间，这些奶糖又出现在了陈佳馨的书桌里。陈佳馨心知肚明，也没声张，留了几颗，还把其中的几颗送给我分享。我故意吧唧吧唧地嚼得满嘴黏白，到张建设面前显摆，还明确告诉他，是陈佳馨送给我的。张建设还没吭声，二混混就笑得不行，说张建设高，实在是高，早就预见到这个结果了。你对陈佳馨好，张建设对你好，等量代换，转来转去，还是没跑出这个圈圈。关键是他一笑张建设也笑，他嘴唇红润迷人，牙齿坚白锋利，笑得从容大度，光明磊落，相形之下，我的小人之心就暴露无余了。回家去做等量代换，却怎么也求证不出正常的结果。

白练河痉挛地流淌着，成了美好山川的一道伤口，经常有人被淹死被撞伤，可从效益考虑，这些就都不重要了，常发这类感慨的人如我之辈，就显得很幼稚也很书呆子气。由此滥觞开去，周边的林区全都照猫画虎，据说还大有风靡亚非拉美之势。意外的事变发生在张建设的老爹身上，过去总喊顺山倒、哈腰挂，如今喊起开闸啦，就有些嘎嗓子，嘴张得老大，却送不出去声音，是被喧嚣的潮水掩盖了。那天在河闸的稳水里摆弄木头，脚下的木头却不老实，急骤地滚动起来，如同一匹跳踉的野马，怎么都停不住，把他狠狠地摔到了白练河里，尽管穿着木棉救生衣，还是被木头捣了一下。看着皮儿都没破，却受了很重的内伤，只知道吃喝，不知道拉撒，分明就是个废人了。得知这个消息，张建设马上卷了铺盖，代替老爹回去做顶梁柱。学校掂量了一下他的前程，反正考不上大学，就同意了。

我老爹知道了，就拉着我一起前去探视，可我同情之余，还感到了报应的快意，找了种种托词就是不去。我老爹说，崔局长都去了，老师同学都去了，你咋能不去？张建设和你那么好，你要是不去，都不好做人了。那一刻我神态决绝，面目的表情肯定也很狰狞，我说，是张建设把他爹害了，一切都是天意！我老爹一个大耳刮子扇过来，他说，你狗日的白顶了一颗聪明的脑袋瓜，咋这么说话？没人味儿！

我老爹只好自己去了，还找了个很可笑的借口替我开脱。好在张建设也不计较，还回赠了一小桶山里的烧锅酒作为答谢，那酒里泡着山参鹿茸灵芝五味子之类滋补品，本来是给他老爹喝的，如今他老爹没法喝了，转送给了我老爹，我老爹竟还不知其味，一副陶陶然的样子，连夸好酒好酒。我满肚子情绪，抢过他的酒杯，咕咚咕咚猛灌了几大口，呛出了一长串犬吠般的咳嗽。我说，啥他妈的好酒，苦了吧唧的！我老爹瞥着我说，你狗日的太不会做人，小肚鸡肠的，学习再好有鸟用？张建设的朋友遍天下，家里都快给挤破了。你呢？就那么一个朋友，还不懂得好好处。我心里不胜其烦，出去的时候把门关得很响。我老爹光着脚追出来，大着嗓门喊，李登科，有能耐你狗日的别再回来！外面的人很多，我的面子实在过不去，也回头跟我老爹梗着脖子喊，不回来就不回来，这个破家，我早就不想回了！

一想到无家可归了，我就很恓惶。事实上我真的没有朋友，一旦有了为难着窄，到哪寄身去呢？那几口酒很快就涌上来，在我的血管里呲呲燃烧，变做了一股凌厉而鲁莽的锐气。这时我看到了陈佳馨，她不像是走过来的，倒像是从水上漂过来的。我想我怎么会没有朋友？她就是我的红颜知己，是上天赐给我的佳配。到了这个年纪，应该扔笤帚占碾子，把关系明确下来；好碾子毕竟不多，你不占就让别人占了。

我说，张建设终于走了，咱俩之间，再也没有任何障碍了。

陈佳馨闻到了我的酒味，她厌恶地筋筋鼻子说，你啥意思？

我说，别人都不理解我，就你理解我。你是我心中的山林女神！

街上过往的人很多，陈佳馨就想逃掉。可我不想让她逃掉，就用手钳住她的衣服，把她紧紧扯住。我没叫她的名字，也没叫馨丫头，我单刀直入，就叫她馨，馨啊馨啊地一叫，就显得亲密无间了。我说我无处可去，准备跟她走，随便到哪对付一宿。陈佳馨的脸透彻地红了，不是干涩枯燥的红，而是红艳欲滴，就像一枚过熟的樱桃。她带着哭腔，骂我该死的臭流氓，为了尽快脱身，就用坚硬的塑料鞋后跟，朝我的脚面子狠狠跺下来。这一下可真的要了我的命，剧痛之中，我立刻蹲下，抱着那只伤脚啡啡地吹气，眼见得那脚肿胀起来，就像一只卤猪蹄。我顺势做了一个单腿下跪的求婚姿势，而陈佳馨早已跑开，一扭一摆的，很快就消逝在人群里。

二混混走过来了。他把一切都看在眼里，揶揄地笑着说，过去总闹不明白，为什么嵇康造酒醉刘伶，这一回，终于亲眼见识了。想不到你白专加白痴，还醉鬼加流氓。就这德行，就算考上大学，一政审也得刷下来！

我踞在地上，戟指着他，用的竟是京剧里的颤指。我说，丧家的老张家的乏走狗，马上给我滚犊子！

二混混呵呵地笑。他说，是我丧家了还是你丧家了？别硬逞干巴强了，实在不行，搬宿舍来住吧，张建设走了，没人照应你，我照应！

我当然不能让他照应，我恨他一帖老膏药。我拖着一只伤脚，满大街踟蹰，搜肠刮肚地琢磨，也没想出一个栖身之处。天已经黑透，我踅到了明镜湖边上，那几口烈酒也消散殆尽。我不知道错在哪里，明明是真情流露，却把事情搞砸了。是我脑袋的转数不够，还是转数太快？我越想越糊涂，越糊涂越痛苦。我向明镜湖里撒了一泡长尿，一转身，见一个人影正在我身后伫立，身子有凸有凹的，原来竟是三丫。

我吓了一跳，就像隐藏赃物似的，慌忙提裤子。

三丫咯咯笑，她说，我没看，再说，黑黢黢的，想看也看不着！

我说，你到这来干什么？

三丫说，我跟你好半天了。你搭咕陈佳馨干什么？漂亮的东西都有毒，大烟花不就这样么！

我说，对，还是地瓜土豆实在。

三丫说，李哥，跟我回家去住吧，我爸挺稀罕你的，我也欢迎你。

我想了想，觉得不妥。

我说，我怕的就是见你爸。

三丫停顿一下才说，我骗你呢。其实我爸他没在家，他公出了。

我静默了片刻，似乎明白了三丫的用心。三丫的眼睛在迷蒙的夜色里像脉冲星那样一亮一暗，让我上半身温暖，下半身寒冷。

我说，谢谢你，可我不能去。你是个妹妹，要是个弟弟，我就去了。

三丫僵在那里，似乎就要哭了。她说，李哥，你不会跳湖吧？

我嘿嘿地笑了。我说，我怎么会跳湖呢？我还没活够！

三丫呼出一口长气，转身走开了。她走路的姿势很难看，外八字脚一撇一撇的，一边走还一边回头看我，看得我身上拘挛拘挛的。

反正无处可去，我就打定主意在湖边过夜。我极渴望能有一条流浪狗，我们互相搂抱着，那样就好过了，可是没有，陪伴我的只有湖里的鱼和岸上幽灵一般的水鸥。湖边的沙滩很干爽，我掘了一个浅坑，把身子埋起来，如同一个襁褓，这样就很暖和了。我仰脸数天上的星星，数来数去，就睡着了。不知道过了多久，身上的襁褓被人打开，我发现已经偎在一个人的怀抱里，惊悸着再看，原来竟是我老爹。我老爹流着泪说，儿子，你狗日的咋回事？跟谁都处不来。跟你爹也这样，越来越让人弄不懂了。老爹的眼泪很凉，就像半夜的露水。我没吭声，可心里也在迎合说，可不是嘛，连我自己都弄不懂自己了。

四

张建设一沉到底，当了一名伐木工人，住帐篷，一个伐区一个伐区地迁移，“嘿哟嘿”去了。他很合群，自己不说荤话，别人说他也不反感，跄蹴在帐篷的一角默默地听着，到了会心处，也配合着一笑。特别是还敢和大家喝一个大缸子里的酽茶，也不管有没有传染病，这不只是勇敢，几乎就是冒险了。手上掂着一台柳州油锯，疯狂啃啮着古树新树，身手也足够机敏，竟然连皮儿都没碰破一块。他还发明了一项多快好省的集材方法，叫窜坡，入冬之前，依照山势掘出一道U槽，浇冰覆雪，溜光锃亮，树叶落上都打滑，把采伐下来的木头枝丫砍净，往冰雪槽道里一推，便向山下飞蹿，所挡者皆为齑粉。木材静静地躺在白练河边，等待冰雪融化再行流送。崔局长听说了，马上全面推广，虽说时有人员伤亡事件，可要奋斗就会有牺牲，这道理十分浅显，再解释一句都是多余的。

崔局长对张建设十分欣赏，说是人才难得，再让张建设干粗活，等于千里马拉磨。就抽调下来检尺，拿着梅花锤和竹米尺，在木头的截面上叮叮咚咚地敲打，大啄木鸟似的，是为从工人到干部的必然过渡。毫无疑问，张建设进入了仕途的快车道，就像进入了他所发明的冰雪槽道一样。不过三五个月，干脆不用上山了，当上了最年轻的技术员，时常到林业局来开会，还总到我家来串门，一见到我就热烈拥抱，说想死我了，朋友还是当年的好。我们身子紧紧贴在一起，脸却各朝一面，闻着他身上熟悉而陌生的松树油子味儿，我笑得就像哭一样。

当然，张建设也看二混混和陈佳馨，有时把大家聚到小馆里，叫上几个通俗实惠的小菜，说是自己挣了工资，不请请老同学，情理上说不过去。每次也叫我，可我别愣着不去，二混混就说，没有比李登科更个路的。他不来也好，他一来，喝几口牛皮散，不服天朝管，奸不奸傻不傻的，非得搅局不可。桌上的人无不附和，张建设却说，你懂个屁。李登科的脑袋咱们谁都比不了。谁敢当我的面说他的坏话，那以后就别再来往了。张建设身上有一种不怒而威的气场，二混混一向俯首帖耳，他不止一次当众说过，自打有了张建设，他就不再指望当坐山雕，退而求其次，能混上八大金刚，那也算是领导班子成员了。

到了这时候，我才悲哀地发现，陈佳馨的秋波不再向我闪现，看我就像看见一截树桩，连招呼都懒得打一声。我黏在她的身后，近于哀求地解释，那一次其实不是那么一回事，其实是这么一回事……她猛丁站住，眼睛像乙炔焊枪似的看着我说，真是有病！再跟着我，我可要报警啦！我说，咱俩一个才子，一个佳人，别的男人都配不上你……陈佳馨就喊，警察！我知道警察的厉害，只好放她走了。而她见到张建设就不一样了，目光黏连，话语也很柔弱，就像个乞怜的小动物。散席之后往往是薄暮时分，陈佳馨磨蹭着不肯就走，张建设看得明白，就说，我送送，老同学嘛。他们并排走着，走得不远不近，即使当时世风严谨，这样的距离也是无可厚非的。有一次被我撞上，他们还没尴尬，我却尴尬了，窘着脸说，溜达溜达？张建设澹定地回答，溜达溜达。走出一箭之地，他们突然爆发出湍急的大笑，那笑声意味深多，就像结伙作案的盗贼得手，而且还把狭路相逢的物主骗过了。我的心在悄悄流血，默默念叨着陈佳馨的名字，仿佛是我一把没抓住，让她掉进了白练河里，转眼之间就被河水冲走了。

这情景也被崔局长撞上一次。他坐的是美式吉普，硬瘦奇崛，据说还是当年的战利品。当时的事态已经十分严重，他们俩正影在一块大宣传牌后面，十分投入地亲嘴，车灯太亮，打开得又太突兀，他们慌忙分开，那一瞬间的形迹还是没能逃过锐利的雕眼。车停下来，崔局长嘻嘻哈哈地喊着他们的名字，就像毫无觉察。等到把陈佳馨送回宿舍，崔局长说话了。他说，建设啊，道还远呢，有些事，忙不了。张建设响鼓不用重槌，擦擦嘴，就好像销赃灭迹，沉默片刻，才驯良地一笑说，崔局长，崔叔叔，我听你的。后来好长一段时间，我都没见过他们在一起溜达，倒是有好几次，我碰见三丫出来买菜，她说，李哥，你咋不到我家去啦？张哥在我家呢，我爸让买点吃头！

上到高二，老师就说，你这不是本色出演，你这是演矮子功呢。直接考大学算了，要不然，你难受我们也难受。我就考了，当然，火候不到，不可能太理想，是省林大。我还在踌躇着去是不去，敲锣打鼓送喜报的场面，又一次在我家重演了。我老爹这一次十分的慷慨，杀了一口肥猪，把亲戚朋友邻居老乡尽数叫来，用了扬眉吐气的神态，说没想到俺一个地瓜佬，一个盲流子，一个被“磨骨头”压得直嘿哟的人，还能有今天……我老爹后面的话都被眼泪淹住，然后就端着酒碗，和前来贺喜的人狂放地碰起来。我的原同学现同学也到了大半，还有陈佳馨，藏身在男女同学中间，也偶尔朝我撩几眼，那目光却没了温度，变得平淡而黯然。我盯着她那被亲过的嘴唇发笑，那已经不再是贞洁的花瓣；而我对她那么渴想，只不过无意中碰了她的指头，连手都没握过。亲嘴的事还是开美式吉普的司机透露给我的，他还夸张地演绎出吧唧吧唧的同期声，这就过犹不及了。二混混有了几分醉意，擎着碗给我敬酒，说李登科你可千万别误会我，咱俩是老同学，也算是发小，自打我弹你脑崩那天起，咱们就是朋友了，对不？我是故意刺激你，让你奋进，听说好马被牛虻叮急了，才跑得最快！到了这种时候，我哪能说他不对呢？我说很对很对。我走了，你再叮别人去吧。

所有的人都以为，张建设不会来了，他离得太远，况且老天连降暴雨，白练河发了大水，把桥闸冲坏了不少，路也不通了。就在席面阑珊之际，张建设竟然赶到了，他一身的泥水，裤脚都绾着，衣服上沾染着草木的暗绿，原来是拉山道走来的。那一刻我都要哭了，一下子把他抱住，无论如何，这也是感人至深的。张建设送给我一支英雄金笔，然后端起酒碗，立饮而尽，说我最好最好的朋友，你是家乡人民的骄傲！场上的人皆大感佩，哄哄乱嚷中，眼圈全都湿漉漉的了。

在大学里，我接到过张建设两封信，除了通常的问好报平安，还有白练河太浅，明镜湖太小的暗示，一再鼓励我做大丈夫，到大世面去干大事业。我也努力夹紧尾巴，时时告诫自己，为了家乡人民的骄傲，我自己千万不能骄傲。可我学的就是林学系，怎么可能在城市的大马路上栽树采伐搞森调？我揣摩着他的意思，大脑里如同飓风刮来刮去。我瞄准的是国家科学院的学部委员，我还想把明镜湖林区辟为科研基地，让乡亲和同学做边框四至——张建设帮我管理事物，二混混为我开车，陈佳馨可以做做文档一类工作，三丫就只配打水扫地了。

我的仲夏夜之梦刚刚开始，马上就被文化大革命惊醒了。我随帮唱影参加了造反团，为着虚妄的目标狂热地忙活着，要不是想到老爹没人管，就学做格瓦拉，别着脑袋到缅甸打游击去了。有一次开大会，喊口号的那厮吃坏了肚子，一会儿三遗矢，临时让我代劳一下，哪知道一不小心，竟把打倒和拥护的对象弄颠倒了，这就捅了大娄子，不但把学籍弄丢了，还被遣返回明镜湖劳动改造。家乡的人不认为我是反革命，只认为我是二五眼，提一只暖瓶打水还将就，提两只暖瓶，肯定就得弄打一只。他们看到我，并没有什么革命义愤，因为我要打倒和拥护的那两个人都跟他们没关系；他们只是笑，笑得花里胡哨的，联系到我历史上的一贯可笑，那笑里也不无酸涩的成分。最难受的是我老爹，他背地落了好几次眼泪，还跑到我娘的坟前告罪，念叨说，孩他娘，咱儿子总是游魂丧胆，干一样砸一样，你真要是地下有灵，帮他收收魂吧。

我被安排去刨厕所，当年二混混的预言果然就应验了。而二混混就是个造反派，他戴着红箍，抱着一支没有子弹的K47突击步枪，笑眯眯地看着我的拙手笨脚。好在是冬天，味儿不冲，我下到厕所底下，挥舞着尖镐和铁锹，低首下心地向一个个“黄金塔”开战，然后再用毛驴车拉走。干这个我灵性不够，找不到任何窍门，只是凭着憨力硬拼。那些粪便冻得坚如磐石，一镐下去，常常只有一个小白点，飞溅的粪渣甚至崩到我嘴里。毛驴也很任性，发起脾气来，跟它叫祖宗它也不走。我已经找不到再活下去的理由，如果不是明镜湖封冻，我真想纵身一跳，直接就玉碎了。二混混说，哥们儿咋样，让我说准了吧？你真得好好接受改造，向工农兵学习，要不然，这辈子就惨了。这么说着，就亲自跳下来为我做示范，说你得这么弄，不能那么弄；你要是那么弄，那就激起民愤（粪）了。他明白冻粪坨的整体结构，从根本上下手，先把基础搞松动，再用脚轻轻一蹴，就大功告成了。我从二混混那里得到了融融暖意和干活的诀窍，也依样画葫芦，果然事半功倍，省事多了。

那一天我正在底下忙活，女厕那边来了一个人，慌慌地解裤子，可见很是内急。我赶忙咳嗽一声予以警示，那人即刻刹住，一张粉脸向下俯照过来，原来是陈佳馨。一看是我，就笑不能禁，笑了一会儿，又演变成了嘤嘤的哭泣。她说，李登科，你这人真是没救了，露多大脸，现多大眼，闹来闹去，都沉到了地平线以下。我仰望着她感叹说，真是人生何处不相逢。黄钟毁弃，瓦釜雷鸣；时不利兮骓不逝，我有什么好办法？陈佳馨说，都掏大粪了，还这么文绉绉的。你不但让老爹伤心，也让老师和同学们失望。我帮不了你什么，把这口罩戴上吧。她扔下来一只雪白的口罩，那口罩如同受伤的鸽子，偏仄着落到了我手上，仔细闻闻，在泛漫的臭气包裹里，仿佛还有一丝当年的雪花膏味儿。

庆幸的是，那么多人游街，却没有我，原来是二混混从中作梗，说那人臭不可闻，游斗他多恶心！我就戴着陈佳馨赠与的口罩，混在革命群众的队伍里看热闹。就是我提着小萝卜头被人押着示众的那条街，一切恍如隔世，却又连环画一般清晰。我惊愕地发现，崔局长戴着超长的高帽，作为全局最大走资派走在前头，而张建设就跟在后面不远，牌子上写着保皇狗，还打着粗暴的红叉。我受不了了，扑到张建设面前，呜呜地哭起来。这肯定是不行的，我被造反派暴施了一顿拳脚，又不敢用脑袋回顶，幸亏穿着棉装，只触及到了肤浅的层面，由于一时找不到清理厕所的人，才没被关进牛棚里去做骑马蹲裆式。

那一阵我常常生发出很多狂想，还试图率众起义，效仿攻占巴底士狱、夜袭阳明堡等经典战例。可早晨起来揽镜自顾，竟是形单影只，人比黄花瘦，分明就是南柯一梦。那天在林业局大院里开批斗会，我正抻着细瘦的脖子傻看，就被人攒到了台上，说崔三爷的左膀站在台上，右臂还在台下呢。我赶忙分辩说，我和张建设不一样，他够得上左膀，可我够不上右臂，我就是到崔局长家蹭吃蹭喝，什么都没干。台下的人哄地笑开了。我意识到话有纰漏，涉嫌叛卖了，就赶忙往回收。我说，我坦白，其实当年那个祸国殃民的流送，根本就不是张建设想出来的，而是我，我装枪让他放，结果把祖国的大好河山都破坏了，让那么多的好木材都变成了半拉瓜，还淹死那么多人。我对不起人民对不起党，也对不起张建设他老爹……台下已经乱成了一锅粥，二混混冲上台来，不断用大头鞋踢我的瘦腚，一面往台下驱我，一面低声骂，李登科，你狗日的压跷跷板呢，这么一来，你真要成万人敌了！

没过多久，崔局长和张建设就神秘失踪了，据说是被二混混等人押着，溯着白练河游斗，两个人趁草木萌发，假装出恭，就撒了丫子，重走坐山雕路线去了。其实我也明白，他们是被人保护起来了，相当于躲避一阵急雨，天一放晴，不用叫自己就出来了。路上的人有的夸我，也有的骂我，见仁见智，都是不难理解的。三丫遇到我则怒不可遏，呸地一口啐过来，如同新式霰弹，打了我一个满脸花。她说，我家那些东西全都喂狗了。你连狗都不如，喂过的狗还知道冲人摇晃尾巴呢，你还反过来咬人！她刚吃过大葱，气味十分邪恶，就不能说成香唾了。我一面擦着一面解释：其实我并不是那个意思，我的意思是……三丫没有耐心听我细掰，就悻悻而去，还愤怒地踢开路上的一颗石子。那一刻我觉得我比窦娥还冤呢，我是往自己身上兜揽过错，相当于英雄王成的向我开炮；可惜的是，荃不察余之衷情兮，闹来闹去，我成王连举莆志高了。

运动跟白练河开闸放水一样，凶猛的水头过去，余势渐渐平缓，剩下的事，就是没完没了的大批判，而且是空对空，伤不到具体人。敌人远在天边，缥缈而虚幻，造反派的热情懈怠下来，就马放南山了。二混混把胳膊上的红箍藏到箱子底下，到贮木场去推轱辘马子，下班的时候还常常夹带一些树皮、明子出来送我回家烧火。夏天的厕所气味十分狞厉，不过我已经逐渐适应，还学会了如何站在上风头。为善其事特利其器，我借鉴厨艺，找了一个日寇溃败时丢弃的旧钢盔，安上长木把，做成了称手的粪勺子，一勺一勺地舀下去，大马金刀威风凛凛的，颇有古将之风，还自称“长勺之战”。我不敢回忆往事，也不敢瞻望未来，我只是靠着微薄的津贴苟且地活着。我老爹也不再指望我别的，给他生个孙子，出殡的时候打打灵头幡，也就行了。我看到过陈佳馨几次，她总是躲着我走，我也总是躲着她走。我已身与名俱臭，而她参加了文艺宣传队，跳一些飒爽英姿的劲舞，唱一些金珠玛米呀咕嘟之类的颂歌，脂粉气越来越重，香臭各执一端，不好和谐统一，互相躲着也是自有道理的。

不知道什么时候，崔局长又坐到了原来的皮椅子上，虽说暂时还算副手，元帅升帐的趋势已然箭在弦上。那一天我正在闷头忙活，忽听有人叫我，抬头一看，原来是久违的张建设，带着一身的烟火沧桑，就像刚从老君炉里逃出来的。他被崔局长调到了山下，当上了一个临时机构的负责人，临来带给我一只羊腿，用黄油纸包裹着，没往家里送，却送到了大粪车跟前，好像亲莅前线犒军，这就很搞笑了。他向我伸出一只手来，我哪敢承握，赶忙背过去说，我脏！我脏！可张建设不怕脏，贴近一步，从我身后捉过我的膀子，就像擒拿歹徒似的，然后就强行握在了一起，抖了几下，就把我的眼泪抖下来了。我感到了他的力量，他的力量比我大多了。

我说，建设，我没有对不起你和崔局长。如果说对不起，那是人们理解偏了。

张建设说，你受委屈了。不过，云开雾散的日子也不会太远了。

当时正搞三支两军，有一个正经牌号的金珠玛米曹班长，很欣赏陈佳馨的歌舞，当然，更欣赏她的容貌，先找关系把她家搬到明镜湖，而后又给她找了个交换台的工作，是很消闲很上档的工作，就是经常值夜班。陈佳馨太惹眼，蜂缠蝶绕的，曹班长就当了护花使者。曹班长生得标致，唇红齿白，面若敷粉，人也根红苗正，再加上草绿色的军装一包裹，用不着冲锋陷阵，杀伤力就很强大了。他常和陈佳馨促膝谈心，谈来谈去，就有了呀咕嘟的意思。陈佳馨拿不准，就找张建设定夺，也想探探他的底数。张建设看着她，喉结动了动，却没有了亲嘴的意思，笑一笑说，曹班长挺好，人家胸前的像章都比我们的大，军属光荣，军婚也是受保护的嘛。陈佳馨的心还都在张建设身上，听他这么说，就哭了。她说，我明白了，我明白了。张建设说，你明白了什么？陈佳馨不再说话，抽抽搭搭走开，很快就和曹班长结婚了。她是我班最先结婚的人，生了两个挨肩的小子，都很帅气。结婚之前，她提了一个要求，说我同学李登科不但是人才，还是天才，混得很惨，如今还在掏大粪，你帮帮他吧。曹班长是后门兵，很会走后门，就动用了部队关系，找了他的上级，上级和林大一打招呼，林大这才突然猛醒，说这个人早被我们给忘到脖子后头去了。他那事算个球事？根本就不算个球事，何况他喊打倒的那位站到了林彪的线上，他喊拥护的那位已经升上去了。

就是这样，我的苦难岁月在一阵嘻嘻哈哈的电话调侃中结束了。我的大学毕业证，我的干部关系，很快就摆到了崔局长的办公桌上。这简直就像个玩笑，不过这个玩笑开得太大了。听到这个消息，我傻在了那里，两手软软的，竟然连粪勺子都拿不动了。我跳进明镜湖里，一泡就是小半天，是想把我身上的臭味彻底泡干净；不过我也知道，那是很难的，它们已经钻进我的毛孔，浸入我的肌肤，按照物质不灭定律和分子耗散原理，想要彻底清除，从理论上说是没有可能的。我把脸埋在湖水里，痛痛快快地哭着，这绝对是高明的掩饰，没有人发现我在哭，我的泪水都融入明镜湖了。

五

我分配在林业科研所工作，这就是说，跑了那么多的冤枉道，总算找到了科学家和工程师的检录处；别人已经进入了冲刺阶段，我才刚刚起跑。成功是琳琅的果子，却高悬在头上，跷跷脚够不到，得猛蹿猛跳找东西垫着才行。我像一只惊蛰的虫子，试探着拱开泥土，在一个小范围里爬来爬去，悄悄而迅速地生长着翅膀。大学的椅子我还没坐热，专业知识是很有限的，能垫到我脚下的，只有当年那件事了。

那天我就拿着这块敲门砖，勇敢地敲开了崔局长的房门，也想像当年张建设那样，弄出一个一鸣惊人的效果来。此时的崔局长已经老态毕显，脸上的老年斑蚕食割据，雕眼也不那么犀利了。我说我就是想提个建议，赶快把水运改成汽运，如果再不改，后果将是灾难性的——其实，早已经是灾难性的了。他听了我的话，微微地笑了，说登科呀，你的建议很好。不过，张建设早就想到了你的前头，你晚了三春了。我怔在那里，心跳都停止了。我说，我是第一个想到的呀。崔局长说，你总是嫉妒好朋友，这是你的不对，为这个你还写过匿名信，不管出于什么目的，也好说不好听。再说，你当年还是个小孩子嘛，懂个球啊，不就是妨碍你光腚洗澡了吗。看问题不能抛开历史条件，当年八路军是小米加步枪，现在解放军是飞机加大炮，道理不是很简单么？我看，你吃亏就在于总想出风头。我是想让你多搞点研究，要不然，总是站着说话不腰疼，早晚还得栽跟头。我本来攒了一肚子的话，可经他这么一说，竟然无话可说了。昏头涨脑走出他的屋子，举头看了一圈，也没找到天上的太阳在哪。

我很恼恨，好像卞和去献和氏璧，反被楚王把腿敲折了。我背地里骂，狗日的崔三爷。张建设也在背地里帮我骂，狗日的崔三爷。我还延伸了反感情绪，说崔三丫是猪脑子，一个人不敢看，两个人得拎着手榴弹，三个人吓死一对半。张建设笑得泪花四溅，差点儿就背过气去。那天我正在榆树墙边活动身子，三丫撇着外八字脚走过来了。我还以为那些话到了她的耳朵里，是来问罪的，就以手遮脸，防备她打霰弹。可三丫咯咯地笑，越笑我心里越没底，老大老二都吓软了。

三丫摆出个僵硬的 pose 说，李哥，你看我咋样？

我巴结地笑着说，你很不错，心眼好，长得也挺朴素的。

三丫说，我想嫁给你，你看行么？

我慌了，赶忙说，不带这么闹的，你是妹妹我是哥，打小就是这么叫过来的。

三丫说，阿哥阿妹，那不是正好么？

我说，我的节气晚，到现在，还不明白公鸡踩蛋是咋回事呢。

三丫说，别撒谎了，老早以前，你就当街调戏陈佳馨，还当我不知道？说到底，你根本就没看上我。

我硬着头皮说，老天爷在上，我早就看上你了，是你老爹没看上我。

三丫笑得很狡黠，就像一只小狐狸。她说，你往后别叫我三丫，你得跟我叫嫂子，懂吗？

我糊涂了，结结巴巴地说，你……看好了我哪个同学？

三丫说，难道张建设没告诉你？日子都定好了。你哥说了，到时候谁不去你也不能不去；你要是不去，那就塌架子啦！

这个消息如同晴天霹雳，把我都震蒙了。我无地自容，真不敢看她了。我一头撞向了榆树墙，这完全是自杀成仁的决绝姿态，可惜榆树们还没长大，以柔弱的群体承接着我的撞击，我的脑袋插了进去，变成了一只急窘的鸵鸟。三丫发出了胜利的欢笑，当场兑现称谓，真的不再叫我李哥了，而是直呼我名说，登科，你别着急，也用不着耍流氓，等嫂子给你介绍一个像样的！

很快，崔局长和张建设就是翁婿关系了。张建设爸爸地叫着，叫得我心里很不是滋味，婚礼上也讪讪的，就像我入团落选了。二混混凑过来耳语说，登科呀，张建设做了驸马你不高兴？你太应该高兴了。就算他日后做了万岁爷，你咋的也能闹个八千岁当当！我朝他笑笑，笑得苦巴溜丢，就像是被胳肢出来的。我又一次发现，我的智商很高，智慧很低；它们是一根筋上的两根须岔，紧密相连又完全不一样。它们极不合理地配置在我的脑袋里，让我洋相百出，让我踉踉跄跄。我跟不上小伙伴的脚步，在密林深处模糊不清纵横交错的小路上走入迷途了。

水到渠成，张建设很快就当上了科长；瓜熟蒂落，胖儿子也足天满月地生下来。陈佳馨也过来下奶了，进了张家低眉顺眼，再也看不到军属的光荣劲儿。曹班长转业了，本来首长想让他走提干入赘的路线，可他半路上娶了陈佳馨，首长很失望，一掌把他打落凡尘，再也没有后门可走了。分配到林业局的一个单位当电工，没有了那身草绿色罩着，成色就差了许多，街上散荡的柴狗见了，也照咬不误。如此大起大落，曹班长的心境就很灰暗，走起路来，也不再雄赳赳气昂昂。三丫见了满屋子都是张建设的同学，先说，欢迎欢迎，然后又说，战友会战友，就是喝大酒；同学会同学，就是搞破鞋。大家哈哈大笑，把陈佳馨的脸都笑红了。两个女人破天荒地坐在了一块儿，一鸡一鹤，反差就太大了。陈佳馨的眼睛里似乎还有往日的幽怨，可张建设晴天朗日，连一丝阴翳都没有，好像他和陈佳馨连手都没握过似的。陈佳馨流露出了多多关照的意思，张建设回应得比较朦胧，那话正听反听都对。后来一帮同学集思广益，给孩子起名字，都快把字典翻烂了，也没找到一个合适的。就想起我来，说李登科有才，让他起吧。我就起了张远兮，是取屈原“路漫漫其修远兮”的后两字，张建设连声叫好，即刻就拍板了。

在林业搞科研，是不大容易出成绩的。小时候我曾异想天开，能发明一种药水，抹到树根上，它就会自动倒下来，那样既省事又安全。我还想让森林像庄稼那样一年一熟，后手不接的问题就解决了。其实这两个问题是彼此衔接的，互相配套的。可我老爹说我扯大澜，意思和吹大牛差不多，还用手试着我的额头热不热，这样一来，我可怜的想象力就被扼杀了。那一阵我觉得无事可干，除了看闲书，练毛笔字，再就是喝茶水下象棋。机关里要求进步的人很多，看我这样都很硌生，跟崔局长吹案头风说，机关里贤（闲）人七十二，你姑爷那个最好的朋友，正猫在屋里举旗（棋）抓纲（缸）呢！崔局长就笑，说十个和尚咋也得夹一个秃子。他那样的半拉瓜，不掺和还好，一掺和就翻盆，让他一边凉快去吧。

这期间我参加了一次珠算和心算比赛，林业局最棒的铁算盘能用两手做双燕齐飞，最终也败下阵去，气得把算盘都摔了，满地都是乱滚的珠子。我还表演过背诵《毛主席语录》，从头到尾，连一个标点都不带错的。我的负面形象渐渐得以修正，又是铁饭碗镶金边，就不断有人给我介绍对象。我老爹看一茬子都结婚了，也着起急来，一再催促我，说别的你赶不上，找对象也赶不上？只要平头正脸就行了，别总惦记着馨丫头，人家的孩子都能打酱油了。可我总拿陈佳馨做比较，一比就觉得都是瓜菜代，所以一一搪开了。就有人说我的零件有问题，还没等我吭声，二混混就站出来辟谣了。他说，纯粹瞎扯淡，别人不知道我还不知道？小时候都在白练河洗澡，李登科撒尿比谁刺的都远！二混混借张建设一光，也当上了代干，在一个单位的食堂当着管理员，常常带回一些筋头巴脑或残渣余孽给我老爹下酒。我老爹是不扛恭敬的，一恭敬，就觉得二混混真不错，把他当年踩狗尾巴捅猫蛋的事全忘了，说儿呀，打小就是别人帮你，没见过你帮别人。凭你的脑袋，咋也得超出二混混一截吧？我能说什么呢？只好苦笑一下说，先胖不算胖，后胖压塌炕。我老爹说，你要能胖，竹竿都能当房梁。我又说，谁笑到最后，谁笑得最好。我老爹说，你还能笑？只怕是哭都找不着调门了。

那天走在街上，忽听有人说，登科你好！就像四声杜鹃的啼啭，把我的心叫得一颤，猛一抬头，原来是陈佳馨。我很同情陈佳馨。转了业的曹班长还是全副武装，只不过行头换成了钳子、改锥、电工刀，看着人也足够潇洒，关键是他眼睛虽大，却看不懂万能表，就是装个白炽灯泡，也常常被电打得一溜跟头，这就扶不上台面了。下势后日子一天不如一天，像个奴仆似的被人呼来唤去，都不拿他当盘菜。我说，过日子不容易，有什么困难你吱声。陈佳馨说，我吱声你能解决吗？别以为我没跟你有啥后悔的，你这样的半拉瓜，也不比老曹强多少！我感到了莫大的侮辱，臊着脸说，我怎么是半拉瓜？鹰有时候飞得比鸡还低，可鸡永远飞不了鹰那么高。陈佳馨觉得言重了，又笑笑说，登科，咱们是老同学，算不上初恋，也差不了多少。你要想有所作为，赶快走吧，窝在这儿死守，没你的好果子吃！说完就迈着涉禽般的长腿，鹤蹈鸿翩地走开了。虽说她接连生了两个孩子，可体形并没改变，只是好长一段时间里胸前总有奶渍，像战乱中的城邦地图那样时大时小。

陈佳馨的话让我思谋良久。可我能走到哪儿去呢？回关里家去种地瓜？还是到城市里给人当小打？似乎都没有可能。在哪跌倒的，在哪爬起来，这话我还是赞同的。那天局里召开誓师大会，我坐在前几排，其实就是葵花向阳面带傻笑热烈鼓掌倾情捧场的角色，可当我听到崔局长宣布年采伐量一百万立米，还以为听拧了，竟然吓了一跳，捅捅前面的张建设，他回头眄我一眼，依然端坐着鼓掌。在暴风雨般的掌声里，我突然感到浑身轻飘飘的，一个悠扬清冽的声音在我脑子里响起，听着像是中国人民站起来了，也像李登科同志站起来了。我又像羽化升仙，又像鬼魂附体，稀里糊涂的，真就站起来了。

我说，崔局长，你想让张远兮喝西北风啊？

崔局长愣住了，说你啥意思？

我说，山上还有多少树，大家心里都有数；照这么采下去，寅吃卯粮，不过十年八年，山就被剃了光头，弄不好，咱还得往关里家跑盲流！

接下来我还想一笔一笔跟他算细账，可会场上一片大哗，麦克风攥在他手里，我孤独的声音完全被淹没了。崔局长的脸变成了缸釉色，他大声喝道，神经病，真是神经病。把这个神经病给我赶出去！当即过来几个虎贲，我把从座位上架走，我的腿在地上软软地拖拉着，那一刻的感觉就像被枪毙，差点儿把一截尿头撒在裤子里。

我很后悔，因为我又一次大冒傻气，一头撞在了砖墙上。扭送我的人不但唯命是从，还扩张了领导的意图，真把我送到了精神病院，嚷嚷着就要过电。这时候我老爹领着三丫来了，为搬这个救兵，他把为未来孙子准备的麒麟银锁直接挂到了张远兮的脖子上，扑通一声跪下，老泪纵横地说，三丫，你不看李登科的面子，你看大叔的面子。李登科狗日的不会做人，满嘴胡吣，求求你爹，放过他吧。他一哭，把三丫也拐带哭了。我老爹真的老了，老得像青铜器一样精粹，敲一敲瘦骨头，似乎都能发出铮音来。我已经不再是那个总给他赚面子的儿子，而是一个一事无成招惹是非的儿子，他不但失望之极，而且痛彻心脾。三丫要个心眼儿说，李登科不是精神上的毛病，你们别胡来。他小时候吃不到肉，常捉蛤蟆泥鳅什么的，饿急了也生吃过，怕是小虫子钻进了脑袋里，弄点儿塔糖吃吃就好了。

三丫在关键时刻拯救了我，我自然是感恩的。尽管我扰乱了誓师大会，动摇了军心，只不过是螳臂当车苍蝇碰壁而已，一百万立米的指标不但获得批准，而且已经付诸实施了。人们见了我无不横眉立目，小孩子则掩鼻而过，说真臭啊。说来道理也很简单，不卖木头就没有钱，多采多卖钱，少采少卖钱，新生活需要大量木材，木材不断涨价，不少历史欠账，需要有大笔投入才能偿还，比如说，改平房为楼房，改干厕为水厕，等等等等，都指望着木头变现，一百万立米也是不多的。为了不影响领导的血压，我被调出机关大院，下派到二混混的单位，干农副业队长去了。我从来没当过官，不但班长没当过，连家长都不是，如今当了队长，是因为我的干部身份，不能让家属们领导我，我就得领导家属们。我成了一个真正的弼马温，因为除了三五十个老娘儿们，还有七匹马，一头驴，就是跟我拉过大粪车的那头，它很长寿，经过了大粪的长久熏陶，老当益壮地站在我面前，用妩媚的眼睛诧异地看着我，似乎还很亲切。我摸摸它葡萄色的皮毛，突然哭了。

妇女们不大答理我，她们视我为异类，固执地认为，一泡臭屎，拉到她们的头上来了。她们攒成一堆，或嘁嘁嚓嚓，或叽叽嘎嘎，熟练地操着村话，笔伐不行，就进行口诛。二混混就不同了，他三天两头就来陪我喝酒，酒菜自然都是不花钱的，还说这是张建设的意思。他语重心长地规劝说，登科呀，明镜湖方圆几百里，没有比你更聪明的，可也没有比你更傻逼的。生活就像白练河的流水，咱们都是木头，随着漂就是了；要是以为自己是石头，横在那里不走，非得被撞成半拉瓜不可。将来地球能不能爆炸？太阳能不能熄灭？这都是咱们管不了的事。都奔三十的人了，想想自己的事吧。其实这都是艰苦细致的思想政治工作，随着本地小烧进入我的身体，融入我的血液。而我是小酒人，一向不胜杯勺，喝二两就抹搭眼了，哼哼哈哈地敷衍着，来不及仔细消化，就顺着值班室的炕洞躺下，一觉都干到尼加拉瓜了。

因为妇女们不便值班，值班的事就被我包下了。悠闲寂寞中，我一本一本地看书，都是当年老师留下的那些，实在没别的看了，把一本《周易玄关》翻得稀烂，试着给自己算命，却总也对不上卯榫。那一天我正在炕上酣睡，四仰八叉，睡出很恣肆的态相，无意识中，裆间就支出个拱篷来。喂马的小寡妇刘兰香是勤快人，知道马不吃夜草不肥，过来打加班，见状不免心生怜悯，再说她也能解决，把灯绳一拉，脱巴脱巴就挤到炕上来了。本来就在醉梦之中，又黑咕隆咚的，我一摸身边暄暄腾腾，还以为是天上掉馅饼，发生了什么没发生什么，我都不甚清楚。她一把拉开电灯，啡啡地哭起来，我这才明白，世上没有免费的午餐，我得付账了。我说我娶你，行吧？刘兰香马上就不哭了，做出红颜薄命打折出售的样子，很委屈地说，都怪我命不好，闹了一溜十三遭，嫁了你这么个半拉瓜！

我的婚事全是同学们帮忙张罗的。房子还是老房子，只是在房头接了一小间偏厦子，男同学帮着砌砖上瓦，女同学帮着糊炕刷墙。张建设为我做了一对黄波椤木箱子，一张水曲柳写字台，一架核桃楸炕琴，还有一个红松书柜，全新的一整套，比陪送儿女都隆重，而且都是极珍贵的材种，即使身在林海，也是不好淘弄的。他已经升任了林业局的副局长，还是崔三爷的东床，双重身份，办这种事也就手到擒来了。酒席则由二混混一手包办，只是象征性地花了几个小钱。陈佳馨也到场了，向我凝睇片刻，就笑了，很有成绩感地说，李登科上学总跳级，考试总第一，这种事却落在了最后面，抓得再紧，孩子也得比我的小一轮。我能说什么呢？只好苦笑一下说，我不是撞见鬼了嘛。找不到山鬼，只好找个山魈凑合了。刘兰香不懂，问什么是山鬼山魈？我说，都是国家保护重点动物，咱这片林子里已经不多了。二混混以酒遮脸，跟刘兰香闹着说，李登科真聪明，喝糠麸、抽金乌、吃豆腐、娶寡妇，这是公认的四大便宜。再说，李登科不会干农活，给他一片现成的熟耕地，不用费劲巴力开生荒，这有多省事！

六

我捡回了祖上的行当，整天在地里挥舞老镢头，不同的只是，祖上在黄土地里种地瓜，我在黑土地里种土豆。我干这种活一向很力巴，即便混在女人堆里也总是打狼。刘兰香的人缘极好，大家就把人情做到了我头上，从来不让我干重活，当然，我也乐得轻闲去唱“哩咯咙”。我和刘兰香没多少话可说，她是小学文化，还不在优等生之列，连骆宾王和王洛宾都分不清，我们能够共鸣的，就是锅里和炕上那么一点事。经过殷勤躬耕，我们的女儿出生了，模样极清秀，简直就是一颗完美无缺的果子。我取名叫李浪浪，源出曹植《洛神赋》里“泪流襟之浪浪”一句，也和白练河明镜湖相照应。刘兰香起初不同意，因为“浪”这个字专门用于女性，在东北话里，有轻佻、浮泛、臭美和得瑟的意思。我在外面说了不算，就想在家里找到一点平衡。我说，你懂个鸡巴！刘兰香呵呵笑，说我真就懂个鸡巴，别的啥都不懂，就随你吧。

那一段的日子十分逍遥，我基本是三个饱两个倒，二混混谑称我是种马，精草细料地养着，只干一件事，倒也很有几分贴切。浪浪越长越漂亮，竟有陈佳馨的影子，这就很有意思了。二混混认为，是我在整个制造过程中，闭着眼睛想着另外的女人，才有了种瓜得豆的结果。我笑呵呵的，不承认也不否认。二混混很快就当上了科级干部，走上了一个肥美的岗位。崔局长在一片赞颂声中退下来，还特地到我家串过门，跟我老爹唠嗑，抱着浪浪顶哞儿，临走时说，登科你看，这有多好，消消停停地过日子，男人只有娶妻生子，才知道生活是咋回事。三丫和刘兰香通过一碟大酱一把青菜的频繁交流，成了很要好的姐妹。她们都不和陈佳馨来往，主要的忌讳就是，她太漂亮，太漂亮的女人总是不安定的因素。

林业局第一批楼房盖起来了，因为是福利分房，没我什么事。刘兰香还是很眼馋的，她说，都是一个老师教出来的，你看人家张建设和二混混，步步都走在点儿上，你倒好，横垄地撵瘸子，一步一个坎儿，从偷小萝卜头那时开始，你就注定是小萝卜头了，叶子扑拉一大片，实际上没多少东西。我身份低贱，自尊心却仍然高贵，被她一指头戳疼了，就狠狠地骂，刘兰香，我日你……刘兰香当时正在擀面条，听了就操起擀面杖，用极高的分贝说，你说呀，接着说！我非好汉，可也懂得不吃眼前亏，就嘿嘿地笑了，说你还要我说什么？主谓宾齐全，已经是一个完整句式了。这么一狡辩，就把一场剑拔弩张的家庭战争化解了。还有那些路边臭不可当的公厕，全都改成了冲水式，我那段掏大粪的历史已然找不到物证，我那套占上风头的手艺再也派不上用场，仿佛都被一块神奇的橡皮轻轻擦掉了。竣工的那天，我第一个走进去“剪彩”，林业局的小记者碰见，借题发挥，写了一篇《掏粪工喜用新公厕》，居然上了地区小报，刘兰香把那份报纸带回家来，一进门就欢呼说，老李，你上报纸啦！好像我是什么人物，或者那蒙事的文章是我写的。

那天我在一幢楼房前遇到了陈佳馨，她像不能起飞的孔雀那样五步一徘徊，脸色非常难看，嘴上还念叨说，该死的！该死的！我说，眼气啦，让曹班长好好干，弄个一官半职，你也能住进去。陈佳馨说，他是那个材料么？他根本就不是那个材料。既然你赶上了，帮我个忙，在楼下替我看着！我还云里雾里，陈佳馨已经上得楼去，只听得一阵粗暴的砸门声，三楼的一家就有些乱套。须臾之后，便有一个男人从打开的窗子縋下来，用的是采伐工人的绑腿，动作也很过硬，一看就是做过军事科目的。我明白了咋回事，那一刻身子都抖了。那人下得地来，果然是曹班长，还那么标致，还那么白白嫩嫩的。他实在招人稀罕，又常常把火线零线接错，也许干干这个，才是自身的唯一优势。他认出我来，结结巴巴地说，登科兄弟，我可待你不错，放我一马吧！我说，你他妈的咋不呀咕嘟啦？曹班长像哭一样笑了。我一个耳光扇过去，然后说，赶快滚蛋吧。可惜陈佳馨一朵鲜花，插到了你这堆牛粪上！曹班长尥着蹶子，趺趺撞撞地跑开，很快就消失在纵横交错的小巷里。当然，我不能对陈佳馨说实话，我说是一个贼，一个不认得的黑胖子，那厮力大，公野猪似的把我撞开，翻蹄亮掌地跑远了。陈佳馨根本不信，直哭得梨花带雨，说该死的老曹，啥尿没有，自暴自弃了，挑着一根臊筋乱戳，竟然成了追“腥”一族，要是没有两个崽子，我就跟他打八刀！

我很难见到张建设。我们的物理空间不远，可心理空间太远，没有见面的理由，何况他太忙我太闲，彼此的共同语言越来越少。三丫就成了我俩的纽带和桥梁，动不动就送过来这个那个，因为不能对等，我就有想法了。刘兰香说，你别兔子坐轿，不识抬举。张建设是够意思，不忘当年的小伙伴，你要是再咬牙放屁，那就不是人了。我说，他总这么送，我只受不施，自尊心受不了。刘兰香说，你一个遭贬的人，整天跟牲口和老娘儿们打交道，还总唱啥高调。你仔细看看，从屋里到外头，还有什么不是你同学给的？我默然无语，就把脸向上仰起，对着浩渺的虚空欷歔。我老爹为了维护家庭团结，总是向着儿媳妇说话。他说，你犯不上跟他生气。狗日的榆木脑袋不转轴，再加死鱼眼睛鸭巴掌，一扔下书本，啥嘛都不是，要不然能娶个寡妇？觉出说漏了嘴，又猛猛地扇着自己的脸说，我真是老糊涂，该死了却不死，说话嘴都秃噜扣了。

我觉得老爹说得不错，可我始终相信，我终非池中之物，不能永远这么啷当着。那天就跟二混混透话，要到中学去教学——自打高考恢复之后，升学率已为民间和官方共同瞩目，作为当年的状元郎，我干那个还是手拿把掐的。明镜湖地区的人口迅速膨胀，林中分蘖成了一中、二中、三中，二混混一一问过，全都笑呵呵地婉拒，虽然并没说破，不能为人师表的意思已经很明确了。我很愤怒，地富反坏右都摘帽了，我怎么就不能摘帽？何况我头上并没有帽子，连老盲流小盲流都没有人再叫了。二混混又安抚我说，张建设就要登顶了，到了那时候，他不会不考虑你的事。眼下是关键时刻，咱得推他一把。

这话说过没多久，二混混出事了，被查出贪污了几万块钱公款，塞进小号里关了半个月，拘留证还是张建设签的字。张建设说，一切权力都是人民给的，别说我同学，就是我老爹，也得依法行事。还和我们一同前去看望，嘱咐所里给调一个向阳的单间。二混混当时就哭了，感动地说，大哥呀……张建设皱皱眉头说，别来这套，咱又不是黑社会。好好反省，认真交代，争取宽大处理吧。张建设给他削了一个苹果，又切成小瓣，一瓣一瓣塞到他嘴里，看着他吃完了，就转身走开。他不再坐美式吉普车，那东西早已淘汰，交给电影放映队，拉着那一堆劳什子满处乱转去了；他坐的是巡洋舰大吉普，上车时把车门重重地一关说，不争气！

二混混判几缓几的事还没敲定，上边就来人了。上边的人是为林业局的领导班子来的，一般的班子都很闹心，七个人八个心眼，这是谁都知道的。接替崔三爷的那个狗卵毫无创意，也想照搬照抄前任的成功经验，弄成年产百万立米，这就自找难看了。张建设的底牌很硬，主牌副牌攥了满把，剩一张大王孤悬他手，局势已然明朗，无论怎样挣扎，他都死定了。那天不知道是谁提出的，说张建设的发小李登科还窝在下面削土豆芽子倒马粪，他是最有资格发言的。上面的人不耻下问，把汽车直接开到马厩前面，还没等我醒过神来，已经挺进值班室了。

上面的人都很会说话，说这个这个啊，你是传奇人物，我们都听说过。想征求一下你对张建设的意见。

我没见过大人物，所以一见到他们，我的脑子就有点儿乱，何况还刚喝过酒。

我说，张建设太应该当一把手了。实际上从我认识他那天开始，他就朝着这个目标大踏步前进，为这个他做出了不少牺牲。

上边的人交流了一下眼色，显然听懂了弦外之音。他们说，这也对嘛，不想当将军的士兵不是好士兵。然后继续问，关于一百万米年产量的问题……

我说，所有的人都知道，最先反对的人就是我。当时张建设明里不吭声，私下是支持的，或许就是他撺掇的，他娶了崔局长的三丫，不这么做也没有别的办法。现在山上已经没有几根毛毛了，剩下的还没有驴鸡子粗，还想弄一百万，那等于大白天说梦话呢。

话音未落，一颗土豆从窗外飞进来，落点相当准确，可可地砸到了我的脑袋。我的脑袋里像精工手表的游丝那样剧烈颤动了一阵，这才看清，原来是刘兰香站在外面，本来就不太好看的脸一经抽搐，完全就是歪瓜裂枣。她说，李登科，你这个大傻逼，是狗改不了吃屎。告诉你憋着你就不憋着，一个大臭屁，把几十年的关系都熏毁了。我能带着孩子改嫁，可你老爹怎么办？你是天底下最大的不孝之子啊！然后她就坐在马粪堆上，放泼地哭起来。

这事儿过后，我也觉得不大对劲儿，就鼓起勇气，趁着日暮黄昏去敲张建设的家门。三丫在门镜里看出是我，坚决不开门，还是张建设亲自开的。上面的人说是保密，结果一掉腚就告诉了张建设，这样一来，我的伪君子真小人的嘴脸就暴露无余了。张建设拉我上桌喝酒，说来说去就戗起茬来，他喷着酒气，指着我的鼻子大吼，李登科，我忍了好多年了！我也回指他说，张建设，我也忍了好多年了！他骂，我操你爹！我也回骂，我操你爹！他长年卧床的老爹在里屋听到了，呻吟一声，用很侉的乡音说，是哪个要日俺？你进来嘛。我就狠狠掌了自己的嘴巴。张建设扔了筷子走过来，搂住我哈哈大笑，随后我们都哭了。

张建设说，登科，也许你说的都没错，可这么大一摊子，这么多人口，换了你，能有啥好办法？

我沉默良久说，积重难返，我也没办法。

张建设说，挑毛病容易干事难。不信，你就试试吧。

我没想到这话的可操作性。没过多久，张建设果然起走了前任，当上了林业局的一把手。他立刻制订了大幅度递减木材产量、通过精深加工确保全局产值的战略方案，随即力排众议，干了两件挺犯忌讳又挺有道理的事，一是高举轻打，把二混混捞了出来，给个开除留用处分，让他立正稍息了。再就是让我担当了科研所的临时负责人，因为这是个科级单位，正式任命必须得走组织程序才行。得知了这个消息，我身上的血就像解冻的白练河水，欢快地湍急地流淌起来。我对我老爹说，谁说鸡毛不能上天？我对刘兰香说，再跟我胡搅蛮缠，我可要演《马前泼水》了。我对浪浪说，你爸本是白练河里的大鲤鱼，没跳过龙门，却跳进了罾里，本以为死翘翘，没想到如今咸鱼翻身了。我老爹没多少文化，对这等事却洞若观火，他说，无论你干得好不好，张建设都是赢家，你根本就玩儿不过他。

果然没错，人们都夸张建设大人大量，以德报怨，唯才是用，很有人情味儿，而我怎么打扮都像白鼻梁的小丑。一开始我也雄心勃勃，制订了一些丰产速生林的研究项目，还有整治白练河的长期规划，可所里的半瓶醋们不但不支持，还大唱反调，说我是理论脱离实际，是空对空导弹（捣蛋），是童话加科幻，相互之间的龃龉也日甚一日。找不到别人问策，那天我就把陈佳馨拦在半路。她想了想说，你什么都不缺，就是缺少两个字——狡猾。我说，聪明是优点，狡猾也不是优点哪。陈佳馨发出了爱恨不能的涩笑，语速极快地数落我一通，意思说我真正军人的不是，战术的不懂，让我回去好好琢磨。为了便于琢磨，我把“狡猾”写成工楷，压在了办公桌的玻璃板底下。这一下所里就热闹起来，纷纷到张建设那儿去告御状，说把“狡猾”当成座右铭，成何体统？简直是对现实社会的不满，对官场政治的丑化，对精神文明的误导。而且没用张建设发话，大家请君入瓮，很快用我亲手制订的末位淘汰制，把我无情地淘汰了。

我无话可说，脚上的泡，都是自己走出来的。我完败而归，连一根毛毛都没得到，是揣着鸭蛋回来的，恨不能把脑袋插进裤裆里，都不敢再见张建设的面了。我觉得头上酸涨发痒，就像要长犄角，正好路边有一棵槭树，就咚咚地撞过去。秋天的槭树殷红如火，像巨大的火炬熊熊燃烧。这时候张远兮走过来了，眨眼间他已经读了高中，学习在中上等水平，因为他爸爸和他姥爷的双重关系，也当上了学生会的副主席，有意无意中，父子的轨迹就重合了。他惊异地看着我说，叔啊，你啥时候练的铁头功呢？我嘿嘿地笑了，只好解嘲说，是童子功，从小我就喜欢顶人，你看，脑袋都瘪犍了。

为了让我软着陆，人事部门看张建设的面子，把我安排到了老干部活动室，活计也很消闲，不过就是给打麻将下象棋的老灯看场子，工作就是玩儿，玩儿就是工作，多少人馋得直淌哈喇子，想干都挖弄不到呢。我是凡夫俗子，一介布衣，而且是败军之将，没有任何级别，何况一只脚也跨进了老灯的行列，是绝对没有脾气的。崔三爷也偶尔一去，携一支工艺拄杖，带着功德圆满的微笑，很随和地和这个那个玩儿着。他脸上身上都是老年斑，就像白练河里快要成精的老鲇鱼一样。我们之间心里的疙疙瘩瘩早已随着时间消弭。他经常当众夸我，说李登科的脑袋就是电脑。一茬一茬的孩子，没有能比得了他的。大家就莞尔着配合，剩下的潜台词就不言自明了。有一次，我发现他的座位下面湿漉漉的一摊，还以为是茶水，别人朝我挤眼睛，我才知道，原来是廉颇老矣，他尿裤子了。

为了不让他丢丑，等人走尽了我才扶他上路，而且我叫了刘兰香的毛驴车，只要一坐下，就全都遮住了。结果刘兰香还没来，二混混却来了，他驾着一辆半截槽子，恭恭敬敬地把老人家扶到车上，这时我才知道，他已经当经理了，就坡下驴，自己开公司，经营一切与木材有关的项目，这样既能保全面子，也能名正言顺地捞钱。

我说，你能当经理，我都能当总理。

二混混哈哈大笑，他说，你不信山羊能上树，是吧？我正想拉你入伙呢，别的不用你干，摇摇羽毛扇，一年我给你十五万。

我说，吹牛不上税，你就猛吹吧。

二混混说，我让到是礼，可别指望我“三顾茅楼”啊。

我攻守自如说，我跟你不一样，我还是有单位的人哩。

二混混笑得老谋深算。他说，良禽择木而栖。眼看一棵大树就要枯死，你非要把窝垒在干枝上，是不是好鸟，那就很难说了。

二混混说完，驾着一缕神秘的青烟走开了。我一直感念着二混混的关照，可心里的鄙夷也很难消除。我似乎明白，所有的宏大使命都与我无关了，我得把高昂的目光收回来，看一看自家的一摊子。我老爹老而矍铄，我妻像活驴一样能干，我女儿不但如花似玉，而且聪明伶俐，从小就能背骆宾王的诗，唱王洛宾的歌，在遗传上跟半文盲的刘兰香很不一样，也避开了我的先天缺陷。我明确而坚定地认准，我还没彻底完犊子，我的精神血脉有人继承——孩子们比爹，爹们就只能比孩子了。每天浪浪放学回来，我都给她开“小灶”，果然立竿见影，她不啻脱颖而出，都锋芒夺人了。老师多次让她跳级，可我不让，我说闺女，每一步都稳稳地迈着，别像你爸那样，走得太快，结果跟头把式的。

七

我再也没见过崔三爷，尿裤子不久，他就撒手去了。不过三年多一点，张建设的老爹也跟了过去。大家都说，崔三爷一辈子豪横，在那边插旗招兵呢，报到早的，兴许都能收编到滨绥图佳保安第五旅弄个一官半职。当然，这么说也深有嫉妒的成分，尽管张建设廉洁自律，可挡不住汹涌而来的人潮，三丫忙着哭丧，把收分子的活派给了刘兰香，虽说拿公款送礼的都是背后蔫捅，光是有账可查的私人礼单，每一次就有几十万。这种钱完全是愿者上钩，世风如此，不干张建设什么事。我老爹看了大受刺激，有感而发说，俺没能耐，俺儿也没能耐，俺死不起，俺不死，行了吧？

张建设踔厉风发，很快就跑来了扶危挽颓的大项目，在白练河畔建起了一座超大型木制板厂，生产密度板、纤维板、胶合板、细木工板等等。给我娘扫墓的时候我见过，说是既能进行木材精深加工，成倍提高产值，还能就近吃掉枝丫一类采伐剩余物和薪炭材，等于林区的清洁工和摇钱树。我傻呆呆地站在河边，昔日清澈的河水变成了酱汤色，河床已经被流送破坏，疮痍般朝天裸露着，四处飘荡着辛辣的甲醛气味，眼前的一切我都不认得了。我问我老爹，有多少剩余物够这么吃的？吃光了真正的剩余物，也不能让这个庞然大物干饿着，那就得啥吃啥了。我老爹说，你总是多嘴多舌，瞎说实话。要是再小上几岁，俺就带你回关里家去种地瓜了。

有意思的是，谁都没见过张建设钻研功课，而且他也没那时间，居然拿到了大学本科文凭，后来还得到了一个硕士学位，这就把我深深嘲弄了。回家后我摔盆打罐，嘴上还骂骂咧咧的，因为我固守的最后一道堑壕，也被他轻易地智取下来了。我老爹没在家，刘兰香说，我又没惹你，撒的哪门子邪火。你告发去！你嚷嚷去！只怕被塞了满嘴马粪，还不知道被谁塞的。他得文凭又不碍你的事，况且他吃肥肉，二混混啃骨头，咱也能借光喝口汤啊！我说，去你妈的！刘兰香横眉立目说，你骂谁？我没法下台阶，正好墙缝里爬出一只蟑螂，就一掌拍过去说，我骂蟑螂呢。刘兰香叹息一声说，张郎李郎，都是一样的男人，却是恁大的不一样。

我绝口不提张建设文凭的事。有的老灯认为我仍是傻狗不识嗾，故意听了牌让我点炮。我就说，张建设够，他怎么不够呢？没成为牛顿和爱迪生，都已经很委屈了。我的话一本正经，不带一丝杂音，老灯就彻底灭掉了，说你们俩当然都够聪明，要不然能从小好到老嘛。从此我就暗下决心，得让我女儿考博士，而且还得是洋的。可这话一出口，就被浪浪顶了回来。她说，爸你睁眼看看，还有多少人家住着咱这样的破房子？就算我能考上，你拿什么供我？我把眼睛溜向窗外，周遭已经都是楼房，蜂巢般的窗口傲然俯视着我们，我们分明已经沦为新贫民。浪浪长大了，房间不好分配，只好我跟老爹一屋，她跟她妈一屋。有时春潮涌动不能自已，两口子只好到仓房里去幽会，心惊胆战，哆哆嗦嗦，就像偷情一样，闹来闹去，闹得我像市场一样疲软下来，刘兰香徒劳地摆弄一气说，这回好了，这回让党和人民彻底放心了。我的工资，我老爹的退休金，摞在一起都一脚踢不倒，别处的工资一长再长，林区却因为资源枯竭，多年以来，停留在一个既可怜又可笑的水平线上。刘兰香她们的土地被悉数开发征用，不能再种土豆，早就挑灶散烟了，自称家里蹲大学，传媒系（全没戏），沙耶博士（啥也不是）。别说出国留学，就是供浪浪上国内大学，想一想我都出汗。

我两眼迷茫，找不到任何出路。那天在一张街头小报上看到一则消息，省城有人组织全国《易经》研究大会，还有国际人士参加，就有些动心，想来正门走不通，就得走走左道旁门，就揣着那本《周易玄关》去了。收费很高，伙食很一般，也没研究出什么像样的东西来，却发给了每人一份证书，上写“国际医理、周易研究会中国代表”、“中国维林周易研究中心理事”，挎的是双枪，这就厉害了。我还在会上买了一个风水罗盘，一个带精密刻度的风水卷尺，据说都是从台湾进来的，花的是大价钱。反正方便，我连名牌都印好了，不叫阴阳先生，也不叫打卦算命，叫气功师、预测师、风水师，底衬是阴阳鱼和八卦图，经营范围是起名、堪舆、预测，这么一包装，一个不能事人专事鬼神的李大师就悄然诞生了。一下火车，我坐的是哆哆嗦嗦的“狗骑兔子”，街灯的照度很差，可我也认出来，开车的是曹班长，身穿反季的棉大衣，腰间还系着一根粗麻绳，看着苦大仇深的。社会进入了信息时代，电信接换早已实现了自动化，陈佳馨“拔橛子插眼”的事业彻底黄摊儿了，曹班长也成了第一批下岗人员。他别无他能，当鸭子也已过气，眼目前只有干这个了。况且他们有两个儿子，那就等于两个大债主，他一辈子当牛做马的命运已经注定了。他装作没认出我，我也装作没认出他，趁黑交割了两元钱，各走各的了事。

我的卦铺用不着挂牌开张，就有善男信女陆续来送钱了。我就像藏在深山古洞里修炼多年的高人，而今终成正果，到凡间指点迷津超度众生来了，乾、坤、震、艮、离、坎、兑、巽地一顿神侃，只要把人侃蒙就成。我抹不开直接收费，只在屋里设个陶罐，看着给就是了，虽说都是些散碎银两，也适时地润滑了我的生活。当然，警察也在我家门前逡巡过，可我不是巫医神汉，理论十分的幽玄，介于科学与迷信之间，何况我和张建设的关系谁都知道，实在不好下手，睁一只眼闭一只眼，就那么着了。

有一天我正在老干部活动室收摊，刘兰香领着一帮老娘儿们来了，说是要给谁谁的亲人批八字。我掐诀念咒地鼓捣一气，就沉下脸来，说这人的命不好，天干、日干上虽有天乙贵人，却被贵人的吉光罩住，一辈子很难有所伸展。大家哄哄着非让我批个偈子，我有书法功底，当年还写过大字报，就泚笔写道：久旱逢酸雨，如厕没带纸，出行上贼船，洞房遇石女——一个集四大倒霉于一身的倒霉蛋。老娘儿们大笑不已，刘兰香已经抡起两只软拳，噼里啪啦地砸下来，一面砸还一面啼啼笑，说你他妈的装神弄鬼，连自己的生辰八字都不知道。你以为算的是谁？就是你自己呀。我要是石女，你一江春水往哪流？孩子又是从哪来的？其实我何尝不知道算的是自己，只是假装不知道罢了。我悲凉地欷歔，她们一走，干脆就把那幅偈帖张挂在我的斗室里。

张建设经常深入山上，特别是在白练河人造板厂住的时间最长，叫做靠前指挥，把这样一个造钱机器紧紧看住，连续多年，林业局的经济形势都很乐观，群众的呼声也极好，有人写材料告状，也被上级一一挡回来，如果不是年龄过杠，还有最后一蹿的可能。大概是积劳成疾，总是偏头疼，用唯物主义解释不了，乱七八糟的想法就多了。那天他故意躲出去，让二混混把我领到了他的办公室望气。屋子很大很气派，完全跨越了崔三爷的时代，大班台都能打乒乓球，玻璃板下压着张远兮的照片，人长得挺帅气，没有公子哥的做派。虽说走的是自费，却也拿到了大学文凭，通过老爹的关系，在北京一家外企干了白领。我摆出学问高深的大师架势，掣出风水罗盘和风水卷尺来，左测右量，前瞻后顾，如有发现地说，什么都不错，就是桌子的摆位差了三厘米，阴阳不调，用当下的话说，不和谐了。我俩就挪桌子，一挪就掉出来一张旧照片，竟是陈佳馨的黑白照，看那装束和风采，正是两人亲嘴前后的时期，背后还写着英文 heart & heart。我和二混混碰碰眼睛，什么都没说，把照片从抽屉的缝隙重新塞了回去。

陈佳馨在街头支个棚子卖菜，靠着残阳夕照的美貌，抓住了不少男性中老年回头客。他们买菜不是一捆一捆地买，而是一绺一绺地买，这样化整为零，能多得到几次迟暮美人的垂顾，被老婆骂做贱坯子，心里也很舒坦。有一次我也去买菜，她刚刚上完货，弄得头发蓬乱，满脸泥水，在电镀秤盘上照照，自己就笑了，一笑眼角的褶子就像折扇一样打开。她说，这一回你再叫我山鬼，我就很能接受了。她的两个儿子全都像老曹一样英俊而愚笨，考不上大学倒也省钱，不过结婚买房子是躲不过去的，为此老曹还张罗卖过肾，这样既能少犯花花事，也能解决一下经济上的窘困，不失为两全其美，却显然是行不通的。如果陈佳馨找找张建设，他肯定能拉扯一把；可是她端着，就是不找，三丫对此也百倍警惕，严密看护自己的胜利果实，绝对不允许别的女人染指。这样她只能“君子固穷”，每天都得为一饮一啄忙活，不敢有一丝懈怠。二混混也多次要施以援手，都被陈佳馨婉言谢绝了，她认为二混混的钱来得不明白，早晚得进去吃大眼窝头。她对我说，只有你的帮助我能接受，可惜，你还啥嘛不行。

像陈佳馨这种带着仇富心理的人不在少数。二混混的奥迪轿车常常被人浇尿，还有的孩子用粉笔写上“二混混大王八”的字样，这样的例子不胜枚举。他们不相信眼前的一切是真的，可是二混混真的就像变戏法一般迅速做大，手下已有上百名员工，在街上肥马轻裘地一走，大家的眼睛都蓝了，虽然也有人盼着翻车，可一次都没翻过，浇尿就成了首选的发泄途径。二混混也意识到了人心向背，斥资设立了一个“珥琿奖学基金”，分一二三等，五三一万元，奖给林业局的高考学生。其实他主要是针对浪浪去的，浪浪是尖子，一伸手就够到了，也等于让我能体面地接受他的资助。发榜的时候，整个小镇都震撼了，浪浪考取的是那座著名的“一塌糊涂”（一塔湖图）的大学，这在本地的教育史上还没有前例。浪浪拿到了五万块奖学金，还对着摄像机嘎巴溜脆地讲话，感谢这个那个的。刘兰香哭得稀淌哗啦，说我闺女比他爸强多了。他爸算什么东西？在外面混不明白，回家就拿我出气，一辈子啥嘛不是，最后闹了个阴阳先生。看看已经走板，我赶忙抢过话筒说，李浪浪不成功没道理。白练河后浪催前浪，一浪更比一浪高嘛。轮到我老爹，他这回没再说狗日的，他说，求求老亲少友，看俺孙女的面子，把俺头上的盲流帽子和李登科的半拉瓜外号，统统扔到明镜湖里去吧！

我当然要隆重地请客，把当年的老同学都请到了饭店。因为张建设的到场，宴会的档次就提高了，桌上高潮迭起，酒也下得很猛，开始还心里有数，喝得麻嘴，就没了斤两，只听得杯盘乱响，掉头再看，满地都是酒瓶子。那工夫我不但心潮澎湃，连肚子都澎湃了，摇晃着到洗手间方便，只见一个人红头涨脸地站在我对面，冲我嬉笑着直做鬼脸。我说，你是谁？我好像见过。那人也说，你是谁？我好像见过。那人的脸时长时短，时胖时瘦，奇异而迅疾地变幻着，让我极大惊悚。我让他让开，他就是不让开，分明是鬼打墙。我一头撞过去，只听哗啦一声，竟是一块镀花达了的大镜子。我头破血流地晕倒在当地上，在一片“李大师”的惊呼声里又醒过来，不好意思地笑笑说，喝他妈的高了，自己都认不得自己了！

八

有一阵子，三丫草木皆兵，总想把张建设捉奸在床，这不但特别犯傻，也显然没有可能。张建设很忙，很少回家，有时候夜深了，干脆就在外面住下。偶尔同床一次，张建设总说头疼，启而不发的拨弄里，就很烦躁，说我老大还干着，老二已经退休了。三丫不信，三丫说，只怕是内退吧。张建设挡开她的手，背过脸去说，闲的。实际上三丫的顾虑不是没道理，新一茬的美女遍地都是，乱花渐欲迷人眼，嫩得不掐都出水，有很多不断翻新的手段往妖精上打扮，还很会发贱，威胁是潜在而明显的。反正没事可干，三丫就跟踪盯梢，还三更半夜到招待所去擂大门。当然，大门是擂不开的，即使擂开了，本来明明人在里面，却又无迹可求，仿佛会缩骨法，钻进下水道逃掉了。二混混看不下去，就劝她说，嫂子，我哥是一把手，你总这么弄让他脸面往哪搁？三丫说，别当我是傻子，你跟他干的好事我都知道。张建设要是背叛我，我就把他送进去！二混混说，你傻逼呀。把他送进去你能得到啥？你不但啥都得不到，反而要把自己搭进去。三丫不吭声了，撇着外八字脚，一边走开一边愤愤地嘟囔说，瞎胡搞去吧，早晚得把鸡巴烂掉！

如日中天的日子很快就过去了，林业局又发生了新一轮危困，大型的人造板厂吃光了粗粮又吃细粮，把周围半径所及的木材都吃光了。这且不说，上头换了新领导，新领导有新思维，视察过后凄然一笑说，地名得改，白练河应该叫龙须沟，明镜湖应该叫泔水缸。再这么下去，挣的钱都不够买药的。张建设的脸变幻了好几种颜色，把领导送上车，挥手送别之际，寂寞地转了一个圈子，然后就软软地倒下了。

张建设不是第一个发病的人。环境的恶化让公费医疗不堪重负，稀奇古怪的病日渐其多，明镜湖里的鱼快要死绝了，剩下的也不敢吃，只好送到养殖厂给狐狸貉子们做饲料。桶装水瓶装水在镇上大行其道，有一家水厂就是二混混开的，开在了白练河木制品厂的上游，这样才平息了居民的恐慌。更要命的是，过去风调雨顺，如今旱涝不定，把农副业都影响了。有一年白练河发大水，殃及了整个流域，把我娘的棺材都涮了出来，多亏我昔日的同学看到，跟在后面好一顿追赶，像捞半拉瓜那样用鹰嘴刨钩搭住，总算没出大麻烦。我老爹气得直骂祖宗，我问他骂谁，我老爹说，俺哪知道？俺要是知道，就到他家放火去了。浪浪在学校听说了，就写信说，爸爸，我奶奶的厄运你咋没预测出来？我看，你算了吧，弄那个还不如去淘大粪，淘大粪毕竟是诚实劳动啊！我羞愧难当，趁着黑夜，像掷铁饼一样把风水罗盘扔进了明镜湖。风水卷尺我还留着，因为它上面的刻度跟公称的木工尺一样。

张建设第一次进京看病，并没动用行政资源，他是怕吉凶难测，传出去涣散军心，是由我和二混混陪着，坐奥迪车直达北京的，对外就说是看孩子。张远兮和浪浪都过来了，他们在异地他乡处得很好，彼此经常走动，听说张远兮要找女朋友，也要征询浪浪的意见才行。张建设进的是协和医院，一照 CT，大夫愣怔一下，说咋有五个脑室啊！实际上业外人很少知道人脑的内部构造，听说张建设比别人多出一个脑室，就皆大轰动，说怪不得行风行雨，天生就比别人聪明。这对我也是极大的否定，因为在生理学的意义上，我已经处在不战自败的下风头了。

其实我和二混混都清楚，张建设脑子里的东西并不是上帝多赐给的一个脑室，而是一颗罪恶的瘤子，为稳住病人，大夫总是随机应变，轻易就遮掩过去了。那以后也有一段平缓的过渡，张建设帅不离位，抖擞精神，又抓起了以场自立、以副养林。他要通过种植蘑菇、木耳扭转颓势，提出年产蘑菇、木耳各一百万斤，让蘑菇、木耳走向全国人民的餐桌，这显然也是他为自己经营的辉煌尾声。一听这个我就知道，张建设完了，他五个脑室的大脑已经发生短路，炫目的电火花像极光一样噼啪闪烁，他在最后的亢奋里走向了蓝色梦幻。这个宏伟而虚幻的指标也是在誓师大会上宣布出来的，当时我也坐在会场上充数。张建设跟崔三爷毕竟不一样，从来不吹胡子瞪眼，话锋一转，马上把亲切的笑脸辐照下来，对着我说，登科，你是公认的电脑，给算算行不行？我也回以亲切的笑脸，高腔亮嗓地回答说，我算过了，不但没有问题，还有很宽绰的余地！会议在热烈的掌声中胜利闭幕，会下的分解落实也很痛快，基层的领导们都明白，这不是在干工作，而是在尽人道——他们犯不上惹他生气，反正他已经不久人世，哄他一个高兴罢了。

张建设发现事情不妙，是在住院之后，没有了络绎探望的人群，这就很不正常了。我是陪护的主力，根据大夫的医嘱机变说，医院发话下来，要拒绝或减少探视，因为很多领导不是病死的，而是被看死的，应接不暇的打扰比疾病还难缠。起初张建设还信以为真，可三丫那只装钱的兜子才是检验真理的试金石。她兜不离身，从家里背到医院，又从医院背到家里，可惜那不再是神奇的魔袋，没人再往里慷慨扔钱。张建设终于明白，大限将至，死亡不可逆转，他不想谢幕也不行了。他住着医院的高间，清醒的时候常常忆旧，说一些当年故事，目光里甚至还带有孩童的纯净。有一次夜深人静，他从半阴半阳的混沌中醒来，突然抓住我的手说，登科，我对不起你。我很懵懂地问，哪有的事？他说，很多很多，你别记恨我就行了。他的泪水扑簌簌滚落下来，晶莹透明，十分洁净，仿佛经过了岁月的蒸馏，把一切杂质全都剔除了。

陈佳馨是在一天初夜，被二混混用奥迪车拉过来的。实际上她看望过他两次，都是和同学结伴来的，这一次非要单独接见，她已经感觉到了什么。走廊的灯光十分幽暗，病房的空气也像是凝滞了，死亡的气息已把方寸之地罩定。张建设躺在洁白的床单上，床头被绞起老高，说话有气无力的。他说，馨，你过来！

陈佳馨怔住了，随即咯咯地笑起来。她说，你叫我？你可真逗。这么大的岁数，说的听的都起鸡皮疙瘩。

张建设说，这么多年，我常常梦见你。

陈佳馨说，那是因为你有病。我常常梦见菜卖不出去，都烂在了自家手里。

张建设说，馨，我多想……

陈佳馨读懂了他的眼神，她说，这有什么难办的，我现在就脱了让你看！

陈佳馨像扒包米一样脱得精光，向他踱近，又像模特似的转了一个圈子，把一个皮松肉懈的老太太裸陈在他面前。地球残酷的引力已经把她的乳房和小肚腩拉向地面，昔日旖旎的风景被时光琢磨得丑陋而荒芜，残山剩水之间，散发出菜市场的混杂气味，他失望地把眼睛闭上了。

陈佳馨说，你要是想操我，就吱一声。要是没那章程了，我得赶快回家哄孙子去！

张建设把手伸向枕头下面，颤颤地摸出一张银行卡，说这是十万块钱，密码是你的生日。

这一下陈佳馨笑得五颜六色，她说，张局长，你这是干什么？我是慰问演出，不收出场费。再说，一个老逼太太，哪能值那么多钱？祝你一路走好，恕我不能奉陪，不过追悼会我肯定参加！走到外面，陈佳馨这才放声地大哭起来。

深秋的一天，张建设终于吁出最后一口浊气。衣服是我给穿的，悼词是我给写的，墓地也是我给选的，尽管我早已金盆洗手，毕竟还享有退休风水大师的残余声誉，何况我是他最好的朋友，这一点没有任何人质疑。定好的早晨六点钟起灵，一大溜客车等在那里，仪仗是足够威风的。可是等到快七点了，来的人仍然稀了巴登，除了行政有关人员，大都是当年的老同学。三丫本来可以不去，不知是怎么想的，后来又要去了。她不断叨咕说，咋回事嘛，咋回事嘛。张建设躺在火葬场那种大家通用的铁棺材里，模样安详，一点儿脾气都没有。他智慧的大脑谋算这个那个，可他没法谋算自己的寿命，而且张远兮三十多了还没对象，这也许是唯一让他闭不上眼睛的事情。他枭雄的亡灵在儿子手上白幡的引领下走向幽冥深处，我们则在劲飕的寒风中打着哆嗦。灵车缓缓驶出城外，经由的竟是当年那块萝卜地，草木凋零的旷野里突然出现了一片飞舞的暗白，就像一大片翩然的鸟。三丫忽然振奋起来，她说，老张的人缘不错嘛，原来人们都在半路上等着呢，看看吧，好大的一片白！张远兮回望一眼说，妈你啥眼神，看明白了再说！这时我们才终于看清，草尖上，树梢上，灰土土的野地里，到处都是随风抖瑟的残破薄膜和塑料袋。

陪伴我一路同行的小伙伴走了，爱他的人恨他的人都没办法把他留住。剩下的事只有回忆，我常常看到从小到老的张建设，排成一列虚淡的纵队，幻影一般随时随地走出来，伸出手要搭我的肩膀。二混混还是常找我喝酒，无论唠什么，都不可能从张建设身上绕过去。有一次他喝高了，用双手抓住我的双手，泪唧唧地说，登科，现在我把一切都告诉你，事情的真相是这样的……我不想听，因为真相往往很残酷，会破坏我们之间以往的温馨，哪怕这种温馨只是假象。我郑重地告诉他说，总而言之，他是个堂堂的男子，从今往后，再也见不到他那样的人了。这是《哈姆雷特》里的台词，我早就会背，本来想用在我自己身上，可我蹭蹬一世，已经没有这个资格了。

浪浪读完硕士，直接就考取了多伦多大学攻读博士学位，而张远兮也被派往加拿大工作，我就感到了这种巧合很可疑。临行之前，两个孩子突然披露，他们热恋已久，是想到那边去结婚安家。这让两边的家人全都惊讶不已。他们差着七岁，而且事先没有任何迹象，张远兮说，浪浪还在月窠里，他就爱上她了，这么多年他其实根本就没谈过恋爱，他一直在等她。浪浪也表示，她爱他爱得发狂，这辈子非他不嫁。作为爱情档案，他们还展示了厚厚的一沓合影作为佐证，有意思的是，上面也带着 heart & heart 的字样。这让我感到了张建设在冥冥之中的力量，或许他延伸了他的计谋，生前就把身后的事安排好了。刘兰香很伤感，她说张远兮能不能像他爹，不但聪明，而且聪明得可怕。再说她只知道大家拿，从来不知道加拿大，对那种陌生而隔膜的地方很没底。我老爹说得更招笑，他说，是不是看咱们的林子祸害得差不多了，再去祸害外国的林子？听说那地方林子多，这样也好，这样也是爱国的。我经过再三思考，终于点头说，只要是真爱，别的都不那么重要了。我们有我们的故事，你们有你们的故事；我们的故事已经结束，而你们的故事刚刚开始，那就去吧。

他们给我们买了一户楼房，还留下一银行卡，打开一看，我们都吓了一跳，竟然是六十万。一阵短暂的慌乱过后，刘兰香说，张远兮哪能挣这么多钱？肯定里面有张建设的赃钱，我们不要；要是留下，那就等于又喝他的尿了。我想来想去，还是留下了，我说明镜湖的水哪一捧是清的？哪一捧是浑的？既然羼在一起没法分开，那就一勺烩吧。经过反复商议，我们卖掉了楼房和平房，带着所有的钱回到了白练河，反正我已经内退，又不想留在山下打扑克下象棋。我昔日的伊甸园已经面目全非，凋敝的山林，破损的河流，倾圮的厂房，完全就是灾后景象。好在国家的“天保（即天然林保护）工程”业已启动，大概要有很长时间的休养生息才行。我老爹喜爱大山，刘兰香也有地方种土豆了，何况我娘的坟就在这里，既然不能跟孩子到加拿大去吃洋面包，那么这个返璞归真的归宿就再好不过了。

我早就想在这儿重建一所学校，让孩子们能有更好的学习环境，而且和各级教育部门都打好了招呼，他们都很支持，批件也拿到了。张建设死后，我的形象不断得以匡正和刷新，好像迷雾渐渐散尽，终于得见了庐山的真面目。人们肯定我的不是作为风水大师的胡侃，而是我一系列纯真的表现和不妄的预言。何况我向来是学习上的尖子，这是没有任何水分的。我找到二混混和三丫融资，二混混很痛快，一张嘴就给一百万。三丫吱吱扭扭的，说我哪有钱？张建设一本正经，孩子又出国又结婚的，牙干口臭了。我不再叫她嫂子，也不再叫她三丫。我使用了最新的称谓说，亲家母，张建设给我托梦了，让你替他超度呢。取之于民用之于民，你懂不懂？张远兮和李浪浪不会再要你的钱，他们不但能自力更生，还能有所回报。你攥着那么多钱在那儿装穷，整天大葱蘸酱，连一件新衣服都不敢穿，活得多土鳖多悲哀！三丫低了头，良久不语。二混混又说，有钱不花，到头来都是废纸。再说，两边的钱又不通用，给死人烧冥纸是钱，给死人烧真钱，到那边就是纸了，不但花不出去，被逮住了还要按假币处置。三丫动了动臃肿的身子，像斗争会上的地主老财一样，终于挨不住皮鞭子炖肉，防线崩溃之际，一咬牙一跺脚说，我也出一百万，再多一分都没有了。

新学校很快就开工了，没有隆重的仪式，没有简单的宴会，连鞭炮都没放。学校的楼房在一寸一寸长高，不但我眼巴眼望，大家全都眼巴眼望。我还在原有的教室里代课，连桌椅都是我用过的。孩子们都叫我李老师，见了面老远就敬礼，这让我很欣慰。我老爹说，原以为张建设笑到了最后，没想到你狗日的兜底翻身，你真是笑到最后了。那一天我鼓起余勇，爬上了后山，在榛榛草木中找到了我和张建设的铭刻。昔日的光阴依稀重现，俯仰之间，我泪流满面。我想起了当年的太阳，那真是八九点钟时光，就情不自禁，对着一片苍茫大喊，世界是谁们的？没有人接声，因为那声音已然苍老，放不出多远了。

二混混张罗同学聚会，一帮老头老太太就在明镜湖边野炊。埋锅垒灶之际，有人在沙滩里蹴出一只漂流瓶，看看上面的硅藻和苔藓，就知道年代很久远。打开一看，一张道林纸上画着两个手牵手的小人儿，正是当年的那一只。

陈佳馨笑了一下说，一个都不缺，张建设也来了。

风中飞花

一

最先叫我疯子的是村长老樊，这是大家都知道的。那天我一走进村部院子，老樊就悄声说，疯子来了，疯子来了！村干部都不敢出声，也不敢抬头看我。我倚着门框，看着他们的样子呵呵发笑。老樊说，燕妮儿你找谁？我说，我找我爸。一屋子的人脸都绿了。老樊说，你爸都死十多年了，他那事……我说，不对呀，我眼看着他走进屋子，就坐在你们中间，还给你们敬烟呢。屋里的人都跳起来，没命地往外跑，好像生怕被厉鬼抓住。

我很容易就在村部的大镜子里找到了我爸，那镜子年深日久，已经变得花花达达，上面带着"农业学大寨"的红漆字样和星星点点的苍蝇屎。我爸从老樊那顶油糊糊的帽子里拈出一个阄来，展开一看，在座的人就鼓掌了。我爸惶恐了，说我可还没孩子哩。老樊笑了，说又不是生死签，让你上刑场。放炮炸山修梯田，这可是无上光荣的事，别人想干还没那个福气哩。我爸说，放着好好的水田不种，却要改种梯田，睡毛愣了吧？老樊说，这不干你的事。上面有话，哪怕是照猫画虎，也不能交白卷。我爸没办法，只好认了。那天放的是五响连珠，怎么数都少了一响，我爸躲在猫耳洞里，抽完了三棵蛤蟆头旱烟，还是没动静。其实他完全有耐心也有时间等下去，就在这时，两只燕子飞过来，落到了炮眼旁边的树枝上。我爸预见到了燕子的危险而忽略了自己的危险，他站起来，扔过一块石头驱赶。燕子飞开了，可我爸还没趴下，余下的那炮就响了。

我爸并没有就死，躺在炕头上苟延残喘，剩下的日子只能是蛇足之笔。我爸让我妈找工伤，可关于燕子的细节总是经不住推敲，好几年都没找出头绪，我妈的肚子却鼓了起来，这就把幽默玩儿大了。老樊盯着我妈的肚子，嘿嘿地诡笑，说浑身都是软的，就一个地方硬着；老大站不起来，老二却能站起来，哪有这样的工伤？何况只有舍己救人，没有舍人救鸟一说。我妈理不直气不壮，也感到很丢人，可她还是坚持说，战斗英雄还不是在生命的最后时刻把爆破筒塞进了敌人的碉堡里。老樊笑得花里胡哨，他说，那么你说说，你男人是咋塞的！我妈当然是不能说的，她年轻的脸红艳欲滴，说这大概就是天意。怎么回事，你得找我男人问去。老樊是没法找的，因为还没等我出生，我爸就睡到山脚下面去了。

因为我来路不明，村里的孩子都不跟我玩儿，说我脑门上长痄腮——不是好肿（种）。村长老樊不这么看，他说，都是祖国的花骨朵嘛，咋就不能玩儿？玩儿嘛！就把儿子小樊隆重推出来。小樊也以实为实，跟我玩儿得昏天黑地。老樊看我家的日子太苦，就亲自扶贫了，具体是扣塑料大棚，种反季青菜，果然大有转机。那一天小樊指着大棚，很诡秘地唆着我说，去看看吧，我爸和你妈压悠悠玩儿呢！我走近前去，只见大棚里影影绰绰的一片纷乱，老樊慌慌地从里面拱出来，红头涨脸的，裤扣还没系好，见了我，唔一声，就过去了。我妈闷着头收拾一畦香菜，那畦香菜本来好好的，却被碾压得乱七八糟。她的脸比老樊还红呢，噙着眼泪说，燕妮儿，妈没办法。你爸的工伤没办下来，孤儿寡母的，妈有啥办法呢？就得依靠组织了。我有点儿明白了，定定地看了她一会儿就说，你得跟我说实话，我爸到底是不是我亲爸。我妈一个耳光扇过来，然后就搂住我嘤嘤地哭开了。她说，你爸不是你亲爸，谁又是你亲爸呢？人只能有一个亲爸，我对不起他，你得对得起他！

七夕那天，小樊拉我上山，说是躲在葡萄架下，能听到牛郎织女说悄悄话。小樊比我大，凡事都由他主导，我就跟他去了。夜里森凉，又有露水，我们得紧紧依偎着取暖，结果我们没听到牛郎织女，只能自扮自演了。小樊把手伸进我衣服里焐着，突然那手就走了岔道，抚摩着我含蓄的隆起说，你咋是鸡胸啊，恐怕以后就得嫁给罗锅了。这显然是胆大妄为的侵略。我一边用拳头擂他，一边骂他坏。没想到的是，老樊寻踪而至，把这一切全都看在眼里，感到问题已经十分严重了，就在关键时刻撇出一块土坷垃进行吓阻。土坷垃穿透了繁密的葡萄藤，歪打正着地落到我头上，随即松酥地散花了。我听到一声巨大的轰鸣，好像击倒我爸的那一炮在我头上炸响，随着一声惊悸的尖叫，我就不对劲儿了。

当然，老樊不会承认，老樊说他根本就没撇东西，甚至都没到过现场，何况土坷垃怎么能把人砸疯呢？土坷垃还不顶一个饭团子。那一阵我有时哭有时笑，说话着三不着四，有时干脆就不说话，呆呆地坐在门前，看山，看树，看屋檐下的燕子，看我没见过面的爸爸参与修造的很荒诞也很荒漠的梯田。我妈看出我不对劲儿，就把我带到县里去看病。大夫说我得的是桃花疯。我妈不相信，我妈说，桃花还没盛开嘛，还只是花骨朵呢。就流着眼泪把我摁在炕上，像给病马灌药那样，用筷子别着牙齿，很残忍也很怀柔地往我嘴里灌药。我把灌进去的药都吐出来，光着脚在村道上疯跑，大声疾呼，我没疯！我没疯！这等于广而告之，越是这样，村里的人越认为我疯了。由此导致的严重后果是，老樊再也不到我家的塑料大棚“扶贫”了，还把小樊死死看住，不让他跟我玩儿。老樊说，疯就等于精神上的癌症，永远治不好，而且会传染。再说，燕妮儿不地道，起码是疑似私生女。小樊眨巴眨巴眼睛，一个劲儿嗯着。老樊又说，你不就是缺少玩儿的嘛。我给你买辆摩托，你先骑着；等到了岁数，你再骑别的。

从此之后，小樊胯下就有了一匹红色雅玛哈，在烟尘滚滚的乡道上放马驰骋，那也是很拉风的。有一次我在路上撞见，就拦住他问，我疯了吗？小樊很惶恐，像特务接头那样左右看看，确定没人，才说，你没疯。你看着不大正常，其实是很正常的。我说，你咋不跟我好啦？小樊说，不是我不跟你好，是我爸不让，我爸说这样影响不好。我说，你不会不让你爸看见！小樊眼睛看着别处，完全就是支吾其词，他说，现在咱们还小，等大一大再说吧。随即那摩托放出一串响屁，倏忽之间就跑远了。

我不想把疯子的名头带到县中学去，可我们村距离县城只有十多里路，要瞒住这个是很难的。我的眼睛很妩媚，光亮却灼烁不定，就像剧场上的那种可控灯。我上课经常走神，还爱在桌子底下看闲书，脸上的表情跟课堂的内容完全不同步，老师提问，我也答非所问，动不动弄得哄堂大笑。大家就一致认定，我的脑袋受到了外力震荡，有一根脑神经似断似连，是一种焊点虚接电火花乱迸的状态。他们不说我疯，他们说我精神有问题，这么说比较含蓄，也给我留下了可进可退的余地。有一天，班上的杨成烁出了车祸，同学们都争着献血，我自然也要去的。可他的家人不让，说这么漂亮的女孩，哪能要你的血呢？我从他们诡异的眼神里看出了名堂，他们认定我是疯子，生怕输了我的血也会变疯。可杨成烁的血型很稀缺，最后不得不用了我的。我十分高兴，走路都有些发飘，那可不是简单的输血反应。后来杨成烁迅速而完好地痊愈了，居然也没疯，就到处给我正名，说燕妮儿根本不就疯，不过是精神上另有境界而已。

初三下学期的一个周一，雨很大，同学都以为我不会来了，可我还是来了，并且很准时。在无边的雨幕里，我浑身上下都淋透了。值周老师非要帮我弄弄校徽，这显然是不行的，我的胸脯已经适时发育，正从青涩走向成熟，隐隐显露出两枚红嫩的樱桃，鸡胸的说法不攻自破，也懂得了如何防范咸猪手。我的反应很快，像拼刺一样挡开他的胳膊，像狼崽那样朝他咆哮一声，然后一个果决的转身，就走出了校门，无论学校怎么动员，也坚决不来了。值周老师又气恼又委屈，他说，这是我见过的最漂亮也最恐怖的脸蛋。什么叫另有境界？她就是个真正的疯子！

学校也没较真，把初中毕业证提前送到我家里，还退还了半学期的学费，这就是说，他们终于把捧在手里的刺猬扔掉了。我开始猫在塑料大棚里打发时光。就是隔着那么薄薄的半透明的一层，大棚里外完全是两个世界。我喜欢这样的隔膜，这能保持我的心灵像小菜一样鲜嫩，不至于和别人趋同。大棚里温润的人工气候很能滋养容颜，所以我不像一般的村姑那样皮粗肉糙，那样的麻土豆。最重要的是还能看书，还能自学，在绝世独立的环境里，我耐心地等着小樊，我们在葡萄架下发过铁誓，我相信他不会食言。小樊的智商远远不及情商，好不容易考取了省城的中专。临走的那天，他在纷乱的人群里朝我竖了一个V字，我也回了他一个V字。这意味着，我们取得了初步胜利，并朝着最后的胜利隐蔽前进着。

二

那一段的生活很安宁，就是说，我的姿态很幽雅，就像城里下放的女白领，举手投足之间，把身边黯淡的泥巴都照亮了。村里人说我好多了，其实无所谓好也无所谓坏，我原本就是这样，疯与不疯，边界是极其模糊的，而且疯魔如孢子，不碰它它不会自己飞出来。我妈常夸我的笑如何漂亮，就像是鲜花开放，岂不知我的笑有多种多样，就像挂在墙上的一排面具，我随手即拾，说不定会使用哪一个。我在睡梦里经常能见到我爸，他从坟墓里走出来，驾着一股碧绿的小旋风，帽子上都是苔藓。他说，孩呀，爸睡不安宁，你得替爸找工伤！

小樊放暑假回来，常常骑着摩托在我家大棚附近转悠，见了我，目光馋馋的，就像动物的舌头，不断在我身上舔来舔去的。

我招呼他说，进来呀。你不知道，我是多么的想你！

小樊不进。小樊说，影响不好。影响不好。

我说，我们是自由恋爱，有什么影响不好的？

小樊说，火候不到。火候不到。

小樊的回应都很朦胧，当然，朦胧就是美，我能捕捉到他释放出来的渴望与骚动。那一天下大雨，天墨黑墨黑的，小樊竟然不请自来。我还以为他是避雨的，掉过脸让他绞衣服。小樊也真绞了，还让我也绞一绞，可我并没淋雨，就站着没动。小樊说，我弄好了，你掉过脸吧。就在回眸一望的刹那，我看见小樊精赤条条站在那里，下面昂扬出一个锐利的角度。那一刻我蒙了，触电一般定在那里不能动弹。顷刻间小樊变成了一头凶猛的豹子，一下子就把我扑倒了。我身下也是香菜，而且正是当年被老樊和我妈毁掉的那畦。毛茸茸的香菜像一块氍毹，在我们的碾压下发出了沁人心脾的气息。我喊小樊！小樊！你别乱来！可小樊不接话，或者干脆没听见，狂暴的雨点打在塑料布上，造成了杂沓而洪大的喧嚣，如同一片进攻的鼓点。我只好闭上眼睛，在好马快刀的驰突里走进唯我独享的宁静。我看见粉红色的桃花一瓣一瓣凋落，坠地铿然有声。雨水透过塑料布，淋在我的脸上，我一抹，竟然全是眼泪。

那以后好长一段时间，我都处在惶惶不安的幸福感里。我还以为小樊好吃不撂筷子，会隔三差五来找我，可是没有，我很难见他一面，就怀疑他被家里关了禁闭。我精心打扮一番，水上漂萍一般从村里大道上走过，男女老少，但坐观罗敷，这也是很自然的。我故意在樊家大院门前逡巡，实际上是做给婆家人看的，提请他们注意，咫尺之外有一个整妆待嫁的准儿媳妇。老樊一出门，我就迎过去，倩笑说，樊大叔，小樊在家么？老樊烦躁地一甩袖子说，不在。老鸹鸽猪那玩意儿，认准了一个门。我赶忙问，鸽哪玩意儿？鸽哪玩意儿？老樊不回答，走过去一截，才愤愤地说，真是有病。

小樊中专毕业，就留在省城了。当然，能留在省城很不容易，不是省城需要小樊这样的人才，而是老樊使钱了。老樊是土皇帝，自然比普通农民有钱，而且他的钱来得俏，不用下稻田地，也不用扣大棚，只管挡起窗帘数数就行了。这种事情也算是喜事，自然也要收礼的，作为回报，老樊给村里放了一场电影，还是老地方，就在小学校的操场上。

村里的人都去了，当然我也不能不去；我并不单纯看电影，我想应该和小樊郑重话别，也把葡萄架下香菜畦上的事做个盘点，而且我已经做好了随时入住省城扮演主妇的准备。可我刚看到小樊，他就像菜花蛇一样挤进人缝里溜掉了。实在没办法，我走到放映机跟前，求放映员给广播个找人。放映员听说找的是小樊，就向老樊祈望。老樊走过来，扭亮了电灯，拿起话筒，吹了几吹。我还以为他要亲自替我喊人哩，可是没有，他说，都待在原地别动，有人丢东西了！

这个突发的案子十分蹊跷，多年之后一直都悬着没破，有人说是真的，有人说是假的，真的假的，只有老樊自己知道了。当时是说，老樊的老婆手上一枚螺丝疙瘩一样大的金戒指丢了，值几千块，是在人群拥挤之中，被谁给撸走了。这简直非同小可，老樊考虑到时效的重要，没用报警就自案自破了。老樊没学过犯罪心理学，可也懂得做贼心虚的道理，把五节大电棒当做照妖镜，一个个排头照过去，大家的眼睛也随着那雪亮的光柱游移。照别人都是一扫而过，照到我，就停住不动了。我被那道强光晃得眩晕，脸上发烧，心跳也乱套了。我的脑子里刮起了混乱的风暴，嘴上嗫嚅说，我没偷，我没偷。越是这样，疑点就越大，连我自己都觉得，很像隔壁阿二了。老樊还向我交代了坦白从宽抗拒从严的一贯政策，哄我说，不算你偷的，就算你捡的，交出来就没事了。可我是交不出来的，老樊就让我马步蹲裆，两臂向上高举，相当于青蛙的标本，被放映机上的氙弧灯投放到银幕上，有一种很滑稽很夸张的驴皮影效果。村民们都笑，连我自己都笑了，虽说这时候发笑很残酷，可不让发笑就不人道了。以我的耐力，不可能坚持太久，于是就招了，说戒指是我偷的，不过我没带在身上，我把它扔到井里了。

这样一来，人们就不看电影了，说实在的，电影没啥看头，叫做不看很后悔，一看更后悔；转而看一个漂亮女贼认罪起赃的全过程，又是现场直播，这就很有意思了。就灯笼火把的，跟随我来到村头的一口深井。那一刻我觉得我很像英勇就义的女英雄，故意挺胸昂首，射出炯炯如炬的目光，让清凉的夜风把我的头发吹拂起来，像黑色的旗帜那样飘扬着。我说，开枪吧，革命者是杀不绝的！老樊说，别装了，其实你根本就不疯。我发出一长串夜鸮般的惨笑，然后俯下身，指着井里的一角说，那不是么？金光闪闪的。老樊信以为真，探进头去用电棒细照，还等没看清什么，我突然抱住他的大腿，只要向上一掀，这场由老樊导演的闹剧就算完结了。问题是老樊身大坨沉，肚子里都是油水，犹如饭店橱窗里的牛蛙，我掀了几下竟然纹丝不动，反倒被他蹬倒在泥地上。这显然超出了村民的欣赏期待，在一片纷乱的喧哗里，老樊让治保主任把我拿下，随后就报警了。

老樊报警是对的，要不然就太假了，何况他还想一锹把我端走，以杀人未遂的罪名送进局子里，这对他对他家，就都很安全了。我不想被动防御，我想主动出击，就在第二天的上午，披发跣足来到老樊家。老樊家是铁栅大门，从里面插着，要想进去，没有穿甲弹和炸药包是不行的。我捡了一些石头砸门，口口声声叫小樊出来。小樊没出来，老樊出来了。老樊说，你甭跟我装疯，装是没用的，都不用大夫鉴定，警察用电警棍一出溜，你就露馅了。我想来而不往非礼也，既然当年他用土坷垃砸过我的头，现在我就用石头蛋子砸他的脚。石头随着我的意念，准确地穿透铁栅门，可可地砸到了老樊的脚面子，登时鼓出一个红肿的大筋包。老樊疼得咝咝哈哈，把嘴嘟成烧卖模样，抱起那只痛脚啡啡地吹着。那场面实在是太可笑了，尽管围观的乡亲忍着，可还是忍不住，直笑得千姿百态，风吹稻浪一般。我知道他们也很解恨，物极必反，老樊做得太绝，人们都站到了我这面。可他们不疯，也就不敢造次；而我是疯子，这不但是一种境界，也是一种特权。

这时候县里的警车来了，车上有警察，也有我的同学杨成烁。杨成烁在省城读大学，他到村里看过我一次，送给我一部小灵通手机，让有事多跟他联系。他还建议我们调整种植方向，说不能傻种菜种傻菜，得升级换代。后来我们改种了草莓和圣女果，收益果然大不一样了。他知道了事情的梗概，指头差点儿就戳到了老樊的鼻子，说老鸡巴灯你得明白，小小的稻花村并不是稻花斯坦王国，你儿子也不是白马王子。再敢欺负我同学，轻饶不了你！警方也看出了这桩案子的虚假，差点儿就把老樊绳起来。老樊拖拉着一只伤脚，无奈地嗟叹说，这么多年，我老樊在稻花村就是一根挺立不倒的棍儿，没想到竟让一个女疯子给熊住了！

三

这事儿过后不久，老樊找过我妈，低首下心的，进行了一次秘密和谈。老樊看出了人心向背，也知道我不好惹，就拿出一笔钱来，要以村里的名义送我去看病，实际上就是让精神病院把我关起来。我妈没要那钱，我妈说，该给的工伤没给，我要这种钱算咋回事？你要给，就给工伤吧。老樊做出了爱莫能助的表示，说事过境迁，哪一级领导都换过了好几茬，政策也一变再变，再找当年的工伤，那就是算历史旧账，砸死人剩骨头渣子了。我妈说，旧账新账，该算就得算。老樊说，咱俩还有一笔旧账哩，要不要算一算？这么说着，就把手伸过来。我妈说，我早就想算，可惜没机会，今天你送上门来，正好。说着摸起一把刀子，直取老樊的下三路。老樊魂都吓没了，抱头鼠窜而去，差点儿把鞋跑丢。我妈也勇敢起来，干脆掂上磨石，蹲在老樊大门外霍霍地磨刀，天都大黑了还不回家，磨得老樊都尿裤子了。还是我把我妈拉回家的，我说，不看僧面看佛面，你们早晚要做亲家呢。我妈说，还有可能吗？我也看明白了，对付老樊这种人，疯一下是必要的。

我满脑子都是小樊，小樊的影子从小到大，排成一列纵队，在我眼前走来走去。我们之间该发生的都发生了，不该发生的也发生了，于他于我，不可能就这么不了了之。我还把屋檐下双宿双飞的燕子幻化成我们俩，看它们踩蛋，我身上都麻酥酥的。我想我不能毫无作为，得向心上人表示一下遥远的思念。家无长物，我就缝了几双鞋垫，上面绣上两颗连在一起的心，被爱神丘比特的利箭射穿了，向下滴着殷红的血。我没有小樊的地址，就求老樊给捎过去。

那天村部里只有老樊一个人，看到了我惊慌失措，坐又坐不住，走又走不开，就像哭一样笑着说，燕妮儿，我又没惹你，干吗总不让我安宁？

我说，你没惹我，难道是我惹你了？

老樊说，天底下男人有的是，你又这么漂亮，何愁找不到婆家？你没有爸，可也得理解一个当爸的，谁能眼看着儿子往窟窿桥上走？就算樊大叔求你，别再缠着我家小樊了，别骚扰我们家了。

我说，可是，你儿子却把我推到了窟窿桥上，难道你不知道？他照葫芦画瓢，就在你放倒我妈的那畦香菜上，他把我也给放倒了。

老樊的脸变了，他说，你啥意思？想讹人哪？

我说，我不想告他的强奸罪，是因为我还在爱着他。

老樊拿出一支烟来，揿亮打火机，手却抖得厉害，点了好几次才点着。他说，燕妮儿，其实我知道你不疯的时候多，疯的时候少。你知书达理，得把事情好好掂量掂量。都啥时代了，你还计较这个？就算真有那回事，小樊提上裤子不认账，你也干没辙。听我一声劝，回去跟老妈好好种水果过日子，我帮你在外地找个对象——戏法灵不灵，全仗毯子蒙。把老底盖住，你还是好姑娘一个。至于你爸的工伤，咱们再想办法。

我呵呵地笑起来，使用的是那种五官挪位的疯笑。我说，樊大叔，我知道你说的老底是什么。我爸那样的身体是生不出我来的，你不让小樊和我好，是因为你跟我妈有一腿，极有可能就是我的亲爹，怕的是我们兄妹乱伦！

老樊大惊失色，腾地跳起来，就像被火烧到了。他说，你到底想咋样？杀人不过头点地，啥事都得适可而止。你要是继续装疯卖傻，这辈子都嫁不出去，最后只能臭在家里！

我仍然呵呵笑。我说，你用工伤的事钓着我妈，结果工伤没办，你也不去“扶贫”了，还当我不知道？为了把我搞臭，彻底根绝你儿子的念想，你还不惜栽赃陷害！说着我掂起他结满茶垢的瓷杯，砸向了他桌上的玻璃。老樊受不住了，鼓起老迈的余勇，直接从窗户跳了出去，跟头把式地跑开，连头都没敢回。

我在无望的守望中过着凄清的日子。那天正在大棚里看书，听见外面脚步响，原来是我妈来了。她告诉我，小樊回来了，他是回来结婚的。

我的心狂跳起来。我说，这么急？可我……还没做好准备哩！

我妈凄笑一下说，傻孩子，到了这种时候，你咋还这么想？小樊娶的是省城里一个大老板的闺女，现在都开席了！

换了常人，听到这个消息就得吐血；可我不是常人，愣怔片刻，竟然笑了，直笑得前仰后合，因为这件事的本身实在太可笑了。我走近那个毁了我妈也毁了我的菜畦，土层的深处钻窜出一股甜丝丝的气息，那是我永不干涸的贞血，滋沃出了鲜红娇嫩的草莓，还有那种被叫做圣女果的小柿子。其实老樊没有必要让儿子把婚结在乡下，在省城操办，有一个大老板就足够了；他这是阎王爷不嫌小鬼瘦，不想放过乡亲们的随礼钱。不过老樊这么做也太冒险了，尽管一切都在秘密中进行，可村子这么小，我哪能不知道？我想，起码得把鞋垫送过去，这毕竟是我的一片心血，多少钱都买不到。

樊家大院的婚宴正在酣畅之际，小樊偕同新娘子逐桌敬酒，脸上春风荡漾的，已经先自醉了。新娘子的相貌很一般，因为她爸有钱，这就不一般了。她身上的人工痕迹太重，看上去就像一朵僵硬的塑料花，笑也是强装出来的。人们看到我，一下子静下来，筷子停在半空，嘴还大张着，样子要多滑稽有多滑稽。我径直走到小樊跟前，做出灿烂的一笑说，小樊，恭喜你，小衙内当上驸马爷了！

小樊窘住了，脸红得很透彻。

我说，这么大喜事，咋不通知我？咱俩跟别人不一样，咱俩可是青梅竹马呀！尽管不到火候，你还是硬把锅给揭开了！

我的话别人有可能听得懂，也有可能听不懂，不过小樊心里明镜似的。他的脸一下子变得煞白，慌乱地说，燕妮儿，你……你坐下，喝一杯喜酒吧。

我换了一套刻毒的微笑，就是人们听了毛骨悚然的那种。我说，我一个疯子，还用喝酒？我不喝酒，就够你们喝一壶的！

小樊说，咱们友好相处，井水不犯河水。

我说，你说得对，咱们就当刚认识，什么事也没发生过。没啥送你的，这是我给你做的几双鞋垫，礼薄情义重，你把它拿上吧！

这么说着，我把那些鞋垫塞到了小樊手里。小樊还在迟疑着要还是不要，我突然发现，他脸上叮了一只蚊子，它正在翘着屁股努劲儿，吮得一个欢实。

我指着他的脸颊说，蚊子！蚊子！它争着和新娘吻你哩！

小樊用手拂拭了一下，并没有。

我说，你是看不到的，因为你肉眼凡胎；可我能，我都能看到你的灵魂，你信不信？现在，它已经叮进肉里去了！

我抬起手，抡圆了，狠狠地扇过去。人们乱哄哄的，半起半坐欲走欲留的样子。塑料花更是花容惨淡，手里的酒杯当即坠碎在地上。我张着手，向人们展示手心上的血，可人们都看不见，非说那是鞋垫上的刺绣。治保主任恪尽职守，像擒拿罪犯那样把我扭住。我也极为配合，向在场的人点头致意说，大家吃好喝好，恕不奉陪啦！走出一箭之地，我突然放声大哭起来，是那种从生命深处爆发出来的大恸，怎么都抑制不住。治保主任把我放开，眼里转着泪说，燕妮儿，其实你啥都没错。只要当年那炮药捻子不撒谎，或者你爸不管那两只燕子，今天的新娘就是你了。

大半个白天，我都不知道是怎么过来的。我在镜子里照见了一个令人恐怖的美女，正用电阻丝一样暗红发烫的眼睛和我对视。我和她对笑了一下说，这回好了，这回总算是出头了！到了晚上，我踏着澹澹的月光走出屋子，村里已经一片岑静，樊家的红窗帘没有灯光的辉映，变成了一种灰烬的颜色，里面的内容可想而知。我转来转去，竟然遇上了鬼打墙，怎么都找不到路了。我拿不准是不是该点一支火把照路，或者干脆把老樊家的柴垛点着。这时我发现了一只燕子，它幽灵一样在我面前飞徊，黑色的羽衣时隐时现。我认定它就是被我爸救下并定居在我家屋檐下的燕子，它说它要领我回家，我是能听懂的。可是我不想回家，我很渴，想喝水，喝很多很多的水，或者干脆就睡到水塘里去。燕子发现了我的企图，它张皇地大叫起来，这就把我的预案打乱了。

我踏进一只脚，想试试水的深度和温度，就在这时，口袋里的小灵通响了。

那边是杨成烁，他说，老同学，你还没睡？

我说，就睡。而且我睡着了，就再也不醒了。

杨成烁静默了片刻，似乎明白了我这边正在发生什么。他说，苟富贵，毋相忘，下面的话应该怎么接？

这相当于一个脑筋直转弯。我想了想，就说，羊（杨）富贵，就更不能相忘了。对啵？

杨成烁哈哈大笑起来。他说，燕妮儿，你可真聪明。愿意到省城来么？现在，我是杨总统了！

原来，杨成烁成绩很拔尖，毕业后被一家建筑公司淘去，做了总务兼统计，算是公司的肱骨要员，大家都叫他杨总统，他也混叫混应。他让我到省城去，因为小樊就在他手上买了一套房子，他也知道，小樊结婚了，新娘不是我，这无疑是很要命的。他未婚妻就是精神疾病专业的毕业生，对于我的疗救，这也算是近水楼台。我静静地想了半分钟，终于把踏在水里的那只脚收回来说，好吧，我听你的。

我要走了，这就是说，我要告别我的故乡，我的伤心地，开始一种全新的生活。我不甘心就这么走了，给我爸上坟烧纸回来，我还带回一把没能焚化的冥币，就堵在老樊的门口，他一露面，就被我逮到了。

我说，我看见我爸了，他问你好呢，还感谢你给我妈送温暖。他那边没什么好送的，让我带回几个小钱，不成敬意，还望村长笑纳！

我把纸钱抛洒在他家的大门口。老樊吓得不行，忙说，燕妮儿，你还让不让我活了？

我说，我爸也没有别的要求，就差一个工伤的名分，要不然他睡不安稳，隔三差五，就要来敲你家的窗户。

老樊的脸变幻了好几种颜色，最后稳定在一种姜黄上。他说，燕妮儿，你是我亲妈活祖宗，行不？你就饶了我吧，再这么闹下去，我就要崩溃了！

我咯咯笑，环顾着他家的深宅大院，露出艳羡的神色说，你这个家多好啊，我早就想住进去，只可惜，你儿子毁了我，又把我给甩了。我生是樊家人，死是樊家鬼，干脆，我嫁给你吧，你看咋样？

这么说着，我就凑上去挽老樊的胳膊。老樊就像怕被狼咬住，撒丫子就跑，我跟在后面穷追不舍，犹如一场田径赛，这就很有看头了。村道两旁都是人，无不叹为观止，有的人喊，老樊加油！有的人喊，燕妮儿加油！我憋不住笑，就边笑边追。老樊跑进了一个死胡同，看看别无出路，最后不得不翻墙而过。这显然超出了他的体能极限，而且那段残墙也已老朽，结果啯嗵一声，墙和人一起垮塌了。

四

我悄悄做着离别的准备。没想到的是，老樊先我一步，走在了前面——就在一个月朦胧鸟朦胧的夜晚，他偷偷离开了稻香村，到省城投奔儿子去了，说成宵遁，似乎更确切一些。老樊不是真正意义上的人走家搬，他只带走了金银细软，那些笨拙粗荒的家具，还停留在地主老财阶段，根本不适合省城的楼房，和房子一起捆绑着变卖了。他留下一纸辞呈，说是受不了疯子的折磨，还把村里的公章和饭费条子摆在桌上，颇有挂印封金的古意。治保主任是唯一见证老樊出走的人，当时还问，村长，哪儿去？老樊并没正面回答，而是变被告为原告，仰天浩叹说，啥叫不共戴天？就是不能在一块天底下活着。惹不起，躲得起，把马蹄窝窝让给疯子算球了。治保主任也不厚道，当即接上一句说，也对，趁着明白一走了之，咋也比被选下来有面子。

我不想说冤家路窄，我想说人生何处不相逢，这就比较贴切了。那天我到村部告别，村干部们正在燃放鞭炮，喜气洋洋的，那样子就像刚刚推翻了封建专制。其实老樊干得不错，这么多年，给村里挣回不少锦旗，乡亲们的腰包也明显见涨，不承认这个，那就是蜷着舌头说话。见我进屋，村干部皆大惊恐，赶紧倒水让座，就像接待上级首长似的。我说，同志们好！同志们辛苦啦！村干部们也怯怯生生地回应说，燕妮儿好！燕妮儿辛苦了！我扑哧笑起来。我说我根本就不疯，难道你们没看出来？老樊都走了，我再疯就没有必要了。可村干部们还是不相信，他们认为，我竟然追到省城去跟老樊死缠烂打，这不是疯子又是什么？我向他们解释，事情纯属巧合，并没有必然联系。何况省城太大，两个人碰面的几率，大概都不如大海里的两条鱼。

就是这样，我追寻着老樊的脚步进城了。我从一个女农民，摇身一变，成了女民工，或者说是准工人阶级的一员，无论如何，这在政治经济学的意义上也是一种进步。

我暂住车库，给施工队做饭。在建筑工地，能住上车库的，都是上眼皮，余下的男女民工，只能挤在透风漏雨的工棚里。车库的大门永远不开，只开大门上的小门，这就很容易和女监号弄混了。最大的烦恼来自我的洁癖，我受不了汗酸气和脚臭味儿，更受不了劣质食物经过粗糙的烹制，在狭小空间激荡起来的獠厉的油烟味儿。相比之下，我更怀念家乡的塑料大棚。我买来一大瓶花露水和一罐空气清新剂，每天勤为洒扫，好歹冲抵了一些。因为我的特立独行，宿友们都用白眼球看我，有好几次，我的床上被人摆放了死毛虫癞蛤蟆之类恐怖动物，同仇敌忾之状，就可想而知了。我想大家都是打工的，身份平等，我必须忍着；如果忍不住，就把杨成烁牵连进来了。

问题是有些事忍无可忍。有些欲望膨胀的男人，夜里竟然钻进女工的蚊帐，两个人齐心协力，弄出了惊心动魄的响动。我蒙起脑袋，蒙得一身是汗，在几欲窒息之际，刚一露头换气，那边还在绵长地摇晃。我终于大声抗议起来。那里一边操作一边回应说，没办法，农民工嘛，只能这样。要是受不了，你住宾馆去！我身穿亵衣，跳下床就跑，这就很像是疯子了。宿友们知道我是杨总统的同学，生怕出大事，就不远不近地跟着。我在省城黑夜里空荡荡的大街上跑了一个折返，就被巡逻的警察拦住了，刚刚布置好围捕阵容，杨成烁满头大汗地赶到了。我一下子扑进他的怀抱，大声哭起来。我说，对不起，我受不了，我没装住，我又发疯了！杨成烁拍拍我的肩膀说，是我对不起你，让你受委屈了！

为了给我一个独立的生存空间，杨成烁利用了职权之便，让人在工地的一角搭了一个简易棚舍，墙是密度板钉成的，顶棚覆以石棉瓦，再用砖头和木板搭起地铺，就齐活了。还抬过来一台半新不旧的全自动洗衣机，说燕妮儿，我都替你想到了。你先开个洗衣房吧，给农民工洗衣服。农民工其实都很老实，如果有人敢欺负你，直接跟我说。我十分高兴，毕竟还有人理解我。我说，谁敢欺负我？姥姥！我是疯子，反正大家都知道了。

真就没人敢欺负我，甚至连一个不规矩的眼神都没有。我收下那些沾满油泥和汗渍的衣服，洗干净了再晾到一道道铁丝上，那些颜色单纯的衣服像巨轮上的串旗那样迎风飘拂，画面鲜活而灵动。我很敬业，这没说的，而且我干活的时候腰肢袅娜，体态娉婷，有如优美的舞蹈，可远观而不可亵玩焉，这也成了工地上的一道亮丽风景。随之而来的改革是，公司对车库进行了全面清理，不再允许异性进入，而探亲的家属有的另租房子，有的则住进了公司特地设置的度假营地——都是旅行帐篷，很迷你也很鲜艳，就像一夜之间长出来的七彩蘑菇，周遭还有几条让人忍俊不禁的标语：多造楼光荣，多造人可耻；上头安全帽，下头安全套……

杨成烁请我吃饭，让他的未婚妻作陪。他未婚妻模样挺温婉，吃着唠着，就不怎么温婉了。趁我出去解手，就做了确诊说，她真是一个疯子，一个漂亮的女疯子，只是间歇性选择性发作。

杨成烁说，不那么简单吧。《向皋化虎》的故事，你看过吗？

他未婚妻显然没看过，就沉下脸说，不就是400cc血嘛，这么多年了，你还念念不忘。又把她弄到身边来，我看，你破裤子缠腿，永无宁日了。

杨成烁还没接话，我就进屋了。我转着眼泪，这让他的未婚妻很不自在，默坐片刻，就起身先走了。杨成烁对着那扇门说，庸医。谁有病谁没病，还真就说不准呢！

没事的时候，我总要围着那些成品楼房转悠。这是民工们垒建起来的先期楼房，可我很清楚，杨成烁还有可能入住，我和那些灰头土脸的民工是绝对不能入住的，按照时下的房价，我多年的积攒，都买不到一块放床的地方。那天我正在晾衣服，忽然发现两只燕子，它们啁啾着飞过去，眨眼之间，飞到一片楼宇后面去了。我惊喜万分，因为城市里很少有燕子，它们肯定是从乡下飞来的。

我把手上的活扔下，绕过那些已经完工和尚未完工的楼盘，循着欢快的嘀呖，竟然找到了那两只燕子。它们翻飞萦绕，落到了一个十六层的阳台上，原来是在垒窝呢。我兴奋得都要哭了，正好遇到杨成烁和几个人从楼里走出来，就指给他看。

杨成烁说，你别太高兴，燕子进城，往往都是悲剧。它们在楼上做窝，自以为很安全，实际上极不安全。这房子都卖出去了，假如人家要密封阳台，那就不好办了。

我说，我不信，住在楼里的人会那么狠心。

杨成烁说，反正不好办，有些时候，也是不能两全的。

杨成烁边走边说，边说边走。我觉得他的重视程度不够，就把他拦下说，你得帮帮燕子。你知道我和燕子的感情，也知道我为什么叫燕妮儿，帮了燕子，就等于帮我了。

杨成烁说，燕妮儿，你又犯病啦？

我说，这楼多少钱一平？

杨成烁说，怎么，你想买？

我说，恐怕这辈子买不起，下辈子也买不起。我想把燕子窝那一小块地方买下来，不过一本书那么大，我估摸着钱还够！

杨成烁说，开玩笑呢，楼房能拆开零卖吗？

我掏出一沓钱来，不容分说地塞到他手里。我说，你干得挺红，跟老板说说，我是疯子，属于特殊人群，你叫他关照一下，特批吧。

杨成烁还在愣怔，我已经走了。走了一截，我还能看到那对燕子在蓝天上颉颃。

我喜欢上街。我不像一般的农民工那样画地为牢，一上街就有羊入狼群的恐惧；我不憷头，经常独自闲逛。我逛街并没有购物目的，也与健身练步没有关系，我就是要开开眼界，熟悉一下这座城市，当然，也巴望着能碰上老樊，接着要我爸的工伤。我的面色姣好，那不是长期美容熏蒸的结果，而是塑料大棚捂出来的。我的体态轻盈，走起来鹤蹈鸿翩，回头率也是很高的。我戴上了一副彩框墨镜，既为遮挡阳光，也为遮挡自己的眼睛；我的眼睛常态下澄如秋水，有时也像乙炔焊枪那样炽烈，遮挡一下，人们就看不出我是疯子了。我还弄出了时尚的发型，挺起丰满的胸脯，俨然一个如鱼得水的城市丽人。而且我淘弄到了小樊的电话，这样一来，我们的故事就能在异地他乡继续上演下去了。

我故意嗲着声音说，是小樊先生吗？我找令尊大人。

小樊警惕起来，显然进城之后，从来就没人找过老樊。

小樊说，你是谁？找我爹干什么？

我还原了声音说，请你转告他，逃是逃不掉的，必须把屁股擦干净，就是说，把稻花村那边遗留的事弄利索。

小樊听出来是我，停歇了一下，才说，要多少钱，你开个价吧。

我发出了动听的狞笑，就像用名贵的工艺刀割肉。我说，良心账能作价么？狗日的小樊，到了现在，你和你爹，连一句对不起都没说过！

我哭了。小樊无言以对，静默片刻，就把电话挂了。

我渐渐熟悉了城市，熟悉了周边的街巷。我融入潮水般的人流，觉得自己大可乱真。说来也巧，那天我果然碰到了老樊，他又黑又瘦，精气神也很差劲，用不着望、闻、问、切，就能看得出他得了农民焦虑综合征。这且不说，满身灰土和木屑，头发乱蓬蓬的，手里攥着几根日丰管，极像不堪重负的老家奴，显然在给儿子装修房子呢。老樊遇到了农民进城后的普遍性问题，他走错了路，就是说，他找不到北了。老樊的错误还不止于此，跟几个孩子问路，没叫小朋友，而是叫小尕子，特别是还亮出了村长的底牌，这就很可笑了——在省城，副厅级干部都骑自行车上下班，一个村长只配扫厕所，所以遭到孩子们的戏弄，也完全是他自找的。孩子们正在玩儿水枪，他们不说开火，而说开水，于是几支水枪一齐朝他攒射过来，刺他个满脸花。

如果老樊心情好，大度地哈哈一笑，也就没事了；可老樊寄居在亲家的家里，像劳改犯一样，多年的优越感丧失殆尽，那几个钱在乡下还算是钱，进了城就一脚踢不倒了。最为严重的是，小樊已经反水，公开站到了女方娘家一边，多次呵斥他说，怎么弄你都像贫下中农，我跟你丢不起人！这样一来，积蓄已久的愤怒便像火山一样爆发了。接下来的情景是，老樊扔了东西，拔腿就撵，却哪里能撵得上。孩子们兔崽子似的跑得飞快，躲进一道铁栅里，一齐高喊老鸡巴灯，那是真正的天籁童声，在都市的喧嚣里十分超拔。老樊的屈辱可想而知，想撇土坷垃，光溜溜的水泥地上又找不到，情急之中，就脱下一只鞋子，引而不发地吓唬。可孩子们不怕，老樊下不了台阶，只好把鞋投过去，没命中也没爆炸，却被当做战利品缴获了。反正剩下一只也没用，老樊索性也投了过去。孩子们照单全收，用棍子挑着，唱着得胜令走向了街巷的深处。

后来的事实证明，这是老樊犯下的致命错误，可是他并没察觉，兀自咻咻地喘着，瑟瑟地抖着，对着孩子们逃走的方向大骂。我目睹了整个剧情，湍急如瀑地笑着，都要笑抽了，这样一来，就暴露了目标。老樊看到我，就像看到了恐龙，说了好几个你你你，下面的话就再也说不囫囵了。

我看着他那张肮脏的老脸说，樊大叔，恭贺你乔迁之喜啊！多日不见，我都想你了。

老樊稳下神来说，你个疯子，撵到省城来逼我，到底想干什么？

我说，想干什么，你是知道的。

老樊说，都是陈芝麻烂谷子，你总纠缠那个，有意思吗？

我说，你觉得没意思，我觉得有意思。走吧，我给你买双鞋子，你给我打个证言，承认我爸是工伤，咱们就两清了。

老樊极想摆脱我，可我亦步亦趋地跟着，他就没办法了。老樊站住了，我也站住了，我们像决斗那样面对面站着，这场面很荒诞，引起了很多路人驻足观看。老樊用那只生着眵目糊的眼睛瞄瞄我，突然动用了机智，指定我大喊，疯子！大家帮忙抓疯子啊！大家就一齐看我。我一点儿都没慌，因为我根本就不像是疯子，便莞尔一笑，立刻反制说，他才是疯子哩，刚从精神医院跑出来的！众人的目光全都聚焦到了老樊身上，所谓众人眼里出疯子，何况老樊浑身邋遢，脸上泥一道水一道，灶王爷下界一般，还打着赤脚，具备了疯子的所有特征和表象，很容易就被识破了。

如果老樊不跑，事情或许还有翻盘的可能；可老樊心虚气短，阵脚自乱，拔腿就跑，这就等于认账了。一个疯子在大街上赤脚狂奔是何等危险，人们都十分明了，所以擒拿疯子就成了一场见义勇为行动。老樊毕竟年纪大了，又没有晨练的功底，很快就被亢奋的人们逮住。老樊不甘就范，就拼命挣扎，越说自己不是疯子，越被认为是疯子。精神病院正为“吃不饱”发愁，巴不得多收治一些病员，所以车也来得极快。老樊从汽车的铁栅里向我伸出一只手，绝望地喊道，燕妮儿救我！不过已经来不及了，汽车一加油门，就汇进了滚滚车流里。我笑了几声，突然泪流满面。

我又一次拨通了小樊的电话。因为是街头电话，号码是陌生的，他就接了。

我说，你爸在大街上发了疯癫，被精神病院抓走了，你赶快把他捞出来吧。

小樊说，你这个疯子，还有完没完了？

我说，这是真的，信不信由你。

小樊根本不信，所以我还没挂，他就把电话挂了。

这事儿让我难受了好几天。那天夜阑人静，我正在熟睡，忽听房上一片杂沓，砖头穿过石棉瓦，落到了我的洗衣房里，竟然把洗衣机的外壳砸瘪了一大块。我冲出门去，就看见小樊和几个不三不四的人跳上了一辆皮卡车，那车喷出一股白烟，很快就没影了。保安闻声跑过来，问我用不用报案。我想了想说，不用。他们都是疯子，跟疯子是没法理论的。

五

燕子窝已经完全垒好。我不知道它们是从哪儿衔来的泥草，城市里都是水泥和柏油，没有合适的材料，它们的工程肯定很艰巨。车库里的那些宿友也开始关注燕子窝了，时不时站在楼下仰望，兴奋之情溢于言表，似乎燕子在黏结燕窝的同时，也把我们疏离的关系黏结起来了。我们平静友好地打着招呼，好像此前什么都没发生过。我告诉他们，燕子窝已经被我买下来了，它们可以安全快乐地在楼上生活，陪伴我们一直到深秋收工的季节。其实他们都不相信，可知道我是疯子，就不再和我争辩，而是顺着我说，是啊是啊，我们听杨总统说过了。

那一天我正在洗衣服，有人气喘吁吁地跑来向我报告，说那房子的主人来了，嚷着要捅了燕子窝。我撒腿就跑，一口气跑进楼里，坐上电梯，准确地找到了十六楼。门没锁，露着一道小缝，推开进去，屋里没人，开阔的空间里，散放着一些胶合板密度板之类，显然正待装修。阳台上放着一根竹竿，似乎短了一截，屋里的人肯定是另想办法去了。

我向楼下挥挥手，一种居高临下的优越感在全身弥漫。下面问，咋样？我想说危乎高哉，可前头还有噫吁嚱，说这个就很像疯子了，所以就没说。我说的是，好家伙，高得吓人哪！实际上意思都是一样的。这时候房门突然被撞开，一个人扛着装修木马进来了，猛一抬头，发现了我，竟吓了一跳，随后一朵复杂的笑容在他脸上漾开，竟然是小樊。

这真是芝麻掉进针眼里。我没能成为这户人家的主妇，却成了第一位造访者。这不止是两条鱼在大海里碰面，这简直就是两条船在大海上相撞了。

小樊说，怎么躲也躲不开你。这真是黑瞎子上门——熊到家了！

我说，我也不想这样，树欲静而风不止，这就么回事儿。

小樊放下木马，随手把门关上。司必灵锁咔哒一响，就把屋子和外面的世界隔绝开来。十六楼的高度概念完全超出了我的人生经验，这能避开人们的平行视线，避不开的，只有那两只飞起飞落的燕子，它们看不懂屋里发生了什么，只是唧唧喳喳地叫着，声音里充满惊恐，好像在聆听人类对它们的裁判。

小樊说，你到底想干什么？

我说，这么大的房子，难道就容不下一窝燕子？它们是吉祥鸟，在乡下，很多燕子都把窝筑在人家的房梁上，人们宁愿为它们开着窗户门，难道你忘了？还有我爸……

小樊说，你来我家，难道就为的这个？

我说，这不是小事，这是大事。再说，楼下聚着那么多人，他们都是来为燕子请愿的。

小樊说，你又犯病了吧？这是私人住宅，不是动物保护协会。

我说，燕子窝已经被我买下了，难道你没听说？

小樊笑了，是那种带着无奈和悲悯成分的哂笑。他说，哄你玩儿的事你也信？燕妮儿，不是我故意跟你作对，实在是这事儿太离谱。现在不是提倡以人为本嘛，难道人还得迁就燕子？这不是农村，这是城市，谁能受得了这种唧唧喳喳到处拉屎的东西？还有要命的禽流感，说不定就会从地球哪个旮旯带到我头上来。再说，你得明白我的地位，虽说这房子我能住，可房主不是我，是我岳父出钱买的，我说了不算。

应该说，小樊的话每一句都没错，可我受不了。我说，燕子又没招惹你们，伤害它们要遭天谴的，你懂吗？以人为本，并不是要把人类以外的生命赶尽杀绝！

小樊说，别拿大奶子吓唬小孩子。你一个农民工，能糊弄饱肚子就不错了，管那么多干什么！

我想，事情不应该僵下去，回到感情的起点，也许能打动他。我便软了声音说，就算我求你，看在咱们毕竟好过一回的分上……

小樊笑了，笑里有一种不怀好意的味道。他走到我跟前，仔细端详着我，轻轻叹息一声，然后伸出手，颤颤地抚摩了我的头发。他说，燕妮儿，你可真漂亮！

我站着没动，因为这只手我太熟悉，童年少年，我牵袢了它好久。

小樊说，你千万别怪我，其实我一直都爱着你，是我爸在中间横着，我没办法。

我也仔细端详着他，这个我童年少年唯一的玩伴儿，欺骗了我的感情并夺走我童贞让我变成疯子的小帅哥，像一棵蓬勃的槭树那样挺拔而伸展，很能掀动女性的心潮。可我明白，当它殷红如火的时候，也就是行将零落的时候，它太经不住风霜。

我无声地笑笑说，你不觉得，这话说晚了么？如果从头说起，你和你爸，都得给我跪着！

小樊的眼睛蒙上了一层稀薄的泪光，伸出手来拉住我的手。我还以为，这是握手言和尽释前嫌的意思，可他突然顺势一牵，就把我拥在怀里。他说，燕妮儿，我知道你不疯，就是疯，也是因为我。别人都以为我很幸福，其实我一点儿都不幸福，凡事说了不算，就是人家用钱买来的玩物。其实，我心里一直想着你，有时候在梦里也能见到你……

我感觉着他的心跳，这早已不再是那颗稚嫩的童心，暌隔多年，我听到了蒙在上面的趼子和灰尘。我呵呵地笑了。我说，你毁了我，现在还好意思这么说，脸皮真够厚的。你放开我，不然我喊啦！

小樊说，我不信你能喊。咱们也不是头一次，就算复习复习旧功课！

我说，此一时彼一时，塑料大棚里的悲剧，再也不可能重演了。

小樊说，别总以为你有多吃亏。那时候你是处女，我也是真童子，咱们谁都不欠谁的！

他竟然能说出这样卑鄙的话，我都替他感到羞耻。小樊的裆下又热又硬，就像一穗烤包米。我抬起膝盖顶了一下，可距离太近，缺少足够的力度。小樊已经发动起来了，那一刻呼吸急促，脸颊泛红，眼仁都定了，使了一个小得合，就把我放倒在一张密度板上。他骑在我身上，狂暴地撕扯我的衣服，动作比当年熟练多了。我躺在那儿没动。我说，小樊，强奸一个疯子，要判多少年，你得掂量好。

小樊仿佛被点到了穴位，浑身抖了一下，可并不甘心收手，所谓骑虎难下，那样也太没面子。他说，别装疯了。你能装一阵子，还能装一辈子？你当年寻死觅活的，不就是想让我操你么？现在我满足你，省得你忍不住瘙痒直劲挠床板！

我说，小樊，你真是个狗杂种！

小樊怔住了，他说，你敢骂人？

我说，刚才那句是我骂你。我还得替我妈骂你爸一句，他真是个老狗杂种！

小樊的眼睛暴突着，脸变成了铁青色，抡起胳膊，左右开弓，扇了我两耳光。他气咻咻地讨伐说，让你疯狗咬人不撒口。你撵到省城来捣乱，不让我们过安生日子，都把我爸逼疯了！

我来不及和他辩论，我得反抗，混战之间，竟衔住他一根指头，上下牙用力一阖，一股腥咸的滋味就在我嘴里泛漫开来。小樊发出了一声劈裂的大叫，还想掐我的脖子，这时门锁一响，那个我见过的塑料花拿着钥匙进来了。她惊讶地站在门口，看着她的丈夫骑在他曾经的恋人身上，惊异片刻，很快就明白了。

塑料花哼哼一笑说，小樊，是通奸还是强奸？是私了还是经官？你自己说吧。

小樊彻底完蛋了，他麻利地从我身上爬下去，像哭一样掩饰说，她是个疯子，你知道的……

我发出了招牌式的狞笑。小樊的裤子解了一半，裆部的热情还没消退，支棱八翘的，这就暴露无余了。我不想让他太惨，便指定他说，你敢捅我的燕子窝，我就敢跟你拼命，反正我是疯子，拼一个驸马爷够本了！

小樊抓住了救命稻草，宣示着滴血的手指，顺着我的话头说，这个疯子，她闯进屋来，口口声声保卫燕子窝，没命地跟我撕巴，把我的指头都咬坏了。

那女人阴笑一下说，别蒙我，我又不傻！

既然这样，小樊就得证明自己，把真戏假戏掺和着做下去。他回头去搬木马，这个空当，我就蹿上了阳台的边沿。楼下聚集了好多人，看到披头散发衣衫不整口角滴血的女疯子，登时发出了海啸般的惊叫。阳台边沿有一尺多宽，肯定是为摆放花盆设计的，我站上去还很宽裕。放眼看去，整个城市尽收眼底，云蒸霞蔚之中，人像蚂蚁，汽车像甲壳虫。顺着曲曲折折的马路，我看到了我走过来的那条山道，崎岖蜿蜒，一直通向遥远的迷蒙。那两只燕子受了惊扰，只在楼顶的琉璃瓦上不安地跳跃，人声的嘈杂淹没了它们的叫声，它们实在是太弱小了。

我喊，记住我，我叫燕妮儿。我爸是为了燕子死的，我是听着燕子唱歌长大的。现在，我为燕子献身的时刻到了！

人群里发出浩大的回应。我看到了杨成烁，他抓过警察手里的电喇叭，朝我喊道，燕妮儿，你千万别冲动，你要相信我，相信我们大家……

小樊站到了木马上，重新操起了竹竿。

我说，反正我一无所有，还是个疯子，你敢捅，我就敢跳下去！

小樊说，我可没逼你，这是你逼我。我在我的家里，干什么不干什么，不干你的事！

就在你来我往若干回合的僵持中，我看到楼下有好几架摄像机朝着楼上拍摄。那一刻我明白了，这是我人生的巅峰，此前从来没有过，此后也不会再有了。面对镜头，最后的表演必须淋漓尽致，因为真实，肯定要比影星们的假模假式更精彩。我张开两臂，模仿着燕子翩然飞翔的姿势，单薄的衣服被高空的风鼓动着，仙袂飘飘的，毫无疑问，这漂亮极了。人群又一次躁动起来，我看到有人哭了，是曾经同住在车库里的那些宿友。

小樊软下来，换了好说好商量的口气说，燕妮儿，你干吗非要这样，你先下来，我答应你，把燕子窝留下。

我说，你别想骗我，我早就不相信你的话了。

那个塑料花也哭了，她扑通给我跪下说，大姐，我求你，千万别这样，这太不值了。再说，你跳下去，这房子还咋住？

我说，我这样的人，世上多一个少一个都无所谓。如果能唤醒人们的良知，我死而无憾。

人们喧嚷起来。有人带头喊，不准捅燕子窝！保护人类的朋友！打倒捅燕子窝的坏蛋！在巨大的声浪里，我有点儿憋不住笑——捅燕子窝的怎么能打倒？能阻止就到头了。

我看到下面来了好多警察，还出动了消防车，云梯够不上，楼下已经有人在铺设气垫了。我试探着走了两步，可惜基本功不够，身体摇摆了一下，差点儿就跌下去，随着一片惊叫，又神奇地稳住了。屋里进来两个警察，他们站在适当的距离和我说话，还向我递纯净水，我知道这是计谋，没接。我跟他们谈着下来的条件。可强大的水柱突然从后面喷上来，我一下子扑进了屋里，马上被那两个警察按住了。

警察没铐我，他们架着我，穿过人群走向警车。人们拥上来纷纷为我求情，说我是疯子，这样一来，我就能免除治安处罚了。可我真是疯子么？我冒死拯救燕子，造成了如此轰动的效果，到头来却被当成一场疯人戏，这是我绝对不能接受的。

我向人群里泛漫地一指说，我不是疯子，他们都能证实。

人们静默下来，似乎也厘清了利害攸关。我看到了杨成烁，他走过来说，我们是老同学，她一向正常得很；如果她是疯子，那么我们就都是疯子。接着住过车库的宿友也纷纷指证我不是疯子，比正常人还正常呢。最后警察把目光投向了小樊，作为当事人，他必须接受调查，这是没法回避的。小樊在人人喊打的夹攻下哭起来，是那种无声的流泪，他说，都是我的不对，我非要捅燕子窝，还跟她厮打在一起，真是王八犊子。我们曾是童年小伙伴，她一点儿都不疯，她有燕子情结，保护燕子是有道理的。倒是我和我爸不大正常，你们就宽大了她吧。

当然，宽大也不能没有边际，何况我做得太极端，的确扰乱了社会治安，关五天拘留，也没什么可冤枉的。拘留所里关着几个贩毒者、卖淫女和梁上娘子，她们很寂寞，需要通过摧残别人来发泄，眼睛在我身上涮来涮去的。可警察说，这人是个疯子，在外面捅了好几个了，疯人院没地方，先放这关几天，你们得提防着点儿。女犯们都傻了，生怕我发病，在我面前灰溜溜的，就像一群驯顺的奴婢，争着向我讨好，还给我打洗脚水，就差给我揉腿捶背了。我说我并不疯，她们都不相信，说不疯能因为一个燕子窝跳楼？你就是号里的老大，我们都服了。

就在这五天时间里，电视台多次播放了我跳楼的镜头，当然是从两方面切入的，由此还引发了市民大讨论。我被说成是另类英雄，走出监所，竟有成百上千的市民手持鲜花等在外面，还有几家公司争着要我当文员。我把食指竖在嘴唇上嘘了一声说，其实我真就是疯子，我把他们给骗了。大家都不信，还给我热烈鼓掌，这就没有办法了。最漂亮的变数是，塑料花说什么非要退楼，竟被杨成烁以按揭的方式买下来，还得到了老板的一大块优惠，老板特地强调说，优惠是给燕妮儿的。可杨成烁的未婚妻已经跟他白白，他还买楼，是什么意思？我莫名糊涂着，杨成烁却说，我可是一点儿都不糊涂。我出了钱，你也出了钱，楼是咱俩共有的，往下的事情，已经明摆着了。

结　尾

我妈打来电话，说稻花村又选出了新村长。新村长也看了电视，上任后做的第一件事，就是给我爸正名，张榜公告我爸是工伤，而且不折不扣，还开会进行了缅怀与追思，这就很感人了。至于相关待遇，年深日久，就不好找了。其实我从来就没想过待遇，能有这样一个名分，再给我爸上坟，我就不哭，我就笑了。

我想我得让老樊知道一下，省得他苍老的心里总是有疙瘩。那天好不容易在大街上看到，他已经抑郁了，戗毛奓刺的，眼睛就像死鱼一样。

我说，樊大叔，小心车！

老樊似乎都没认出我，只是喃喃地说，狗日的太欺负人，我没法活了！

我说，你还和小孩子们斗气？

老樊说，我说的是我亲家和我儿媳妇。

我说，慢慢磨合，时间长了就好了。

老樊说，好个屁，儿媳妇闹离婚呢。离了也好，可一旦离婚，我们还咋在省城里混呢？

我很恻隐，想劝他回稻花村，可分明又回不去，他们父子眼看就要无家可归了。我决定不对他提我爸工伤的事，何况事情已经出头，再提那个就残忍了。我看着老樊老迈的身子一挪一擦地走过斑马线，盲目地走向他并不确知的目标，完全可以想见，找不着北的事情还会发生。果然没错，走着走着，老樊就偏离了路线，而且闯了红灯，执迷不悟地走上了机动车道。一辆汽车呼啸而至，就在这间不容发的时刻，我三步两步蹿上去，一把将他推开。汽车挂坏了我的裙子下摆，不过，我的大腿也很漂亮。

汽车停下来，行人也围拢过来。由于我戴着墨镜，人们并没认出我就是那个制造了惊险镜头的女人，似乎还要把我往舍己救人上挂靠，可我不想把风头抢尽，挽起老樊的一只胳膊说，这有什么可忽悠的？他是我爸，救他是很正常的，不救他就不正常了。

恍惚之中，我觉得我那可怜的爸爸如果能活到今天，也许真就是他这个样子。

图书在版编目(CIP)数据

弥天大谎 / 王立纯著. —北京 : 中国文史出版社,
2015.1

(中国专业作家·小说典藏文库·王立纯卷)

ISBN 978-7-5034-5588-9

Ⅰ. ①弥… Ⅱ. ①王… Ⅲ. ①中篇小说-小说集-中国-当代 Ⅳ. ①I247.5

中国版本图书馆 CIP 数据核字(2014)第 262453 号

责任编辑：马合省　薛媛媛

出版发行：**中国文史出版社**
网　　址：http：//www. chinawenshi. net
社　　址：北京市西城区太平桥大街 23 号　邮编：100811
电　　话：010-66173572　66168268　66192736（发行部）
传　　真：010-66192703
印　　装：廊坊市海涛印刷有限公司
经　　销：全国新华书店
开　　本：720×1020　1/16
印　　张：26.75　　字数：450 千字
版　　次：2015 年 1 月第 1 版
印　　次：2016 年 3 月第 2 次印刷
定　　价：52.00 元